JAMES CLEMENS

Das Buch des Feuers

Roman

Aus dem Amerikanischen
von Irene Bonhorst

WILHELM HEYNE VERLAG
MÜNCHEN

Titel der Originalausgabe
WIT'CH FIRE

Umwelthinweis:
Dieses Buch ist auf chlor- und säurefreiem Papier gedruckt.

Taschenbuchausgabe 09/2005

Printed in Germany 2005
Umschlagillustration: Ferenc Regös
Umschlaggestaltung: Hauptmann und Kompanie Werbeagentur,
München – Zürich
Druck und Bindung: GGP Media GmbH, Pößneck

ISBN 3-453-72056-3
www.heyne.de

Für meine Eltern, Ronald und Mary Ann,
die meine Träume gefördert und mir das
Zuhause und die Welt gegeben haben, um
sie Wirklichkeit werden zu lassen

Vorwort

von Jir'rob Sordun, D.F.S., M.A.
Universitätsdekan und Forschungsleiter, U.D.B.

ZUNÄCHST EINMAL: DER AUTOR IST EIN LÜGNER.

Vertiefen Sie sich nicht in seine Arbeit, ohne zuvor diese Tatsache zur Kenntnis genommen und sich fest eingeprägt zu haben, wenn Sie diese Übersetzung in Händen halten. Der Autor wird versuchen, Ihren Geist zu verwirren, Ihren Verstand zu benebeln. Hüten Sie sich vor seinen vielen Fallen.

Fünf Jahrhunderte lang war dieses Dokument geächtet. Es gab eine Zeit, da wurde schon das Lesen der ersten Seite mit Hinrichtung bestraft.[1] Selbst in unserer aufgeklärten Zeit sind immer noch viele Gelehrte der Ansicht, dass jede Kopie der Kelvish-Schriften zerstört werden müsse. Ich gehöre *ebenfalls* zu diesem Kreis von Gelehrten.

Warum, werden Sie sich fragen, verfasse ich dann das Vorwort zu diesem verabscheuungswürdigen Dokument?

Einfach deshalb, weil ich praktisch denke. Das Verbieten, Verbrennen und Ächten von Texten haben deren Existenz noch nie ganz ausgelöscht.[2]

---

[1] *Gesetze der Unterdrückung* von Prof. Sigl Rau'ron, Universitätsverlag (U.D.B.), Seite 42: ›Im Artur'schen Zeitalter wurden Anhänger der verbotenen Texte häufig verfolgt; die Augen wurden ihnen mit heißen Kohlen ausgestochen, die Eingeweide herausgerissen und öffentlich zur Schau gestellt. Und manchmal wurden sogar noch schlimmere Methoden der Bestrafungen angewandt.

[2] *Betrug unter Gelehrten* von Jir'rob Sordun, Neue Uni-Zeit, Band 4, 5. Aufl., Seiten 16–17: ›In einer häretischen Sekte wurden Seiten der Schriften an versteckten Körperstellen von Personen tätowiert, die sich zusammenfanden und die Texte voneinander ablasen, um so das Verbot zu umgehen.‹

Handgeschriebene Kopien, in die Erinnerung eingegangene Übersetzungen, in Geheimschrift übertragene Seiten und viele andere verwerfliche Erscheinungsformen der Dokumente überlebten die Säuberung. Im Lauf der letzten Jahrhunderte kam man mit großem Bedauern zu der Einsicht, dass es nur eine einzige durchführbare Weise gibt, um mit dieser Schändlichkeit umzugehen, nämlich die, sie gezielt zu steuern und dadurch den Zugang dazu auf jene Personen zu beschränken, die zuvor eine eingehende Unterweisung erhalten haben und über die nötige Vorbildung verfügen. Dadurch konnten Lügen, Irreführungen und Halbwahrheiten aufgezeigt werden.

Aus diesem Grund wurde diese Version der Schriften *ausschließlich* für Studienzwecke von Lesern mit abgeschlossenem Studium freigegeben. Ihre Lehrperson wurde angemessen zur Befähigung des gefahrlosen Lesens dieses ersten Textes ausgebildet. *Erforschen Sie das Buch auf keinen Fall ohne diese Anleitung. Lesen Sie nicht mehr als das im Lehrplan vorgegebene Pensum. Teilen Sie die Lektüre nicht mit einer befreundeten Person oder einem Mitglied Ihrer Familie, sofern diese nicht an demselben Unterricht teilnehmen.*

Mehr als ein Jahrzehnt lang hat diese Art der Steuerung die Gerüchte und die Neugier bezüglich der Schrift auf ein Mindestmaß verringert. Nichts ist besser geeignet als trockene Wissenschaftlichkeit, um einem verbotenen Schriftstück den Reiz zu nehmen.

Diese Übersetzung der ersten Schrift ist unseres Wissens eine der wenigen, die wahrhaft das Original wiedergeben. Es gibt unzählige illegitime Übersetzungen in anderen Ländern. Aber Sie halten hiermit eine direkte Übersetzung des Originaltextes in Händen, vor beinahe drei Jahrhunderten niedergeschrieben. Wohin das ursprüngliche handgeschriebene Dokument verschwunden ist und wer es verfasst hat, bleibt nach wie vor ein Geheimnis unter den Gelehrten.[3]

---

[3] *Das Geheimnis der Verlorenen Schriften* von Er'rillo Sanjih, Vulsanto Press, Seite 42: ›Die letzte übermittelte Erwähnung der ersten von Hand gefertigten Abschriften liegt etwa zwei Jahrhunderte zurück. Doch selbst diese Erwähnung durch den Edlen Jes'sup von Argonau wird von Schriftgelehrten als schlichte Prahlerei in Frage gestellt.‹

Was Sie hier in Händen halten, kommt also dem abscheulichen Original wahrscheinlich näher als alle anderen Versionen, die Sie womöglich sonst noch zu lesen bekommen werden. Nur einer kleinen Gruppe von auserwählten Studenten ist es erlaubt, an dieser Lektüre unter Anleitung teilzunehmen. Nach Abschluss der Lektüre dieses Textes werden Sie einer strengen Unterweisung unterzogen, damit Sie lernen, wie Sie sich verhalten sollen, wenn Sie nach dem Buch gefragt werden.

Und Sie, lieber Student, werden sich ganz gewiss Fragen von Uneingeweihten ausgesetzt sehen!

Seien Sie also auf der Hut! Immer noch ist dieses Schriftstück mit viel Neugier vonseiten der Armen und Ungebildeten behaftet, und eines unserer Hauptziele ist es, diese Neugier zu mindern. Wir werden Ihnen Methoden beibringen, um diese Neugier einzuschläfern und Wissensdurst in ein Gähnen zu verwandeln.

Gehen Sie behutsam vor. Und vergessen Sie nie, weder im Wachzustand und noch in Ihren Träumen:

Der Autor ist ein Lügner.

Abtretung der Verantwortung

Dieses Buch wird Ihrer Person übertragen und unterliegt Ihrer ausschließlichen Verantwortung. Jeder Fall eines Verlustes, einer Änderung oder Beschädigung wird strenge Strafen nach sich ziehen (entsprechend den an Ihrem Gerichtsstand geltenden Gesetzen). Jede Weitergabe, Abschrift oder auch nur mündliches Vorlesen in Anwesenheit einer Person, die nicht Studienkollege ist, ist strengstens untersagt. Durch die unten stehende Unterschrift und Ihren Daumenabdruck übernehmen Sie die volle Verantwortung und befreien die Universität von der Haftung für jeglichen Schaden, den Sie – oder Personen in Ihrer Umgebung – durch die Lektüre dieser Schrift erleiden mögen.

____________________ ____________________

Unterschrift *Datum*

Daumenabdruck hier anbringen:

WARNUNG:

Falls Sie durch irgendeinen Zufall außerhalb der rechtmäßigen Universitätskanäle an diesen Text gelangt sein sollten, schließen Sie dieses Buch bitte jetzt und benachrichtigen Sie die zuständigen Stellen, damit diese für eine sichere Wiedereinbringung sorgen können. Das Versäumnis, dieses zu tun, kann zu Ihrer sofortigen Verhaftung und Einkerkerung führen.

Sie wurden gewarnt.

Hexenglut

Auf diese Weise endete die Welt,
und wie Sandkörner, die in den Wind
im Horst des Winters geworfen werden,
ist dies der Beginn aller anderen Welten.

Worte, mit schwarzer Tinte auf Pergament geschrieben, sind nichts als Utopie, und ich als Schriftsteller weiß das nur allzu gut. Die Aussprache verändert sich; die Bedeutung unterliegt Wandlungen; nichts übersteht unversehrt das Toben blinder Zeit.

Also, warum schreibe ich dies? Warum betreibe ich diese Narretei? Dies ist nicht das erste Mal, dass ich ihre verdammte Geschichte erzähle. Ich habe schon oft über sie geschrieben, in vielen Verkörperungen. Einmal jungfräulich zu ihrer Ehre. Ein andermal böse, ohne Seele oder Gewissen. Ich habe sie als Possenreißerin, als Prophetin, als Gauklerin, als Erlöserin, als Heldin und als Schurkin dargestellt. Aber in Wirklichkeit war sie all dies und nichts davon. Sie war einfach eine Frau.

Und zum ersten Mal werde ich jetzt ihre wahre Geschichte erzählen. Eine Wahrheit, die mich – wenn ich Glück habe – letztendlich zerstören wird. Ich erinnere mich noch gut an ihr Versprechen, so als ob nur ein einziger Herzschlag vergangen wäre: »Fluch oder Segen, kleiner Mann? Tu damit, was du willst. Aber wenn der Lauf der Jahre zu schwer auf dir lastet, erzähl meine Geschichte … Erzähl meine *wahre* Geschichte, dann wirst du dein Ende finden.«

Aber kann ich das? Es ist viel Zeit vergangen.

Tausend Zungen, einschließlich der meinen, haben mit jeder Wiedergabe der Geschichte die Ereignisse verzerrt, sie in jeder Einzelheit, mit jedem Wort verdreht, und jeder Erzähler hat seinen Lieblingsteil ausgeschmückt. So wie sich hungernde

Köter um einen Fleischknochen balgen, zerren wir an ihrer Substanz, ziehen sie durch den Dreck, beschmutzen sie mit Speichel und Blut, bis nichts mehr übrig bleibt als ein zerfetzter Rest des Ursprünglichen.

Während ich die Tinte zu Papier bringe, zittert mir die Hand. Ich sitze in diesem gemieteten Raum und kritzele jedes Wort mit schmerzendem Handgelenk nieder. Um mich herum türmen sich Haufen von zerknittertem Pergament und staubigen Büchern, Einzelteile des Puzzles. Ich sammle sie ein wie liebe alte Freunde, bewahre sie nahe bei meinem Herzen auf, kann sie mit den Fingerspitzen streicheln und mit der Nase riechen, ein berührbarer Beweis meiner fernen Vergangenheit.

Während ich die Feder in der Schwebe halte, erinnere ich mich an ihre letzten Worte – jedes davon ein Messer, das eine gezackte Wunde reißt. Ihr süßes Gesicht, der Sonnenglanz auf ihrem kurz geschnittenen roten Haar, der blaue Fleck unter ihrem rechten Auge, die blutige Lippe, die sie immer wieder mit der Zunge berührt, während sie um die letzten Worte an mich ringt … Und ich erinnere mich an die Traurigkeit in ihren Augen, als ich über ihre Torheit lachte. Verdammt sollen ihre Augen sein!

Aber das war später, viel später. Um das Ende zu verstehen, muss man erst den Anfang kennen. Und um den Anfang zu verstehen, muss man die Vergangenheit verstehen, die Vergangenheit, die lange vor ihrer Geburt in das Reich der Mythen eingegangen war.

Ich will es Ihnen zeigen, wenn ich es finden kann: ein Pergament, das von der Schöpfung des Buches an sich erzählt, eine umfangreiche Schrift, die einmal ein Mädchen und eine Welt zerstören würde.

Ach, hier ist es:

Prolog

(Anmerkung zum Text: Nach zweifelsfreier Einschätzung ist das Folgende ein Auszug aus L'Orda Rosi – Der Orden der Rose –, *verfasst in der Hochsprache Alaseanisch beinahe fünf Jahrhunderte vor der Geburt der Person, die als Hexe von Wintershorst bekannt werden sollte.)*

Mitternacht im Tal des Mondes

Trommeln schlugen die Stille des winterlichen Tals zurück, Schnee prägte die Landschaft in Silber. Ein Falke schrie seine Empörung über die Störung seines nächtlichen Nistens hinaus.

Er'ril stützte die Fingerknöchel auf den bröckeligen Fenstersims und reckte im dritten Stock des Gasthauses den Hals zum Fenster hinaus. Der Talboden war gefleckt von den Feuern der Männer, die immer noch die Regeln des Ordens befolgten. So wenige Lagerfeuer!, dachte er. Er sah zu, wie die schwarzen Schatten um den Feuerschein herumhasteten und sich bewaffneten. Auch sie kannten die Bedeutung der Trommeln.

Die nächtliche Brise trug Fetzen von gebrüllten Befehlen und den Geruch von geölten Waffen mit sich. Rauch von den Feuern stieg zum Himmel auf und trug die Gebete der Soldaten in die Höhe.

Und jenseits der Feuer, am Rande des Tals, verdichtete sich eine Dunkelheit, die die Sterne auffraß.

Der Falke schrie erneut. Er'rils Lippen wurden schmal, und

seine Stirn kräuselte sich. »Ruhig, kleiner Jäger«, flüsterte er in die mondlose Nacht. »Morgen früh wirst du dich zusammen mit den Aasfressern an einem Festmahl laben. Aber im Augenblick lass mich in Ruhe.«

Greschym, der alte Magiker, sprach hinter ihm. »Sie halten die Anhöhen. Wie stehen unsere Aussichten?«

Er'ril schloss die Augen und ließ den Kopf tief hängen; ein Anfall von Übelkeit spannte krampfartig seinen Bauch. »Wir geben ihm noch ein wenig Zeit. Vielleicht findet er doch noch eine Schwachstelle in ihren Reihen.«

»Aber die Herren des Schreckens sammeln sich am Eingang zum Tal. Hör nur die Trommeln! Die Schwarzen Legionen marschieren.«

Er'ril wandte sich vom Fenster ab, um sich mit einem Seufzen Greschym zuzuwenden; er setzte sich auf die Fensterbank und betrachtete den alten Mann. Das rote Gewand hing zerfranst an Greschyms dürrer Gestalt; er schritt vor dem schwachen Feuer auf und ab. Der alte Magiker, dem das staubige Haar in dünnen Strähnen um die Ohren hing, ging mit gebeugtem Rücken, die Augen vom Qualm aus dem Kamin gerötet.

»Dann bete für ihn«, sagte Er'ril. »Bete für uns alle.«

Greschym blieb stehen und wärmte den Rücken am Feuer, während er den finsteren Blick des anderen erwiderte. »Ich weiß, was hinter deinen grauen Augen arbeitet, Er'ril von Standi: Hoffnung. Aber sowohl du als auch die Männer deines Standi-Clans greifen in leere Luft.«

»Was sollen wir deiner Meinung nach tun? Etwa die Köpfe vor den Äxten der Herren des Schreckens beugen?«

»Dazu wird es bald genug kommen.« Greschym rieb sich den Stumpf seines rechten Handgelenks, beinahe anklagend.

Er'ril schwieg; sein Blick war vom Anblick dieses glatten Stumpfes gefangen. Er hätte den alten Mann vor sechs Monaten nicht bedrängen sollen. Er'ril erinnerte sich an die hundsföttischen Horden Gul'gothas, die sie beide und einige Flüchtlinge auf dem Feld von Elysia in eine Falle gelockt hatten.

Greschym bemerkte anscheinend, wie der andere ihn anstarrte. Er hob den Stumpf ins Licht der flackernden Flammen. »Hör zu, Junge, wir beide wussten um die Gefahr.«

»Ich bin in Panik geraten.«

»Du hattest Angst um die Kinder, vor allem, weil deine Nichte unter den Stadtleuten war.«

»Ich hätte dich nicht bedrängen sollen. Du hattest mir gesagt, was geschähe, wenn du eine Erneuerung versuchen würdest.« Er'ril senkte den Kopf, vor seinem inneren Auge erschien das Bild des spätnachmittäglichen Sonnenscheins, der schräg auf die Tallak-Felder fiel. Er sah wieder, wie Greschym die rechte Faust zum Himmel emporhob und um die Gabe des Chi bat und wie seine Hand im verblassenden Sonnenlicht verschwand, als das Ritual begann. Doch als der alte Magiker diesmal den Arm wieder senkte, zog Greschym statt seiner Hand, die üppig ausgestattet mit roter Chi-Macht wieder hätte erscheinen sollen, nur einen Stumpf zurück.

»Es war meine eigene Entscheidung, Er'ril. Lass es dabei bewenden. Du warst es, der an jenem Tag unser aller Haut rettete.«

Er'ril betastete die Narbe an seinem Unterarm. »Vielleicht ...« Nach Greschyms Verstümmelung hatte er sich auf das Ungeheuer Gul'gotha gestürzt und das Geschöpf in blutige Stücke zerfetzt. Selbst jetzt war er sich nicht sicher, ob Zorn oder Schuldgefühle seine wilden Hiebe beflügelt hatten. Anschließend war er von Blut – teils noch dampfend, teils schon halb verkrustet – bedeckt gewesen; die Kinder hatten sich aus Angst vor ihm versteckt – sogar seine Nichte –, als ob er ein Ungeheuer wäre.

Greschym schnaubte. »Ich wusste, dass es geschehen würde. Dasselbe Schicksal ist auch den anderen Magikern des Ordens widerfahren.« Er schob den Ärmel über den Stumpf, um ihn zu verdecken. »Chi hat uns verlassen.«

Er'ril hob den Blick. »Nicht alle haben das gleiche Schicksal erlitten.«

»Nur weil sie von Erneuerungen absahen.« Greschym seufzte. »Aber es wird ihnen nicht erspart bleiben. Sie werden gezwungen sein, es zu versuchen. Irgendwann einmal wird sogar die Hand deines Bruders Schorkan vergehen. Als ich ihn das letzte Mal sah, war die Rose bereits zu einem schwachen Rosaton verblasst. Kaum ausreichend Kraft für einen ordentlichen Zauberbann. Wenn die einmal geschwunden ist, kommt er nicht umhin, nach Chi persönlich auszugreifen, um eine Erneuerung zu versuchen; dann wird auch er die Hand einbüßen.«

»Schorkan weiß das. Die Akademie im benachbarten Tal ...«

»Törichte Hoffnung! Selbst wenn er einen Studenten finden sollte, der noch blutrot ist – von welchem Nutzen ist die Faust eines einzigen Kindes? Es würde eines Dutzends Magiker bedürfen, die frisch zur Rose gekommen sind, um die Kraft da draußen zu vertreiben. Und was ist mit den anderen hundert Schlachten, die überall in unserem Land stattfinden? Wir sind an allen Fronten von den gul'gothanischen Herren des Schreckens umzingelt.«

»Er hat eine Vision.«

»Pschsch!« Inzwischen hatte Greschym das Gesicht wieder dem Feuer zugewandt. Er schwieg einige Atemzüge lang, dann sprach er zu den Holzscheiten. »Wie konnten drei Jahrhunderte Kultur so schnell dahinschwinden? Unsere aus Zauber entstandenen Türme, die einst bis zu den Wolken hinaufreichten, sind zu Staub zerfallen. Unser Volk lehnt sich gegen uns auf und gibt uns die Schuld am Verlust von Chis Unterstützung und Schutz. Städte liegen in Ruinen. Das Grölen der gul'gothanischen Festgelage hallt übers Land.«

Er'ril schwieg. Er hatte die Augen zu schmalen Schlitzen zusammengekniffen, als plötzlich ein Horn durchs Tal schallte – ein Standi-Horn! Wie war das möglich?

Er'ril drehte sich schwungvoll zum Fenster um und hätte beinahe das Gleichgewicht verloren, als er sich in die Nacht hinausbeugte, die Ohren zum Lauschen gespitzt. Das Horn ertönte erneut, und selbst die fernen Trommeln der Schwarzen Legion schienen deswegen einen Schlag lang auszusetzen. Er'ril machte eine Unruhe bei den nördlichen Lagerfeuern aus. Er blinzelte und versuchte, die Decke der Nacht mit den Augen zu durchbohren. Emsiges Treiben herrschte um die Feuerstellen herum; dann erhaschte er einen Blick auf den sich aufbäumenden kastanienbraunen Hengst, dessen Umrisse sich im Licht des Kochfeuers im Lager abzeichneten. Es war Schorkans Reittier!

Die Dunkelheit verschluckte das Bild, bevor Er'ril erkennen konnte, ob einer oder zwei Reiter auf dem Pferd saßen. Er'ril schlug mit der Faust, die in einem Handschuh steckte, auf das Fenstersims.

Greschym stand bereits neben Er'ril. »Ist das Schorkan?«

»Ich glaube ja!« Er'ril entfernte sich eilig vom Fenster. »Schnell, hinunter! Vielleicht braucht er Hilfe!«

Er'ril wartete nicht, um zu sehen, ob Greschym ihm folgte, sondern lief aus dem Raum und mit großen Sprüngen die Holztreppe des Gasthauses hinunter, wobei er den letzten Absatz zum Boden des Erdgeschosses mit einem kühnen Satz überwand. Sobald seine Füße die Dielen berührten, rannte er weiter durch den Gemeinschaftsraum. Notdürftig hergerichtete Betten säumten die Wand, und auf fast allen lagen Männer mit Verbänden. Gewöhnlich wäre er neben dem einen oder anderen Bett stehen geblieben, hätte die Hand auf ein Knie gelegt oder mit einem der Verletzten einige aufmunternde Worte gewechselt; jetzt aber fehlte ihm die Zeit dazu. Heilkundige traten zur Seite, als er durch den Raum stürmte, und ein an der Tür postierter Wachmann stieß diese weit auf, um ihn ins Freie zu lassen.

Die eisige Nachtluft brannte ihm in den Lungen, als er durch die Vordertür und über die Eingangsveranda des Gasthauses rannte. Als er den eisigen Schlamm am Fuß der Veranda erreichte, hörte er das Klacken von schwer beschlagenen Hufen, die sich rasch näherten. Flackernde Fackeln um den Eingang herum trugen wenig dazu bei, das Herannahen des Pferdes in ein helleres Licht zu tauchen; erst als der Hengst schon bei ihm war, erblickte er die bebenden Nüstern und die wilden Augen. Der Reiter riss die Zügel zurück. Der Gaul vergrub die Vorderbeine bis zu den Fesseln im Schlamm, als er keuchend anhielt. Schaumiger Speichel flog ihm von den Lippen, als er die Mähne schüttelte, und große weiße Schleimklumpen fielen von seiner fieberhaft geblähten Nase in die schwarze Nacht.

Doch Er'ril schenkte dem zutiefst erschöpften Pferd nur flüchtige Beachtung. Während er sonst den rücksichtslosen Reiter wegen der schlechten Behandlung eines so schönen Tieres gerügt hätte, wusste er in dieser Nacht um die Dringlichkeit des Anliegens. Er hob die Hand zum Bruder hinauf.

Schorkan schüttelte den Kopf und glitt vom Pferd; er kam mit einem Stöhnen am Boden auf, blieb jedoch auf den Beinen. Er klopfte seinem Bruder auf die Schulter. »Schön, dich zu sehen, Bruder. Hilf mir, meinen Freund vom Pferd zu heben.«

Jetzt erst bemerkte Er'ril den kleinen zweiten Reiter, der hinter dem Bruder gesessen hatte. Die kleine Gestalt zitterte in einem offenbar geborgten Mantel über einem Nachtgewand. Der flachsköpfige Junge mit den blauen Lippen und dem blassen Gesicht konnte nicht älter als zehn Jahre sein. Er'ril half dem Jungen beim Absteigen von dem schwitzenden Pferd und brachte das zitternde Kind die Stufen zur Veranda hinauf, indem er es halb trug.

»Wir haben ein warmes Zimmer und etwas heißen Ko'koa oben im dritten Stock«, sagte Er'ril über die Schulter hinweg zu seinem Bruder nach hinten. Schorkan übergab die Zügel seines Hengstes dem Stallknecht. Er'ril sah den Schmerz in den Augen seines Bruders, als sein Pferd davonhumpelte.

Beide Brüder hatten die grauen Augen und das dichte schwarze Haar des Standischen Erbes. Doch Schorkans Gesicht, obzwar er der jüngere der beiden war, war von tiefen Sorgenfalten in den Mund- und Augenwinkeln gezeichnet. Er'ril wünschte, er hätte mehr von der Last seines Bruders auf seine Schultern nehmen können, doch er war nicht von Chi auserwählt, die Gabe der Rose zu tragen. Er'ril konnte lediglich die Kraft seiner Arme und die Schneide seiner Klinge anbieten, um zu ihrer Sache beizutragen.

»Also dann, schnell. Hinauf in das Zimmer.« Schorkan neigte den Kopf zur Seite und lauschte auf die Trommeln, deren dumpfes Wummern von den Höhen herunterschallte. »Wir haben noch eine lange Nacht vor uns.«

Er'ril ging voraus ins Haus und zur Treppe; der Junge taumelte neben ihm her. Wenigstens kehrte wieder etwas Farbe in das Gesicht des Kindes zurück, als ihn die Hitze der Kamine wärmte. Die blassen, schmalen Lippen röteten sich, und die Wangen blühten in rosiger Wärme auf. Unter strohfarbenem

Haar sahen seine blauen Augen – eine Seltenheit in dieser Gegend – Er'ril an.

Schorkan betrachtete die Anzahl von Betten, als sie durch den Gemeinschaftsraum gingen. »Noch mehr Verletzte?«

»Scharmützel auf den Hügelkämmen entlang des Tals«, erklärte Er'ril.

Schorkan nickte nur, doch die Falten um seine Lippen wurden noch tiefer. Sanft drängte er Er'ril schneller die Stufen hinauf.

Als sie im Zimmer ankamen, fand Er'ril Greschym an derselben Stelle vor, wo er ihn zurückgelassen hatte – immer noch mit dem Rücken zum Feuer, um sich zu wärmen.

Schorkan trat in den Raum. »Es überrascht mich, dich immer noch hier anzutreffen, Greschym.«

Der Alte trat zur Seite, um für Schorkan Platz am Feuer zu machen. »Wo sollte ich denn sonst sein?«, erwiderte Greschym. »Du hast uns in dieses Tal getrieben, jetzt sitzen wir hier fest.«

»Du bist mir nun schon so weit gefolgt, Greschym, im blinden Vertrauen auf mein Wort. Trau mir noch ein wenig länger.«

»Das sagst du andauernd.« Der Alte schob das Kinn deutend vor. »Lass deine Hand sehen, Schorkan!«

»Wenn es sein muss.« Er streckte dem Alten die rechte Hand hin. Sie wies eine leichte Rötung auf, wie von einem frischen Sonnenbrand.

Der Alte schüttelte den Kopf. »Deine Rose verblasst, Schorkan.« Greschym beäugte den Jungen, der näher in die Wärme des Feuers rückte. Er packte den Jungen an der Schulter, als dieser in seiner Reichweite war. »Dann hast du also einen der Studenten gefunden?« Er griff hinunter und hob den Ärmel des Mantels in Männergröße, um die rechte Hand des Kindes freizulegen. Sie war so blass und weiß wie das ängstliche Gesicht des Jungen. »Was ist das? Hast du dich geirrt?«

Schorkan befreite den Jungen sanft von Greschym und legte dem Kind einen Arm um die Schultern. Er schob den Jungen noch näher zum Feuer und tätschelte ihm den Kopf. »Er ist Linkshänder.« Schorkan krempelte den linken Ärmel des Mantels hoch, um die andere Hand des Kindes zu entblößen. Sie leuchtete hellrot, als ob der Junge die Hand bis zum Gelenk in einen Teich von Blut getaucht hätte. Wirbel und Spiralen von verschiedenen Rottönen verteilten sich über seinen kleinen Handballen und -rücken. »Der Umstand, dass er Linkshänder ist, hat ihm das Leben gerettet. Einer der Soldaten der Hundsfötter beging den gleichen Irrtum wie du und ließ ihn somit dem anfänglichen Gemetzel entkommen. Er hat sich in einem Apfelbottich versteckt. Der Rest der Akademie ist ein Schlachthaus.«

»Dann gibt es also keine weiteren?«, fragte Greschym. »Von welchem Nutzen ist die Kraft eines einzigen Kindes gegen ein Heer von Gul'gotha? Ich hatte gehofft, du hättest einen Lehrer gefunden, der noch von Blut gezeichnet und frisch bei der Rose ist, jemanden mit Wissen.«

»Keinen. Selbst der Dekan ist geflohen.«

»Das hört sich nach Meister Re'alto an«, bemerkte Er'ril missmutig. »Ich habe diesem hinterhältigen Kerl noch nie getraut.«

Schorkan wandte sich vom Feuer ab. Er nickte zum Fenster hinüber, wo die Trommeln immer noch zu hören waren. »Das ist ohne Bedeutung. Morgen früh werden wir ohnehin alle abgeschlachtet sein.«

»Was?« Er'ril trat zu seinem Bruder. »Was ist mit deiner Vision?«

Greschym schnaubte. »Was habe ich dir gesagt?«, murrte er.

»Vertrau mir, Bruder. Heute Nacht geht es hier nicht nur um unser bloßes Überleben. Es geht um unser Schicksal, unsere Zukunft.«

»Welche Zukunft?«, warf Greschym ein. »Dieses Kind ist wahrscheinlich der letzte vom Blut gezeichnete Magiker in allen Gebieten Alaseas.«

»Was du sagst, stimmt, Greschym. Mit diesem Kind endet die Regentschaft von Chi. Die Welt ist auf dem Weg in ein schwarzes Zeitalter, eine schlimme Zeit, da Menschen aus Blut und Tränen geschaffen werden. Das ist von der Sekte der Ho'fro vorhergesagt worden, von jenen Mitgliedern des Ordens, die die Pfade der Zukunft erkunden.«

»Verkünder des Weltuntergangs!«, murmelte Er'ril verächtlich. »Häretiker. Man hat sie in die Verbannung geschickt.«

»Schlechte Botschaften wurden noch nie freudig aufgenommen, schon gar nicht von den Mächtigen. Aber sie sprachen die Wahrheit.« Schorkan deutete zum Fenster hinaus. »Die Trommeln verkünden die Klarheit ihrer Visionen.«

»Aber wir sind immer noch ein starkes Volk«, entgegnete Er'ril. »Wir können überleben.«

Schorkan bedachte seinen Bruder mit einem dünnen Lächeln. »Auch deine Worte stimmen, Er'ril. Aber dennoch wird Alasea fallen, und sein Volk wird von den Gul'gotha unterworfen werden. Die Zeit der Dunkelheit ist für das Land angebrochen. Wie im Kreislauf von Sonne und Mond muss die Nacht dem Tag folgen. Aber mit unseren Unternehmungen schaffen wir vielleicht einen zukünftigen Sonnenaufgang. Wir werden ihn nicht mehr erleben, ebenso wenig wie unsere Urenkel, doch eines Tages wird möglicherweise eine neue Sonne aufgehen. Um diesen zukünftigen Sonnenaufgang zu zünden, muss ein Stück von diesem Sonnenaufgang von uns an unsere Nachfahren weitergegeben werden.«

»Aber wie?«, fragte Er'ril mit einem Seitenblick auf das schmächtige Kind. »Wie?«

»In der Weissagung der Ho'fro-Sekte kommt einem Buch die entscheidende Bedeutung zu.«

Greschym zog sich zum einzigen Bett im Zimmer zurück. »Das Buch? Schorkan, du bist ein Narr. Hast du mich deshalb mitgenommen?«

»Es waren deine Worte, Greschym – damals, als du noch den Ho'fro angehörtest.«

Er'ril wurde blass und trat einige Schritte von dem alten Mann zurück.

»Das ist lange her«, erklärte Greschym. »Als ich noch ganz neu mit den Gaben gesegnet war. Ich habe mich vor langer Zeit von der Sekte losgesagt.«

»Dennoch bin ich sicher, dass du dich an die Prophezeiung erinnerst. Später haben andere deine Visionen bestätigt.«

»Das ist Wahnsinn.«

»Es ist die Wahrheit. Wie lauteten deine Worte?«

»Ich erinnere mich nicht. Es waren törichte Worte.«

»Wie lauteten sie?«

Greschym bedeckte mit der verbliebenen Hand die Augen. Seine Stimme kam wie aus weiter Ferne.

»Drei werden kommen.
Einer verletzt,
Einer unversehrt,
Einer neu vom Blut gezeichnet.
Dort,
Geschaffen im Blut eines Unschuldigen
Um Mitternacht im Tal des Mondes,
Wird das Buch entstehen.
Drei werden eins werden,
Und das Buch wird gebunden.«

Schorkan saß neben Greschym auf dem Bett. »Wir haben uns eingehend mit deinen Worten beschäftigt. Die Zeit ist jetzt gekommen.«

Greschym stöhnte. »Du weißt so vieles nicht. Du bist noch ein junger Blutgezeichneter. Ich habe andere Schriften studiert, Texte, die inzwischen verbrannt worden sind, als die Ho'fro-Anhänger in die Verbannung geschickt wurden. Nicht alles war auf Pergament festgehalten worden.«

Schorkan packte den alten Magiker an der Schulter. »Sprich, Greschym! Befrei deine Zunge! Die Zeit wird knapp.«

Greschym senkte den Kopf und murmelte leise:

»Blut wird sie rufen,
Das Buch wird sie binden,
Gebunden in Blut,
Wird sie auferstehen.
Herz aus Stein,
Herz aus Geist,
Wird sie sich wieder erheben.«

Schweigen legte sich über den Raum, nur unterbrochen vom Knistern des Feuers.

Er'rils Hand schwebte zum Knauf seines Schwerts. »Ich hielt sie für einen Mythos.«

»Svesa'kofa«, sagte Schorkan und lockerte dabei den Griff an Greschyms Schulter; er kniff die Augen vor Besorgnis zusammen. »Die Hexe des Geistes und des Steins.«

Er'ril schritt auf dem abgetretenen Teppich hin und her. »Der Legende nach wurde sie von Chi vernichtet, weil sie es gewagt hatte, die Blutmagik anzuwenden. Alle Frauen sind dazu verdammt, jeden Mond zu bluten, als Bestrafung für ihre Gräueltaten. Wie könnte diese Abscheulichkeit wieder auferstehen?«

Greschym zuckte mit den Schultern. »Deshalb halten wir unsere Zunge im Zaum. Nicht alle Visionen um das Buch herum leuchten hell.«

»Eine finstere Vision, in der Tat«, bemerkte Schorkan. »Vielleicht gelingt es uns im Laufe der Zeit, andere prophetische Visionen wahrzunehmen, um etwas Licht auf deine Worte zu werfen. Aber Mitternacht rückt näher. Es muss jetzt geschehen, sonst ist die Gelegenheit für immer verpasst.«

Greschym seufzte. »Wollen wir dieses Wagnis wirklich eingehen?«

»Trotz aller Visionen ist die Zukunft für uns eine unbekannte Größe.« Schorkan stand vom Bett auf, wobei der Holzrahmen unwillig quietschte. »Wir müssen mit den Werkzeugen arbeiten, die uns zur Verfügung stehen. Unser Orden ist zerstört. Durch die Schaffung dieses Buches kann ein kleines Stück unserer Magik erhalten bleiben. Ich meine, wir sind immer noch auf dem Vormarsch.«

»Ich vertraue mich deiner Führung an, Schorkan. Was könnte ich anderes tun?«, erklärte der Alte und entblößte seinen Stumpf.

»Dann komm.« Schorkan half Greschym auf die Beine. »Zum Feuer.«

Er'ril sah zu, wie sein Bruder den Jungen zu sich holte und die drei Magiker vor dem Feuer einen Schutzkreis aus Kerzenwachstropfen herstellten, eine starke Abwehrmaßnahme für starke Magik. Er'ril trat zurück.

Schorkan verdrehte den Hals, um Er'ril anzusprechen. »Auch du, Bruder, wirst eine Rolle bei diesem Unterfangen spielen, eine entscheidende Rolle. Wenn wir fertig sind, wird ein heller Blitz aus weißem Licht aufzucken, und wilde Magik wird immer noch in diesem Raum freigesetzt sein. Du musst das Buch schnell schließen, um den Bann zu beenden.«

»Ich werde dich nicht im Stich lassen«, sagte Er'ril mit gerunzelter Stirn, und Übelkeit und Leere krochen ihm in die Brust. »Aber die Magik ist dein Herz, Bruder. Warum schließt du das Buch nicht selbst?«

»Du weißt, warum, oder zumindest ahnst du es. Das sehe ich deinen Augen an«, antwortete Schorkan leise. »Das Erstellen dieses Textes wird uns drei zerstören. Wir müssen zu dem Buch werden, es wird aus uns geschaffen.«

Er'ril spannte sich, als er sich seiner Ahnung bewusst wurde. »Aber ...«

»Mitternacht rückt schnell näher, Bruder.«

»Ich weiß, es ist schon spät! Aber ... aber was ist mit diesem Kind?« Er'ril nickte zu dem Jungen hinüber. »Ihr habt die Absicht, ihn zu opfern. Darf er sich nicht selbst dazu äußern?«

»Ich wurde für diese Bestimmung geboren, Waffenmann«, sagte der Junge, der nun zum ersten Mal sprach, und seine Worte klangen ruhig und sicher. Er'ril wurde bewusst, dass er den Namen des Jungen nicht kannte. Sein Dialekt legte die Vermutung nahe, dass er in einer der Ortschaften an der Küste aufgewachsen war. »Chi hat mich zu dem Apfelbottich geleitet, damit ich mich dort versteckte, als die Herren des Schreckens angriffen. So sollte es sein.«

»Der Junge und ich haben über diese Dinge bereits gesprochen«, erklärte Schorkan, der sich von dem Kreis entfernte und den Arm um Er'ril legte. Er drückte ihn fest an sich. »Hab keine Angst, großer Bruder. Es muss vollbracht werden.«

Er'ril legte seinerseits den Arm fest um seinen Bruder und schwieg, aus Angst, seine Stimme könnte die Tiefe seiner Verzweiflung verraten.

Nach kurzer Zeit räusperte Greschym sich und stellte seine niedergebrannte Kerze auf den Kaminsims. Er'ril gab seinen Bruder nach einer letzten innigen Umarmung frei.

»Was wird als Totem für das Buch dienen?«, fragte Greschym, wobei er Wachs vom Finger an sein Gewand schmierte. Er'ril fiel auf, dass der alte Mann jetzt höher aufgerichtet dastand, weniger gebückt – fast wieder wie in alten Zeiten. Es war viele Monate her, dass der alte Magiker Magik angewandt hatte. »Auch der Totem muss vom Herzen eines Erschaffers geschützt werden.«

Schorkan zog ein abgegriffenes Buch aus einer Tasche seiner Reitweste. Er'ril bemerkte die Rose, die in goldgefasstem Burgunderrot auf den Einband geprägt war; die Ränder der Farbe waren aufgrund des Alters und starken Gebrauchs des Buches stellenweise fleckig. Es war Schorkans Tagebuch. »Seit drei Jahren trage ich dies an meiner Brust.«

Er legte das Buch in die Mitte des Kreises und griff sich an die Leibesmitte, um einen Dolch mit vergoldeter Klinge abzulegen; auf dem Schaft prangte eine Rose. Greschym zog einen Dolch derselben Art aus seinem Gewand. Dann sahen die beiden älteren Magiker den Jungen an.

»Ich habe meinen nicht dabei«, antwortete er ihren Blicken mit weit aufgerissenen Augen. »Er ist noch in der Schule.«

»Das macht nichts«, tröstete Schorkan ihn. »Irgendein Messer tut es auch. Diese aufwändig gearbeiteten Klingen sind nur zeremonielles Beiwerk.«

»Trotzdem wäre es weise, die angemessene Form zu beachten«, gab Greschym zu bedenken. »Wir sind im Begriff, einen mächtigen Bann zu weben.«

»Wir haben keine Wahl. Die Nacht ist schon weit fortgeschritten.« Schorkan wandte sich seinem Bruder zu und streckte die Hand aus. »Ich brauche deinen Dolch – den, welchen Vater dir gegeben hat.«

Während die Leere immer noch in seiner Brust schmerzte, öffnete Er'ril die Schnalle der Scheide und zog seinen Dolch heraus. Er legte den Griff aus Eisenholz seinem Bruder in die Hand.

Schorkan umfasste das Messer und schien seine Ausgewogenheit zu prüfen. Dann sprach er mit fester Stimme: »Er'ril, tritt drei Schritte von uns zurück. Komm auf keinen Fall näher heran, was immer du auch sehen magst, bis das weiße Licht aufzuckt.«

Er'ril tat, wie ihm geheißen, und trat taumelnd zurück, während die drei innerhalb des Schutzkreises aus Wachstropfen niederknieten. Schorkan reichte sein Messer mit dem Rosengriff dem Jungen und behielt den Dolch seines Vaters für sich selbst.

»Wir wollen uns vorbereiten«, sagte Schorkan.

Er'ril beobachtete, wie sein Bruder eine dünne Blutlinie in seine rechte Handfläche ritzte. Greschym machte das Gleiche an seiner linken Hand, wobei er den Dolchschaft zwischen den Zähnen hielt. Nur der Junge hielt seinen Dolch noch in der Schwebe, noch nicht von Blut gezeichnet.

Schorkan bemerkte sein Zögern. »Das Messer ist gut geschärft. Schneide schnell, dann spürst du nur einen ganz kleinen Stich.«

Der Junge hielt den Dolch noch immer starr in der Hand.

Greschym spuckte sein Messer zwischen den Zähnen hervor in seine blutende Hand. »Das muss aus deinem eigenen Willen geschehen, Junge. Wir können dir diese Bürde nicht abnehmen.«

»Ich weiß. Ich tue das zum ersten Mal.«

»Schnell und sauber«, sagte Schorkan.

Der Junge drückte die Augen fest zu, verzerrte das Gesicht, stieß ein Wimmern aus und fuhr sich mit der Klinge über die Hand. Blut quoll in seine gewölbte Handfläche. Mit einem feuchten Schimmern in den Augen sah der Junge Schorkan an.

Schorkan nickte. »Gut gemacht. Jetzt lasst uns anfangen.«

Alle drei streckten die von Blut gezeichneten Hände aus und legten sie auf das Buch, wobei sich ihre Finger gegenseitig berührten, verschlungen wie zaghafte Liebende. Schorkan intonierte: »So wie sich unser Blut vermischt, vermischen sich auch unsere Kräfte. Mögen die drei eins werden.«

Er'ril sah zu, wie die tiefe Röte der Hand des Jungen zu den anderen beiden Magikern hinüberströmte und alle Hände in tiefem Rosa schimmerten. Ein leichter Lufthauch erhob sich wirbelnd im Raum und bewegte einige Strähnen von Er'rils schwarzem Haar. Anfangs dachte Er'ril, es sei ein Windzug, der durch das offene Fenster hereinwehte. Aber dieser Wind war warm wie ein Frühlingsflüstern.

Alle drei Magiker hatten den Kopf zum Gebet gesenkt, ihre Lippen bewegten sich lautlos. Während sie beteten, wirbelte der Lufthauch immer schneller und heißer umher. Und während der Wind durch den Raum wehte, wich alle Farbe aus dem Kreis, und der Wachskreis verlor seine Substanz. Er'ril konnte jetzt den wehenden Wind sehen, der an ihm zerrte, Wirbel in verschiedenen Farbtönen flossen ineinander und kreisten spiralförmig. Während der Wind an Stofflichkeit zunahm, wurde der Inhalt des Wachskreises dumpfer, verblutete.

In dem verblassenden Ring blieb nur das Buch körperhaft; immer noch in deutlich bestimmbaren Farben lag es in der Mitte des Kreises. Sogar die Magiker, die um das Buch herum kauerten, waren zu kristallinen Statuen geworden, durchsichtig und verschwommen.

Der Wind wurde heftiger. Er'rils Augen brannten, und er hatte Mühe, dem Sturm standzuhalten, dessen heißer Atem ihn mit den Farbwirbeln angriff. Er stemmte sich in den Sturm.

Plötzlich sah Er'ril, wie sein Bruder, immer noch eine durchscheinende Gestalt, in dem Kreis mit einem Satz auf die Beine sprang.

»Nein!«, schrie Schorkan zur Decke hinauf. Bei diesem Schrei flog das Tagebuch auf, und ein blendendes Licht schoss wie eine Fontäne aus den Seiten empor, einen Herzschlag lang grell wie die Sonne, dann fiel es zu nichts zusammen und wurde von den Seiten des Buches verschluckt.

Er'ril rieb sich die Nachbilder des grellen Lichts aus den Augen.

Der Junge, der genau wie die anderen lediglich ein durchscheinender Schemen war, kroch von dem Buch weg und wich in Er'rils Richtung zurück.

Schorkan entdeckte ihn. »Halt!«, brüllte er.

Der Junge missachtete ihn und ließ sich bei seinem Rückzug zum Rand des Wachskreises nicht aufhalten. Dort traf er auf Widerstand, musste sich gegen eine unsichtbare Barriere stemmen. Aber er war kräftiger als das Hindernis, und als er sich durch die Umgrenzung des Wachskreises schob, wurden Teile seiner Gestalt wieder körperhaft.

Aber das, was sich da herausbildete, war nicht menschlich!

Als der Junge den Schutzkreis überquerte, verwandelte sich sein Körper von der durchsichtigen Gestalt eines Jungen in ein buckliges Ungeheuer mit zerfaserten Gliedmaßen.

Schorkan rief seinem Bruder zu: »Halt ihn auf, Er'ril, anderenfalls ist alles verloren! Wir sind betrogen worden!«

Bevor Er'ril reagieren konnte, brach ein heftiger Sturm aus dem Kreis aus, der ihn durch den Raum und aufs Bett schleuderte. Der Raum versank in Dunkelheit, da die Kerzen und das Feuer durch die Wucht des Windes gelöscht wurden.

Nach dem Ausbruch verebbte der Wind unvermittelt wieder, als ob jemand bei einem Wintersturm eine Tür zugeschlagen hätte. Er'ril ließ den Blick durch den dunklen Raum schweifen. Er war allein.

Plötzlich loderte im Kamin erneut ein Feuer auf; ein noch glühendes Scheit hatte es erneut entfacht. In der plötzlichen Helligkeit blinzelnd, erspähte Er'ril das Tagebuch seines Bruders, das aufgeschlagen auf dem Teppich lag. Kein Licht strahlte von seinen Seiten ab.

Wo war das Ungeheuer? Wo war sein Bruder? Er'ril richtete sich von dem Bett auf und durchforschte den vom Wind verwüsteten Raum, in dem Kleidung und Reisetaschen in alle Ecken geschleudert und Stühle umgeworfen worden waren.

Als er vom Bettrand zu dem aufgeschlagenen Buch ging, packte ihn etwas von hinten am Fußknöchel und zerrte daran, sodass er auf den Teppich stolperte. Er rollte sich auf den Rücken und trat blindlings nach seinem Angreifer aus, ein Absatz traf mit einem zufrieden stellenden Klatschen auf Fleisch. Er'ril riss sein Bein frei. Während er sich mit einem Satz von dem versteckten Angreifer entfernte, rollte sich Er'ril auf die Schulter, um seinem Gegner entgegenzusehen. Er erhob sich in die Hocke und zog gleichzeitig sein Schwert.

Es kroch unter dem Bett hervor und verfolgte ihn – das Ungeheuer, das einst ein Junge gewesen war. Bernsteinfarbene Augen, zu schwarzen Schlitzen verengt, spuckten ihm Hass entgegen, während das Werwesen seufzte. Als es sich aus einer geduckten Kauerstellung zur vollen Höhe erhob, erreichte es mindestens Er'rils Größe, jedoch mit mindestens der doppelten Masse. Matten von schwarzem Fell hingen an ihm wie Vorhänge aus altersgrauem Moos. Aber seine dolchspitzen Krallen und rasiermesserscharfen Zähne nahmen Er'rils Aufmerksamkeit am meisten in Anspruch. Das Geschöpf tappte schwerfällig auf ihn zu, und ein ekelhafter Gestank ging ihm voraus.

Er'ril wich zurück und hob die Schwertspitze. Als ob diese Bewegung eine Aufforderung wäre, tat das Ungeheuer einen Satz auf ihn zu. Er'ril duckte sich nach rechts, unter einem der ausholenden Arme hindurch, und zog im Vorbeihechten die Schneide seiner langen Klinge über die Seite des Ungeheuers.

Ohne auf dessen Geheul zu achten, sprang Er'ril auf das Bett, um in eine bessere Ausfallposition zu gelangen. Er drehte sich blitzschnell wieder dem Ungeheuer zu, das Schwert zur Abwehr eines zweiten Angriffs erhoben. Er'ril erstarrte. Es erfolgte kein Angriff. Das Ungeheuer tappte von ihm weg.

Es näherte sich dem Buch!

Nein! Er'ril stürzte sich auf das Ungeheuer, das Schwert mit beiden Händen erhoben. Er nutzte die Wucht seines Fallgewichts, um das Schwert tief durch die Mitte des breiten gegnerischen Rückens zu stoßen, und bohrte die Spitze in die Holzbohlen unter dem Geschöpf. Das Ungeheuer zuckte krampfartig, sein Hals schnappte nach hinten, und der Mund öffnete sich zu einem lautlosen Schrei. Es brach nach vorn zusammen, und Er'ril landete auf seinem Körper.

Er rollte sich frei und griff nach seinem Dolch. Seine Hand erstarrte an der leeren Scheide. Er hatte Schorkan sein Messer gegeben! Doch das Ungeheuer blieb schlaff am Boden liegen, tot.

Schwer keuchend, den Blick auf das Ungeheuer gerichtet, kroch Er'ril um den schlaffen Rumpf herum und trat zu dem aufgeschlagenen Tagebuch. Schorkan hatte ihm gesagt, er müsse das Buch schließen, um den Zauberbann zu vollenden. Aber nach allem, was geschehen war – war etwas missglückt? War die Verwandlung nicht gelungen?

Er'ril kniete neben dem Tagebuch nieder. Er sah, dass die Kritzelschrift seines Bruders die aufgeschlagenen Seiten füllte. Das Buch hatte sich nicht verändert.

Er'ril spürte, wie ihm frische Tränen in die geröteten Augen quollen. Hatte sein Bruder sein Leben umsonst verloren? Behutsam streckte er die Hand aus und berührte den Rand des Bucheinbandes – das einzige Unterpfand seines verlorenen Bruders, seiner verlorenen Familie, seines verlorenen Landes. Er schloss die Augen und schlug das Buch zu, um den Wunsch seines Bruders vollends zu erfüllen.

Beim Schließen des Buches schoss ein kalter Schlag durch Er'rils Körper und schleuderte ihn über den Boden. Einige Herzschläge lang tanzten Lichter durch sein Sichtfeld, der Raum drehte sich und neigte sich in die Schräge. Schließlich wurde seine Sicht wieder klar. Als Erstes fiel sein Blick auf das Ungeheuer, das sich nun wieder in einen Jungen verwandelt hatte. Er'rils Schwert ragte aus dem Rücken des Kindes, das in einer sich ausbreitenden Blutlache lag, die bereits bis zum Tagebuch reichte.

O meine Götter, was habe ich getan? Er'ril spürte eine eisige Umklammerung um sein Herz. Welche Machenschaften sind hier am Werk? Habe ich wirklich ein unschuldiges Kind umgebracht?

Er durchsuchte den Raum nach irgendwelchen aufschlussreichen Hinweisen, voll panischer Angst, von einer üblen Magik so getäuscht worden zu sein, dass er den Jungen ermordet hatte.

Sein Blick blieb auf dem Buch haften. Vielleicht …

Er streckte die Hand – sehr, sehr langsam – zu dem Tagebuch aus. Sein Finger blieb über dem Deckel in der Schwebe, dann tippte er schnell darauf, als wolle er eine Schlange reizen. Nichts geschah. Diesmal folgte kein Schlag.

Er biss sich auf die Unterlippe und legte die ganze Handfläche auf das Buch. Noch immer geschah nichts.

Mit einem einzelnen Finger schlug er den Buchdeckel auf. Eine leere weiße Seite starrte ihn an. Er wusste, dass sein Bruder das Tagebuch von der ersten bis zur letzten Seite voll gekritzelt hatte. Wieder mit einem einzelnen Finger fächerte Er'ril durch den Rest des Buches. Es war unbeschrieben – nichts als leere Seiten.

Er'ril hob das Buch auf; das Blut des Jungen tropfte von dem Ledereinband, als er die ersten Seiten durchblätterte.

Während er auf die weißen Seiten blickte, fügten sich Worte auf dem Papier zusammen, als ob ein Geist mit roter Tinte darauf schriebe. Er erkannte die Schrift, Schorkans Handschrift!

»Bruder, hörst du mich?«, sprach Er'ril in die leere Luft.

Das Schreiben setzte sich fort, als ob er nie gesprochen hätte.

»Schorkan?«

Immer noch keine Antwort.

Er'ril las die Worte, und seine Faust umklammerte die Buchseiten.

> Und so wurde das Buch geschaffen, getränkt im Blute eines Unschuldigen um Mitternacht im Tal des Mondes. Derjenige, der es tragen würde, las die ersten Worte und war erstickt von Tränen um seinen verlorenen Bruder ... und seine verlorene Unschuld. Weder der eine noch das andere würden jemals wiederkehren.

Er'ril ließ das Buch zu Boden fallen und starrte das Blut des Jungen an, das seine Hände überzog; er sank auf die Knie und brach in bittere Tränen aus.

Und so wurde das Buch geschaffen, von törichten Menschen, die mit Kräften spielten, die sie nicht vollkommen begriffen. Aber andererseits täte ich dasselbe; wer bin ich also, um Beschwerde zu führen? Nur ein Geschichtenerzähler, der von vergangenen Zeiten berichtet.

Jetzt wissen Sie, wie und warum das Buch geschaffen wurde, aus Prophezeiungen, Visionen und wilder Magik.

Antworten bringen weitere Fragen hervor.

Was ist das Buch? Welchem Zweck dient es? Und was wurde aus seinen blutgetränkten Seiten?

Wie ich bezeugen kann, schreitet die Zeit dahin, die Vergangenheit gerät in Vergessenheit, die Zukunft wird erträumt. Und Fragen werden beantwortet.

Die Welt dreht sich wie ein Kinderkreisel und kennzeichnet die Zeit. Jahrhunderte fliegen vorbei wie das Flattern eines aufgeregten Spatzenflügels – bis sie erscheint. Dann lege ich einen Finger auf die Welt und verlangsame ihr Drehen, bis sie anhält. Dort ist sie, in dem Obsthain. Sehen Sie sie? Jetzt ist die Zeit gekommen, um ihre Geschichte zu erzählen: sie, deren Erscheinen in der Prophezeiung eines einhändigen Magikers angekündigt wurde, sie, die die Seele der Welt verschlingen würde.

ERSTES BUCH

Erste Flammen

1

Der Apfel traf Elena am Kopf. Vor Überraschung biss sie sich auf die Zunge, und ihr Fuß rutschte von der nächsten Sprosse der Leiter ab. Sie fiel zwei Meter tief auf den harten Boden und zermalmte einen verfaulten Apfel, wobei sie die Sitzpartie ihrer neuen Arbeitskleidung mit klebrigem Fruchtmatsch verschmierte.

»Pass doch auf, Elena!«, rief Joach von einer anderen Leiter herüber; der Riemen seines Apfelkorbs hatte ihm eine Rille in die Stirn gedrückt. Der Korb auf seinem Rücken war beinahe voll.

Sie warf einen Blick auf ihren eigenen Korb, dessen Inhalt am Boden des Obsthains verstreut lag. Mit einem Gesicht so rot wie der Apfel, der auf sie gefallen war, stand sie da und bemühte sich, so viel Würde wie möglich zu bewahren.

Sie wischte sich über die Stirn und sah zur Sonne hinauf, die tief am Horizont stand. Spätnachmittägliche Schatten streckten sich zu ihr aus. Seufzend sammelte sie ihr verstreutes Obst ein. Bald würde die Glocke zum Abendessen läuten. Und ihr Korb war selbst nach der Neubeladung kaum mehr als halb voll. Ihr Vater würde wütend sein. »Du bist mit dem Kopf in den Wolken«, würde er ihr vorwerfen. »Du scheust echte Arbeit.« Solche Worte hatte sie schon oft genug gehört.

Sie legte die Hand auf eine Sprosse der Leiter, die an dem Baumstamm lehnte. Es war keineswegs so, dass sie sich absichtlich vor der Arbeit drückte. Es machte ihr nichts aus, stundenlang auf dem Feld oder im Obsthain zu arbeiten. Aber die

Eintönigkeit der Plackerei trug dazu bei, dass ihre Aufmerksamkeit zu den zahlreichen bemerkenswerten Dingen um sie herum abschweifte. Heute hatte sie das Nest eines Kak'ora-Vogels eingeklemmt in der Gabelung eines Obstbaumes gefunden. Das Nest, das für dieses Jahr längst verlassen worden war, begeisterte sie mit seinem feinen Geflecht aus Zweigen, getrocknetem Schlamm und Blättern. Dann hatte sie ein Spinnengewebe gefunden, fein wie Spitze, schwer von Tau, wie ein perlenbesetzter Vorhang. Und den abgestreiften Panzer eines Käfers, der an einem Blatt klebte. Es gab so vieles zu betrachten und zu bewundern.

Sie drückte die Schulterblätter nach hinten und rollte sie vor und zurück, um den Schmerz darin zu lindern, und ließ den Blick über die vielen Reihen von Apfelbäumen schweifen. Einen Herzschlag lang spürte Elena so etwas wie einen Erstickungsanfall – Atemkasper nannte ihre Mutter das. In der Vergangenheit hatten viele Arbeiter über den erdrückenden Hauch des Obsthains gemunkelt. Die Bäume nahmen das gesamte Hochland in Anspruch, bedeckten Hunderttausende von Hektar, erstreckten sich von den fernen Gipfeln der hoch aufragenden Zahnberge bis hinunter in die Tiefebene. Während der Obsthain sich je nach Jahreszeit in viele verschiedene Gewänder kleidete – ein zarter Schleier von rosafarbenen und weißen Blüten im Frühling, ein undurchdringliches grünes Meer im Sommer, ein Gewirr verschlungener, skelettartiger Äste im Winter –, besaß sein eigentlicher Rumpf eine Beständigkeit, die den Geist auffraß, ihn ertränkte.

Elena erschauderte. Die Zweige verdeckten den gesamten Horizont um sie herum. Die verschlungenen Gliedmaßen über ihr hielten selbst die Berührung der Sonne von Elenas Gesicht ab. Als sie noch jünger gewesen war, hatte sie zwischen den Baumreihen gespielt. Damals war ihr die Welt riesig vorgekommen, voller Abenteuer und neuer Entdeckungen. Nun, da sie allmählich zur Frau reifte, verstand Elena endlich die geflüsterten Worte der anderen Arbeiter.

Der Obsthain erstickt dich langsam.

Sie hob das Gesicht. Hier war ihre Welt. Ein Dickicht aus Bäumen, Blättern und Äpfeln. Nirgendwo gab es einen Durchbruch, nirgendwo hatte man freie Sicht. Der Ekel erregende Geruch nach verfaulenden Äpfeln hing schwer in der Luft. Der Geruch kroch einem in die Poren, drückte jedem sein Zeichen auf, beanspruchte einen als Eigentum. Elena drehte sich um und versank in der Schönheit des Hains.

Wenn sie doch nur die Flügel eines Vogels hätte, dann würde sie von hier wegfliegen! Über die Ebenen von Standi schweben, über die I'nova-Sümpfe segeln, zwischen den hügeligen Inseln des Archipels im Großen Ozean fliegen!

Sie drehte sich unter den Zweigen der Bäume im Kreis und stellte sich weit entfernte Orte vor.

»Wenn du mit Tanzen fertig bist, Schwesterchen«, rief Joach zu ihr herunter, »dann solltest du dich wieder an die Arbeit begeben.«

Seine strengen Worte stutzten ihr die Flügel, und sie trudelte aus den Wolken. Sie sah zu ihrem Bruder hinauf. Seine Stimme war das klingende Echo der Stimme ihres Vaters. Für einen Augenblick sah Elena sogar das Abbild ihres Vaters in den breiter werdenden Schultern ihres Bruders und seinem kräftigen, sonnengebräunten Gesicht. Wann war das geschehen? Wo war der Junge, der in Fantasiejagden schreiend mit ihr durch den Obsthain gerannt war?

Sie ging wieder zur Leiter. »Joach, verspürst du nie den Wunsch, diesen Ort zu verlassen?«

»Natürlich«, sagte er, ohne im Pflücken innezuhalten. »Ich möchte einmal meinen eigenen Hof haben. Vielleicht stecke ich mir ein bisschen Land in den wilden Hainen nahe des Horstes ab.«

»Nein, ich meine das Tal – die ganze Gegend mit ihrem Obstanbau verlassen.«

»Um Städter in Winterberg zu werden – wie Tante Fila?«

Elena seufzte und stieg ihre Leiter hinauf. Der Hain hatte ihren Bruder bereits voll und ganz verschluckt, sein Geist und seine Seele waren in dem Gewirr von Ästen verfangen. »Nein«, sagte sie, um es noch einmal zu versuchen. »Ich meine, das Vorgebirge verlassen, weggehen, um andere Länder zu sehen.«

Er hielt inne, einen reifen Apfel in der Hand, und wandte sich ihr mit ernstem Blick zu. »Warum?«

Elena streifte sich den Trageriemen über die Stirn. »Lass gut sein.« Ihr Korb fühlte sich jetzt doppelt so schwer an. Niemand verstand sie.

Plötzlich erschallte lautes Lachen von ihrem Bruder, was ihre Aufmerksamkeit wieder zu ihm lenkte.

»Was gibt es?«, fragte sie in der Erwartung von etwas Komischem.

»Elena, man kann dich so leicht zum Narren halten!« Joachs Gesicht verzog sich zu einem missfälligen Grinsen. »Natürlich möchte ich dieses langweilige Tal verlassen. Für wen hältst du mich – für einen stumpfsinnigen Bauern? Meine Güte, ich bräche am liebsten von jetzt auf gleich von hier auf.«

Elena lächelte. Dann hatte der Hain ihren Bruder also doch noch nicht ganz und gar in seinen Krallen!

»Gib mir ein Schwert und ein Pferd, und schon bin ich weg«, fuhr er fort; seine großen Augen blickten träumend in eine unbestimmte Ferne.

Sie tauschten ein Lächeln über die Baumreihen hinweg aus.

Plötzlich erklang ein Läuten über den Hain: die Glocke zum Abendessen.

»Es wird auch Zeit«, sagte Joach, wobei er von der Leiter sprang und geschmeidig auf dem Boden landete. »Ich bin dem Verhungern nahe.«

Sie lächelte. »Du bist immer dem Verhungern nahe.«

»Ich wachse.«

Die Worte ihres Bruders stimmten zweifellos. Joach hatte innerhalb der letzten paar Monate gewaltig an Größe zugelegt; nächste Woche würde sein vierzehnter Geburtstag sein. Obwohl er nur ein Jahr älter war als sie, überragte er sie bereits um einiges. Sie widerstand der Eingebung, auf ihre Brust hinunterzusehen. Bei den anderen Mädchen in der Nachbarschaft sprossen bereits ansehnliche Knospen, während sie, wenn sie das Hemd auszog, fast wie ihr Bruder aussah. Die Leute hatten sie beide sogar schon oft irrtümlich für Brüder gehalten. Sie hatten beide das gleiche rote Haar, zu einem Pferdeschwanz nach hinten gebunden, die gleichen grünen Augen über hohen Wangenknochen und die gleiche sonnengebräunte Haut. Es stimmte zwar, dass sie mehr Sommersprossen, längere Wimpern und eine kleinere Nase hatte, dennoch war sie beinahe so muskulös wie er. Die gemeinsame Arbeit auf den Feldern und in den Obsthainen, die sie seit ihrer Kindheit verrichteten, hatte bei ihnen ähnliche körperliche Merkmale geschaffen.

Bis jetzt bestand die Landarbeit, die man ihnen auftrug, lediglich in kindgerechten Verrichtungen. Doch bald würde sich Joach den Männern bei den schwereren Arbeiten zugesellen, und seine Brust und die Arme würden sich zu denen eines echten Mannes entwickeln, was für seine Körpergröße bereits jetzt schon fast zutraf. Irgendwann würde niemand mehr sie für Brüder halten – zumindest hoffte sie das. Ohne sich dessen bewusst zu sein, betrachtete sie nun doch ihre Brust und dachte missmutig: *je früher, desto besser.*

»Wenn du damit fertig bist, deine winzigen Äpfelchen zu bewundern«, neckte er sie, »dann können wir gehen.«

Sie pflückte eine Frucht vom Baum und bewarf ihn damit. »Verschwinde!« Sie wollte ihrer Stimme eigentlich einen schneidenden Klang geben, aber ihr Lachen am Schluss machte diese Wirkung zunichte. »Wenigstens spanne ich nicht die Muskeln vor dem Spiegel, wenn niemand zusieht.«

Nun war er an der Reihe zu erröten. »Das stimmt nicht ... ich meine, ich habe nicht ...«

»Geh heim, Joach.«

»Und was ist mit dir?«

»Mein Korb ist noch lange nicht voll. Ich glaube, ich sollte noch ein bisschen länger arbeiten.«

»Ich könnte einen Teil meiner Äpfel in deinen Korb schütten. Meiner ist sowieso übervoll. Dann sieht es so aus, als hätten wir die gleiche Menge an Arbeit geleistet.«

Obwohl sie wusste, dass ihr Bruder ihr zu helfen versuchte, spürte sie einen Schwall von Wut in sich. »Ich kann meine Äpfel selbst pflücken.« Ihre Worte kamen in einem giftigeren Ton heraus, als sie es beabsichtigt hatte.

»Schon recht, ich habe es nur gut gemeint.«

»Sag Mutter, ich bin vor Sonnenuntergang daheim.«

»Das solltest du auch. Du weißt, dass sie es nicht mag, wenn wir nach Einbruch der Dunkelheit noch draußen sind. Die Familie Kuliga hat letzte Woche drei Schafe eingebüßt.«

»Ich weiß. Ich habe davon gehört. So, jetzt lauf, bevor ihnen die Hammel ausgehen. Ich komme zurecht.«

Sie merkte, dass ihr Bruder einen Herzschlag lang zögerte, aber sein Hunger gewann die Oberhand. Mit einem kurzen Winken ging er davon, lief zwischen den Baumreihen hindurch auf das Haus zu. Bald war er von den Bäumen verschluckt, und seine patschenden Schritte waren nicht mehr zu hören.

Elena kletterte bis fast zur obersten Sprosse der Leiter hinauf und reckte sich den schwer mit Früchten beladenen Ästen entgegen. In der Ferne sah sie die Schwaden, die weiter unten im Tal aus den zahlreichen Kaminen von Winterberg emporstiegen. Ihre Augen verfolgten die schmutzigen schwarzen Rauchsäulen, bis sie hoch über dem Tal zu einem schwachen Dunst verblassten, wo der Wind den Rauch zum fernen Ozean trug. Wenn sie doch nur mitreisen könnte ...

Während sie in diese Betrachtung versunken war, fielen ihr die Worte ihres Vaters wieder ein, die er mit barscher Stimme ausgesprochen hatte: *Du bist mit dem Kopf immer in den Wolken, Elena.*

Seufzend riss sie den Blick vom Himmel los und lehnte sich mit dem Bauch gegen die Leiter, um das Gleichgewicht zu halten. Dies war ihr Leben. Sie benutzte beide Hände, um Äpfel zu pflücken und sie über die Schulter in den Korb zu werfen. Erfahrene Finger konnten beurteilen, ob ein Apfel reif genug zum Pflücken war; sie hielten hier inne, pflückten da, bis alle reifen Äpfel der erreichbaren Äste in ihrem Korb waren.

Während des Arbeitens fingen die Schmerzen in ihrer Schulter wieder an und strahlten bis in den Rücken aus. Aber sie hielt nicht inne. Sie verscheuchte mit dreschenden Armen die Fliegen, die sie umsurrten, und kletterte noch eine Sprosse höher, um frische Zweige zu erreichen, fest entschlossen, ihren Korb vor Sonnenuntergang zu füllen.

Bald wucherte der Schmerz in der Schulter wie Unkraut bis in ihren Bauch. Sie veränderte die Stellung auf der Leiter, in der Annahme, die Sprossen drückten beim Anlehnen gegen ihre Rippen. Plötzlich krampften sich ihre Eingeweide schmerzhaft zusammen. Beinahe hatte sie das Gleichgewicht verloren, aber ein schneller Griff zur Leiter verhinderte einen Absturz.

Mit zusammengekniffenen Augen hielt sie sich an der Leiter fest und wartete auf das Nachlassen des Schmerzes. Während der vergangenen Tage hatte sie immer wieder unter solchen Krämpfen gelitten, die dann aber wieder vergangen waren. Sie hatte nicht darüber gesprochen, da sie die Beschwerden auf die große Menge von Bullerbeeren zurückführte, die sie gegessen hatte. Die Saison dafür war kurz, und die rötlichen Beeren waren von jeher ihre Lieblingsspeise. Krämpfe hin oder her, sie konnte dem süßen Nektar einfach nicht widerstehen.

Indem sie fest durch die zusammengebissenen Zähne ein- und ausatmete, überstand sie den Schmerz. Nach wenigen Herzschlägen verringerte er sich zu einem dumpfen Ziehen. Sie legte die Stirn auf den Unterarm und gestattete sich ein paar tiefe Atemzüge, bevor sie mit der Arbeit fortfuhr.

Als sie nach oben blickte, sah sie etwas, bei dessen Anblick sie ihren Bauch vergaß. Die abendlichen Sonnenstrahlen durchbohrten das Laubdach und fielen leuchtend hell auf ein Prachtexemplar von einem Apfel von außerordentlicher Größe, beinahe so groß wie eine kleine Melone. Ach, wie sehr ihre Mutter diese großen, saftigen Äpfel für ihre Strudel schätzte! Selbst ihr Vater wäre doppelt erfreut, wenn sie mit einem vollen Korb und dazu mit dieser Trophäe von einem Apfel zurückkehren würde.

Aber konnte sie ihn erreichen?

Sie stieg noch eine Sprosse höher, eine mehr, als ihr Vater ihnen für gewöhnlich zu erklimmen erlaubte, und reckte den Arm nach oben. Ihre Fingerspitzen berührten die Unterseite des Apfels, woraufhin er an seinem Stiel schaukelte.

Verflixt! Wenn Joach hier gewesen wäre, hätte er ihn erreicht. Aber dies war ihre Trophäe. Sie presste die Lippen zusammen und kletterte vorsichtig noch eine Sprosse höher. Die Leiter schwankte unter ihr. Mit einem Arm umfing sie den Baum, den anderen streckte sie zu dem Prachtexemplar aus. Ihre Hand schob sich millimeterweise näher an die Frucht heran, wobei ihre Schulter pochte.

Mit einem siegessicheren Lächeln sah sie, wie ihre Hand in den Sonnenschein griff, der die Umrisse des Apfels nachzeichnete. Jedenfalls hatte sie die Absicht. Während ihre Hand sich immer höher schob, verschwand diese plötzlich aus ihrer Sicht, als sie den Rand des Sonnenstrahls berührte. In der Annahme, das grelle Sonnenlicht habe sie für einen Augenblick geblendet, blieb sie ruhig.

Dann jedoch krampfte sich ihr Magen zusammen, und ihr Unterbauch wurde von einem so heftigen Schmerz gepackt, als ob ihr jemand einen Dolch in die Innereien gestoßen hätte. Keuchend und unsicher trat sie eine Sprosse tiefer, wobei sie sich am Baum und an der Leiter festklammerte.

Heiße Nässe sickerte zwischen ihre Schenkel, als sie so dort hing. Da sie glaubte, vor Schmerz habe ihre Blase sich entleert, sah sie angeekelt nach unten. Doch was sie dort sah, bewirkte, dass sie die Leiter der ganzen Länge nach hinunterrutschte und als Häuflein Elend an ihrem Fuß landete.

Sie richtete sich zum Sitzen auf und betrachtete sich erneut prüfend. Blut! Ihre graue Unterhose war im Zwickel mit sickerndem Blut durchtränkt. Im ersten Augenblick dachte sie, etwas habe sie innerlich verletzt. Dann dämmerte es ihr, und ein kleines Lächeln umspielte ihre Lippen. Wovon sie gehört, was sie erhofft hatte, war endlich eingetreten: die erste Monatsblutung.

Sie, Elena Morin'stal, war zur Frau geworden!

Verwirrt saß sie da und hob die Hand zum Kopf. Bevor sie die feuchte Stirn berühren konnte, fiel ihr Blick auf ihre rechte Hand.

Auch sie war nass von Blut!

Eine üppige Röte umgab die gesamte Oberfläche ihrer Hand wie ein rubinroter Handschuh. Was war geschehen? Sie wusste, dass sie sich da unten nicht angefasst hatte. Und außerdem blutete sie auch nicht so stark.

Ich muss mich beim Fallen an einem Nagel der Leiter oder an der scharfen Spitze eines abgebrochenen Astes gerissen haben, dachte sie.

Aber sie empfand keinen Schmerz. Vielmehr war da eine fast angenehme Kühle. Sie rieb die Hand an ihrem graugrünen Hemd ab. Doch nichts ließ sich abwischen. Ihr Hemd war nach wie vor sauber. Sie rieb fester. Immer noch nichts.

Ihr Herz raste, und Sterne tanzten durch ihr Sichtfeld, während sie allmählich in Panik geriet. Ihre Mutter hatte sie im Zusammenhang mit der ersten Menstruation einer Frau niemals vor so etwas gewarnt. Vielleicht war das eine Art Frauengeheimnis, das vor Männern und Kindern gehütet wurde. So musste es sein, ganz bestimmt! Sie zwang sich, langsamer zu atmen. Offenbar war das keine lang anhaltende Sache. Die Hände ihrer Mutter waren ganz normal.

Sie holte mehrmals tief Luft, um einen klaren Kopf zu bekommen. Alles würde in Ordnung kommen. Ihre Mutter würde ihr diesen Unsinn erklären. Sie stand auf, und zum zweiten Mal an diesem Tag richtete sie ihren ausgeschütteten Korb auf und sammelte die herumliegenden Äpfel ein. Der letzte Apfel, den sie erspähte, war das riesige Prachtstück. Anscheinend hatte sie ihn erwischt, bevor sie von der Leiter gefallen war. Welch ein Glück! Sie berührte ihr rechtes Ohrläppchen in angemessener Demut, um dem Geist, der hinter diesem Gnadenakt steckte, zu danken. »Danke, Süße Mutter«, murmelte sie dem leeren Obsthain zu. Dies war ein gutes Omen zu Beginn ihres Daseins als Frau.

Als sie sich vorbeugte, um ihre Trophäe aufzuheben, beobachtete sie, wie sich ihre blutige Hand darum schloss, und ihr fiel der Augenblick wieder ein, als ihre Hand in einem Dunst aus Sonnenlicht verschwunden war. Sie runzelte die Stirn und verscheuchte den Gedanken. Wahrscheinlich lag es nur daran, dass das Licht ihren müden Augen einen Streich gespielt hatte.

Ihre Hand umklammerte den Apfel. Ihre Mutter würde einen leckeren Strudel damit zubereiten. Sie stellte sich vor, wie der Duft des warmen Apfels mit Zimt einem frischen Stück Strudel entströmen würde.

Als sie ihre Trophäe hochhob, bebte der Apfel in ihrer Hand, als ob er lebendig wäre, dann verwelkte er auf der Stelle, und es blieb nur eine verrunzelte, pergamentartige Masse übrig. Elena zog angeekelt die Lippen zurück und ließ ihn fallen. Als der Apfel am Boden aufkam, zuckte davon eine so grelle Flamme auf, dass sie geblendet wurde. Sie hielt sich die Arme vor die Augen, doch das Licht verschwand so schnell, wie es gekommen war. Sie ließ den Arm vorsichtig sinken. Alles, was von dem Apfel übrig geblieben war, war ein kleiner Berg Asche. Heilige Mutter von Regalta!

Während sie von dem schwarzen Häuflein zurückwich, läutete auf der anderen Seite des Obsthains die Glocke erneut zum Abendessen, was sie erschreckte, sie jedoch gleichzeitig aus ihrer Erstarrung riss. Ihren Korb zurücklassend, durchquerte sie im Laufschritt den Hain.

Als Elena auf dem Hof ihrer Familie ankam, leuchteten nur noch die letzten Strahlen der untergehenden Sonne am westlichen Himmel. Schatten lagen schwer auf der festgebackenen Erde zwischen dem Pferdestall und dem Wohnhaus. Sie übersprang mit einem Satz den Graben zur künstlichen Bewässerung und brach damit aus der letzten Baumreihe heraus.

Ein Wagen, beladen mit Tagelöhnern, holperte auf sie zu, in Richtung der Straße zur Stadt. Grobes Lachen schallte über den Hof. Der Maultierkutscher, Horrel Ferr, scheuchte sie mit einer Handbewegung aus dem Weg. »Weg da, Mädchen!«, rief er ihr zu. »Ich habe hier einen Karren voll hungriger Männer, die unbedingt ihr Abendessen bekommen müssen.«

»Und unser Bier! Vergiss das Bier nicht!«, rief jemand von der Ladefläche des Karrens. Seine Bemerkung löste eine erneute Lachsalve aus.

Elena sprang zur Seite. Der Zug von vier Maultieren stemmte sich in die Geschirre und zog den quietschenden Wagen an ihr vorbei. Sie wollte gerade den Arm heben, um den davonfahrenden Arbeitern zuzuwinken, doch dann senkte sie ihn wieder und versteckte ihn hinter dem Rücken, da sie sich plötzlich ihrer befleckten Hand schämte. Falls die rote Farbe ein Kennzeichen der knospenden Weiblichkeit war, dann war es ihr plötzlich peinlich, sich die Veränderung vor diesen grobschlächtigen Männern anmerken zu lassen. Sie spürte, dass schon bei dem Gedanken ihre Wangen erröteten.

Sobald der Wagen vorbeigerumpelt war, flitzte Elena über den Hof; dabei hörte sie, wie ein Mann dem anderen gegenüber äußerte: »Dieses Mädchen ist irgendwie komisch. Es rennt immer herum. Bestimmt ist es nicht ganz richtig im Kopf.«

Elena überhörte die Beleidigung und setzte den Weg zur

Hintertür ihres Elternhauses fort. Es war nicht das erste Mal, dass ihr so etwas zu Ohren kam. Das Gerede der Kinder bei ihr in der Schule war sogar noch grausamer. Elena war schon immer ein hoch gewachsenes, schlaksiges Mädchen gewesen, bekleidet mit alten, selbst genähten Klamotten, die sie von ihrem Bruder geerbt hatte. Sie war häufig der Gegenstand von Spott, was sie in der Öffentlichkeit lässig ertrug; zu Hause weinte sie jedoch oft. Selbst ihre Lehrer hielten sie für etwas langsam im Denken und glaubten, ihre Tagträumerei sei ein Beweis für einen schwerfälligen Geist. Auch diese Einschätzung tat ihr weh, doch im Laufe der Zeit hatte sich Elenas Herz eine ausreichende Gleichgültigkeit zugelegt.

Einsam, nur mit ihrem Bruder und ein paar kleinen Kindern aus der Nachbarschaft als Gesellschaft, hatte Elena die Erfahrung gemacht, wie angenehm es war, ganz für sich allein etwas zu entdecken. Sie hatte in der Landschaft des Vorgebirges viele herrliche Plätze ausfindig gemacht: ein Kaninchengehege, wo ihr die Weibchen und Männchen frei aus der Hand fraßen; einen Ameisenhügel, der ihr bis zum Kopf reichte; einen vom Blitz getroffenen Baum, der im Innern hohl war; ein Gelände mit flechtenüberzogenen Steinen, die zu einem längst aufgegebenen Friedhof gehörten. Oft kehrte sie dorthin zurück, erschöpft von einem anstrengenden Tag, von Dornen zerkratzt und mit Schlamm beschmutzt, ein breites Lächeln im Gesicht.

Jetzt hatte Elena die Stirn gerunzelt und ging langsamer, als sie sich der Hintertür näherte.

Sosehr sie auch ihre Erkundigungen genoss, so entging ihr doch die Unzufriedenheit nicht, die sich in letzter Zeit in ihr Herz geschlichen hatte. Sie ertappte sich dabei, dass ihre Augen auf fernen Horizonten verweilten. Ihre Hände juckten von etwas, das sie nicht zu benennen wusste. Es war, als ob sich ein Gewitter in ihren Knochen zusammenbraute und schon bald herausbrechen wollte.

Elena stieg die hintere Treppe hinauf. Als sie die Hand nach dem Türgriff ausstreckte, fiel ihr Blick auf den roten Schimmer ihrer befleckten Hand, die von den letzten Sonnenstrahlen beleuchtet wurde. Und jetzt auch noch das! Was hatte das zu bedeuten? Ihre Finger zitterten, während sie über dem Messinggriff verharrten. Zum ersten Mal empfand sie die wahre Tiefe und Ausdehnung der Fremdheit, die jenseits ihres Obsthains liegen mochte. Sie schloss die Augen; plötzlich hatte sie Angst.

Warum wollte sie überhaupt ihr Zuhause verlassen? Hier gab es Sicherheit und Geborgenheit, und sie war umgeben von all jenen, die sie liebten. Dieses Land war so angenehm wie getragener Flanell an einem kalten Morgen. Warum nach mehr suchen?

Während sie noch zitternd auf der Treppe stand, schwang die Tür plötzlich auf und drängte sie eine Stufe tiefer. In der Türöffnung stand hoch aufgerichtet ihr Vater und umklammerte Joachs Schulter mit seiner großen Hand. Beide Männer rissen vor Überraschung die Augen weit auf, als sie Elena auf der Treppe stehen sahen.

»Siehst du«, sagte Joach dümmlich, »ich habe dir doch gesagt, dass sie rechtzeitig nach Hause kommt.«

»Elena«, sagte ihr Vater, »du weißt, dass du nach Einbruch der Dunkelheit nicht mehr allein draußen in den Obsthainen sein sollst. Du musst daran denken, dass ...«

Elena stürzte sich in die Arme ihres Vaters.

»Mein Liebling!«, sagte er, wobei er sie mit seinen kräftigen Armen umfing. »Was ist los?«

Sie begrub das Gesicht an der Brust ihres Vaters und wollte sich nie mehr aus seiner Umarmung lösen. Hier war ihr Zuhause – und das nicht nur wegen des strohbedeckten Dachs und des warmen Kamins.

2

Der Schimmer der Dämmerung vertiefte sich unter den dichten Zweigen der Obstbäume. Rockenheim zog sich den Umhang fester um die Schultern und stampfte mit den Füßen auf den Boden. Die Nächte waren immer so schrecklich kalt in diesem verdammten Gebirgstal! Er hasste diesen Auftrag, mit dem ihn seine Vorgesetzten betraut hatten. Festgesetzt in einem hinterwäldlerischen Dorf von Bauerntölpeln – und dieser eisige Winter! Es ging doch nichts über das sonnenwarme Klima seiner Heimatinsel …

Während ein kalter Wind an seinem dünnen Umhang zerrte, erschien vor Rockenheims geistigem Auge das Bild seiner Heimat auf dem Archipel. Die Strände, die feuchte Hitze, die Sonnenuntergänge, die stundenlang dauerten, bis die rote Kugel im Ozean versank. Bei der Erinnerung an seine Heimat, die er vor so langer Zeit verlassen hatte, flüsterte ihm ein Hauch aus der Vergangenheit ins Ohr: langes blondes Haar und lachende Augen … und ein Name … ein Frauenname. Aber wer? Er versuchte, die Erinnerung fester zu packen, aber sie flatterte davon wie ein verängstigter Vogel. Was war es, das er da gerade zu vergessen schien? Dann zerrte eine eiskalte Windbö an seinem Reitmantel, und die frostige Berührung riss ihn aus seiner Träumerei. Rockenheim zog den vom Wind gepeitschten Stoff an den ungeschützten Hals.

Aus tiefster Kehle stieß er ein ungeduldiges Brummen aus, und dabei beobachtete er, wie der beinahe blinde Wahrsager mit einem Finger in einem Haufen sich abkühlender Asche neben einem umgekippten Apfelkorb stocherte. Der alte Mann hob die Nase in die nächtliche Brise, die zwischen den Reihen von Baumstämmen hindurchwehte, wie ein Jagdhund, der eine unsichtbare Fährte erschnuppert. Dann hob er den mit Erde verschmutzten Finger zu der gebogenen Nase.

»Sie blutet«, sagte der Alte, der seinen Finger beschnupperte, und seine Stimme klang, als ob alte Eisschichten zerbrächen und sich gegeneinander rieben.

»Von wem sprichst du, Dismarum? Warum hast du uns gezwungen, die Stadt zu verlassen?«

»Diejenige, die der Herr der Dunklen Mächte sucht – endlich ist sie gekommen.«

Rockenheim schüttelte den Kopf. Nicht schon wieder dieser Unsinn! Die Ruhe einer ganzen Nacht gestört aufgrund der Hirngespinste dieses alten Mannes! »Sie ist ein Mythos!«, entgegnete er und warf übellaunig einen Arm hoch. »Seit wie vielen Jahrhunderten versucht der Herr der Dunklen Mächte vergeblich, eine weibliche Person mit seinen Kräften auszustatten? Während meines Aufenthaltes in Schwarzhall habe ich das Ergebnis der Bemühungen des Erhabenen gesehen: die missgestalteten Geschöpfe, die in den Kerkern heulten. Es ist unmöglich. Eine Frau wird niemals Magik beherrschen.«

»Es ist nicht unmöglich. Sie ist hier.«

Rockenheim stieß mit dem Fuß gegen den Korb, der in seiner Nähe stand, und rote Früchte rollten über den Boden. »Dasselbe hast du letztes Jahr behauptet. Wir haben die Eingeweide dieses Mädchens auf dem Altar ausgelegt und festgestellt, dass wir uns geirrt haben.«

»Das hat keine Bedeutung.«

»Erzähl das den Bewohnern der Stadt Winterberg! Ihr wütendes Geschrei grenzt an einen Aufstand. Wenn das Bataillon der Hundsfott-Soldaten nicht wäre, hätten sie uns zum Teufel gejagt.«

»Von mir aus können Tausende sterben, wenn wir nur die richtige Person erwischen.« Dismarum umklammerte Rockenheims Ellenbogen mit knochiger Klaue. »Ich warte schon seit ungezählten Jahren. Alte Prophezeiungen, aus der Vergangenheit geflüstert, haben mir gesagt, dass sie in dieses Tal kommen wird. Ich bin als junger Mann hierher gekommen, als dein

Urgroßvater noch als Kleinkind in den Windeln lag … und ich habe gewartet.«

Rockenheim entzog seinen Ellenbogen dem eisernen Griff. »Bist du dir dieses Mal sicher? Wenn du dich irrst, dann werde ich dich persönlich deiner Zunge entledigen, damit ich mir deine Lügen nicht länger anhören muss.«

An den knorrigen Stamm eines Poi'holz-Baumes gelehnt, richtete der blinde Seher die milchigen Augen auf Rockenheim. Dieser zuckte einen Schritt zurück. Er hatte das Gefühl, von diesen Augen bis zur Wirbelsäule durchbohrt zu werden.

»Sie ist hier«, zischte Dismarum.

Rockenheim räusperte sich. »Schön. Ich werde morgen früh eine Schwadron aus der Garnison zusammenrufen und sie einsperren lassen.«

Der alte Mann wandte die gespenstischen Augen von ihm ab, die uralten Finger zogen die Kapuze seines Umhangs über den kahlen Kopf. »Es muss heute Nacht geschehen.«

»Wie denn? Die Eltern dieses Mädchens sind bestimmt nicht willens, sie in die Nacht verschleppen zu lassen. Diese Leute vom Land sind nicht so feige wie der Abschaum in den Städten. Sie sind immer noch ein verdammenswürdig unabhängiger Haufen.«

»Der Meister hat mir deine Hilfe gewährt, Rockenheim. Ich habe dich angefordert. Du wirst der Sache genügen.«

»Ich? Willst du mir etwa erzählen, du bist der Grund, warum ich von Schwarzhall abberufen und in dieses vermaledeite Tal geschickt wurde?«

»Ich brauchte jemanden wie dich, vom Meister vorbereitet.«

»Was faselst du da?«, fragte der Soldat.

Anstatt zu antworten, zog der Alte peitschenschnell einen Dolch, der im Mondlicht silbern glänzte, und stieß ihn in Rockenheims Unterbauch, unmittelbar über der Lende. Fassungslos fiel der Jüngere nach hinten, jedoch nicht rechtzeitig genug, um zu verhindern, dass der Seher ihm einen sauberen Schnitt in den Bauch verpasste und ihn wie einen Fisch aufschlitzte.

Während er mit einem Stöhnen auf die Knie taumelte, umfasste Rockenheim seinen aufgeschlitzten Bauch und versuchte, die Schlingen seiner Eingeweide zurückzuhalten. »W-w-was hast du getan?«

Mit einer Hand immer noch den blutigen Dolch umfassend, streckte Dismarum die andere Gliedmaße deutend aus, einen Arm, der in einem Stumpf endete. »Geht, meine Kinder. Sucht sie! Seid meine Augen. Seid meine Ohren. Vernichtet all jene, die uns im Wege stehen.«

Mit nachlassenden Kräften fiel Rockenheim auf eine Hand; den anderen Arm hatte er sich um den Bauch gelegt. Etwas krümmte sich in seinem Innern, wie Kohle in einem Feuer, in dem gestochert wird. Todesqual durchtobte ihn. Er fiel mit einem schrillen Schrei zur Seite, löste den Griff um die Leibesmitte.

Während die Dunkelheit allmählich seine Sicht trübte, sah er, wie sie seinen Bauch verließen, Tausende davon: wurmähnliche weiße Arbeitstiere. Während sie sich in die Nachtluft ergossen, schienen sie anzuschwellen und sich zu strecken, bis jedes von ihnen so lang wie ein Arm und so dick wie ein Daumen war.

Sie strömten wie eine übel riechende Masse über ihn und um ihn herum, einige vergruben sich in der Erde und verschwanden. Dunkelheit löschte seine Sicht vollends, und er starb.

Nur die Worte des alten Mannes folgten ihm in die Vergessenheit. »Sucht sie, ihr Kleinen. Sie gehört mir.«

3

Elena seufzte, als sie sich in das heiße Bad sinken ließ; Dampf stieg zur Balkendecke empor, der Beerenduft des Extrakts, den ihre Mutter aus zermalenen Blättern hergestellt und in die Wanne gestreut hatte, kitzelte ihr in der Nase.

»Das heiße Wasser wird dich reinigen, und die Kräuter werden deine Krämpfe lindern«, versicherte ihr die Mutter, während sie einen weiteren Wasserkrug in die Wanne entleerte. »Aber du musst so lange im Wasser liegen bleiben, bis es kalt wird.«

»Ich bleibe hier«, entgegnete Elena. Sie rollte sich im heißen Wasser hin und her, straffte und entspannte die schmerzenden Muskeln. Das Seltsame an den Ereignissen dieses Tages war inzwischen verblasst, hinweggefegt von einer aus gebratener Ente bestehenden Mahlzeit; diese war untermalt gewesen vom sachlichen Murmeln ihrer Eltern über den Esstisch hinweg. Dabei ging es um die Frage, welches wohl der beste Ort sei, um einen neuen Bullen im Tauschhandel zu erwerben. Die Kunde von ihrer ersten Menstruation hatte ihr entschieden mehr Aufmerksamkeit vonseiten ihrer Familie eingebracht als die befleckte Hand. Jetzt kam ihr alles wie ein schrecklicher Traum vor.

»Morgen werde ich Joach losschicken, damit er das Fest ankündigt«, sagte ihre Mutter, deren Augen vor lauter Planung ins Weite schweiften. »Ich werde deiner Tante Fila auftragen, Kuchen zu backen, und deinen Vater ausschicken, damit er noch mehr Apfelmost besorgt. Haben wir genügend Stühle?

Vielleicht fahre ich am besten mit dem Wagen zu den Sontaks und borge mir einige von ihnen. Und dann muss ich dafür sorgen ...«

»Mutter, ich brauche kein Fest«, sagte Elena, aber insgeheim war sie aufgeregt. Jeder würde erfahren, dass sie zur Frau geworden war. Lächelnd glitt sie unters Wasser, tauchte wieder auf und wischte sich das Wasser aus den Augen.

»Pscht, wir müssen ein Fest veranstalten. Du bist doch mein einziges kleines Mädchen.« Eine gewisse Traurigkeit schlich sich in die Augen der Mutter. Elena schwieg. Sie wusste, dass ihre Mutter an das tot geborene Mädchen dachte, das zwei Jahre nach Elena auf die Welt gekommen war. Danach konnte ihre Mutter nicht mehr schwanger werden. Jetzt durchzogen graue Strähnen ihr kastanienbraunes Haar, und viele Falten runzelten die Haut, wo sie einst glatt gewesen war. Zum ersten Mal wurde Elena bewusst, dass ihre Mutter alt wurde. Sie würde nach Elena und Joach keine Kinder mehr bekommen.

Ihre Mutter fuhr sich mit den schlanken Fingern durch die ergrauenden Haare und stieß einen leisen Seufzer aus. Ihre Augen richteten sich wieder auf die Gegenwart und auf Elenas rechte Hand. »Also, Elena, bist du sicher, dass du nicht mit irgendwelchen von Großmutter Filburas Gemälden herumgespielt hast?« Sie hob Elenas rot gezeichnete Hand hoch und drehte sie in alle Richtungen. »Oder hast du vielleicht aus Versehen etwas von dem Teppichfärbemittel in der Werkstatt darüber gegossen? Du weißt doch, dass ich es nicht mag, wenn ihr Kinder dort spielt.«

»Nein, Mutter«, sagte sie und richtete sich in ihrer Wanne höher auf. »Ich schwöre. Sie wurde auf einmal rot.«

»Vielleicht hat Joach dir einen Streich gespielt.«

»Das glaube ich nicht.« Elena kannte Joach gut. Der Schreck in seinem Gesicht, als er zum ersten Mal ihre befleckte Hand gesehen hatte, war echt gewesen.

»Dann war es vielleicht eines der Nachbarskinder. Diese Wak'lens haben nichts als Dummheiten im Kopf.«

Elena entzog ihre Hand der ihrer Mutter und nahm die Pferdehaarbürste auf. »Dann ist das also nicht irgendeine geheime Frauensache?«, sagte sie und schrubbte ihre Hand. »Etwas, worüber man nicht redet und das mit dem Erwachsenwerden zu tun hat?«

Ihre Mutter lächelte sie an. »Nein, mein Liebling, hier handelt es sich lediglich um irgendein Schelmenstück.«

»Kein sehr lustiges.« Sie schrubbte weiter, aber der Blutfleck blieb.

»Die meisten sind nicht lustig.« Die Mutter tätschelte Elenas Wange mit der Handfläche, aber ihr Blick verharrte weiterhin auf Elenas Hand, und kleine Sorgenfalten umgaben ihre Lippen. »Ich bin sicher, das verschwindet wieder. Mach dir keine Sorgen.«

»Ich hoffe, bis zum Fest ist es weg.«

»Wenn nicht, meine Süße, kannst du meine eleganten Handschuhe tragen.«

Elenas Gesicht hellte sich auf. »Könnte ich das?« Sie hörte mit dem Schrubben auf und legte die Bürste beiseite; allmählich brannte ihre Haut. Vielleicht sollte sie es einfach so lassen. Sie hatte schon immer davon geträumt, einmal die langen Satinhandschuhe ihrer Mutter tragen zu dürfen. Sie sähen zu ihrem Festkleid hinreißend aus!

»Werd mit dem Waschen fertig, bevor das Wasser kalt ist. Wir sprechen nachher noch eingehender über das Fest.« Die Mutter erhob sich und strich das Kleid glatt. »Es ist schon spät. Vergiss nicht, das Wasser abzulassen und die Wanne zu säubern, bevor du schlafen gehst.«

»Ja, Mutter«, sagte sie mit einem ärgerlichen Seufzen. Sie war kein Kind mehr.

Ihre Mutter gab ihr einen Kuss auf den Kopf. »Gute Nacht, mein Schatz. Wir sehen uns morgen früh.«

Ihre Mutter schlüpfte aus der Badekammer; bevor sie die Tür hinter sich schloss, hörte Elena die laute Stimme ihres Vaters, die aus der Wohnstube herübertönte. Joach musste sich immer noch eine Gardinenpredigt anhören, weil er seine Schwester im Obsthain allein gelassen hatte. Elena konnte sich Joachs Gesichtsausdruck lebhaft vorstellen – pflichtbewusste Zerknirschung. Sie wusste jedoch, dass die strengen Worte ihres Vaters an Joach vorbeirauschen würden, ohne einen nennenswerten Eindruck zu hinterlassen.

Sie lächelte. Nachdem die dicke Eichentür geschlossen worden war, hörte sie nur noch ein leises Murmeln. Zufrieden tauchte sie tiefer in das dampfend heiße Wasser ein; ihre Sorge wegen des brennenden Apfels war zu einem fernen Pochen abgeklungen. Ganz bestimmt war es nichts anderes als irgendein alberner Streich gewesen. Plötzlich war sie froh, dass sie den Apfel nicht erwähnt hatte. Das Ganze kam ihr so töricht vor, nun, da sie zu Hause war.

Dennoch ...

Sie hielt die Hand ins Licht der Lampe. Das Licht schien von ihrer Hand aufgesaugt zu werden und die Farbe in Wirbeln auf ihrer Hand zu tanzen. Sie erinnerte sich, wie sie an warmen Apfelstrudel gedacht hatte, als sich der Apfel plötzlich erhitzt hatte und zu einer Dörrfrucht geschrumpelt war.

Das kam ihr fast wie Magik vor.

Sie schwenkte die Hand durch die dampfende Luft und tat so, als ob sie einen bösen Zauber ausüben würde.

Grinsend über ihre törichte Laune, stellte sie sich vor, sie wäre einer der uralten Dunkelmagiker aus diesen alten Geschichten, die an Lagerfeuern erzählt wurden, Geschichten aus der Zeit, bevor der Große Gul'gotha über das Östliche Meer gekommen war, um ihr Volk vor dem Chaos zu bewahren.

Die geheimnisvollen Geschichten über wilde Magik wurden des Nachts geflüstert und in Liedern besungen: von dem silberhaarigen Elfenvolk und den Riesen im Hochland; von A'loatal, der tausendtürmigen Zitadelle, Hochburg schwarzer Magik, die vor ewigen Zeiten im Meer versunken war; von den Og'ern in den Westlichen Marken, die wie Menschen sprachen, in denen jedoch der Hass auf die gesamte Menschheit brannte; von den Werwesen, die mit den Schwärmen der Verdammten weit im Osten schwammen. Elena hätte hunderte solcher Geschichten wieder erzählen können, die sie während des Heranwachsens gehört hatte.

Mit dem Verstand wusste Elena, dass das alles Ammenmärchen und die reine Erfindung waren, dennoch gingen ihr die alten Geschichten zu Herzen. Sie erinnerte sich, wie sie auf dem Schoß ihres Vaters gesessen hatte, die winzigen geballten

Fäuste zum Hals erhoben, wenn ihr Onkel Bol zum wiederholten Male ›Die Schlacht um das Tal des Mondes‹ erzählte. Er hatte der Geschichte eine Einleitung vorangeschickt, indem er mit gedämpfter Stimme erklärte, dass genau dieses Tal der Schauplatz der Schlacht gewesen sei. »Und die Stadt Winterberg war damals nur eine kleine Wegkreuzung«, erklärte er in heimlichtuerischem Flüsterton, »mit einem schäbigen Stall und einer zugigen Taverne.« Sie hatte bei dieser Vorstellung gelacht. Damals, als sie diese Geschichte gehört hatte, war sie noch ein kleines Kind gewesen, das nicht einmal auf die Felder gehen durfte, und sie hatte jedes Wort ihres Onkels in sich aufgesogen, als ob alles die reine Wahrheit wäre. Jetzt lächelte sie über ihre Dummheit. Wie ihre Einfalt die Erwachsenen erheitert haben musste!

Nun, sie war kein Kind mehr.

Sie senkte die Hand wieder ins Wasser und errötete. Sie wusste, sie war zu alt, um sich von solchen Albernheiten mitreißen zu lassen. Heute war sie eine Frau. Alle diese Geschichten waren der Fantasie entsprungen. Magik war nichts wirklich Existierendes. Das Ganze war lediglich der Mummenschanz von Gauklern und Schurken.

In der Schule hatte sie die echte Geschichte ihres Landes gelernt. Wie fünf Jahrhunderte zuvor die Gul'gotha-Leute das Meer überquert und ihrem Land und ihrem Volk die Kultur gebracht hatten. Wie sie Verstand und Logik eingeführt hatten, um die heidnischen Rituale ihrer Vorfahren abzuschaffen. Wie ihr Volk einst Menschenopfer dargebracht und unsichtbare Geister angebetet hatte. Dann war der König von Schwarzhall gekommen, der Große Gul'gotha. Es folgte eine bewegte Zeit, in der seine Schergen ihren barbarischen Vorfahren Frieden und Wissen bescherten. Blut wurde vergossen, bevor die Hand des Friedens dargeboten wurde. Doch allmählich gewannen Wahrheit und Weisheit die Oberhand, und den listenreichen Magikern wurde das Handwerk gelegt. Ein Zeitalter der Logik und Wissenschaft begann, das mit Mythos und Barbarei Schluss machte.

Stirnrunzelnd rieb sich Elena die Gerstenseife ins Haar, da sie keine Lust mehr hatte, über trockenen Unterrichtsstoff aus der Schule nachzugrübeln. Es gab wichtigere Dinge, über die sie nachdenken musste. Was sollte sie zu dem Fest anziehen? Sollte sie die Haare hochgesteckt tragen wie eine erwachsene Frau?

Sie schob die schaumigen Locken auf den Oberkopf. Sie mochte eine solche Frisur nicht, sondern trug die Haare lieber offen, aber sie war im Begriff, eine Frau zu sein, und es wurde allmählich Zeit, dass sie aufhörte, sich wie ein kleines Mädchen zu gebärden. Seife rann ihr den Hals hinab, als sie ihr Haar auf die Schulter fallen ließ.

Und was war mit Tol'el Mankin, dem gut aussehenden Lehrling des Schmieds? Sie stellte sich sein lockiges schwarzes Haar und sein gerötetes Gesicht vor – und seine Arme! Das monatelange Arbeiten an dem Blasebalg der Schmiede hatte ihm Muskeln wachsen lassen, um die ihn andere Jungen beneideten. Würde er zu dem Fest kommen? Natürlich würde er kommen – oder doch nicht? Elena merkte, wie ihr Herz schneller schlug. Sie würde die Mutter bitten, ihr zu erlauben, die Muschelhalskette ihrer Großmutter zu tragen. Sie sähe zu ihrem grünen Kleid großartig aus!

Elena blickte auf ihren nassen Körper hinunter. Nur ein kaum wahrnehmbares Anzeichen sprossender Weiblichkeit störte die kleinen Wellen des Badewassers, die ihre Brust umspielten. Da gab es nicht viel, was in Tol'els Augen reizvoll erscheinen könnte. Andere Mädchen in ihrer Klasse murmelten bereits etwas über Unterkleider und die Zartheit blühenden Wachstums. Elena griff sich an die Brust und drückte fest. Nichts. Nicht einmal ein Hauch jenes Schmerzes, über den die anderen Mädchen flüsterten.

Vielleicht wäre es am besten, wenn Tol'el doch nicht zum Fest erscheinen würde, vielleicht wäre es sogar am besten, wenn es überhaupt abgesagt würde. Wer sollte denn glauben, dass sie eine Frau war?

Elena zitterte plötzlich, als ein auf Abwege geratener Luftzug über ihren unbedeckten Rücken wehte. Das Badewasser wurde schnell kalt. Elena ließ sich bis zur Schulter hineingleiten, da das lauwarme Wasser immer noch angenehmer war als die kalte Badekammer. Warum konnte das Badewasser nicht ein bisschen länger warm bleiben? Wut durchzuckte sie. Waren ihr nicht wenigstens ein paar weitere Augenblicke der dampfenden Wonne vergönnt? Sie sank noch tiefer in das Wasser.

Während sie so dalag, stellte sie sich vor, sie würde in den heißen Quellen von Col'toka baden. Sie hatte in einem Schulbuch darüber gelesen: vulkanische Quellen tief in den schneebedeckten Zahnbergen. Während sie von dem mineralreichen Wasser träumte, hatte sie das Gefühl, als ob sich das Seifenwasser in ihrer Wanne durch diese Gedanken erwärmte. Sie seufzte, ein Lächeln umspielte ihre Lippen. Das war ein angenehmes Gefühl.

Während sie sich immer noch im Badewasser zurücklehnte und sich im Geist die von Dampf erstickten Kammern von Col'toka vorstellte, wärmte sich ihr Badewasser immer mehr auf, anfangs wohlig, dann wurde es unglaublich heiß! Elenas Augenlider flatterten.

Ihre Haut rötete sich vor Hitze. Sie sprang im Wasser auf die Füße. Blasen blubberten am Rand der Wanne auf. Ihre Unterschenkel und Füße drohten zu verbrühen. Elena sprang aus der Wanne, und im selben Augenblick brodelte das Wasser dampfend auf.

Während Elena zurückwich, schwappte das Wasser über den Wannenrand und platschte zischend auf den Eichenfußboden. Der Raum war angefüllt von erstickendem Dampf. Elenas nacktes Hinterteil stieß gegen die kalte Tür der Badekammer, was ihr einen gehörigen Schreck einjagte. Sie tastete nach dem Griff. Was ging hier vor sich?

Sie stieß die Tür schwungvoll auf und stand im Gang, ein Ruf nach der Mutter erstarrte auf ihren Lippen. In diesem Augenblick spritzte das in der Wanne verbliebene Wasser mit einer letzten Eruption von Dampf auf. Elena wurde von einer Wand aus heißer Luft nach vorn geworfen und nackt in den angrenzenden Raum geschleudert.

Sie landete auf einem Teppich und rutschte über den Boden, wobei sich der lose liegende Teppich unter ihr in Falten zusammenschob. Als sie zum Halten kam, bemerkte sie, dass sie nicht allein im Zimmer war. Ihr Vater sprang von der Ruhebank auf, wo er sich seinem abendlichen Rauchvergnügen hingegeben hatte. Ihr Bruder saß wie gelähmt in einem Sessel am Feuer, sein Mund klaffte auf.

Als sie sich aufsetzte, fiel ihrem Vater die Pfeife aus dem schlaffen Mund und polterte zu Boden. »Elena, mein Mädchen, was … was hast du getan?«, fragte er.

»Ich habe gar nichts getan! Das Wasser wurde einfach immer heißer.« Elena spürte jetzt das Brennen der verbrühten Haut, und Tränen traten ihr in die Augen.

Joach hatte sich ein wenig gefangen; er stand auf und stampfte mit den Füßen auf den brennenden Tabak, der aus der Pfeife seines Vaters gefallen war, bevor er den Teppich versengen konnte. Anscheinend war er ganz und gar in dieses Tun vertieft; seine Wangen röteten sich leicht. »Elena, du solltest dir vielleicht ein Handtuch umlegen.«

Elena blickte auf ihre nackte Gestalt hinunter, und jetzt, da ihr die Peinlichkeit ihrer Lage bewusst wurde, entrang sich ein Schluchzen ihrer Kehle.

In diesem Augenblick kam ihre Mutter mit hastigen Schritten die Treppe herunter, lediglich mit ihrem Nachthemd bekleidet, das sie mit einer Hand gerafft hatte. »Was ist geschehen? Ich habe noch nie solchen Lärm gehört!« Ihr Blick blieb auf Elenas Gestalt mit der hitzeschrumpeligen Haut haften, und sie riss die Augen weit auf. Sie eilte zu ihrer Tochter. »Du bist rot wie ein gesottener Krebs. Wir müssen Salbe auf die Verbrennung streichen.«

Elena ließ es geschehen, dass sie in das Nachtgewand ihrer Mutter gehüllt wurde. Doch selbst die weiche Baumwolle fühlte sich wie derber Rupfen auf der empfindlichen Haut an. Wimmernd stand sie auf.

Ihr Vater und Joach waren zur Tür der Badekammer gegangen. »Die Wanne ist gesprungen«, sagte ihr Vater mit belegter Stimme, die seine Fassungslosigkeit verriet. »Und das Wachs am Boden hat sich in Blasen von den Dielen gelöst. Es sieht aus, als ob jemand versucht hätte, einen Brand zu legen.« Er wandte sich mit fragendem Blick an Elena.

»Herrje!«, rief Joach mit weit aufgerissenen Augen und schüttelte den Kopf. »Da hast du ja einen schönen Schaden angerichtet, Schwesterchen.«

»Schweig, Joach!« Der Vater wandte sich ihr vollends zu. »Was ist hier geschehen?«

Die Mutter legte beschützend den Arm um Elena. »Also, Bruxton, ich möchte nicht, dass du ihr Vorwürfe machst. Sie ist verletzt. Und überhaupt, wie hätte sie so etwas bewirken können? Siehst du vielleicht irgendwelche Holzasche oder riechst Brennöl?«

Der Vater murrte mit zusammengepressten Zähnen.

»Elena hat einen ausreichenden Schrecken davongetragen. Lass sie in Ruhe. Wir werden die Sache morgen früh klären. Jetzt braucht sie erst einmal Medizin.«

Elena schmiegte sich in die Arme ihrer Mutter. Was war denn nun wirklich geschehen? Welche Erklärung gab es dafür, dass das Wasser in einer Badewanne plötzlich versucht hatte, sie bei lebendigem Leib zu kochen? Elena wusste keine richtige Antwort, aber im Bauch spürte sie, dass das Ganze irgendwie ihre Schuld war. Sie erinnerte sich an den brennenden Apfel, und ihr Kopf begann zu schmerzen. Der ganze Tag hatte aus einem Mysterium nach dem anderen bestanden.

Ihre Mutter streichelte sie zärtlich. »Komm, wir gehen hinauf und behandeln die Verbrennungen.«

Sie nickte, aber der schlimmste Schmerz ließ bereits ein wenig nach. Als sie ihre Handflächen betrachtete, stellte sie fest, dass der Fleck an ihrer rechten Hand von einem tiefen Purpurrot zu einem helleren Rot verblasst war, das sich kaum von ihren verbrühten Armen abhob. Zumindest hatte das heiße Wasser einen Teil der Verfärbung weggewaschen – ein kleiner Trost in Anbetracht ihrer wunden Haut und des arg in Mitleidenschaft gezogenen Badezimmers.

»Also, was ist wirklich passiert?«, flüsterte Joach. Er saß mit kreuzweise untergeschlagenen Beinen am Fußende von Elenas Bett. Er war in ihr Zimmer geschlichen, nachdem ihre Mutter damit fertig gewesen war, ihr die Arme und den Rücken mit einem medizinischen Balsam einzureiben.

Elena knüllte das Kopfkissen im Schoß zusammen und saß so da, dass ihre Knie beinahe die ihres Bruders berührten. »Ich weiß es nicht genau«, sagte sie mit leiser Stimme in den dunklen Raum hinein. Keiner von beiden wollte, dass die Eltern auf sie aufmerksam wurden. Elena hörte hin und wieder die raue Stimme ihres Vaters, die von unten herauftönte. Sie zuckte bei jedem seiner Ausbrüche zusammen, ihre Wangen brannten vor Scham. Sie waren keine reiche Familie, und es würde viel Geld kosten, das zerstörte Badezimmer instand zu setzen.

Plötzlich drang die Stimme ihrer Mutter zu ihnen herauf. »Sie haben gesagt, sie könnte vielleicht die Eine sein! Ich muss ihnen Bescheid sagen!«

Die Stimme ihres Vaters wurde noch lauter. »*Frau*, du wirst nichts dergleichen tun! Dieser Zweig deiner Familie ist verrückt! Fila und Bol ...«

Joach stieß sie mit dem Knie an. »Ich habe sie noch nie so heftig streiten hören.«

»Was meinst du, worüber reden sie?« Elena lauschte angestrengt, um die Worte zu verstehen, aber ihre Eltern waren wieder in leises Murmeln verfallen.

Joach zuckte mit den Schultern. »Ich weiß es nicht.«

Elena merkte, wie ihr Tränen in die Augen stiegen. Sie war dankbar für die Dunkelheit, die sie verbarg.

»Es erstaunt mich, dass die gesprungene Wanne sie so sehr aufregt«, sagte Joach. »Du liebe Güte, ich habe schon Schlimmeres angestellt. Erinnerst du dich, als ich Spürnase mit dem Korb voll Haselnüssen fütterte, die Mutter für Vaters Geburtstagskuchen verwenden wollte?«

Elena konnte sich ein Lächeln nicht verkneifen. Sie rieb sich die Augen. Spürnase, ihr Hengst, hatte die ganze Nacht an Durchfall gelitten, und ihr Vater hatte seinen ganzen Geburtstag damit verbracht, den Schuppen zu reinigen und das Pferd zu bewegen, um zu verhindern, dass es eine Kolik bekam.

»Und damals, als ich den Wak'len-Kindern weisgemacht habe, man könnte den Mond berühren, wenn man von den obersten Zweigen eines Baumes abspringt?« Er kicherte im Dunkeln.

Elena versetzte ihm einen Hieb gegen das Knie. »Sam'bi hat sich den Arm gebrochen.«

»Das hat er verdient. Niemand stößt meine kleine Schwester in den Schlamm!«

Plötzlich erinnerte sich Elena an diesen Tag vor zwei Jahren. Sie hatte das geblümte Kleid getragen, das Tante Fila ihr zum Mittsommernachtsfest geschenkt hatte. Es war von Schlamm durchtränkt gewesen. »Hast du das für mich getan?«, fragte sie, und ihre Stimme war eine Mischung aus Entsetzen und Lachen.

»Wofür hat man denn große Brüder?«

Elena merkte, wie ihr schon wieder Tränen in die Augen stiegen.

Joach glitt vom Bett, beugte sich vor und umarmte sie. »Keine Angst, El. Wer immer dir diese Streiche spielt, ich finde es heraus. Niemand treibt mit meiner kleinen Schwester solchen Schabernack.«

Sie erwiderte Joachs Umarmung. »Danke«, flüsterte sie mit tränenerstickter Stimme.

Joach richtete sich auf und schlich zur Tür. Er wandte sich zu ihr um, bevor er aus dem Raum huschte. »Außerdem kann ich es nicht zulassen, dass dieser geheimnisvolle Possenreißer mich übertrifft. Ich habe einen Ruf aufrechtzuerhalten.«

4

Dismarum kniete im mondhellen Obsthain im feuchten Unkraut, eine bucklige Gestalt, krumm wie ein verfaulter Baumstumpf. Kein einziger Vogel zwitscherte in dieser Nacht, kein einziges Insekt summte. Dismarum lauschte, sowohl mit den Ohren als auch mit den inneren Sinnen. Die letzten Mol'grati hatten sich in den Erdboden gebohrt und waren dabei, sich zu dem fernen Hof vorzuarbeiten. Die Wunde mit den gezackten Rändern im Bauch des toten Rockenheim hatte mit dem Erkalten des Kadavers längst aufgehört, in der Nachtluft zu dampfen.

Dismarum drückte die Stirn gegen die kalte Erde und schickte seine Gedanken zu den wurmartigen Geschöpfen aus. Er empfing ihre Antwort wie den Gesang von tausend Kinderstimmen, einen Chor mit nur einer Botschaft: Hunger.

Geduld, meine Kleinen, übermittelte er ihnen im Geist. *Bald werdet ihr ein Festmahl genießen.*

Zufrieden mit ihrem Vorankommen, erhob sich Dismarum und stolperte über Rockenheim, tastete mit seiner gesunden Hand, suchte seinen toten Führer, wobei seine schwachen Augen ihm in der Dunkelheit keine große Hilfe waren. Seine Finger legten sich auf Rockenheims erstarrtes Gesicht. Dismarum spuckte neben dem Toten aus und zog sein Messer aus der Scheide. Er klemmte den Griff in die Beuge seines Armstumpfes, dann schnitt er sich mit der Klinge in den Finger. Ohne auf den Schmerz zu achten, schob er das Messer wieder in die Scheide und wandte sich Rockenheim zu. Er benutzte den blutenden Finger und bestrich Rockenheims Lippen mit Blut, wie ein Leichenbestatter, der einen Leichnam zur Besichtigung herrichtet.

Nachdem dies vollbracht war, beugte sich Dismarum vor und küsste Rockenheims blutige Lippen; er schmeckte Salz und Eisen. Er atmete zwischen den kalten, geteilten Lippen aus, blies Rockenheims Wangen auf, dann führte er die Lippen zum Ohr des Toten. »Meister, ich bitte Euch, erhört meinen Ruf«, flüsterte er in das kalte Ohr.

Dismarum lehnte sich zurück, wartete, lauschte. Da geschah es: Die Luft um ihn herum wurde eiskalt, er spürte eine bösartige, eisige Präsenz. Ein Rauschen wie das des Windes in trockenen Zweigen entströmte den toten Lippen. Dann tröpfelten Worte aus Rockenheims schwarzer Kehle.

»Sie ist hier?«

»Ja«, antwortete Dismarum mit geschlossenen Augen.

»Sprich!« Das Wort hallte dumpf wie aus einem tiefen Brunnenschacht.

»Sie ist herangereift, mit der Kraft des Blutes gezeichnet. Ich rieche es.«

»Geh zu ihr! Mach sie dingfest!«

»Natürlich, mein Gebieter. Ich habe die Mol'grati bereits losgeschickt.«

»Ich werde ein Skal'tum aussenden, damit es dir hilft.«

Dismarum erschauderte. »Das wird nicht nötig sein. Ich kann …«

»Es ist bereits unterwegs. Bereite dich darauf vor.«

»Wie Ihr befehlt, Meister«, sagte Dismarum, doch er spürte bereits das Zurückweichen der Präsenz. Der winterliche Obsthain wirkte schwül-warm im Schweif seines Entschwindens. Dennoch zog sich Dismarum den Umhang fröstelnd um die Schultern. Es war Zeit zu gehen. Die Mol'grati sollten eigentlich schon in Stellung sein.

Dismarum senkte die Hand zu Rockenheims Bauch und tauchte sie in die gallertartige Wunde; klumpiges Blut drückte sich zwischen seinen Fingern hindurch. Er feixte und entblößte die vier Zähne, die noch in seinem schwarzen Zahnfleisch faulten.

Er kniete neben dem Kadaver nieder, packte Hände voll Erde und stopfte diese eilends in Rockenheims Wunde. Nachdem er dreizehn Hände voll hineingefüllt hatte, benutzte Dismarum die unversehrte Hand und den Armstumpf, um die Ränder von Rockenheims Wunde zusammenzuziehen.

Während er die klammen Ränder festhielt, flüsterte er die Worte, die ihm von seinem toten Meister beigebracht worden waren. Schmerz entstand in seinem eigenen Bauch, während er den Text rezitierte. Die letzten Worte brachte er unter Todesqualen hervor, als ob er ein Gebärender wäre. Er wand sich in fast unerträglichem Schmerz, während ihm die letzte Silbe von der Zunge stolperte. Das alte Herz hämmerte ihm in der Brust. Mit dem letzten Wort jedoch verebbte die Qual gnädig.

Dismarum lehnte sich zurück und fuhr mit der Hand über Rockenheims Wunde. Die Ränder waren jetzt geschlossen, verheilt. Er legte seinem toten Führer einen Finger auf die Stirn und sprach zwei Worte: »Erhebe dich!«

Der Kadaver bäumte sich unter seinem Finger auf, Krämpfe schüttelten und hoben ihn beinahe eine Handspanne über die kalte Erde, dann sackte er wieder zu Boden. Dismarum lauschte, als ein einziger stockender Atemzug Rockenheims kalten Lippen entströmte. Nach einigen Herzschlägen kam ein zweites gurgelndes Schnaufen, dann ein drittes.

Dismarum rappelte sich auf die Füße, mühsam mit seinem Stock kämpfend, den er fest im Griff seiner einen Faust hielt. Das klagende Muhen einer Kuh klang von einer nahen Weide herüber. Er stand still da, während sich Rockenheim keuchend und prustend in diese Welt zurückmühte.

Nach längerem abgehacktem Husten richtete sich Rockenheim zum Sitzen auf. Er hob eine zitternde Hand zum Bauch und zog sich das zerrissene Hemd über die entblößten Rippen. »Was … was ist geschehen?«

»Ein weiterer Ohnmachtszauber«, antwortete Dismarum; seine Aufmerksamkeit war auf den fernen dunklen Hof gerichtet.

Rockenheim schloss die Augen und rieb sich die Stirn. »Nicht schon wieder«, murmelte er, wobei er sich auf die Knie rollte und dann langsam auf die Füße kam. Er hielt sich an einem Baumstamm fest, um das Gleichgewicht nicht zu verlieren. »Wie lange war ich weg?«

»Lange genug. Die Spur wird allmählich kalt.« Dismarum deutete zu dem Bauernhof. »Komm.« Der alte Seher setzte sich in Marsch; zu jedem Schritt benutzte er den Stock. Die Erschöpfung nach dem Gebrauch der schwarzen Kunst seines Meisters machte seine Gliedmaßen so schwach wie die eines Vogelkükens. Er bemerkte, dass Rockenheim an dem Baumstamm stehen blieb.

»Die Nacht wird dünn, Alter!«, rief Rockenheim seinem Rücken hinterher. »Vielleicht sollten wir in die Stadt zurückkehren und morgen früh wiederkommen, um das Mädchen zu holen. Oder lass uns zumindest reiten – die Pferde sind nicht weit ...«

Dismarum wandte das von der Kapuze bedeckte Gesicht Rockenheim zu. »Es muss jetzt geschehen!«, zischte er. »Vor Tagesanbruch müssen wir sie dingfest gemacht haben. Der Meister hat eindeutige Anweisungen hinterlassen. Wir müssen uns ihrer bemächtigen, solange der Mond noch scheint.«

»Wenn du es sagst.« Rockenheim schob sich von dem Baumstamm weg wie ein Schiff, das den sicheren Hafen verlässt. Er taumelte zu dem Seher, während Dismarum sich umwandte, um dem Zug der Mol'grati zu folgen. Rockenheim hörte nicht auf zu murren. »Du hast zu viele Ergüsse von Verrückten gelesen. Hexen kommen in Märchen vor, um Kindern Angst einzujagen. In diesem Bauernhaus werden wir nichts anderes finden als ein verängstigtes Mädchen mit schwieligen Händen von der Landarbeit. Ich büße wegen dieser verrückten Verfolgung den Schlaf einer Nacht ein.«

Dismarum hielt inne und lehnte sich auf seinen Stab. »Du wirst mehr als den Schlaf einer Nacht einbüßen, wenn sie heute Nacht unserem Netz entschlüpft. Du hast in den Verliesen des Meisters gesehen, wie er mit Versagern umgeht.«

Der Seher gestattete sich einen Augenblick der Genugtuung, als Rockenheim bei seinen Worten erschauderte. Dismarum wusste, dass Rockenheim die niederen Regionen von Schwarzhall durchreist und die verzerrten Überbleibsel jener gesehen hatte, die einst unter der Sonne gewandelt waren. Sein geschwätziger Führer folgte ihm jetzt schweigend, während Dismarum den Weg anführte.

Der Seher schätzte die Stille. Er hätte es geschehen lassen können, dass der geschwächte Mann im kalten Obsthain erfroren wäre. Aber außer dass er die Mol'grati beherbergte, hatte Rockenheim noch viele andere Verwendungszwecke. In Schwarzhall hatte der Meister Rockenheim auf seinem Blutaltar aufgespreizt und ihn mit den dunkelsten seiner Künste durchtränkt. Dismarum erinnerte sich gut an die Schreie des Mannes damals um Mitternacht und daran, wie er vor Schmerz aus den Augen blutete, wie sein Rücken zerbrach, als er sich auf dem blutigen Stein wand. Später hatte ihn der Meister wieder zusammengesetzt, Stück für Stück, und dann die Erinnerung des Narren an diese lange Nacht ausgelöscht. Zum Werkzeug des Meisters geschaffen, war Rockenheim Dismarum zugeteilt worden, um ihm bei der Erledigung seiner Aufgabe zu helfen.

Dismarum warf Rockenheim einen Seitenblick zu. Er erinnerte sich an einen besonders widerwärtigen Ritus, durchgeführt Schlag Mitternacht während Rockenheims Formung, bei dem das Abschlachten eines Neugeborenen erforderlich war. Das unschuldige Blut des Kleinkindes hatte sowohl den Altar als auch Rockenheims bloß liegendes schlagendes Herz getränkt. Er erinnerte sich an das Werkzeug, das in diesem Augenblick in Rockenheim eingeführt wurde – etwas so Dunkles, dass der trübsichtige Seher bei dem Gedanken daran selbst jetzt noch erschauderte.

Irgendwo über den Hügeln heulte ein Hund in der Nacht, als ob er eine kurze Witterung der Abscheulichkeit aufgeschnappt hätte, die in Rockenheim verborgen war.

O ja, es gab noch vieles mehr, wofür Rockenheim taugen würde.

5

Elena konnte nicht schlafen. Das Bettzeug scheuerte bei der kleinsten Bewegung an ihren Verbrennungen. Ihre Gedanken beschäftigten sich immer noch mit den erschreckenden Ereignissen in der Badekammer. So gern sie sich auch eingeredet hätte, dass sie an der Zerstörung des Raumes unschuldig war, wusste sie doch in ihrem Innern, dass es nicht so war. Auch diese Sorge hielt ihre Augen offen, hinderte sie am Einschlafen.

Was war geschehen?

Die Worte ihrer Mutter gingen ihr immer wieder durch den Kopf. *Vielleicht ist sie die Eine.* In der Stimme ihrer Mutter hatte dabei eher Angst als Stolz mitgeklungen.

Elena zog die Hand zum hundertsten Mal unter der Bettdecke hervor und hielt sie hoch. In dem schwachen Licht wirkte der Fleck auf ihrer rechten Hand dunkler. Die Salbe, die ihr die Mutter auf die Arme gestrichen hatte, glitzerte im fahlen Mondschein, der durch die Vorhänge des Schlafzimmers hereinfiel. Der süße Geruch des Hexenhaselstrauchs ging von der Salbe aus. Hexenhaselstrauch. Die Luft, die sie atmete, drückte ihre Ängste aus.

Hexe.

Ihr Onkel Bol, ein nie versiegender Quell von alten Sagen und Märchen, hatte sie und ihren Bruder in ihren Schlafsäcken zum Zittern gebracht, wenn sie bei Jagdausflügen im Freien übernachteten und er sie mit Geschichten von Hexen, Og'ern und dem Feenvolk quälte – Geschöpfen sowohl des Lichts als auch der Finsternis, die der Fantasie und der Überlieferung entstammten. Sie erinnerte sich an den ernsten Zug um Onkel Bols Lippen und seine eindringlich blickenden Augen, angestrahlt vom Schein des Lagerfeuers, während er seine Geschichten vortrug. Anscheinend glaubte er selbst an seine Erzählungen, und er blinzelte dabei kein einziges Mal oder hob die Augenbrauen, um anzudeuten, dass er übertrieb. Der Ernst, mit dem er sprach, die tiefe, grollende Stimme – das war das Beunruhigendste an seinen Geschichten.

»Dies ist die wahre Geschichte unseres Landes«, pflegte er zu sagen, »eines Landes, das einst Alasea hieß. Es gab eine Zeit, da sprachen die Luft, das Land und das Meer zum Menschen. Die Tiere in der freien Natur waren den Zweibeinern ebenbürtig. Die bewaldeten Gebiete im fernen Westen – damals schon Westliche Marken genannt – brachten Geschöpfe hervor, die so ekelhaft waren, dass man bei ihrem Anblick zu Stein erstarrte, aber auch Geschöpfe von so wundervoller Art, dass man vor ihnen auf die Knie fiel, nur um sie zu berühren. Das war das Land Alasea, euer Land. Denkt immer daran, was ich euch erzähle. Es könnte euch das Leben retten.«

Und dann pflegte er bis spät in die Nacht hinein zu sprechen.

Elena bemühte sich, sich einige von Onkel Bols lustigeren Geschichten ins Gedächtnis zu rufen, um ihre Ängste zu verdrängen, ihr gepeinigtes Gehirn jedoch kehrte immer wieder zu den finsteren Geschichten zurück – zu Geschichten mit Hexen.

Elena rollte sich in ihrem schmalen Bett auf die Seite, die weiche Baumwolle rieb an ihren Beinen. Sie zog sich das Kopfkissen über den Kopf und versuchte auf diese Weise, die alten Geschichten und neuen Ängste zu verdrängen, aber es half nichts. Sie hörte trotzdem die Rufe einer Schleiereule von den Balken eines nahe gelegenen Schuppens. Sie nahm das Kissen wieder vom Gesicht und umklammerte es vor der Brust.

Die Schleiereule wiederholte ihren vorwurfsvoll klingenden Schrei, und einen Herzschlag später war das Schlagen schwerer Flügel vor ihrem Fenster zu hören, als die Eule ihren nächtlichen Raubzug begann. Mit dem Spitznamen Nadelschwanz versehen, verdiente sich die Eule ihre Logis dadurch, dass sie Mäuse und Ratten aus den Kornspeichern fern hielt. Nadelschwanz war beinahe so alt wie Elena; sie hauste zwischen den Balken der Scheune, seit Elena denken konnte, und begab sich jeden Abend zur selben Zeit auf die Jagd.

Obwohl der Vogel immer noch jagte, hatte das Alter das Sehvermögen des bedauernswerten Geschöpfs geschwächt. Um das Wohlergehen des Vogels besorgt, brachte Elena seit beinahe einem Jahr heimlich Küchenreste zu der alten Eule hinaus.

Elena lauschte, während Nadelschwanz an ihrem Fenster vorbeiflog; dieses vertraute Ritual spendete ihr etwas Trost. Sie stieß einen rasselnden Seufzer aus, um die Spannung in ihrem Körper zu lösen. Hier war sie zu Hause, hier war sie umgeben von einer Familie, die sie liebte. Morgen früh würde die Sonne scheinen, und genau wie bei Nadelschwanz würde ihr Alltag wieder beginnen. Alle diese absonderlichen Ereignisse würden allmählich in Vergessenheit geraten oder eine natürliche Erklärung finden. Sie schloss die Augen, da sie nun wusste, dass Schlaf an diesem Abend doch noch möglich war.

Als sie gerade im Begriff war, wegzudämmern, fing Nadelschwanz an zu schreien.

Elena richtete sich mit einem Ruck im Bett auf. Nadelschwanz schrie weiter. Es war kein herausfordernder Jagdschrei oder eine Warnung an mögliche Eindringlinge in ihr Revier, es war ein Heulen voller Qual und Angst. Elena rannte zum Fenster und zog die Vorhänge weit auf. Vielleicht hatte ein Fuchs oder eine Wildkatze den Vogel erwischt. Sie umklammerte voller Sorge ihren Hals, während sie mit den Augen das Hofgelände absuchte.

Der Pferdestall stand genau auf der gegenüberliegenden Seite des Hofes. Sie hörte das Wiehern der Stute und des Hengstes. Auch sie hatten offenbar begriffen, dass das Schreien der Eule Grund zur Wachsamkeit war. Der Hof unter ihrem Fenster war leer. Nur ein Schubkarren und ein von Steinen stumpf gewordener Pflug, den ihr Vater instand setzte, standen auf der festgestampften Erde.

Elena schob ihr Fenster auf. Als sie sich hinauslehnte, flatterte ihr Nachthemd in der kalten Luft, doch sie merkte es kaum. Sie blinzelte und versuchte, irgendeine Bewegung in der Dunkelheit auszumachen. Da war nichts.

Nein! Sie trat einen Schritt vom Fenster zurück. Ganz am Rand des leeren Schuppens, in dem die Schafe während der Zeit der Schur untergebracht waren, bewegte sich ein Schatten. Eine Gestalt ... nein, zwei Gestalten traten aus der Dunkelheit unter den Zweigen der Obstbäume ins schwache Mondlicht, das den Hof schemenhaft zeigte. Ein Mann mit Kapuze und einem Krummstab und ein dünner Mann, der seinen gebückten Begleiter um einen Kopf überragte. Irgendwie wusste sie, dass dies keine verirrten Wanderer waren, sondern finstere, bedrohliche Wesen.

Plötzlich flog Nadelschwanz kreischend in den leeren Hof, gerade eben eine Handspanne über den Kopf des größeren der beiden Männer hinweg. Der Mann duckte sich leicht und hob erschreckt einen Arm. Der Vogel nahm keine Notiz von ihm und glitt über den freien Platz, in dramatischer Schräglage und mit etwas kämpfend, das er in den Krallen gefangen hielt. Elena empfand Erleichterung, weil Nadelschwanz unversehrt war.

Da machte die Eule im Fluge kehrt, drosch mit den Flügeln wild um sich und trudelte zu Boden. Elena hielt die Luft an, doch bevor der Vogel auf der Erde aufprallte, breitete Nadelschwanz die Flügel aus, bremste den Fall ab und segelte wieder nach oben – genau auf sie zu! Elena taumelte ein paar Schritte vom Fenster zurück, als der Vogel zum Fenstersims schwebte und dort hart landete, den Schnabel zu einem zornigen Schrei aufgerissen.

Zunächst dachte Elena, der Vogel habe eine Schlange gefangen, aber sie hatte noch nie eine so ekelhaft weiße Schlange gesehen; das Ding sah aus wie der Bauch eines toten Fischs. Es wand sich im Griff des Vogels. Nadelschwanz hatte offensichtlich große Mühe, das Geschöpf nicht loszulassen, und dem Schreien des Vogels nach zu urteilen, bereitete diese Mühe dem Vogel äußerste Pein. Warum lässt Nadelschwanz das abscheuliche Etwas nicht einfach fallen?, dachte sie. Warum trägt er es weiter mit sich herum?

Dann wusste Elena, warum. Sie sah, wie sich das wurmähnliche Ding tiefer in die Brust der Eule hineinbohrte. Nadelschwanz trug das Ding nicht, er versuchte vielmehr, sich davon zu befreien. Nadelschwanz versuchte mit wild arbeitenden Klauen zu verhindern, dass es sich noch tiefer in ihn hineingrub. Der Vogel verdrehte die großen gelben Augen in ihre Richtung, als ob er sie um Hilfe anflehte.

Elena rannte zu ihm hin. Nadelschwanz zitterte auf dem Fenstersims und versuchte, sich mit einer Klaue im Gleichgewicht zu halten und gleichzeitig mit der anderen gegen das widerliche Geschöpf zu kämpfen. Sie streckte die Hand zu ihrem Freund aus, doch da war es schon zu spät. Die Schlange riss sich aus den Krallen der Eule los und bohrte sich vollends in den Vogelrumpf hinein. Nadelschwanz erstarrte, sein Schnabel klaffte in Todespein weit auf, dann fiel er nach hinten, tot; er stürzte vom Fenster in die Tiefe.

»Nein!« Elena tat einen Satz zum Fenster, lehnte sich auf den Sims, suchte nach Nadelschwanz. Unten entdeckte sie seinen zerbrochenen Körper, zerschmettert auf der festgestampften Erde des Hofes. Tränen rannen ihr übers Gesicht. »Nadelschwanz!«

Plötzlich wogte der Boden unter seinem Körper wie Treibsand. Elena schrie schrill auf, als hunderte von Schlangenungeheuern wie eine einzige Masse aus der Erde krochen und den Vogel verschluckten. Innerhalb von zwei Herzschlägen war von ihm nichts anderes mehr übrig als ein Häuflein von dünnen weichen Knochen und ein Schädel, dessen leere Augenhöhlen sie anstarrten. Die Knie wurden ihr weich, als die Würmer wieder im Erdboden verschwanden. Irgendwie wusste sie, dass sie im Verborgenen auf der Lauer lagen, immer noch gierig nach weiterem Fleisch.

Mit Tränen in den Augen spähte sie erneut zu den beiden Gestalten auf der anderen Seite des Hofes hinüber. Der mit der Kapuze, der seinen Stock wie eine Krücke benutzte, hinkte über den gespenstischen Hof, anscheinend ohne jede Spur von Angst vor den abscheulichen Wesen, die unter der Erde lauerten.

Dann blieb er stehen und hob das Gesicht zu Elenas Fenster. Zitternd sprang sie von der Öffnung zurück, plötzlich voller Entsetzen vor diesen Augen, die starr auf sie gerichtet waren. Die feinen Härchen in ihrem Nacken kitzelten bei dem Gespür von Gefahr.

Sie musste ihre Eltern warnen!

Elena rannte zu ihrer Schlafzimmertür und stieß sie auf.

Ihr Bruder war bereits im Flur. Joach rieb sich die verschlafenen Augen, er war nur mit Unterwäsche bekleidet. Er deutete auf den Hof. »Hast du das verfluchte Schreien gehört?«

»Ich muss Vater Bescheid sagen!« Sie packte ihren älteren Bruder am Arm und zog ihn zur Treppe, die ins Erdgeschoss hinunterführte.

»Warum denn?«, fragte er widerwillig. »Ich bin sicher, sie haben es auch gehört. Das ist nur der alte Nadelschwanz, der sich mit einem Fuchs streitet. Er kann es mit zehn Füchsen aufnehmen. Ihm geschieht schon nichts.«

»Er ist tot.«

»Wie bitte? Was ist geschehen?«

»Da war etwas Böses. Ich ... ich weiß es nicht.«

Elena zog Joach weiter die Treppe hinunter, voller Angst, ihren Bruder loszulassen; sie brauchte seine Berührung, um den Aufschrei in ihrer Brust zu unterdrücken. Sie rannte die Stufen hinunter und durch die Wohnstube zum Schlafraum ihrer Eltern. Im Haus herrschten Dunkelheit und Stille, die Luft war schwer wie vor einem Sommergewitter. Panik wogte in Elena auf, das Herz pochte ihr laut in den Ohren. Sie schob Joach zum Tisch. »Zünde eine Laterne an! Beeil dich!«

Er lief zur Zunderbüchse und befolgte ihren Befehl.

Sie hastete zur Schlafzimmertür ihrer Eltern. Gewöhnlich hätte sie vor dem Eintreten angeklopft, aber jetzt blieb keine Zeit für gutes Benehmen. Sie stürmte in dem Augenblick in den Raum, als Joach den geölten Docht entzündete. Licht schien auf und warf ihren Schatten auf das Bett ihrer Eltern.

Ihre Mutter, die schon immer den leichteren Schlaf gehabt hatte, wachte sofort auf, die Augen vor Schreck weit aufgerissen. »Elena! Mein Liebling, was ist?«

Ihr Vater stemmte sich auf einen Ellenbogen hoch und blinzelte verschlafen ins Licht der Laterne. Er räusperte sich und sah sich verstört um.

Elena deutete zur Hintertür. »Da kommt jemand. Ich habe sie im Hof gesehen.«

Ihr Vater setzte sich aufrecht im Bett auf. »Wer?«

Die Mutter legte dem Vater eine Hand auf den Arm. »Bruxton, nimm nicht gleich das Schlimmste an. Vielleicht ist es jemand, der sich verirrt hat oder Hilfe braucht.«

Elena schüttelte den Kopf. »Nein, nein, sie führen Böses gegen uns im Schilde.«

»Woher willst du das wissen, Mädchen?«, fragte der Vater und warf die Bettdecke zurück. Nur mit seiner wollenen Winterwäsche bekleidet, kletterte er aus dem Bett.

Joach trat in die Türöffnung, die Laterne in der Hand. »Sie sagt, Nadelschwanz ist tot.«

Tränen quollen Elena aus den Augen. »Es sind irgendwelche ... Wesen. Schreckliche Geschöpfe.«

»Hör zu, Elena«, sagte ihr Vater streng. »Bist du sicher, dass du nicht nur geträumt hast?«

Plötzlich war von der Hintertür her lautes Klopfen zu hören.

Sofort erstarrten alle, dann sprach ihre Mutter. »Bruxton?«

»Hab keine Angst, Liebe«, wandte sich der Vater an die Mutter. »Ich bin sicher, es ist genau so, wie du gesagt hast. Jemand hat sich verirrt.« Doch die beschwichtigenden Worte ihres Vaters passten nicht zu seiner tief gefurchten Stirn. Er schlüpfte schnell in seine Hose.

Ihre Mutter glitt aus dem Bett und zog sich ein Kleid über. Sie durchquerte den Raum und umfing Elena mit einem Arm. »Dein Vater wird sich um die Sache kümmern.«

Joach folgte seinem Vater mit der Laterne, als dieser die Wohnstube durchquerte. Elena, die in einigem Abstand mit ihrer Mutter folgte, bemerkte, wie ihr Vater die Axt an sich nahm, die sie sonst dazu benutzten, Holzstämme zu Brennholz zu zerkleinern. Elena drückte sich fester an ihre Mutter.

Ihr Vater ging durch die Küche und näherte sich der Hintertür; Joach war neben ihm. Elena und ihre Mutter blieben beim Herd stehen.

Ihr Vater hielt die Axt mit einer Hand und brüllte durch die Eichentür hinaus: »Wer ist da?«

Die Stimme, die ihm antwortete, war hoch und gebieterisch. Irgendwie wusste Elena, dass es nicht die Gestalt mit der Kapuze war, die da sprach, sondern der andere Mann, der größere. »Auf Geheiß des Rates von Gul'gotha verlangen wir Zutritt zu diesem Haus. Eine Weigerung wird die Festnahme des gesamten Hausstandes nach sich ziehen.«

»Was wollt ihr?«

Dieselbe Stimme erklang wieder. »Wir haben Befehl, das Anwesen zu durchsuchen. Entriegelt die Tür.«

Ihr Vater warf der Mutter einen besorgten Blick zu. Elena schüttelte den Kopf und versuchte, den Vater zu warnen.

Er wandte sich wieder der Tür zu. »Es ist schon spät in der Nacht. Wie sollen wir wissen, ob ihr wirklich die seid, die ihr zu sein behauptet?«

Ein Blatt Papier wurde unter der Tür hereingeschoben, dem Vater vor die Füße. »Ich trage das Siegel des Prokurators der grafschaftlichen Garnison.« Ihr Vater wies Joach mit einer Handbewegung an, das Papier aufzuheben und ins Licht der Laterne zu halten. Von der anderen Seite des Raumes aus sah Elena das purpurne Siegel am Fuß des Schriftstücks.

Der Vater drehte sich um und flüsterte: »Es sieht offiziell aus. Joach, lass die Laterne hier, und bring Elena hinauf. Ihr beide verhaltet euch vollkommen still.«

Joach nickte, offensichtlich sehr beunruhigt; er wäre lieber geblieben. Aber wie immer tat er, wie sein Vater ihn geheißen hatte. Er stellte die Laterne an den Rand des Tisches und kam zu Elena. Ihre Mutter drückte sie noch einmal, dann schob sie sie zur Tür. »Pass auf deine Schwester auf, Joach. Und kommt auf keinen Fall herunter, bevor wir euch rufen.«

»Jawohl, Mutter.«

Elena zögerte. Das flackernde Licht der Laterne warf zuckende Schatten an die Wand. Es war nicht der Sprecher der beiden, der ihr Angst machte, sondern der andere, der Mann mit der Kapuze, der bis jetzt geschwiegen hatte. Sie hatte keine Worte für die kalte Übelkeit, die ihr Herz umklammerte, als sie sich an das Gesicht erinnerte, das versucht hatte, sie durchs Fenster zu erspähen. Also trat sie stattdessen noch einmal zu ihrer Mutter und umarmte sie lange und innig.

Ihre Mutter strich ihr liebevoll durchs Haar, dann schob sie sie weg. »Beeil dich, mein Liebling. Dies alles hat nichts mit dir zu tun. Du und Joach, ihr beide lauft jetzt schnell hinauf.« Die Mutter bemühte sich, ein tröstendes Lächeln zustande zu bringen, doch die Angst in ihren Augen machte die Bemühung zunichte.

Elena nickte und ging rückwärts zu ihrem Bruder; ihre Augen ruhten immer noch auf ihren Eltern in der Küche.

Joach sagte hinter ihr: »Komm, Schwesterchen.« Er legte ihr die Hand auf die Schulter.

Sie erbebte unter seiner Berührung, ließ sich jedoch von ihm wegführen. Sie kehrten durch die Stube zurück zum dunklen Fuß der Treppe. Der Lichtschein der Laterne in der Küche fiel wie ein Leuchtfeuer durch das dunkle Haus und tauchte ihre Eltern in Helligkeit. Von der Treppe aus beobachtete Elena, wie ihr Vater sich abwandte und daranmachte, die Eisenstange zu heben, die die Tür gegen Einbrecher sicherte. Aber Elena wusste, dass jene Männer, die da draußen standen, viel schlimmer waren als Räuber und Banditen.

Diese Angst war der Grund, warum sie wie angewachsen am Fuß der Treppe stehen blieb. Joach zog sie am Arm und versuchte, sie hinaufzudrängen. »Elena, wir müssen gehen.«

»Nein«, flüsterte sie. »Sie können uns hier im Schatten nicht sehen.«

Joach stritt nicht mit ihr; offenbar wollte er selbst das weitere Geschehen beobachten. Er kniete sich neben seiner Schwester auf der ersten Stufe nieder. »Was meinst du, was die wollen?«, flüsterte er ihr ins Ohr.

»Mich«, antwortete sie, ebenfalls flüsternd, ohne nachzudenken. Elena wusste anscheinend sehr genau, dass dies stimmte. Das Ganze war irgendwie ihre Schuld: die Veränderung an ihrer Hand, der verbrannte Apfel im Obsthain, die verwüstete Badekammer und jetzt dieser mitternächtliche Besuch. Es waren zu viele seltsame Ereignisse, als dass es sich um bloße Zufälle handeln konnte.

»Sieh nur!«, flüsterte Joach.

Elena richtete den Blick auf ihren Vater, der gerade die Küchentür aufstieß. Er blockierte die Schwelle, die Axt immer noch in der Hand. Sie hörte die Stimmen.

Ihr Vater sprach als Erster. »Also, was soll diese nächtliche Störung?«

Der dünne Mann trat in die Türöffnung, jetzt im Schein des Laternenlichts. Er war nur um einige Fingerbreit kleiner als ihr Vater, aber bei weitem nicht so breit in der Brust, und ein kleiner Bauch wölbte sich unter einem zerrissenen, zerknitterten Hemd. Er trug einen Reitmantel und schlammverkrustete schwarze Stiefel. Selbst aus der Entfernung sah Elena, dass der Mantel von einem teuren Schneider stammte; ein solches Kleidungsstück war bestimmt nicht im Dorf gekauft worden. Er rieb sich den dünnen braunen Schnauzbart unter der schmalen Nase, dann antwortete er ihrem Vater: »Wir kommen in Sachen einer strafbaren Handlung. Eine deiner Töchter wird beschuldigt … nun, eine üble Tat begangen zu haben.«

»Und welche strafbare Handlung soll das sein?«

Der Sprecher warf einen Blick über die Schulter zurück und scharrte mit den Füßen, als ob er Unterstützung brauchte. Die zweite Gestalt erschien jetzt in der Türöffnung. Elena sah, wie ihr Vater einen Schritt zurückwich. Das Licht der Laterne zeigte eine Gestalt in einem tiefschwarzen Umhang mit einer dunklen Kapuze. Ein Stab steckte in der Erde daneben. Mit einer skelettartigen Hand hielt der Träger des Umhangs den Rand der Kapuze zwischen seinem Gesicht und dem Licht der Laterne fest, als blende ihn die Helligkeit. Seine Stimme kreischte vor Wut. »Wir suchen ein Kind« – er hielt die knochige Hand hoch – »mit einer blutbefleckten Hand.«

Der Mutter entfuhr ein scharfes Keuchen, das sie schnell abwürgte, doch das Gesicht des Alten wandte sich ihr zu, sodass das Laternenlicht jetzt in die Kapuze fiel. Elena unterdrückte ebenfalls ein entsetztes Japsen, als sich diese Augen ihrer Mutter zuwandten – es waren tote Augen, wie die trüben Augäpfel tot geborener Kälber, milchig weiß.

»Wir wissen nicht, wovon du redest«, sagte der Vater.

Der Kapuzenmann nahm seinen Stab wieder an sich und wich in den dunklen Hof zurück.

Nun sprach der Jüngere wieder. »Wir wollen nicht deine ganze Familie behelligen. Komm heraus, damit wir unter uns reden und diese Angelegenheit möglichst ohne großes Aufheben regeln können.« Er deutete eine Verbeugung an und streckte die Hand zum Innenhof des bäuerlichen Anwesens aus. »Komm, es ist schon spät, und wir alle können etwas Schlaf gebrauchen.«

Elena beobachtete, wie ihr Vater einen Schritt zur Tür hin machte, und wusste, was ihn im Hof erwarten würde. Sie erinnerte sich, wie Nadelschwanz von den Ungeheuern, die unter der Erde lauerten, zerrissen worden war. Sie sprang auf und wollte in die Küche laufen, doch Joach packte sie mit der Faust am Nachthemd und riss sie zurück.

»Was hast du vor?«, zischte er ihr zu.

»Lass mich los!« Sie wollte sich Joach entwinden, aber er war viel stärker. »Ich muss Vater warnen.«

»Er hat uns befohlen, uns versteckt zu halten.«

Sie sah, wie ihr Vater zur Türöffnung trat. Oh, bei allen Göttern, nein! Sie riss sich aus Joachs Griff los und rannte zur Küche. Joach folgte ihr. Die drei Erwachsenen wandten sich ihr zu, als sie ins Licht der Laterne stürmte.

»Warte!«, rief sie. Ihr Vater war an der Schwelle stehen geblieben, sein Gesicht rötete sich vor Zorn.

»Ich habe euch doch gesagt …«

Der jüngere der beiden Eindringlinge packte den Vater an der Schulter und schob ihn beiseite. Elena stieß einen lauten Schrei aus, als der Vater schwankte und die drei Stufen zu der festgetretenen Erde hinunterstürzte. Die Mutter griff den Mann mit einem Küchenmesser in der erhobenen Faust an. Aber ihre Mutter war zu alt und der Mann zu schnell; er umfasste das Handgelenk der Mutter und drehte es gewaltsam um.

Joach brüllte vor Wut, doch der Mann feixte und schob die Mutter durch die Tür; sie landete als zerknittertes Bündel neben dem Vater. Joach, aus dessen Mund Speichel flog, stürzte sich auf den Eindringling. Der Mann zückte eine Keule aus einer Innentasche seines Mantels und versetzte Joach einen

Schlag seitlich gegen den Kopf. Der Bruder brach krachend auf dem Holzboden zusammen.

Elena erstarrte, als der Blick des Mannes sich auf sie richtete. Sie sah, wie seine Augen zu ihrer rechten Hand wanderten, die rot gefleckt war. Dann wurden seine Augen groß.

»Es ist wahr!«, rief er aus und trat einen Schritt durch die Tür zurück. Er blickte hinaus zu dem Kapuzenmann, der im Hof geblieben war. »Sie ist hier!«

Ihr Vater hatte sich inzwischen wieder aufgerappelt. Er beugte sich beschützend über seine Frau, während diese sich den linken Arm rieb und sich auf die Knie aufrichtete. »Rührt meine Tochter nicht an!«, fauchte der Vater die Eindringlinge an.

Joach, dessen Stirn blutete, rollte sich auf die Füße und stand leicht schwankend zwischen Elena und der Tür.

Der Alte humpelte zu ihren Eltern. »Eure Tochter oder euer Leben«, quietschte er, und seine Stimme zischelte wie Schlangen in der Dunkelheit.

»Ihr werdet Elena nicht mitnehmen. Ich töte euch beide, wenn ihr es versucht.« Der Vater hielt dem Blick des Alten stand und bewahrte unbeirrt seine Haltung.

Die Gestalt in dem Kapuzengewand hob einfach nur den Stab und klopfte damit zweimal auf den Boden. Beim zweiten Schlag brach die Erde unter den Füßen ihrer Eltern eruptionsartig auf, und eine Staubwolke verhüllte ihre Eltern. Zum ersten Mal in ihrem Leben hörte Elena ihren Vater schreien. Die Erde glättete sich wieder, und sie sah, dass ihre Mutter und ihr Vater von den weißen Würmern bedeckt waren, die Nadelschwanz angegriffen hatten. Blut rann überall an ihnen herab.

Elena schrie laut auf und fiel auf die Knie.

Ihr Vater drehte sich blitzschnell zur Tür um. »Joach!«, schrie er. »Rette deine Schwester. Schne…« Weitere Worte wurden erstickt, als die Würmer ihm in den Mund und in den Hals krochen.

Joach eilte zu Elena zurück und zog sie hoch.

»Nein«, sagte er; seine Stimme war nur ein Flüstern. Dann wiederholte er lauter: »Nein!« Ihr Blut loderte auf wie Feuer. *»Nein!«* Ihr Sichtfeld färbte sich rot, und etwas schnürte ihr die Kehle zu. Sie stand bebend auf, die Hände zu Fäusten geballt. Sie war sich der Anwesenheit Joachs, der mit weit aufgerissenen Augen von ihr zurücktaumelte, nur dumpf bewusst. Ihre gesamte Aufmerksamkeit war auf den Hof gerichtet, auf ihre Eltern, die sich am aufgewühlten Boden wanden. Plötzlich stieß sie all ihre Wut in einem schrillen Schrei aus sich heraus.

Eine Mauer aus Feuer loderte auf und puffte in den Hof. Die beiden Männer taumelten aus dem Pfad der Flammen, ihre Eltern jedoch konnten sich nicht bewegen. Elena sah zu, wie die Flammen ihre Mutter und ihren Vater umfingen. Ihre Ohren, in denen es immer noch vor Energie summte, hörten, wie die Schreie ihrer Eltern jäh aufhörten, als ob eine Tür hinter ihnen zugeschlagen worden wäre.

Plötzlich packte Joach sie um die Mitte und zog sie aus der Küche in die dunkle Stube. Die Küchenwand brannte. Elena brach in seinen Armen zusammen, vollkommen erschöpft, nur noch eine schlaffe Lumpenpuppe. Joach kämpfte mit ihrem Körpergewicht, um sie aufrecht zu halten. Der Raum füllte sich mit Rauch.

»Elena«, hauchte Joach ihr eindringlich ins Ohr. »Ich brauche dich. Reiß dich zusammen!« Er hustete in dem öligen Rauch. Inzwischen hatte sich das Feuer bis zu den Vorhängen der Wohnstube ausgebreitet.

Sie strengte sich an, wieder einigermaßen fest auf den Beinen zu stehen. »Was habe ich getan?«

Joach sah sich zu den Flammen hinter ihm um, und Tränen schimmerten im Licht des Feuers auf seinen Wangen. Er richtete den Blick wieder nach vorn, suchend.

Rauch erstickte die Luft. Elena hustete.

Joach tat einen Schritt zur Vordertür, dann hielt er inne. »Nein. Damit rechnen sie. Wir brauchen einen anderen Fluchtweg.«

Plötzlich zog er sie zur Treppe. Elena spürte, wie ihre gefühllosen Gliedmaßen wieder wie von Nadelstichen prickelten. Sie bebte unter lautlosem Schluchzen. »Es ist alles meine Schuld.«

»Schnell, nach oben!«

Joach drängte sie zur Treppe, dann stieß er sie die Stufen hinauf. »Komm, los, El!«, flüsterte er ihr beschwörend ins Ohr.

»Du hast gehört, was sie da unten gesprochen haben. Sie sind hinter dir her.«

Sie sah ihn mit Tränen in den Augen an. »Ich weiß. Aber warum? Was habe ich denn getan?«

Joach wusste darauf keine Antwort. Er deutete auf die Tür zu seinem Zimmer. »Da hinein!«

Sie blickte zum Fenster am Ende des Gangs und schüttelte Joach von sich ab. »Ich habe nicht gesehen, was geschehen ist. Ich muss es sehen.« Sie wankte zum Fenster.

»Tu es nicht!«

Elena überhörte das eindringliche Flüstern ihres Bruders. Sie erreichte das Ende des Flurs. Das Fenster mit der dicken Scheibe ließ sich nicht öffnen, bot jedoch eine umfassende Aussicht auf den Hof. Sie legte die Stirn an das kalte Glas. Unten, nur ein paar Schritte von der Hintertür entfernt, beleuchtet von den Flammen, sah sie, was von ihrer Mutter und ihrem Vater übrig war. Rauch stieg in bauschigen Wolken auf.

Die verkohlten Knochen zweier Menschen, miteinander verschlungen, lagen auf der braunen Erde, zur Vorderseite des Hauses hin ausgerichtet.

Joach trat hinter sie und zog sie vom Fenster weg. »Du hast genug gesehen, Elena. Das Feuer breitet sich aus. Wir müssen uns beeilen.«

»Aber … Mutter und Vater …« Sie blickte zum Fenster.

»Wir werden später um sie trauern.« Joach führte sie zu seinem Zimmer. Er zog die Tür auf. »Heute Nacht geht es zuerst einmal um unser Überleben.« Seine nächsten Worte waren kalt wie Eis. »Morgen ist immer noch Zeit für Vergeltung.«

»Was hast du vor, Joach?«, fragte sie, als sie den Raum betrat.

»Wir müssen fliehen.« Trotz des Dämmerlichts in dem Zimmer sah sie den entschlossenen Zug um seinen Mund. Wie konnte ihr Bruder so hart sein? Er hatte ein paar Tränen vergossen, das war alles. »Wir brauchen etwas Wärmeres zum Anziehen. Nimm meinen Wollmantel.« Ihr Bruder schlüpfte in seine Hose und zog sich die dicke Jacke an, die seine Mutter ihm im letzten Jahr zur Wintersonnenwende gestrickt hatte.

Sie erinnerte sich an den Abend jenes Feiertags, und erneut flossen die Tränen. »Los jetzt!«, drängte Joach.

Sie nahm seinen langen Mantel vom Haken in seinem Schrank und schlüpfte in die dicke Wärme. Sie hatte gar nicht gemerkt, wie kalt ihr war, bis sie die warme Wolle einhüllte.

Ihr Bruder stand am Fenster seines Zimmers. »El, wie gut ist dein Gleichgewicht?«

»Es wird besser. Warum?«

Er winkte sie zum Fenster. Es zeigte zur Seite des Hauses hinaus. Ein großer Walnussbaum breitete seine dicken Äste weit aus und streifte sowohl die Dachrinne des Hauses als auch das Dach des Pferdestalls. Ihr Bruder stieß das Fenster weit auf. »Tu, was ich tue«, sagte er und kletterte auf den Fenstersims.

Er lehnte sich hinaus, griff mit der Hand nach einem dicken Zweig und schwang sich hinauf auf einen dickeren Ast. Offensichtlich tat er das nicht zum ersten Mal. Er drehte sich um und winkte sie voran.

Sie kletterte auf den schmalen Sims. Ihre nackten Zehen klammerten sich an das Holz. Sie sah hinunter zum Erdboden tief unten. Wenn sie abstürzen würde, wäre ein Knochenbruch das geringste Unglück. Es war vielmehr die Gefahr, die unter der Erde lag, die sie auf dem Sims zum Schwanken brachte.

Ihr Bruder pfiff wie ein Singvogel, damit sie sich wieder ihm zuwandte. Sie lehnte sich aus dem Fenster und griff nach demselben Zweig, den er gepackt hatte. Joach half ihr, sich auf den dicken Ast neben ihm zu ziehen.

»Folge mir!«, murmelte Joach mit gedämpfter Stimme, aus Angst, die Aufmerksamkeit der anderen auf sich zu ziehen. Sie hörte Stimmen an der Vorderseite des Hauses, gefolgt vom Klirren von Glas. Sie folgte ihm zwischen den Ästen des Baumes hindurch, ohne auf die kleineren Zweige zu achten, die ihr die Haut zerkratzten und an der Kleidung rissen.

Im Schutz der Zweige durchquerten sie den gefahrvollen Hof. Als sie zu den kleineren Ästen kamen, schwankten diese unter ihrem Gewicht. Joach deutete auf die offene Tür des Heubodens. »Mach es so!« Er bog einen geschmeidigen Ast zu sich herunter, hievte sich darauf und schnellte mit einem weiten Satz über den freien Platz zum Heuboden. Mit einem Purzelbaum landete er auf einem Heuhaufen. Sofort war er wieder auf den Beinen und an der Tür. »Schnell!«, zischte er ihr zu.

Sie holte tief Luft und machte es ihm nach. Sie musste es tun! Und vielleicht wäre es ihr gelungen, wenn sich bei ihrem Sprung nicht ein Ast in einer ihrer Manteltaschen verfangen hätte. Der Mantel verhakte sich und drehte sie mitten in der Luft herum. Sie fuchtelte im Fallen mit den Armen und konnte einen Schrei nicht unterdrücken. Immer noch schreiend stieß sie gegen die Scheune direkt unter der Tür zum Heuboden.

Bevor sie abstürzen konnte, hatte Joach ihren Mantelkragen gepackt. Sie hing in dem Mantel an seinem Arm. »Ich schaffe es nicht, dich heraufzuziehen«, keuchte er atemlos. »Streck die Hand nach oben, und greif nach dem Rand! Schnell! Bestimmt haben sie dich schreien hören.«

Während ihr das Herz wie wild in den Ohren pochte, bemühte sie sich, den Rand der Öffnung zum Heuboden zu ergreifen. Nur mit den Fingerspitzen reichte sie bis zu der Holzkante. Aber das genügte. Indem sie sich mit den Fingerspitzen hochkrallte und Joach an dem Mantel zog, schafften sie es, sie auf den Heuboden zu hieven.

Beide waren von der Anstrengung außer Atem und japsten nach Luft, während sie sich durch das Heu zu der Leiter wühlten, die nach unten führte.

Elena zögerte auf der obersten Sprosse und deutete auf den aus Erde bestehenden Boden der Scheune. »Was ist, wenn die Würmer auch da unten sind?«

Joach deutete auf den Hengst und die Stute in ihren Boxen. »Sieh dir Spürnase und Nebelbraut an.« Die beiden Pferde, aufgeregt wegen der Unruhe, die Augen vor Angst weit aufgerissen und verdreht, waren noch am Leben. »Komm!« Ihr Bruder ging voraus und kletterte die Leiter hinunter.

Elena folgte ihm und zog sich beim Hinabklettern einen großen Splitter in die rechte Hand ein. Sie zog sich das Stück Holz aus der Handfläche und bemerkte dabei, dass der rote Fleck zu einem schwachen Rosa verblasst war, das sich kaum noch von der Farbe der anderen Hand unterschied.

Joach hatte die Flügel der Stalltür bereits weit aufgestoßen, und, beunruhigt durch den Rauch, schnaubten die beiden Pferde aufgeregt, als sie aus ihren Boxen traten. Der Bruder warf ihr Zügel und Zaum zu. Sie strich schnell über Nebelbrauts Hals, um sie zu beruhigen, und legte ihr Zaum und Zügel an. Sie hatten keine Zeit zum Satteln.

Joach sprang auf Spürnase und beugte sich zur Seite, um ihr beim Aufsteigen auf Nebelbrauts nackten Rücken zu helfen. Als beide saßen, durchquerte er den Stall zu der Tür an der hinteren Wand des Stalls und löste mit den Fußzehen den Riegel. Die Tür schwang auf und öffnete sich zum Rand des Obsthains. Joach hielt die Tür weit auf, um Nebelbraut das Hindurchgehen zu erleichtern.

Als Elena Nebelbraut hinausführte, betrachtete sie aufmerksam die dunkle Stelle zwischen dem Stall und den Bäumen. Wolken hatten sich vor den Mond geschoben, und die Luft war von dichtem Rauch erfüllt. In dem Augenblick, als sie Nebelbraut zu den Bäumen lenkte, leuchtete ein Licht hinter Joach auf. Elena ruckte im Sitzen herum und hielt die Luft an. Hinter ihrem Bruder, an der Ecke des Stalls, trat der Mann mit der Kapuze auf den freien Platz. Sein Gefährte hielt eine Laterne hoch.

»Elena, reite los!« Joach wandte sein Pferd um, den beiden Männern entgegen. »Ich halte sie auf.«

Elena missachtete seine Anweisung und sah zu, wie der Mann seinen gebogenen Stab hob und mit der Spitze auf den festgestampften Erdboden schlug. Durch die Wucht dieses Aufschlags hob sich der Boden um die beiden Männer herum, und kreisförmige Kräuselungen breiteten sich aus, wie die Wellen in einem Teich, wenn man einen Kieselstein ins Wasser wirft. Die brodelnde Erde raste auf Joach zu. Der Boden wimmelte von dicken, wurmartigen weißen Körpern. »Nein! Joach, weg!«

Joach sah, was da auf ihn zu eilte. Er riss an Spürnases Zügeln und drehte den Hals des Gauls herum. Spürnase wieherte vor Angst, sträubte sich einen Augenblick lang, dann tänzelte er im Kreis und floh mit großen Sprüngen vor den Verfolgern. Aber das Pferd bewegte sich zu langsam. Der sich nähernde Rand der bösartigen Woge verschluckte die Hinterläufe des Reittiers.

Vor Elenas Augen versank der hintere Teil des Pferdes in der Erde wie in einem Sumpf. Der Schlamm färbte sich rot von Blut. Spürnase bäumte sich auf und schrie vor Schmerzen, die Augen traten ihm aus den Höhlen. Joach hielt die Zügel fest gespannt. Das Pferd brach am Boden zusammen. Die Hufe seiner Vorderläufe gruben sich tief in den festen Erdboden, während es versuchte, die hinteren Gliedmaßen herauszuziehen.

Joach drängte das Pferd zum Weiterlaufen, doch Elena wusste, dass es aussichtslos war. Die Räuber in der Erde konnten innerhalb weniger Herzschläge das Fleisch vom Knochen trennen. Elena trieb ihre Stute in schnellem Galopp zu den beiden in Not. Sie hielt kurz vor Spürnase an. Den einen Arm von den Zügeln umwickelt, musste Elena alle Kraft aufwenden, um Nebelbraut vor dem keuchenden, wild um sich blickenden Hengst zu halten. »Zu mir!«, schrie sie ihrem Bruder zu.

Joach erkannte die Aussichtslosigkeit seiner Lage. »Kümmre dich nicht um mich! Reite los!«

»Nicht ohne dich!« Nebelbraut rutschte einen Schritt zurück. Die Woge, die vorübergehend zum Halten gekommen war, weil sich das gefräßige Gezücht an dem Pferd zu schaffen gemacht hatte, rollte jetzt auf sie zu. Spürnases Vorderläufe waren in der brodelnden Erde gefangen. »Spring!«, rief sie ihrem Bruder zu.

Joach hielt die Zügel krampfhaft mit den Fäusten umklammert, in Unentschlossenheit erstarrt. Dann schüttelte er den Kopf und stieg auf den Rücken des sich gegen das Versinken anstemmenden Pferdes. Mit dreschenden Armen um Gleichgewicht ringend, sprang er von Spürnases Rücken ab und landete bäuchlings quer über Nebelbrauts Rumpf. Sein plötzliches Gewicht befeuerte die Beine des Pferdes. Nebelbraut raste los, wie von einer Peitsche geschlagen.

Elena ließ Nebelbraut rennen und lenkte sie nur gerade so

viel, dass sie in Richtung des dunklen Obsthains steuerte. Mit dem anderen Arm war Elena angestrengt damit beschäftigt, ihren Bruder auf dem Pferderücken festzuhalten.

Die drei stürmten in die Apfelplantage.

6

Der Gaukler, mit nackter Brust und lediglich mit einer ausgebeulten Reisehose bekleidet, trat an den Rand der Bühne und setzte seine Schale ab. Eine Stadt war wie die andere, alle Eindrücke verwischten sich, überall starrten die gleichen nichtssagenden Gesichter aus dem Publikum herauf. Er war jetzt seit acht Jahren unterwegs, allein, nur mit der Erinnerung an eine Begleitung. Und immer noch war ihm diese Erinnerung allzu nah.

Einige Leute im Publikum raunten und deuteten mit Fingern auf ihn. Er wich in sicherere Entfernung vom Bühnenrand zurück. Er wusste, die Finger deuteten auf seine rechte Schulter, wo eigentlich ein Arm angewachsen sein sollte.

Der Gaukler warf seine vier Messer in die Luft und schnitt den Pfeifenqualm im Raum in dünne Streifen. Er sah zu, wie das erste Messer in Richtung seiner linken Hand trudelte, und mit geübter Gleichgültigkeit schnappte er den Griff und schickte das Messer mit einem Zucken des Handgelenks wieder in die Luft. Mit den übrigen Messern verfuhr er genauso. In den wirbelnden Klingen spiegelten sich die Flammen der Fackeln und funkelten zurück ins Publikum, das sich in Trauben vor der baufälligen Bühne der Gastwirtschaft zusammendrängte.

Anerkennende *Oohhs* und *Aahhs* schallten schwach von einigen der Zuschauer zu ihm herauf, aber im Allgemeinen galt ihre Aufmerksamkeit in erster Linie der Qualität des Bieres, das in der Wirtschaft ausgeschenkt wurde, und dem Fleiß der

Bedienung. Immer noch auf die Messer konzentriert, beobachtete der Gaukler eine gequälte Schankmagd, die sich mühsam einen Weg durch die Menge bahnte, ein Tablett, beladen mit überschwappenden Gläsern, neben dem Kopf balancierend. Ihr Gesicht zeigte das steinerne Lächeln der Überarbeiteten.

Sie nickte kurz beim Klimpern einer Münze in der Schale am Rand der Bühne. So verdiente man sich seinen Lebensunterhalt auf der Straße.

»He, Freundchen!«, brüllte jemand an der Bühnenrampe mit einer Stimme, die dank der großzügigen Schmierung mit Bier verschwommen klang. »Vorsichtig mit diesen hübschen Schlachtmessern, sonst verlierst du den anderen Arm auch noch.«

Ein anderer kicherte im hinteren Teil des Raums und gab dem Betrunkenen eine Erwiderung. »Sei du selber vorsichtig, Bryn. Du stehst bedenklich nahe bei den wirbelnden Messern. Vielleicht schnippst er dir diesen hässlichen Wollwurm unter der Nase weg, den du Schnauzbart nennst.«

Das Publikum brüllte vor Lachen über diesen Spaß.

Der Beleidigte – mit fast kahlem Kopf und einem dichten, gelockten und gewachsten Schnurrbart – schlug auf ein Bodenbrett der Bühne. »Ach, ja? Nun, Strefen, zumindest bin ich Manns genug, mir einen wachsen zu lassen.«

Das war kein gutes Omen. Nicht dass der Gaukler erwartete, dieser Streit werde sich zu etwas Schlimmerem als dem Austausch von Beleidigungen ausweiten. Doch wenn die Zuschauer sich besser von den Vorgängen zwischen den Tischen als jenen auf der Bühne unterhalten ließen, würden nur wenige Münzen in seiner Schale klingeln. Er musste die Aufmerksamkeit der Menge auf sich lenken. Heutzutage erweckte selbst ein einarmiger Gaukler manchmal nicht mehr als flüchtige Neugier.

Er ließ ein Messer zu Boden fallen und tat so, als habe er die Sache nicht mehr im Griff. Die Klinge senkte sich mit einem *Wusch* in die Holzbühne und blieb tief in einem Brett stecken. Das zog die Blicke der Zuschauer auf sich. Nichts war so gut geeignet wie ein Fehler, über den man sich lustig machen konnte, um die Aufmerksamkeit wachzurütteln. Er hörte verächtliches Lachen, das in der Menge aufblubberte. Dann fiel ihm ein Messer nach dem anderen scheinbar versehentlich aus der Hand, und die Klingenspitze landete jedes Mal in dem Griff desjenigen darunter – *wusch, wusch, wusch* –, bis schließlich alle vier Messer übereinander aufgereiht waren.

Der Messerturm schwankte vor den Augen der erstaunten Gäste der Wirtschaft leicht hin und her. Vereinzeltes Klatschen wuchs sich zu einem mäßig begeisterten Beifall aus. Das Klimpern einiger weniger Münzen in seiner Schale begleitete den Applaus.

Jedes Kupferstück, das andernfalls für Bier ausgegeben worden wäre, war hart verdient. Wenn er sich heute Abend ein Essen leisten wollte, brauchte er noch mehr Zuwendung. Selten verdiente er genügend, um sich für die Nacht ein Dach über dem Kopf leisten zu können, aber er war daran gewöhnt, unter seinem Pferd zu schlafen.

Er lief zur Seite der Bühne und öffnete seine Requisitentasche. Er bereitete seine nächste Darbietung vor – mit drei Ölfackeln. Er umfasste sie mit der Faust und entzündete sie an dem Feuer in einem Kohlebecken. Sie loderten auf. Das Publikum antwortete mit einem *Schschsch!*, als jede Fackel in einer anderen Farbe brannte – in Tiefgrün, Saphirblau und einem kräftigeren Rot als eine gewöhnliche Flamme. Er hatte diesen Trick, der auf einer Alchimie bestimmter Pulver beruhte, während seiner Jahre in den Südlanden erlernt.

Spärliches Klatschen wurde hinter ihm laut.

Er wandte das Gesicht den Zuschauern zu, hob die Fackeln und warf sie in die Luft, beinahe bis zu den Deckenbalken des Gastraumes. Als sie kaskadenartig herabtrudelten und dabei jeweils einen Lichtschweif hinter sich herzogen, fing er sie auf und warf sie wieder zur Decke hinauf.

Der Applaus wurde stürmischer, doch seine Ohren hörten nach wie vor nur wenige Münzen in seiner Schale klimpern. Also warf er die Fackeln noch höher hinauf; seine Armmuskeln wölbten sich vor Anstrengung, bis sein Körper unter einer dünnen öligen Schweißschicht glänzte. Ein paar Frauen an der linken Seite der Bühne gaben *Oohhs* von sich, aber er bemerkte aus dem Augenwinkel, dass sie seinen Körperbau bewunderten und nicht die fliegenden Fackeln. Er hatte die Erfahrung gemacht, dass es auch andere Möglichkeiten gab, auf der Straße Geld zu verdienen, und er war nicht darüber erhaben, seine Waren zur Schau zu stellen.

Während er mit den Fackeln jonglierte, spannte er die Schultern, zeigte seine breite Brust und die üppige Muskulatur. Mit schwarzem Haar und grauen Augen, mit der rötlichen Gesichtsfarbe der Präriebewohner seiner Heimat war er bekannt dafür gewesen, noch mit anderen Dingen als Messern und Fackeln zu jonglieren, um sich ein Zimmer und ein Bett zu verdienen.

Weitere Münzen wurden in seine Schale geschnippt.

Nach einem letzten schwungvollen Wurf verneigte er sich, während alle drei Fackeln noch in der Luft waren. Die Zuschauer hielten hörbar die Luft an, wie üblich, als die Fackeln auf seinen gebeugten Rücken niedergingen. Er sah, wie eine seiner drallen Bewunderinnen sich besorgt die Hand vor den Mund hielt. Kurz bevor die Fackeln ihn berührten, vollführte er einen Salto im Stehen und fing alle Fackeln gleichzeitig auf, um sie in einen bereitstehenden Wassereimer zu tauchen. Jedes Zischen einer erlöschenden Flamme beflügelte den Applaus. Als er fertig war, war das Publikum aufgestanden, laut klatschend und mit Krügen auf die Tischplatten klopfend.

Er bemerkte, dass sich seine Schale weiter mit Münzen füllte. Er verbeugte sich immer wieder, bis sich das Publikum beruhigte und keine Münzen mehr gespendet wurden. Mit einem letzten Winken sammelte er seine Messer und die Geldschale ein und sprang von der Bühne. In der Menge war immer noch ein beifälliges Raunen zu hören, und einige der Gäste schlugen ihm anerkennend auf den Rücken, als er zwischen ihnen hindurchging. Er warf sich sein Lederwams über, immer noch zu erhitzt von seiner Darbietung, als dass er das dicke baumwollene Unterhemd anziehen konnte, das er gewöhnlich trug.

Als er einen erfahrenen Blick auf den Haufen Münzen warf, wusste er, dass er heute Abend gut essen und vielleicht sogar noch genügend Geld übrig haben würde, um ein Zimmer in der Gastwirtschaft bezahlen zu können. Falls nicht, hatte er bereits ein paar Damen ins Auge gefasst, die unverändert seine nackte Brust angafften. Es gab wirklich noch andere Möglichkeiten.

Der Wirt schob ihm seine dicke Wampe an der Theke entlang entgegen; sein feistes Gesicht hatte in der Hitze des Raums die Farbe eines Schweinebauchs angenommen. Er trug einen weinbefleckten Kittel, anscheinend die übliche Bekleidung eines Wirtshausbetreibers dieser Güte. Während er die vier Haare zurückstrich, die seinen Kopf noch schmückten, drehte er die breite Nase zu dem Gaukler um und legte die fleischige Hand auf das genarbte Holz der Theke. »Wo bleibt mein Anteil?«, fragte er schwer atmend.

Der Gaukler zählte die angemessenen Prozente von Münzen ab, um für die Benutzung der Bühne zu bezahlen. Die Augen des Wirts verfolgten den Weg jedes einzelnen Kupferstücks in seine fleischige Handfläche. Der Gaukler erwartete, dass der Dicke sich jeden Augenblick die Lippen lecken würde, so gierig blitzte die Lust in seinen Augen auf.

»Ist das alles?«, fragte er und schüttelte die Faust mit den Münzen. »Ich habe gesehen, wie jede Menge Münzen in deine Schale gefallen sind. Du unterschlägst mir einen Teil.«

»Ich versichere dir, du hast deinen gerechten Anteil bekommen.« Der Gaukler blickte dem Wirt scharf in die Augen.

Der Dicke schlurfte mit einem mürrischen Gebrummel davon und scheuchte eine Schankmagd aus dem Weg, bevor er seinen Platz weiter unten an der Theke wieder einnahm. Eine andere Schankmagd, ein hübsches Mädchen mit dicken blonden Zöpfen, schob ein Glas mit Bier vor ihn hin, während der Gastwirt ihnen den Rücken zugekehrt hatte. »Zum Wohl«, flüsterte sie ihm mit einem angedeuteten Lächeln und niedergeschlagenen Wimpern zu. »Das soll das Feuer in dir bis später kühlen.« Sie ging weiter zum nächsten Kunden und warf ihm noch einen kurzen Blick über die Schulter zu.

Ja, sein Pferd würde heute Nacht gewiss allein schlafen.

Er nahm sein Glas mit kaltem Bier und drehte sich um, um sich an die Theke zu lehnen und zuzusehen, wie der nächste Darsteller die Bühne betrat. Die Anwesenden waren inzwischen ziemlich betrunken, und der Junge, der nach seiner Darbietung die Stufen zur Bühne hinaufstieg, tat ihm Leid.

Junge war nicht das richtige Wort, erkannte er, als sich die Person erhob, nachdem sie die Geldschale an der Bühnenrampe abgestellt hatte. Sie war klein, und die graue Hose und das schlichte weiße Hemd trugen wenig zur Hervorhebung ihrer weiblichen Körpermerkmale bei – der wenigen, die überhaupt vorhanden waren. Anfangs hatte er den Eindruck, dass sie kaum über ihre erste Blutung hinaus sein konnte, eine schmächtige Kindfrau, doch als sie auf dem Hocker saß und sich der Menge zuwandte, wusste er, dass er sich getäuscht hatte. Das Gesicht mit dem samtweichen Teint und den Lippen wie Rosenknospen wurde von dem Blick der veilchenblauen Augen Lügen gestraft: eine Traurigkeit und ein Liebreiz, die nur auf der Erfahrung vieler schwerer Jahre beruhen konnten.

Die Menge schenkte ihr natürlich keine Beachtung, als sie eine Laute aus einer Stofftasche hervorzog. An den Tischen unter ihr herrschte derbes Treiben, Wein wurde bestellt, Freunde wurden geneckt, Gläser wurden angestoßen, gelegentlich lachte jemand blökend. Der Rauch von Pfeifen und Fackeln hing dick in der Luft. Sie wirkte wie ein Blütenblatt in einem tobenden Sturm.

Der Gaukler seufzte. Das würde kein angenehmer Anblick werden. Er hatte schon häufig gesehen, dass andere Schausteller mit schmutzigen Servietten und Brotkrusten von der Bühne vertrieben worden waren.

Doch die schmächtige Frau hob sich die Laute an den Bauch und beugte sich über das Instrument wie eine Mutter über ihr Kind. Das Holz der Laute war mit einer dicken Lackschicht überzogen, sodass sie im Schein der Fackeln beinahe nass aussah. Es war Holz vom dunkelsten Rot, das er jemals gesehen hatte, beinahe schwarz, und die Maserung des Holzes wirkte wie winzige, spiralförmige Wirbel auf der Oberfläche. Dies war ein teures Instrument, nicht dafür gemacht, um damit durch üble Spelunken zu ziehen.

Die Menge schenkte ihr immer noch keine Beachtung. Er hörte, wie ein Streit darüber ausbrach, wer den Most-Wettbewerb beim hiesigen Jahrmarkt nächsten Monat gewinnen würde. Fäuste wurden geschwungen, und eine Nase wurde gebrochen, bevor man die Streithähne voneinander trennte – alles nur wegen Most. Nun ja, er hatte im Lauf seiner Reisen schon viele Streitereien über die lächerlichsten Dinge erlebt, die schlimmer geendet hatten als mit einer aufgeplatzten Lippe und einer blutigen, gebrochenen Nase.

Er nippte an seinem Bier, ließ es die Kehle hinunterrinnen. Er gestattete seinen Augenlidern, sich halbwegs zu senken, als die Frau auf der Bühne ihren ersten Akkord anschlug. Aus irgendeinem Grund schien die Musik mitten durch das Geschnatter zu schneiden und sich im Ohr festzusetzen wie ein nistender Vogel. Sie wiederholte den Akkord, und die Menge verstummte allmählich; die Stimme der Laute zog die Blicke zurück zur Bühne.

Auch er riss die Augen weit auf. Die Bardin hob den Blick; sie sah nicht in die Menge, sondern in eine unbekannte Ferne, an einen anderen Ort als diesen. Er beobachtete, wie eine Hand sich leicht über den Hals des Instrumentes bewegte und die Fingerspitzen der anderen Hand die Saiten niederhielten. Der neue Akkord war eine Schwester des ersten. Er hallte durch den Raum, als ob er nach jenen ersten Tönen suchte. Die Menge verfiel in Stillschweigen, als ob sie Angst hätte, bei dieser Suche zu stören.

Nachdem alle von diesem Bann ergriffen waren, begann die Frau zu spielen. Die Süße der Musik breitete sich im Raum aus; sie kündete von glücklicheren Zeiten, helleren Tagen als diesem wolkenverhangenen Tag, der soeben ausgeklungen war. Der Gaukler sah zu, wie ihre Finger über das Holz und die Saiten tanzten. Dann tat sie etwas ganz Bemerkenswertes: Sie begann zu singen. Ihre Stimme hob leise an, kaum zu unterscheiden von den honigsüßen Akkorden, doch während sie weiterspielte, erhob sich ihre Stimme, verband eine Harmonie mit der anderen. Obwohl er die Sprache, in der sie sang, nicht verstand, spürte er die Bedeutung der Worte. Sie sang vom Vergehen der Jahre, vom Wandel der Gezeiten, dem Kreislauf, dem alles Leben unterliegt.

Die Menge saß gebannt auf den Stühlen. Ein Mann hustete, und seine Nachbarn warfen ihm böse Blicke zu, als ob er eine schlimme Beleidigung geäußert hätte. Die Übrigen jedoch missachteten ihn und starrten mit offenen Mündern zur Bühne.

Sie spielte und sang weiter, war sich ihrer Wirkung anscheinend nicht bewusst. Ihre Stimme veränderte sich auf eine feine Art, und die Akkorde waren nun mehr ein Stöhnen als ein Singen. Sie warnte jetzt vor Gefahren, vor den Zeiten, in denen die Zyklen des Lebens zu einer Bedrohung wurden. Sie sang von zerstörter Schönheit und zerschmetterter Unschuld. Man hörte Trommeln hinter ihrer Stimme und dem Anschlag ihrer Akkorde.

Der Gaukler ertappte sich dabei, dass er sie zu trösten wünschte, dass er ihr sagen wollte, es sei noch nicht alles verloren. Er beobachtete, dass ihre Finger auf der Laute langsamer wurden, während ihre Stimme einen neuen Rhythmus aufnahm, den Schlag eines versagenden Herzens. Langsamer und immer langsamer dehnten sich die Akkorde durch den schmerzvollen Raum aus. Gäste beugten sich zur Bühne vor, versuchten zu verhindern, dass sie aufhörte. Doch sie hörte auf, ein letztes Streichen von Fingerkuppen über Saiten, dann nichts mehr. Nur ein einziger Ton ihrer Stimme hing noch in der Luft. Dann wehte auch dieser mit ihrem Atem davon.

Im Raum herrschte Totenstille, keiner wollte der Erste sein, der sich bewegte. Der Gaukler spürte, wie ihm unerklärlicherweise eine Träne über die Wange rann. Seine Hand bewegte sich nicht, um sie wegzuwischen. Er ließ sie rinnen. Viele andere Augen und Wangen im Raum waren feucht.

Er hatte geglaubt, dies sei das Ende gewesen, aber er hatte sich getäuscht. Erneut entschwebte ihrer Laute das Flüstern eines Akkords. Es sah aus, als bewegten sich ihre Finger überhaupt nicht. Es war, als ob die Laute von selbst sänge. Die Musik waberte durch den Raum und strich über die vielen feuchten Wangen. Dann sang ihre Kehle das letzte Stück – von einem Einsamen, der letzte Rest der Helligkeit zwischen Ruinen. Ihre Musik trieb dem Gaukler erneut Tränen in die Augen, als ob ihr Lied ganz besonders ihm gälte. Aber er war sich auch der vielen anderen in dem Raum bewusst, die von dieser Musik berührt wurden, anderer Seelen, die sich auf den Rhythmus einstimmten. Und dann, mit ihrem letzten Akkord, fest und klar wie eine Glocke, und mit dem letzten Flüstern ihres Liedes, spendete sie ihnen allen Trost, ein Wort: *Hoffnung*.

Dann war es vorbei. Er sah zu, wie sie sich von dem Hocker erhob und dastand.

Die Menge, die die Luft angehalten hatte, atmete nun hörbar weiter. Ein überraschtes Murmeln und ein begeistertes Händeklatschen setzten ein. Die Bühne wurde förmlich gestürmt, und Münzen regneten in ihre Schale. Bevor der Gaukler wusste, was er tat, stand er vor ihr und schüttete Münzen aus seiner Schale in die ihre.

Er blickte hinauf zur Bühne und stellte fest, dass ihre veilchenfarbenen Augen eindringlich zu ihm heruntersahen. Sie hockte jetzt im hinteren Teil der Bühne, anscheinend verstört durch den Tumult um sie herum und die lobenden Zurufe. Sie hielt die Laute fest an die Brust gedrückt.

Plötzlich gab es am Eingang der Gastwirtschaft eine Aufregung. Ein Mann stürmte in den Schankraum. »Bei Bruxton ist ein Feuer ausgebrochen!«, brüllte er in die Menge. »Der ganze Obsthain brennt!« Die Menge wogte auf.

Doch der Gaukler beachtete den Aufruhr nicht; seine Augen waren starr auf die Lautenspielerin gerichtet. Das Feuer ging ihn nichts an.

Sie eilte zum vorderen Bühnenrand, zu ihm. Die Bardin kniete nieder und blickte ihm eindringlich in die Augen. »Ich brauche dich, Er'ril von Standi.«

7

Die Feuer erhellten den Horizont hinter Elena. Rauch, schwärzer als die Nacht, quoll ihr zwischen den Baumreihen entgegen, und Donnerschläge krachten den Hügelkamm entlang. Sie versuchte, Nebelbraut zu einer schnelleren Gangart anzutreiben, doch das Pferd lahmte allmählich, schwitzte heftig nach dem panischen Lauf.

»Wir müssen ihr eine Rast gönnen, El!«, rief Joach von hinten. »Nebelbraut kann diese Geschwindigkeit nicht durchhalten.«

»Aber das Feuer!«

»Wir haben einen ordentlichen Vorsprung. Der Wind wird die Flammen aufhalten.« Er griff von hinten an ihr vorbei und zog an den Zügeln. Nebelbraut verfiel in langsamen Trott.

Joach rollte sich von der Stute und schwang die Zügel nach vorn, um das Pferd zu lenken. Nebelbraut schnaubte kräftig in die Nacht, ihre Nüstern bebten, die Augen waren weit aufgerissen und verrieten ihre Angst. Der Rauch und das Prasseln des Feuers ließen sie nicht zur Ruhe kommen; ihre Hufe tanzten, sie wollte wieder losgaloppieren.

Elena tätschelte ihr den Kopf und stieg ebenfalls ab. Joach hatte Recht. Nebelbraut würde weiterrennen, bis ihr das Herz zerspränge, wenn man ihr freien Lauf ließe. Sie nahm ihrem Bruder die Zügel ab und führte Nebelbraut neben sich her.

Joach legte eine Hand auf die nasse Flanke des Pferds. »Sie ist überhitzt. Heute Nacht können wir nicht mehr auf ihr reiten. Aber ich glaube, wir haben einen genügend großen Vorsprung herausgeholt.«

Elena schaute zu den brennenden Höhen hinauf. Sie erinnerte sich daran, wie die Flammen ihr Zuhause verzehrt und dann auf den Pferdestall übergegriffen hatten und wie einige Herzschläge später brennende Scheite vom Dach der Scheune zwischen die Bäume geweht worden waren und den trockenen Obsthain in Brand gesetzt hatten. Nach der Trockenheit des Sommers stellte das Unterholz besten Zunder dar, und das Feuer hatte sich mit unnatürlicher Geschwindigkeit ausgebreitet.

Sie hatte zugesehen, wie ihre Welt in Asche verwandelt wurde, durch ihre eigene Hand in Brand gesetzt. Unbewusst rieb sie das schwache Überbleibsel des Flecks an ihrer rechten Hand.

Joach bemerkte die Tränen, die ihr über die Wangen rannen, aber er verstand sie falsch. »El, wir kommen von hier weg. Das verspreche ich dir.«

Sie schüttelte den Kopf und deutete auf die wachsende Feuersbrunst. »Ich habe sie umgebracht.« Wieder sah sie vor dem geistigen Auge die Flammenwand vor sich, die auf ihre Eltern zugerast war.

»Nein.« Joach legte eine Hand auf die ihre, die auf den Zügeln ruhte. »Das hast du nicht getan, Elena. Du hast ihnen unvorstellbare Schmerzen erspart.«

»Vielleicht hätten sie überlebt.«

Joach erschauderte. »Mutter und Vater befanden sich in einer hoffnungslosen Lage. Ich habe gesehen, wie schnell diese Schlangenungeheuer Spürnase verzehrt haben. Selbst wenn sie irgendwie überlebt hätten, so glaube ich nicht ... glaube ich nicht, dass es ein Segen für sie gewesen wäre.«

Elena ließ schweigend den Kopf hängen.

Joach hob mit einem Finger ihr Kinn an. »Du trägst keine Schuld daran, El.«

Sie entwand sich seiner Berührung und drehte ihm den Rücken zu. »Du begreifst nicht ... ich ... ich ...« Ihre Zunge widersetzte sich dem Schuldgefühl in ihrem Herzen. »Ich wollte weggehen ... ich habe es mir so sehr gewünscht!«

Schwungvoll drehte sie sich wieder zu ihm um; Tränen rannen ihr über die Wangen. Sie deutete zu dem brennenden Obsthain hinüber. »Ich habe diesen Ort gehasst … und jetzt brennt er durch meine Hand.«

Joach nahm sie in die Arme und drückte sie fest an sich, während sie unter Schluchzen bebte. »Elena, ich wollte doch auch weggehen. Das weißt du. Und du trägst an alledem keine Schuld.«

Sie sprach an seiner Brust. »Wer soll dann daran schuld sein, Joach? Wer hat all das verursacht?« Sie befreite sich aus seiner Umarmung und hielt die rechte Faust hoch. »Warum ist mir all das widerfahren?«

»Das sind Fragen für ein andermal. Jetzt geht es darum, dass wir zum Fluss Tausendkrumm gelangen.« Er schaute zu den Flammen hinauf, die den Hügelkamm hinter ihnen krönten und die zum Mond hinauf loderten. »Wenn wir den Fluss durchqueren können, müssten wir eigentlich vor dem Feuer geschützt sein. Dann können wir vielleicht wieder klar denken.«

Elena biss sich auf die Unterlippe; plötzlich hatte sie Angst vor den Antworten, die sie finden mochte, wohl wissend, dass Joachs tröstende Worte sich als hohl erweisen könnten und dass die Geschehnisse dieser schwarzen Nacht ihr doch noch zur Last gelegt werden könnten. Sie schniefte und rieb sich die Nase.

Als Nebelbraut neben ihr voller Angst wieherte, strich Elena mit der Hand über die bebenden Nüstern der Stute. »Schsch, meine Süße, dir wird kein Leid geschehen«, flüsterte sie dem Pferd zu.

Plötzlich tat Nebelbraut einen Satz nach hinten und hätte die ledernen Zügel beinahe Elenas Faust entrissen. Das verblüffte Mädchen wurde von den Beinen gerissen, als sich das Pferd aufbäumte und ein angstvolles Wiehern ausstieß. Nebelbraut stürmte den Hang hinunter, wobei sie Elena mit sich zerrte.

»He, Nebelbraut, he!« Elena bemühte sich, wieder einen festen Stand zu erlangen. Zweige und Dornen rissen an ihrem Mantel, und Steine zerschrammten ihre Knie.

»Um Himmels willen, lass sie los, Elena!«, schrie Joach, der ihr hinterherrannte.

Aber Elena war nicht willens, dieses letzte Stück ihrer Heimat in die Nacht entschwinden zu lassen. Sie umklammerte die Zügel fest mit beiden Fäusten. Während sie dahinrannte und -hüpfte, gelang es ihr, einen Fuß gegen einen Stein zu stemmen, dann zog sie mit einem Ruck an den Lederzügeln. Nebelbrauts Kopf flog nach hinten, und der Rumpf des Pferdes schlug nach vorn, hangabwärts. Elena warf die Zügel um den Stamm eines Obstbaumes und sicherte sie, wobei sie betete, dass das Zaumzeug nicht reißen möge. Zum Glück hielt es. Nebelbraut taumelte, dann kam sie wieder auf die Beine.

Joach kam rutschend neben ihr zum Stehen. »Was sollte das denn sein?«

»Schsch!«, machte Elena.

Durch das Prasseln des Feuers hindurch war ein neues, anschwellendes Geräusch zu hören. Zunächst war es nur ein Wispern, dann wurde es deutlicher. Das Schlagen kräftiger Flügel, als ob jemand einen schweren Teppich schwenkte, näherte sich.

Nebelbraut wieherte und stemmte sich gegen die Zügel, die Augen so verdreht, dass nur noch das Weiße zu sehen war. Elena duckte sich, und Joach huschte unter die Zweige eines Apfelbaums.

Beide ließen den Blick forschend über den Himmel wandern. Rauch verdunkelte die Sterne, doch der Rußmantel wallte, als das geflügelte Geschöpf vorbeirauschte. Es war etwas Großes, mit einer Flügelspanne von mehr als doppelter Mannsgröße. Nur die Spitze eines Flügels – ein knochiges Gebilde, bespannt mit einer faltigen roten Membrane – stieß für einen flüchtigen Augenblick durch den Rauchschild, bevor sie wieder verschwand.

Bei diesem Anblick gefror Elenas Blut zu Eis. Was in dieser Nacht flog, war kein Bewohner des Tals, sondern ein Wesen, das weit entfernt von hier nistete, weit außerhalb der Sichtweite guter Menschen. Es flog auf das Feuer zu.

Nachdem es vorbei war, sprach Joach als Erster, die Stimme zu einem Flüstern gedämpft. »Was war das?«

Elena schüttelte den Kopf. »Ich weiß es nicht. Aber ich glaube, wir sollten uns besser beeilen.«

Rockenheim drückte sich ein Taschentuch auf Nase und Mund, während er die brennende Fackel so weit wie möglich vom Körper entfernt hielt. Seine Kehle schmerzte vor Ruß und Rauch. Er warf die Fackel in einen trockenen Weißdornbusch am Rand des Obsthains. Der Busch ging lichterloh in Flammen auf, während Rockenheim zum Innenhof des bäuerlichen Anwesens zurückkehrte.

Er stolperte zu der Stelle, wo Dismarum sich auf seinen Stock stützte. Der Seher hielt eine Hand in die Luft, um den Wind zu prüfen. »Noch einmal.« Dismarum deutete auf einen Haufen toter Blätter, der am Rand des Feldes zusammengefegt worden war.

»Ich habe genügend Feuer entzündet«, sagte Rockenheim und wischte sich dabei die Asche von den Händen am Hosenbein ab. Sein Gesicht war von Schweiß und Rauch verschmiert. »Der ganze Hügel steht in Flammen.«

»Noch einmal«, wiederholte der Seher und deutete auf den Haufen. Sein dunkles Gewand, an den Rändern versengt, wallte in der nächtlichen Brise.

Verdammt sollen die verfluchten Augen dieses Kerls sein, dachte Rockenheim. Er blieb wie angewurzelt auf der Stelle stehen. »Das Feuer brennt bereits heftig genug, um die Kinder aus den Obsthainen ins Tal zu treiben. Wir brauchen doch nicht den ganzen Berg in Brand zu setzen.«

»Von mir aus soll das Tal in Schutt und Asche liegen. Es geht einzig und allein um das Mädchen.«

Rockenheim rieb sich das Gesicht mit dem Taschentuch ab. »Die Obsthaine sind die Lebensspender für dieses Tal. Wenn die Bauern auch nur den geringsten Hinweis darauf erhalten, dass wir für die Ausbreitung des Feuers gesorgt haben ...«

Dismarum sprach zum Feuer. »Wir werden dem Mädchen die Schuld in die Schuhe schieben.«

»Aber die Bewohner der Stadt, sie werden ...«

»Sie sind unser Auffangnetz. Das Feuer wird sie zwangsweise nach Winterberg treiben.«

»Und du rechnest damit, dass die Stadtleute sie gefangen nehmen, sobald sie sich dort blicken lässt? Wenn diese Einfaltspinsel glauben, sie habe den Obsthain angesteckt, dann kannst du von Glück sagen, wenn du sie in einem Stück bekommst.«

Dismarum deutete mit seinem Stock auf die toten Blätter. »Sie darf uns nicht noch einmal entkommen.«

Rockenheim murrte vor sich hin und ergriff eine zweite Fackel. Er entzündete sie an einem kleinen Feuer, das im dämmrigen Innern der verbrannten Scheune glimmte, und trat zu dem Hügel aus zusammengefegten Blättern. Er stieß die brennende Fackel tief in den lockeren Haufen. Als er zurückwich und dabei die Hände aneinander rieb, um den Schmutz zu entfernen, brannten die pergamenttrockenen Blätter sofort lichterloh, und die gierigen Flammen verzehrten sie fauchend.

Er hustete, weil ihm der dichte Rauch die Atemwege belegte. Plötzlich wehte eine kräftige Windbö in seine Richtung, und ein Wirbel aus brennenden Blättern umflatterte ihn wie ein Schwarm von Stechmücken. Er schlug nach dem brennenden Gestöber; sein teurer Reitmantel war bereits an mehreren Stellen versengt. »Das war's!«, brüllte er und zertrat dabei einen brennenden Zweig mit der Ferse. »Ich reite zurück in die Stadt.«

Rauch brannte ihm in den tränenden Augen. Seine Nase, verstopft von Ruß, juckte und brannte. Er schnäuzte schwarzes Ekelzeug in sein Taschentuch und schwenkte einen Arm durch den Rauch, während er Dismarum durch den trüben Schleier hindurch zu entdecken versuchte. »Dismarum!«, rief er.

Keine Antwort.

Der Alte war wahrscheinlich zur Straße gehumpelt. Rockenheim tappte durch den rauchverhangenen Innenhof und benutzte dabei das verglühende Skelett des Bauernhauses als Wegweiser. Er hustete und spuckte in den Dreck. Dann stieß sein Fuß gegen etwas Weiches. Verdutzt sprang er einen Schritt zurück, bevor er erkannte, dass es Dismarum war. Der Alte kniete am Boden des Hofs, sein Stab steckte fest in der Erde. Rockenheim bemerkte einen Anflug ungebändigten Hasses in den milchig-trüben Augen des Sehers, der aus dessen tiefstem Innern emporstieg. Krämpfe schüttelten ihn; seine Kehle war wie zugeschnürt, und das Blut toste ihm in den Ohren.

Kurz bevor Rockenheims Gehirn aussetzte, war alles vorbei. Das Skal'tum wich zurück und entfernte sich. Rockenheim fiel auf Hände und Knie, spuckend und würgend.

Das Skal'tum sprach über ihm. »Ich wittere ihre Fährte in dir.«

Rockenheim übergab sich ins Unkraut.

8

Der Gaukler schob sich hinter der Bardin in den Raum. Für sechzehn Kupferstücke konnte man sich nicht allzu viel leisten, stellte er fest. Die Unterkünfte zum Schlafen waren dunkel, doch die Kammermagd trat zur Lampe und entzündete den Docht. Das Licht tat dem kleinen Zimmer nicht gut. Die Wände benötigten dringend einen frischen Anstrich, und das einzelne Bett war anscheinend der Hauptlebensquell für den Schwarm Motten, der jetzt das Licht umschwirrte. Das einzige andere Möbelstück war ein fleckiger Kleiderschrank aus Zedernholz, der an einer Wandseite stand. Er ging zu ihm und öffnete unter Quietschen eine der verzogenen Türen. Staub und Motten stoben auf. Der Schrank war leer.

Der Raum hätte außerdem dringend einer gründlichen Durchlüftung bedurft – er roch nach altem Kerzenwachs und ungewaschenen Körpern. Aber das einzige schmale Fenster, das auf den Innenhof des Gasthauses hinausging, war nicht zu öffnen, da sein Holzrahmen durchs Überstreichen verklebt war. Laute Stimmen und das Klappern vieler Hufe tönten aus dem drei Stockwerke tiefer gelegenen Hof herauf. Der Brand im Obsthain bewegte die Gemüter der Stadtbewohner immer noch.

Für ihn jedoch bedeutete das Feuer keinen Anlass zur Sorge.

Der Gaukler wartete darauf, dass die Kammermagd aus dem Zimmer verschwand, nachdem er ihr zur Würdigung ihrer Dienste eine Münze in die Hand gedrückt hatte. Als sie draußen war, schob er den Riegel an der Tür an seinen Platz und blieb dort stehen, bis sich ihre Schritte entfernt hatten. Keine anderen Schritte näherten sich. Zufrieden, weil niemand lauschte, wandte sich der Gaukler der Bardin zu, die ihre Tasche am Fuß des Bettes abgestellt hatte. Sie hielt die umhüllte Laute in der Hand und setzte sich auf den knittrigen Bettüberwurf. Sie hielt den Kopf leicht zur Seite geneigt und das Gesicht abgewandt; das glatte Haar fiel wie ein heller Vorhang zwischen ihr und ihm herab.

»Der Name, den du benutzt hast … *Er'ril*«, sagte er, begierig, dem Geheimnis auf den Grund zu kommen, »warum hast du mich so genannt?«

»Der bist du doch, oder nicht?« Die Frau, schmächtig wie ein vernachlässigtes Kind, legte die Laute behutsam neben ihren Schoß, eine Hand ruhte jedoch weiterhin auf dem Instrument.

Er ging nicht auf ihre Frage ein. »Und wer bist du?«

Ihre Stimme blieb sanftmütig. »Ich bin Ni'lahn aus Lok'ai'hera.« Sie hob den Blick zu ihm auf, als ob sie erwartete, dass ihm dies etwas sagen würde.

Lok'ai'hera? Warum klang bei diesem Namen irgendetwas in seinem Gedächtnis an? Er versuchte sich zu erinnern, aber er war auf seinen Reisen durch so viele Ortschaften gekommen. »Und wo liegt das?«

Die Frau wich weiter von ihm zurück, entzog sich ihm innerlich. Sie holte die Laute aus ihrer Umhüllung. Wieder schien sich das rote Holz mit seiner spiralartigen Maserung im Lampenlicht zu bewegen. »Wie schnell du vergisst, Er'ril von Standi«, flüsterte sie der Laute zu.

Er seufzte, dieser Spielchen müde. »Seit hunderten von Wintern hat mich niemand mehr mit diesem Namen angesprochen. Der Mann dieses Namens ist schon lange tot.« Er trat ans Fenster und zog den zerschlissenen Vorhang auf. Männer mit Fackeln lungerten im Innenhof herum. Viele andere trugen Eimer und Schaufeln. Ein Wagen fuhr vor, und Männer saßen zusammengepfercht in dessen hinterem Teil. Die beiden Zuggäule mussten mit Peitschen geschlagen werden, um eine so schwere Last zu ziehen. Im Westen lag ein orangefarbener Schimmer auf der Hügelkette.

Er sprach mit abgewandtem Gesicht zu ihr. »Warum hast du mich gesucht?«

In der Spiegelung im Fensterglas sah er, wie die Bardin den Kopf neigte und nach den Saiten der Laute griff. »Weil wir die Letzten sind.«

Ihre Töne zogen ihn noch weiter von diesem Raum weg an einen weit entfernten Ort. Er drehte sich zu ihr um. »Die Letzten wovon?«, brummte er.

»Die letzten Fasern der Macht aus der fernen Vergangenheit, von Chi.«

Er runzelte die Stirn. Er schmähte seit langem den Namen des Gottes des Geistes und der Seele, der Alasea der Entweihung durch Gul'gothas Horden preisgegeben hatte. Seine Stimme wurde schärfer. »Ich trage keine solche Macht in mir.«

Sie neigte den Kopf und verbarg dadurch ihr kleines Gesicht vollkommen unter dem dichten Haar. »Du lebst seit fünf Jahrhunderten, und trotzdem zweifelst du an deiner Macht?«

»Das alles ist das Werk meines Bruders. Er hat mir das angetan.«

Sie flüsterte ein einziges Wort: »Schorkan.«

Er'ril zuckte zusammen, als der Name seines Bruders erwähnt wurde. Er hob eine Augenbraue und betrachtete die Frau näher. »Woher weißt du so viel über mich?«

»Ich habe mich mit den alten Geschichten beschäftigt.« Sie streckte einen schlanken Finger aus und schob einen Schwall blonder Haare zurück, um ein veilchenfarbenes Auge zu enthüllen. »Und mit den aus uralten Zeiten überlieferten Worten: ›Drei werden eins werden, und das Buch wird gebunden.‹«

»Alte Worte aus einer vergessenen Zeit.«

Sie musterte ihn mit zusammengekniffenen Augen. »Du bist nicht mehr der Mann, der in den Geschichten beschrieben wird. Jener Mann hat das Buch gerettet, hat es geschützt. Er durchstreifte die Länder, versuchte, einen Widerstand gegen den Herrscher Gul'gotha aufzubauen. Dem Hörensagen nach streift dieser Mann immer noch durchs Land.«

»Wie gesagt, alte Geschichten.«

»Nein, immer dieselbe Geschichte.« Sie ließ ihr Haar wieder ins Gesicht fallen. »Sie setzt sich bis in die heutige Zeit fort.«

Er'ril setzte sich auf den Fenstersims. »Wie hast du mich erkannt?«

Sie wiegte die Laute in ihrem Schoß und fuhr einmal mit den Fingern über die Saiten. »Durch die Musik.«

»Wie bitte? Was hat denn deine Laute damit zu tun?«

Sie streichelte die Kante der Laute mit einer Fingerspitze. »Jenseits der Zahnberge, in den tiefsten Tiefen der Westlichen Marken, stand einmal ein uralter Hain von Koa'kona-Bäumen. Kennst du die noch – die Koa'kona-Bäume, die Geistbäume? Oder hast du auch die vergessen?«

»Ich erinnere mich an einen, der in der Mitte von A'loatal stand.« Vor seinem geistigen Auge erschien das Bild der untergehenden Sonne, die durch die in Reihen angeordneten Äste des einsamen Koa'kona-Baums leuchtete, dessen Blüten im Zwielicht wie Saphire glitzerten. »Er ragte höher auf als alle Türme der Stadt.«

Ni'lahn saß nun aufrechter auf dem Bett und enthüllte ihr Gesicht zum ersten Mal ganz. Plötzlich sprach Sehnsucht aus ihrer Stimme und ihren Augen. »Blüht er noch?«

»Nein. Als ich ihn das letzte Mal sah, hatte das Salzwasser des Meeres seine Wurzeln zerstört.« Er'ril merkte, dass seine Worte sie schmerzten. »Ich glaube, er ist tot«, fügte er leise hinzu.

Er'ril sah eine Träne über ihre Wange rinnen. Sie fuhr fort, und ihre Worte klangen traurig: »Der Hain wurde Lok'ai'hera genannt, Herz des Waldes. Er …«

Er'ril sprang auf, da er sich plötzlich erinnerte. Lok'ai'hera! Wie ein Fluss, der während eines Unwetters über seine Ufer wogt, durchtoste ihn die Erinnerung. Er sah das Bild vor sich, wie sein Vater am Küchentisch seine Pfeife rauchte und sich mit einer Hand den vollen Bauch rieb. Die Erinnerung war so deutlich, dass ihm die Knie schwach wurden. Er sah das Spinnennetz geplatzter Adern an der Nase seines Vaters vor sich, hörte das Pfeifen seines Atems, wenn er an der Pfeife zog, das Knarren des Stuhls auf dem Dielenboden. »Mein Vater …«, murmelte er. »Mein Vater hat mir einmal erzählt, dass er in seiner Jugend eine Reise an einen solchen Ort unternommen hat. Ich dachte immer, das sei ein Märchen. Er prahlte mit Nymphen, die mit Baumgeistern vermählt waren, mit Wölfen groß wie Menschen und Bäumen mit einem Umfang wie unser Haus.«

»Lok'ai'hera ist kein Märchen. Es war meine Heimat.«

Er'ril schwieg; er dachte an seine eigene Heimat. Die Erinnerung an seinen Vater schob eine Flut alter Bilder vor sein geistiges Auge, Bilder, die er so entschlossen hatte vergessen wollen: er und sein Bruder, die auf den Feldern Jäger und Gejagter spielten, das Erntedankfest, bei dem er zum ersten Mal ein Mädchen geküsst hatte, die Ebene, die sich unendlich in alle Richtungen zu erstrecken schien. »Es tut mir Leid«, sagte er. »Was ist mit deiner Heimat geschehen?«

Ihre Schultern sanken herab. »Es ist eine lange Geschichte über eine Zeit, bevor dein Volk zum ersten Mal Fuß auf das Land setzte. Ein Fluch wurde über unsere Baumgeister verhängt, und zwar von einer bösen Rasse, die man die Elv'en nennt.« Sie schien sich in sich selbst zurückzuziehen, weg aus dem staubigen Zimmer.

Er'ril hörte den uralten Schmerz, der immer noch ihr Herz quälte. »Diese Elv'en, von denen du sprichst«, sagte er in ihr Schweigen hinein. »Ich habe andere Geschichten über die silberhaarigen Geister gehört. Ich hielt sie für mythische Geschöpfe.«

»Die Zeit verwandelt alle Wahrheiten in Mythen.« Sie hob flüchtig die Augen zu ihm, bevor sie den Kopf wieder senkte. »Dein Volk sollte dies wissen, mehr als alle anderen, Er'ril von Standi. Für die meisten seid ihr Mythos und Legende.«

Er'ril enthielt sich einer Antwort darauf.

Sie fuhr mit ihrer Geschichte fort. »Im Laufe vieler, vieler Jahre suchten wir nach einem Weg, um das Sterben unserer Bäume zu beenden. Aber die Fäule, der uralte Fluch der Elv'en, breitete sich aus. Blätter zerfielen in unseren Händen zu Staub; Äste brachen, vom Raupenfraß durchsiebt. Unsere großartige Heimat verkam zu einer Ödnis mit nur noch ganz wenigen Koa'kona-Bäumen. Selbst diesen jämmerlichen Resten war es bestimmt zu sterben, bis ein Magiker aus unserem Volk kam und die letzten unserer Bäume mittels eines chirischen Segens konservierte. Doch als Chis Macht nicht mehr wirkte, kehrte die Fäule zurück. Wieder setzte das Sterben unserer Heimat ein.

Bäume, die gediehen waren, da das Land an sich fruchtbar war, blühten nun nicht mehr. Kräftige Äste hingen schlaff am Stamm. Und gleichzeitig mit unseren Bäumen starb auch unser Volk.«

»Euer Volk?«

»Meine Schwestern und unsere Geister. Wir sind eins mit unseren Bäumen, so wie ihr mit euren Seelen. Das eine kann nicht ohne das andere leben.«

»Du ...«

Sie strich sich das feine Haar aus dem Gesicht. »Ich gehöre zu den Nyphai.«

»Du bist eine Nymphe?«

Sie verzog die Lippen ein wenig unwillig. »So hat dein Volk uns genannt.«

»Aber mein Vater erzählte, ihr könntet nicht weiter als hundert Schritte von euren Bäumen entfernt leben. Wie kannst du dann hier sein, eine halbe Welt weit weg?«

»Was er gesagt hat, stimmt nicht.« Ni'lahn legte die Hand auf die Laute. »Wir müssen unserem Geist nahe sein, nicht dem Baum. Ein meisterlicher Holzschnitzer aus den Westlichen Marken hat diese Laute aus dem sterbenden Herzen des letzten Baumes gefertigt – meines Baumes. Ihr Geist wohnt dem Holz inne. Ihre Musik ist das Lied der alten Bäume. Ihr Ruf geht an jene, die sich noch an die Magik erinnern.«

»Aber warum? Die Zeit der Magik ist seit langem tot.«

»Ihr Lied zieht andere ihresgleichen an, die Spuren von Magik in sich tragen, so wie ein Magnetit Eisen anzieht. Ich wandere schon seit langem durchs Land und spiele ihre Musik, um jene, die mit Macht ausgestattet sind, zu finden. Ihre Musik erlaubt mir, in das geistige Auge des Zuhörers zu blicken. Ich habe gesehen, woran du dich erinnert hast, während ich spielte: die Türme von A'loatal, die Felder deiner Heimat in Standi. Ich wusste, wer du bist.«

»Aber was willst du von mir?«

»Ein Heilmittel.«

»Wofür?«

»Für Lok'ai'hera. Ich bin die Letzte. Wenn ich sterbe, sterben auch mein Volk und unser Geist. Das darf nicht geschehen.«

»Und wie soll ich dir helfen?«

»Darauf weiß ich keine Antwort. Aber der älteste unserer Geister oder vielmehr diejenige, die ihn in sich barg, hatte auf dem Sterbebett eine Vision.«

Er'ril seufzte und rieb sich die Schläfen. »Ich bin der Visionen und Prophezeiungen überdrüssig. Sieh doch nur, wohin sie mich gebracht haben!«

Ihre Stimme schwoll an vor Hoffnung. »Sie haben dich zu mir gebracht, Er'ril von Standi.«

»Du misst dieser zufälligen Begegnung zu viel Bedeutung zu.«

»Nein, der Abend ist voller Omen.«

»Zum Beispiel?«

»Die Vision der sterbenden Alten zeigte Lok'ai'hera, wie es aus rotem Feuer wieder zum Leben erwacht – ein aus Magik geborenes Feuer.« Sie deutete zum Fenster hinaus. »Feuer. Und jetzt bist du – ein Geschöpf der Magik – hier.«

»Ich bin kein Geschöpf der Magik. Ich bin ein Mensch. Ich bin verwundbar wie jeder andere, ich kann verstümmelt werden.« Er deutete auf die Stelle, wo ihm der Arm fehlte. »Ich bin sterblich wie jeder andere. Nur ... nur die segensreiche Gabe des Alterns ist mir verwehrt. Und dieses Stück Magik ist eher ein Fluch denn ein Geschenk.«

»Hör auf, das reicht«, sagte sie streng. »Feuer und Magik bestimmen die Nacht.« Ihre Augen leuchteten in derselben Farbe wie die juwelenartigen Blüten des einsamen Baumes in dem verlorenen A'loatal. »Es ist ein Anfang.«

9

Der Schrei des geflügelten Ungeheuers durchschnitt die Dunkelheit wie ein Metzgerbeil. Das Geschöpf hatte die ganze Nacht hindurch ihre Fährte verfolgt. Während ihnen der Schrei in den Ohren nachhallte, setzte Elena ihr ganzes Gewicht ein, um zusammen mit ihrem Bruder Nebelbraut die Uferböschung der ausgetrockneten Wasserrinne heraufzuholen.

Joach zog angestrengt am Zaumriemen. »Es hat unsere Witterung aufgenommen«, presste er zwischen seinen Zähnen hervor. »Wir müssen Nebelbraut zurücklassen und wegrennen.«

»Nein!«, widersprach Elena mit Nachdruck, während sie in das ausgetrocknete Flussbett hinunterrutschte, um hinter das Pferd zu gelangen. Nebelbrauts Hinterhufe waren bis zu den Fesseln im lockeren Schlamm versunken, und die Stute sackte immer tiefer ein. Völlig erschöpft unternahm Nebelbraut nicht einmal den Versuch, sich freizukämpfen.

Elena bahnte sich mühsam einen Weg bis zu Nebelbrauts Rumpf. Sie strich mit der Hand über die fiebrige Haut des Pferdes. Schweiß troff ihm von den zitternden Flanken und dampfte in die kalte Luft. »Es tut mir Leid, Nebelbraut«, flüsterte sie und griff nach dem Schwanz des Pferdes. »Aber ich kann es nicht zulassen, dass du aufgibst.«

Elena packte Nebelbrauts Schwanz und hob ihn über den Rücken, wobei sie ihn grausam umbog. »So, jetzt beweg den Hintern, Mädchen!« Sie versetzte Nebelbrauts Hinterteil einen kräftigen Klaps mit der Hand und zerrte mit der anderen noch fester an dem Schwanz.

Nebelbraut stieß ein wildes Schnauben aus und stemmte sich aus dem Schlamm heraus, wobei sie Elena auf den Grund der Wasserrinne warf. Das Mädchen landete auf dem Hinterteil und sah zufrieden zu, wie Joach das Pferd aus der Falle befreite, indem er es führte und an den Zügeln zog.

Ein zweiter schriller Schrei ertönte plötzlich von der anderen Seite der Hügel. Er hörte sich noch näher an.

»Beeil dich, Elena!«, rief Joach ihr zu.

Sie bedurfte seines Drängens nicht, war bereits auf den Beinen und kroch wieder die lockere Uferböschung des Flussbettes hinauf.

Als sie oben angekommen war, streckte Joach die Hand aus. »Der Fluss Tausendkrumm liegt nur ein paar Meilen in dieser Richtung entfernt.«

Elena schüttelte den Kopf. »Wir müssen uns verstecken, jetzt gleich. Das Untier ist zu nahe.« Sie nahm Joach Nebelbrauts Zügel aus der Hand und zog die Stute in die entgegengesetzte Richtung – auf das lodernde Feuer zu.

»El, was tust du?«

»Im Rauch sind wir nicht so leicht zu sehen und zu riechen. Schnell jetzt! Ich kenne eine Stelle, wo wir uns verstecken können, bis unser Jäger die Suche nach uns aufgibt.«

Joach folgte ihr, ohne den Blick von dem brennenden Obsthain abzuwenden. »Falls wir nicht zuvor gebraten werden.«

Elena achtete nicht auf ihren Bruder, sondern versuchte, vertraute Merkmale aufzuspüren, die ihr den Weg weisen würden. Der Rauch und ihr wild pochendes Herz störten ihre Konzentration. War sie auf dem richtigen Weg? Sie glaubte, diesen Teil des Hains zu erkennen, aber sie war sich nicht sicher. Sie hielt angestrengt Ausschau, dabei rannte sie mit Nebelbraut im Schlepptau. Ja! Da drüben! Dieser alte Stein in der Form eines Bärenkopfes! Sie hatte sich nicht geirrt. Da war die Stelle.

Sie eilte nach links und winkte ihrem Bruder zu, ihr zu folgen. In einer natürlichen Senke vor ihr lag das Ziel. Plötzlich bauschte sich die Rauchdecke, die die Sterne am Himmel verdunkelte, als etwas Riesiges nur einen Steinwurf von ihren Köpfen entfernt vorbeirauschte. Elena spürte beinahe das

Gewicht, das auf sie herabdrückte, als die Schwingen über ihnen schlugen. Das Wesen flog zu der Wasserrinne, aus der sie soeben geflohen waren.

Im spärlichen Lichtschein der nahen Flammen starrte Joach sie mit weit aufgerissenen Augen an. Sie erkannte darin den Schrecken, der auch ihr Herz ergriffen hatte. Wenn sie versucht hätten, zum Fluss Tausendkrumm zu gelangen, hätten sie ein leichtes Angriffsziel geboten. Mit einem Nicken forderte Joach sie zum Weitergehen auf; er hatte nun keine Einwände mehr dagegen, den Weg in Richtung des Feuers zu nehmen.

Elena ging voran, schnell, aber gleichzeitig so leise wie nur möglich. Sie erlaubte sich ein leises Aufseufzen der Erleichterung, als sie den Alten Mann entdeckte. Von Nebelbraut gefolgt, betrat sie den kleinen Flecken mit wildem Baumbestand, eingebettet in eine flache Senke, eine unkultivierte Oase inmitten der ordentlichen Reihen des Obsthains. Sie schob sich durchs Gebüsch und ging voraus zur Mitte der Senke.

»Süße Mutter«, flüsterte Joach, als seine Augen zum ersten Mal auf den Alten Mann fielen. »Ich kann es kaum glauben.«

Vor ihnen kauerte die tote Hülle eines dicken Baumes – kein Apfelbaum mit spindeldürrem Stamm, sondern einer der alten Riesen, die hier hoch aufgeragt hatten, lange bevor Menschen zum ersten Mal das Tal betraten. Acht Männer, die sich mit ausgebreiteten Armen an den Händen hätten fassen müssen, wären nötig gewesen, um den Baum zu umspannen. Der obere Teil des Baumes war vor langer Zeit abgefallen, und nur dieser gezackte Stumpf mit einem einzigen dicken Ast, der zum Himmel deutete, war geblieben.

»Ich habe ihn auf einem meiner Erkundungsausflüge entdeckt«, erklärte Elena. Sie sprach mit gedämpfter Stimme, nicht weil sie verhindern wollte, dass der geflügelte Jäger sie hörte, sondern aus Hochachtung vor dem Baum. »Ich nenne ihn Alter Mann.«

Sie ging voran zu einem langen schwarzen Spalt an der Rückseite. »Er ist im Innern hohl, eine natürliche Höhle. Wir können …«

Ein donnerndes Zorngebrüll dröhnte durchs Tal. Der Jäger hatte erkannt, dass die Beute seinem Zugriff entwischt war.

Ohne ein weiteres Wort stolperten Elena und Joach in die Umarmung des Alten Mannes. Selbst Nebelbraut sperrte sich nicht und glitt mit ihnen hinein. Der Hohlraum im Herzen des Holzes hätte genügend Platz geboten, um eine kleine Herde von Pferden zu beherbergen.

Sobald sie sich im Schutz des Bauminnern befanden, fiel Elena der Geruch des Alten Mannes auf. Der vorherrschende Gestank von verfaulenden Äpfeln unter den Obstbäumen drang nicht bis zu dem frischen Holzduft des Baumes vor. Die Luft hier drinnen war erfüllt von Pinienölen und einem Hauch von Walnuss. Obwohl der Baum schon lange tot war, hatte sich sein Geruch erhalten, als ob der Geist des Alten Mannes immer noch in der Hülle des einst so stolzen Riesen schwebte. Selbst der erstickende Rauch, der jetzt durch den Obsthain trieb, konnte die Gegenwart des Alten Mannes nicht verdrängen.

Elena legte eine Handfläche zärtlich gegen das Holz. Irgendwie wusste sie, dass der Alte Mann sie in dieser Nacht beschützen würde. Als ihre rechte Hand das Holz berührte, spürte sie eine kühle Ruhe, die sich den Arm hinauf bis zum Herzen ausbreitete. Und für einen kurzen Augenblick glaubte sie Worte zu hören, die ihr in den Kopf geflüstert wurden wie von einer Stimme aus einem tiefen Brunnen.

Kind ... von Blut und Stein ... erweise mir einen Gefallen ... suche meine Kinder ...

Sie schüttelte den Kopf über ihre Dummheit und nahm die Hand von dem Baum weg. Sie schlug sich die Arme um die Brust und verdrängte die Stimme. Es war nichts weiter als der Nachhall dieser Schreckensnacht in ihrem Kopf.

Joach trat neben sie, und ohne ein Wort reichten sie einander die Hände. Joach drückte die ihre fest, während sie in die Nacht lauschten. Allmählich verhallten die Schreie in der Ferne. Sie hatten das Ungeheuer getäuscht und es auf die falsche Fährte gebracht, und offenbar hatte es seine Jagd eingestellt – zumindest fürs Erste.

Joach streckte den Kopf aus dem Herzen des Baumes hinaus und ließ den Blick spähend durch den Obsthain schweifen. »Wir müssen diesen Ort jetzt verlassen«, sagte er. »Das Feuer kreist uns ein. Wir sitzen in der Falle, wenn wir uns nicht beeilen.«

Elena nickte, obwohl sie ungern den kameradschaftlichen Schutz des Alten Mannes aufgab. Sie führte Nebelbraut hinaus, und sofort überfiel sie der Rauch, der ihr in den Augen und der Nase brannte. Sie warf einen Blick zurück. Die Feuersbrunst erhellte den gesamten Horizont hinter ihr, und ein verzehrendes Heulen rollte von den Hügeln auf sie zu.

»Wir müssen uns beeilen«, sagte Joach und bahnte sich einen Weg durch das dichte Gebüsch. »Wir haben noch einen weiten Weg bis zum Fluss vor uns.«

Elena folgte ihm. Bald hatten sie die Senke hinter sich gelassen und eilten durch den Obsthain. Elena sah sich immer wieder nach hinten um. Sie wurden erneut gejagt, diesmal von den lodernden Flammen.

Das Letzte, was sie vom Alten Mann sah, war sein einsamer ausgestreckter Ast. Er brannte, wie ein Ertrinkender in einem Meer von Flammen um Hilfe winkend.

Mit Tränen in den Augen wandte sie sich ab. Seltsame Worte hallten in ihrem Kopf nach: *Suche meine Kinder*.

»Ich kann es einfach nicht glauben, dass Bruxtons Junge so etwas machen würde!« Der Kutscher, eine knorrige Wurzel von einem Mann, schlug mit der Faust auf sein Bockholz. Die anderen Männer, die im hinteren Teil des Wagens versammelt waren, brummten empörte Worte. Einige schwenkten Schaufeln über den Köpfen.

Rockenheim beugte sich über den Sattelknauf seines erschöpften Pferdes zum Wagen hin. »Sein Vater hat nach dem Seher geschickt.« Er deutete mit dem Daumen auf Dismarum, der ein kleineres Fohlen ritt, das mit einem Strick mit seinem Reittier zusammengebunden war. Der Alte saß vornübergebeugt da, die Kapuze über dem Gesicht, und schaukelte wie im Halbschlaf. »Sein Vater hat nach uns schicken lassen, damit der Junge und das Mädchen Hilfe bekommen.«

»Aber diese Kinder … du hast gesagt, sein Vater hat die beiden wirklich zusammen erwischt? Er hat die Abscheulichkeit mit eigenen Augen gesehen?«

Rockenheim nickte. »In der Scheune. Wie Hund und Hündin haben sie es getrieben, ungeachtet der Tatsache, dass sie Bruder und Schwester sind.«

Ein befriedigendes allgemeines Japsen war im hinteren Teil des Wagens zu hören. Rockenheim unterdrückte den Anflug eines Lächelns. Es war zu einfach, mit boshaften Worten die verborgenen Ängste jeder Familie anzufachen – ganz nach seinem Plan. Er zog sich den Reitmantel fester um die Schultern. Auf der dunklen Straße wehte ein kühler Wind von den Bergen herab. Rockenheim warf einen Blick zu den schwelenden Vorhügeln ganz in ihrer Nähe. Das Feuer spuckte gelegentlich immer noch Flammen aus, während es sich durch den Obsthain ausbreitete.

Eine quiekende Stimme erhob sich irgendwo im Wagen. »Und als du dort angekommen bist, was geschah da?«

Rockenheim richtete sich im Sattel auf, um das Gesicht wieder dem Wagen zuzuwenden. »Wir trafen den Jungen mit einer Axt an. Seine Mutter lag blutüberströmt zu seinen Füßen; sein Vater war längst am Boden erkaltet.«

»Süße Mutter!«

Einige der Stadtleute drückten sich mit dem Daumen gegen die Stirn, eine Geste zur Abwehr des Bösen.

»Und das Mädchen, sie hatte bereits die Scheune und das Wohnhaus in Brand gesteckt. Der Junge kam bei unserem Erscheinen mit der Axt auf uns zu. Ich war gezwungen, den blinden Seher zu beschützen und zurückzuweichen.«

»Wie konnte das nur geschehen?«, fragte der Kutscher, die Augen vor Fassungslosigkeit weit aufgerissen. »Ich kenne die Kinder ... sie sind mir immer sehr nett vorgekommen, höflich, ohne nennenswerte schlechte Eigenschaften.«

Dismarum ergriff jetzt zum ersten Mal das Wort; er hob die Kapuze und wandte das Gesicht dem Fackellicht des Wagens zu. »Dämonen. Böse Geister haben sich ihrer Herzen bemächtigt.«

Jetzt hob fast jeder Insasse des Wagens den Daumen an die Stirn. Ein Mann sprang sogar vom Wagen und rannte zurück zur fernen Stadt. Seine Schritte verhallten in der Nacht.

»Bringt sie mir unversehrt«, fuhr der Seher fort. »Tötet sie nicht, sonst entweicht das Böse aus ihren sterbenden Herzen – vielleicht zu einem eurer Kinder. Seid auf der Hut.« Dismarum senkte die Kapuze und hob die knochige Hand, um Rockenheim weiterzutreiben.

Rockenheim gab seinem Pferd die Sporen. Dismarums Fohlen folgte. Rockenheim rief den verwirrten Insassen des Wagens hinter ihnen zu: »Verbreitet die Kunde! Macht euch auf die Suche! Bringt die besessenen Kinder in die Garnison!«

Sobald der Wagen hinter einer Straßenbiegung außer Sicht war, veranlasste Rockenheim sein Pferd zu langsamerer Gangart, bis er neben Dismarum ritt. »Die Falle ist ausgelegt«, sagte er zu dem Alten.

Dismarum schwieg. Plötzlich brach das Schlagen von Flügeln, die an Leder erinnerten, über den Baumwipfeln hervor. Die beiden duckten sich, als es über sie hinwegzog. Es zog seine Bahn weiter auf die Stadt zu. »Wir wollen hoffen, dass es eine gelungene Fallenstellung ist«, murmelte Dismarum, während der geflügelte Schrecken in der Morgendämmerung im Osten verschwand.

Elena ritt hinter Joach; die Arme hatte sie ihm um den Leib geschlungen, während der Bruder Nebelbraut durch den Fluss Tausendkrumm führte. Das Pferd stapfte platschend durch den breiten, flachen Fluss, wobei das Wasser gelegentlich so hoch aufspritzte, dass es Elenas Waden benässte. Die kalte Berührung des Wassers brachte ihr den bevorstehenden Winter in den Sinn. Doch Nebelbraut wieherte lebhaft – anscheinend besänftigte das Wasser die Angst des Pferdes.

»Auf der anderen Seite müssten wir eigentlich in Sicherheit sein«, sagte Joach, dessen Stimme vor Müdigkeit und wegen des Rauchs heiser klang. »Der Fluss ist breit, und ich bezweifle, dass das Feuer diese Entfernung überspringen kann. Wenigstens hoffe ich das.«

Elena schwieg. Auch sie hoffte es. Hinter ihnen breitete sich das Feuer wie die Finger einer Hand überall im Obsthain aus, auf der Suche nach ihnen. An einem Punkt hatte sie das Feuer beinahe erreicht, in einer ausgetrockneten Wasserrinne zwischen zwei Hügeln. Sie waren gezwungen gewesen, auf Nebelbraut aufzusteigen und auf dem gleichen Weg zurückzugaloppieren, auf dem sie gekommen waren, und nur mit knapper Not waren sie den Flammen entkommen. Doch zum Glück war kein Anzeichen von dem geflügelten Untier mehr erschienen.

Als sie zum Fluss Tausendkrumm gelangten, war der Mond bereits untergegangen, und im Osten kündete ein fahler Schimmer den Morgen an.

»Joach«, fragte sie, »wie weit ist es noch bis Winterberg?«

»Ich weiß es nicht genau. Könnte ich doch nur ein paar vertraute Wegmarkierungen durch diesen verdammten Rauch sehen! Aber trotzdem würde ich sagen, wir müssten die Stadt eigentlich bei Tagesanbruch erreichen.«

Joach stieß Nebelbrauts Flanken sanft mit den Fersen an, um sie zu ermutigen, die Böschung zum trockenen Flussufer hinaufzusteigen. »Von jetzt an sollten wir besser neben ihr hergehen.« Er rutschte von der Stute und half Elena beim Absteigen.

Als sie am Boden ankam, wäre sie beinahe auf die Knie gesunken, so müde waren ihre Beine. In ihren Füßen pochte das Blut, und alle ihre Gelenke zitterten vor Erschöpfung. Sie fühlte sich am ganzen Körper wund, als ob ihr jemand die Haut abgezogen hätte.

Joach stützte sie. »Wir könnten eine kurze Rast einlegen, Schwesterchen.«

Sie wischte sich durchs rußverschmierte Gesicht und nickte. Dann taumelte sie zu einem moosbewachsenen Stein am Ufer und ließ sich darauf nieder. In der Nähe schnupperte Nebelbraut an einigen grünen Flecken am Fluss und zupfte mit den Zähnen Halme heraus.

Joach seufzte laut und ließ sich auf die Uferböschung fallen. Er stützte sich auf die Ellenbogen und betrachtete den Rauchstrom, der vor den Sternen dahinzog.

Elena ließ den Kopf hängen. Seit dem vergangenen Nachmittag war alles, woran sie jemals geglaubt hatte, ja sogar der Boden, auf dem sie gegangen war, zu einem trügerischen Sumpf geworden. Nichts schien mehr wirklich zu sein. Selbst Joach und Nebelbraut, die beide nur eine Armeslänge von ihr entfernt waren, kamen ihr körperlos vor, als ob sie sich jeden Augenblick in Staub verwandeln und davongeweht werden könnten, sodass sie ganz allein zwischen den Bäumen zurückbleiben würde. Sie schlug sich die Arme um die Brust und schaukelte zitternd auf ihrem steinernen Sitz vor und zurück. Sie konnte ihre Tränen nicht verbergen.

Sie nahm kaum wahr, dass Joach sich vom Ufer erhob und zu ihr kam. Er nahm sie in die Arme und hielt sie fest, beendete ihr Schaukeln. Sie zitterte immer noch in seinem Griff. Er drückte sie fester an sich und zog ihren Kopf an seine Brust. Er sagte kein Wort, hielt sie nur fest.

Allmählich ließ ihr Zittern nach, und sie lehnte sich an Joach.

Sie wusste, dass es nicht nur ihr Bruder war, der sie in dieser Nacht in den Armen hielt. In seiner engen Umarmung flossen die Liebe und Wärme ihrer Mutter, und in der Kraft seiner Arme spürte sie die Knochen und Muskeln ihres Vaters. Was auch in dieser Nacht geschehen sein mochte, sie waren immer noch eine Familie.

Am liebsten wäre sie in seinen Armen geblieben, bis die Morgensonne die Bergkuppen bekränzt hätte, doch plötzlich stieß Nebelbraut ein lautes Schnauben aus und tänzelte vom Fluss weg, die Ohren beunruhigt aufgerichtet. Joach ließ seine Schwester los und stand auf, aufmerksam nach der Ursache für die Unruhe des Tiers Ausschau haltend.

Elena erhob sich ebenfalls und griff nach Nebelbrauts Zügeln. Joach ging an der moosbewachsenen Uferböschung in die Hocke und ließ den Blick durchs Flussbett schweifen. »Siehst du etwas, Joach?«

»Nein, nichts. Ich glaube, sie hat den Spuk dieser Nacht noch nicht ganz verkraftet.«

Elena konnte Nebelbrauts Unruhe gut verstehen. Sie trat vorsichtig neben Joach und spähte ebenfalls den Fluss auf und ab. Das Wasser plätscherte über glatte Steine zwischen den farnbestandenen Rändern. Nichts deutete auf etwas Ungewöhnliches hin. »Vielleicht hast du Recht ...«, setzte sie an, doch dann verstummte sie. Sie blinzelte, da sie befürchtete, ihre müden Augen würden ihr einen Streich spielen.

Etwas Silbernes, wie gespiegeltes Mondlicht, schimmerte in

einem ruhigen Wassertümpel unterhalb des Ufers. Aber der Mond war bereits untergegangen. Während sie angestrengt schaute, drehte sich der Schimmer entgegengesetzt zum Strom.

»Was ist das?«, fragte sie.

»Wo?«

Sie deutete auf das Licht, das sich immer noch langsam drehte und sich ausbreitete wie ins Wasser gegossene Milch.

Joach warf ihr einen Blick zu. »Ich sehe nichts.«

»Das Licht im Wasser! Siehst du das nicht?«

Joach trat einen Schritt von der Böschung zurück und versuchte, Elena mit sich zu ziehen, aber sie blieb wie angewurzelt auf der Stelle stehen. »El, da ist nichts.«

Sie schaute und schaute, während sich der Schimmer zu einem helleren Kräuseln im Wasser verflüchtigte und schließlich ganz verschwand. Sie rieb sich die Augen. »Jetzt ist es weg«, sagte sie leise.

»Was denn? Da war doch nichts.«

»Doch ... da war etwas.«

»Nun, ich habe nichts gesehen. Aber wenn man die Ereignisse dieser Nacht bedenkt, war es bestimmt etwas Schädliches für uns, was immer es gewesen sein mag.«

»Nein.« Elena sprach, bevor sie nachdachte, doch sie wusste, dass sie die Wahrheit sagte. »Nein, es war nichts Gefährliches.«

»Nun, mir reichen die seltsamen Erscheinungen für eine Nacht. Lass uns gehen. Wir haben noch einen weiten Weg bis Winterberg.« Joach warf einen letzten Blick aufs Wasser, dann machte er sich kopfschüttelnd flussabwärts auf den Weg.

Elena folgte mit Nebelbraut am Zügel.

Sie rief sich das Bild des sich ausbreitenden Schimmers erneut vor Augen. Vielleicht hatten ihre Sinne ihr wirklich einen Streich gespielt, doch für eine Sekunde, kurz bevor das Licht verschwunden war, hatte sich, wie in Silber geprägt, ein Bild geformt: eine Frau mit Sternen als Augen. Dann ein Flüstern und nur noch dunkles Wasser und Steine. Sie rieb sich die brennenden Augen. Eine Täuschung des Lichts aufgrund ihrer Erschöpfung, das war alles.

Doch warum hatte dann ihre gefleckte Hand beim Aufblitzen des Bildes im Wasser plötzlich gebrannt wie Feuer, als ob sie von der Sonne berührt worden wäre? Einen Augenblick später war die Hitze genau wie das Bild verschwunden.

Warum hatte Joach die Frau nicht gesehen, ja nicht einmal den silbernen Schimmer?

Nebelbraut stieß sie mit der Nase an. Sie trottete rasch hinter Joach her. Es gab zu viele Fragen. Vielleicht würde sie in Winterberg Antworten finden.

10

Die Morgendämmerung zog kalt in das winzige Zimmer des Gasthauses ein. Er'ril lag in eine Decke eingewickelt am Boden; sein Rucksack diente ihm als Kopfkissen. Er war schon früh aufgewacht und hatte beobachtet, wie die ersten Strahlen der Morgensonne die Staubteilchen im Raum in einem langsamen Tanz bewegten. Es war ein langer Abend gewesen. Er und Ni'lahn hatten bis spät in die Nacht hinein geredet, bis schließlich beide übereinstimmend fanden, dass sie unbedingt ein paar Stunden Schlaf brauchten, um dem neuen Tag entgegenzutreten.

Ni'lahn war auf dem Bett schnell eingeschlafen, noch angezogen, die Laute an die Brust gedrückt wie einen Liebhaber. Er'ril hingegen hatte nur hin und wieder ein wenig gedöst, und selbst diese wenigen Augenblicke des Schlummers wurden von schrecklichen Träumen heimgesucht. Schließlich hatte er es aufgegeben und stattdessen beobachtet, wie der Morgen dämmerte.

Während er in die zunehmende Helligkeit blickte, drehten sich seine Gedanken auf tausend Zapfen; alte Erinnerungen, Fragen, Ängste tauchten auf. Warum war er bei dieser seltsamen Frau geblieben?, fragte er sich. Nachdem sie die Augen geschlossen hatte und ihre Atemzüge langsamer geworden waren, hätte er sich leicht davonschleichen können. Doch ihre Worte hielten ihn in dem Zimmer gefangen. Hatte die Begegnung mit dieser Nyphai-Frau eine tiefere Bedeutung, wie sie es unterstellte? War in dem tosenden Feuer im Obsthain ein Omen verborgen? Und warum ... warum war er in dieses verfluchte Tal zurückgekehrt?

Er kannte die Antwort auf diese letzte Frage. In seinem Herzen konnte er sich nicht vor den Erinnerungen verstecken, die ihn in dieses Tal zurückzogen. Gestern Abend war der Jahrestag des Bindens des Buches gewesen – und des Verlustes seines Bruders. Er'ril sah immer noch Schorkan, Greschym und den Jungen – dessen Namen er nie erfahren hatte – vor sich, in dem Wachskreis kauernd, während in der Ferne Trommeln schlugen.

Vor fünfhundert Wintern hatte er sich in einer ähnlichen Gastwirtschaft befunden, das Buch fest im Griff, während das Blut eines Unschuldigen eine Lache um seine Füße bildete. Ohne dass Er'ril davon wusste, hatte die Vergänglichkeit der Zeit für ihn in diesem Augenblick aufgehört. Viele Jahre mussten ins Land gehen, bis ihm klar wurde, welcher Fluch ihm an jenem Abend auferlegt worden war: niemals zu altern. Er musste zusehen, wie jene starben, die er bis zum liebesfähigen Alter aufgezogen hatte, während er ewig jung blieb. Er hatte in den Augen der anderen Zorn gesehen: Warum muss ich altern und du lebst weiter? Schließlich hatte es ihn zu sehr geschmerzt, dieses immer wieder erleben zu müssen, und er hatte beschlossen, auf Wanderschaft zu gehen, nirgendwo zu Hause zu sein, keine Freunde zu haben.

Alle hundert Winter kehrte er in dieses Tal zurück, in der Hoffnung, eine Antwort zu finden. Wann wird das aufhören? Warum muss ich leben? Während das Land alterte, beobachtete er, wie die Narben der Schlacht jener schicksalhaften Nacht im Tal allmählich verheilten. Die Menschen vergaßen; niemand erinnerte sich mehr an die Toten, nichts wies auf ihre Gräber hin. Er aber kehrte jedes Jahrhundert zurück, zu Ehren der Gefallenen, die beim Marsch der Herren des Schreckens umgekommen waren. Sie verdienten wenigstens einen Menschen, der das Gedenken an ihre Tapferkeit und ihren Opfermut aufrechterhielt.

Er'ril wusste, er hätte sich in sein Schwert stürzen und diesen Fluch beenden können; dieser Gedanke war ihm in vielen schlaflosen Nächten durch den Kopf gegangen. Aber sein Herz erlaubte es ihm nicht. Wer würde sich dann noch an die Tausenden erinnern, die in jener Nacht vor so vielen Wintern gestorben waren? Und sein Bruder Schorkan, der durch seinen Tod dem Buch Leben gegeben hatte – wie hätte sich Er'ril seiner Verantwortung entziehen können, wenn sein Bruder so viel gegeben hatte?

Also kehrte er alle hundert Winter wieder hierher zurück.

Er'ril hörte, dass sich Ni'lahn bewegte. Er sah, wie sie die Hand hob und sich die Netze des Schlafs aus dem Gesicht wischte. Er'ril räusperte sich, damit sie merkte, dass auch er wach war.

Sie richtete sich ein wenig auf und stützte sich auf einen Ellenbogen. »Ist etwa schon Morgen, so schnell?«

»Ja«, sagte er, »und wenn wir einen Platz im Gastraum ergattern wollen, um unser Frühstück einzunehmen, dann sollten wir uns bald darum bemühen. Ich habe gehört, wie die ganze Nacht über Menschen ein und aus geeilt sind.«

Sie rutschte vom Bett und strich sich verlegen das Kleid glatt. »Vielleicht könnten wir einfach hier essen. Ich ... ich vermeide Menschenmengen gern.«

»Nein, das ist nicht möglich. Speisen und Getränke gibt's nur im Gastraum.« Er'ril schlüpfte in seine Stiefel und stand auf. Er verdrehte den Hals nach beiden Seiten, um die Steifheit zu vertreiben; sein Genick knackte. Er sah zum Fenster hinaus. Im Westen war der Morgenhimmel von schlangenförmigen Rußstreifen durchzogen, und ein Leichentuch aus Rauch hing schwer über dem Tal. Über den Hügelkuppen häuften sich dicke Wolken und kündeten ein Gewitter an; zurzeit wäre ein Regenguss ein wahrer Segen für das Tal gewesen. Er'ril sah einen Flammenschwall nach oben züngeln. Rings um sie herum waren die Vorhügel vom Feuer geschwärzt und verwüstet, nur noch hie und da war ein Rest Grün bestehen geblieben.

Ni'lahn trat neben ihn und kämmte sich mit den Fingern die Haare. »Ein schlimmer Morgen«, flüsterte sie und blickte ebenfalls zum Fenster hinaus.

»Ich habe schon viel Hässlicheres gesehen.« Er stellte sich den Morgen nach der Schlacht um Wintershorst vor. Blut war rot durch die vielen Bachbetten gelaufen, Schreie hatten von den zerklüfteten Zahnbergen widergehallt, und der Gestank von verkohltem Fleisch war ihm Übelkeit erregend in die Nase gestiegen. Nein, im Vergleich dazu war dies ein angenehmer Morgen. »Das alles wird verheilen«, sagte er zu Ni'lahn und wandte sich von dem Anblick ab. Er schulterte seinen Rucksack. »Es verheilt immer wieder.«

Sie nahm ihre Tasche und band die Laute mit einem Riemen daran fest. Gemeinsam mit ihm ging sie zur Tür. »Nicht immer«, sagte sie leise.

Er sah sie an. Ihr Blick war in eine unbestimmte Ferne gerichtet. Er wusste, dass sie an den von der Fäule befallenen Obsthain ihrer Heimat dachte. Er seufzte und öffnete die Tür.

Ni'lahn huschte durch die Tür hinaus in den Gang. Sie stieg vor ihm die Treppe hinunter. Die lauten Stimmen und der Lärm, die aus dem Hauptraum der Gastwirtschaft heraufschallten, hörten sich genauso grausam an wie am Abend zuvor. Irgendetwas sorgte immer noch für Erregung bei den Stadtbewohnern.

Als Er'ril und die Bardin den Gastraum betraten, stampfte ein dürrer Mann mit einem Wust roter Haare und aschegefleckter Kleidung gerade mit dem Fuß auf den Boden der Bühne. An der Rampe stand kein Sammelnapf; daran erkannte Er'ril, dass dies keine frühmorgendliche Darbietung war.

»Hört mir zu, Leute!«, schrie der dünne Mann mit hoher, schneidender Stimme zu den dicht besetzten Tischen hinunter. »Was ich euch berichte, habe ich vom Hauptmann der Garnison persönlich vernommen.«

Jemand, der eine Schaufel bei sich trug, brüllte zu dem Mann hinauf: »Vergiss es, Harrol! Zuerst müssen wir das Feuer löschen. Dann kümmern wir uns um diese Kinder.«

»Nein!«, widersprach der Dünne streitlustig. »Diese Jugendlichen sind von *Dämonen besessen*!« Die letzten beiden Worte spuckte er förmlich in die Menge.

»Und wenn schon! Dämonen essen meiner Familie nichts weg. Wir müssen von der diesjährigen Ernte retten, was wir retten können, sonst leiden wir in diesem Winter alle Hunger.«

Das Gesicht des Mannes auf der Bühne war jetzt rot angelaufen, seine Schultern bebten. »Narr! Es waren doch diese Kinder, die den Brand gelegt haben. Wenn wir sie nicht finden, dann stecken sie die Obstgärten anderer Leute auch noch an. Möchtet ihr das? Soll das ganze verdammte Tal in Flammen stehen?«

Diese letzte Bemerkung brachte den Widerredner im Publikum zum Schweigen.

Ni'lahn war in Er'rils Schatten geschlüpft. Sie sah fragend zu ihm auf. Er zuckte mit den Schultern. »Nichts als Kutschentratsch. Es hört sich so an, als suchten sie nach einem Sündenbock.«

Ein grauhaariger alter Mann an einem Tisch in der Nähe hatte seine Worte gehört. »Nein, mein Freund. Die Botschaft ist von den Bergen gekommen. Es waren diese Morin'stal-Bälger. Das Böse hat von ihren Herzen Besitz ergriffen.«

Er'ril nickte und bedachte den anderen im Weitergehen mit einem schiefen Lächeln. Er zog Ni'lahn zur Theke, da er sich nicht in lokale Angelegenheiten hineinziehen lassen wollte. Er zog zwei Hocker heran, damit sie sich setzen konnten.

Der Wirt hatte seinen Posten hinter der Theke wieder eingenommen, aber heute Morgen spielte tatsächlich ein Lächeln um seine üblicherweise grimmige Miene. Das Feuer wirkte sich für das Gasthaus offensichtlich geschäftsfördernd aus. Nichts war so gut dazu geeignet, seine Truhen mit Geld zu füllen, wie eine allgemeine Aufregung.

Er'ril fing den Blick des Wirts auf, der entlang der Theke zu ihren Plätzen kam. »Gibt nur noch kalten Haferschleim«, sagte er als Einleitung. Er'ril bemerkte, wie der Blick des Wirts zu Ni'lahn wanderte. Während er mit den Augen ihre schmächtige Gestalt abtastete, leckte er sich die fetten Lippen. Sie wich von ihm zurück. Feixend wandte sich der Wirt wieder Er'ril zu.

»Allerdings, für fünf Kupferstücke zusätzlich wäre es mir vielleicht möglich, ein bisschen Heidelbeermarmelade für deine kleine Dame aufzutreiben.«

»Haferschleim und Brot reichen«, sagte Er'ril.

»Brot kostet ein Kupferstück zusätzlich.«

Er'ril runzelte die Stirn. Seit wann wurde Brot nicht mehr kostenlos zum Haferschleim gereicht? Der Wirt nutzte offenbar den großen Andrang aus. »In Ordnung«, sagte er kalt, »es sei denn, du berechnest uns auch noch etwas für den Löffel.«

Der eisige Unterton in seiner Stimme entging dem Wirt offenbar nicht. Er entfernte sich mit mürrischem Murmeln. Das Essen wurde von einer schüchternen Magd aufgetragen, deren Augen blutunterlaufen und müde aussahen, als ob sie die ganze Nacht hindurch gearbeitet hätte. Er'ril steckte ihr heimlich eine Münze zu. Bei diesen Preisen würden nur wenige Kunden den Mägden Trinkgeld geben. Er sah, wie ihre Augen aufleuchteten, als sie nach der Münze griff und sie in ihrer Tasche verschwinden ließ; ihre Hände waren so schnell wie die eines Jahrmarktzauberers.

Hinter ihm stritten sich die Männer immer noch darüber, wie am besten zu verfahren sei. Es hatte den Anschein, als steckten sie in einer Sackgasse fest, als ihr Streit plötzlich unterbrochen wurde.

Zwei Männer stürmten aus dem Hof herein, die Gesichter von der Morgenkälte gerötet. Der kleinere der beiden, gnomenhaft im Vergleich zu seinem riesigen Begleiter, humpelte beim Betreten des Gastraums und schwang mit dem schwachen Bein weit aus. Der Große hinter ihm hatte einen zotteligen Bart und breite Schultern und war bekleidet mit einer pelzbesetzten schweren Jacke. Er ließ die pechschwarzen Augen lauernd und suchend über die Menge schweifen; die Lippen waren bedrohlich schmal zusammengepresst. Er wirkte irgendwie gereizt, als ob die Gesellschaft von Menschen ihn über alle Maßen belästige.

Er'ril vermutete, dass er dem Bergvolk angehörte, den Nomaden, die zwischen den gefrorenen Gipfeln der Zahnberge lebten. Sie kamen außerhalb der Handelssaison, wenn Schnee und Eis auf den Pässen schmolzen, selten ins Flachland herunter. So kurz vor dem Winter einen von ihnen zu sehen war selten.

Der kleinere der beiden stieß mit der Faust in die Luft. »Wir haben Neuigkeiten. Neuigkeiten!«

Da der bisherige Streit in eine Sackgasse aus Murren und Streiten geraten war, wandten sich alle Augen den Neuankömmlingen zu; auch Er'ril sah ihnen neugierig entgegen. »Was habt ihr denn gehört, Simkin?«, rief jemand von einem der Tische.

»Nicht gehört. *Gesehen!*« Der kleine Kerl mit dem Namen Simkin schüttelte den Kopf und bahnte sich mit den Ellenbogen einen Weg durch die Menge, während er gleichzeitig einen Pfad für den grobschlächtigen Mann aus den Bergen frei machte. Als er die Bühne erreicht hatte, kletterte er hinauf und winkte den Großen ungeduldig zu sich. Nun, da Simkin durch seinen Platz auf der Bühne an Höhe gewonnen hatte, stand er beinahe auf gleicher Augenhöhe mit dem Mann aus den Bergen und konnte dem Großen eine Hand auf die Schulter legen. Simkin wandte das Gesicht der Menge zu. »Dieser Mann hat den Dämon gesehen!«

Die Menge brach in ein verächtliches Zischen aus, obwohl sich einige den Daumen an die Stirn legten – für alle Fälle. »Erzähl uns keine Ammenmärchen!«, brüllte jemand.

»Nein, hört zu. Es ist wahr.«

»Wen hat er gesehen? Deine Frau?« Die Menge brach in Gelächter aus, obwohl allenthalben eine deutliche Spur von Unbehagen zu bemerken war.

»Sag es ihnen!« Der Kleine stieß die Schulter des Großen mit einem Finger an. »Los, mach schon!« Er'ril sah einen kurzen Zornesblitz in den Augen des Großen aufzucken, als Simkin ihn auf diese Weise berührte. Es empfahl sich nicht, die Leute aus den Bergen zu etwas zu drängen.

Dennoch räusperte sich der Große – ein Geräusch, als ob die Rinde von einem Baum abgeschält würde. Dann fing er an zu sprechen; seine Stimme war so tief wie die Höhlen, die sich durch die eisbedeckten Gipfel gruben. »Er ist im Zwielicht über den Pass der Tränen geflogen, ganz in der Nähe der Stelle, wo wir leben. Blass wie der Pilz, der auf toten Bäumen wächst, und mit Flügeln von einer Spannweite wie die ausgestreckten Arme von drei Männern. Als das Wesen mit rot glühenden Augen vorbeiflog, gerieten unsere Tiere in Panik, und eine Frau von meiner Sippe erlitt eine Fehlgeburt.«

Niemand wagte es, einen Mann aus den Bergen einen Lügner zu nennen – jedenfalls nicht von Angesicht zu Angesicht. Sie waren bekannt dafür, die Wahrheit zu sprechen. Die Menge blieb nach seinen Worten stumm.

Er'ril richtete sich während dieser Aussage auf seinem Hocker auf, der Löffel mit Haferschleim verharrte auf halbem Wege zum Mund. Konnte das sein, nach so langer Zeit? Seit Jahrhunderten war kein solches Wesen mehr gesichtet worden.

Jemand aus dem hinteren Teil des Raums ergriff nun mit leiser Stimme das Wort. »Du bist den weiten Weg gekommen, um uns zu warnen?«

Die Stimme des Mannes aus den Bergen wurde noch tiefer, einem Brummen gleich. »Ich bin gekommen, um es zu töten.«

Er'ril senkte den Löffel und war überrascht, seine eigene Stimme zu hören, die dem Mann aus den Bergen zurief: »War dieses Ungeheuer dürr wie ein Hunger leidendes Kind, mit einer Haut so dünn, dass man hindurchsehen konnte?«

Der Mann aus den Bergen drehte den Bart schwungvoll in Er'rils Richtung. »Jawohl, das schwache Licht der Abenddämmerung schnitt durch den Körper hindurch wie ein Messer. Krank hat es ausgesehen.«

Ni'lahn flüsterte ihm zu: »Weißt du etwas über dieses Geschöpf, von dem er spricht?«

Ein anderer Mann aus der Menge sprach: »Du da, Gaukler, was weißt du über dieses Ungeheuer?«

Alle Augen waren nun auf Er'ril gerichtet. Er bedauerte seine vorlaute Zunge, aber er konnte seine Worte jetzt nicht mehr zurücknehmen. »Es bedeutet Verheerung«, sagte er zu der Menge und warf seinen Löffel auf die Theke. »Für euch besteht keine Hoffnung.«

Erregung breitete sich in der Menge aus. Nur der Mann aus den Bergen stand ruhig zwischen den aufgeregten Leuten. Seine zusammengekniffenen Augen waren starr und entschlossen auf Er'ril gerichtet. Er'ril wusste, dass seine Worte den Riesen nicht erschüttert hatten. Das Blut rann den Bergvölkern kalt wie das Eis der Gipfel durch die Adern, und ihr Gemüt war von der Sturheit des Granitgesteins ihrer Heimat. Todesdrohungen ließen sie selten in einem Entschluss wanken. Er'ril wandte sich von dem Riesen ab.

Ni'lahn fing Er'rils Blick auf und beugte sich näher zu ihm. »Welche Art von Ungeheuer ist das?«

Seine Stimme war ein Flüstern, nur für die eigenen Ohren bestimmt. »Eines von Gul'gothas Schreckensgeschöpfen – ein Skal'tum.«

»Die Ssonne geht auf.« Das Skal'tum stakte durch den dumpfigen Kellerraum der Garnison auf Dismarum zu. Es schüttelte seine Flügel, so wie sich ein nasser Hund im Regen schüttelt. Das Klappern der lederartigen Knochen hallte laut durch den Raum. »Isst alless vorbereitet?«

Dismarum wich einen Schritt zurück. Der in der Zelle herrschende Gestank nach verfaultem Fleisch und Schmutz stieß ihn ebenso ab wie die bedrohliche Erscheinung des Skal'tums. »Rockenheim reitet durch die Lande. Er verbreitet die Kunde über das Mädchen überall in der Stadt. Man wird sie bald finden. Sie kann nur hierher kommen.«

»Wollen wir hoffen, dassss ess sso isst. Dass Sschwarze Herz hungert nach ihr. Enttäusch ess nicht noch einmal.«

Dismarum verbeugte sich leicht und ging rückwärts zur Tür. Er griff blindlings nach der Klinke und stieß die Tür auf. Das morgendliche Sonnenlicht, für seine schwachen Augen kaum wahrnehmbar, flutete die nahe liegende Treppe herunter und lugte durch die Türöffnung, um sich um ihn herum zu ergießen. Dismarum lächelte innerlich, als das Skal'tum vor dem Licht zurückwich. Im Gegensatz zu einigen der Gefolgsleute der Schwarzen Herren konnten diese Geschöpfe die brennende Sonne ohne tödlichen Schaden ertragen; trotzdem zogen es die Ungeheuer vor, ihrer warmen Berührung zu entgehen. Wenn sie für längere Zeit der Sonne ausgesetzt waren, verfärbte sich ihre durchsichtige Haut dunkel, was bei ihresgleichen als unkleidsam galt.

Der Seher hielt die Tür länger und weiter auf als nötig und jagte das Skal'tum in den hinteren Teil der Kammer, um die Gelegenheit zu nutzen, das Ungeheuer in der Mittagssonne zu quälen und zuzusehen, wie es sich krümmte und wand. Sein

Hass auf das geflügelte Geschöpf war während all der Jahre nicht geringer geworden.

Endlich zischte das Ungeheuer wütend und trat auf Dismarum zu. Zufrieden darüber, dass er es so weit gebracht hatte, schlug Dismarum die Tür zu. Im Augenblick war das Geschöpf noch von Nutzen, aber wenn dem Seher die Möglichkeit gegeben würde ... Er wusste sogar ein Skal'tum zum Heulen zu bringen.

Indem er sich mit der Hand an der feuchten Steinmauer entlangtastete, folgte er dem Gang zur Treppe. Fackeln beleuchteten die Stufen so deutlich, dass er grobe Umrisse erkennen konnte. Mithilfe seines Stabes mühte er sich die ausgetretenen Stufen hinauf. Beim Steigen schmerzten seine Knie vor Anstrengung. Er musste mehrmals stehen bleiben, um sich auszuruhen. Mit geschlossenen Augen und schwer atmend versuchte er sich zu erinnern, wie es war, jung zu sein: mit scharfen Augen zu sehen; ohne schmerzhafte Stiche in den Knochen gehen zu können. Es kam ihm so vor, als wäre er schon immer alt gewesen, ehrwürdig, aber gebrechlich. War er wirklich jemals jung gewesen?

Während einer dieser Pausen wäre ein Soldat, der die Treppe herunterkam, beinahe mit ihm zusammengeprallt. Der Mann drückte sich an die Wand, um ihm Platz zu machen. »Verzeihung, Herr.«

Dismarum bemerkte, dass der Mann einen Eimer mit Essen für die Gefangenen in den Kellerzellen trug. Der Gestank von ranzigem Fleisch und Schimmel entstieg ihm. Selbst seine schwachen Augen sahen die Maden, die sich in dem ekelhaften Fraß tummelten.

Offenbar entging dem jungen Soldaten nicht, dass der Seher vor Abscheu die Nase rümpfte. Er hob den Eimer und erklärte: »Zum Glück ist zurzeit nur ein Gefangener dort unten. Es würde mir widerstreben, noch mehr von solchem Dreck herumzutragen.«

Dismarum nickte unwillig und setzte seinen Weg die Treppe hinauf fort, wobei er sich schwer auf seinen Stock aus Poi'holz stützte. Er fragte sich, wer dem jungen Soldaten wohl diese Bestrafung auferlegt haben mochte. Es gab nur einen Insassen im Labyrinth der Zellen – das Skal'tum. Und es würde sich gewiss nicht mit den Abfällen in dem Eimer abspeisen lassen!

Er hörte, wie der Soldat pfiff, während er in die Eingeweide der Garnison hinabstieg. Dismarum ging weiter zum Hauptsaal. Als er zum nächsten Treppenabsatz kam, schallte der Schrei des jungen Soldaten von unten herauf, um gleich darauf jäh zu verstummen.

Dismarum seufzte. Vielleicht würde die Mahlzeit das Skal'tum in eine bessere Stimmung versetzen. Er legte den Rest der Stufen zurück, ohne noch einmal anzuhalten, indem er seinen unwilligen Gelenken keine Beachtung schenkte. Gerade jetzt wollte er einen möglichst großen Abstand zwischen sich und das Geschöpf da unten bringen.

Er stützte sich auf seinen Stab und schleppte sich in den Hauptsaal der Garnison. Die hohen Türen standen zum großen Innenhof hin offen; er war in morgendliches Sonnenlicht getaucht, Pferde und Wagen drängten sich und machten sich gegenseitig den Platz streitig. Soldaten eilten zwischen den klackenden Hufen und quietschenden Rädern umher. Das Klingen geschlagenen Eisens war aus der Schmiede auf der anderen Seite des Hofes zu hören.

Dismarum wandte der Tür den Rücken zu und schritt durch den Saal, wobei er mit seinem Stab auf den gefliesten Boden schlug. Um ihn herum liefen Soldaten geschäftig hin und her. Schwerter schlugen gegen Schenkel, und der Geruch von geölten Waffen stieg ihm in die Nase. Er bahnte sich unbehelligt seinen Weg durch das Gewirr. Kein Soldat wagte es, auch nur auf Armeslänge seiner in eine Robe gehüllten Gestalt nahe zu kommen. Als er die drei Türen durchschritt, die zu den Schlafunterkünften der Soldaten führten, bemerkte er die Reihen von leeren Feldbetten. Alle Männer waren im Dienst. An diesem Morgen strotzten die Straßen vor Gerüsteten und Bewaffneten.

Plötzlich rief eine vertraute Stimme ihm von hinten zu: »Dismarum! Warte, Alter!« Es war Rockenheim.

Dismarum drehte sich zu dem Mann um. Rockenheim hatte sich umgezogen; statt seiner versengten Reitkleidung trug er nun die Farben der Garnison, Rot und Schwarz. Seine auf

Hochglanz polierten schwarzen Stiefel reichten bis zu den Knien, und seine rote Jacke war mit Messinghaken und -knöpfen verziert. Er hatte seinen Schnauzbart gewichst und sich endlich den Ruß aus dem Gesicht gewaschen, doch als er über den steingefliesten Boden heranstolzierte, roch Dismarums empfindliche Nase immer noch den Rauch an ihm.

Rockenheim blieb vor dem Seher stehen. »Es kann sein, dass wir zu viele Patrouillen draußen haben«, sagte er.

»Und warum das?«, fragte Dismarum verunsichert; er fühlte sich immer noch sehr unbehaglich wegen des Skal'tums.

»Mit so viel Getue erschrecken wir den Jungen und das Mädchen vielleicht so sehr, dass sie aus der Stadt verschwinden.« Rockenheim deutete zur Tür. »Man kann keine zwei Schritte weit gehen, ohne auf einen Bewaffneten zu stoßen. Ich selbst hätte Angst, diese Stadt zu betreten.«

Der Seher nickte und rieb sich die Augen. Vielleicht hatte der törichte Kerl Recht. Wäre er nicht so erschöpft gewesen, wäre er vielleicht zu derselben Ansicht gelangt. »Was schlägst du vor?«

»Den Rückzug der Soldaten. Ich habe die Kunde verbreitet. Die Leute sind entbrannt. Sie übernehmen das Jagen für uns.«

Dismarum lehnte sich schwer auf seinen Stab. »Sie darf unserem Zugriff auf keinen Fall entkommen.«

»Sobald sie sich in der Stadt blicken lässt, wird sie geschnappt. Das Feuer und das Gerede über Dämonen haben die Stadtbewohner aufgeschreckt. Jede Straße wird von hundert Augen beobachtet.«

»Also Schluss mit dem Jagen.« Dismarum wandte sich ab. »Wir warten einfach, bis sie zu uns kommt.« Er humpelte über die Fliesen und stellte sich vor, wie das Skal'tum in der Trostlosigkeit der Zellen kauerte wie ein hungernder Hund, der auf seinen Knochen wartet. Der Gedanke, seine Gier auszunützen, um den Herrn, dem es diente, zu betrügen, entsprang dem Gehirn eines Wahnsinnigen.

Aber Dismarum wartete schon so lange.

11

Über die Baumwipfel hinweg erspähte Elena das rote Dach der Stadtmühle. Inzwischen hatten sie das Feuer weit hinter sich gelassen, doch der Rauch am morgendlichen Himmel trieb sie und ihren Bruder immer noch vor sich her. Der Anblick des steilen Daches weckte in Elena erneute Entschlossenheit und beschleunigte ihre Schritte. Sie holte Joach ein, der die unwillige Nebelbraut an der Zügelleine zog.

»Gleich sind wir da«, sagte Joach.

»Und was ist, wenn Tante Fila nicht in der Bäckerei ist?«

»Sie ist immer dort, El. Keine Angst.«

Die beiden hatten beschlossen, dass sie ihre verwitwete Tante aufsuchen wollten, die die Bäckerei von Winterberg besaß und betrieb. Die Schwester ihrer Mutter war eine resolute Frau mit einem eisernen Rückgrat. Sie wusste sich bestimmt einen Reim auf die Schrecknisse der vergangenen Nacht zu machen.

Als Elena ihrem Bruder um die Biegung des Flusses folgte, kam die Mühle zur Gänze in Sicht. Ihre Außenmauern aus rotem Backstein mit den kleinen Fenstern waren ein beruhigender Anblick. Elena war häufig im Auftrag ihrer Mutter hier gewesen, um einen Sack Mehl zu kaufen oder gegen Naturalien zu tauschen. Das große Schaufelrad drehte sich behäbig in der tiefen silbernen Strömung, an einer Stelle, an der der Fluss eine kleine Stufe hinabstürzte. Gleich hinter der Mühle führte eine steinerne Brücke über den Fluss Tausendkrumm und verband die Straße durch die Stadt mit den Fahrwegen hinauf ins spärlich besiedelte Hochland.

Joach streckte eine Hand aus, um Elena daran zu hindern, aus dem Schutz der Bäume hervorzutreten. »Lass mich erst nachsehen, ob jemand bei der Mühle ist. Bleib du so lange versteckt.«

Elena nickte und schob Nebelbraut mit leichtem Druck gegen die Nase ein paar Schritte zurück. Die Stute schüttelte protestierend die Mähne und stampfte mit einem Huf auf den Boden. Elena wusste, dass das Tier es kaum erwarten konnte, auf die Wiese hinauszutreten, die in saftigem Grün stand. »Geduld, Süße.« Elena kraulte Nebelbraut hinter dem Ohr. Ihre geflüsterten Beschwichtigungen beruhigten das aufgeregte Pferd, nicht jedoch sie selbst.

Sie sah Joach nach, der verstohlen über die freie Fläche zum Eingang der Mühle huschte. Er machte sich an dem Eisenriegel zu schaffen. Sie sah, wie er daran zog. Die Tür war versperrt. Er kletterte auf ein Mehlfass und spähte durch eines der Fenster ins Innere. Dann sprang er herunter, kratzte sich am Kopf und verschwand hinter einer Ecke.

Elena sah voller Unbehagen, wie das letzte Mitglied ihrer Familie außer Sicht verschwand. Was wäre, wenn er nie mehr wiederkäme? Was wäre, wenn sie ganz allein übrig bliebe? Bilder von einem Leben ganz ohne Familie trieben in ihrem Kopf wilde Blüten. Was wäre, wenn sie die letzte überlebende Morin'stal im Tal wäre? Sie schlug sich die Arme um die Brust und hielt die Luft an.

Während sie wartete, sang ein Kak'ora-Vogel auf einem nahen Ast ein einsames Lied. Der Geruch von Taublumen, die sich nur dem ersten Sonnenstrahl öffneten, parfümierte den Morgen so kräftig, dass der Duft sogar das Leichentuch aus Rauch durchdrang. Während sie nach Joachs Rückkehr Ausschau hielt, sah sie, wie ein Kaninchen aus seinem Versteck im Präriegras hervorbrach und zu den Bäumen rannte. Aufgeschreckt durch sein schnelles Laufen stob ein Schwarm Schmetterlinge in die Luft auf. Es schien, als ob der Sommer auf dieser kleinen Wiese die ewige Herrschaft innehätte.

Sie seufzte. Nach den Schrecknissen der vergangenen Nacht hatte sie erwartet, dass die Landschaft sich merklich verwandelt hätte, sobald erst einmal die Sonne aufging: verkohlte Bäume, verendete Tiere. Doch das Leben im Tal nahm seinen üblichen Gang wie an jedem anderen Morgen. Das beruhigte sie.

Das Leben ging weiter, und das galt auch für sie.

Eine Bewegung in der Nähe der Mühle zog ihre Aufmerksamkeit auf sich. Joach tauchte an einer Ecke der Mühle wieder auf und gab ihr mit einer Handbewegung zu verstehen, dass sie ihr Versteck verlassen solle. Danke, Süße Mutter! Elena rannte los, da sie die Entfernung zwischen ihnen so schnell wie möglich verringern wollte, obwohl Nebelbraut andauernd mit dem Maul nach Grasbüscheln schnappte, während Elena sie weiterzog. Als sie bei ihrem Bruder ankam, schüttelte dieser den Kopf. »Leer. Vielleicht sind alle unterwegs und versuchen, das Feuer aufzuhalten.«

»Was ist, wenn Tante Fila ebenfalls draußen ist?«, fragte Elena, während Nebelbraut die Blätter eines Drosselbuschs in Angriff nahm.

»Nein, El. Unsere Tante ist zwar eine zupackende alte Dame, aber die Männer würden ihr niemals gestatten, gegen die Flammen zu kämpfen, wie tapfer sie sich dabei auch schlüge. Sie ist ganz bestimmt zu Hause.«

»Wahrscheinlich hast du Recht.«

»Lass uns gehen.« Joach eilte voraus zur Tausendkrumm-Brücke. Elena musste ständig an Nebelbraut ziehen, damit sie ihnen folgte, aber die Stute war offenbar fest entschlossen, die Wiese nur mit vollem Bauch zu verlassen.

Endlich gelang es ihr, das Pferd auf die Brücke zu bekommen. Die Hufe der Stute klapperten laut auf dem Stein. Als sie den höchsten Punkt der Brücke erreicht hatten, blickte Elena zur Mühle zurück. Sie bemerkte, dass im zweiten Stock ein Vorhang vor einem Fenster mit Schwung zugezogen wurde. »Joach, es ist *doch* jemand in der Mühle.« Sie deutete auf das Fenster mit dem Vorhang.

»Seltsam. Sie müssen mich gehört haben. Ich habe auf der Rückseite sogar an ein Fenster geklopft.«

»Vielleicht sind es die Kinder des Müllers, die Angst haben, solange ihre Eltern nicht zu Hause sind.«

»Ich kenne Cesill und Garasch. Und sie kennen mich. Das gefällt mir nicht.« Joachs Miene war ernst.

Von der Straße unten war das Knirschen von Wagenrädern zu hören, die sich ihnen näherten. Joach führte sie eilig von der Brücke und zwischen die Bäume nördlich der Straße. Er schob Nebelbraut so weit zurück, dass sie alle gut versteckt waren.

»Aber vielleicht ist es jemand, den wir kennen«, gab Elena zu bedenken, »jemand, der uns helfen könnte.«

»Oder es ist einer der Männer von gestern Abend.«

Elena beugte sich näher zu Nebelbraut. Aus ihrem Versteck im Schutz der Bäume konnte sie den vorbeifahrenden offenen Wagen erspähen. Männer in Schwarz und Rot saßen dicht gedrängt auf der Ladefläche des leichten vierrädrigen Wagens und auf dem Geländer darum herum – Männer aus der Garnison. Sie erinnerte sich, dass der dürre Mann von gestern Abend behauptet hatte, er gehöre der Garnison in der Stadt an.

Weder sie noch Joach machten sich durch Zurufe bemerkbar, als der Wagen an ihnen vorbeirumpelte.

Joach forderte sie mit einer Handbewegung auf, sich tiefer in den Wald zurückzuziehen. Sie gelangten zu einer Wildfährte, die ihnen genügend Platz bot, um mit Nebelbraut ein Wendemanöver zu vollführen. Von hier aus konnten sie den Wagen gerade noch ausmachen. Soldaten sprangen herunter, um sich an der Brücke zu postieren. Zwei Männer marschierten zur Mühle.

»Am besten verschwinden wir von hier«, hauchte ihr Joach ins Ohr.

Gerade als sie sich umwandten und kehrtmachen wollten, sah Elena, wie sich die Tür der Mühle öffnete. Sie beobachtete, wie der Müller und seine Frau den Soldaten entgegenliefen. Sie konnte nicht hören, was der Müller sagte, aber sein Arm deutete immer wieder auf die Straße zur Stadt.

»Ich begreife das nicht«, sagte sie.

»Steig auf!« Joach hob sie energisch auf den Rücken der Stute und sprang dann selbst auf. »Wir müssen zu Tante Fila gelangen, bevor irgendjemand uns sieht.«

»Warum? Unsere Familie hat viele Freunde in der Stadt.«

Joach wies mit ausgestrecktem Arm zur Brücke. »So wie den Müller und seine Frau.«

Voller Angst gab sie Nebelbrauts Flanken die Fersen, um sie auf der Wildfährte voranzutreiben. »Was sollen wir deiner Meinung nach tun?«

»Den Wald durchqueren. Tante Filas Haus liegt näher am Nordrand der Stadt. Auf diese Weise umgehen wir die bewohnten Gegenden, und es ist weniger wahrscheinlich, dass wir aufgehalten werden.«

Sie schwieg. Sosehr ihr Herz sich auch gegen seine Worte aufbäumte, so wusste ihr Verstand doch, dass er Recht hatte. Jetzt war nur noch ihrer Familie zu trauen. Tante Fila hatte einen klugen Kopf und eine kühne Natur. Sie und ihre drei erwachsenen Söhne würden sie beschützen und ihnen helfen, mit alledem fertig zu werden.

Sie trieb Nebelbraut zu einer noch schnelleren Gangart an. Je eher sie Tante Filas Bäckerei erreichten, desto sicherer wären sie. Sie sah die Rauchwolken am Himmel über den verkohlten Obsthainen an den fernen Hügeln. Wie war es ihrem Dorf, ihren Leuten ergangen? Sie erinnerte sich an den Augenblick ihrer Entdeckung, während ihr Blick auf der ruhigen Wiese bei der Mühle ruhte. Sie hatte sich getäuscht.

Das Leben war *nicht* mehr dasselbe in ihrem heimatlichen Tal.

Es hatte sich tatsächlich in eine kalte und fremde Gegend verwandelt.

Er'ril ließ seinen Haferschleim auf der Theke stehen und deutete mit einem Kopfnicken zur Tür. »Wir sollten uns besser auf den Weg machen.«

Ni'lahn saß auf einem Hocker neben ihm. Sie war offensichtlich noch immer erschüttert über den Ansturm der Männer, die sich um sie herum gedrängt und versucht hatten, Er'ril weitere Einzelheiten über den Herrn des Schreckens zu entlocken. Seine Versicherung, dass er nicht mehr als sie über dieses Geschöpf wusste, sondern lediglich alte Geschichten, die er unterwegs gehört hatte, trug wenig zur Dämpfung ihrer Neugier bei. Sie blieben lästig, bis Er'ril eines seiner Jongliermesser aus der Scheide gezogen und die letzten Beharrlichen von seiner Seite verscheucht hatte.

Inzwischen beschäftigten sich die Gespräche im Gastraum mit der Frage, wie im Falle der von Dämonen besessenen Kinder am besten zu verfahren sei. Aber die Diskussion insgesamt war abgeflaut, da die meisten der Männer bereits weggegangen waren, abergläubisch die Daumen an die Stirn gelegt, um ihren eigenen Haushalt gegen den drohenden Fluch zu schützen.

Nur ein Gast hielt die Augen immer noch verbissen auf Er'ril gerichtet. Gebeugt über einem Humpen mit erwärmtem Bier sitzend, erweckte der Mann aus den Bergen keineswegs den Eindruck, als hätte er es eilig, die Gastwirtschaft zu verlassen. Sein starrer Blick regte Er'ril auf.

Er stand auf und wandte dem Riesen den Rücken zu. »Wir sollten gehen«, wiederholte er.

Die Nyphai antwortete nicht. Er'ril wollte nach ihrem Ellenbogen greifen, aber sie wich ihm aus.

»Spürst du es denn nicht?«, fuhr er fort. »Die Luft ist schwer von lauernder Gefahr. Die Stadt ist wie trockener Zunder, und alle rennen mit brennenden Fackeln herum. Wir müssen weg.«

»Was ist mit dem Skal'tum?«, fragte sie leise. »Vielleicht sind wir in der Stadt sicherer, bis man es tötet.«

»Man wird es nicht töten.«

»Warum nicht?«

»Die Skal'ten werden von dunkler Magik beschützt.«

Direkt hinter ihm brummte eine tiefe Stimme. »Was soll das für eine dunkle Magik sein, von der du da sprichst?« Er'ril zuckte bei den Worten zusammen, erschreckt darüber, dass ein so großer Mann sich ihm so leise hatte nähern können. Ni'lahns Augen wurden groß vor Schreck.

Er'ril wandte sich zu dem Mann aus den Bergen um und legte den Kopf in den Nacken, um zu ihm aufzublicken. »Entschuldigung, aber was wir hier reden, geht nur uns etwas an.«

»Ich werde das Tier jagen, das euch in Angst und Schrecken versetzt«, sagte der Hüne in einem rauen Brummton, und dabei blähte er die Nüstern. »Wenn du Ehre im Leib hast, wirst du mir sagen, was ich wissen muss.«

Er'rils Wangen röteten sich. Es hatte einst eine Zeit gegeben, da hätte niemand seine Ehre in Frage gestellt. Schamgefühl brannte in ihm, wie er es seit zahllosen Wintern nicht mehr empfunden hatte.

Ni'lahn sprach von ihrem versteckten Platz hinter Er'rils Rücken. »Vielleicht hat er Recht. Der Mann verdient es, Bescheid zu wissen.«

Er'ril ballte seine eine Hand zur Faust. »Es wäre das Beste für dich, wenn du diese Sache auf sich beruhen ließest, Mann aus den Bergen.«

Der Riese richtete sich zur vollen Größe auf. Er'ril war bis jetzt gar nicht aufgefallen, welch gebückte Haltung der Mann im Beisein der Stadtbewohner eingenommen hatte. Hinter sich hörte er, wie eine Schankmagd beim Anblick dieses hoch aufragenden Kolosses vor Angst ein Glas fallen ließ. Obwohl er sich selbst auch für groß hielt, stellte Er'ril fest, dass sich seine Augen auf Bauchhöhe des Riesen befanden. »Man nennt mich Kral a'Darvun von der Senta-Sippe«, sagte der Mann grimmig. »Das Geschöpf hat meinem Stamm Schaden zugefügt. Ich kann ohne den Kopf des Ungeheuers nicht zurückkehren.«

Er'ril wusste, mit welch felsenfester Überzeugung das Bergvolk die Ehre hochhielt. Umgeben von tückischen vereisten Pässen, war Vertrauen für diese Menschen lebenswichtig. Er'ril fuhr sich mit der Faust an die Kehle, die Geste zur Bestätigung des Ehrenworts.

Kral vollführte die gleiche Bewegung mit einem leicht überraschten Gesichtsausdruck. »Du kennst unsere Bräuche, Mann der Prärie.«

»Ich bin viel herumgekommen.«

»Dann weißt du auch, was ich will. Erzähl mir von dieser dunklen Magik.«

Er'ril schluckte, da ihm plötzlich peinlich bewusst wurde, wie wenig Wissen er diesem Mann vermitteln konnte. »Ich ... ich weiß eigentlich nichts. Der Hauch der dunklen Magik kam über unser Land, als Gul'gotha an unseren Grenzen einfiel. Gelehrte meiner Zeit glaubten, seine zerstörerische Wirkung habe Chi vertrieben. Während die chirische Magik im Land zu einem vereinzelten Flüstern verebbte, wurde die dunkle Magik immer stärker. Ich habe während meiner Reisen schreckliche Dinge erblickt, die den tapfersten Mann erschüttern würden.«

Bei diesen Worten runzelte Kral die Stirn. »Du sprichst von einer Zeit, bevor mein Stamm aus dem Nördlichen Ödland hierher kam. Wie ist das möglich?«

Er'ril stutzte. Er hatte geredet, ohne nachzudenken. Kaum hatte er sich eine Nacht lang ohne Zwang mit Ni'lahn unterhalten, schon war die jahrelang eingeübte Gewohnheit, seine Zunge im Zaum zu halten, von ihm abgefallen.

Ni'lahn, die sich immer noch hinter ihm versteckte, ergriff das Wort. »Vor dir steht Er'ril von Standi, der von Geschichtenerzählern der Wandernde Ritter genannt wird.«

Krals Augen verengten sich voller Abscheu, doch in den Winkeln zeigten sich Furchen der Angst. »Du erzählst Märchen, wenn ich die Wahrheit hören will.«

»Er ist kein Mythos«, sagte sie. »Er ist die Wahrheit.«

Plötzlich zuckten Krals Hände vor und legten sich auf Er'rils Schläfen. Er'ril wusste, was das bedeutete, und wehrte sich nicht gegen den großen Mann. Ni'lahn jedoch, die nicht mit dem Brauch vertraut war, sog hörbar die Luft ein.

Der Wirt, der Glasscherben im Gastraum zusammengefegt hatte, rief ihnen zu: »Hier gibt's keine Händel! Tragt euren Streit auf der Straße aus.«

Kral hielt die Hände ruhig.

Er'ril blieb ungerührt, als er sprach. »Ich bin derjenige, dessen Namen sie genannt hat. Ich bin Er'ril vom Clan der Standi.«

Kral schloss kurz die Augen. Dann hoben sich seine Lider weit. Er taumelte einen Schritt zurück, stieß gegen einen Tisch und warf ihn um. »Du sprichst die Wahrheit!«

Der Wirt, dessen Gesicht rot angelaufen war und dessen Kinn zitterte, hob seinen Besen. »Was habe ich gesagt? Hinaus mit euch, bevor ich die Wache rufe!«

Kral ließ sich auf ein Knie fallen. Eine Bodendiele splitterte unter seinem Gewicht. »Nein! Das kann nicht sein!« Seine Stimme dröhnte durch den Raum. Tränen rannen ihm in den Bart.

Er'ril erschrak. Er wusste, dass das Bergvolk die Fähigkeit

besaß zu erkennen, ob jemand die Wahrheit sprach, und zwar aufgrund einer urtümlichen Felsenmagik, die den Wurzeln ihrer Bergheimat entsprang. Aber diese Reaktion? Die Männer aus den Bergen vergossen niemals Tränen, nicht einmal, wenn sie aufs Schrecklichste verletzt wurden.

»Du bist gekommen!« Krals Stimme war ein dumpfes Stöhnen. Er sank zu Boden. »Dann spricht der Fels die Wahrheit. Mein Volk muss sterben.«

12

Die feuchte Hose war zu lang, und Elena musste sie am Knöchel hochkrempeln. Die Zipfel ihres grünen Wollhemdes hingen bis zu den Knien hinab. Joach hatte die Sachen von der Wäscheleine eines Schäfers gestohlen. Während sie die roten Locken unter eine Jägermütze stopfte, beschwerte sie sich bei ihrem Bruder. »Ich sehe albern aus. Muss das wirklich sein?«

Sie standen unter einer Weide, deren Äste einen Vorhang um sie herum bildeten. Ein kleiner Bach floss gurgelnd an dem Baum vorbei und bewegte die Äste auf der einen Seite.

»Dadurch sind wir nicht so leicht zu erkennen.« Sie sah zu, wie Joach sich das Gesicht mit seinem Nachthemd schrubbte. Nachdem er einigermaßen sauber war, zog er sich eine ausgefranste Jacke mit gelben Flicken an den Ellenbogen über. »Sie werden nach zwei jungen Leuten zu Pferde Ausschau halten. Wir sollten Nebelbraut an dieser Weide angebunden zurücklassen.«

»Ich möchte sie nicht allein lassen«, widersprach Elena. »Was ist, wenn ein Dieb des Weges kommt und sie stiehlt?« Elena straffte ihr gestohlenes Hemd und bedachte Joach mit einem vorwurfsvollen Blick.

Er nahm keine Notiz davon. »Von hier aus ist es nur noch ein kurzer Weg zu Fuß bis zu Tante Fila. Wir könnten Bertol zurückschicken, damit er sie holt.«

Elena stellte sich Tante Filas etwas unbedarften Sohn vor. »Bertol könnte sich in seinem eigenen Hinterhof verlaufen. Was ist, wenn er sie nicht findet?«

»El, der Stute wird es gut gehen. Es gibt hier genügend Gras, und das Wasser ist in Reichweite.«

»Aber mir ist, als ob wir sie im Stich ließen.«

»Das tun wir nicht. Sie ist hier sicherer, als wenn sie mit uns kommt.«

Ihr Bruder hatte Recht. Trotzdem, es gefiel ihr nicht, ihre Familie zu trennen. Nach der vergangenen Nacht schöpfte sie wenigstens noch ein gewisses Gefühl der Sicherheit aus ihrer Nähe zueinander. Traurig tätschelte sie Nebelbrauts Flanke. »Keine Bange, wir sind bald wieder da.«

Nebelbraut hob den Blick von der Stelle, wo sie die Sprösslinge des spärlichen Grases kaute, das unter der Weide wuchs. Sie schlug mit dem Schwanz nach Elena, weil diese sie gestört hatte.

»Siehst du, El, ihr geht es gut.«

Ein bisschen beleidigt verknotete Elena ihr Hemd unter dem Bauch. »Also, dann los!«, seufzte sie.

Joach schob sich durch den dichten Behang von Weidenästen. Er hielt sie auseinander, damit sich Elena hindurchducken konnte, dann ließ er sie an ihren Platz zurückschwingen. Elena warf einen Blick über die Schulter zurück. Die Stute war nur noch ein blasser Schemen im Schatten des Baumes.

Sie schniefte und folgte Joach, der bei einem schmalen Pfad stehen geblieben war. Der unbefestigte Pfad führte vom Rand von Winterberg zu einem Wasserloch, das bei den Kindern als Schwimmbecken sehr beliebt war. Der Teich, dessen Wasser jetzt eiskalt war, lag in dieser Jahreszeit verlassen da, deshalb brauchten sie keine spähenden Augen zu befürchten.

Nun, da die Sonne beinahe ihre höchste Stelle erreicht hatte, kam ihnen der Pfad nach dem Dämmerlicht des Waldes sehr hell vor. Als sie sich der Stadt näherten, wurde der Weg so breit, dass Elena neben ihrem Bruder hergehen konnte. Sie bemerkte, wie Joachs Augen flink in alle Richtungen wanderten und wie steif seine Beine sich beim Gehen bewegten. Die Wachsamkeit ihres Bruders sprang auf sie über. Sie ertappte sich dabei, dass sie immer wieder an ihrem Hemd herumzupfte und ihre Mütze zurechtrückte.

Als sie das Ende des Pfades erreicht hatten, waren beide

blass und schweißüberströmt. Die Stadt mit ihren strohgedeckten Dächern und den Backsteingebäuden ragte vor ihnen auf. Kaminrauch zeichnete schwarze Streifen an den Himmel, wo sie sich zum Qualm der Feuer im Obsthain gesellten. Die Stadt wirkte ungewöhnlich ruhig. Die Straßen, in denen sonst die durchdringenden Stimmen von Händlern und Einkäufern ertönten, waren still bis auf ein gelegentliches Rufen.

Joach drehte sich zu ihr um und lächelte sie traurig an. »Bist du bereit? Geh schnell, aber nicht zu schnell.«

Sie nickte. »Halt meine Hand!«

Seine Hand griff nach der ihren, doch gleich zuckte sie wieder zurück. »Nein. Wir könnten auffallen. Vielleicht sollten wir sogar in einiger Entfernung voneinander gehen.«

Sie merkte, wie ihr die Tränen in die Augen stiegen. »Bitte, Joach. Ich brauche dich nahe bei mir.«

»Also gut, El«, sagte er mit einem Anflug von Erleichterung. Anscheinend hegte er die gleichen Gefühle wie sie. »Aber es wäre trotzdem besser, wenn wir uns nicht bei den Händen hielten.«

Sie drängte die Tränen zurück und zwang sich zu einem Kopfnicken. Tante Filas Bäckerei befand sich nur einige Häuserreihen vom Stadtrand entfernt. Wenn sich Elena konzentrierte – so hätte sie schwören mögen –, hätte sie von ihrem jetzigen Standort aus sogar den Duft von frisch gebackenem Brot riechen können. Eigentlich grüßte sie die ganze Stadt Winterberg mit ihren vertrauten Gerüchen: gebratenem Frühstücksspeck; Rauch von Hickoryholz-Feuern; dem Gärgeruch von der nahen Mostkelterei; sogar dem süßen, lehmigen Geruch nach Pferdedung von den ungereinigten Straßen und Ställen. Elena straffte die Schultern. »Gut, ich bin fertig«, sagte sie mit ruhiger Stimme.

Joach biss sich auf die Unterlippe und schritt auf die Seitenstraße zu, die in das Kaufmannsviertel führte. Elena schluckte den harten Knoten der Tränen in der Kehle hinunter und folgte ihrem Bruder dichtauf.

Als Erstes kamen sie zum Metzgerladen. Auf den Auslagen von tranchiertem Schweinernen, gelbem Hammelfleisch und geköpften Hühnern summten Fliegenschwärme. Durch die Türöffnung hindurch sah man den Metzger selbst, mit einem blutigen Hackmesser in der Hand. Sein struppiges schwarzes Haar erinnerte Elena immer an stachelige Schweineborsten, besonders im Zusammenhang mit der blassen Haut des Mannes, die vor Schweiß und Fett glänzte.

Elena merkte, wie sie sich innerlich krümmte. Der Metzger mit seiner lauten Stimme und dem ihm anhaftenden Geruch von Fleischabfällen machte sie immer irgendwie unruhig. Er hatte eine Art, Elena zu mustern, als wolle er die Qualität ihres Fleischs und ihrer Knochen abschätzen. Elena ertappte sich dabei, wie sie sich die schlabbrigen Kleidungsstücke enger um den Körper zog. Ein Gefühl des Unbehagens schlich sich in ihr Herz.

Sie und Joach wechselten auf die andere Straßenseite.

Da schnappte eine Stimme aus einem dunklen Eingang gleich vor ihnen: »He, ihr Jungs! Bleibt mal stehen!«

Die beiden erstarrten.

Ein Soldat in einer roten und schwarzen Uniform, das Schwert noch in der Scheide, sprang ihnen aus dem Eingang in den Weg. Seine knollige Nase zeugte von vergangenen Kämpfen, die nach Elenas Verdacht nichts mit seinen soldatischen Pflichten zu tun hatten.

»Woher kommt ihr, Jungs?«

Joach gab Elena mit einem Handzeichen zu verstehen, dass sie ein Stück weit hinter ihm bleiben sollte. »Wir haben draußen unsere Fallen überprüft, Herr.«

Die Augen des Soldaten wanderten an ihnen vorbei zum Wald hin. »Ihr habt nicht zufällig einen Jungen und ein Mädchen zu Pferde gesehen, oder?«

»Nein, Herr.«

Die dunklen Augen des Mannes ruhten jetzt auf Elena. Sie hielt den Kopf zu Boden gesenkt und ihre gefleckte Hand tief in der Tasche vergraben. »Und was ist mit dir, Kleiner?«

Elena, die Angst hatte, ihre Stimme könnte sie verraten, schüttelte nur den Kopf.

»Dann haut ab, ihr beiden.« Er winkte sie mit einem Schwenk des Kinns weiter.

Joach huschte an dem Soldaten vorbei, dicht gefolgt von Elena. Sie wagte einen Blick zurück und sah den Soldaten, der eine Hand erhoben hatte, um seine Augen zu beschatten, und den Waldrand absuchte. Dann zog er sich wieder in seinen schattigen Eingang zurück.

Keiner von beiden sprach, bis sie um eine Ecke gebogen waren. »Sie machen tatsächlich Jagd auf uns«, flüsterte Joach.

»Aber warum? Was haben wir denn getan?«

»Lass uns jetzt einfach zu Tante Fila weitergehen.«

Obwohl sie sich um einen gemäßigten Gang bemühten, wurden ihre Schritte immer schneller, je näher sie der Ecke kamen, hinter der sich Tante Filas Bäckerei befand. Elena musste beinahe rennen, um mit dem ungestümen Schritt ihres Bruders mitzuhalten. Joach eilte als Erster um die Ecke und blieb so jäh stehen, dass sie gegen seinen Rücken prallte und ihn einen Schritt nach vorn schob. Jetzt konnte Elena ebenfalls um die Ecke sehen.

Wo Tante Filas Bäckerei einst gestanden und den Duft von Obsttörtchen und Zuckerkuchen verströmt hatte, war nur ein schwelendes Skelett aus verkohlten Pfosten und geschwärzten Balken geblieben. Elenas erster Gedanke galt der Vermutung, dass ihr Magikfeuer vom Obsthain übergesprungen sei, um den Laden ihrer Tante zu vernichten. Aber die aufgeregt umherrennenden Leute, die mit Fackeln herumfuchtelten, widerlegten diese Befürchtung sofort.

»Sie steht mit dem Dämon im Bunde!«, schrie jemand aus der Menge.

»Zeichnet ihre Stirn mit dem bösen Auge!«, brüllte ein anderer.

»Jeder, der mit diesen verfluchten Bälgern verwandt ist, sollte aus der Stadt verbannt werden!«

»Nein, aufhängen wäre besser!«

Elena entdeckte ihre Tante Fila, die vor ihrer verbrannten Bäckerei kniete. Ihr Gesicht, von Ruß bedeckt, zeigte schwarze Streifen von Tränen. Einer ihrer Söhne lag mit dem Gesicht nach unten auf den Pflastersteinen in einer Blutlache.

Elenas Sicht trübte sich von Tränen. Obwohl es nicht unmittelbar ihr Feuer gewesen war, dem der Laden ihrer Tante zum Opfer gefallen war, hatte es dennoch weitere Verheerung in ihrer Familie angerichtet. Sie ging einen Schritt auf die Menge zu.

Joach hielt sie zurück. »Nein!«

Sie hätten wieder um die Ecke zurück verschwinden und vielleicht entkommen können, doch Elenas aufgeregte Bewegungen und Joachs Wort zogen die Augen einiger auf sie. Die meisten schenkten den beiden derb gekleideten Kindern indes keine Beachtung. Tante Filas Sohn Bertol aber sah sie mit weit aufgerissenen Augen an und erkannte sie. Er deutete mit erhobenem Finger auf Elena und Joach. »Dort! Meine Kusine und mein Vetter. Seht doch! Wir haben sie nicht in unserem Laden versteckt.«

Tante Filas Hand hob sich schnell zu ihrem Sohn, als ob sie versuchen wollte, seine Worte und seinen Verrat zurückzunehmen. Einen Herzschlag lang begegneten ihre Augen Elenas Blick, voller Kummer und Schmerz.

Die Menge stürzte sich auf sie. Joach versuchte, Elena mit sich wegzuziehen, doch plötzlich packten sie kräftige Hände von hinten.

Elena schrie auf, konnte sich jedoch nicht befreien. Sie und Joach wurden in die Menge geschoben. Elena starrte hinauf in die Augen ihres Häschers. Es war der Metzger. Kräftig gebaut, wie er war, hielt er sie beide mühelos fest. Seine Lippen waren weiß vor Hass, seine Augen rot vor Mordlust.

»Ruft die Wachen!«, schrie jemand in der Menge. »Wir haben das Dämonengezücht geschnappt!«

Er'ril betrachtete stirnrunzelnd den Mann aus den Bergen, der immer noch unter Tränen zu seinen Füßen kniete. Ni'lahn war offensichtlich fassungslos und beschämt wegen seines Ausbruchs; die kleine Hand hatte sie sich vor den Mund geschlagen. »Kral«, sagte Er'ril. »Ich weiß nichts darüber, dass deinem Volk ein schlimmes Schicksal bestimmt sein soll. Steh auf und vergiss diese Torheit.«

Kral stöhnte, das Gesicht dem Boden zugewandt.

Der Wirt näherte sich mit dem erhobenen Besen vor dem dicken Bauch. »Hinaus mit euch allen!« Er vollführte eine schwungvolle Bewegung in der Luft, dann richtete er den Besenstiel auf Kral. »Hinaus, bevor dieser Tollpatsch auf meinem Boden abkratzt.«

Kral erhob sich und ragte jetzt wuchtig wie ein Bär vor dem rundlichen Wirt auf. »Hüte deine Zunge, Wirt, sonst nagle ich sie an deine Tür.«

Der Wirt wurde blass und wich einen Schritt zurück. Er hob den Besen noch höher. »Pass auf … pass auf, dass ich nicht die Stadtwache rufe.«

Kral streckte den Arm nach dem Wirt aus, im Begriff, ihn zu packen, doch Er'ril legte ihm die Hand auf die Schulter. »Er ist die Anstrengung nicht wert, Kral. Lass den Mann in Ruhe.« Es war, als ob er einen tief in der Erde eingebetteten Stein bewegen wolle, aber er spürte, wie sich die Schulter entspannte und Kral es zuließ, dass er von der Kehle des Wirtes weggezogen wurde.

Er'ril wandte sich an den Wirt. »In Zukunft benimm dich gegenüber dem Bergvolk mit gebührendem Anstand.«

Mit Kral im Schlepptau ging Er'ril zur Tür der Gastwirtschaft. Ni'lahn folgte ihnen nach draußen, wo die gepflasterten Straßen seltsam leer waren, abgesehen von zwei Soldaten, die an einer Ecke neben zwei zusammengebundenen Pferden standen. Der eine, dessen Jacke aufgeknöpft war und dem die Wampe über den Gürtel hing, betrachtete sie mit gelangweilten Augen, dann wandte er seine Aufmerksamkeit wieder dem Kumpanen zu, um das Kartenspiel des vergangenen Abends fortzusetzen.

Er'ril schenkte ihnen keine Beachtung und wandte sich Kral zu. »Hier trennen sich unsere Wege, Mann aus den Bergen«, sagte er. »Du suchst das Skal'tum, und so sehr dich das auch bekümmern mag, ich hoffe, du wirst es niemals finden. Was jedoch mich betrifft, ich suche lediglich die Straße in die weite Prärie.« Er wandte sich nun an Ni'lahn, die immer noch die Wachtposten betrachtete. Sie scharrte unruhig mit der Stiefelspitze auf dem Pflasterstein. »Und was suchst du, Bardin?«

Er'ril bekam auf diese Frage von Ni'lahn nie eine Antwort, da plötzlich ein Stadtbewohner um die Ecke stürmte und auf die beiden Soldaten zurannte. »Wir haben sie gefunden!«, brüllte er. »Die Dämonenkinder! Wir haben sie geschnappt wie Kaninchen in der Falle! Kommt schnell!«

Der dickere der beiden Wachtposten stieß sich von der Mauer ab, an die er sich gelehnt hatte, und nickte dem anderen Soldaten zu. »Mach in der Garnison Meldung«, sagte er mit gelangweilter Stimme, offensichtlich dem aufgeregten Mann misstrauend. »Ich sehe mal nach, was dieser Kerl gefunden hat.«

Der andere Soldat nickte und band sein Pferd los. Er stieg flink auf und eilte an Er'ril und seinen beiden Begleitern vorbei; das Klappern der Hufe war ohrenbetäubend, bis er das Pferd um eine Ecke lenkte.

»Zeig mir, was ihr gefangen habt«, sagte der zurückgebliebene Wachmann.

»Das sind die Morin'stal-Bälger, ganz bestimmt«, sagte der Städter und deutete die Straße hinunter. »Ihr Vetter hat sie gleich erkannt.« Er ging dem Wachmann voraus und verschwand zwischen dem Laden des Schneiders und dem des Schuhmachers.

Ni'lahn ergriff als Erste das Wort. »Was werden sie wohl mit diesen Kindern machen?«

Er'ril blickte die Straße hinunter zu der Stelle, wo der Städter und der Soldat verschwunden waren. »In der Stadt herrscht hellste Aufregung. Wenn in kleinen Ortschaften über Dämonen geredet wird, dann hat das grausame Folgen. Bis sich der heutige Tag neigt, werden sie wahrscheinlich um ihren Tod flehen.«

»Aber wenn das alles nur üble Gerüchte sind?«, fragte Ni'lahn. »Dann wird unschuldiges Blut vergossen.«

Er'ril zuckte mit den Schultern. »Das geht mich nichts an.«

Ni'lahn sah ihn eindringlich an. »Wenn du einfach die Augen davor verschließt, wird ihr Blut ebenso an deinen Händen kleben wie an denen der Stadtbewohner.«

»An meinen Händen klebt bereits Blut«, sagte Er'ril voller Bitterkeit. Vor seinem geistigen Auge erschien das Bild jener Nacht, als das Buch gebunden worden war; er sah den jungen ermordeten Magiker in einer roten Lache, aus dessen Rücken

Er'rils Schwert herausragte wie ein Halm zwischen Steinen. »Und zwar unschuldiges Blut.«

»Ich kenne deine Geschichte, Er'ril. Das ist Vergangenheit. Dies geschieht jetzt!« Ni'lahns Augen verengten sich vor Zorn. »Lass es nicht zu, dass ein Unrecht deine Hände für immer befleckt.«

Er'ril stieg Hitze in die Wangen – ob aus Angst oder aus Scham, hätte nicht einmal er selbst zu sagen vermocht.

Zum Glück sprach nun Kral. »Wenn diese Bälger tatsächlich Dämonengezücht sind«, sagte er, »dann ist das Skal'tum vielleicht ganz in der Nähe. Ich sehe mich mal um.«

Ni'lahn nickte. »Ich möchte auch gehen.«

Die Blicke der beiden wandten sich Er'ril zu. Ein Paar Augen entschlossen und stolz, ein Paar besorgt und leidenschaftlich. Einst hätte er bei dem Gedanken an Kinder in Not ähnlich empfunden. Aber was fühlte er jetzt eigentlich wirklich? Er wandte den Blick nach innen und fand nichts. Das störte ihn mehr als ihre fragenden Augen. Was hatten die endlosen Jahre aus ihm gemacht?

Er sah Ni'lahn und Kral an. »Lasst uns die Wahrheit herausfinden.«

Elena sah zu, wie Joach mit den Seilen kämpfte, die seine Handgelenke banden. Auch ihre Hände waren mit dicken Stricken gefesselt, aber sie stand still da. Sie betrachtete die Reste der Bäckerei. Der Kreis aus Städtern johlte und schrie hämische Bemerkungen. Sie kannte die meisten von ihnen, war mit vielen der Kinder zur Schule gegangen. Dennoch waren deren Gesichter vor Hass verzerrt. Selbst wenn es ihr und Joach gelungen wäre, sich von den Fesseln zu befreien, wohin hätten sie flüchten sollen? Hier war ihre Heimat. Dies war ihr Volk.

Ein kleiner Stein flog aus der Menge und traf sie an der Stirn, woraufhin sie taumelte. Es schmerzte, und Blut rann aus der Wunde. Sie sah, wie ihr Vetter Bertol nach einem weiteren Stein griff, aber Tante Fila schlug ihm auf die Hand. Wenigstens diesem einen Menschen lag sie noch am Herzen. Tränen rannen ihr übers Gesicht, nicht wegen des Schmerzes, sondern wegen all dessen, was sie verloren hatte.

Joach hörte auf zu kämpfen – offenbar sah auch er die Sinnlosigkeit ein – und beugte sich näher zu ihr. Er war unfähig zu sprechen.

Der Metzger trat aus der Menge zu ihnen. Er streckte die Hand nach Elena aus. Joach versuchte dazwischenzutreten, wurde jedoch von einer fleischigen Hand weggestoßen. Elena sah, dass Blut aus den Lippen ihres Bruders quoll, als er auf die Knie fiel. Der Metzger riss ihr die Jägermütze vom Kopf und enthüllte den herabfallenden Wust roter Haare. »Seht nur!«, rief er. »Seht euch die Hexe an! Das ist der Dämon, der unser Land zerstört und ordentliche Leute umgebracht hat! Lasst euch von ihrem hübschen Gesicht nicht täuschen.«

Der Metzger fuhr ihr mit einem Finger über die Wange und zur Kehle hinunter. »Oder von ihrem unschuldigen Körper!« Plötzlich packte er ihr Hemd und riss es auf. Knöpfe tanzten über die Pflastersteine.

Elena schrie bei diesem Übergriff laut auf.

Die Menge sog hörbar die Luft ein. Joach bemühte alle seine Kräfte, um zu dem Mann zu gelangen, aber kräftige Hände hielten ihn fest.

Der Metzger fuhr mit einem Finger über die nackten Knospen ihrer Brust. »So unschuldig – dem äußeren Schein nach!« Seine Stimme war jetzt heiser und belegt. »Aber so voll von bösen Lüsten!«

Er wandte sich jäh von Elena ab. »Ich spüre, wie das Böse in ihr wurmgleich in mich hineinkriechen will, indem es mich mit unreinen Gedanken in Versuchung führt.« Er drehte sich wieder zu Elena um. »Zurück, Hexe! Du wirst mich nicht betören, so wie du es mit deinem Bruder gemacht hast.« Der Metzger hielt sich die Hand vor die Augen und wich vor ihr zurück.

Die Menge beobachtete gebannt dieses Schauspiel, bis sich Tante Fila vordrängte. »Genug!«, brüllte sie der Menge zu. Sie eilte zu Elena und zog ihr das zerrissene Hemd eng um die Brust. Elena roch den Duft von Mehl und Zucker auf der Schürze ihrer Tante. Offenbar hatte sie in der Küche gearbeitet, als die Stadt sich erhoben und ihre Bäckerei niedergebrannt hatte. Elena lehnte sich in die Umarmung ihrer Tante.

Tante Fila sah in die Menge. »Sie ist doch noch ein Kind!

Seht ihr denn nicht, wie groß ihre Angst ist? Fürchtet sich ein Dämon etwa vor Fesseln und gewöhnlichen Sterblichen? Welchen Beweis gibt es, dass sie irgendetwas verbrochen hat? Nur Geschwätz und Gerüchte! Mehr nicht.«

Die Menge raunte immer noch wütend. »Die Obsthaine!«, rief jemand. »Wir haben fast ein Viertel der Ernte verloren!«

Tante Fila ließ sich nicht beirren. Sie schob sich eine graue Locke aus dem Gesicht. Ihre Worte waren kalt wie Eis aus den Bergen. »Ich habe heute mehr verloren als ihr alle zusammen. Mein Sohn wurde grausam ermordet, als er versuchte, meinen Laden zu retten! Es war nicht das Kind, das mir heute Schaden zugefügt hat, es war der Wahnsinn!«

Sie deutete mit dem Finger auf mehrere der Städter. »Was würdest du sagen, wenn dies dein Kind wäre? Oder deins, Gergana? Hört auf mit diesem Wahnsinn! Blickt in eure Herzen!«

Ihre Worte bezwangen die Menge.

»Ich kenne dieses Mädchen und diesen Jungen. In ihnen steckt nicht das geringste Böse! Auch ihr kennt sie. Wann hätte eines der beiden je etwas anderes als gutes Betragen und ein freundliches Wesen an den Tag gelegt?«

»Pfui!«, schrie der Metzger. »Wir alle haben Dinge gehört, die bezeugen, dass sie ein seltsames Kind ist, das sich ganz allein in den Wäldern herumtreibt. Mit Dämonen im Bunde, daran besteht kein Zweifel! Gerade in diesem Augenblick versucht sie, mich zu verhexen.«

»Lügen!« Tante Fila deutete mit dem Finger auf den Metzger, die Lippen vor Zorn gespannt. »Da steckt das Böse! Sein Benehmen zeugt von der eigenen Verderbtheit – nicht von der Bosheit der Kinder. Ein kleines Mädchen auf diese Weise anzugreifen! Das ist das Böse, nicht das Kind!«

Unterdessen hatten sich viele Augen dem Metzger mit Abscheu zugewandt. Selbst Elena gestattete sich einen kleinen Hoffnungsschimmer – vielleicht konnte Tante Fila diesen Wahnsinn besiegen. Doch dann hörte sie Worte hinter sich, gesprochen von einer Stimme, die aus einer modrigen Gruft zu kommen schien, einer vertrauten Stimme.

»Gute Frau, tretet von dem Mädchen zurück. Sie hat euch

getäuscht, hat euch alle getäuscht. Sie ist wirklich eine Hexe, und ich liefere euch den Beweis!«

Elena fuhr jäh herum und sah die Kapuzengestalt des alten Mannes, der ihre Eltern ermordet hatte. Soldaten standen hinter ihm. Elenas Knie wurden schwach, als sich seine toten Augen auf sie richteten.

Auf seinen Stab aus Poi'holz gestützt, humpelte er zu ihr. »Tretet zurück!«, zischte er plötzlich die Menge an.

Tante Fila missachtete ihn und trat zwischen den gekrümmten Alten und Elena. »Du! Du warst derjenige, der die Kinder beschuldigt hat!«

Elenas Zunge war gelähmt vor Angst. Sie stieß den Arm ihrer Tante mit dem Ellenbogen an, in dem Versuch, sie vor dem Mann zu warnen, doch ihre Warnung kam nicht an.

Der Alte schwenkte den Stab zu seinem dunklen Partner. »Rockenheim, entferne dieses Kind von hier, bring es in die Garnison. Dort werden wir unser Verhör durchführen und den Beweis für ihr dämonisches Herz erbringen.«

Rockenheim trat vor, flankiert von vier Wachmännern.

Tante Fila packte Elena bei der Schulter und zog sie weg, zur Menge hin. »So wie ihr es vor zwei Jahren mit der Tochter der Seschas gemacht habt. Ihre Schreie klingen mir noch heute in den Ohren.« Tante Fila hob einen Arm und schwenkte ihn zur Menge. »Wer ist willens, ein weiteres Kind diesen Ungeheuern zu überlassen? Dies ist unser Tal, unsere Stadt!«

Um Elena herum ertönten unter den Städtern Echos auf die Worte ihrer Tante. Elenas Herz regte sich, befreite die Zunge. »Tante Fila! Dies sind die Männer, die unsere Mutter und unseren Vater ermordet haben!«

Die Menge hörte die Worte, und die Versammelten schnauften wie ein Mann auf.

Rockenheim und die vier Soldaten hielten inne, während sich bei den Leuten Angriffslust ausbreitete. Einige Städter zogen ihre Messer. Elena sah, wie der Schneider der Stadt Joachs Seile durchschnitt. Dieser rannte zu Elena und löste ihre Fesseln. Nachdem sie befreit war, rieb sie sich die aufgescheuerten Handgelenke.

»Ich habe dir doch gesagt, Tante Fila hilft uns«, sagte er mit gerötetem Gesicht.

Elena bemerkte, wie sich Tante Filas Augen beim Anblick ihrer gefleckten rechten Hand weiteten. Die Tante griff danach und bedeckte den Fleck. »Zeig dies niemandem!«, flüsterte sie ihr schnell zu und zog den überlangen Hemdsärmel über Elenas Hand. Dann wandte sie ihre Aufmerksamkeit wieder dem sich anbahnenden Streit zu.

Die Soldaten traten ein paar bedrohliche Schritte nach vorn, waren jedoch den Städtern zahlenmäßig weit unterlegen.

»Lasst das Kind in Ruhe!«, brüllte jemand.

Ein anderer hob ein Messer hoch und schrie: »Schützt das Kind!«

Tante Fila beugte sich an Elenas Ohr. »Jetzt bist du sicher, Liebes. Hab keine Angst mehr. Ich werde es nicht zulassen, dass sie unserer Familie weiteren Schaden zufügen.«

Doch Elena hörte die Worte ihrer Tante kaum. Ihr Augen waren starr auf den alten Mann gerichtet. Sie sah, wie er den Stab hob und damit zweimal auf die Pflastersteine klopfte. Niemand sonst nahm Notiz von der Handlung des gebrechlichen Alten. Aber Elena erinnerte sich an dieses Zeichen. Es war dasselbe, mit dem er die weißen Würmer herbeigerufen und auf sie und ihren Bruder angesetzt hatte.

»Nein!« Elenas Stimme klang schrill. Sie umklammerte Joachs Arm so fest, dass er aufschrie. »Wir müssen weglaufen!«

Aber es war bereits zu spät.

Jemand in der Menge stieß ein Kreischen des Entsetzens aus. Alle Augen richteten sich zum rauchgefleckten Himmel hinauf.

Über die Dachfirste kam es daher. Weite Schwingen schlugen in der Luft. Elena erkannte den an Leder gemahnenden Flügelschlag. Die Laute glichen unverkennbar denen des Ungeheuers, das sie während der nächtlichen Flucht durch den brennenden Obsthain gequält hatte. Jetzt, da es sichtbar war, wünschte Elena die Dunkelheit wieder herbei, um ihren Augen den abscheulichen Anblick zu ersparen. Allein schon von dem Bild fühlte sie sich im Geist beschmutzt.

»Seht!«, rief ein Mann im Umhang. Er deutete mit dem Arm und enthüllte dabei einen glatten Stumpf, wo einmal seine rechte Hand gewesen war. »Da ist ihr Dämonengefährte! Er kommt, um sie zu retten.«

Die Menge brach in lautes Schreien aus und floh, während das Ungeheuer auf Elena herabstürzte. Nur Joach und ihre Tante blieben bei ihr, als das Wesen mit den krallenbewehrten Gliedmaßen auf den Pflastersteinen landete. Durch die Haut hindurch sah man schwarzes Blut, das in dicken Strömen strudelte. Es legte die Flügel nach hinten an und stieß ein zischendes Schnauben in Richtung der Leute aus, die sich in Türeingängen und hinter Warenauslagen zusammengedrängt hatten. Dann schwenkten die giftigen schwarzen Augen, schimmernd vor Bösartigkeit, zu Elena hinüber.

Tante Fila trat zwischen sie und das Ungeheuer. »Lauft weg, Kinder!«, raunte sie, das Gesicht dem Geschöpf zugewandt. »Sucht euren Onkel Bol!« Noch bevor Tante Fila ihren Befehl ganz ausgesprochen hatte, zog Joach Elena zu dem verbrannten Gerippe der Bäckerei.

Wie eine Schlange zuckte das Geschöpf vor und schnappte Tante Fila.

»Nein!«, schrie Elena, als es der Tante den Rücken brach; das Krachen war deutlich über das Schreien hinweg zu hören. Dann riss es mit spitzen Zähnen Tante Filas Kehle auf und warf ihren Körper zu Boden. »Nein«, stöhnte sie erneut, während Joach sie wegzog.

Doch er war zu langsam. Das Ungeheuer ließ eine Klaue vorzucken und packte ihren Bruder am Genick.

»Joach!«, schrie sie, da ihr Bruder von ihrer Seite gerissen und weggetragen wurde; er keuchte und würgte, und die Augen traten ihm aus den Höhlen.

13

Bol beugte sich über sein staubiges Buch. Das schwache Mittagslicht warf nur spärliche Strahlen durch das schmutzige Fenster. Das gelbe Flämmchen der Kerze auf seinem Tisch war zu einem Stummel herabgebrannt und flackerte. Er hatte die ganze Nacht lang gelesen und sich bemüht, das Wissen zu sammeln, das er brauchte. Die Stapel modriger Bücher und Reihen von knittrigen Schriftrollen waren seine einzige Gesellschaft.

»Feuer wird ihr Kommen kennzeichnen«, murmelte er und strich sich eine weiße Haarsträhne aus den müden Augen. Er las blinzelnd die anderen Sätze auf der Seite. Seine Lippen, unter einem dicken Schnauzbart versteckt, übersetzten langsam die uralten Worte. Die Vorahnungen der Schwesternschaft sprachen von diesem Tag. Er warf einen Blick hinaus. Die Fenster seiner Kate, hoch über dem Tal an einem einsamen Ort mit Namen Wintershorst gelegen, hatten die ganze Nacht über rot geschimmert im Flammenschein der brennenden Bäume.

Das arme Kind. Sie hätte besser vorbereitet sein müssen; jemand hätte sie warnen sollen.

Bol rieb sich den weißen Bart und wandte sich wieder seinem dicken Wälzer zu, doch als er im Lesen innehielt und mit einem Finger vorsichtig eine von Ratten angeknabberte Seite umblätterte, zitterte sein Herz einen Schlag lang; dann erfüllte das Gefühl eines Verlusts, größer als sein Haus, seine Brust. Er legte beide Hände auf den Tisch, um sich festzuhalten und nicht vom Stuhl auf den Dielenboden zu sinken. Ein tiefer Kummer drohte ihn zu verschlucken: Er spürte, dass seine Zwillingsschwester starb.

»Fila!«, stöhnte er in den leeren Raum.

Tränen stiegen ihm in die Augen und tropften auf die vergilbten Seiten. Er, der für gewöhnlich so überaus vorsichtig mit diesen empfindlichen Schriftstücken umging, ließ zu, dass das Salz seiner Tränen alte Tinte über die Seite verschmierte.

Er griff durch das grobe Gewebe seines Hemdes an das Amulett darunter. »Fila!«, rief er erneut aus.

Und wie immer kam sie zu ihm.

Die Zimmerecke beim Kamin leuchtete schwach wie ein Irrlicht. Der fahle Schimmer zog sich in sich selbst zurück und leuchtete heller, je mehr er an Größe abnahm, bis er schließlich die Gestalt seiner Schwester bildete. Nur in wabernde Wirbel aus weißem Licht gekleidet, sah sie ihn stirnrunzelnd an, eher ärgerlich als traurig.

»Die Zeit ist gekommen, Bol.«

Die Tränen in seinen Augen ließen ihr Bild verschwimmen. »Dann ist es also wahr!«, sagte er.

»Keine Tränen.« Sie trug eine grimmige Miene zur Schau, die besagte: Sei doch vernünftig! »Bist du bereit?«

»Ich … ich hatte mit mehr Zeit gerechnet, noch ein paar Jahre mehr.«

»Das haben wir alle. Aber es fängt jetzt an. Es ist an der Zeit, deine Bücher zur Seite zu legen, Alter.«

»Du überlässt mir diese Aufgabe?«, fragte er in erbärmlichem Ton. »Mir ganz allein?«

Die Strenge in ihrem Gesicht milderte sich etwas. »Bruder, du weißt doch, dass ich meine eigene Rolle habe.«

»Ich weiß: die Suche nach der verdammten Brücke. Aber glaubst du wirklich, dass du sie findest?«

»Wenn es diese Brücke gibt, dann werde ich sie finden«, antwortete sie leidenschaftlich.

Er seufzte und sah seine Schwester an. »Wie eh und je der sture Wille von kaltem Eisen«, sagte er traurig, »sogar im Tod.«

»Wie eh und je eine Streubüchse von Träumen«, entgegnete sie mit dem Anflug eines Schmunzelns, »sogar im Leben.«

Beide verzogen die Lippen eingedenk der alten Auseinandersetzung zu einem schmalen Lächeln; sie waren so gleich und doch so unterschiedlich! Der Schmerz des Verlustes schimmerte gleichermaßen in den Augen eines jeden von ihnen.

Filas Erscheinung wurde an den Rändern schwächer. »Ich kann mich nicht länger hier halten. Pass auf sie auf!« Ihr Bild verblasste zu einem unbestimmten Schein. Ihre letzten Worte zogen sich wie ein Schweif durch die Luft, während das Licht von den Schatten der Bibliothek verschluckt wurde. »Ich liebe dich, Bol.«

»Leb wohl, Schwester«, murmelte er in den Raum, der jetzt noch viel leerer und einsamer war als zuvor.

Elena eilte zu ihrem zappelnden Bruder. Die Zeit schien sich zu verdicken und zu verlangsamen wie der zähe Saft eines Winterahorns. Sie sah, wie sich Joachs Gesicht purpurrot färbte, während seine Kehle von den Klauen des Skal'tums zugedrückt wurde. Elena tat einen Satz und packte das Geschöpf am Gelenk der vorderen Gliedmaßen; ein Schrei verharrte in ihrer Brust. Blind vor Angst, grub sie die Finger in die klamme Haut des Ungeheuers; sie weigerte sich, ihren Bruder zu verlieren. »*Loslassen!*«, schrie sie der Welt zu.

Als Antwort darauf brach ihre Hand in Flammen aus. Hitze wie von der Berührung mit geschmolzenem Stein entströmte ihren Fingern. Sie ballte die Hand zur Faust und spürte, wie ihre Finger durch das Gelenk des Ungeheuers hindurchglitten – durch Haut, Muskeln und Knochen.

Das Geschöpf heulte auf und zog die Gliedmaße weg – von der nur ein versengter Stumpf übrig war. Kreischend und angesichts der Verstümmelung in panischen Schreck versetzt, taumelte es von Elena und ihrem Bruder weg.

Joach stolperte vorwärts und riss sich die abgetrennte Gliedmaße vom Hals. Er warf sie auf die Straße. »Süße Mutter!«, keuchte er und rannte auf Elena zu.

Elena betrachtete ihre Hand und erwartete, geschwärzte Knochen und verbranntes Fleisch zu sehen, aber alles war wie immer – nicht einmal eine Spur des roten Flecks war geblieben. War sie von diesem Fluch befreit?

»Lauf, Elena!«, schrie Joach und zerrte sie zu den verkohlten Balken der Bäckerei.

Doch das heulende Ungeheuer war nicht die einzige Bedrohung auf dieser Straße.

Joach hielt schlitternd inne und zog Elena an sich. Zwischen ihnen und der Flucht stand der Kapuzenmann, auf seinen Stab gestützt. Sein Gesicht war zu einem Lächeln verzogen, als ob alles ganz nach seinem Geschmack verlaufe.

»Komm zu mir, Kind. Ich habe lange genug gewartet.« Mit erstaunlicher Schnelligkeit peitschte er die Spitze seines Stabs auf Elenas Kopf zu.

Elena, deren Geist immer noch benommen war von der Kraft, die durch ihre Hand geströmt war, erkannte die Gefahr nicht sofort.

Sie stand wie erstarrt da, bis Joach sie kraftvoll zur Seite stieß. Mit einem Japsen stürzte sie auf die Straße, und ihre Knie schlugen auf die harten Pflastersteine. Aus dem Augenwinkel sah sie, wie der Stab Joach einen heftigen Schlag auf die Schulter versetzte.

Nun erkannte sie das volle Ausmaß der Gefahr; sie rappelte sich auf und rannte davon. Joach jedoch folgte ihr nicht. Elena hielt im Laufen inne und starrte voller Entsetzen zu ihrem Bruder zurück, dessen Oberkörper die Beine in Bewegung zu setzen versuchte, aber wie zwei verwurzelte Bäume wollten sie ihm nicht gehorchen.

Er blickte auf, Entsetzen in den Augen, und sah Elena. »Lauf!«, brüllte er.

Sie schwankte, als sie sah, wie die Verhexung sich im Körper ihres Bruders ausbreitete. Jetzt konnte er nicht einmal mehr die Arme bewegen, und einen Herzschlag später waren auch sein Hals und sein Kopf von der Erstarrung befallen. Nur eine einzige Träne rann ihm über die Wange.

»Du lässt deinen Bruder im Stich, mein Kind?« Der Mann winkte sie mit einem knorrigen Finger zu sich. »Komm!«

Stadtbewohner flohen an Er'ril vorbei, während er sich einen Weg zu der Stelle bahnte, woher die Schreie kamen. Wie ein Stein in einem schnell fließenden Fluss wurde er von Ellenbogen und Knien angestoßen und kam nur mühsam voran. Schließlich machte Kral einen Vorstoß und benutzte seinen massigen Körper, um einen Pfad vor sich freizuräumen.

Einer der Städter – Er'ril hielt ihn aufgrund seiner blutverschmierten Schürze für einen Metzger – wollte Kral zur Seite stoßen, aber mit einem Schulterzucken des Mannes aus den Bergen flog der dicke Kerl aus dem Weg. Sein Kopf prallte gegen eine Ziegelmauer, und er fiel schlaff zu Boden. Kral schenkte ihm keine weitere Beachtung und setzte seinen Weg fort.

»Lauft weg!«, schrie ihnen ein anderer Städter zu. »Der Dämon ist gekommen!«

Kral warf Er'ril einen eindringlichen Blick zu, dann eilte er weiter. Er'ril, dichtauf gefolgt von Ni'lahn, lief im Kielwasser des Mannes aus den Bergen. Bald leerte sich die Straße um sie herum, da sie die flüchtende Menge jetzt hinter sich gelassen hatten.

»Sei vorsichtig, Kral«, mahnte Er'ril leise. »Wir sind nahe dran.«

Sie schlichen zur nächsten Ecke und benutzten den Wagen eines Hufschmieds als Deckung. Er'ril spähte über die Kante des Wagens hinweg auf die Straße.

Das Blut erstarrte ihm in den Adern. Nur einen Steinwurf entfernt, vor dem ausgebrannten Skelett eines Gebäudes, stand ein Ungeheuer, das er niemals wieder hatte sehen wollen. Die Flügel vor Schmerzen straff gespannt, heulte das Skal'tum und hielt sich die verwundete Gliedmaße an die Brust.

Verwundet? Er'ril ließ sich in seiner Deckung zurücksinken. Wer konnte einem solchen Ungeheuer etwas anhaben?

Er'ril sah, wie Kral sich daranmachte, die Axt vom Gürtel zu lösen – doch dies war eine zu kleine Waffe gegen einen Herrn des Schreckens! Er'ril mahnte den Mann aus den Bergen mit erhobener Hand zu Vorsicht und Geduld. Krals Stirn war tief gefurcht.

Ni'lahn kniete neben ihnen und spähte unter dem Wagen hindurch die Straße hinab. »Dort sind die Kinder«, flüsterte sie und deutete zwischen den Speichen des Wagenrades hindurch. »Wer ist dieser Mann, der in dem Umhang?«

Er'ril blickte zu der Stelle, auf die sie gedeutet hatte, und entdeckte die beiden Jugendlichen, die nahe eines verbrannten Gebäudes vor einer kapuzenverhüllten Gestalt kauerten. Obwohl das Gesicht der Kapuzengestalt im Schatten verborgen war, erkannte Er'ril das schwarze Gewand. Er presste die Lippen zusammen. »Ein Dunkelmagiker.«

»Komm zu mir, mein Kind«, sagte die schwarz gewandete Gestalt, deren Stimme nun bis zu ihnen drang, da das Kreischen des Skal'tums schwächer wurde. »Sonst muss dein Bruder sterben.«

Das Skal'tum stapfte auf die Jugendlichen zu. Seine Stimme schnitt durch die Luft wie ein kraftvoll geworfener Dolch. »Gib mir den Jungen! Ich werde ihm die Gliedmaßen vom Leib reißen, eine nach der anderen, während das andere Gör zusieht.«

Ein anderer Mann, in die Farben der Garnison gekleidet, hatte sich hinter ein Regenfass verkrochen. Er sagte: »Tu, was das Tier des Herrn sagt, Dismarum. Wir brauchen den Jungen nicht.«

»Halt deine Zunge im Zaum, Rockenheim!«, fauchte der Alte mit Namen Dismarum. Welche Art von Blick der Dunkelmagiker dem Mann auch zugeworfen haben mochte, jedenfalls zog dieser sich weiter hinter sein Fass zurück.

Das Skal'tum wiederholte seinen Befehl. »Gib mir den Jungen! Ich will sein junges Herz kosten.«

»Dämon!«, brummte Kral neben Er'ril, und seine Stimme klang schwer vor Hass. Bevor Er'ril die Hand heben konnte, um ihn davon abzuhalten, sprang Kral über den Wagen nach vorn, die Axt über dem Kopf schwingend.

Das Skal'tum drehte sich blitzschnell herum, dem unerwarteten Angriff zu.

Der Dunkelmagiker zog sich in den Schatten des abgebrannten Gebäudes zurück und streckte dabei die Hand nach dem Mädchen aus, das immer noch erstarrt auf der Stelle stand.

Törichter Mann aus den Bergen! Bevor Er'ril richtig nachdenken konnte, reagierten seine Füße und sein Herz. Er sprang hinter Kral her, das Schwert gezogen, bereit, sich in den Kampf zu stürzen.

Elena blickte starr in Joachs Augen. Obwohl sie im Gegensatz zu ihm nicht verhext war, konnte sie nicht fliehen. Andere Bande hielten sie an dieser Stelle fest. Sie weigerte sich, von der Seite ihres Bruders zu weichen, selbst als der Kapuzenmann eine klauenartige Hand nach ihr ausstreckte.

Doch bevor seine Finger ihre Haut berührten, traf ein Ellenbogen plötzlich ihre Brust und drückte sie zur Seite. Ein einarmiger Schwertkämpfer warf sich zwischen sie und den alten Mann. Hoch gewachsen, breitschultrig, mit der rötlichen Gesichtsfarbe der Leute aus der Prärie, hob er drohend das Schwert. »Du wirst sie nicht bekommen, Dunkelmagiker!«

Bevor der Kapuzenmann reagieren konnte, schrie das geflügelte Geschöpf schrill auf und zog alle Augen auf sich. Der Schwertkämpfer drückte Elena nach unten, als auch schon ein großer Flügel über ihre Köpfe hinwegsauste. »Flüchte, Mädchen!«, brüllte er ihr ins Ohr.

Doch die Beine gehorchten ihr nicht. Ihr Herz, durch unsichtbare Fesseln mit dem erstarrten Joach verbunden, wollte sich nicht von der Stelle rühren. Sie kauerte reglos auf der Straße.

Zusammenzuckend sah Elena einen Riesen, der das geflügelte Ungeheuer angriff, eine Axt schwingend – ein wildes Durcheinander aus scharfer Schneide und Muskeln. Der geflügelte Dämon wich vor diesem Angriff zurück.

Plötzlich legte sich ihr eine neue Hand auf die Schulter. Sie hob den Blick und sah in das besorgte Gesicht einer winzigen Frau.

»Komm mit mir! Überlass es Er'ril, deinen Begleiter zu retten.«

Sie schüttelte den Kopf. »Mein Bruder!«, war alles, was ihr über die Lippen kam, während sie auf Joach deutete.

Doch die Frau war kräftiger, als sie aussah, und zog Elena auf die Beine.

»Ni'lahn!«, rief der Schwertkämpfer. Er kauerte auf einem Knie, das Schwert zu der schwarz gewandeten Gestalt erhoben. »Bring sie in Sicherheit!«

Die Frau namens Ni'lahn legte ihr einen Arm um die Schulter und flüsterte ihr etwas ins Ohr. Ihre Worte, beinahe wie leise Musik, waren unverständlich, drangen jedoch irgendwie durch die Wolke in ihrem Geist. Sie erinnerten sie an die Worte, die ihr der Alte Mann im Obsthain zugeflüstert hatte. Elena stellte fest, dass das Lied der Frau ihre Beine befreite, und sie ließ es zu, dass sie vom Kampfplatz geführt wurde.

Ni'lahn führte das Mädchen in den Schatten des Wagens. Könnte dies die Eine sein?, fragte sich die Nyphai. Sie sang dem Kind ins Ohr, Worte, die man ihr beigebracht hatte, die angeblich die Seelen der Menschen gewinnen konnten. Sie strich dem Kind eine Strähne roten Haars aus dem Gesicht und blickte in Augen von der Farbe grüner Pflanzen. Könnte es sein?

Nachdem das Mädchen sicher versteckt war, wandte Ni'lahn ihre Aufmerksamkeit wieder der Straße zu. Er'ril rappelte sich gerade wieder auf, und jetzt krümmte sich der Dunkelmagiker unter der Berührung des Schwerts. Er'ril hinderte den Kapuzenmann daran, ihm zu entschlüpfen, aber Ni'lahn bemerkte, dass beide den Kampf beobachteten, der zwischen dem Skal'tum und dem Mann aus den Bergen tobte.

Kral griff mit aller Wildheit an, setzte seine Schläge voller Wucht und Zorn. Doch jeder Hieb prallte wie nichts von der dicken Haut des Ungeheuers ab. Kein Blut floss.

Aber wenn Krals Axt auch von dem Geschöpf abprallte, so fiel Ni'lahn doch auf, dass das Skal'tum offenbar durch seine vorherige Verletzung geschwächt war. Es hielt den Gliederstumpf aus dem Kampfgeschehen heraus und benutzte die Flügel, um die Flanken zu schützen.

»Treib das Skal'tum ins Licht der Sonne!«, rief Er'ril seinem großen Gefährten zu. »Dort kannst du es verletzen.«

Mit einer wütenden Finte wechselte Kral die Richtung seiner Angriffe, und bald wich das Geschöpf zu einer sonnenbeschienenen Stelle zurück. Doch anscheinend erkannte das Skal'tum die drohende Gefahr und setzte sich zur Wehr. Die schwarzen Krallen der unversehrten Gliedmaße droschen auf den Mann mit der Axt ein. Kral tänzelte zurück. Da er schnell und behände war, gelang es dem Mann aus den Bergen, einer Verletzung zu entgehen, aber auch er verlor an

Boden. Das Ungeheuer stand jetzt weiter vom Sonnenlicht entfernt.

Das Skal'tum kreischte vor Genugtuung, gewann sein Selbstvertrauen wieder und setzte seine Ausfälle gegen Kral fort, trieb ihn beinahe spielerisch im Kreis herum. Bald waren ihre Positionen umgekehrt. Der Mann aus den Bergen, der jetzt heftig schwitzte, wich Schritt für Schritt ins Licht der Sonne zurück. Kral japste nach Luft, geduckt vor Erschöpfung.

Das Ungeheuer breitete die grindigen Flügel siegessicher weit aus, dann setzte es zum Todesstoß an.

Ni'lahn hob vor Entsetzen die Hand zum Mund.

Kral schoss plötzlich mit erstaunlicher Schnelligkeit nach hinten – ins Licht der Sonne!

Das Geschöpf folgte ihm und zischte Kral an. Dann zuckte es vor der Berührung der Sonne zurück und blieb knapp hinter der Schattenlinie. Es stampfte im Kreis um den Mann aus den Bergen herum.

»Es gibt keinen Fluchtweg für dich, kleines Menschwesen«, sagte es mit einem heiteren Glucksen in der Stimme.

Ni'lahn erkannte, dass das Geschöpf Recht hatte. Der von der Sonne beschienene Bereich war eine quadratische Insel. Ringsherum gab es nur Schatten. Und im Schatten wartete das Ungeheuer.

Kral blickte sich suchend um, verzweifelt nach einem Ausweg suchend.

Ni'lahn tat dasselbe. Wenn der Mann aus den Bergen besiegt würde, befände sich Er'ril in einer Falle zwischen dem Herrn des Schreckens und dem Dunkelmagiker. Das durfte nicht geschehen! Sie drehte sich blitzschnell auf dem Absatz um und hob den Blechdeckel eines Einkochkessels hoch. Sie sprang in einen anderen sonnenbeschienenen Fleck, fing die Spiegelung der Sonne mit dem Blech ein und neigte die Sonnenstrahlen so, dass sie dem Skal'tum ins Gesicht fielen.

Das Ungeheuer schrie und versuchte wegzuspringen. Ni'lahn veränderte die Neigung des Blechs, um das Geschöpf im Licht zu halten.

Kral erkannte anscheinend seinen Vorteil und tat mit einem Wutgebrüll einen Sprung nach vorn. Er holte mit der Axt nach dem Monster aus und versetzte ihm einen Schlag quer über den Hals. Der Sonne ausgesetzt, verlor die Haut des Untiers ihren dunklen Schutz. Die Schneide traf ins Fleisch.

Das Ungeheuer taumelte nach hinten, befreite sich von Krals Waffe. Es umklammerte seinen Hals, während ein Schwall schwarzen Bluts zwischen seinen Klauen hervorquoll. Auf schwächer werdenden Beinen schwankend, versuchte es, die Schwingen auszubreiten, aber anstatt sich in die Luft zu erheben, fiel es nach vorn ins Licht der Sonne, wobei sein grausiges Blut zischend und brodelnd die Pflastersteine beschmutzte.

Kral trat zu dem zusammengebrochenen Geschöpf und hob die Axt hoch über dessen Kopf.

Er'ril sah nicht zu, wie Kral dem Skal'tum den Todeshieb versetzte. Er wandte seine Aufmerksamkeit wieder ausschließlich dem Dunkelmagiker zu. Der Anblick des schwarzen Gewandes bereitete ihm Übelkeit. Wie konnte sich nur ein Mensch der schwarzen Magik hingeben, die das Land vergiftet hatte? Er'ril spürte, wie sein Blut vor Zorn aufwallte, wie er es seit mehr als einem Jahrhundert nicht mehr empfunden hatte. Es war kein angenehmes Gefühl.

»Dein Schoßtierchen ist tot, Magiker«, spuckte er dem gebeugten Mann ins Gesicht. »Lass den Jungen frei, sonst erleidest du das gleiche Schicksal.«

Mit hochgestülpter Kapuze humpelte der Magiker hinter den Jungen und stützte sich schwer auf seinen Stab, als ob er erschöpft sei. »Du mischst dich in Dinge ein, die du nicht einmal im Ansatz begreifst.«

Der Dunkelmagiker hob den anderen Arm und enthüllte den Stumpf eines Handgelenks. Schatten eilten zu ihm und schwärmten an seinem Gewand bis zu seinem Arm hinauf. Dann pulsierte die Dunkelheit um sein leeres Handgelenk und gerann dort. Wie die Knospe einer schwarzen Rose wuchs eine ebenholzschwarze Faust auf dem Stumpf, gebildet aus schwarzen Schatten. »Und du stößt Drohungen aus, die du unmöglich wahr machen kannst.«

Er'ril kniff die Augen zusammen. »Dann stell mich doch einfach auf die Probe.«

Der Dunkelmagiker öffnete die bösartige Faust. Finger, die das Licht in sich aufsogen, spreizten sich. »Zum letzten Mal: Gib mir das Mädchen. Du weißt nicht, was sie ist, was sie bedeutet.«

»Ich weigere mich, auf deinen Wunsch einzugehen, Ekelhafter.« Er'ril hob das Schwert, behielt jedoch seine Stellung bei, da er Angst hatte, den reglosen Jungen zu verletzen.

Der Dunkelmagiker verlagerte seinen Stab in die schwarze Faust. Aus seiner abscheulichen Hand kroch die Dunkelheit an dem grauen Holz hinab, bis der gesamte Schaft in verschiedene Tönungen der Nacht getaucht war.

Während Er'ril sich für den Kampf bereitmachte, legte die Kapuzengestalt dem Jungen die Hand aus Fleisch auf die Schulter.

»Lass den Jungen los!«, schrie Er'ril und stürzte auf den Mann zu, entschlossen, ihn davon abzuhalten, dem Jungen irgendeinen Schaden zuzufügen.

Der Dunkelmagiker warf den Kopf zurück, seine Kapuze fiel nach hinten, und zum ersten Mal sah er Er'ril voll ins Gesicht. Als sich ihre Augen trafen, gefror Er'rils Herz.

Nein! Er'ril hielt taumelnd inne. Das konnte doch nicht sein! Das Schwert fiel ihm aus der Hand, rutschte scharrend über die Pflastersteine.

Die schwarz gewandete Gestalt hob den Stab und schlug auf die Straße. Schwärze brach aus den Pflastersteinen hervor und verschluckte den Magiker und den Jungen. Die Stimme des Dunkelmagikers hallte aus dem Schatten heraus: *»Er'ril, haben die vielen Jahrhunderte dich denn gar nicht klüger gemacht?«*

Innerhalb eines Wimpernschlags verschwand der Schattenteich wie eine erlöschende schwarze Flamme. Wo der Junge und der Magiker gestanden hatten, lag die Straße jetzt leer da.

Er'ril sank auf die Knie, während das Mädchen hinter ihm schrie, und ihr Schrei war voller Angst und Pein.

Er'ril hörte sie jedoch kaum. Vor seinen Augen war immer noch das Gesicht des Dunkelmagikers. Es war ein vertrautes Gesicht: dieselbe gebrochene Nase, die unebenmäßigen Wangenknochen, die dünnen Lippen. Und dann der Stumpf des Handgelenks.

Er erinnerte sich daran, wie dieser Mann vor so langer Zeit zusammen mit seinem Bruder in einem Schutzkreis gekauert hatte – in jener Nacht, als das Buch des Blutes entstanden war.

Der wahre Name des Dunkelmagikers kam stockend von Er'rils Lippen: »*Greschym!*«

Zweites Buch

Heimat und Herzstein

14

Tol'chuk schüttelte die Steine aus der Wasserrinne, die nach der Dürre des Sommers völlig ausgetrocknet war, in ein Sieb. Er blickte zu den Gewitterwolken hinauf, die sich wie eine Armee hinter dem Kamm der Zahnberge aufbauten. Der Gipfel des höchsten der Berge, des Großen Zahns des Nordens, hüllte sich in schwarze Wolken. Bald würden in der Wasserrinne wieder Schlammfluten aus den sturmgepeitschten Berghöhen toben.

Er wandte seine Aufmerksamkeit erneut dem Steingeröll zu. Donner grollte vom ewigen Eis der Bergkuppen herunter. Er musste sich beeilen, bevor der Regen einsetzte. Doch halbhohe Felsbrocken verdeckten das Sonnenlicht und erschwerten das Erkennen des gelblichen Glitzerns von Duftstein. Und diese Wasserrinne, die während des ganzen Sommers ausgetrocknet war, war seit vielen Monden gründlich durchsucht worden.

Er schob die Steine auseinander, kratzte mit den gräulichen Klauen über jeden Stein und suchte nach der charakteristischen Farbe. Mit weit geblähten Nüstern schnupperte er nach dem scharfen Aroma von rohem Duftstein.

Es gab Stellen, an denen es wahrscheinlicher war, solche Steine zu finden, aber Tol'chuk zog diese Strecke vor. Aufgrund der Seltenheit von Duftsteinvorkommen an diesem Ort waren auch keine seiner Leute in der Gegend. Tol'chuk liebte die Einsamkeit, wenn er nicht dem Hohn der anderen Og'er ausgesetzt war. Besonders jetzt, im Zusammenhang mit diesem

Magra-Ritual – dieser Zeremonie, die ihn innerhalb seines Stammes als Erwachsenen kennzeichnen würde –, das morgen beginnen sollte. Er brauchte einen Duftstein für die heute Nacht stattfindenden Vorbereitungen, einen Stein, der von ihm persönlich am Vorabend seines Magra-Festes geschürft worden war.

Er bückte sich zu einer dicken Steinplatte und fuhr mit einer Klaue darüber, um etwas von ihrer Oberfläche abzukratzen. Er schnupperte an seinem Nagel; nein, nur Sandstein.

Als er wieder in die Knie ging, um sich durch das Gewirr von Geröll und Sand zu arbeiten, traf ihn ein Stein von der Größe einer Melone an der Schulter und warf ihn auf den steinübersäten Boden. Er kam hart auf und rollte zur Seite ab.

Fen'chua lugte über den Rand eines Felsbrockens.

Ein grimmiges Grinsen verzog Tol'chuks dicke Lippen und entblößte seine glatten gelben Zähne. Er erhob sich auf die Füße. Mit gebeugtem Rücken reichte sein Kopf nur bis zur halben Höhe des Felsens. Mit den Knöcheln einer Hand stützte er sich am Boden auf, um das Gleichgewicht zu halten. Er verdrehte den Hals und blickte stirnrunzelnd zu seinem Feind hinauf.

Fen'chua kauerte wie ein schroffkantiger Stein am Rand des Felsens, seine großen gelben Augen wölbten sich weit aus den Höhlen. Gebückt wie Tol'chuk, sich auf die schwieligen Knöchel einer Hand stützend, wie es bei den Og'ern üblich war, bildete sein stoppeliges, strohfarbenes Haar den Kamm auf seinem Kopf und zog sich als stachelige Linie über den gebogenen Rücken, um schließlich unter seinem Lederpanzer zu verschwinden. Er lächelte und zeigte dabei die gespitzten Fangzähne. Einen Winter älter als Tol'chuk, entblößte er andauernd die Zähne und zeigte deren Spitzen, ein Zeichen dafür, dass er sich gepaart hatte.

Alle Weibchen beteten Fen'chua an und rieben die üppigen Körper an ihm, wenn er an ihnen vorbeitappte. Kein Weibchen rieb sich hingegen einladend an Tol'chuk, sosehr er auch beim Gehen den Rücken gebeugt und die Handknöchel am Boden hielt. Tol'chuk wusste, dass er hässlich war. Er war kleiner als andere erwachsene Og'er, seine Augen waren zu mandelförmig und geschlitzt, im Gegensatz zu den kühnen Kreisen von Fen'chuas. Auch ragte seine Nase zu weit vor, und seine Zähne waren zu kurz, um eine Paarungsgefährtin zu erregen. Selbst seine Haare standen nicht von selbst borstig ab. Tol'chuk blieb nichts anderes übrig, als Bienenwachs zu benutzen, um es stachelig zu machen. Aber sosehr er sich auch bemühte, dies zu verbergen, wusste doch jeder um seine Schande.

Fen'chua griff mit der freien Hand nach einem Stein und wog ihn darin. »Ich spitze dir die Zähne an, du Halbbrut!«, feixte er.

Tol'chuk traf diese Beleidigung wie ein glühendes Messer. »Fen'chua, du kennst das Gesetz. Ich bereite mich auf das Magra vor und darf nicht gestört werden.«

»Erst nach Sonnenuntergang!« Er warf den Stein, aber Tol'chuk wich ihm geschickt aus. Obgleich seine gemischte Abstammung seiner äußeren Erscheinung abträglich war, verlieh sie ihm doch immerhin große Beweglichkeit.

Fen'chua hob einen weiteren Stein auf, diesmal einen noch größeren. Seine Augen verengten sich bedrohlich.

»Lass mich in Ruhe, Fen'chua!«

»Du hast Angst! Du bist im Grunde deines Herzens kein Og'er.«

Obwohl Tol'chuk daran gewöhnt war, dass man sich über ihn lustig machte, war dies eine zu unverschämte Beleidigung, als dass er sie einfach hinnehmen konnte. Tol'chuk gab seine Verstellung auf und streckte den Rücken gerade, bis er auf zwei Beinen aufrecht dastand – das hätte ein Og'er niemals getan. Dieser Fähigkeit verdankte er übrigens seinen Namen: *Tol'chuk*. In der alten Sprache bezeichnete das seinen Mischlingsstatus und seine Schande: *Der-wie-ein-Mensch-geht*.

Jetzt, da er aufrecht stand, reichte sein Kopf bis zu der Felskante hinauf. Er sah, wie Fen'chua beim Anblick seines geraden Rückens vor Abscheu zusammenzuckte. Fen'chua holte mit dem Stein zum Angriff aus.

Ohne nachzudenken, ließ Tol'chuk die Hand vorsausen und packte Fen'chuas Stützarm. Im Innern getroffen, zog er ihn über die Felskante und warf ihn auf den steinigen Boden der

Wasserrinne. Sofort bereute Tol'chuk seine unbedachte Handlung. Fen'chua war kein Og'er, den man ungestraft herausfordern durfte.

Fen'chua landete mit gespreizten Gliedmaßen und mit dem Gesicht nach unten auf dem steinigen Untergrund. Dank seiner dicken Haut und der derben Knochen rappelte er sich sofort wieder auf. Tol'chuk wich zurück, während sich Fen'chua auf die Beine rollte. Er grinste Tol'chuk an und hob einen Finger an die verletzte Lippe. Fen'chua betastete seinen Mund, und seine Augen weiteten sich vor Entsetzen, als er seinen blutigen Finger sah. Flammen funkelten in seinen Augen, die er immer weiter aufriss, bis das Gelbe darin schwarz wurde.

Tol'chuk hatte noch nie solchen Zorn gesehen!

Fen'chua stieß einen Schlachtruf aus, und sein Gebrüll polterte die Wasserrinne hinunter. Tol'chuk erkannte jetzt den Grund für den Zorn seines Gegners. Einer von Fen'chuas Fangzähnen war bei dem Sturz abgebrochen, eine entstellende Verletzung, die für den Og'er eine entscheidende Minderung seiner Stellung innerhalb des Stammes bedeuten konnte.

Fen'chua gab erneut ein zorniges Gebrüll von sich und stürzte sich auf Tol'chuks Kehle.

Tol'chuk duckte sich und rammte die knochige Krone seines Kopfes dem Angreifer zwischen die Rippen. Die Wucht des Aufpralls schlug die Luft aus Fen'chuas Brust. Japsend sackte Fen'chua zurück und landete hart auf dem Hinterteil.

Aber Tol'chuks Angreifer war ein erfahrener Kämpfer, ausgebildet vom Clan der Krieger. Fen'chua rollte sich wieder auf die Beine und ließ seine schwielige Hand vorschnellen, um Tol'chuks Fußknöchel zu packen und ihn zu Boden zu reißen.

Tol'chuk versuchte, den Sturz mit der Schulter abzufangen, doch trotz seiner Bemühungen trug er einen Schlag gegen den Schädel davon. Nadelspitzen aus Licht tanzten durch sein Sichtfeld. Mit verschwommenem Blick sah er, dass Fen'chua im Begriff war, mit einem Satz auf ihn zu springen. Tol'chuk versuchte, sich wegzurollen, was ihm aber nicht gelang.

Fen'chua landete auf ihm und machte sich sofort daran, Tol'chuks ungeschützten Bauch mit Fußtritten zu traktieren.

Tol'chuk wand sich und versuchte, den Schaden zu begrenzen. Fen'chuas Hinterklauen rissen ihm Streifen aus der Haut, während seine Vorderklauen auf Tol'chuks Augen einstachen.

Tol'chuk versuchte angestrengt, sich freizukämpfen, aber Fen'chuas Gewicht war zu viel für ihn. Wenn er nicht bald einen Ausbruch schaffte, würde der Gegner ihn ausweiden. Tol'chuk griff nach Fen'chuas Handgelenk, aber aus dem Augenwinkel sah er, dass Fen'chuas andere Hand zu einem Hirschhorndolch an seinem Gürtel fuhr.

Wenn Og'er um Gefährtinnen kämpften und sich Klaue um Klaue maßen, wurde es als verachtungswürdige Handlung betrachtet, eine Waffe zu benutzen. Dank ihrer dicken Haut und der harten Knochen führten die Paarungskämpfe selten zum Tod eines Og'ers. Innerhalb eines Stammes tötete ein Og'er keinen anderen Og'er. Nur in einem Stammeskrieg, wenn die Og'er-Clans um Territorien kämpften, wurden Waffen eingesetzt. Es bedurfte einer Waffe, um einen Og'er zu töten.

Fen'chua hob den Dolch, in seinen Augen loderte immer noch Hass. »Halbblut!«, quetschte er zwischen gefletschten Zähnen hervor, während Blut von seiner Lippe rann. »Heute wirst du uns nicht mehr belästigen.«

Diese hämische Schadenfreude war Fen'chuas Verderben. Tol'chuk erkannte, dass Fen'chua ihm mehr als nur eine blutende Wunde zufügen wollte. Tol'chuk griff sich mit jeder Hand einen Stein und schlug sie beidseitig gegen Fen'chuas Ohren zusammen. Tol'chuk hörte das Krachen, als Stein auf Schädelknochen traf. Die gleichzeitigen Schläge auf die einzige schwache Stelle am Schädel eines Og'ers waren verhängnisvoll.

Tol'chuk hatte Fen'chua nur betäuben, ihn bewusstlos schlagen wollen, bis er wieder zur Vernunft käme. Als die Steine zuschlugen, spritzte eine Blutfontäne aus den Nüstern des Angreifers und besprühte Tol'chuk mit ihrer Hitze. Er sah, wie Fen'chua die Augen verdrehte, bis nur noch Weißes zu sehen war, und er hörte, wie sein Atem gurgelte, als er Blut schluckte. Der Dolch fiel Fen'chua aus den Händen. Sein Körper folgte dem Messer und sank schlaff auf die Steine. Tol'chuk stieß

Fen'chuas Rumpf von sich und rappelte sich auf. Blut floss aus Fen'chuas Nase und dem klaffenden Mund auf die Steine. Seine Brust bewegte sich nicht.

Tol'chuk stand fassungslos da, unfähig zu atmen. Was hatte er angerichtet? Og'er durften andere Og'er innerhalb desselben Stammes niemals töten!

Er hob die Hand und sah, dass er den blutigen Stein immer noch umklammert hielt. Eine Ecke davon war beim Schlag gegen Fen'chuas Schädel abgesplittert. Ein gelbes Glitzern funkelte aus dem Herzen des Steins.

Ein Duftstein.

Er fiel ihm aus der tauben Hand.

Mogwied stand am Rand des grünen Landstrichs, den man Westliche Marken nannte. Er lehnte an einem Baum, unwillig, seine Waldheimat zu verlassen. Eine Brise wehte, und die Blätter über ihm rasselten wie die Panzerhüllen toter Käfer. Jenseits der Bäume, im Osten, wirkte die weite Landschaft mit den ansteigenden Vorhügeln nackt, nur von gelbem Weidegras bedeckt. Und hinter den Vorhügeln und den freien Wiesen erhoben sich die Gipfel der Zahnberge, jenes Gebirges, das er überqueren musste, um ins Land der Menschen zu gelangen. Mogwied fühlte die raue Baumrinde an seiner Wange. Aber wie konnte er es über sich bringen, von hier wegzugehen?

Er hob eine Hand und betrachtete die dünnen Finger und die glatte Haut. Er erschauderte bei diesem Anblick, dann betrachtete er die Kleider, die ihm am Körper hingen. Ein Jäger hatte ihm gezeigt, wie man die fremdartigen Kleidungsstücke trug. Graue Beinkleider über leinener Unterwäsche sowie eine rote Jacke über einem grauen Wollhemd. Er trug alles genau so, wie es sich gehörte. Dennoch scheuerten jede Naht und das Gewebe des Stoffes an seiner zarten Haut. Und die schwarzen Stiefel waren das Schlimmste. Er weigerte sich, sie anzuziehen. Stattdessen trug er sie in einem Ledersack auf dem Rücken. Solange er im Wald war, würde er den Erdboden zwischen den Zehen spüren!

Er wusste, sobald er den Schatten der Bäume verließe, müsste er sich die Stiefel über die Füße ziehen. Es war notwendig, dass er wie ein Mensch erschien. Wenn er erst einmal vollständig bekleidet wäre, würden nur die Augen sein Erbe verraten. Aufgrund der schlitzförmigen Pupillen verrieten seine Augen seine wahre Natur.

Er stand da, einen Arm gegen den Baum gelegt, bis er von einer Nase angestupst wurde. »Ruhig, Ferndal. Ich brauche einen Augenblick, um mich vorzubereiten.« Er sah verstört zu dem Baumwolf hinab.

Massig wie ein Mensch kauerte Ferndal auf den Hinterläufen; die Zunge hing ihm seitlich zum Mund heraus. Sein dichtes schwarzes Haar, durchsetzt von braunen und grauen Spitzen, sah aus, als sei den gesprenkelten Schatten des Waldes Form und Leben eingehaucht worden. Die aufgestellten Ohren des Wolfs lauschten auf die Geräusche des Waldes um sie herum. Seine hochgereckte Schnauze schnupperte in die Luft, um Gefahr zu wittern.

Mogwied kräuselte die Nase vor Neid. Das dicke schwarze Fell war die einzige Kleidung, die Ferndal brauchte. Bei ihm war keine weitere Ausschmückung nötig, um seine Verkleidung zu vervollständigen. Fast jeder würde Ferndal für einen gewöhnlichen Baumwolf halten – sofern die Augen ihn nicht verrieten. Wie bei Mogwied waren auch seine Pupillen schlitzförmig, eher wie die einer Waldkatze als die eines Wolfs. Ihre Augen waren ein Zeichen ihres wahren Erbes: *Si'lura*.

Ferndal sah ihn an, ihre bernsteinfarbenen Augen trafen sich. Ein schwaches Schimmern in den Augen des Baumwolfs schien seine Wärme zu Mogwied auszusenden. Unbestimmte Gefühle bildeten sich in seinem Kopf, geflüsterte Gedanken und Bilder von seinem Wolfbruder: *Eine untergehende Sonne. Ein hungriger Bauch. Beine, die laufen möchten.* Mogwied kannte die Bedeutung, die in diesen Bildern steckte. Ferndal warnte ihn, dass das Tageslicht schwand und dass sie vor Einbruch der Dunkelheit noch eine weite Strecke zurücklegen mussten.

»Ich weiß«, antwortete Mogwied laut. Auch er vermochte mit dem Flüstern der Seele zu sprechen, so wie es Ferndal getan hatte, wie es alle Si'lura vermochten, aber seine Zunge brauchte Übung. In Kürze würde er unter Menschen sein, und er brauchte eine vollkommene Tarnung, wenn sie ihre Reise unbeschadet hinter sich bringen wollten. »Aber es fällt mir sehr schwer, die Heimat zu verlassen.«

Bilder antworteten: *Eine Mutterbrust, schwer mit Milch. Der Duft des Waldes, vielfältig und dicht. Gesprenkelte Schatten, von grellem Sonnenlicht weggebrannt.* Auch Ferndal bedauerte es, ihre Waldheimat zu verlassen.

Aber sie hatten keine Wahl. Der Stammesvater ihres Clans hatte es angeordnet, und seinem Wort musste man gehorchen.

Dennoch – mussten sie *wirklich* auf den Befehl des Alten hören?

Mogwied holte tief Luft und setzte seinen Rucksack am Boden ab. Er bückte sich und zog die Stiefel heraus. Am Waldrand sitzend, schlüpfte er in das Schuhwerk und zuckte zusammen, sobald die Füße in ihrem ledernen Sarg versanken. »Wir könnten doch einfach hier bleiben«, schlug er seinem Gefährten vor, und seine Stimme war kaum ein Flüstern. »Und als Gesetzlose leben.«

Ferndal knurrte, und die Gedanken des Wolfs schossen tief in ihn hinein. *Ein giftiger Baumfrosch. Ein von Algen überwucherter Teich. Eine altehrwürdige Eiche, von gelbem Mehltau zerstört.* Der Wald war auch Gift für sie. Wenn sie sich den Stammesvätern verweigerten, brächte ihnen der Wald keine Freude.

Mogwied wusste, dass Ferndal die Wahrheit sagte, dennoch loderte ein Feuer in seinem Bauch auf. »Ich weiß, Ferndal! Aber sie haben uns in die Verbannung geschickt. Was sind wir ihnen schuldig?« Seine Worte klangen leidenschaftlich und hitzig, doch den größten Teil seiner Wut hielt er in seiner Brust gefangen. Dies war ein weiterer Grund, weshalb er die Zunge zum Sprechen gebrauchte. Er wollte nicht, dass Ferndal die wahre Tiefe seiner Wut spürte.

Ferndal hob die Pfoten und senkte drohend den Kopf. Seine Augen glühten rot. *Eine Fallentürspinne. Ein Kompostkumpel, der einen anderen angreift. Eine Krähe, die ein getupftes Ei aus einem Nest stiehlt.* Ferndal machte ihm immer noch Vorwürfe.

»Ich habe nur versucht, uns von dem Fluch zu befreien«,

erwiderte Mogwied. »Wie hätte ich wissen sollen, dass etwas so Furchtbares dabei herauskäme?«

Der Wolf wandte den Kopf ab, beendete den Augenkontakt und gab damit zu erkennen, dass für ihn die Unterhaltung abgeschlossen war.

Mogwied errötete, nicht vor Scham, sondern vor Wut. Verdammter Kerl, dachte er. Ferndal hing ihm nun schon lange genug wie ein erstickendes Joch auf den Schultern. Der Drang, den Wolf zurückzulassen und sich allein auf den Weg zu machen, um sein Glück bei der Menschenrasse zu finden, durchfuhr ihn auf erregende Weise.

Warum brauchte er überhaupt ein eigenes Volk? Seine Leute hatten ihn stets gemieden! Vielleicht würde es ihm besser ergehen, wenn er sein Glück bei den Menschen suchte. Mogwied merkte, wie ihn seine Füße unter den Ästen des Baumes fort und in den nachmittäglichen Sonnenschein trugen.

Er sah sich um. Frei von schützenden Bäumen war der Himmel so weit, so riesig! Mogwieds Beine hielten stolpernd inne. Er kauerte sich unter dem großen Himmel nieder. Wie ein schweres Gewicht schien er ihn zu Boden zu drücken. Er wandte sich wieder an Ferndal. »Kommst du?« Er versuchte, seiner Stimme einen kühlen Klang zu geben, doch Angst machte seine Sprache brüchig. Die Vorstellung, hinauszutreten in eine so große Welt ohne jemanden, an den er sich anlehnen konnte, erschreckte ihn. Fürs Erste brauchte er Ferndal noch – aber nur fürs Erste.

Ferndal huschte aus dem Schatten des Waldes. Die schlitzförmigen Augen des Wolfes prüften ruhig den Horizont; der Anblick machte auf ihn keinen großen Eindruck. Er tappte einfach über den steinigen Erdboden, und die Sonnenspiegelung schuf ölige Glanzlichter in seinem Fell.

Mogwied zog die Augen zusammen. Ferndal war stets der Gelassene, der Tapfere, der Edle. Eines Tages, so hoffte Mogwied, würde er ihn zerbrochen sehen, und er betete, dass er die Ursache dafür sein würde.

Mogwied sah zu, wie Ferndal lässig an ihm vorbeischritt und auf die kahlen Vorhügel zuwanderte. Den Hals immer noch leicht von dem großen Himmel weggebeugt, folgte Mogwied seinem Zwillingsbruder und verfluchte dessen kraftvolles Herz.

Eines Tages, lieber Bruder, werde ich dich das Fürchten lehren.

15

Tol'chuk trug den schlaffen Körper Fen'chuas in den Armen. Er ging aufrecht, mit geradem Rücken, da er beide Arme brauchte, um den schweren Körper zu halten. Als er sich dem Dorf näherte, sah er mehrere Weibchen, die in dem dürftigen Boden nach Wurzeln gruben. Wenn sie seiner ansichtig wurden, rümpften sie die Nase voller Ekel über Tol'chuks aufrechte Haltung. Og'er benutzten gewöhnlich den Rücken und nur einen Arm, um Baumstämme oder andere schwere Gegenstände hochzuheben, und hielten sich den anderen Arm frei, um sich bei ihrem schwerfälligen Gang am Boden abzustützen. Die Frauen, die sein Anblick mit Abscheu erfüllte, bemerkten erst bei seinem Näherkommen die Last, die er bei sich trug. Dann rissen sie die Augen weit auf, ein missklingendes Wehklagen entrang sich ihren Kehlen, und sie flohen in weiten Sprüngen. Der Moschusgeruch ihrer Angst hing noch länger in der frischen Hochlandluft.

Tol'chuk schenkte ihnen keine Beachtung, sondern trottete auf dem ausgetretenen Pfad zu den Höhlen seines Stammes weiter. Der Rücken und die Arme schmerzten vor Anstrengung, aber das war ein geringer Preis für seine abscheuliche Tat. Er hatte die schlimmste Verletzung og'rischen Gesetzes begangen, er hatte einen Angehörigen seines eigenen Stammes getötet. Während eines Krieges mochte es vorkommen, dass Og'er die Og'er anderer Stämme töteten, aber niemals die des eigenen Stammes.

Als er sich über Fen'chuas blutige Gestalt gebeugt hatte,

wollte er weglaufen, so stark war sein Gefühl der Schande. Doch wenn er es getan hätte, hätte Tol'chuk seinen toten Vater entehrt. Und seine Geburt bedeutete bereits genügend Ungemach für seine Familie. Wie hätte er dies noch durch eine derart feige Verhaltensweise verschlimmern können? Also hatte er Fen'chua aufgehoben und die Wanderung zu den heimatlichen Höhlen begonnen, entschlossen, die Bestrafung seines Stammes entgegenzunehmen.

In einiger Entfernung, am Fuß der hoch aufragenden Granitfelsen, erkannte Tol'chuk das schwarze Loch, die Heimat seines Stammes. Es war leicht zu übersehen zwischen den Schatten, die der zerklüfteten und gekerbten Felsoberfläche anhafteten. Die Frauen hatten das Dorf bereits auf seine Ankunft vorbereitet. In der Nähe des Eingangs zu den Höhlen hatte sich eine große Gruppe von Og'ern versammelt – beinahe der gesamte Stamm; selbst die gebeugten Rücken der Alten und die scharrenden Füße der Jungen waren dabei. Ein paar Eichenknüttel, die Waffen der Krieger, stachen daraus hervor. Schweigen stand wie ein Stammesmitglied zwischen seinen Leuten. Ein Winzling zog den Daumen aus dem Mündchen und deutete auf Tol'chuk, doch bevor das Kind einen Laut von sich geben konnte, legte ihm die Amme eine große Hand über den Mund. Niemand sprach, als der Tote zwischen ihnen wandelte.

Tol'chuk war dankbar für die Stille. Bald würde er sich wieder diesen vielen fragenden Augen ausgesetzt sehen und sein Verbrechen laut aussprechen müssen, aber zunächst hatte er sich einer Pflicht zu entledigen.

Tol'chuks Herz pochte heftig in der Brust, und die Beine zitterten ihm. Doch er schwankte nicht vor seinem Volk, sondern schritt tapfer weiter. Wenn er zögern würde, würde er vielleicht alle Antriebskraft verlieren, und die wachsende Angst würde vollends von seinem Herz Besitz ergreifen. Also zwang er sich, einen Fuß vor den anderen zu setzen und zu seinem Zuhause zu gehen.

Ein grobschlächtiger erwachsener Og'er durchbrach die Mauer der stillen Gaffer. Er stützte sich auf einen Arm vom Umfang eines Baumstamms und hob die Nase in den Wind, der von Tol'chuk zu ihm herüberwehte. Plötzlich erstarrte der riesige Og'er, seine Muskeln härteten sich wie ein Felsenkamm. Nach einem langen Leben in düsteren Höhlen ließ das Sehvermögen der Og'er im Alter nach, während ihr ausgeprägter Geruchssinn noch empfindlicher wurde. Der erwachsene Og'er hob das Gesicht zu den Felswänden, die ihn umgaben, und brüllte seinen Kummer hinaus; seine Schreie zerschmetterten das Schweigen. Er hatte den Geruch von Tol'chuks Last erkannt.

Fen'chuas Vater kannte seinen Sohn.

Tol'chuk wäre beinahe stehen geblieben. Wie konnte er seine Schuld eingestehen? Seine Kiefermuskeln schmerzten, so sehr presste er die Zähne zusammen. Er hielt die Augen starr auf das Loch in der Felswand gerichtet und setzte seinen Marsch fort.

Fen'chuas Vater hüpfte ihm entgegen, seine dicken Hinterbeine hämmerten auf die steinige Böschung. Er hielt schlitternd inne, überschüttete Tol'chuk mit einem Regen losen Gerölls und streckte die freie Hand aus, um den schlaffen Arm seines Sohns, der über den Boden schleifte, zu berühren. »Fen'chua?«

Tol'chuk beachtete ihn nicht, so wie es bei seinem Volk der Brauch war. Es gehörte sich nicht, Trauernde anzusehen. Er setzte seinen Weg zu der gähnenden Öffnung fort. Doch Tol'chuks Schweigen reichte für den Vater als Antwort aus. Sein Sohn war nicht nur verletzt – Fen'chua war tot. Hinter sich hörte Tol'chuk ein herzzerreißendes Geheul aus der Kehle des Vaters. Er sah, wie die anderen Mitglieder seines Stammes dem trauernden Vater den Rücken zukehrten.

Nun sowohl vor Erschöpfung als auch aus Angst stolpernd, durchschritt Tol'chuk die sich teilende Menge der Og'er. Niemand berührte ihn, niemand stellte sich ihm in den Weg: Lasst den Tod schnell vorbeiziehen. Er trug seine Last durch den Eingang in die Dunkelheit der Höhlen.

Die Felskuppel des großen Gemeinschaftsraums spannte sich hoch über den vereinzelten Herdfeuern. Tropfsteinfinger deuteten anklagend von der Decke auf ihn herab. Mit gesenktem Kopf schritt er durch den Kochbereich des Höhlendorfes. Ein paar Frauen standen gebückt an den Feuern; in ihren großen runden Augen spiegelten sich die zuckenden Flammen ihrer Herdfeuer.

Er durchschritt die Wohnbereiche der verschiedenen Familien. Kleinere Eingänge zweigten vom Gemeinschaftsraum ab in die Privatgehege jeder Familie. Männer des Stammes streckten bei seinem Vorbeigehen argwöhnisch die Köpfe heraus, aus Angst, jemand könnte die Absicht haben, ihre Frauen zu stehlen. Doch als sie sahen, was er trug, verschwanden sie wieder im Innern, voller Angst, der Tod könne in ihr Gehege springen.

Als er an der Öffnung zur Höhle seiner eigenen Familie vorbeikam, spähte kein Og'er heraus. Er war der Letzte seiner Sippe. In seinem Zuhause hallte das Echo der Stille, seit sein Vater vor vier Wintern zu den Geistern gegangen war.

Tol'chuk achtete nicht auf den vertrauten Geruch seines Zuhauses. Er wusste, wohin er zu gehen hatte, bevor sein Pflichtgefühl Ruhe geben würde – zu der Höhle der Geister.

Er setzte seinen Weg zum tiefsten und schwärzesten Teil der Höhlen fort. Hier durchteilte eine schlitzschmale Öffnung die hintere Wand vom Boden bis zur Decke. Zum ersten Mal während seines Marsches blieb er stehen, wie gelähmt beim Anblick dieser Öffnung. Das letzte Mal war er diesem dunklen Pfad anlässlich des Todes seines Vaters nahe gekommen, nachdem dieser in einer Schlacht gegen den Stamm der Ku'ukla gefallen war. Tol'chuk war damals zu jung gewesen, um mit den Kriegern zu ziehen. Als sie zurückgekommen waren, hatte ihm niemand erzählt, sein Vater sei im Kampf umgekommen.

Er hatte Knickern gespielt, mit einem Kind, das noch zu klein war, um ihn zu fürchten oder zu verachten, als der von einem Speer durchbohrte Körper seines Vaters an ihm vorbeigetragen wurde. Er hatte wie gelähmt dagestanden, eine Murmel in der Hand, während sie das letzte Mitglied seiner Familie in den schwarzen Spalt gehievt und auf die Reise zu der dahinter liegenden Höhle der Geister geschickt hatten.

Jetzt musste Tol'chuk diesen Weg gehen.

Bevor seine Beine vor lauter Angst Wurzeln schlagen und ihn an der Stelle festhalten würden, zog er seine Last näher an die Brust und zwängte sich auf dem schwarzen Pfad weiter, bis in dem Gang vor ihm ein schwacher blauer Schimmer hinter einer Biegung hervorleuchtete. Er hatte das Gefühl, als sauge das Licht ihm die Kraft aus Beinen und Armen. Sein Entschluss geriet ins Wanken. Sein Körper bebte.

Dann flüsterte ihm eine Stimme von vorn zu: »Komm! Wir warten.«

Tol'chuk stolperte im Gehen. Es war die Stimme der Triade. Er hatte gehofft, den Leichnam in der Kammer der Geister niederlegen und davonhuschen zu können, um seine abscheuliche Tat dem Stamm zu gestehen. Die Triade bekam man selten zu Gesicht. Die drei Greise, blind vor Alter, hausten tief innen im Herzen des Berges. Nur anlässlich der allerfeierlichsten Zeremonien kroch die Triade aus ihrer Behausung hinter den Höhlen der Geister, um sich dem Og'er-Stamm zuzugesellen.

Jetzt erwarteten ihn die alten Og'er. Wusste die Triade bereits von seinem Vergehen?

»Komm, Tol'chuk!« Die Worte drangen von vorn auf ihn zu wie ein augenloser Wurm auf der Suche nach Licht.

Tol'chuk schleppte die Füße weiter der Stimme entgegen. Er hielt die Luft an. Sein Griff um Fen'chuas Leichnam wurde glitschig von saurem Schweiß. Endlich wurde der schmale Pfad breiter, und die Steinmauern wichen zurück. Er konnte sich wieder nach vorn drehen und geradeaus gehen.

Mit zitternden Armen, die unter Fen'chuas Gewicht schmerzten, schleppte er sich in die Kammer der Geister. Die Höhle, erhellt von blauflammigen Fackeln, erstreckte sich weit hinein bis zu einem schwarzen Auge, dem Eingang zum Reich der Triade. Kein Og'er mit Ausnahme der Alten und der Toten hatte Zugang zu diesem Pfad.

Tol'chuk blieb zitternd am Rand der Höhle stehen. Er war bisher nur ein einziges Mal in seinem Leben bis zu dieser Kammer vorgedrungen – während seiner Namensgebungsfeier, als er vier Winter alt gewesen war. An jenem Tag hatte ihn ein Mitglied der Triade mit dem verfluchten Namen *Der-wie-ein-Mensch-geht* gebrandmarkt, eine Schande, die er jetzt schon seit zwölf Wintern mit sich herumtragen musste.

Er hatte gehofft, nie wieder in diese von Geisterhauch durchwehte Höhle treten zu müssen, doch man hatte Tol'chuk über den Brauch belehrt. Die toten Og'er wurden in diese Kammer gebracht, weg von den Augen des Stammes. Darüber, was mit ihren Körpern geschah, wurde nicht einmal geflüstert; niemand fragte danach. Das Reden über die Toten konnte großes Unglück über eine Sippe bringen.

Die Dahingeschiedenen waren Angelegenheit der Triade.

Tol'chuk tat einen einzigen Schritt in die Kammer. In der Mitte der Höhle hockten die drei Alten, bucklig wie Felsauswüchse, die aus dem Steinboden sprossen. Nackt und knorrig, mehr Knochen als Fleisch, wartete das Trio.

Ein Mitglied der Triade erhob die Stimme, und Tol'chuk vermochte nicht zu sagen, welcher von ihnen sprach. Es hatte den Anschein, als entströmten die Worte allen dreien zugleich. »Lass den Toten hier.«

Tol'chuk hatte die Absicht, Fen'chuas Körper sanft zu Boden zu legen, um seinem ermordeten Stammesmitglied so viel Hochachtung wie möglich zu erweisen und die Götter nicht zu beleidigen. Doch seine Muskeln ließen ihn im Stich, und Fen'chuas Leichnam fiel ihm aus den erschöpften Armen. Der Schädel schlug mit lautem Krachen auf dem Steinboden auf.

Zusammenzuckend bog Tol'chuk den Rücken in die angemessene Stellung. Nachdem er seine Pflicht erfüllt hatte, wollte er den Rückweg auf dem schmalen Pfad antreten, weg von der Triade.

»Nein. Dieser Pfad steht dir nicht mehr offen.« Wieder schwebte die Stimme von allen drei Og'ern durch die Luft. »Du hast einem Mitglied deines Stammes Schaden zugefügt.«

Tol'chuk hielt inne, die Augen auf den abgenutzten Stein gerichtet. Die Alten wussten also von seinem Vergehen gegen das Gesetz. Worte kamen ihm über die Lippen: »Ich wollte ihn nicht töten ...«

»Dir steht jetzt nur noch ein einziger Weg offen.«

Tol'chuk hob den Kopf gerade hoch genug, um die kauernden Gestalten zu erspähen. Drei Arme hoben sich und deuteten auf das ferne schwarze Auge, jenen Tunnel, den kein anderer Og'er außer der Triade jemals betrat.

»Du gehst den Pfad der Toten.«

Mogwied verbarg sich im Schatten eines großen Steins und blickte nach Osten zu den Bergen. Ferndal mit seinen ausgeprägteren Sinnen war vorausgegangen, um die Strecke zu erkunden. Nachdem sie die goldenen Weidegründe der flacheren Vorhügel durchquert hatten, waren sie in eine felsigere und tückischere Gegend gelangt. Knorrige Eichen und hier und da ein Nadelbaum verteilten sich über die höheren Hügel, doch Dornenbüsche bedeckten den größten Teil des staubigen Bodens. Zum Glück war Ferndal, nachdem sie sich durch felsige Schluchten und steile Hänge hinauf gemüht hatten, auf einen weniger beschwerlichen Pfad gestoßen, der zu den Gipfeln führte. Dieser Weg bot einen erfreulichen Anblick. Doch der übervorsichtige Ferndal hatte darauf bestanden, ihn zu erforschen, bevor sie sich ihm anvertrauten.

Nach einem Tagesmarsch stanken Mogwieds Kleider nach Schweiß und klebten ihm unangenehm auf der Haut. Er zupfte an ihnen herum und fragte sich, wie die Menschen es ertrugen, mit solchem Behang herumzulaufen. Er schloss die Augen und wünschte sich durch Willenskraft eine Veränderung herbei, sehnte sich nach dem vertrauten Gefühl von geschmeidigem Fleisch und biegsamen Knochen. Doch wie gewöhnlich tat sich nichts; die menschengemäße Ausstattung behielt die Oberhand. Er fluchte mit angehaltenem Atem und öffnete die Augen, um nach Osten zu blicken. Irgendwo dort lag die Heilung für den Fluch, der sowohl auf ihm als auch auf Ferndal lastete.

Schwitzend vom mühsamen Aufstieg, blickte er sehnsüchtig zu dem kalten Schnee hinauf, der die höchsten Gipfel am Horizont bedeckte, Schnee, den nicht einmal die heiße Sommersonne hatte schmelzen können. Der Berg mit dem Namen Großer Zahn des Nordens überragte seine vielen Brüder. Die Gebirgskette aus zerklüfteten Gipfeln, die man die Zahnberge nannte, verlief von der gefrorenen Eiswüste im Norden bis zu den Ödlanden im Süden und teilte das Land in zwei Teile.

Mogwied hob die Hand, um die Augen zu beschatten, und suchte die Gipfel des südlichen Teils der Bergkette ab. Irgendwo, tausend Meilen entfernt, ragte die Zwillingsschwester des Großen Zahns des Nordens empor, der Große Zahn des Südens. Von hier aus lag der Zahn des Südens jenseits des Horizonts. Obwohl so viele Meilen die beiden Gipfel voneinander trennten, ging das Gerücht, dass jemand, der auf der Spitze des einen stand, sich mit jemandem auf dem anderen unterhalten konnte. Selbst geflüsterte Worte konnten hin- und hergeschickt werden; sie überbrückten die Entfernung.

Mogwied runzelte die Stirn über derart widersinnige Behauptungen. Er hatte sich um Wichtigeres zu kümmern als um kindische Hirngespinste. Er schlug sich die Arme um die Brust und betrachtete mit verbitterter Miene die Wand aus Gipfeln, hinter der sich das Land der Menschenrasse ausdehnte – ein Gebiet, das er aus Furcht nicht betreten wollte, obwohl er wusste, dass es sein musste.

Wolken bauten sich hinter den Gipfeln auf, verfingen sich in den Spalten, während der Wind nach Osten wehte. Die schneebedeckte Spitze des Großen Zahns war von schwarzen Wolken verdeckt, die ihn umzogen. Blitze spielten zwischen den Gewitterwolken. Wenn er und Ferndal die Zahnberge überqueren wollten, bevor der Winter seine frostige Hand auf das Land legte, mussten sie sich beeilen.

Mogwied hielt zwischen den zerzausten Bäumen und Büschen Ausschau nach seinem Bruder. Wo trieb dieser Narr sich nur wieder herum? Eine Sorge nagte an seinem Innern. Was wäre, wenn sein Bruder weggelaufen wäre und ihn in diesem öden Landstrich im Stich gelassen hätte?

Als ob er ihn gehört hätte, erschien Ferndal plötzlich am Fuß eines Felshangs. Aufgeregt, nach dem schnellen Lauf japsend, tanzte Ferndal auf den Pfoten und blickte zu Mogwied herauf, Kontakt fordernd. Mogwied öffnete sich dem Empfang einer Botschaft.

Selbst aus einiger Entfernung sah man das Leuchten in den bernsteinfarbenen Augen des Wolfs. Ferndals Gedanken flüsterten ihm in den Kopf: *Der Gestank von Aas, das in der Sonne verfault. Rennende Beine, verfolgt von knirschenden Zähnen. Der Flug eines Pfeils am freien Himmel.* Jäger näherten sich.

Menschen? Obwohl er selbst wie ein Mensch aussah und sehr wahrscheinlich im Lauf der langen Reise, die vor ihm lag, etwas mit Menschen zu tun haben würde, hatte es Mogwied nicht eilig, diesen Wesen zu begegnen. Insgeheim hatte er gehofft, menschlichen Augen ausweichen zu können, zumindest bis er die Zahnberge überquert hatte.

Mogwied rutschte den Felshang hinunter zu seinem Bruder. »Wo sollen wir uns verstecken?«

Rennende Beine. Weichheit, von scharfen Steinen aufgeschnitten. Ferndal wollte, dass sie wegliefen – und zwar schnell.

Mogwieds Beine schmerzten. Der Gedanke daran, durch dieses schroffe Gelände zu flüchten, lähmte seinen Willen. Er sank in sich zusammen. »Warum können wir uns nicht irgendwo verkriechen, bis sie weg sind, und dann auf den Pfad zurückkehren?«

Messerscharfe Zähne. Klauen. Geblähte Nüstern, witternd.

Mogwied straffte sich. Schnüffler! Hier? Wie das? Im wilden Wald trieben sich diese Tiere in Rudeln herum. Mit ungebändigtem Appetit benutzten die Geschöpfe ihren ausgeprägten Geruchssinn, um einsame Si'lura auszumachen und anzugreifen. Er hatte nicht gewusst, dass sich diese Tiere von Menschen zähmen ließen. »Wohin sollen wir gehen?«

Ferndal machte blitzschnell kehrt und hetzte den Pfad aufwärts, den Schwanz wie eine Fahne tragend.

Mogwied schob sich den Rucksack höher auf die Schulter und folgte seinem Bruder. Seine müden Gelenke wehrten sich gegen die plötzliche Anstrengung. Doch der Gedanke an die schlabbernden Schnüffler und die zermalmenden Zähne der Tiere stachelte ihn an.

Als er um eine Wegbiegung kam, sah er, dass Ferndal unmittelbar vor ihm stehen geblieben war, die Nase forschend in die Luft gereckt. Plötzlich hechtete der Wolf nach links, verließ den Pfad.

Unter Stöhnen schob sich Mogwied an einem Brombeerstrauch vorbei; Dornen rissen an seiner Kleidung. Er folgte seinem Bruder und kletterte mühsam einen steilen Hang mit scharfkantigen Steinen und lockerer Erde hinauf. Bald kroch er auf allen vieren wie sein wölfischer Bruder. Der Weg war tückisch. Immer wieder rutschte Mogwied aus und verlor hart erarbeiteten Boden.

Zwischen trockenen Lippen keuchend, blickte er zum Kamm des Hangs hinauf. Ferndal war bereits oben angekommen und stand da, die Schnauze in den Wind gereckt. Verdammt sei dieser ungeschickte Körper! Mogwied grub die aufgescheuerten Finger in die Erde und krallte sich weiter nach oben. Langsam erkämpfte er sich den Hang, mit Bedacht jeden Zeh und jede Hand setzend. Während er sich abmühte, hörte er ein vertrautes Summen hinter den Ohren. Ferndal suchte Kontakt. Mogwied verzog das Gesicht und hob den Blick zu seinem Bruder empor.

Ferndal hockte am Rand des Felssimses, seine Augen funkelten. *Zähne schnappen nach Fersen. Ein Fallstrick zieht sich zu.* Die Jäger kamen näher.

Angst beflügelte seine Anstrengung, und Mogwied kletterte die letzten paar Meter des Hanges hinauf, bis er neben seinem Bruder war. »W-w-wo sind sie?«

Ferndal drehte sich um und deutete mit der Nase nach Osten, zu den Bergen.

Mogwied suchte mit den Augen. Der Pfad, den sie verlassen hatten, wand sich zwischen den steilen Vorhügeln hindurch, ein ausgetretener Weg verschwand in der wilderen Landschaft der Gipfel. »Wo …?« Er schloss den Mund, als er eine Bewegung auf dem Pfad wahrnahm, viel näher, als er erwartet hatte!

Männer, in Waldgrün gekleidet, mit Bogen, die sie sich über die Schultern geworfen hatten, und gefiederten Pfeilen in Köchern auf den Rücken, marschierten den Weg herunter. Mogwied ließ sich tiefer zu Boden sinken. Drei Schnüffler, mit Lederriemen verbunden und mit eisernen Maulkörben versehen. Selbst aus dieser Entfernung sah Mogwied die weiten Nüstern, die sich in den Eisenmaulkörben blähten und schlossen, während die Schnüffler die Witterung des Pfades aufnahmen. Mit gewölbten Muskeln und ohne Fell, mit einer Haut von bläulicher Farbe, stemmten sie sich gegen die Riemen. Klauen gruben sich in den Pfad. Mogwied sah, wie einer die Zähne fletschte und ein Knurren von sich gab, als ein anderer gegen ihn stieß; dabei enthüllte er vier Reihen nadelspitzer Fangzähne zwischen kräftigen Kiefern.

Mogwied duckte sich noch tiefer. »Los!«, flüsterte er seinem Bruder zu. »Worauf wartest du noch?«

Plötzlich erhob sich ein schrilles Heulen um sie herum, dessen Echo durch die Berge hallte. Mogwied kannte das Geheul. Er hatte es manchmal nachts gehört, als es aus dem tiefen Wald ertönte. Ein Schnüffler schrie nach Blut!

Ferndals Augen funkelten ihn an. Bilder flossen in ihn ein: *Ein junger Welpe wird gescholten, weil er nachts winselt und eine versteckte Unterkunft preisgibt. Eine Nase klebt an der Witterung eines Pfades.* Die Schnüffler hatten Ferndals Geruch am oberen Teil des Pfades ausgemacht.

Mogwied verkniff sich einen Tadel, als Ferndal davonsprang, und rannte seinem Bruder hinterher. Schreie jagten sie; doch keiner von ihnen konnte abschätzen, aus welcher Entfernung sie kamen.

Ferndal benutzte einen ausgetrockneten Bach als Pfad, der sie höher hinauf in die Vorberge führte. Die vom Wasser glatt gespülten Steine, die das trockene Bachbett säumten, bildeten einen rutschigen Untergrund. Mogwieds Stiefel spielten ihm einen Streich, ein Absatz drehte auf einem wippenden Stein ab. Er fiel auf die Knie, ein heißer Schmerz pochte in seinem Knöchel.

Mogwied rappelte sich wieder auf, als ein Heulen hinter ihm laut wurde. Die Ungeheuer kamen näher! Ferndal tänzelte aufgeregt ein kleines Stück vor ihm. Mogwied versuchte, den verletzten Fuß mit seinem Gewicht zu belasten, aber ein höllischer Schmerz durchzuckte sein Bein. Er versuchte, auf einem Bein über die holperige Fläche zu humpeln, und fiel erneut hin. »Ich kann nicht mehr rennen!«, rief er seinem Bruder zu.

Ferndal eilte zu ihm und schnupperte an seinem Stiefel.

»Lass mich nicht im Stich!«, stöhnte Mogwied.

Ferndal sah auf, und seine Augen trafen Mogwieds Blick. *Zwei Wölfe, Rücken an Rücken, schützend.*

Ein Schrei ertönte hinter ihnen und wurde von einem weiteren Heulen beantwortet, diesmal noch näher.

»Was sollen wir tun?«

Ein Rudel jagt ein Reh über eine Klippe. Ein Schwarm Enten erhebt sich mit ihm in die Lüfte.

»Wie bitte?« Was Ferndal ihm mitteilte, ergab für ihn keinen Sinn. War sein Bruder bereits zu lange in dieser Wolfsgestalt? Nahm die Wildheit des Wolfs seine Si'lura-Seele allmählich in Besitz? Mogwied wimmerte vor Schmerz, die Schulter zitternd hochgezogen. »Du sendest Unsinn!«

Eine Wölfin führt einen Wurf Junge. Ferndal drehte sich schnell um und kletterte aus dem flachen Bachbett heraus. Er sah sich zu Mogwied um.

Mogwied stellte sich auf ein Bein und setzte nur den Zeh des anderen auf, um das Gleichgewicht nicht zu verlieren. Er umklammerte Ferndals Schwanz. Aus eigener Kraft hüpfend und von Ferndal gezogen, schaffte er es, das Bachbett zu verlassen. Aber das dauerte eine Zeit, und Mogwied presste die Lippen zusammen vor Schmerz. Als er die Uferböschung endlich erreicht hatte, ließ er sich erschöpft und keuchend gegen den Stamm einer Tanne sinken. »Vielleicht sollten wir die Flucht aufgeben«, sagte er. »Wir könnten auf einen Baum klettern und auf die Jäger warten. In unserer jetzigen jeweiligen Gestalt erkennen sie uns vielleicht nicht als Si'lura.«

Ferndal kniff die Augen zusammen. *Die Augen einer Eule. Vom Knochen gerissenes Fleisch.*

Mogwied stöhnte. Natürlich hatte Ferndal Recht. Bei ihren Verfolgern handelte es sich um Waldmenschen aus den Westlichen Marken, die sich nicht leicht täuschen ließen. Ihre einzige Hoffnung bestand darin, eine Begegnung mit den Menschen zu vermeiden, bis sie die Zahnberge überquert hatten. Es war hunderte von Wintern her, seit ihr Volk sich aus den Wäldern heraus und in östliche Landstriche gewagt hatte. Wenn ihnen das Glück ein wenig hold wäre, hätten die Menschen auf der anderen Seite der Zahnberge die Si'lura vergessen.

Ein Schrei hallte vom unteren Teil des Bachbettes herauf.

Rennende Beine! Der Geruch von einem nahen Rudel. Eine Mutterbrust nahe einer Nase.

Mogwied schob sich von dem Baum weg. Er hüpfte neben seinem Bruder her, wobei er eine Hand auf Ferndals Schulter legte, um sich zu stützen. Sie kamen nur langsam voran, aber wie sein Bruder angedeutet hatte, brauchten sie nicht mehr weit zu gehen.

Ferndal half Mogwied über eine Steigung zu einer Höhe, wo nicht einmal mehr Dornenbüsche wuchsen. Jenseits der Erhebung breiteten sich nur noch Granit und Schiefer vor ihnen aus, verwittertes Gestein, wo einst ein uralter Gletscher einen Pfad durch dieses Gebiet geschnitten hatte. Steile Hügel aus grauem Fels waren von schwarzen Spalten durchzogen.

Der Anblick dieser Ödnis saugte die Hoffnung aus Mogwieds Brust. »Nein!«, flüsterte er dem Geröll aus Stein und Schiefer zu. Sein Bruder war verrückt! Er taumelte vor der kargen Landschaft zurück. »Ich nehme es lieber mit den Schnüfflern auf.« Mogwied sah Ferndal ungläubig an.

Ein in einem dichten Hagebuttenstrauch gefangenes Küken, sein junges Blut sickert durch stechende Dornen, bis es still daliegt. Hinter ihnen war der sichere Tod. *Ein tobender Fluss, hinter dem ein Rudel heult.* So gefährlich das Unterfangen auch erscheinen musste, vor ihnen lag die einzige Hoffnung auf Rettung.

Plötzlich ertönte ein Geheul hinter ihnen, und jetzt waren sogar die zermalmenden Schritte von Jägerstiefeln zu hören. Eine Stimme rief laut, und ihr Echo erschallte aus dem verborgenen Bachbett: »Schau, schau! Diese Spuren! Sieht aus, als ob die Gestaltwandler genau hier herausgeklettert wären! Also los, Schwarzer! Auf sie mit Gebrüll!« Das Knallen einer Peitsche und das Heulen der Schnüffler zischten wie ein Speer durch die dünne Luft. »Packen wir die verdammten Wandler!«

Ferndals Blick bohrte sich voller Genugtuung in Mogwieds Augen. Es hatte sich erwiesen, dass er Recht gehabt hatte. Mit ihrem wilden Gebaren hatten die Schnüffler die Waldjäger auf den Gegenstand ihrer Begierde aufmerksam gemacht: Si'lura. Oder in der unangenehmen, schwerzüngigen Sprache der Menschen: Gestaltwandler.

Ein Stöhnen entrang sich Mogwieds zusammengepressten Zähnen. Warum hatte er überhaupt seine Waldheimat verlassen? Er hätte einfach dort bleiben und das Beste aus den Gegebenheiten machen sollen. Und wenn er ein Verstoßener geblieben wäre – na und? Wenigstens wäre er dann mit dem Leben davongekommen.

Aber in seinem zitternden Herzen wusste Mogwied, dass diese Reise notwendig war. Die Vorstellung, für alle Zeiten in dieser einen Gestalt gefangen zu sein, beängstigte ihn mehr als die heulenden Schnüffler oder das, was vor ihnen liegen mochte.

Während Mogwied auf einem Stiefel balancierte, kamen schwache Worte über seine Lippen: »Also ... gehen wir.«

Gestützt auf Ferndals Schulter, überschritt Mogwied mit seinem Bruder die Schwelle von Dornenbüschen und betrat das Land des vernarbten Steins, ein Land, das alle Bewohner der Westlichen Marken zu vermeiden wussten: das Land der Og'er.

16

Tol'chuk scheute davor zurück, tiefer in die Kammer der Geister einzutreten. Er stand still da, Fen'chuas Leichnam lag zu seinen Füßen. Das Trio der greisen Og'er drehte sich langsam um und schritt mit gebeugtem Rücken zu dem fernen Tunnel. Worte wehten von der Triade zurück zu ihm. »Folge uns! Dies ist jetzt dein Weg.«

Tol'chuk hatte gewusst, dass er für seinen Mord an Fen'chua bestraft werden würde. Das Gesetz der Og'er war streng und oft gnadenlos. Aber das? Er blickte zu dem schwarzen Auge in der fernen Mauer, dem Eingang zum Pfad der Toten, und bedauerte seine Entscheidung, Fen'chuas Leichnam zurückzubringen. Er hätte einfach in die Wildnis fliehen sollen.

Der letzte der skelettdürren alten Og'er kroch in den Tunnel. Ein einziges Wort schallte heraus zu ihm. »Komm!«

Als er die Kammer der Geister betrat, reckte Tol'chuk den Rücken und richtete sich zur vollen Größe auf. Er hatte seinen Stamm entehrt und verdiente nun nicht länger die Erscheinung eines Og'ers. Die Notwendigkeit der Täuschung war mit Fen'chuas Tod weggefallen. Er tat einen weiten Schritt über den Leichnam seines Stammesangehörigen und durchquerte die Höhle. Fackeln mit blauen Flammen züngelten nach ihm. Zahllose Schatten seiner selbst schlängelten sich beim Vorbeigehen an den Wänden empor, verzerrten Dämonen gleich, die seinen Gang verhöhnten.

Am Eingang zu dem Tunnel neigte er den Kopf und stieß in

die Dunkelheit vor, bevor seine Angst ihn heulend in die Flucht treiben konnte.

Das Scharren und Schlurfen der greisen Og'er führte ihn tiefer in die Eingeweide ihrer Bergheimat. Hier erhellten keine Fackeln mehr die Wände, und sobald er um die Biegung des Tunnels gegangen war, verschluckte ihn die Dunkelheit. Nur das Kratzen von Krallen auf Stein wies ihm den Weg.

Hier unten war der Körper seines toten Vaters von dieser steinernen Kehle verschluckt, von der Triade ins Land der Geister gezogen worden. Nun bestand Tol'chuks Strafe darin, wie sein Vater diesen Weg zu gehen. Er war für sein Volk ebenso tot wie Fen'chua.

Was am Ende des Tunnels war, wusste nur die Triade. Denn seit Tol'chuk denken konnte, bestand die Triade aus denselben Mitgliedern. Er hatte einmal seinen Vater gefragt, was geschehen werde, wenn einer von den dreien stürbe. Sein Vater hatte die Frage mit der Bemerkung abgetan, dass er es nicht wisse, weil zu seinen Lebzeiten noch nie ein Mitglied der Triade gestorben sei.

Tol'chuk wusste ansonsten wenig über die drei Alten. Wenn man von ihnen sprach, löste dies bestenfalls Stirnrunzeln aus. Wie die Erwähnung des Namens der Toten brachte es angeblich Unglück. Dennoch war die Triade eine feste Größe im Leben des Stammes. Alt und gebeugt, wachten die drei Og'er über das geistige Wohlergehen ihres Volkes.

Nur sie und die Toten wussten, was am Ende dieses schwarzen Tunnels lag.

Tol'chuks Füße wurden allmählich langsamer, während Angst sein Herz umklammerte. Sein Atem kam rasselnd aus der zusammengeschnürten Kehle, und ein unbestimmter Schmerz nagte an seiner Seite. Er schlich immer langsamer durch den gewundenen Gang, während die Luft warm und stickig wurde. Ein schwacher Geruch von Salz und verkrustetem Schimmel drang ihm in die weiten Nasenlöcher.

Während er seinen Weg fortsetzte, schloss sich der Tunnel immer enger um ihn, als ob er ihn packen und am Rückzug hindern wolle. Sein Kopf streifte den Stein der Decke. Bei der Berührung bekam er eine Gänsehaut. Er zog den Kopf ein. Der

Tunnel wurde immer niedriger, je tiefer er sich in das Herz des Berges hineinwand. Schließlich war Tol'chuk gezwungen, in die Hocke zu gehen und die Handknöchel als Stütze zu benutzen, also wieder in den schwerfälligen Gang eines Og'ers zu verfallen.

Tol'chuks Knöchel waren wund und aufgekratzt vom Kriechen, als ein grünliches Licht in dem Tunnelstück vor ihm aufleuchtete. Als er sich weiter voranschleppte, wurde das Licht größer. Er blinzelte in der Helligkeit, die ihn nach der langen Dunkelheit blendete.

Das Ende des Tunnels musste nahe sein.

Ein Stück weiter vorn wurde der Weg wieder breiter und die Quelle des Lichts sichtbar: An den Wänden des Tunnels krochen tausende von daumengroßen Glühwürmern, von denen ein blassgrüner Schimmer in der Farbe von Schraubenalgen ausging. Die Würmermasse wogte und waberte, einige waren zu Knäueln verwickelt wie Wurzeln, manche zogen auf einsamen Pfaden dahin, eine weißlich schimmernde Schleimspur hinterlassend.

Das Gewimmel der Würmer an der Wand wurde immer dichter und breitete sich immer mehr aus. Während er seinen Weg fortsetzte, wallten schließlich sogar am Boden ihre raupenartigen Körper auf. Dunkle Flecken von zermalmten Glühwürmern kennzeichneten die Fußabdrücke der alten Og'er. Tol'chuk folgte ihrer Spur und versuchte dabei, die Füße in die von ihnen hinterlassenen Abdrücke zu setzen. Die Würmer mit nackten Füßen zu zerquetschen ekelte ihn. Der Anblick der sich windenden Körper machte ihm das Atmen schwer.

Da seine Aufmerksamkeit so sehr von den Würmern in Anspruch genommen war, befand er sich bereits ein ganzes Stück weit in einer geräumigen Höhle, bevor er überhaupt merkte, dass er den Tunnel verlassen hatte. Nur der kehlige Singsang der Triade brachte ihm seine Umgebung zu Bewusstsein. Die drei Og'er standen als dichte Gruppe zusammen, die gesenkten Häupter einander zugewandt.

Sein Blick wanderte weiter, und hinter der Triade gewahrte er einen hohen massiven Bogen aus rubinrotem Herzstein. Tol'-

chuk fiel auf die Knie. Herzstein war ein Juwel, das der Berg den Schürfern nur selten freigab. Der letzte Herzstein, den jemand entdeckt hatte, ein silbernes Juwel, nicht größer als ein Spatzenauge, hatte bei den Og'ern so viel Unruhe hervorgerufen, dass ein Stammeskrieg um seinen Besitz ausgebrochen war. In diesem Krieg war sein Vater ums Leben gekommen.

Vor dem hohen Bogen wirkten die drei Og'er zwergenhaft. Tol'chuk gaffte fassungslos den riesigen Herzstein an, den Kopf weit in den Nacken gelegt, um den fernen Scheitel des Bogens zu erkennen.

In unzählige Facetten geschliffen, warf die Oberfläche das Glühen der Würmer in Farbtönen von so unfassbarer Vielfalt zurück, dass seine grobe Sprache ihm nicht erlaubte, sie zu beschreiben. Er stand da und badete in dem Licht.

Während der von den Glühwürmern ausgestrahlte Schimmer ihm Übelkeit bereitet hatte, rührte das reflektierte Licht etwas tief in seiner Brust an, drang sogar bis zum innersten Kern seiner Knochen vor, und zum ersten Mal in seinem Leben fühlte Tol'chuk sich vollständig und ganz. Er spürte seinen Geist in jeder Faser seines Körpers. Der Schimmer wusch ihn wie ein herabstürzender Wasserfall rein von der Schande, die er empfand. Er ertappte sich dabei, dass er den Rücken noch gerader streckte, als er es sich je zuvor erlaubt hatte. Muskeln, die seit seiner frühesten Jugend verspannt gewesen waren, lockerten sich jetzt. Er merkte, wie er beim Strecken des Rückens die Arme hob.

Er war kein Halbblut, kein gebrochener Geist. Er war ein Ganzes!

Tränen rannen ihm übers Gesicht, als er seinen vollkommenen Geist und die Schönheit spürte, die unter seiner Haut und in seinen Knochen verborgen war. Er atmete die strahlende Luft tief ein, sog den reflektierten Lichtschein in sich ein. Er wollte sich niemals von dieser Stelle wegbewegen. Hier mochte er sterben.

Soll mir die Triade doch die Kehle durchschneiden, dachte er. Soll mein Lebenssaft die Würmer um meine Füße herum wegspülen. Knochen und Muskeln waren nur ein Käfig; sein darin beherbergter Geist konnte nicht von einer Axt oder einem

Dolch bezwungen werden. Er war ein Ganzes und würde es immer sein!

Er wollte nichts mehr vom Leben als diesen Augenblick, doch jemand störte ihn.

»Tol'chuk!«

Sein Name glitt nur soeben am Rande seines Bewusstseins entlang, doch wie ein Kieselstein, der in ein ruhendes Gewässer geworfen wird, beeinträchtigte das Wort sein Wohlgefühl.

Sein Name wurde wiederholt. »Tol'chuk!«

Sein Hals verdrehte sich in die Richtung, aus der die Stimme kam. Durch diese Bewegung wurde seine innere Ruhe zerstört. Er schüttelte den Kopf und suchte nach dem Verlorenen. Aber es kehrte nicht zurück. Der Herzstein funkelte und glitzerte immer noch, aber das war auch alles.

Tol'chuks Rücken ging wieder in die Beuge, seine Muskeln verhärteten sich, als er merkte, dass drei Paar Augen ihn musterten.

»Jetzt fängt es an.« Die Stimme der Triade brachte eher ein Stöhnen als Worte hervor.

Tol'chuk senkte den Kopf. Sein Herz pochte wild vor Angst.

Ein Mitglied der Triade trat auf ihn zu. Er spürte, wie sein Handgelenk von der knochigen Pfote des Og'ers umfasst wurde. Tol'chuks Hand wurde angehoben, und etwas Kaltes und Hartes wurde hineingelegt. Der Og'er wich ein paar Schritte zurück.

»Schau!«, befahl die Triade. Wieder schien das Wort von allen dreien zu kommen, wie ein rauschender Windhauch zwischen den engen Felsspalten.

Tol'chuk betrachtete, was schwer in seiner Hand lag. Es war ein Klumpen Herzstein von der Größe eines Ziegenkopfes. »Was … was ist das?« Seine Stimme schallte so laut in der Kammer, dass Tol'chuk bei dem Krach den Kopf senkte.

Die Antwort wirbelte von den wie gebündelt dastehenden Og'ern zu ihm herüber. »Es ist das Herz der Og'er, der Geist unseres Volkes, dem eine Form gegeben wurde.«

Tol'chuks zitternde Hand hätte den Stein beinahe fallen gelassen. Er hatte Gerüchte über diesen Stein gehört. Ein Herzstein, der die Geister der Og'er ins nächste Land beförderte.

Er streckte die Hand zu den Og'ern aus und hielt ihnen den Stein hin in der Hoffnung, sie nähmen ihn ihm ab.

»Schau!« Ihre Augen schienen in dem Wurmlicht zu glühen. »Schau tief hinein in den Stein.«

Schluckend, um die kratzige Kehle zu befeuchten, hob er sich den Stein vor die Augen. Obwohl er kräftig rot glitzerte, fehlte ihm das Funkeln und Leuchten, wie es dem Bogen zu eigen war. Er betrachtete den Stein eingehend und entdeckte nichts Aufschlussreiches. Verwirrt senkte er den Stein.

»Such unter der Oberfläche!«, zischte die Stimme.

Tol'chuk spannte das Gesicht und verengte die Augen zu Schlitzen. Er konzentrierte sich auf den Herzstein. Obwohl er von außerordentlicher Größe war, sah er doch wie ein gewöhnlicher Juwel aus. Was wollten sie von ihm? Wenn sie seinen Tod wollten, warum trieben sie dann solchen Schabernack mit ihm? Als er gerade die Augen abwenden wollte, entdeckte er es. Eine Verunreinigung im Herzen des Steins. Ein schwarzer Fleck, tief eingegraben in den Juwel. »Was ist...?« Plötzlich bewegte sich der Fleck! Zunächst dachte Tol'chuk, er selbst habe den Stein bewegt. Doch während er ihn weiter betrachtete, sah er, wie die dunkle Masse, die tief in dem Stein eingebettet war, erneut krampfartig zuckte. Erstarrt vor Angst, war er sich diesmal sicher, dass er sich nicht bewegt hatte.

Er blinzelte und hielt den Stein höher zum Licht. Jetzt sah er, was die Schichten des Juwels zu verbergen suchten. Tief im Innern des Steins bewegte sich ein Wurm. Er hätte ein Vetter jener Schlängler sein können, die die Höhlenwände auskleideten, doch dieser hier war so schwarz wie das flammende Öl, das man in den Teichen tief unter dem Berg fand. Was für ein Geschöpf war das?

Als ob die Triade seine Gedanken gelesen hätte, bekam er eine Antwort. »Das ist der Vernichter. Er ernährt sich von den Geistern unserer Toten, wenn sie in den geheiligten Stein eingehen.«

Drei Arme deuteten auf das Herz. »Hier endet der Pfad des Todes wahrhaftig – im Bauch eines Wurms.«

Tol'chuks Lippen verzogen sich und entblößten kurze Zähne. Wie konnte das möglich sein? Er hatte gelernt, dass die toten Og'er mit Hilfe der Triade durch den Stein in eine neue Welt und ein neues Leben übergingen. Er wog den Stein mit dem schwarzen Herzen in der Hand. Man hatte ihm eine Lüge erzählt! Hier endete alles. »Ich begreife nicht.«

Die Triade fuhr fort: »Vor vielen Lebensspannen hat ein Og'er gegenüber den Geistern des Landes einen Eid gebrochen. Wegen dieses Verrats wurden wir vom Vernichter verflucht.«

Tol'chuk ließ den Herzstein sinken und neigte den Kopf. »Warum erzählt ihr mir das alles?«

Die Triade schwieg.

Ein dumpfes Rumpeln erschütterte die Wurzeln des Berges, Donner vom fernen Gipfel, ein Geräusch, das die Og'er ›Stimme des Berges‹ nannten. Der dräuende Wintersturm hatte endlich eingesetzt.

Als das Echo verebbte, flossen die Worte der Triade wieder. »Du bist im angemessenen Magra-Alter. Und der Berg ruft nach dir.«

Er hob den Blick zu den alten Og'ern. »Warum?«

»Du bist ein Og'er und auch wieder *kein* Og'er. Die Geister von zwei Völkern vermischen sich in dir.«

»Ich weiß«, sagte Tol'chuk. »Ich bin ein Halbblut. Og'er und Mensch.«

Die greisen Og'er warfen sich gegenseitig Blicke zu, eine lautlose Absprache. Tol'chuk lauschte angestrengt in ihre Richtung. Unbestimmte geflüsterte Laute kamen von der dicht zusammenstehenden Gruppe, einsame Worte und Satzfetzen: »... Lügen ... er weiß nicht ... das Buch des Blutes ... kristallene Zähne ... der Stein wird die Hexe töten.«

Tol'chuk wartete, aber er hörte keine weiteren Worte mehr. Das Herz pochte ihm wild in der Brust. Er konnte nicht ruhig bleiben. »Was wollt ihr von mir?« Seine Worte brachen sich laut in der stillen Höhle.

Das Trio richtete drei Paar Augen auf ihn, dann floss ihm ihre Antwort zu: »Befreie unsere Geister. Töte den Vernichter.«

Mogwied und Ferndal kuschelten sich unter einem Felsvorsprung zusammen. Der Steinsims bot wenig Schutz, doch das spätnachmittägliche Unwetter war so plötzlich und mit solcher Heftigkeit hereingebrochen, dass sie in diesem Ödland der Og'er keinen anderen Zufluchtsort hatten finden können.

Blitzarme griffen nach den Berggipfeln und erschütterten das Gestein. Laute Donnerschläge scheuchten sie noch tiefer unter das Steindach. Pfeifender Wind wehte von den Höhen herab und trieb einen peitschenden Regen vor sich her.

Nachdem die Jäger davor zurückgeschreckt waren, sie ins Land der Og'er zu verfolgen, war Mogwied davon ausgegangen, dass die einzige Todesgefahr für sie in einer Begegnung mit einem der gebückten Bewohner dieser kahlen Gipfel bestünde.

Er war nicht auf den Gedanken gekommen, sich wegen des Wetters Sorgen zu machen.

Winzige Eistropfen stachen Mogwieds entblößte Haut wie Wespenbisse. »Wir müssen uns einen besseren Schutz suchen«, sagte er, während Ferndal seinen dicken Pelz schüttelte. »Bis heute Abend sind wir erfroren.«

Ferndal hielt den Rücken Mogwied zugewandt und starrte hinaus in die regenüberfluteten Wasserrinnen und Felsen. Anscheinend machte ihm der eiskalte Regen, der aus dem wolkenverhangenen Himmel herabprasselte, nichts aus. Wie die Federn einer Gans bot sein Fell ihm einen wasserdichten Schutz, während Mogwieds Kleidung die Feuchtigkeit in sich aufsog und mit nasskaltem Griff seine Haut umklammerte.

Mogwieds Zähne klapperten, und der geschwollene Knöchel pochte in dem durchnässten Stiefel. »Wir brauchen wenigstens ein Feuer«, sagte er.

Ferndal wandte die Augen Mogwied zu; ihr bernsteinfarbener Schimmer war eher kalt als warm. Ein Bild formte sich, eine Warnung: *Ein Adlerauge erspäht den wackelnden Schwanz eines törichten Eichhörnchens.*

Mogwied zog sich noch weiter unter den Felsvorsprung zurück. »Glaubst du wirklich, die Og'er sähen unser Feuer? Bestimmt hat dieses Unwetter sie tief in ihre Höhlen getrieben.«

Ferndal ließ den spähenden Blick schweigend über das felsige Gelände schweifen.

Mogwied bedrängte seinen Bruder nicht. Die Kälte stellte trotz allem eine geringere Gefahr dar als eine Gruppe von Og'ern. Mogwied ließ den Rucksack von den Schultern gleiten und auf den Boden ihres Unterschlupfs fallen. Er kroch in eine Nische, die am weitesten vom Wind und Regen entfernt war, und drückte die Knie an die Brust, um den scharfen, regennassen Böen möglichst wenig Angriffsfläche zu bieten. Zum tausendsten Mal an diesem Tag wünschte er sich wenigstens ein Jota seiner früheren Fähigkeiten zurück.

Wenn ich mich doch nur in einen Bären verwandeln könnte, dachte er, dann wären dieser Regen und diese Kälte für mich nichts weiter als eine kleine Belästigung! Er betrachtete die zottige Gestalt seines Bruders und verzog das Gesicht. Ferndal war schon immer der mit mehr Glück gesegnete der Zwillingsbrüder gewesen. Ferndal war als Erstgeborener zum Erben des Familienbesitzes erklärt worden. Passend zu dieser Stellung war Ferndal mit der Gabe der geschliffenen Rede ausgestattet; er wusste stets das Richtige zu sagen, wenn es gesagt werden musste. Gerüchte über seine Aussichten, gewählter Stammvater zu werden, machten bald die Runde. Mogwied hingegen schien immer das Falsche zur ungünstigsten Zeit zu sagen und bei seinen Clansleuten mit jedem Gebrauch seiner Zunge ins Peinliche abzugleiten. Wenige suchten seine Gesellschaft oder seinen Rat.

Obwohl all dies ihn bekümmerte, ärgerte es ihn doch nicht so heftig wie etwas anderes. Was Mogwied tatsächlich zur Weißglut bringen konnte, war vielmehr die Tatsache, dass Ferndal den Fluch, der auf ihrer Geburt lastete, einfach hinnahm.

Als eineiige Zwillinge in einer Welt von Gestaltwandlern geboren, hatte ihre Geburt Anlass zu Aufregung und Jubel gegeben. Zwar waren schon früher bei den Si'lura Zwillinge zur Welt gekommen, aber noch nie eineiige. Mogwied und Ferndal waren die ersten. Niemand konnte sie auseinander halten, nicht einmal ihre Eltern. Jeder Bruder war das genaue Ebenbild des anderen.

In ihrem Clan waren die Brüder anfangs eine Neuheit und

eine Freude. Doch die Zwillinge hatten bald die Erfahrung gemacht, wann immer ein Bruder die Gestalt wandelte, passte sich der Körper des anderen sofort an, sodass ihre identische Natur wiederhergestellt war, ob diese Verwandlung nun erwünscht war oder nicht. Dies führte zu einem ständigen Kampf um die Vormacht. Wenn einer der beiden unachtsam war und seine Konzentration nachließ, war seine Gestalt offen für allerlei unerwartete Veränderungen, die durch den Willen des Bruders herbeigeführt wurden. In einer Welt, wo die freie Wahl der eigenen Gestalt schlichtweg eine Grundlage des Daseins bedeutete, waren Mogwied und Ferndal von Geburt an aneinander gekettet.

Während diese Belastung in ihrem Leben von Ferndal einfach hingenommen wurde, war Mogwied immer verbitterter geworden. Auf der Suche nach einem Weg, um die Ketten zu sprengen, die Bruder an Bruder banden, hatte er begierig alle alten Schriftstücke über ihr Volk gelesen. Und schließlich hatte er eine Möglichkeit entdeckt, ein Geheimnis, das nur den alten Si'lura im tiefen Wald bekannt war.

Mogwied seufzte laut. Wenn er doch nur vorsichtiger gewesen wäre …

Aus einem wurmzerfressenen alten Text hatte er eine wenig bekannte Tatsache über die Natur der Si'lura erfahren: Wenn zwei Si'lura-Liebende in der Paarung miteinander verschlungen waren, konnte sich keiner der Partner auf dem Höhepunkt ihrer Leidenschaft verändern. Mogwied hatte über diese Enthüllung viele Monate lang nachgedacht. Er hatte das Gefühl, dass in diesem Umstand ein Schlüssel für seine Befreiung von Ferndals Joch liegen mochte. Dann reifte ein Plan in seinem Geist heran.

Er wusste, dass sein Bruder seit einiger Zeit einer jungen Frau den Hof machte, der dritten Tochter des Stammesvaters. Die meisten Si'lura entwickelten im Lauf der Zeit eine Vorliebe für eine bestimmte äußere Form, und sie zog die Gestalt und die Schnelligkeit eines Wolfes vor. Auf diese junge Wölfin mit den langen Beinen und dem schneeweißen Fell hatte Ferndal ein Auge geworfen. Bald waren Mutmaßungen über eine Vereinigung der beiden in aller Munde.

Während die Romanze seines Bruders gedieh, hielt sich Mogwied im Hintergrund. Vielleicht ergab sich hier eine Gelegenheit. Er forschte, schmiedete Pläne und wartete.

Eines Nachts, bei Vollmond, zahlte sich seine Geduld aus. Mogwied schlich seinem Bruder hinterher, und aus der Deckung eines nahen Busches beobachtete er Ferndals Tändeleien mit der kleinen Wölfin. Sein Bruder in Wolfsgestalt leckte und liebkoste das junge Weibchen, dessen weißes Fell im Mondschein glänzte. Sie erwiderte Ferndals Zuneigung und gab sich ihm bald hin. Vor Mogwieds Augen bestieg Ferndal sie, zuerst sanft, mit kleinen zärtlichen Bissen in Ohren und Hals, dann mit wachsender Leidenschaft.

Mogwied wartete, bis ein charakteristisches Heulen sich der Kehle seines Bruders entrang – dann handelte er. Mogwied verwandelte mittels Willenskraft seine eigene Gestalt in die eines Menschenmannes und betete dabei, dass sein Bruder aufgrund der hohen Wogen seiner Lust in seiner gegenwärtigen Erscheinung als Wolf eingeschlossen bliebe.

Sein Plan gelang …

Unter dem Felsvorsprung im Land der Og'er betrachtete Mogwied die blasse Haut seiner Hände.

Sein Plan war *allzu* gut gelungen.

In jener verfluchten Nacht hatte sich Mogwied in die Gestalt eines Menschenmannes verwandelt, während Ferndal ein Wolf geblieben war. Doch Mogwied musste bald erfahren, dass das Durchbrechen ihrer identischen Natur einen hohen Preis verlangte – einen verhängnisvoll hohen Preis.

Keiner der beiden Brüder war mehr fähig, seine Gestalt zu verändern. Beide waren für alle Zeit in ihren unterschiedlichen Hüllen gefangen.

Wenn er doch nur vorsichtiger gewesen wäre …

Ganz in seiner Nähe knurrte Ferndal bedrohlich und zog Mogwieds Aufmerksamkeit wieder ausschließlich zurück in die Gegenwart. Die Nackenhaare seines Bruders waren aufgerichtet und die Ohren flach an den gesenkten Kopf angelegt. Erneut stieg ein dröhnendes Knurren aus Ferndals Kehle.

Mogwied schob sich näher an seinen Bruder heran. »Was gibt es? Og'er?« Schon allein das Aussprechen des Namens löste einen Schauder in ihm aus.

Plötzlich stapfte ein schwarzhäutiges Geschöpf aus den Regenbächen vor ihnen heraus. Ein Eisenmaulkorb hing ihm locker um den Hals, und es schleppte eine zerbrochene Kette hinter sich her. Es neigte den Kopf, um sich Ferndals Körperhöhe anzupassen, und seine Klauen gruben sich in den Fels.

Ein Schnüffler!

Offenbar war er den Jägern entkommen und hatte seinerseits die Jagd fortgeführt. Mogwied versuchte, sich hinter Ferndal zu verstecken, doch der Wolf bot wenig Schutz. Ferndal wog nur einen Bruchteil des schnaubenden Räubers – ein wimmerndes Hündchen vor einem Bären.

An den Schultern des Untiers wölbten sich dicke Muskeln. Der Schnüffler schüttelte den eisernen Maulkorb ab und öffnete die Kiefer, um Reihen spitzer Zähne zu entblößen. Er heulte sie an, und sein Schrei war eine Herausforderung für den Donner, der zwischen den Berggipfeln dröhnte.

Dann setzte er zum Sprung an.

17

Tol'chuk hielt den Herzstein, den seine Hand umklammerte, dem ihm am nächsten stehenden alten Og'er hin. Das Herz lag ihm so schwer in der Brust wie der Stein in seiner Hand. »Ich verstehe eure Bitte nicht. Wie sollte ich den Vernichter zerstören?«

Das Trio stand reglos und schweigend da. Drei Augenpaare betrachteten ihn eingehend. Er hatte das Gefühl, als würde er bis auf die Knochen gemustert und beurteilt. Endlich summten Worte an sein Ohr. »Du bist derjenige.«

Tol'chuk wollte die ehrwürdigen Greise seines Stammes nicht beleidigen, aber offenbar waren sie dem Altersschwachsinn anheim gefallen. »Wer soll ich sein? Für wen haltet ihr mich?«

Er bekam keine Antwort, stattdessen starrten sie ihn weiterhin unverwandt an.

Tol'chuk hatte das Gefühl, als drücke die Felsmasse über seinem Kopf auf ihn nieder. »Bitte, ich bin doch nur ein halber Og'er. Die Aufgabe, von der ihr sprecht, sollte einem der Krieger, einem Vollblut-Og'er, übertragen werden. Was habe ich damit zu tun?«

Wieder flossen Worte zu ihm. »Du bist der letzte Nachfahre des Eidbrechers, der das Land verraten und den Fluch des Vernichters über unser Volk gebracht hat.«

Tol'chuk spürte, wie seine Arme schwächer wurden. Sollte diese Schande denn niemals enden? Nicht nur dass er zu einem Dasein als Halbblut verdammt war, sondern – falls die Triade die Wahrheit sprach – er war auch noch der Nachkomme des niederträchtigen Og'ers, der seinem Volk Verdammnis gebracht hatte. Ihm fehlten die Worte, um auf diese Anschuldigungen etwas zu entgegnen; er brachte lediglich einen geflüsterten Widerspruch hervor. »Das ... das kann nicht wahr sein.«

Der Ton der Triade war scharf wie die Kanten des Granitgesteins der Berge. »Du, Sohn des Len'chuk, verkörperst das Ende eines uralten Geschlechts. Du bist der letzte Spross aus der Saat des Eidbrechers.«

»Aber ... was wollt ihr damit sagen – ich bin der *letzte Spross* aus seiner Saat?«

»Bei deiner Namensgebung hat ein alter Heilkundiger dich untersucht. Dein gemischtes Blut hat deinen Samen verdorben. Du kannst keine Og'er-Nachkommen zeugen.«

Tränen standen ihm in den Augen. So viele Geheimnisse! »Warum hat man mir all das nicht gesagt?«

Seine Frage wurde übergangen. Ihre nächsten Worte bargen die Schärfe eines Befehls in sich. »Du bist der Letzte. Du musst die Ehre deines Blutes wiederherstellen, indem du den Verrat deines Vorfahren wieder gutmachst.«

Tol'chuk schloss die Augen und umklammerte den schwarzherzigen Stein in seiner Hand noch fester. Seine Stimme war belegt. »Was hat dieser Eidbrecher getan?«

Nach einer Weile des Schweigens drangen geflüsterte Worte zu ihm. »Das wissen wir nicht.«

»Wie soll ich es dann wieder gutmachen?«

Die Worte wurden wiederholt. »Das wissen wir nicht.«

Tol'chuk kniff vor Verwirrung die Augen zusammen. »Wie soll ich es dann herausfinden?«

»Du musst mit dem Herz unser Land verlassen. Such deine Antworten hinter der Geistpforte.«

Tol'chuk hörte nichts anderes als das Wort *verlassen.* Bei dem Gedanken bebte seine Schulter. Das hatte er am meisten befürchtet, nachdem er Fen'chua getötet hatte: Verbannung. Gezwungen zu sein, seine Heimat zu verlassen und in die größere Welt hinausziehen zu müssen, eine Welt, in der sein Volk gehasst und gefürchtet wurde. Tol'chuk schrumpfte unter ihren starren Blicken zusammen. »Wohin soll ich gehen?«

Drei Arme hoben sich, und drei Hände deuteten auf den massiven Bogen aus rubinrotem Herzstein. »Durch die Geistpforte.«

Tol'chuk zog die Brauen hoch. Es war massiver Stein. Wie könnte er durch diesen hindurchgehen?

»Komm!« Zwei der alten Og'er traten zu dem Bogen. Einer stellte sich am linken Fuß des Bogens auf, während der andere langsam zum rechten Fuß hinüberging. Das dritte Mitglied der Triade nahm Tol'chuk beim Handgelenk und führte ihn zur Mitte.

»Was soll ich tun?«, fragte Tol'chuk mit bebender Stimme.

Der Og'er neben ihm sprach. Nun, da er ein wenig abgesondert von den anderen stand, hatte seine Stimme eine Spur von Wärme, eher wie die eines strengen Vaters. »Bevor der Vernichter erschien, übernahm die Pforte die Geister vom Herz und beförderte sie in die nächste Welt. Wie die Geister musst du dein Begehren zielstrebig verfolgen, dann wird dich die Pforte dorthin bringen, wo du sein musst. Es gibt eine Weissagung, nach welcher der letzte Nachfahre des Eidbrechers den Weg zur Befreiung unserer Geister finden wird, sobald er durch die Pforte tritt.«

Tol'chuk deutete mit einem Nicken zu dem Bogen. »Aber ich bin kein Geist. Ich kann nicht durch massiven Stein wandeln.«

»Dazu brauchst du kein Geist zu sein.«

»Wie soll das sonst möglich sein?«

Es kam keine Antwort, sondern ein leiser Singsang ertönte von den Og'ern jeweils an einem Fuß des weit gespannten Steinbogens. Das Summen ihrer Stimmen drang Tol'chuk bis ins Mark. Er spürte ein leichtes Kribbeln am ganzen Körper. Seine Ohren summten, und der Herzstein in seiner Hand hallte von dem Summen der Og'er wider. Vor seinen staunend aufgerissenen Augen verwandelte sich die massive Mauer, die den Herzstein ausfüllte. Nach außen hin schien das Gebilde immer noch dasselbe zu sein – harter Granit –, doch Tol'chuk wusste, dass es sich jetzt um eine Sinnestäuschung handelte, wie die Phantomspiegelung einer Felsklippe in stillem Wasser. Es hatte das Aussehen von Gestein, war jedoch nicht körperhafter als der dünne Film, über den Wassergeister auf einem ruhigen Teich glitten.

Als das eintönige Summen zunahm, zog es den Herzstein in seiner Hand zu der Geistpforte, so wie es ein paarungswilliges Männchen oder Weibchen in einer kalten Nacht zu der Wärme einer Berührung zieht. Der sanfte Zug des Steins drängte seine Füße, diesem zu folgen. Tol'chuk stellte fest, dass seine Füße dem Drang gehorchten. Während in seinen Ohren immer noch der Singsang und das Summen tönten, merkte Tol'chuk kaum, dass der alte Og'er seine Seite verließ. Tol'chuk ging allein zu dem Herzsteingebilde weiter.

Doch Worte schwebten ihm von dem abgesonderten Mitglied der Triade zu. »Hör auf den Herzstein. Obwohl er geschwärzt ist, ist er unser Herz. Hör auf ihn, und er wird dich leiten, wenn er kann.«

Die Worte krochen wurmartig durch seinen benebelten Kopf, doch die Bedeutung drang nicht in ihn ein. Als er nahe an die Pforte herantrat, wischten die Schwingungen alle Gedanken beiseite. Er öffnete sich ihrer Berührung, im Vertrauen darauf, dass die Pforte ihn dorthin befördern werde, wo er sein musste. Inzwischen blind, tat er den nächsten Schritt – den ersten Schritt auf seiner Reise zur Befreiung seines Volkes – in gutem Glauben.

Als er den Schleier der Pforte durchschritt, verstummte das Summen in seinen Ohren innerhalb eines Herzschlags und wurde abgelöst durch das ohrenzerreißende Heulen eines Jägers auf der Suche nach Blut.

Mogwied stolperte rückwärts, als der Schnüffler schrie und sprang. Ferndal stürzte unter dem Felssims hervor, die Fangzähne entblößt. Lautes Gebrüll brach aus der Kehle des Wolfs. Mogwied hatte noch nie einen solchen Laut von seinem Bruder gehört. Bei dem Geheul erstarrte das Blut, und das Herz gefror. Selbst der Schnüffler hielt mitten im Angriff inne.

Wolf und Schnüffler standen jetzt nur noch eine Spanne voneinander entfernt. Jedes Tier suchte mit gesenktem Kopf beim anderen nach einer Schwachstelle.

Mogwied kauerte reglos in seinem Versteck. Ein Blitzschlag

fuhr in eine zerzauste Tanne eine Meile weiter oben am Berg, Donner zerriss die Luft. Regen prasselte auf beide Widersacher nieder. Der Schnüffler überragte Ferndal um einiges, sein mächtiger Rumpf maß das Doppelte von dem des Wolfes. Die rasiermesserscharfen Zähne, die dolchspitzen Krallen und die pure Bosheit und Wildheit des Tieres ließen kaum Zweifel zu, wer diesen Kampf als Sieger überstehen würde. Die einzige offene Frage blieb die, ob Mogwied entkommen konnte, während der Schnüffler seinen Hunger an Ferndals Leiche stillte. Mogwied hielt Ausschau nach einem Fluchtweg, um ungesehen unter dem Felsvorsprung wegzuhuschen.

Plötzlich, ohne Vorwarnung, wie auf Geheiß des Instinkts, stürzten sich beide Kämpfer aufeinander. Das Schnappen von Kiefern und wütendes Knurren drangen aus dem Durcheinander von schwarzem Fell und Haut, die die Farbe von Blutergüssen aufwies. Krallen und Zähne schlitzten Fleisch auf.

Mogwied versuchte, seinem Unterstand zu entkommen, doch als er sich dem Rand des Vorsprungs näherte, huschte er gleich wieder zurück, da die Kämpfer in unmittelbarer Nähe herumtobten. Nun, da die Kämpfenden so nahe waren, sah Mogwied Blutklumpen, die Ferndals Fell verklebten. Wie viel davon von ihm selbst stammte, war unmöglich zu erkennen. Aber es war deutlich, dass der Kampf nicht mehr lange andauern konnte.

Der Ebbe des Meeres gleich rollte die knurrende Schlacht von Mogwieds Versteck zurück und gab einen Fluchtweg frei. Mogwied verließ den Schutz des Felssimses, um davonzurennen. Der kalte Regen griff wieder mit grober Wucht seine Gesichtshaut an. Mogwied schenkte dem keine Beachtung. Er hielt den Blick auf den Kampf gerichtet und ließ den dunklen Pfad dabei nicht aus den Augen, der zwischen dem Gestein hindurchführte. Als er gerade im Begriff war, seinem Bruder den Rücken zuzukehren, fing sein Blick eine Bewegung ein.

Ein großer Stein polterte von oben herunter und krachte neben den beiden Kämpfenden zu Boden. Der laute Aufprall erschreckte die Kämpfenden. Wolf und Schnüffler hielten mitten im Kampf inne; blutige Zähne verharrten an Kehle und Bauch.

Plötzlich griff der Stein aus und packte den Schnüffler.

Es war kein Stein, sondern ein Og'er! Mogwied hechtete zurück unter den Vorsprung und kauerte sich in der dunkelsten Ecke zusammen. Ferndal wich humpelnd zurück, behindert durch einen gebrochenen Vorderlauf, der verbogen und schlaff herunterhing. Auf drei Beinen stand der Wolf Wache am Eingang zu dem Unterschlupf, um Mogwied vor dieser neuen Bedrohung zu schützen.

Aus seiner Höhle beobachtete Mogwied, wie der Schnüffler, einer der gefürchtetsten Räuber der Westlichen Marken, von den Händen des Og'ers in faserige Stücke zerfetzt wurde.

Nachdem dies getan war, wandte sich die Kreatur ihnen zu, das stumpfe Gesicht verschmiert von schwarzem Blut, die gelben Fangzähne entblößt. Rauch quoll aus seinen geweiteten Nüstern. Er blaffte Worte, die jener Sprache, die von vielen Bewohnern des Landes benutzt wurde, entfernt ähnelte: »Wer sein ihr Eindringlings?«

Tol'chuk zitterte; er kauerte zwischen den zerfetzten Überresten des Waldtieres und kämpfte gegen seine Blutlust an. Seine Klauen gierten danach, den Wolf zu zerfleischen, der in seiner Nähe stand, und aus seinem Mund tropfte Speichel. Der Geruch von Blut mit seinem Anflug von Eisen, wie frisch abgebautes Erz, kitzelte seine Gedanken. Er hatte Krieger seines Stammes von der *Fer'engata* sprechen hören, dem Feuer des Herzens, das während einer Schlacht lodert, und davon, wie der Geruch von Feindesblut einen Og'er in einen immer wilderen Rausch versetzen konnte, bis jede Beherrschung dahin war.

Tol'chuk spürte sein Herz in der Brust donnern, und der echte Donner, der um ihn herum dröhnte, war nur ein schwacher Nachhall seines tobenden Blutes. Blut rief nach Blut.

Er kämpfte gegen diesen Instinkt an. Denn blindes Handeln war dem Augenblick nicht angemessen. Einem solchen Pfad war er früher am Tag gefolgt, und jetzt lag Fen'chua tot in der

Kammer der Geister. Seine Schultern zitterten, aber er beherrschte seinen Geist.

Seit er gesehen hatte, wie das kleine Menschenwesen unter den Felssims gekrochen war und der Wolf es bewacht hatte, sprach Tol'chuk in der allgemein gebräuchlichen Sprache, deren man sich beim Umgang mit anderen Bergrassen bediente. Tol'chuk rang mit den Worten. Die Kehle eines Og'ers war nicht für die Feinheiten der allgemeinen Sprache geschaffen. Die Og'er-Sprache bestand vor allem aus Gesten, Körperhaltung und einem gutturalen Grunzen. Dennoch musste es einen Grund dafür geben, dass die Geistpforte ihn hierher geschickt hatte. Er erinnerte sich an die Worte der Triade: Die Pforte werde ihn dorthin befördern, wo er sein musste. Das Erscheinen eines Menschen im Land seines Volkes musste irgendwie bedeutsam sein. Menschen hatten sich seit Jahrhunderten nicht mehr in dieses Gebiet vorgewagt. Die Schädel der letzten von ihnen schmückten immer noch die Trommelkammer der Krieger. Also versuchte Tol'chuk, seine Zunge dazu zu bringen, die angebrachten Worte zu bilden. »Wer sein ihr?«, wiederholte er. »Was suchen in unser Land?«

Die einzige Antwort, die er auf seine Frage bekam, war ein tiefes Knurren von Seiten des Wolfs – keine echte Drohung oder Herausforderung, sondern eine zurückhaltende Warnung.

Tol'chuk spürte aus der Antwort des Wolfs, dass die beiden keine bösen Absichten gegen ihn hegten. Aber er wusste auch, dass ihre Begegnung hier kein purer Zufall war. Diese Begegnung war bewusst herbeigeführt worden.

»Habt nicht Angst«, sagte er ruhig und bedächtig. »Kommt. Sprechen.«

Seine sanften Worte verwirrten den Wolf offenbar. Tol'chuk sah, wie der Wolf einen Blick nach hinten in die dunkle Höhle unter dem Felsvorsprung warf. Als die Augen des Wolfs sich wieder auf ihn richteten, bemerkte Tol'chuk etwas Seltsames. Die Augen des Wolfs, wie Bernstein schimmernd, hatten schlitzförmige Pupillen wie die seinen – etwas so Ungewöhnliches für einen Wolf wie Tol'chuks Augen für einen Og'er. Tol'chuk spürte außerdem eine Intelligenz hinter diesen strahlenden Augen, die der seinen ähnlich war.

Plötzlich formten sich merkwürdige Bilder in Tol'chuks Kopf, als ob er sich an einen Traum erinnerte.

Ein Wolf grüßt einen anderen Wolf Nase an Nase. Willkommen im Rudel.

18

Mogwied verharrte kauernd tief unter dem Felssims. Ferndal musste sich während des Kampfes mit dem Schnüffler den Kopf an einem Stein angeschlagen haben. Die Kreatur da draußen war *kein* Si'lura. Er scheute das Risiko, näher hinzugehen, um sich die Augen des Og'ers genauer anzusehen, wozu ihn Ferndal eindringlich aufforderte. Er war nicht bereit, sich dem Wesen auf Armeslänge zu nähern, sondern fest entschlossen, sich lieber so lange versteckt zu halten, bis er verhungert wäre, anstatt sich der Gefahr auszusetzen, sich die Gliedmaßen zerfetzen zu lassen, wie es dem Schnüffler geschehen war.

Aber die nächsten Worte lenkten ihn ab. »Wie kommt, dass Gedanken von dein Wolf in mein Kopf sein?«, fragte der Og'er mit einer Stimme, die sich anhörte, als steckten knirschende Steine in seiner Kehle. »Was Trick sein das?«

Der Og'er konnte Ferndal hören? Mogwied kroch fast gegen seinen Willen nach vorn, gerade weit genug, um aus seinem Unterschlupf hinausspähen zu können. Der Regen hatte aufgehört, und ein paar Auflockerungen in der Bewölkung erhellten die Landschaft. Er sah zu dem Og'er hinüber, der nur ein paar Schritte von ihm entfernt stand. Ein lauernder Ausdruck umwölkte die steinernen Züge des Og'ers. Mit nichts als einem ledernen Lendenschurz und einem Beutel angetan, der mit einem Riemen an seinem Bein befestigt war, hockte er auf den Hinterbacken zwischen den Überresten des Schnüfflers. Er sah aus wie die Zeichnungen, die er von Og'ern gesehen hatte, wirkte aber nicht ganz so missgestaltet. Vielleicht waren die

Zeichnungen übertrieben gewesen. Dies war der erste Og'er, den er jemals zu Gesicht bekommen hatte – falls es überhaupt ein Og'er war.

Er sah die schlitzförmigen Augen. Ferndal hatte Recht. Vielleicht doch ein Si'lura – aber dieses Geschöpf war riesig. Si'lura konnten ihre Masse nicht vermehren, wenn sie die Gestalt wandelten. Fleisch war Fleisch. Das Gewicht eines Si'lura blieb dasselbe, welche Gestalt auch immer er sich aussuchte: Reh, Wolf, Bär, Mensch, Felsadler. Die Masse eines Si'lura blieb immer dieselbe.

Ferndal schaute zu Mogwied. Die Augen seines Bruders funkelten vor Neugier. Ferndals Gedanken drangen in Mogwied ein. *Ein Wolf erkennt das Heulen seines Rudels.*

Dann spürte der Og'er also tatsächlich die Berührung seines Bruders! Mogwied kroch weiter vor. Wie war das möglich? Der Og'er hatte bestimmt das Dreifache ihres Gewichts. Kein Si'lura hatte jemals auch nur annähernd eine solche Größe erreicht.

»Komm heraus, Kleiner. Hab nicht Angst. Ich dich nicht auffressen.«

Mogwied stellte fest, dass die Augen des Og'ers ihn in dem dunklen Schatten entdeckt hatten. Der Og'er blickte ihn jetzt unvermittelt an. Sein Sehvermögen musste hervorragend sein, besonders ausgeprägt durch das Leben in den Höhlen.

»Komm!« Die Stimme dröhnte.

Mogwied blieb, wo er war, immer noch teilweise hinter Ferndals Körper versteckt. Aber die Worte des Og'ers hatten seine Angst ein wenig gemildert und seine Zunge gelöst. »Was willst du von uns?«, rief er hinaus, und seine Stimme war im Vergleich zu der des Og'ers ein jämmerliches Quieken.

»Komm heraus! Dann ich sehen dich besser.«

Mogwied straffte sich. Ferndal wandte die Augen seinem Bruder zu. *Ein Falke mit einem gebrochenen Flügel kann nicht fliegen. Waldkatzen stöbern in den Büschen nach Beute.* Ferndal deutete an, dass sie Hilfe brauchen würden, wenn sie die Absicht hatten, das Land der Og'er zu durchqueren.

Ferndal hüpfte auf seinen drei Beinen näher an das grobschlächtige Geschöpf heran und ließ Platz frei, damit Mogwied hinauskriechen konnte. Dennoch zögerte Mogwied weiterhin. Er wusste, er hatte keine Wahl, doch seine Beine verweigerten ihm den Dienst.

»Ich tun dir nichts, kleiner Mensch. Mein Wort sein mein Herz.« Das Ungeheuer schlug sich mit einer blutigen Klaue auf die Brust. Die Worte des Og'ers enthielten eine Spur von Traurigkeit und Müdigkeit. Es lag mehr an der Stimme als an den Worten, dass sich Mogwieds Beine endlich bewegten.

Er kroch unter dem Felsvorsprung hervor und richtete sich auf, um den Og'er anzusehen. Beim Anblick des flachen, zerquetschten Gesichts mit den weiten Nüstern und dicken Lippen verzog Mogwied angeekelt den Mund. Doch die Masse der Muskeln und Knochen hielt seine Zunge im Zaum.

Ferndal stieß seinen Bruder mit der Nase an. Mogwied schob ihn weg. Wie sprach man mit einem Og'er?

Ferndal prustete laut und ärgerlich und hockte sich auf den nassen Stein. Der Wolf wandte den Blick dem Og'er zu. Mogwied spürte den Mückenstich einer Mitteilung. Aber Ferndals Gedanken waren nicht auf ihn gerichtet. Mogwied sah, wie der Og'er eine Klaue hob und sich die dicke Stirn kratzte. Er schüttelte den Kopf.

»Ein Tal weit weg?«, murmelte der Og'er. »Was sein das?«

Mogwied ergriff das Wort, da ihm klar wurde, was sein Bruder versucht hatte. Seine Stimme überschlug sich fast. »So heißt der Wolf. Ferndal, fernes Tal. Er verständigt sich, indem er Bilder sendet.«

»Wölfe tun das?«

»Nein.« Mogwieds Vertrauen wuchs, denn es hatte den Anschein, als führe der Og'er keinen Angriff im Schilde. »Er ist kein Wolf. Er ist mein Bruder. Ich heiße Mogwied.«

»Ich sein Tol'chuk.« Der Og'er nickte zum Gruß mit dem Kinn. »Aber wie sein dieser Wolf dein Bruder?«

»Wir sind Si'lura – Gestaltwandler. Wir können auf geistiger Ebene miteinander sprechen.«

Tol'chuk wich einen Schritt zurück. »Ihr sein Tu'tura. Betrüger. Räuber von kleinen Kindern.«

Mogwied krümmte sich innerlich. Hatte sein Volk einen so schlechten Ruf? Ein Anflug von Ärger durchdrang seine Angst.

»Das ist eine Lüge. Wir sind einfach nur ein Volk des Waldes und erfahren von den anderen Rassen viel Böses. Wir tun niemandem etwas zuleide und führen ein friedvolles Leben.«

Mogwied sah, wie Tol'chuk die Augen nachdenklich zusammenkniff. Als er wieder sprach, klang seine Stimme sanfter. »Ich hören Wahrheit in deinen Worten. Tun mir Leid. Ich hören schlimme Geschichten.«

»Nicht alle Geschichten sind wahr.«

Der Og'er erschlaffte, und seine Schultern sanken herab. »Ich haben heute schon oft erfahren.«

»Wir haben lediglich die Absicht, dieses Land zu durchqueren. Das Untier, das du getötet hast, hat uns hierher getrieben. Bitte gewähr uns die Durchreise.«

»Ich hindere euch nicht. Aber allein ihr nicht überleben in unserem Land. Die Og'er-Stämme euch zur Strecke bringen, bevor ihr den Pass überquert haben.«

Mogwied zuckte zusammen.

»Selbst jetzt noch hallen das Echo der Schreie dieses Tiers bis zu meinen Brüdern.« Er deutete auf den Kadaver des Schnüfflers. »Bald wird sein Blut viele, viele Og'er anziehen. Dann sie werden euch auffressen.«

Bei diesen Worten des Og'ers richtete sich Ferndal wieder auf die Beine auf. Er hüpfte näher zu seinem Bruder.

Mogwied blieb der Atem in der Kehle stecken. Og'er würden überall hier herumschwärmen!

Tol'chuk spürte anscheinend Mogwieds Angst und sprach mit sanfter Stimme weiter. »Heute Nacht ich müssen mein Land verlassen. Wenn ihr wollt, kommen ich mit euch. Um euch zu schützen und in diesem Gebiet zu verstecken.«

Mit einem Og'er reisen? Mogwieds Mund war staubtrocken. Ferndal sah ihn an. Mogwied öffnete sich für eine Sendung seines Bruders.

Ein Rudel wird stärker, wenn es an Größe zunimmt.

Mogwied nickte, doch er konnte die Augen nicht von den langen Fangzähnen des Og'ers abwenden. Wir wollen hoffen, dachte er, dass das Rudel nicht von einem seiner Mitglieder aufgefressen wird.

Tol'chuk betrachtete über das Feuer hinweg die beiden Brüder. Sie waren bis spät in die Nacht marschiert, bis sie schließlich angehalten hatten, um sich während der wenigen Stunden bis zum Tagesanbruch auszuruhen. Der Wolfbruder lag bereits zusammengerollt da, die Nase unter den durchnässten Schwanz geschoben. Der geschiente Vorderlauf stand vom Körper ab und deutete auf das knisternde Feuer. Tol'chuk beobachtete seinen gleichmäßigen Atem. Ferndal schlief tief.

Eine Bewegung zog Tol'chuks Augen auf sich. Der andere Bruder lag eingewickelt in einer Decke auf der anderen Seite des Feuers, aber die offenen Augen, in denen sich das Licht des Feuers spiegelte, verrieten deutlich, dass dieser Bruder nicht schlief. Derjenige mit dem Namen Mogwied war während der ganzen Reise auf der Hut vor Tol'chuk gewesen.

»Du brauchst Schlaf«, sagte Tol'chuk leise, dem die allgemeine Sprache allmählich geläufiger wurde, jedoch immer noch schwer von der Zunge kam. »Ich halte Wache. Ich brauche nicht viel Schlaf.«

»Ich bin nicht müde.« Doch Mogwieds Stimme klang brüchig vor Erschöpfung. Die Menschenaugen waren blutunterlaufen und von dunklen Halbmonden gezeichnet.

Tol'chuk betrachtete ihn eingehend. Wie empfindlich die menschliche Rasse doch war! So winzige Arme, wie knospende Bäumchen, und eine Brust, so klein, dass er sich fragte, wie ein solches Wesen überhaupt Luft holen konnte. Er redete auf Mogwied ein und drängte ihn zu schlafen. »Morgen ist ein schwerer Tag. Wir haben noch zwei lange Reisetage vor uns, um den Pass zu überqueren und das Land meines Volkes hinter uns zu lassen.«

»Und was dann?«

Tol'chuk legte die Stirn in tiefe Falten. »Ich weiß es nicht. Ich suche nach Antworten. Als ich euch traf, hatte ich auf ein Zeichen gehofft, irgendeine Bedeutung in unserer Begegnung. Aber ihr seid einfach nur verirrte Reisende.«

Mogwied gähnte mit weit aufgerissenem Mund. Er murmelte dem Feuer zu: »Auch wir suchen Antworten.«

»Auf welche Fragen?«

»Warum können wir uns nicht verwandeln?«

»Ihr könnt keine andere Gestalt annehmen?«

»Nein. Es gab da ... einen Unfall, und wir sind in unserer jeweiligen Gestalt stecken geblieben. Wie du sind auch mein Bruder und ich auf einer Reise, um einen Weg zu finden, unsere Körper zu befreien. Wir suchen eine Stadt der Magik im Land der Menschen, eine Stadt namens A'loatal.«

»Die Reise, die ihr euch vorgenommen habt, ist gefährlich. Warum gebt ihr euch nicht mit eurer jetzigen Gestalt zufrieden?«

Tol'chuk sah, wie Mogwied die Lippen voller Abscheu kräuselte. »Wir sind Si'lura. Wenn wir länger als vierzehn Monde in einer Gestalt bleiben, verblasst die Erinnerung an unser Si'lura-Erbe, bis wir ganz zu dieser Gestalt werden. Ich möchte nicht vergessen, wer ich bin und woher ich komme – und vor allem möchte ich auf keinen Fall ein Mensch bleiben!« Mogwied hatte die Stimme so laut erhoben, dass sich Ferndal im Schlaf bewegte.

Offenbar war dies ein wunder Punkt in Mogwieds Dasein. Tol'chuk legte das Gesicht in Falten und rieb sich mit einer Klaue das Kinn. Als er wieder sprach, wechselte er das Thema. »Dein Wolf ... ich meine, dein Bruder ... er schickt mir immer wieder dasselbe Bild: Ein Wolf sieht einen Bruder von seiner eigenen Art. Ich verstehe dieses Bild nicht.«

Mogwied zögerte. Das Schweigen dehnte sich aus. Hätte sich der Feuerschein nicht in Mogwieds Augen gespiegelt, Tol'chuk hätte gedacht, er sei eingeschlafen. Endlich sprach Mogwied. »Sind alle Og'er wie du?«

Diese Frage erschütterte Tol'chuk. Waren seine Missbildungen so offensichtlich, dass selbst jemandem von einer anderen Rasse seine Hässlichkeit auffiel? »Nein«, sagte er schließlich. »Ich bin ein Halbblut. In mir mischen sich Menschen- und Og'er-Blut.«

Eine Spur bitterer Erheiterung klang in den nächsten Worten des kleinen Menschenmannes mit. »Du täuschst dich, Og'er. Du bist nicht halb Mensch. Du bist halb Si'lura.«

»Was redest du da?«

»Ich kenne Jäger und andere Menschen aus den Westlichen

Marken. In dir fließt kein menschliches Blut. Keine Rasse aus den vielen verschiedenen Ländern kann die Geiststimme der Si'lura hören. Doch du kannst es. Deine Augen ... sie sind genauso wie unsere. Du musst Si'lura-Blut in dir haben, kein menschliches Blut.«

Tol'chuk saß reglos da. Sein Herzschlag drohte auszusetzen, und die Kälte des Bodens fuhr ihm plötzlich eisig in die Knochen. Er erinnerte sich an die heimlichtuerische Antwort der Triade, als er von seinem gemischten Blut gesprochen hatte. Die Worte ›Er weiß es nicht‹ waren ihm ans Ohr gedrungen. Wenn die drei Alten über sein wahres Erbe Bescheid gewusst hatten, warum hatten sie ihm dann nichts davon gesagt?

Tol'chuk erschauderte. Mogwieds Worte hatten den Anschein von Wahrheit – besonders nachdem er gesehen hatte, wie schwach und klein die menschliche Rasse war. Die Og'er-Weibchen hingegen, obwohl sie nicht mehr wogen als ein Mensch, waren stämmig und von kräftigem Knochenbau.

Tol'chuk senkte den Kopf in die Hand; seine Gedanken wirbelten durcheinander. Ein Si'lura, der sich in die Gestalt eines Og'er-Weibchens verwandelte, hätte seinem wuchtigen Vater standhalten können. Aber hatte sie das absichtlich getan? Oder war sie in der Og'er-Gestalt stecken geblieben und hatte ihre Si'lura-Vergangenheit vergessen? Tol'chuk würde es nie erfahren. Seine Mutter war bei seiner Geburt gestorben. So hatte man es ihm jedenfalls erzählt. Aber stimmte das?

Mogwied musste Tol'chuks Betroffenheit gespürt haben. Die Zunge des Menschen schnalzte in der Kehle, offenbar befürchtete er, ihn beleidigt zu haben. »Ich ... es tut mir Leid, wenn ich ...«

Tol'chuk hob eine Hand zum Zeichen, dass er schweigen möge. Sein Kinn war straff gespannt. Die Worte blieben in seiner Kehle vergraben. Er sah nur schweigend zu den beiden Brüdern auf der anderen Seite des Feuers hinüber. Auch sie waren sein Stamm.

Und wie zuvor die Og'er in seiner Heimat würden auch sie ihn nie voll anerkennen. Der neue Stamm würde der Og'er-Hälfte in ihm immer mit Abscheu und Entsetzen begegnen.

Tol'chuk sah zu, wie sich Mogwied in seine Decken hüllte

und einen Wollzipfel über den Kopf zog. Tol'chuk saß wie gelähmt da. Das Feuer bescherte ihm in dieser Nacht keine Wärme. Er schaute zu den wenigen Sternen hinauf, die durch die aufgelockerte Wolkendecke hindurch leuchteten. Das Feuer krachte, als die Holzscheite verglommen.

Noch nie hatte er sich so einsam gefühlt.

Am nächsten Nachmittag bedauerte Tol'chuk, dass er sich über die Einsamkeit beschwert hatte. Plötzlich waren die Bergpfade allzu überlaufen. Noch bevor Tol'chuk seine Begleiter verstecken konnte, fielen drei Og'er von einem windabgewandten Hang des Gebirgszuges über sie her.

Tol'chuk starrte die drei Og'er vom Ku'ukla-Clan an, ebenjenem Stamm, bei dessen Überfällen sein Vater ums Leben gekommen war. Die kräftigen Muskeln und zahllose Narben zeugten davon, dass diese drei viele Schlachten erlebt hatten und vom Krieg abgehärtet waren. Der Anführer der Bande überragte Tol'chuk um einiges.

»Das Halbblut vom Toktala-Clan!«, grunzte dieser Riese von einem Og'er. Er deutete mit einem Eichenstamm, den er in der freien Hand trug, auf Tol'chuk. »Anscheinend gelingt es sogar einem Halbblut, auf diesen Wegen ein bisschen Beute zu machen.«

Tol'chuk trat vor den ängstlich zusammengekauerten Mogwied. Ferndal, der auf seinen drei gesunden Beinen stand und zuhörte, blieb in der Nähe von Tol'chuks dickem Schenkel. Der Wolf knurrte die Gruppe der Og'er an. Tol'chuk stützte sich mit den Knöcheln einer Hand auf dem nassen Stein ab, um so gut wie möglich eine echte Og'er-Gestalt abzugeben. Wenn er auch nur die geringste Aussicht haben wollte, diesen Überfall zu überleben, dann durfte er nicht den Ekel der Angreifer hervorrufen. Erleichtert, dass er wieder die Og'er-Sprache benutzen konnte, zwang er seine Zunge zu einer maskulinen, gutturalen Aussprache. »Dies sind keine Blutspeisen. Sie stehen unter meinem Schutz.«

Der Anführer zog die Lippen zurück und entblößte die Fangzähne, um Erheiterung und gleichzeitig eine Drohung auszudrücken. »Seit wann geht ein Og'er auf die Wünsche eines

Menschen ein? Oder hat deine menschliche Hälfte die Oberhand über den Og'er gewonnen?«

»Ich bin ein Og'er.« Tol'chuk ließ kurz einen Fangzahn zwischen den Lippen aufblitzen, eine Warnung, dass die Worte des Anführers nach Vergeltung verlangten.

Diese Darbietung schien den großen Og'er noch mehr zu erheitern. »Dann hält sich der Sohn von Len'chuk also für etwas Besseres als sein Vater? Drohe nicht jenen, die deinen Vater in die Geisthöhle geschickt haben.«

Tol'chuk versteifte sich, und seine Nackenmuskeln wölbten sich. Wenn diese Worte der Wahrheit entsprachen, dann standen die Mörder seines Vaters vor ihm. Er erinnerte sich an die Worte der Triade, dass das Herz ihn dorthin führen werde, wo er sein musste. Tol'chuk entblößte die Zähne vollends.

Daraufhin schwand die Erheiterung, die in den Augen des Anführers gefunkelt hatte, und was blieb, war eine eindringliche Drohung. »Nimm keinen größeren Bissen, als du schlucken kannst, kleines Halbblut. Selbst diese Beleidigung will ich übergehen und dich am Leben lassen – wenn du uns deinen Fang übergibst.« Die Augen des Anführers deuteten zu dem Wolf und zu Mogwied. »Sie geben eine schmackhafte Mahlzeit ab.«

Obwohl ihr Wortwechsel in der Og'er-Sprache erfolgte, schien sich ein Teil seiner Bedeutung Mogwied erschlossen zu haben. Oder vielleicht war es die gierige Lust in den Augen des Anführers, die sich auf den kleinen Menschen richteten. Wie auch immer, Mogwied stöhnte auf und verzog sich weiter hinter Tol'chuk. Ferndal stand steif da, doch sein Knurren wurde lauter.

»Sie stehen unter meinem Schutz«, wiederholte Tol'chuk. »Sie werden unbeschadet unser Gebiet durchqueren.«

»Das wird allein durch Armeskraft entschieden!«, fauchte der Anführer. Er schlug mit dem Eichenstamm auf den Weg. Der Knall hallte von den Gipfeln ringsum wider.

Tol'chuk betrachtete seine leeren Hände. Er besaß keine Waffe. »Dann also Klaue um Klaue.«

Der Riese stieß ein gackerndes Lachen aus. »Das oberste Gesetz im Krieg, Halbblut, lautet: Gib niemals hohen Boden auf.« Er behielt den Stamm in der Hand.

Tol'chuks Stirn verfinsterte sich. Wie sollte er gegen diesen bewaffneten Gegner bestehen? »Das also ist die Ehre des Ku'ukla-Clans!«

»Was ist schon Ehre? Sieg ist die einzig wahre Ehre. Der Ku'ukla-Clan wird alle anderen Stämme beherrschen.«

Während der Anführer schnaubte und sich zum Angriff bereitmachte, suchte Tol'chuks Blick rasch den Pfad nach einer tauglichen Waffe ab – Stein, Stock, irgendetwas. Aber der nächtliche Regen hatte alle Gegenstände aus dem Weg gespült. Er fand keine Waffe.

Dann fiel ihm etwas ein. Er nestelte den verschnürten Beutel an seinem Schenkel auf und holte den großen Herzstein heraus.

Die Augen des Anführers weiteten sich, als er erkannte, was er da erblickte. »Herzstein!« Vor Gier zitterten dem Og'er die Gliedmaßen. »Gib ihn mir, dann gewähre ich euch allen freien Abzug.«

»Nein.«

Ein zorniges Bellen brach aus dem Anführer hervor, und er hob den Eichenstamm. Tol'chuk schob Mogwied und Ferndal beiseite. Von Angesicht zu Angesicht bezog er dem Riesen gegenüber Stellung und machte sich bereit, den Stein als Waffe zu benutzen. Er hatte schon früher mit Steinen getötet, vielleicht würde er auch hier siegreich aus dem Kampf hervorgehen.

Aber er sollte keine Gelegenheit bekommen, dies herauszufinden. Als er das Herz der Og'er erhob, durchbohrte ein Sonnenstrahl die Wolken am Himmel und fiel auf den Stein. Tausend Farben barsten aus dem Juwel hervor.

Tol'chuk blinzelte vor dem grellen Licht. Er beschattete die Augen gegen die Strahlung und sah, dass der Anführer in die Farbenglut des steinernen Herzens getaucht war. Ein sanfter Rauch stieg von seinem Körper auf und hielt seine Form einen Atemzug lang aufrecht. Dann wurde der Rauch von dem Stein aufgesogen.

Während der Rauch verschwand, schloss sich die Wolkendecke am Himmel wieder, und die Sonne verschwand. Der Stein verlor sein vielfarbiges Leuchten.

Tol'chuk und die anderen beiden Og'er standen wie Granitstatuen da, während der Körper des Anführers zwei Herzschläge lang schwankte und dann zu Boden sank. Der Stamm rollte ihm aus den schlaffen Klauen.

Er war tot.

Die beiden anderen Og'er gafften mit weit aufgerissenen Augen auf den Leichnam. Dann, wie auf ein unsichtbares Zeichen hin, drehten sie sich um und flohen.

Mogwied trat zu Tol'chuk. »Was ist geschehen?«, fragte er, die Augen auf den Stein gerichtet.

Tol'chuk starrte den Leichnam des Mörders seines Vaters an. »Gerechtigkeit.«

Während der nächsten beiden Tage nahm Mogwied eine Veränderung an Tol'chuk wahr. Sie reisten meistens bei Nacht, um den Augen anderer Og'er-Stämme zu entgehen. Doch selbst in der Dunkelheit beobachtete Mogwied, wie gebückt der Og'er ging, so als ruhe eine schwere Last auf seinen Schultern. Er sprach selten, und seine Augen hatten einen entrückten, leicht glasigen Blick. Selbst Ferndals Sendungen wurden von dem Og'er nicht beachtet.

Tol'chuk wusste also um seine Abstammung. Warum aber brachte diese Erkenntnis ihn so sehr aus der Fassung?

Mogwied verwarf seine Sorgen um den Og'er. Er war erleichtert, dass die Gruppe das Og'er-Gebiet inzwischen verlassen hatte und am Nachmittag in sicherere Gefilde gelangt war. Der Gipfel des Passes über die Zahnberge lag unmittelbar vor ihnen. Jenseits des Bergkamms lagen die Gebiete des Ostens – das Land der Menschen.

Obwohl es bereits dunkel wurde und sie bald ihr Lager aufschlagen mussten, trottete Tol'chuk vor den anderen her auf die Höcker des Bergkamms zu. Ferndal folgte dem Og'er auf den Fersen wie ein gut erzogener Hund.

Mogwied sah, mit welcher Mühe sein Bruder auf einen Felsen sprang. Der geschiente Vorderlauf behinderte den Wolf, hielt ihn jedoch nicht vom Marschieren ab. Anscheinend konnte ihn nichts für längere Zeit aufhalten. Mogwied griff sich an die Seite und spürte das Eisengeflecht des Maulkorbs durch das Leder seines Rucksacks. Er hatte ihn dem toten Schnüffler abgenommen, als alle mit anderem beschäftigt gewesen waren. Vielleicht wäre der Maulkorb noch von Nutzen, falls Ferndal gebändigt werden müsste. Mogwied klopfte auf den Rucksack. Es war immer gut, vorbereitet zu sein.

Mogwied blieb bei dem Felsen stehen und blickte zu den östlichen Hängen hinüber. Die Schatten der Gipfel erstreckten sich über die Landschaft, während die Sonne dahinter unterging.

Von hier aus führten alle Wege nach unten.

Ferndal hob die Nase in den Wind, der aus dem Flachland heraufwehte. Selbst Mogwieds nicht so empfindliche Nase konnte die salzige Luft riechen, die vom fernen Meer herüberzog. Welch fremder und faszinierender Geruch, dachte Mogwied. Ganz anders als zu Hause. Aber es lag noch etwas anderes in der Luft, die feineren Aromen beinahe übertrumpfend, und dies war ein vertrauterer Geruch. »Ich rieche Rauch«, warnte Mogwied.

»Alter Rauch«, sagte Tol'chuk, und seine Stimme klang kräftiger als während der vorhergehenden Tage. »Das Feuer ist mindestens einen Tag alt.«

»Dann besteht also keine Gefahr, wenn wir unseren Weg fortsetzen?« Angst vor einem Waldbrand jagte Mogwied einen Schauer über den Rücken.

Der Og'er nickte. »Und jetzt, da wir das Og'er-Gebiet hinter uns gelassen haben, ist es vielleicht an der Zeit, dass sich unsere Wege trennen.«

Mogwied setzte an, ein paar Worte des Dankes für Tol'chuks Hilfe zu murmeln, als der Og'er plötzlich nach Luft schnappte und sich an die Brust fasste.

»Was fehlt dir?«, fragte Mogwied und hielt links und rechts nach einer Gefahr Ausschau. Ferndal sprang von dem Stein und hüpfte neben Tol'chuk. Der Wolf legte besorgt eine Pfote auf das Bein des Og'ers.

Tol'chuk richtete den Rücken auf und senkte die Hand zu seinem Beutel. Zwischen seinen Habseligkeiten zog er den großen Juwel hervor, der den Og'er getötet hatte. Der Stein pulsierte rubinrot im Halbdunkel, und seine Helligkeit blendete das Auge. Dann, wie ein Kohlestück im Herd, das abkühlt, glomm das Feuer in dem Stein immer schwächer, bis das Licht ganz verschwunden war.

»Was ist das? Du hast uns bis jetzt nichts davon erzählt.« Mogwied versuchte, die Gier in seiner Stimme zu unterdrücken. Der Juwel musste einen ungeheuren Wert besitzen. Sie würden ihn vielleicht gut gebrauchen können, wenn sie im Land der Menschen um etwas feilschen müssten.

»Herzstein.« Tol'chuk steckte den Juwel wieder in seinen Beutel. »Für mein Volk ein geheiligter Stein.«

Mogwieds Augen hingen an dem Beutel. »Dieser Lichtschein, warum strahlt der Stein so? Was hat es damit auf sich?«

»Ein Zeichen. Die Geister rufen mich.«

»Wohin?«

Tol'chuk deutete auf die Osthänge der Gipfel. Ferne Rauchsäulen stiegen in das schwindende Licht hinauf. »Wenn ihr wollt, dass ich bei euch bleibe, dann reise ich mit euch in die menschlichen Gegenden. Anscheinend ist es noch nicht angesagt, dass sich unsere Wege trennen. Vor uns liegt vielleicht die Antwort, die wir alle drei suchen.«

»Oder unser Verderben«, murmelte Mogwied.

Drittes Buch

Wege und Weissagungen

19

Elena war wie gelähmt; ihr Blick haftete starr auf der Stelle der Straße, wo ihr Bruder gerade noch gestanden hatte. Jetzt waren nur noch geschwärzte Pflastersteine zu sehen. Die Stadt um sie herum verharrte in Lautlosigkeit, als hielte sie den Atem an. Ihre Fähigkeit, die Geschehnisse zu begreifen, war zusammen mit Joach verschwunden. Sie zuckte mit keiner Wimper, als der einarmige Schwertkämpfer auf sie zustolperte.

»Es tut mir Leid«, sagte er und legte ihr die Hand auf die Schulter. In seinen nächsten Worten flammte mühsam unterdrückter Zorn auf. »Ich habe die Kraft des Ungeheuers unterschätzt. Aber fürchte dich nicht. Ich werde es zur Strecke bringen und deinen Bruder befreien.«

Die zierliche Frau, die Elena zuvor in Sicherheit gezogen hatte, gesellte sich zu ihnen. »Er'ril, wer war der Kerl in dem Umhang? Hast du ihn erkannt?«

»Jemand aus meiner Vergangenheit«, murmelte er. »Ich hätte nicht gedacht, dass ich ihn jemals wiedersähe.«

»Wer?«

»Das tut jetzt nichts zur Sache. Die Stadtbewohner sind aufgebracht. Es wäre am besten, wenn wir dieses verfluchte Tal so schnell wie möglich verlassen würden.« Um sie herum erwachte die Stadt nach dem dämonischen Überfall allmählich wieder aus der Erstarrung. Rufe nach Waffen schallten aus den benachbarten Straßen herüber.

»Was wird mit dem Mädchen?«, fragte die Frau.

Elena starrte immer noch ins Leere. Mit schlaffen Lippen flüsterte sie: »Mein Bruder …«

»Wir bringen sie in Sicherheit«, erklärte Er'ril. »Dann will ich Nachforschungen anstellen und herausfinden, was aus dem Magiker und dem Jungen geworden ist.«

Der riesige Mann aus den Bergen kam heran und trat vor Elena; damit war ihr die Sicht auf die Stelle verdeckt, wo Joach gestanden hatte; die letzte schwache Verbindung zwischen ihnen war durchtrennt. Schwärze trat an die Ränder ihres Sichtfeldes. Sie sank auf die Pflastersteine der Straße nieder. Der starke Arm des Schwertkämpfers fing sie auf, bevor ihr Kopf am Boden aufschlug.

»Er'ril, der Kleinen gehen die Ereignisse hier schrecklich zu Herzen«, sagte die Frau. »Wir müssen sie an einen geschützten Ort bringen, weg von hier.«

Er'ril sprach nahe an Elenas Ohr, sie spürte seinen Atemhauch im Nacken, da er sie unter den Schultern gefasst hielt. »Ni'lahn, du musst herausfinden, ob sie außer ihrem Bruder noch irgendwo Familie hat.«

Das Wort ›Familie‹ durchdrang die Schwärze um Elenas Herz. Ihr innerer Blick ruhte auf den zerfetzten Überresten von Tante Fila, die wie Lumpen in eine dunkle Ecke geschleudert worden waren. Die in ihrer Brust eingefrorenen Tränen schmolzen, stiegen ihr in die Augen und begannen zu fließen. Ihr Atem löste sich zu Schluchzern auf. Elena dachte an die letzten Worte ihrer Tante. Mit großer Mühe wandte sie das Gesicht dem Schwertkämpfer zu. »Ich … habe einen Onkel. Sie hat gesagt … ich soll zu ihm gehen.«

Die Frau kniete neben ihr nieder. »Wer hat dir das gesagt, Kind?«

»Wo ist dein Onkel?«, fragte Er'ril dazwischen.

Elena zwang sich, die Hand auszustrecken und nach Norden zu deuten.

»Kannst du uns dorthin führen?«

Sie nickte.

Plötzlich brummte eine tiefe Stimme ganz in der Nähe: »Seht nur, was ich gefunden habe!«

Elena und Er'ril wandten sich um. Elena sah, dass der Mann

aus den Bergen hinter ein Regenfass griff und einen dürren Mann hervorzerrte, der in eine schmutzige Uniform der Stadtgarnison gekleidet war.

»Wer ist denn das?«

Elena wusste die Antwort auf die Frage des Schwertkämpfers. Sie hatte das verkniffene Gesicht mit dem wie gedrechselt aussehenden Schnurrbart und den schwarzen Augen schon einmal gesehen. »Er hat meine Familie g-g-getötet! Er war mit dem Alten zusammen.«

Es war der Kerl mit dem Namen Rockenheim.

Er'ril sah zu, wie der Blick des zitternden Mannes nach rechts und links schoss, auf der Suche nach Hilfe oder einem Fluchtweg. Doch Kral hatte den Umhang des Mannes mit steinerner Faust umklammert. In der anderen Hand hielt er eine Axt. Er'ril erkannte den dünnen Mann, der mit dem Dunkelmagiker gesprochen hatte. »Wer bist du?«, verlangte Er'ril zu wissen.

»Ich bin ... das Oberhaupt der grafschaftlichen Garnison.« Rockenheim versuchte, seiner Stimme einen bedrohlichen Klang zu geben, doch seine Worte waren brüchig vor Angst. Seine Augen schweiften immer wieder zu dem geköpften Kadaver des Ungeheuers hinüber, das erschlagen neben dem Mann aus den Bergen lag. »Ihr tätet gut daran, mich loszulassen.«

»Das Mädchen behauptet, dass du mit dem Dunkelmagiker im Bunde stehst. Stimmt das?«

»Nein. Sie lügt.«

Er'ril nickte dem Mann aus den Bergen zu. Es gab eine Möglichkeit, den Wahrheitsgehalt der Worte dieses Kerls zu überprüfen. »Stell ihn auf die Probe.«

Kral lehnte die Axt gegen das Regenfass. Er streckte die Hände aus und legte sie flach an die Schläfen des Mannes. Rockenheim wich zurück, doch Kral drückte fest zu. Einen Herzschlag später zuckte die Hand des Mannes aus den Bergen zurück, als ob sie mit Feuer in Berührung gekommen wäre.

»Und – sagt er die Wahrheit, Kral?«

Der Mann aus den Bergen krümmte eine Hand, als ob sie verletzt wäre. »Ich kann es nicht beurteilen. So etwas wie ihn habe ich noch nie gespürt. Es ist, als ob … als ob …« Kral schüttelte den Kopf.

Ni'lahn ergriff nun das Wort. »Als ob – was?«

»Es ist so, als bestünde der ganze Mann aus einer Lüge. Seine Worte sind lediglich Tröpfchen in einem riesigen Meer von Unwahrheiten. Ich kann ihn nicht erfassen.« Kral hielt den Mann jetzt auf Armeslänge von sich entfernt, als ob ihn der Gedanke, seine Haut noch einmal zu berühren, mit Ekel erfülle.

»Glaubst du …?« Das Tuten eines Jagdhorns scholl durchdringend von der anderen Seite der Stadt herüber und übertönte Er'rils nächste Frage.

Ein Chor von Hörnern antwortete und verscheuchte einen Taubenschwarm von einem nahen Dach. Die Hörner schmetterten aus der Richtung der Garnison. Er'ril wurde plötzlich bewusst, dass überall Stadtleute aus Fenstern und Türen hervorspähten. Die Stadt erwachte nach dem Schrecken des Magikangriffs.

»Vielleicht sollten wir deinem Rat folgen, Er'ril«, sagte Ni'lahn, »und uns schnellstens davonmachen. Wir haben hier nichts mehr zu gewinnen.«

Die Hörner erklangen erneut.

»Meine Männer sind auf dem Marsch«, sagte Rockenheim. »Lasst mich los, lasst das Mädchen hier, dann kommt ihr vielleicht mit dem Leben davon.«

Kral schüttelte den Mann und löste ein entsetztes Kreischen bei ihm aus.

»Ich glaube nicht, dass dir deine Lage erlaubt, Befehle zu erteilen«, sagte Er'ril. »Kral, nimm ihn mit!«

Elena fuhr auf. »Nein! Er ist ein Gefährte des Übels!«

Er'ril legte dem Mädchen eine Hand auf die Schulter; was ihm gerade noch gefehlt hatte, war ein wahnsinniges Kind. Er wählte seine Worte mit Bedacht. »Vielleicht weiß er, wohin man deinen Bruder gebracht hat. Wenn wir ihn finden wollen, kann uns dieser Mann möglicherweise behilflich sein.«

Er'ril sah, wie sie ihre Angst hinunterschluckte und die Schultern straffte. Ihre Augen bekamen einen Glanz von Entschlossenheit. Sie spuckte in die Richtung des Gefangenen aus. »Traut ihm nicht!«

Ein Funken Hochachtung für das junge Ding loderte in Er'ril auf. »Ich traue niemandem«, murmelte er. Er'ril wandte sich an Kral und Ni'lahn. »Wir ziehen nach Norden und versuchen, ihren Onkel und vielleicht eine Erklärung für das Geschehen hier zu finden.«

Kral nickte und fesselte Rockenheims Handgelenke. Nachdem er damit fertig war, hakte er die Axt an den Gürtel und nahm stattdessen ein Messer zur Hand, mit dem er Rockenheim spielerisch über die Rippen fuhr. »Damit du deine Zunge im Zaum hältst«, brummte Kral mit einem unlustigen Grinsen.

Ni'lahn legte einen Arm um Elena. »Komm, Kind!«

Er'ril führte die Gruppe durch Seitenstraßen und schmale Gassen auf den Weg nach Norden. Wegen der beängstigenden Vorgänge blieben die meisten Leute in ihren Häusern, oder sie benutzten die Hauptstraßen, sodass nur wenige sie im Vorbeigehen sahen.

Bols Blick schweifte durch den Raum; dabei rieb er sich den dichten Schnauzbart, der seine Lippen verbarg. Er war fast fertig. Die Stapel von Büchern und Schriftrollen hatte er in Schränken und Regalen sowie in freien Ecken verstaut. Schließlich hatte er den Esstisch freigeräumt. Jahrzehnte waren vergangen, seit er das letzte Mal das Holz des Tisches gesehen hatte; einige der darauf abgelegten Bücher hatten Spuren ihres Einbandes auf der Eichenplatte hinterlassen. Flecken von gelbem Kerzenwachs übersäten die Fläche, was ihr ein pockennarbiges, krankes Aussehen verlieh. Er seufzte. Dieses Maß an Aufräumungsarbeit musste reichen. Er war schließlich keine Kammermagd.

Er fuhr sich mit den Fingern durch das weiße Haar und roch den Ko'koa, der auf dem Herd köchelte. Die Linsen für die Suppe waren sicherlich fast gar. Das Fleisch hätte eigentlich übergossen werden müssen, aber es konnte noch ein paar Augenblicke warten. Vielleicht sollte er ein Bündel Karotten aus dem Garten holen. Bald würde der Frost hereinbrechen, und wenn er das Gemüse jetzt nicht erntete, würde es verderben.

Er schaute durch das westliche Fenster zur Sonne hinaus, die hinter den Gipfeln der Zahnberge unterging. Gewitterwolken bauschten sich über den Höhen, die im Regen verschwammen. Eine nasse Nacht brach an.

Nein, das mit den Karotten konnte warten. Die Zeit wurde knapp.

Seine Hand fuhr immer wieder zu dem Amulett, das ihm um den Hals hing und an einem Band aus den geflochtenen Haarsträhnen seiner Schwester Fila befestigt war. Sie hätte gewiss eine viel bessere Mahlzeit zubereitet, aber so hatte es nun einmal nicht sein sollen. Das Schicksal hatte die Wahl zwischen den Zwillingen getroffen und Fila bestimmt. Sie hatte jetzt ihre eigenen Pflichten und überließ Bol die praktischeren Dinge. Wer dabei das schlechtere Los gezogen hatte, würde sich noch herausstellen. Die Wege aus diesem Raum führten in tausend verschiedene Richtungen. Wie bei einem Stein, der durch jahrhundertelangen Regen aus dem Boden gelöst wird und auf einem Pfad der Zerstörung den Hang hinunterrollt, gab es kein Zurück – für keinen von ihnen.

»Feuer wird ihr Kommen kennzeichnen«, murmelte er in den leeren Raum. »Aber was dann?«

Eine flüchtige Kälte huschte ihm über die Haut. Er trat zum Kamin und benutzte einen Messingschürhaken, um dem Feuer höhere Flammen zu entlocken. Er stellte sich vor das Feuer und ließ sich von der Hitze durchdringen. Warum froren seine alten Knochen immer so sehr? Ihm wurde kaum jemals mehr richtig warm.

Aber das war nicht der wahre Grund, warum er müßig am Feuer stand. Die letzte seiner Aufgaben harrte noch ihrer Erledigung. Er drückte sich das Amulett fester an die Brust. »Bitte, Fila, nimm mir diese Verpflichtung ab. Du warst immer die Stärkere von uns beiden.«

Keine Antwort. Das Amulett verströmte nicht einmal die vertraute Wärme. Nicht, dass er das erwartet hätte. Fila war zu weit weg, als dass er sie mit diesem einfachen Trick hätte erreichen können. Er war mit seiner Aufgabe ganz auf sich allein gestellt.

Er wärmte die Hände an den Wogen heißer Luft, die von

dem Kamin ausgingen, und versuchte sie in gewisser Weise für die bevorstehende Aufgabe zu reinigen. Er betrachtete die winzigen weißen Haare auf den Fingerknöcheln. Wann waren seine Hände so alt geworden, nur noch pergamenttrockene Haut, gefurcht über knorpeligen Knochen?

Seufzend ließ er die Hände sinken und wandte sich vom Feuer ab. Wenn seine Deutung des Gelesenen richtig war, dann müsste die Gruppe bald ankommen. Bol hatte sein Haus als junger Mann genau an diesem Platz für diese Nacht gebaut, die jetzt vor ihm lag. Die Ruinen des Andachtsraums der alten Schule lagen unter den Bodendielen begraben. Hier war der Ort, von dem alles ausgehen, wo die Reise beginnen würde.

Er musste heute Nacht so stark sein wie Fila.

Bol trat zu dem Schrank, der aus undurchdringbarem Eisenholz gebaut war. Die Tür war nur mit einem einzigen Schloss versehen. Er zögerte, dann griff er sich an den Hals und streifte die geflochtene Schnur ab. Er hob sie hoch und betrachtete das Amulett. Aus grüner Jade in der Form einer kleinen Karaffe geschnitzt, enthielt es drei Tropfen geheiligten Wassers. In dem Wasser schwammen immer noch uralte Spuren elementarer Energien. Das Amulett hatte den Zwillingsgeschwistern stets erlaubt, sich über weite Entfernungen hinweg miteinander zu verständigen, und es hatte entscheidend zur Abstimmung ihrer Bemühungen und Pläne beigetragen.

Er schloss die Augen. So heilig das Amulett auch war, das da in seiner Hand lag, seine Bedeutung bestand doch vor allem darin, dass es eine Verbindung zu seiner toten Schwester herstellte. Es widerstrebte ihm, diese Erinnerung an seine Schwester loszulassen. Dennoch … Er rief sich Filas strenge graue Augen ins Gedächtnis und ahnte, wie sie auf sein Zögern reagiert hätte. ›Beeil dich, Alter‹, hätte sie ihn mit grimmigem Gesicht ermahnt. ›Irgendwann musst du sowieso loslassen.‹ Sie war immer schon die Praktischere gewesen.

Ein kleines Lächeln umspielte seine Mundwinkel. Er zwirbelte das Amulett an der Schnur und stieß es schwungvoll in das Schloss des Eisenholzschrankes. Jadescherben flogen über den Boden. Ein Stück stach ihm in die Wange – wie eine Ohrfeige dafür, dass er ein so feines Kunstwerk zerstörte.

Er beachtete den Schmerz nicht. Der Schlüssel hatte seine Aufgabe erfüllt: Das Schloss des Schrankes war aufgebrochen. Er streckte die Hand zum Griff aus und öffnete die Tür, die mehr als zwei Jahrzehnte lang fest verschlossen gewesen war. Ein einziger Gegenstand lag in dem düsteren Innern: eine Schatulle aus Rosenholz mit blumengemusterten Goldbeschlägen um die Kanten. Bol hob die schmuckvolle Schatulle nicht heraus, sondern bewegte nur den Deckel an den Scharnieren. Auf einem violetten Seidenkissen lag ein Dolch, älter als irgendein Gebäude im Tal, älter als die Erinnerungen der meisten Leute.

Bevor Angst seine Hand lähmte, ergriff Bol den Griff des Dolches und hob ihn aus der Schatulle. Er hielt ihn ins Licht des Feuers. Die schwarze Klinge schien das Licht in sich aufzusaugen, während eine goldene Rose, die in den Griff eingraviert war, das Feuer mit blendender Helligkeit spiegelte.

Tränen stiegen ihm in die Augen, während er den Dolch in der Hand hielt, doch seine Hand zitterte nicht. Bol kannte seine Pflicht. Er war der Bruder seiner Schwester.

»Vergib mir, Elena«, flüsterte er in den leeren Raum hinein.

20

Ein freudiger Jauchzer entrang sich Elenas Kehle, als sie zu dem Pferd rannte, das unter den Ästen der Weide stand. »Oh, Nebelbraut, du bist noch da!« Sie schlang die Arme um den Hals des Pferdes und sog den vertrauten Geruch der Stute ein, eine Mischung aus Heu und Moschus. In der Scheune ihrer Eltern hatte es immer genauso gerochen. Sie umarmte das Pferd noch inniger und schloss die Augen – in einer ganz entfernten Weise war sie wieder zu Hause.

Nebelbraut wieherte und stieß sie sanft weg; ihre Lippen schnappten nach ein paar zarten Pflänzchen, die in ihrer Nähe sprossen, ganz offensichtlich unbeeindruckt von der Tatsache, dass Elena zurückgekommen war. Das vertraute Schnauben trieb dem Mädchen die Tränen in die Augen.

Er'ril sprach hinter ihr, aber seine Worte waren an Kral gerichtet. Elena schenkte ihm keine Beachtung, immer noch zufrieden damit, dass ihre Hände auf Nebelbraut lagen. Das Pferd stand ungerührt da: kräftige Muskeln, feste Knochen und grobes Haar. Die Stute war nicht verschwunden.

»Kral«, fuhr Er'ril fort, »sei vorsichtig! Hol einfach nur unsere Sachen und die Reittiere vom Gasthaus und komm gleich wieder hierher zurück.«

»Niemand wird mich aufhalten. Was geschieht mit dem Gefangenen?«

»Binde ihn fürs Erste an den Baum.«

Bei Er'rils Worten presste Elena die Lippen zusammen und band Nebelbraut von dem Stamm der Weide los.

»Mädchen, was tust du da? Lass das Pferd, wo es ist.« Er'rils Stimme überschlug sich fast vor Ärger.

»Ich möchte nicht, dass dieser Mann in die Nähe von Nebelbraut kommt.« Sie zog an Nebelbrauts Halfter und führte die Stute an den Rand des Vorhangs aus Zweigen. Nebelbrauts Anwesenheit stärkte ihr Selbstvertrauen. Obwohl sie so viel verloren hatte, besaß sie immer noch ihre Stute. »Und außerdem heiße ich Elena, nicht *Mädchen*!«

Ni'lahn trat zu Elena, und ein belustigtes Lächeln umspielte ihre Lippen; ihre veilchenfarbenen Augen und das honiggelbe Haar fingen Lichtspritzer auf, die zwischen den Zweigen hindurchfielen. Angesichts dieser Schönheit stockte Elena der Atem. In der Stadt war ihr die kleine Frau ein wenig unscheinbar vorgekommen, aber hier draußen unter den Bäumen blühte sie auf wie eine Waldblume. Elena hätte schwören mögen, dass sich sogar die Äste der Weide bewegten, um Ni'lahns Schönheit funkelnde Lichter von Sonnenstrahlen aufzusetzen.

»Das ist eine hübsche Stute«, sagte Ni'lahn.

Elena senkte den Blick auf ihre Fußspitzen, beschämt von ihrer eigenen derben Erscheinung. Aus der Nähe roch Ni'lahn sogar nach Honigtau. »Danke«, sagte Elena dümmlich. »Ich habe sie schon als Fohlen aufgezogen.«

»Dann müsst ihr beide euch sehr nahe stehen. Ich bin froh, dass du uns hierher führen konntest und wir sie gefunden haben.« Ni'lahn bot Nebelbraut einen Apfel aus dem Vorrat an, den sich alle vor Verlassen der Stadt noch schnell zugelegt hatten. Nebelbrauts Ohren zuckten vor Entzücken nach hinten, und sie schnappte den ganzen Apfel mit ihren dicken Lippen.

»Nebelbraut! Wo bleiben deine guten Manieren?«

Ni'lahn lächelte nur. »Elena, findest du den Weg zu deinem Onkel genauso leicht, wie du hierher gefunden hast?«

»Ja, er wohnt im nächsten Tal. Wintershorst, oben bei den alten Ruinen.«

»Was sagst du da?« Er'rils Miene drückte Entsetzen aus. Kral hatte sich bereits auf den Weg in die Stadt gemacht, und Er'ril war gerade damit fertig, Rockenheims Fesseln und den Knebel zu prüfen. Er trat zu Elena. »Wo, sagst du, wohnt er?«

Ni'lahn legte Elena die Hand auf den Unterarm. »Sie sagt, er wohnt irgendwo in der Nähe von alten Ruinen. Kein Grund, die Stimme so laut zu erheben.«

Der Schwertkämpfer spannte sich unter diesem Tadel, und seine Miene verfinsterte sich. »Gut. Also, Mädchen … äh, ich meine *Elena*, handelt es sich um die Ruinen einer ehemaligen Schule?«

Elena zuckte mit den Schultern. »Es war uns nie gestattet, in die Nähe der Ruinen zu kommen; es wimmelt dort von giftigen Schlangen. Aber Onkel Bol stöbert immer zwischen den Steinen herum und gräbt Bücher und solches Zeug aus.«

Er'ril stieß einen ärgerlichen Seufzer aus tiefster Brust aus. »Hat dein Onkel je etwas … Außergewöhnliches gefunden?«

Sie zuckte mit den Schultern und schüttelte den Kopf. »Er hat nie etwas davon erwähnt, aber er ist sowieso ziemlich verschlossen.«

»Er'ril, kennst du den Ort?«, fragte Ni'lahn.

Er'ril sprach, als ob seine Kiefer festgeklemmt wären. »Ich habe ihn letztes Mal besucht, als ich hier war.«

»Du kennst den Weg dorthin?«

»Ja.«

»Dann können wir also aufbrechen, sobald Kral mit unseren Pferden zurückkommt.« Ni'lahn wandte sich von Er'ril ab und sah Elena an. »Während wir warten, kannst du uns vielleicht erzählen, wie du an diese bösen Männer geraten bist.«

Elena stieß mit dem Zeh in den Boden, unwillig, die ganze Geschichte noch einmal im Kopf ablaufen zu lassen, da der Schmerz noch zu frisch war.

Ni'lahn legte Elena die Hand an die Wange. »Jetzt ist alles gut. Er'ril ist ein geschickter Schwertkämpfer. Er wird verhindern, dass dir irgendetwas geschieht. Aber wir müssen besser Bescheid wissen, wenn wir deinem Bruder helfen wollen. Das willst du doch, nicht wahr?«

Elena senkte den Kopf und vermied es, die kleine Frau beim Sprechen anzusehen; ihre Stimme war so leise, dass Er'ril sich näher zu ihr beugen musste, um etwas zu hören. »Dieser Mann und der mit dem Umhang, sie sind letzte Nacht zu unserem Hof gekommen.« Elena sah ihre Hand an, die jetzt ganz blass war, während sie über die Ereignisse der vergangenen Nacht berichtete. Mit Absicht ließ sie die Sache mit der roten Hand aus. »... und dann ritten Joach und ich davon, bevor die Würmer oder das Feuer uns erreichten. Doch als wir in der Stadt ankamen, warteten sie schon auf uns und nahmen uns gefangen.«

»Hast du eine Ahnung, warum sie hinter euch her waren?«, wollte Ni'lahn wissen.

Sie senkte den Blick. »Nein ... das weiß ich nicht.«

Aus dem Augenwinkel sah sie, wie Ni'lahn und der Schwertkämpfer verstohlen Blicke austauschten; in beiden Augenpaaren standen deutliche Zweifel geschrieben.

»Vielleicht sollte ich unseren Gefangenen fragen«, sagte Er'ril schließlich. »Ihn verhören.«

Ni'lahn runzelte die Stirn. »Ich glaube, wir alle« – Elena merkte, dass die kleine Frau in ihre Richtung nickte – »haben für einen Nachmittag genug Gewalt erlebt. Warum warten wir nicht, bis das Mädchen bei seinem Onkel ist, bevor du mit deiner ... deiner Befragung anfängst?«

Er'ril runzelte die Stirn, doch schließlich seufzte er. »Wir sollten sowieso auf Kral warten. Seine Fähigkeiten könnten immer noch von Nutzen sein.«

Ni'lahn wandte sich wieder an das Mädchen. »Elena, du solltest dich ein bisschen ausruhen. Wir haben noch einen weiten Weg vor uns.«

Elena nickte und zog sich in Nebelbrauts Schatten zurück. Sie hantierte mit dem Halfter des Pferdes herum und gab sich den Anschein von Geschäftigkeit. Warum hatte sie die beiden angelogen? Zwar waren sie unfähig gewesen, Joach zu retten, aber immerhin hatten sie sie in Sicherheit gebracht. Sie betrachtete erneut ihre rechte Hand und starrte die glatte Handfläche an. Die Rotfärbung war verschwunden. Innerhalb eines Wimpernschlags verschwunden, genau wie ihr Bruder Joach. Sie drängte einen neuen Schwall Tränen zurück. Sosehr ihr die Vorstellung zuwider war, sie könne mit der Gabe der Magik versehen sein – wenn sie damit ihren Bruder wieder herholen konnte, hätte sie liebend gern den Fluch erneut auf sich genommen.

Elena senkte die Hand.
Aber jetzt war es vorbei. Oder doch nicht?

Die Dämmerung brach herein.
Er'ril strengte sich an, sich an den Weg durch den Wald zu erinnern und nach lauernden Gefahren in den gesprenkelten Schatten Ausschau zu halten. Doch seine Gedanken schweiften immer wieder ab zu dem Bild des Dunkelmagikers, der auf der Straße verschwunden war. Er wusste sich auf die Hintergründe dieser Begegnung keinen Reim zu machen. Er versuchte, solche Gedanken zu verdrängen bis zu einem Zeitpunkt, da er sie sorgsam sortieren und erforschen konnte, doch das schaffte er nicht.
Wie konnte es sein, dass Greschym am Leben war? Hatte er sich das Ganze nur eingebildet? Nein. Es war ein älteres Gesicht, aber es war zweifellos Greschyms Gesicht. Er versuchte, die Jahre zu durchdringen bis zu jener Nacht in der Gastwirtschaft, als das Buch erschaffen worden war. Er erinnerte sich an die Bande zwischen Greschym und seinem Bruder. Er spürte immer noch die Hochachtung und die Zuneigung, die er für den verwundeten älteren Magiker empfunden hatte. Wie konnte er das in Einklang bringen mit dem Hass, den er jetzt empfand? Seine Haut kribbelte bei der Erinnerung an die schwarzen Künste, die von dem Magiker ausgeübt worden waren. Übler Trickser! Welches Spiel treibst du seit uralten Zeiten?
Und was hatte es mit dem Buch auf sich? Welche Bedeutung kam ihm zu?
Sein Pferd wurde an einem steilen Hang langsamer, und er stieß ihm die Fersen heftiger als beabsichtigt in die Flanken. Der Hengst wieherte überrascht und tat einen Satz nach vorn. Er'ril tätschelte dem Tier den Hals, um es zu beruhigen. Seine Wut und seine Enttäuschung hatten wohl dazu geführt, dass er die Beherrschung verloren hatte, aber sein Pferd sollte nicht darunter leiden.
Er drehte sich im Sattel um und warf einen prüfenden Blick über die Reisegruppe. Als Kral mit den Reittieren und ihren Sachen zurückgekehrt war, die sie in dem Gasthaus zurückge-

lassen hatten, hatte Er'ril zu großer Eile gemahnt, da er einen erneuten Schlag aus der Garnison befürchtete. Er hatte alle zum Aufladen und Aufsitzen gedrängt und war auf dem Weg ins Hochland an der Spitze der Gruppe geritten.

Hinter ihm ritten Ni'lahn und das Mädchen gemeinsam auf Nebelbraut. Kral und der Gefangene saßen auf dem großen Schlachtross des Bergvolks. Mit den feurigen Augen und den metallbeschlagenen Hufen hätte es nur einen Narren ermuntert, ihm Einhalt zu gebieten.

Ni'lahn merkte, dass Er'ril einen Blick zu ihr nach hinten warf, und sie nickte nach vorn. »Ein Unwetter zieht auf. Wir müssen vor Einbruch der Dunkelheit bei Elenas Onkel angekommen sein.«

Er'ril betrachtete Elena. Welche Rolle spielte sie bei dem Ganzen? Gewiss war sie nur eine unwissende Figur in dem Spiel – vielleicht die Jungfrau für irgendeine finstere Magikmachenschaft. Er hatte auf seinen Reisen Gerüchte über derart üble Taten gehört. Er drehte sich in seinem Sattel wieder nach vorn und bemerkte die schwarzen Wolken, die die untergehende Sonne verdeckten. Wenn er das Mädchen erst einmal los wäre, könnte er sich auf die Sache mit dem Magiker konzentrieren. Mit einem sanften Stoß trieb er sein Reittier zu einer schnelleren Gangart an. Das Zurückholen des Jungen war nur ein untergeordneter Teil seines Bestrebens, Greschym aufzuspüren. Es gab vieles, wofür ihm der Dunkelmagiker Rede und Antwort stehen musste.

Während er der Gruppe voran ins Hochland hinaufritt, veränderten sich die Wälder. Die Herbstblätter der Eichen und Erlen, die in gekräuselten Farbtönen eines schwelenden Feuers glühten, machten Platz für eine grüne Decke aus alpinen Immergrüngewächsen. Abgeworfene Nadeln bildeten ein Meer gelber Wellen auf dem Pfad.

Er'ril brauchte keinen Führer. Er kannte den Weg zu den Ruinen, die eingegraben waren im Tal von Wintershorst. Warum baute sich jemand ein Zuhause an einem so einsamen und windgepeitschten Ort? Im Winter konnte der Schnee in dieser Höhe bis zum Dach eines zweistöckigen Hauses reichen. Er wusste, warum die Schule hier erbaut worden war: Strenge Abgeschiedenheit war bei der Unterrichtung der Neulinge des Ordens erforderlich. Abgesehen davon, dass damit die Studenten wenig von außen abgelenkt wurden, hielt die Ferne zu bewohnten Gebieten auch den Schaden von Magik-›Unfällen‹ begrenzt, welche durch jene verursacht wurden, die noch neu in den Künsten waren.

Doch nachdem Chi das Land verlassen hatte, welchen Grund konnte es dafür geben, dass noch irgendjemand hier lebte?

Er'rils Pferd kanterte über einen steilen Hang, wobei die Hufe des Tiers beinahe auf dem rutschigen Kissen aus Tannennadeln abgeglitten wären. Er'ril brachte es auf dem Kamm der Erhebung zum Halt. Aus dem schmalen Tal vor ihm stieg eine einzige Rauchwolke zum dämmrigen Himmel auf. Schwarze Wolken von den jenseitigen Bergen schienen von der Rauchwolke angezogen zu werden wie Motten von einer Kerze. Ein Unwetter drohte. Blitze zuckten aus den Wolken hervor.

Sein Blick verfolgte den Rauch zu seinem Ursprung. Am Talboden stand eine Bauernkate, deren Kamin das Tal mit dem Geruch von Holzrauch erfüllte. Seine Nase erschnupperte die Einladung in wohlige Wärme, und gelbes Licht flackerte hinter den winzigen Fenstern – ein zusätzlicher Willkommensgruß.

Das Pferd, das Ni'lahn und Elena trug, zog vor seinen Hengst. »Dort wohnt mein Onkel«, erklärte das Mädchen. »Anscheinend ist er zu Hause.«

Er'ril schnalzte mit den Zügeln, um sein Pferd hangabwärts zu dem Häuschen zu führen. »Hoffentlich ist er bereit, Gäste zu empfangen.«

Mit zusammengekniffenen Lippen ließ Er'ril den Blick über die Landschaft ringsum schweifen, um mögliche Fluchtwege und vorteilhafte Standpunkte für kämpferische Auseinandersetzungen abzuschätzen, falls sich die Notwendigkeit dafür ergeben sollte. Seine Ausbildung als Heerführer in den Kriegen gegen die Gul'gotha-Horden hatte bei ihm einen Instinkt für solche Dinge entwickelt, der so selbstverständlich war wie sein Herzschlag.

Er betrachtete forschend das Haus dieses ›Onkels Bol‹. Angesichts des Zustandes des Gebäudes sank Er'rils Hochachtung für den Besitzer um einiges. Es war eine elende Hütte. Moos überzog die Schindeln. Die Türflügel eines kleinen Schuppens, der neben der Kate versteckt lag, hingen verzogen in den Scharnieren. Ein kleines Gehege, das drei Ziegen beherbergte, hatte einen löcherigen Zaun mit angeknabberten Holzplanken.

Er'ril schüttelte den Kopf und erinnerte sich an den ordentlichen und ansehnlichen Hof seiner Familie in der Prärie. Er wandte den Blick den Erhebungen hinter dem Haus zu. Bröckeliges Gestein in unnatürlich geraden Linien zog sich über die Hügel der Umgebung. Vor seinem geistigen Auge erschienen die Reihen von Gängen und Schlafsälen der Ordensschule. Zerfurchte Steine legten schweigend Zeugnis ab von dem uralten Ort des Lernens.

Plötzlich flog die Tür der Kate auf, und Licht strömte heraus. Ein Mann stand da, erhellt vom Schein des Kamins. »Nun, worauf wartet ihr alle? Beeilt euch! Gleich bricht das Unwetter über uns herein.« Der Mann winkte mit einer ausholenden Geste und verschwand wieder im Innern des Häuschens.

Elena drehte sich mit betretener Miene zu den anderen um. »Mein Onkel tut sich ein wenig schwer im Umgang mit Menschen.«

»Aber zumindest scheint er uns zu erwarten«, sagte Er'ril, plötzlich wachsam lauernd.

Seine Unruhe nahm noch zu, nachdem sie die Pferde im Stall untergebracht und die Kate betreten hatten. Nach der langen Reise durch das kalte Hochland stach ihnen die Wärme, die in dem Häuschen herrschte, in die Lungen. Doch Er'ril achtete nicht weiter darauf; seine Augen waren starr auf den überladenen Tisch gerichtet. Drei große Kerzen ragten wie Inseln aus einem dampfenden Meer von Essen hervor: Scheiben von Rindfleischbraten, heiße Süßkartoffeln, eine dicke Bohnensuppe mit einem Laib Pfefferbrot, groß wie sein Kopf, Platten mit Karotten und grünem Gemüse zwischen Schalen mit herbstlichen Beeren. Sechs Tassen mit Ko'koa standen vor sechs Blechtellern.

»Nehmt Platz«, forderte der weißhaarige Mann sie auf. Er stellte Suppenschalen auf die Teller und hielt in seinem Tun inne, um Elena einen flüchtigen Kuss auf die Stirn zu geben.

»Ich habe es mit Mühe und Not rechtzeitig geschafft. Fila wäre schrecklich ärgerlich gewesen, wenn ich nicht alles so gemacht hätte, wie sie es befohlen hat.«

Elena nahm die Hand des Alten in die ihre und sprach mit sanfter Stimme: »Onkel … Onkel Bol, ich muss dir etwas Schreckliches sagen. Fila ist tot.«

Er entzog dem Mädchen die Hand und tätschelte ihr die Wange. »O ja, das weiß ich. Mach dir nichts draus. Jetzt setz dich, sonst wird alles kalt!«

Er'ril erlangte seine Sprache wieder. »Du hast Gäste erwartet?«

Der Mann kratzte sich mit einem von Tinte gefleckten Finger den Kopf. »Gäste? O nein, ich habe dich erwartet, Er'ril von Standi.«

21

Elena beobachtete, wie der Schwertkämpfer in dem Fleisch und den Süßkartoffeln auf seinem Teller herumstocherte; seine Gabel kratzte über das Blech. Elena saß neben Er'ril und fing den Blick seiner zusammengekniffenen Augen auf, der immer wieder argwöhnisch zu Onkel Bol am Kopfende des Tisches schoss. Doch Onkel Bol schenkte Er'ril keine Beachtung, sondern richtete seine Aufmerksamkeit auf Ni'lahn, die am Fuß des Tisches saß. Obwohl der Schein des Kaminfeuers ihre Schönheit zu dämpfen schien – verglichen mit ihrem Aussehen zuvor im Wald –, wandte Onkel Bol die Augen nur selten und dann nur kurz von ihrem Gesicht ab. Seltsam, dachte Elena, wie Ni'lahns Schönheit wechselnd zu- und abnahm.

Plötzlich erschütterte ein lauter Rülpser das Geschirr. Kral balancierte auf einem kleinen Stuhl an der Längsseite des Tisches, Elena gegenüber, und rieb sich das bärtige Kinn mit dem Ärmel ab. Er sah fragend in all die Augen, die auf ihn gerichtet waren. Der Mann aus den Bergen war sich offenbar des gesellschaftlichen Fehlverhaltens, das sein Ausbruch darstellte, nicht bewusst. »Was ist?«, fragte er, wobei er seine Gabel auf den Teller legte und sich den voll gestopften Bauch rieb. Sein Kopf drehte sich von einer Seite zur anderen, um sie alle nacheinander anzusehen. »Was ist?«

Elena hielt sich die Hand vor den Mund, um ein Kichern zu verstecken.

Rockenheim, der mit einem Löffel sein Fleisch bearbeitete – das einzige Utensil, das ihm zugestanden worden war –, murmelte vor sich hin: »Und *mich* haben sie gefesselt.« Die Fußgelenke des Gefangenen waren mit einem Strick zusammengeschnürt und sicherheitshalber an einen Fuß des Eichentisches gebunden worden.

Er'ril räusperte sich und sah Onkel Bol an. »Nun, wie es den Anschein hat, sind alle mit dem Essen fertig. Jetzt beliebt es dir vielleicht, uns darüber aufzuklären, woher du wusstest, dass wir kommen würden, und sogar meinen Namen kanntest.«

»Wer möchte noch einen Nachtisch?« Onkel Bol schob seinen Stuhl mit einem lauten Scharren zurück. »Zu Ehren des Feuers im Obsthain habe ich einen heißen Apfelstrudel zubereitet. Mag jemand kosten?«

»Das hat Zeit …«, setzte Er'ril an, aber die vier hochgestreckten Hände seiner Gefährten brachten ihn zum Verstummen. Die Schultern des Schwertkämpfers sanken nach vorn, und er seufzte laut. »Also gut. Hol den Apfelstrudel.«

Onkel Bol stand auf und reckte sich. »Vielleicht …« Seine Augen waren wieder auf das Gesicht der kleinen Frau gerichtet. »Ni'lahn, so war doch der Name, nicht wahr? Vielleicht könntest du mir in der Küche zur Hand gehen?«

»Gern.« Ni'lahn wischte sich die zarten Hände an einem Stück Leinen ab, dann stand sie auf und folgte Onkel Bol aus dem Zimmer.

Er'ril schlug mit dem Finger in offensichtlicher Ungeduld gegen seinen Becher mit Ko'koa.

Elena spürte, dass der Schwertkämpfer die Beherrschung verlor. Seit dem Augenblick, da Onkel Bol seinen Namen ausgesprochen und sich dann geweigert hatte, irgendwelche Fragen zu beantworten, bevor sie zu Ende gegessen hatten, waren die Muskeln in Er'rils Nacken zu immer strafferen Wülsten angewachsen. Obwohl er bestimmt Hunger hatte, hatte er die Speisen, die er sich aufgetan hatte, kaum angerührt.

»Nimm es Onkel Bol nicht übel«, sagte Elena. »So ist er nun einmal.«

Er'ril unterbrach sein Klopfen und drehte sich energisch zu Elena hin. »Und was genau hat dein Onkel vor?«

»Er wird es uns erzählen, aber erst dann, wenn er willens

ist. Er hat uns früher, wenn er uns besucht hat, immer Gutenachtgeschichten erzählt. Wenn wir versucht haben, den Gang seiner Erzählung zu beschleunigen, dann pflegte er sie noch mehr in die Länge zu ziehen.«

»Dann essen wir am besten erst einmal Apfelstrudel«, seufzte Er'ril missmutig.

Elena nickte und erwähnte nichts von der Unruhe, die sie bei ihrem Onkel spürte. Irgendetwas bereitete ihm offenbar gehörige Sorgen. Sie hatte noch nie erlebt, dass er bei jedem Geräusch zusammenzuckte. Als ein Scheit im Feuer krachte, war er buchstäblich bis zur Balkendecke hochgesprungen. Onkel Bol war sonst ein tüchtiger Esser – wie er so viel essen konnte und dabei so drahtig und schlank blieb, war ein Geheimnis, über das jahrelang unter den weiblichen Verwandten der Familie gesprochen worden war –, aber heute Abend hatte er, genau wie Er'ril, den Braten auf seinem Teller kaum angerührt.

Onkel Bol kam zurück und brachte neue Teller und Gabeln. Ni'lahn folgte mit einem aufgeschnittenen Apfelstrudel. Der Duft von nachbrutzelnden Äpfeln und Zimt verbreitete sich im Zimmer. Selbst Er'rils Miene schien sich bei dem Aroma ein wenig aufzuhellen.

Diese neue Verzögerung, die Er'ril anscheinend sehr ärgerte, dauerte nicht lange. Die Platte mit dem Strudel war schnell geleert, und nach ausgiebigen Entzückensseufzern über den köstlichen Geschmack saßen um den Tisch herum nur zufriedene Gäste.

Onkel Bol stand auf. »Ich hoffe, ihr seid alle satt geworden.«

Zustimmendes Nicken antwortete ihm.

»Dann ist es wohl an der Zeit, dass ich euch eure Zimmer für heute Nacht zeige. Ich fürchte, die Männer müssen sich ein Zimmer teilen und Ni'lahn und Elena das andere.«

Er'ril hob die Hand. »Und die unbeantworteten Fragen?«

Onkel Bol runzelte die Stirn. »Gesell dich zu mir, Er'ril, sobald wir alles geregelt haben, dann rauchen wir ein Pfeifchen am Feuer.« Er wandte sich an Elena. »Setz auch du dich zu uns, Süße. Ich muss dir einiges ausrichten.«

»Was du zu sagen hast, können meine Gefährten ebenfalls

hören«, brummte Er'ril grimmig. Krals und Ni'lahns Augen funkelten beflissen. Rockenheim versuchte, gelangweilt zu wirken, was ihm allerdings gründlich misslang.

Der Onkel rieb sich den Schnauzbart. »Nein, ich glaube, die Bruderschaft hieße das nicht gut.«

»Welche Bruderscha...?«, setzte Elena an, doch Er'ril legte ihr die Hand auf die Schulter und drückte sie zum Zeichen, dass sie schweigen solle.

»Es ist lang her, dass ich mich bei einer Pfeife entspannen konnte«, sagte Er'ril. »Ich freue mich darauf.« Seine Worte hatten einen bedrohlichen Unterton.

»Schön. Dann zeige ich euch jetzt eure Zimmer.«

Rockenheim hörte, wie der Riese die Tür ihres Zimmers schloss. Er konnte den Mann aus den Bergen nicht sehen, als dieser aus seiner Reitkleidung schlüpfte und sich auf ein Feldbett legte. Die Stricke, mit denen Rockenheim am Bett angebunden war – seine Hände waren an das Kopfteil aus Kiefernholz gefesselt, seine Füße an die Pfosten am Fuß des Bettes –, schränkten seine Bewegungsfreiheit erheblich ein, sodass er nichts anderes im Blickfeld hatte als die Decke und einen kleinen Teil des Zimmers. Dann erlosch die einzige Lampe, und selbst dieser Gesichtskreis wurde dunkel.

Rockenheim lag gefesselt auf dem Rücken unter einer schweren Decke. Er rümpfte die Nase. Zwar konnte er den Mann aus den Bergen nicht sehen, doch er konnte ihn riechen. Der Geruch von nassen Ziegen verbreitete sich im Raum und hüllte ihn ein; es war, als schliefe er in einem Stall. Er schloss die Augen und versuchte, durch den Mund zu atmen. Es half nichts. Er versuchte, sich auf die Seite zu drehen, aber die Stricke hinderten ihn daran. Das Bett quietschte laut bei seinen Bemühungen.

»Ich habe einen leichten Schlaf«, brummte Kral aus der Dunkelheit. »Stell mich nicht auf die Probe.«

Rockenheim verhielt sich still. Die Stricke waren zwar nicht straff genug angezogen, um seine Haut aufzuscheuern, aber doch so fest geknotet, dass sie ihm so gut wie keinen Bewegungsspielraum ließen.

Er lag reglos da und starrte zu den Deckenbalken hinauf. Warum sollte er überhaupt fliehen? Und wohin? Jedenfalls nicht in die Garnison, das stand fest. Sobald der Große Gul'gotha die Meldung bekäme, dass einer seiner Schergen geköpft worden und das Mädchen, das er suchte, entkommen war, wäre ihm der Tod gewiss, und zwar auf eine Weise, die selbst den hartgesottensten Soldaten erschreckt hätte. Er hatte gesehen, was in den Tiefen der Verliese von Schwarzhall herumschlich. Er erschauderte unter seiner dicken Decke.

Er hatte nur zwei Möglichkeiten: entweder zu verschwinden und ständig auf der Flucht zu sein, immer in der Hoffnung, dass die Getreuen des Herrn der Dunklen Mächte ihn nicht fänden, oder bei dieser Gruppe zu bleiben und wachsam auf eine Gelegenheit zu warten, um sich des Mädchens zu bemächtigen. Sie war der Schlüssel, mit dem er sein Verlies öffnen könnte. Wenn er sich auf diese Weise bewährte, bliebe er möglicherweise vom Zorn des Großen Gul'gotha verschont.

Deshalb hatte er sich nicht gegen die Entführung durch den einarmigen Schwertkämpfer gewehrt. Sollten sie ihn doch weit außerhalb der Stadt verschleppen – umso besser. Mach ihnen keine Scherereien! Warte ab, bis ihre Wachsamkeit nachlässt! Er konnte warten. Ein leichtes Grinsen umspielte seine Lippen, als er sich vorstellte, wie er mit dem gefesselten Mädchen nach Schwarzhall zurückkehren würde. Dafür lohnte sich das Warten.

Während er von diesem Augenblick träumte, machte sich ein heftiges Jucken in seinem Schritt bemerkbar. Verdammt sollte diese Kneipenhure sein und die Läuse, die sie ihm angehängt hatte! Er versuchte, die Beine aneinander zu reiben und den Juckreiz zu lindern, doch dadurch wurde es nur noch schlimmer. Um alles noch unangenehmer zu machen, fing der Riese auch noch an zu schnarchen. Es war nicht etwa ein flüsterndes nasales Pfeifen, sondern ein kehliges Rasseln voller Speichel und Schleim. Bei jedem Ausbruch zuckte Rockenheim vor Ekel zusammen.

Er drückte die Augen zu und krümmte sich innerlich. Es würde eine lange Nacht werden.

Er'ril lehnte am Kaminsims. Wo war Bol? Die anderen hatten sich in ihre Zimmer zurückgezogen und Er'ril mit Elena zurückgelassen. Er sah das Mädchen an, das ins Feuer starrte. Wie sie so dasaß, geradezu verschluckt von den tiefen Polstern des Sessels, wirkte sie wie in den Flammen verloren. Die tiefe Traurigkeit überwog noch die Erschöpfung in ihrem Gesicht. Für ein so junges Ding, das so gewaltsam entwurzelt worden war, legte sie eine Entschlossenheit an den Tag, die von der Kraft ihres Geistes zeugte.

Er versuchte, sich Worte des Trostes zurechtzulegen, aber es war lange her, seit sich für Er'ril die Notwendigkeit für mitleidige Gefühle ergeben hatte. Er merkte, wie sich sein Blick in den zuckenden Flammen verlor. Die Zeit brachte nicht immer Weisheit mit sich, sondern manchmal nur Verhärtung.

Seine Versunkenheit wurde unterbrochen, als der Onkel des Mädchens wieder erschien. Er hatte zwei Pfeifen in der Hand. »Der Tabak stammt aus dem Süden von Standi, glaube ich. Ich dachte mir, ein Stück Heimat könnte dir gefallen«, sagte er und reichte Er'ril eine Pfeife.

»Danke.« Er hielt sich die Pfeife an die Nase. Bei dem Geruch von getrockneten und zerriebenen Tabakblättern versiegten alle Worte. Tief hinten in der Kehle schmeckte er die weiten Felder seiner Heimat. Bol entzündete einen steifen Wachsstiel an den Flammen des Kamins. Er hielt ihn an seine Pfeife; seine Wangen sogen sich wie ein Blasebalg zusammen und blähten sich wieder auf, während er den Tabak in Brand setzte. Er'ril nahm den brennenden Docht von dem Alten entgegen, doch seine Hand zögerte, den Tabak anzuzünden. Es widerstrebte ihm, diese Erinnerung an seine Heimat in Brand zu setzen.

Er merkte, dass Elena ihn beobachtete, ihre Traurigkeit war greifbar. Sie hatte in den vergangenen Tagen noch viel mehr an Feuer verloren. Er führte den Docht an die Pfeife und sog Rauch tief in die Lungen ein. Die Wärme und der vertraute Geschmack lösten die Spannung in seinem Körper; fast hätten seine Knie vor Schwäche nachgegeben.

»Setz dich!«, forderte Bol ihn auf und deutete auf einen zweiten Sessel am Kamin. Der alte Mann blieb bei Elena stehen.

Er'ril ließ sich nieder und sank in das Polster. Mit zurückhaltender Miene nahm er die Pfeife von den Lippen. »Woher kennst du mich? Woher wusstest du, dass wir heute Abend ankämen?«

Bol nickte. »Du stellst Fragen, die das Ende der Geschichte betreffen. Um das Ende zu begreifen, musst du den Anfang begreifen.«

»Ich höre.« Er'ril führte die Pfeife wieder zu den Lippen.

»Du hast bereits mitbekommen, dass ich die Bruderschaft erwähnte. Die Gebrochene Bruderschaft, glaube ich, lautet die vollständige Bezeichnung. Lass mich damit anfangen.«

»Was ist das?«, fragte Elena leise.

Ihr Onkel blies eine Rauchwolke aus der Brust in die Luft und formte einen geschlossenen grauen Ring. Während dieser auf den Hitzewellen des Kamins durch den Raum schaukelte, umspielte ein kleines Lächeln Elenas Lippen. »Einiges davon verstehst du vielleicht nicht, mein Liebling. Aber es gab einmal eine Zeit in diesem Land, da betrieb ein Orden von Magikern weiße Magik. Ein Geist namens Chi hatte ihnen diese Gabe beschert, die viel stärker war als die schwache elementare Magik, die dem Land innewohnt. Der Orden benutzte die Kraft, um eine wunderbare Kultur aufzubauen.«

»Das ist nicht die Geschichte, die ich in der Schule gelernt habe«, sagte Elena zweifelnd.

»Nicht alles, was einem beigebracht wird, ist wahr.«

»Und was geschah dann?«

»Vor langer Zeit verschwand diese Magik plötzlich, ausgerechnet zu einem Zeitpunkt, da sie am dringendsten benötigt wurde. Das Land wurde von den Heerscharen und den Ungeheuern von Gul'gotha überfallen. Die Magiker und unser Volk kämpften tapfer. Doch ohne unsere weiße Magik konnten wir die dunkle Magik der Eindringlinge nicht abwehren. Alasea wurde geschlagen, seine Bewohner unterjocht und seine Geschichte vernichtet.«

»Wohin ist eure Magik verschwunden?«

Er'ril beantwortete diese Frage, und seine Stimme klang vor Verdruss heiser. »Sie hat uns einfach im Stich gelassen.«

Bol nickte. »Nur einzelne winzige Teile dieser Magik haben

überlebt. Der Orden, der nun keine Macht mehr hatte, brach auseinander. Doch ein paar Mitglieder dieser Gruppe taten sich zusammen und versuchten, etwas von der Magik, die noch im Land verblieben war, zu finden und zu nähren. Sie mussten dies unter strengster Geheimhaltung tun, da der Herr der Dunklen Mächte von Gul'gotha danach trachtete, sie auszulöschen. Deshalb wurde die Gebrochene Bruderschaft gegründet.«

»Ein Geheimbund?«, fragte Elena atemlos.

›Geheim‹ wäre zu milde ausgedrückt, dachte Er'ril. Seines Wissens kannten nur einige wenige Männer, die heute noch lebten, den Klüngel, dessen Hauptquartier versteckt zwischen den versunkenen Ruinen von A'loatal lag. Kaum jemand wusste, dass die verlorene Stadt immer noch existierte; ihr Zugang wurde bewacht durch die Reste von Magik, die noch nahe bei ihrem Herzen bewahrt wurde. Viele hatten die geheimnisumwobene Stadt gesucht, doch nur ein kleines Häuflein hatte ihren Verbleib entdeckt und es gewagt, sie zu betreten. Diejenigen, die dies getan hatten, waren niemals zurückgekehrt.

»Doch die Bruderschaft beging einen entscheidenden Fehler«, sagte Bol.

Er'rils Augen weiteten sich. Was war das?

Bol fuhr fort. »Geblendet von den mächtigen Energien von Chi, wussten sie die dem Land angeborene Magik nicht zu schätzen, auch nach dem Verlust von Chi nicht.«

»Doch welchen Nutzen haben ein paar schwache Zaubergaben, die den Elementarkräften des Landes mühsam entrungen werden können?«, fragte Er'ril. »Welche Wirkung hat das gegen die dunkle Macht der Gul'gotha-Horden?«

Bol wandte sich an Elena. »Jetzt verstehst du, warum die Schwesternschaft gegründet wurde. Männer erkennen nur den Grad der Macht, während Frauen Kett- und Reihfaden eines Kräftegewebes erkennen.«

»Was hat es mit dieser Schwesternschaft auf sich?«, wollte Er'ril wissen. »Ich lebe seit vielen Jahrhunderten und habe noch nie das leiseste Raunen über eine solche Gruppe gehört. Wer hat sie gegründet?«

»Es ist keine offene Gruppe wie unsere Bruderschaft. Man muss dafür geboren sein.«

»Wie das?«

Bol schwenkte den Pfeifenkopf. »Du hast gefragt, wer die Schwesternschaft gegründet hat. Eine Person. Du kennst sie vielleicht sogar oder *weißt von ihr.*«

»Wer ist es?« Er'ril richtete sich in seinem Sessel senkrechter auf.

»Svesa'kofa.«

Der Name hatte eine Wirkung, als ob ihm ein Ziegelstein auf den Bauch gefallen wäre. »Die Hexe von Geist und Stein!« Er erinnerte sich daran, wie er das letzte Mal die Erwähnung ihres blasphemischen Namens gehört hatte, und zwar von Greschym in der Nacht der Erschaffung des Buches. Der einhändige Magiker hatte davor gewarnt, dass das Buch die Wiedergeburt der Hexe ankündigen werde.

»Ja«, sagte Bol. »Sie ist eine ferne Vorfahrin von mir. Sehr fern. Sie war schon eine uralte Legende, als du noch ein Junge warst.«

»Du kannst deinen Stammbaum bis zu dieser bösen Hexe zurückverfolgen?«

»An ihr war nichts Böses.« Bols Wangen röteten sich. »Sie war eine Frau, die mit Gaben gesegnet war, die denen der Männer gleichkamen oder sie in mancher Hinsicht sogar übertrafen. Sie trug das Zeichen der Rose. Doch die Männer wurden mit der Vorstellung nicht fertig, dass eine Frau über eine gleichwertige Macht verfügte wie sie. Lügen wurden in die Welt gesetzt, um sie in Misskredit zu bringen.«

Er'ril merkte, wie Elena bei den Worten ihres Onkels zusammenzuckte, doch das Herz pochte ihm so laut in den Ohren, dass er ihr keine weitere Beachtung schenkte. »Unmöglich! Chi segnet niemals Frauen mit seinen Gaben!«

»Wer hat etwas von Chi gesagt?«

»Wie bitte? Willst du etwa andeuten, dass elementare Magik gleichwertig wie Chi ist?«

Bol blies die Wangen auf und sandte Pfeifenrauch in den Raum. »Zu gewissen Zeiten, ja, das glaube ich. Doch es war keine elementare Magik, die ihre Macht mit Svesa'kofa teilte.«

»Was dann?«

»Du eilst der Geschichte schon wieder voraus.«

Er'ril biss sich auf die Zunge, um sich davon abzuhalten, den Alten zu maßregeln. Offenbar musste dieser die Geschichte in seiner eigenen Geschwindigkeit erzählen. »Gut. Weiter«, murmelte er.

»Gegen Ende von Svesa'kofas Lebensspanne verließ sie ihre Magik, nicht jedoch ohne ihr zuvor zu versprechen, zu ihren Nachfahren zurückzukehren, wenn sie am meisten gebraucht würde. Svesa'kofa wurde vor einem schwarzen Schatten gewarnt, der sich über das Land Alasea ausbreiten würde. Wann genau diese finstere Zeit hereinbrechen würde, wurde ihr nicht verkündet. Also gründete Svesa'kofa einen Bund, der sich aus ihren weiblichen Nachfahren zusammensetzte. Sie lehrte sie, sich auf die Rückkehr der Magik vorzubereiten. Svesa'kofa spürte, dass die Elementarkräfte mit der letztendlichen Wiedergeburt des Lichts für das Land von höchster Bedeutung sein würden, deshalb bildete sie die Mitglieder ihrer Schwesternschaft in der Anwendung und der Hochachtung der elementaren Geister aus.«

»Wieso weißt du so viel über die Schwesternschaft? Du bist kein weiblicher Nachfahre.«

»Ich wurde als Zwillingsbruder einer Frau geboren, meiner Schwester Fila. Da ich der erste Mann war, der als Zwillingspartner eines Mädchens geboren worden war, wurde ich in ihre Geheimnisse eingeweiht. Meine Geburt wurde als Zeichen angesehen – dass nämlich diejenige, die Svesa'kofa ihre Macht verliehen hatte, bald wiederkehren werde. Also bereitete sich die Schwesternschaft darauf vor, indem sie so viel wie möglich lernte.« Bol machte eine weit ausholende Geste mit dem Arm, die alle Stapel von Büchern und Schriftrollen umfasste. »Sie durchforschten uralte Texte und sammelten Hinweise auf irgendwelche Wunderzeichen.«

»Und was erfuhr man daraus?«

»Wir erfuhren, welche Omen ihre Ankunft ankündigen würden und wer die Schlüsselfiguren sein würden – zu denen du gehörst. Wir wussten außerdem, dass die Elementarkräfte dabei im Spiel wären. ›Drei werden kommen‹ – so stand es geschrieben. Aber wir wussten nicht, welche drei. Wir wussten nicht, wer sie sein würden. Dieser Kral ist offenbar reich mit Felsmagik gesegnet. Und Ni'lahn – sie ist eine Nyphai, nicht wahr?«

»Ja«, bestätigte Er'ril.

»Sie ist stark vom Feuer der Wurzel durchdrungen. Ich konnte die Augen kaum von ihr abwenden. Aber was das letzte Mitglied angeht ... auch dieses ist in Magik getaucht, doch ich wüsste nicht zu sagen, inwiefern.«

»Auch Kral hat an ihm etwas Sonderbares bemerkt.«

»Er muss der Dritte sein.« Onkel Bol zog an seiner Pfeife, die Lider ein wenig gesenkt, und blies Rauchwölkchen zwischen seinen Worten aus. Er kratzte sich am Bart. »Obwohl es einen Orakeltext gab, der meiner Ansicht nach von der Ankunft eines Mannes ›aus einer vergangenen Zeit und einem verlorenen Land‹ sprach, aber ich habe mich offenbar geirrt. Es sei denn, du warst damit gemeint, aber das glaube ich nicht. Wie gesagt, vieles im Zusammenhang mit dem Buch ist rätselhaft und unbestimmt.«

»Anscheinend weißt du bereits genug. Also, wann soll diese Hexe nun zurückkommen?«

Bols Augen wurden groß. »Oh, sie ist bereits zurückgekommen. Wusstest du das nicht?«

Er'ril saß wie versteinert da.

Bol deutete auf seine Nichte. Er'ril fiel jetzt erst auf, wie ängstlich das Mädchen nun wirkte. »Entstanden aus dem Geschlecht der Svesa'kofa und im Feuer geboren. Da sitzt deine Hexe.«

22

Nachdem Onkel Bol Elena zur Hexe erklärt hatte, hing das Schweigen schwer wie ein Stein über dem Raum. Elena versuchte, sich tiefer in das Polster ihres Sessels zu verkriechen. Sie sah, wie die Augenbrauen des Schwertkämpfers sich hoben und sein bereits gerötetes Gesicht noch dunkler wurde. Seine Augen ruhten mit solcher Eindringlichkeit auf ihr, dass sie sich bis aufs Fleisch durchbohrt fühlte. Sie hob die Arme und schlang sie fest um ihre Brust.

Sie schrumpfte unter seinem Blick zusammen, hob jedoch die rechte Hand in den Schein des Kaminfeuers. »Aber ich … ich bin keine Hexe mehr«, sagte sie. »Es ist weg.«

Der Onkel legte ihr beruhigend die Hand auf die Schulter. »So einfach ist das nicht, mein Liebling.«

Er'ril hörte nicht auf ihre Worte. »Sie ist doch noch ein Kind. Wie kann ich glauben, dass du die Wahrheit sprichst?«

Onkel Bol trat zum Feuer. Elena erkannte an seinem humpelnden Gang und der Art, wie seine Schultern schlaff herabgesunken waren, dass ihr Onkel der Erschöpfung nahe war. Doch seine Stimme klang nach wie vor kräftig. »Zweifel? Du bist schon zu lange unterwegs, Er'ril. Spürst du den Wahrheitsgehalt meiner Worte nicht? Was glaubst du, warum der Dunkelmagiker versucht hat, sich des Mädchens zu bemächtigen? Er spürte die Macht, die in ihr schlummert.«

»Du verlangst von mir, dass ich die Handlungsweise eines Mannes mit einem schwarzen Herzen als Beweis betrachte?«

Ihr Onkel wärmte sich die Hände einige Herzschläge lang am Feuer und sprach zu den Flammen. »Du weißt, dass ich die Wahrheit gesagt habe.« Er sah Er'ril in die Augen. »Wir brauchen das Buch des Blutes.«

»Dann weißt du also auch über das Buch Bescheid?«

»Natürlich. Wie sollte es anders sein? Es ist der Grund, warum ihr alle heute Abend hier seid.«

Er'rils Pfeife lag unbenutzt und vergessen in seiner Hand. »Ich bin gekommen, um dir deine Nichte zu bringen, das ist alles.«

»Nein. Die Winde des Schicksals haben dich hierher geweht, wo du am dringendsten gebraucht wirst. Die Hexe und das Buch haben ein und denselben Weg.«

»Mein Bruder hat diese Hexe mit keinem Wort erwähnt. Er sagte, das Buch müsse neu erschaffen werden, wenn es irgendeine Hoffnung auf ein Ende der dunklen Herrschaft Gul'gothas geben solle. Er wusste nichts von dieser *Hexe.*« Er sprach das letzte Wort so voller Abscheu aus, dass Elenas Wangen vor Scham rot anliefen.

»Wir kamen zu dem Schluss, dass Schorkan nicht darüber Bescheid zu wissen brauchte.«

»Wovon redest du?«

Onkel Bol paffte nachdenklich an seiner Pfeife, bevor er fortfuhr. »Was glaubst du, wo dein Bruder erfahren hat, wie das Buch des Blutes zu erschaffen wäre?«

»Das weiß ich nicht. Er hat irgendetwas von alten Texten erwähnt.«

»Diese Kenntnis wurde ihm auf geistiger Ebene von der Schwesternschaft übermittelt. Ohne dass Schorkan es wusste, haben wir ihm die Hand geführt.«

»Unmöglich!«

Onkel Bol zuckte mit den Schultern, ohne auf die Zweifel des Schwertkämpfers einzugehen. Die beiden Männer schauten einander nur an.

Schließlich brach Er'ril das gespannte Schweigen. »Dann waren mein Bruder und ich also lediglich Bauernopfer in einem Spiel, um das Erbe der Svesa'kofa dem Land Alasea zurückzugeben. Willst du das andeuten?«

»Nein, keineswegs. Dein Ziel ist dasselbe wie das der Schwesternschaft: wieder Licht in unser Land zu bringen, die Gul'gotha-Horden von unseren Küsten zu vertreiben. Aber erwartest du, dass sie allein« – Onkel Bol deutete mit einem Kopfnicken auf Elena – »mit Hilfe dieses Buches in der Lage wäre, die Heerscharen des Herrn der Dunklen Mächte zu schlagen, ganz zu schweigen von dem Schwarzen Ungeheuer selbst?«

Er'rils Blick wanderte zu Elena. Die Wut in seinen Augen löste sich auf und machte einer tiefen Verwirrung Platz.

Onkel Bol fuhr fort: »Es ist an der Zeit, dass sich die Bruderschaft und die Schwesternschaft vereinigen. Die Bruderschaft schuf und hütete das Buch. Die Schwesternschaft nährte die Elementarkräfte und traf Vorbereitungen für die Rückkehr der Hexe. Jetzt ist die Zeit gekommen, da sich beide zu einer Sache und einem Zweck verbünden müssen – Gul'gotha zu schlagen und unser Land zu befreien.«

Er'ril richtete die Augen wieder auf Bols runzliges Gesicht. »Wie?«

»Die Hexe und das Buch des Blutes müssen vereinigt werden.«

»Und wie geht es dann weiter?«, fragte Er'ril voller Bitterkeit. »Was sagen deine Vorhersehungen?«

Onkel Bols nächste Worte kamen im Flüsterton, umhüllt vom Rauch aus seiner Pfeife. »Das wissen wir nicht. Das Buch des Blutes ist ein mächtiger Talisman. Doch seine Wirkungsweise ist von Zweifeln überschattet. Omen umwirbeln das Buch wie ein Teich voller Wasserstrudel, die so wild sind, dass man sie unmöglich deuten kann. Außer der Vereinigung von Hexe und Buch lässt sich nichts vorhersagen. Einige prophezeien die Errettung, andere die Vernichtung. Aber die meisten Zeichen deuten irgendwie auf beides hin.«

»Wenn die Zukunft so sehr im Unklaren liegt, warum dann das Risiko eingehen, die Hexe und das Buch zusammenzubringen?«

»Für den Fall, dass wir dies nicht tun, urteilen die Orakel allesamt einstimmig über das Schicksal von Alasea. Das Land wird seinen dunklen Weg in die Schwärze weiter verfolgen, die nicht nur Alasea verschlucken wird, sondern diese ganze Welt und die Zeit an sich. Die Hexe und das Buch müssen vereinigt werden!«

Elena duckte sich noch tiefer in ihrem Sessel zusammen. Wie war es möglich, dass sie so wichtig sein sollte? Sie wollte eine derartige Last nicht auf sich nehmen.

Er'ril wirkte gleichermaßen verunsichert. »Und wie passe ich in das Ganze hinein?«

»Du bist der Hüter des Buches, der ewige Wächter. Jetzt musst du deinen Schutz auf die Hexe ausdehnen. Du musst Elena beschützen und sie zu dem Buch bringen.«

»Warum soll man das Kind einer Gefahr aussetzen? Warum kann ich nicht das Buch allein auftreiben und es hierher bringen?«

Onkel Bol schüttelte den Kopf. »Das wird dir nicht gelingen. So wurde es prophezeit. Um nur einen Schimmer Hoffnung auf Erfolg zu haben, muss die Hexe von dem Wächter und den drei Elementarkräften, die heute Abend hier versammelt sind, begleitet werden; so viel wissen wir. Aber sei gewarnt: Selbst dieser Pfad ist überschattet, und die Erlangung des Buches ist keineswegs gesichert. Die bevorstehende Reise ist von vielen Gefahren gekennzeichnet.«

»Und ich habe in dieser Angelegenheit keine Wahl.«

»Hattest du das jemals? Birgt dieses Leben des sinnlosen Herumwanderns einen so großen Reiz für dich?«

Er'ril senkte den Kopf. »Ich wünsche mir mein eigenes Leben zurück – bevor ich vor so langer Zeit mit Schorkan diese Kneipe betreten habe.«

»Das ist unmöglich. Aber vielleicht wirst du auf diesem Pfad einen Weg zurück zu dem Mann finden, der du einst gewesen bist.«

Er'ril ließ immer noch den Kopf hängen. Elena, obschon erschüttert von den Worten ihres Onkels, spürte Mitleid für den Schwertkämpfer. Sein ganzer Körper schien vom Gewicht der Erschöpfung und der schwer lastenden Jahre erdrückt zu werden.

»Entscheide dich, Er'ril von Standi.«

Der Schwertkämpfer senkte den Kopf und antwortete flüsternd. »Ich werde sie zu der Stelle bringen, wo ich das Buch versteckt habe.«

»A'loatal?«

Er hob den Blick. »Ist vor dir denn gar nichts verborgen?«

Onkel Bol zuckte mit den Schultern. »Ich habe nur Hinweise«, sagte er leise. »Worte in Büchern und Schriften. Ich weiß nichts darüber, was sich außerhalb dieser vier Wände befindet.«

»Die Reise nach A'loatal nimmt viel Zeit in Anspruch. Und die Stadt wird bewacht von Zauberkräften. Bevor ich dorthin aufbrechen kann, muss ich den Schlüssel, der den Weg zur Stadt öffnet, erneut an mich bringen. Ich habe ihn in den Ruinen der alten Schule versteckt. In der Nähe von ...«

Onkel Bol hielt den Pfeifenkopf in Er'rils Richtung ausgestreckt. »Sag es mir nicht. Je weniger Menschen es wissen, desto besser.«

Ein langes Schweigen folgte diesen Worten.

Elena wand sich in ihrem Sessel. Ihr Kopf bemühte sich, all das Gehörte in sich aufzunehmen, aber das meiste ergab keinen Sinn. Nur eines stand fest. Angst überfiel sie, sie hatte ihre Sprache wieder gefunden, und ihre Stimme durchbrach die Stille. »Ich will keine Hexe sein.«

Der Onkel versuchte, sie beschwichtigend anzulächeln, aber es gelang ihm lediglich, seinen Schnauzbart zum Zittern zu bringen. Die tiefe Traurigkeit in seinen Augen erschütterte sie. Doch anstatt sie zu trösten, schritt Onkel Bol vor Er'ril auf und ab und wandte ihr den Rücken zu. »Vorhin hast du nach Beweisen für meine Worte verlangt.« Er zog etwas aus der Innentasche seiner Weste. »Erkennst du dies, Er'ril?«

Elena konnte Er'rils Gesicht immer noch sehen. Sein Mund klaffte auf, und Worte sprudelten hervor. »Das gehört Schorkan! Wo hast du es gefunden?«

Elena sah nicht, was da zum Vorschein gekommen war. Sie neigte den Kopf, doch trotzdem versperrte der Rücken ihres Onkels ihr die Sicht.

»Vielleicht erinnerst du dich«, sagte der Onkel. »Schorkan gab dies in der Nacht der Erschaffung des Buches dem Jungen. Als du nach der Ermordung des Kindes mit dem Buch geflohen warst, bargen wir es. Der tote Junge hielt es noch immer mit den Fingern umklammert.«

»Was willst du damit tun?«

»Was ich tun muss.«

Plötzlich drehte sich der Onkel schnell um und sah Elena an. Er hielt einen Dolch in der Hand; die schwarze Klinge glänzte im Licht des Feuers. Tränen standen ihm in den Augen. »Ich wollte das niemals tun, Elena.«

Er packte sie am Handgelenk und riss sie zu sich. Sie rang nach Luft. Was tat er da? Sie war zu erschrocken, um Widerstand zu leisten.

»Dies ist ein uralter Dolch, den die Magiker benutzt haben, um das Buch des Blutes während seiner Erschaffung zu segnen.« Er fuhr mit der Kante der Klinge über ihre freiliegende Handfläche.

Blut quoll aus dem Schnitt, bevor der Schmerz ihre Augen erreichte. Ein schriller Schrei entrang sich ihrer Kehle. Sie starrte die Wunde fassungslos an.

Er drückte ihr den Schaft des Dolches in die blutige Hand. Während das Blut das Messer benässte, zuckte die schwarze Klinge mit einem Blitz weißen Lichts hervor. Nachdem die Strahlung etwas verblasst war, leuchtete die Klinge silbern im Licht des Feuers.

Onkel Bol fiel vor ihr auf die Knie. »Jetzt ist es ein Hexendolch.«

Er'ril saß aufrecht in seinem Sessel. Die Pfeife war ihm aus den schlaffen Fingern zu Boden gefallen, und glühender Tabak hatte sich auf den Bodendielen aus Kiefernholz verbreitet. Obwohl er die Wahrheit in den Worten des alten Mannes gespürt hatte, betäubte das Bild vor seinem inneren Auge seinen Geist und seine Gliedmaßen. Vor langer Zeit war er Zeuge geworden, wie andere frisch Geweihte ihre ersten Schnitte vom Meister des Ordens erhalten hatten und zu Mitgliedern des Magikkreises getauft worden waren. Das gleiche grelle Licht hatte ihren Schritt über die Schwelle zur Macht begleitet.

Elena war wirklich eine Hexe!

Er beobachtete, wie das Kind den Dolch in den Schoß fallen ließ und sich die Blutspuren von der Hand wischte. Vom Schnitt ihres Onkels blieb keine Spur zurück. Er war ohne Narbe verheilt.

Der Onkel kniete immer noch neben ihr. »Verzeih mir, Elena.«

»Aber ich will das dumme Messer nicht.«

»Du musst es nehmen. Du wirst es brauchen, um deine Magik durchzuführen.«

Sie hielt die rechte Hand hoch. »Ich habe dir doch schon gesagt, es ist weg. Sieh nur, meine Hand ist wieder ganz normal. Die rote Farbe ist verblasst.«

Er'ril ergriff das Wort. Er bemühte sich um einen ruhigen Ton, um das Kind nicht noch weiter zu verängstigen; anscheinend war sie der Verzweiflung nahe. »Deine Rose ist verblasst, als du deinen Vorrat an Kraft erschöpft hattest«, sagte er. »Du brauchst eine Erneuerung.«

»Ich will nicht!« Tränen rannen ihr über die Wangen.

Der Onkel legte ihr die Hand auf den Schoß. »Ich weiß, dass du Angst hast, mein Schatz. Aber deine Tante Fila rechnet mit dir.«

Als sie den Namen ihrer Tante hörte, wurden ihre Seufzer leiser. »Was meinst du damit?«, fragte sie schniefend.

Bol erhob sich wieder. »Komm, ich möchte dir etwas zeigen. Tante Fila hat ein Geschenk für dich hinterlassen.«

»Hat sie über diesen ganzen Hexenkram Bescheid gewusst?«

»Ja, das hat sie, Elena. Und sie war stolz auf dich, weil du so stark wurdest.«

Sie wischte sich die letzten Tränen weg. »War sie das?«

Ihr Onkel nickte. »Komm mit!« Bol wandte sich an Er'ril. »Komm du auch. Vielleicht hilft es dir, den Schlüssel wieder zu erlangen, den du in den Ruinen versteckt hast.«

Er'ril erhob sich aus seinem Sessel. Gemeinsam mit Elena folgte er dem alten Mann zu einem Regal mit staubigen Büchern. Bols Finger fuhren so zärtlich über das Rückgrat der Buchdeckel wie die Hände eines Liebenden. Ein Seufzer entrang sich seinen Lippen. Sein Finger blieb auf einem Buchrücken aus geschnitztem Stein ruhen, der einen Drachenkopf darstellte. Er kippte den Buchrücken um. Gleitrollen und lose Steine waren hinter dem Regal zu hören. Der ganze Schrank schwang zu ihnen herum.

»Tretet ein bisschen zurück«, warnte Bol. Er öffnete den Bücherschrank wie eine Tür und legte eine Steintreppe frei, die nach unten führte.

Elenas Augen weiteten sich vor Staunen, und ihre Tränen waren endgültig besiegt.

Selbst Er'ril war gebannt. »Wohin führen diese Stufen?«

Bol griff nach einer Handlaterne, die auf einer Anrichte stand. Er nahm sie und drehte den Docht hoch, damit der Lichtschein heller wurde. »Folgt mir und passt auf, dass ihr nicht abrutscht. Der Stein ist feucht und glitschig.«

Er'ril gab Elena mit einer Handbewegung zu verstehen, dass sie ihrem Onkel als Nächste folgen sollte, während er als Letzter hinterherging. Die Treppe, die aus groben Brocken unbehauenen Steins bestand, sah viel älter aus als der Stein der Kate. Spinnweben hingen wie drapierte Vorhänge von der niedrigen Decke. Das Mädchen und der gebückte Mann gingen unter den Spinnweben hindurch, wobei diese in den Strömungen bewegter Luft wehten. Er'ril, der größer war als die anderen, strich sie sich immer wieder aus den Haaren, während er die glitschigen Stufen hinter sich brachte. Er schlug sich ins Genick, als er das Krabbeln winziger Beine spürte.

Als Elena den Schlag hörte, sah sie zu ihm zurück und musterte ihn, während er sich den Hals rieb. »Sei vorsichtig. Es bedeutet Unglück, wenn man eine Spinne tötet.«

»Geh weiter, Kind.« Er drängte sie mit einem Fingerschnippen weiter. Sie hatte ja schließlich keine Spinnen im Haar.

Elena lauschte, während sie die letzten Stufen hinunterstieg. Ihre Schritte hallten von dem Gestein wider. Sie rümpfte die Nase bei dem Gestank von stehendem Wasser und moderiger Feuchtigkeit. Als sie bei der letzten Stufe angelangt war, hielt sie inne. Onkel Bol stand einige Schritte vor ihr und reckte die Laterne hoch empor. Das Licht fiel in einen weitläufigen Raum, dessen Wände ringsum ein unregelmäßiges Oval bildeten.

Zwölf Steinsäulen, wie steinerne Wächter, unterteilten die Wände in Abschnitte. Zwischen den Säulen hingen in Alkoven uralte verspiegelte Platten, die meisten mit grünen Wasserflecken.

Onkel Bol lächelte ermutigend. »Hier gibt es nichts zu fürchten, Elena.«

Er'ril, der hinter ihr ging, stieß sie sanft vorwärts. Als sie zu ihrem Onkel trat, warfen die Spiegel ein dunkles Funkeln von Laternenlicht und Bewegung zurück. Ihre eigenen Abbilder, die sich in den Spiegeln bewegten, beunruhigten Elena. Sie drängte sich näher an den Schwertkämpfer. Aus dem Augenwinkel erhaschte sie immer wieder Ausblicke auf irgendwelche Bewegungen. Ein einziger schwarzer Gang führte aus diesem Raum in andere dunkle, geheimnisvolle Gefilde.

»Wo sind wir hier?«, fragte Er'ril und sprach damit Elenas Frage aus.

»Wir befinden uns an den Ausläufern der alten Ruinen.« Onkel Bol hielt die Pfeife zwischen zusammengepressten Zähnen. Der Pfeifenkopf wirkte wie ein deutender Finger. Er machte eine weit ausholende Kreisbewegung mit dem Arm, die den ganzen Raum einschloss. »Dies war in den alten Zeiten der Schule die Andachtshalle. Hierher kamen junge Weiheanwärter – in deinem Alter, Elena –, um zu meditieren und um Weisungen vom Geist Chi zu erbitten.«

Sie blickte in all die dunklen Winkel. Hausten nicht angeblich giftige Schlangen in diesen Ruinen? Sie trat noch näher zu dem Mann mit dem Schwert. »Soll ich zu Chi beten?«, fragte sie im Flüsterton. »Hier?«

»Nein, Liebes, Chi ist nicht mehr da. Der Geist, dem du deine Gabe verdankst, ist ein anderer.«

»Wie das?«, fragte Er'ril. Anscheinend war er nicht im Geringsten beunruhigt durch die wabernden Schatten oder die Aussicht auf die Begegnung mit Schlangen.

Auch Onkel Bol machte keinen besorgten Eindruck. Er sprach mit Er'ril, während Elena angestrengt auf Zischlaute lauschte. »Während Chi eher ein männlicher Geist war, der sich nur Männern mitteilte, glauben wir, dass der Geist, der sowohl Elena als auch Svesa'kofa ihre Kräfte verlieh, eher die weibliche Zwillingsschwester von Chi ist.« Er schwenkte die Laterne zu den Spiegeln. »Wie das Spiegelbild von Chi.«

»Aber Chi hat seine Gabe vielen Menschen zuteil werden lassen«, sagte Er'ril. »Warum sucht sich dieser Geist nur ein Mädchen aus – Elena –, um es zu seinem Instrument zu machen?«

»Darüber wurde schon viel diskutiert, zumal die Schriften von Svesa'kofa uns über diese Fragen im Unklaren lassen. Die beste Antwort, auf die sich die Schwesternschaft einigen konnte, lautet, dass Chi, wie alle Männer, seinen Samen weit verbreiten kann, sodass er viele Menschen in seine Herde einbringen konnte. Der andere Geist, der eher wie eine Frau ist, hat nur jeweils einen Samen zu einer Zeit, den er hegen und nähren kann. Dieser Samen war Svesa'kofa in der Vergangenheit – und Elena heute.«

»Dann ist dieser Samen also schwächer als Chi«, wandte Er'ril ein.

Onkel Bol sah Er'ril stirnrunzelnd an; die Spitzen seines weißen Schnauzbarts hingen herab. »Es bedarf sowohl eines Mannes als auch einer Frau, um einem Kind das Leben zu schenken. Wer ist in einer solchen Vereinigung der stärkere und wer der schwächere Teil? Das ist vergleichbar mit den zwei Seiten einer Münze.«

Er'ril zuckte mit den Schultern. »Worte für Träumer.«

»Was für ein Geist ist das?«, fragte Elena, die allmählich etwas aufmerksamer zuhörte, jedoch immer noch nach Schlangen Ausschau hielt. »Woher kommt er?«

»Wir wissen noch nicht viel über ihn, mein Liebling. Ich hoffe, dass deine Tante Fila darüber etwas herausfinden wird.«

»Aber Tante Fila ist tot. Wie kann sie da noch helfen?«

Onkel Bol legte ihr eine Hand auf die Wange. »Tante Fila ist etwas ganz Besonderes. Unser Geschlecht war schon immer, auch schon vor Svesa'kofa, gesegnet mit einer einzigartigen Verbindung zu den Elementargeistern. Auch deine Mutter, Elena.«

»Meine Mutter?«

Bol nickte. »Du weißt doch, dass sie immer das Geschlecht

eines Ungeborenen voraussagen konnte oder den Zeitpunkt, wann eine Kuh kalben würde.«

»Ja, die Nachbarn sind immer zu ihr gekommen.«

»Nun, das war ihre besondere Begabung.«

»Und Tante Fila hatte ebenfalls besondere Begabungen?«

»Ja, und die waren sehr stark ausgeprägt. Deine Tante Fila konnte die Magik der Elementarkräfte falten und kneten wie den Brotteig in ihrer Bäckerei. Sie war zu vielen Zaubereien fähig.«

Wieder traten Elena Tränen in die Augen, als sie an ihre Eltern, ihren Bruder und an Tante Fila dachte. »Warum musste sie sterben?«

»Pscht, meine Süße ... weine nicht. Ich will dir etwas zeigen.« Onkel Bol führte sie in eine Nische zwischen zwei Säulen.

Elena folgte ihm und fand hier die einzige Wand vor, an der kein Spiegel hing. Die Nische, erhellt von der Handlaterne, bestand nicht aus aufgeschichteten Steinen wie die Mauern, sondern war aus dem Gestein des Berges herausgehauen und enthielt ein Wasserbecken, das von einem hohen Mauerrand umgeben war. Sie sah, wie ein kleiner Wassertropfen an der feuchten Felswand herunterrann und in das Becken fiel.

»Was ist das?«, fragte Er'ril hinter ihr.

»Eine Schale, die von den frisch Geweihten zu Waschungen benutzt wurde. Und auch die Hände vieler alter Magiker benutzten diese Schale, um sich vor dem Meditieren zu waschen.«

Elena drängte sich an das Becken und musste sich auf Zehenspitzen stellen, um in das Wasser zu spähen. »Was hat das mit Tante Fila zu tun?«

»Dieses Wasser, das aus Quellen tief in den Bergen sickert, ist durchtränkt von Elementarkräften.« Onkel Bol sah über ihren Kopf hinweg Er'ril an. »Ich glaube nicht, dass die Magiker der Schule, die für die Elementargeister blind sind, jemals die Kraft erkannt haben, die in diesem Wasser fließt. Vielleicht haben sie es irgendwie gespürt und deshalb intuitiv ihre Stätte der Anbetung hier errichtet.«

»Was bewirkt dieses Wasser?«, fragte Er'ril.

»So wie gewöhnliches Wasser Pfade in Stein schneiden kann,

kann dieses Wasser Verbindungspfade von einem Menschen zum anderen herstellen. Tante Fila und ich besaßen jeweils ein Amulett, das Tropfen von diesem Wasser enthielt und mit dessen Hilfe wir uns über weite Entfernungen hinweg unterhalten konnten.« Onkel Bol zog ein kleines Jadeamulett in der Form einer Alchimistenphiole aus seiner Westentasche. Es hing an einer grauen gedrehten Kordel. Er reichte es Elena.

Sie hob das Amulett behutsam ins Licht der Laterne. »Danke. Es ist schön!«

Onkel Bol beugte sich zu ihr und küsste sie auf die Stirn. »Es ist ein Geschenk von deiner Tante Fila. Übrigens sind in die Kordel Haare von ihr eingeflochten.« Er streckte die Hand aus und entfernte einen winzigen Jadepfropfen, der als Verschluss diente, von der Phiole. »Jetzt füll das Gefäß mit Wasser«, sagte er und deutete auf das Becken.

Elena sah ihren Onkel fragend an, dann ging sie zu dem kleinen Teich und tauchte das Amulett hinein. Die Kälte des Wassers stach ihr in die Finger. Sie hob die Phiole heraus, und Onkel Bol reichte ihr den Jadepfropfen.

»Verschließ es dicht«, sagte er.

Elena tat, wie ihr geheißen, und steckte mit angestrengt gerunzelter Stirn den Jadepfropfen vorsichtig in die Phiole. »Und jetzt?«, fragte sie.

»Mittels dieses Amuletts kannst du dich mit deiner Tante Fila unterhalten. Du brauchst dazu das Amulett nur fest mit der Hand zu umschließen und es dir zu wünschen.«

Ein Schauder der Angst rann ihr über den Rücken. Sie liebte ihre Tante, aber … »Ich kann mich mit ihrem Geist unterhalten?«

»Ja. Ihr Körper mag dahingegangen sein, aber ihr Geist lebt. Ich meinerseits kann sie mit meinem Amulett nicht mehr erreichen. Die Elementarkraft allein reicht nicht aus, um die Entfernung bis ins Reich des Geistes zu überbrücken. Tante Fila indes war fest davon überzeugt, dass es dir gelingen würde.«

Elenas Augen hafteten eindringlich auf dem Amulett. »Wie?«

»Geh zu einem der Spiegel. Du brauchst eine reflektierende

Fläche. Dann blick hinein, während du das Amulett fest in der Hand hältst, und sprich Filas Namen aus. Versuch es.«

Elena verzog das Gesicht und ging zu einem Spiegel in einer Nachbarnische. Sie streifte sich die Kordel über den Kopf und umfasste das Amulett mit der Hand; die scharfen Kanten stachen ihr in die Haut. Sie drückte die Faust an die Brust und blickte in den Spiegel. Grüne Wasserflecken sprenkelten ihr Spiegelbild und verliehen ihr ein krankes Aussehen.

»Denk an sie und sprich ihren Namen aus«, flüsterte Onkel Bol neben ihr. Seine Stimme klang so hoffnungsvoll und gleichzeitig so traurig, dass sie sich ihm nicht widersetzen konnte. Vor ihrem geistigen Auge stellte sie sich die strengen Züge ihrer Tante und die Art und Weise vor, wie ihr Haar immer zu einem straffen Knoten nach hinten gesteckt war. »Tante Fila?«, sagte sie zu dem Spiegel. »Hörst du mich?«

Beim Aussprechen dieser Worte spürte Elena, wie sich das Amulett bewegte, etwa wie ein Küken, das sich vor dem Schlüpfen im Ei bewegt. Doch weiter geschah nichts. Sie wandte sich Onkel Bol zu. »Es ist nicht möglich.«

Seine Augen verengten sich, und seine Schultern sanken schlaff nach vorn. »Vielleicht ist sie zu weit weg.«

»Oder vielleicht hat sie sich geirrt«, sagte Er'ril. »Wir sollten …«

Die Tür des Bücherschranks schlug über ihnen zu; Elena zuckte erschreckt zusammen, und ihre Faust krampfte sich im Reflex zusammen, sodass sie sich den Daumen an einer scharfen Kante des Amuletts aufritzte.

Die Laterne schaukelte in Onkel Bols Hand und warf flackernde Schatten. Er und Er'ril standen einige Herzschläge lang wie versteinert da.

Plötzlich drang ein neues Licht in den Raum. Es kam von dem Spiegel vor Elena. Ihren Augen, angezogen von dem Licht, bot sich ein Anblick, auf den sie nie mehr zu hoffen gewagt hatte. Ihre Tante Fila! Die alte Frau war umwallt von Lichtwogen, und Sterne funkelten hinter ihr. Der Anblick der Sterne erinnerte Elena an etwas schon einmal Gesehenes.

Doch bevor Elena darüber nachdenken konnte, sprach Tante Fila, wobei ihr Gesicht einen Ausdruck panischer Angst zeigte. »Lauf weg!« Sie deutete mit Geisterhand zu dem einzigen dunklen Gang, der aus dem Raum hinaus und tiefer in die Ruinen hineinführte. »Flieh! Sofort! Verlass die Kate und flüchte in den Wald!«

23

Rockenheim, der die Ohren so tief wie möglich ins Kissen gedrückt hatte, wurde schließlich von Erschöpfung übermannt und fiel in einen unruhigen Schlummer. Er träumte, er stünde am Rand einer Felsenklippe über einem dunklen, tosenden Meer. Während er zusah, wie die von weißem Schaum bekrönten Wellen gegen die schwarzen Felsen unter ihm krachten, war ihm irgendwie bewusst, dass er träumte. Wolken und Regen trübten den Horizont, und der Sturm peitschte die See bis weit hinaus. Wie so oft in den Träumen war die Tageszeit unklar. Die Lichtverhältnisse deuteten darauf hin, dass eine Veränderung unmittelbar bevorstand. Aber ob das Licht in Kürze heller werden und der frühe Morgen anbrechen oder ob vollständige Dunkelheit einsetzen würde, blieb ungewiss. Als Einziges wusste er mit Sicherheit, dass er diesen Ort kannte. Er hatte schon einmal hier gestanden. Er erinnerte sich an den Salzgeruch, der ihm in die Nase stieg, und an den Wind, der ihm durchs Gesicht strich. Es war das Dev'enbeer-Riff an der Küste seiner Inselheimat!

Ein Lächeln erschien auf seinem Gesicht. Es war viele Jahre her, dass er zu dem Archipel zurückgekehrt war. Selbst diese nächtliche Fantasie war ein angenehmer Besuch. Er sog die Luft tief in die Brust ein, und wenn er blinzelte ... ja, er konnte mit Mühe die Insel Maunsk in der Ferne sehen, fast verschluckt von den aufgewühlten Wolken.

Plötzlich, während er noch in die Betrachtung der Nachbarinsel versunken war, umklammerte ein Gefühl von Angst sein Herz. Er blickte sich rasch um und erwartete, dass irgendein albtraumhaftes Geschöpf sich auf ihn stürzen würde, aber die sanften grünen Hänge lagen still und leer da.

Was verursachte dieses Herzflattern? Dies war seine Heimat. Wovor sollte er sich fürchten? Er vertiefte sich in den Anblick der Klippen. Das Rauschen des Ozeans, des Windes und des Regens kam ihm seltsam vertraut vor, es war mehr als nur eine Erinnerung an zu Hause. Genau dieses Bild – die ferne Insel, von Wolken eingehüllt, das Tosen des wütenden Wassers unter ihm, das Prickeln der Gischt auf seinen Wangen – machte ihm klar, dass er nicht nur früher schon einmal hier gestanden hatte, sondern dass er *genau in diesem Augenblick schon einmal hier gestanden hatte*. Aber wann?

Er versuchte, seine Gedanken zu ordnen, doch eine aufsteigende Panik schüttelte ihn. Er verspürte das dringende Bedürfnis wegzulaufen. Aber bevor er diesen Gedanken in die Tat umsetzen konnte, bewegten sich seine Füße ganz von selbst; sie trugen ihn jedoch nicht auf sichereren Boden, sondern weiter an den Rand der Klippe! Wie in so vielen Träumen konnte er nicht anhalten. Es war, als sei sein Körper eine Marionette, durch deren Augen er spähte. Er konnte seinen Füßen keinen Einhalt gebieten, sie marschierten immer weiter. Während er dagegen ankämpfte, sah er, wie sein rechter Fuß ins Leere trat.

Jetzt fiel es ihm ein! Er war nicht nur schon einmal hier gewesen, er hatte genau das Gleiche schon einmal getan. Ein übermächtiger Schmerz quoll als schriller Schrei aus seiner Brust, während sein Körper von der Klippe taumelte. »Linora!«

Das aufgeschäumte Wasser schlug wütend gegen die Felsen, die sich seinem Gesicht mit rasender Schnelligkeit näherten; Worte tobten in seinem Kopf, in einer kalten, vertrauten Sprache, unterlegt mit schwarzem Humor. Dismarums Stimme sagte: »Keine Angst, Rockenheim, ich fange dich wieder auf.« Lautes Lachen erklang, als er auf den Wellen aufschlug.

Rockenheim schreckte aus dem Schlaf auf; er schmeckte Blut im Mund. Seine Unterwäsche war von Schweiß durchtränkt, als ob er eine weite Strecke gerannt wäre. Er versuchte zappelnd, sich aufzurichten, aber die Stricke hielten ihn fest.

Plötzlich legte sich eine grobe Hand auf seinen Mund. Er versuchte zu schreien, aber die Hand erstickte jeden Laut.

»Sei still oder stirb«, zischte ihm jemand ins Ohr. Rockenheim spürte eine Messerklinge an der Kehle. Er hörte auf zu zappeln. Die Waffe entfernte sich von seinem Hals und schnitt die Stricke durch.

Rockenheim senkte die Arme und rieb sich die Handgelenke. Der massige Schatten des Mannes aus den Bergen ragte neben dem Bett auf. »Zieh dich an. Beeil dich!«, knurrte Kral ihn an.

Er bemerkte die kleine Frau, die, vollkommen angezogen, durch das winzige Fenster hinausspähte. »Schnell!«, drängte sie. »Jetzt sind beide im Haus. Der Weg ist frei. Sobald wir bei den Pferden sind, können wir sie hinter uns herziehen.«

»Was ist los?«, fragte Rockenheim, während er sich das Hemd in die Hose stopfte. Er bückte sich nach seinen Stiefeln.

»Skal'ten«, antwortete Kral.

Rockenheim beeilte sich noch mehr und sprang geradezu in die Stiefel. Jetzt war kein guter Zeitpunkt, um von den Schergen des Herrn der Dunklen Mächte geschnappt zu werden. Er hatte ihnen nichts anzubieten. »Wo ist das Mädchen ... und wo sind die anderen?«

Kral ging auf diese Frage nicht ein. Er schob Rockenheim zum Fenster, ohne zu verstehen, warum Ni'lahn darauf bestand, den Gefangenen mitzunehmen. Seiner Meinung nach hätte man Rockenheim den Zähnen und Klauen der Ungeheuer überlassen sollen. Aber die kleine Frau war beharrlich geblieben.

Ni'lahn öffnete vorsichtig und langsam das Fenster. Von unten tönte lautes Poltern herauf. »Glaubst du, dass sie in Sicherheit sind?«, flüsterte sie.

Er blieb stumm, unsicher und zögernd, seine Angst auszudrücken. Wenn er das Kommen der Ungeheuer doch früher gespürt hätte! Kral hatte gerade noch genügend Zeit gefunden, um hinunterzurennen und die Kellertür zuzutreten, bevor das erste Skal'tum an der Tür der Kate gerüttelt hatte. Er selbst konnte soeben noch die Treppe hinauf entkommen.

»Hoffentlich bleiben sie so lange unentdeckt, bis wir die

Pferde erreicht und die Ungeheuer von hier weggelockt haben!«, rief Ni'lahn und stieß das Fenster auf.

»Die Kellertür ist gut getarnt.«

»Trotzdem, wir müssen uns beeilen!« Nun stand das Fenster weit auf, und sie kletterte durch die Öffnung auf das strohgedeckte Dach hinaus.

Kral hob den Gefangenen hoch und schob ihn über den Fenstersims. Der dünne Mann rollte über das Dach und wäre beinahe über den Rand gefallen. Als Nächster kroch Kral durch das Fenster, wobei er kräftig ausatmete, um seinen mächtigen Brustkorb durch den engen Rahmen zu zwängen. Sein Gürtel verfing sich für einen kritischen Augenblick an dem Sims, bevor er ihn schließlich loszerren konnte und es schaffte, auf das Dach zu gelangen.

»Das erinnert mich an eine gebärende Kuh«, bemerkte Rockenheim wie zu sich selbst. Seine frechen Worte täuschten die anderen über seine lauernd gerunzelte Stirn und die Art und Weise, wie sein Blick ständig in alle Winkel des Daches huschte, allerdings nicht hinweg.

Ni'lahn stand auf dem Rand des Daches. Der Pferdestall mit seinen schiefen Türflügeln lag nur einen Steinwurf weit von ihr entfernt. »Wir könnten von hier aus springen«, flüsterte sie. »Oder wir schleichen uns zur Rückseite des Hauses und klettern über den Holzstapel hinunter.«

Als Antwort sprang Kral von dem Dach und landete mit einem dumpfen Geräusch auf einem Haufen Tannennadeln. Er winkte die anderen zu sich herunter. Ni'lahn bedeutete Rockenheim, als Erster zu springen, da sie dem Mann offensichtlich misstraute. Er brauchte keine zweite Aufforderung. Die Schnelligkeit, mit der er zum Rand des Daches eilte, legte die Vermutung nahe, dass auch er einer Begegnung mit den Wesen entgehen wollte, die durch die unteren Räume wüteten. Er hing für einen Augenblick am Rand des Daches, dann ließ er los und landete neben Kral.

Ni'lahn schob ihren Rucksack zurecht und blickte zu den beiden hinunter. Kral trat einen Schritt vor, um sie notfalls aufzufangen. Während sie noch an der Kante zögerte, ertönte ein Krachen und Splittern aus der Schlafkammer hinter ihr.

»Schnell!«, rief Kral. Aber sein Drängen war überflüssig. Ni'lahn war bereits vom Dach gesprungen.

Das Wort »Lauft!« entfuhr ihren Lippen, als sie auf den Beinen aufkam. Bevor Kral seinen großen Körper in Bewegung setzen konnte, eilte sie zum Pferdestall hinüber. Sie flog wie ein flatterndes Blatt. Kral trabte hinter ihr her, wobei er Rockenheim vor sich her trieb.

Er hörte hinter sich Glas bersten und Bretter brechen. Er wandte sich im Laufen um und sah eine dunkle Gestalt, die sich durch das Fenster schob; Klauen kratzten über das strohgedeckte Dach. Anscheinend steckte das Wesen fest; doch so, wie es um sich schlug und zappelte, würde es bald frei sein. Er lief schneller und trieb Rockenheim weiter. Der Städter stolperte, doch Kral bekam ihn an der Schulter zu fassen und hielt ihn auf den Beinen.

Kral sah, dass Ni'lahn bereits im Pferdestall verschwunden war. Als er zu der schiefen Tür mit den verrosteten Scharnieren kam, hatte die Frau zwei der Pferde – die graue Stute des Mädchens und den kastanienbraunen Hengst des Mannes aus der Prärie – bereits im Schlepptau. Sein eigenes Schlachtross Rorschaff ließ die Frau nicht an sich heran und scharrte mit dem Huf im getrockneten Pferdemist. Seine schwarzen Flanken bebten vor Erregung; offenbar spürte es die Ungeheuer in seiner Nähe. Kral schnalzte zweimal mit der Zunge, und Rorschaff hielt die Hufe still.

Ni'lahn schwang sich auf den ungesattelten Rücken des kastanienbraunen Hengstes und zog die kleinere Stute an den Zügeln zu Rockenheim. Kral bemerkte zufrieden, dass sie die Stute und den Hengst mit einem Strick zusammengebunden hatte. Sie vertraute offenbar nicht darauf, dass der Gefangene freiwillig bei ihnen bleiben würde. Die Stute wehrte sich dagegen, dass Rockenheim sie bestieg, doch Kral stellte fest, dass die in der Garnison genossene Ausbildung des Mannes nichts zu wünschen übrig ließ. Er hielt sich auf dem Pferderücken und schaffte es, sich das Tier einigermaßen gefügig zu machen.

Kral warf seinen Sattel und seine Packtaschen auf Rorschaff und befestigte alles mit ledernen Riemen. Einen Herzschlag später saß er auf und klopfte auf die Taschen an seinem Schenkel. Sie fühlten sich voll an, was ihm verriet, dass sich niemand an dem Inhalt zu schaffen gemacht hatte.

Er ritt zur Stalltür und trat sie weit auf.

Eine große Gestalt stürzte vor ihm in den Schlamm. Sein Schlachtross, das fast ohne Zögern durch jedes Feuer gerannt wäre, bäumte sich auf und wieherte voller Angst. Kral verdrehte die Faust mit den Zügeln und gab sich alle Mühe, im Sattel zu bleiben.

Vor ihm stand mit weit ausgebreiteten Flügeln ein weiterer Scherge des Herrn der Dunklen Mächte. Das Skal'tum zischte und versperrte dem scheuenden Pferd den Weg. Schließlich ruckte Kral heftig an der Trense und brachte Rorschaff dazu, die Hufe am Boden zu lassen. Die anderen Pferde und Reiter waren immer tiefer in den baufälligen Stall zurückgewichen. Doch dieser bot ihnen keine Sicherheit – ein solches Ungeheuer ließe sich nicht von verfaulten und windschiefen Brettern aufhalten. Kral gab Rorschaff die Fersen, und zum ersten Mal, seit er zum Reittier erzogen worden war, verweigerte sich der Hengst diesem Befehl. Kral trat ihm noch fester in die Flanken. Das Pferd gehorchte nicht, war vor Entsetzen wie erstarrt.

Kral beugte sich im Sattel nach vorn, wobei sich ihm der Knauf in den Bauch bohrte, um so nahe wie möglich ans Ohr seines Pferdes zu gelangen. »*Rorschaff, partu sagui weni sky*«, schnalzte er in der Sprache der Gebirgspferde, einer Sprache, die die Bergbewohner so gut beherrschten wie ihre eigene. Kral war der beste Pferdeflüsterer seines Stammes. Einige behaupteten, er entstamme dem Geschlecht, das die Sprache der Gebirgspferde zur alltäglichen Verständigung benutzte. Dennoch, so fähig er auch war, bedurfte es all seiner Überredungskünste, um die Angst aus Rorschaffs Herz zu vertreiben und das Tier dazu zu bringen, ihm zu gehorchen.

Allmählich reagierte Rorschaff auf Krals Hände an den Zügeln. Kral stieß ihn in die Flanken, und der Hengst trat ein paar Schritte näher an das Skal'tum heran.

Die Ohren des gefiederten Ungeheuers zuckten vor und zurück, um die Lage abzuschätzen. Die Krallen an seinen Füßen hatten sich tief in den Boden gegraben. Grünlicher Schlick tropfte von den dolchspitzen Klauen, während er diese wie Fäuste ballte und wieder öffnete. Fangzähne zeigten sich zwischen den schmalen Lippen, und in dem schräg fallenden Mondlicht wirkten die Augen wie schwarze Höhlen mit rot glühenden Kohlen tief im Innern. Die Bewegungen des Pferdes nahmen die ganze Aufmerksamkeit des Ungeheuers in Anspruch.

»Wo isst dass Mädchen?«, spuckte das Skal'tum Kral an. »Gebt ssie herauss, dann lassssen wir euch schnell ssterben.«

Kral spürte Müdigkeit hinter den Worten des Ungeheuers. Sein Atem schnarrte durch den freien Raum zwischen ihnen. Es hatte das Skal'tum offenbar große Anstrengung gekostet, so schnell hierher zu kommen. Mit etwas Glück würde es Kral vielleicht gelingen, es lange genug abzulenken, damit die anderen entkommen konnten. Er nestelte seine Axt von dem Sattelgeschirr los und zog sie zu sich heran. Dann trieb er sein Pferd mit den Fersen zum Sprung an und stürzte geradewegs auf das Ungeheuer zu. Dumpfes Gebrüll entstieg seiner Kehle, der Schlachtruf seines Stammes. Kral schwang die Axt hoch in der Luft.

Wie Kral gehofft hatte, zwangen Erschöpfung und Überraschung das Skal'tum, zwei Schritte zurückzuweichen, bevor es sich zur vollen Höhe aufrichten konnte. Das reichte aus – der Platz genügte, damit ein Pferd samt Reiter an Kral vorbei und hinaus in den dunklen Wald preschen konnte. »Los!«, schrie er den anderen zu. Er brauchte nicht zweimal zu rufen, und ein Trappeln von Hufen zog am Rumpf seines Reittiers vorbei. Er wagte es nicht, den anderen zu folgen; seine Augen waren immer noch auf die Klauen und Zähne des Skal'tums gerichtet.

Das Skal'tum jedoch sah, wie ihm ein Teil seiner Beute entwischte. Es stürzte sich auf Kral, genau in dem Augenblick, als der letzte seiner Begleiter an ihm vorbeipreschte. Ein blitzschneller Schwung mit der Axt wehrte einen Angriff von giftigen Krallen auf sein Gesicht ab, und ein Abwärtshieb mit dem Griff aus Hartholz schlug einen Tritt klauenbewehrter Füße gegen den Bauch seines Pferdes zurück. Kral lenkte sein Pferd durch sanften Druck mit den Beinen und die Verlagerung seines Gewichts. Rorschaff und sein Reiter bewegten sich wie ein einziger Körper. Pferd und Mensch bildeten eine Einheit aus Muskel- und Willenskraft.

Das Skal'tum wich einen Schritt zurück, seine Brust hob und senkte sich heftig vor Anstrengung. »Du kämpfsst gut, Mann vom Felss. Aber die Nacht gehört mir.«

Kral ließ die Axt in seiner Hand tanzen, doch das war eine überflüssige Darstellung seiner Kunst. Er wusste, dass sein Kampf gegen das Ungeheuer letztendlich hoffnungslos war. Wie ihm frühere Kämpfe gegen die Artgenossen des Ungeheuers gezeigt hatten, waren die Skal'ten durch Dunkelmagik gegen Schaden gefeit. Da die Sonne noch lange nicht aufgehen würde, konnte Kral das gegenwärtige Patt nicht aufrechterhalten. Früher oder später würde eine Kralle oder ein Reißzahn seine Abwehr durchbrechen. Allenfalls durfte er hoffen, für Ni'lahn und den Mann aus der Garnison Zeit für die Flucht herauszuschinden und das Ungeheuer dann von der Kate wegzulocken – falls er so lange überleben würde.

Das Skal'tum wartete, und während der kurzen Kampfpause beruhigte sich sein Atem ein wenig. Es ließ sich Zeit damit, seinem Widersacher den Garaus zu machen, und spielte offenbar gern noch mit ihm. Anscheinend wusste es ganz genau, dass das Mädchen, das es suchte, nicht unter denen gewesen war, die zu Pferde entkommen waren. Kral richtete sich im Sattel auf. Er hatte Ni'lahn und den anderen genügend Zeit zur Flucht verschafft. Wenn er hier sterben sollte, dann sollte dies mit geschwungener Axt und auf dem Rücken des Hengstes geschehen, den er vom Fohlen zum Schlachtross herangezogen hatte. Er schwenkte die Axt über dem Kopf in der Absicht, das Ungeheuer zu einem Angriff herauszufordern. Und es griff an – elendes berechenbares Ungeheuer!

Jetzt ging es darum, es von der Kate wegzulocken.

Kral ließ sein Pferd steigen; eisenbeschlagene Hufe schlugen den Feind zurück. Immer noch auf dem Rücken des aufgebäumten Hengstes kauernd, gab Kral Rorschaff das Zeichen für eine Kehrtwendung. Das Pferd wendete auf den Hinterbeinen und ließ die Vorderbeine mit aller Wucht wieder zu Boden sinken, sodass Kral nach vorn über den Knauf geworfen wurde. Das Skal'tum stand jetzt hinter ihnen und stieß schrille Schreie aus. Der Mann aus den Bergen trieb sein Pferd mit den Fersen vorwärts, um die Baumlinie hinter der Ecke der Kate im Galopp zu erreichen. Doch nach nur wenigen Schritten hielt Rorschaff jäh inne, und seine Hufe gruben Furchen in den steinigen Boden. Auf dieses plötzliche Anhalten war Kral nicht gefasst. Er bemühte sich nach Kräften, sich im Sattel zu halten, konnte jedoch nicht verhindern, dass er über den Kopf seines Reittiers geschleudert wurde. Er landete mit einer Rolle am Boden und verhinderte somit einen oder mehrere Knochenbrüche. Kral richtete sich auf die Knie auf und blickte nach vorn, um zu sehen, was Rorschaff so sehr erschreckt hatte.

Ein zweites Skal'tum stakte von der Vorderseite der Kate heran und versperrte ihm den Fluchtweg zu den Bäumen. Kral hörte das zischende Lachen des ersten Skal'tums hinter ihm. »Komm zurück, Kleiner. Wir sind noch nicht fertig mit Spielen.«

Während sich Bol bemühte, eine Fackel aus dem brüchigen Stein der Wand zu hebeln, schickte Er'ril sich an, die Treppe hinaufzusteigen und dem Krach und dem Tumult, der aus der Kate über ihnen herunterschallte, auf den Grund zu gehen.

»Bleib, wo du bist, Mann aus der Prärie!«

Er'ril wandte sich zu der Stimme um, die von dem Geist im Spiegel kam. Die wogenden Lichtlinien über der strengen Gestalt der alten Frau wurden abwechselnd heller und dunkler. Er sprach zu dem Spiegel. »Meine Gefährten dort oben sind in Gefahr.«

»Um sie hast du dich nicht zu kümmern«, sagte sie kühl und kniff die Augen zusammen. »Du warst der Hüter des Buches, und jetzt bist du der Hüter jener, für die das Buch geschaffen wurde. Du musst Elena in Sicherheit bringen. Die Zeit hat die Begierde des Schwarzen Herzens nicht gemindert. Geht!« Ihr helles Bild in dem Spiegel flackerte wie eine Kerzenflamme im Wind; die letzten Worte kamen stoßweise. »Die dunkle Magik ... schleicht in die Kate ... schwächt meine Verbindung zu euch. Flieht ... so lange ihr noch könnt. Lass mich nicht im Stich, Er'ril von Standi.«

Dann verschwand ihr Geist, und Dunkelheit ergriff wieder Besitz von dem Raum. Nur die blauflammigen Fackeln schlugen die Schwärze schwach zurück.

In der Stille trat das Mädchen an Er'rils Seite. Ein besonders lautes Krachen ertönte von oben und ließ sie zusammenzucken; sie griff nach seiner Hand, und er drückte sie besänftigend. Sie fühlte sich wie ein glühend heißer Holzscheit zwischen seinen Fingern an. Wie konnte dieses Kind eine Hexe sein? Hexen waren die legendäre Verkörperung des Bösen: bucklige alte Vetteln, die in tückischen Sümpfen und schäbigen Hütten lebten, oder schöne Frauen mit feuerroten Haaren, die bei ihren mitternächtlichen Besuchen Männer ins Verderben lockten. Er'ril betrachtete die Kindfrau. Im Schein der Fackel zeigten ihre Augen den glasigen Schimmer von Angst, ihre Lippen waren leicht geöffnet, während sie die Luft anhielt. Mit einer Hand nestelte sie an einer Haarlocke neben dem Ohr. Er drückte erneut ihre Hand. Böse oder nicht, *diese* Hexe stand unter seinem Schutz.

Bol hatte endlich eine der Fackeln aus der Halterung gelöst und deutete damit in den einzigen Gang, der aus der Kammer hinausführte.

»Dort entlang!« Er reichte Er'ril die Fackel.

Da er nur einen Arm hatte, war Er'ril gezwungen, die Hand von Elenas verkrampften Fingern zu lösen, um die brennende Fackel zu übernehmen. Die Hand des Mädchens, die jetzt frei war, griff nach dem Rand von Er'rils Lederwams und hielt sich daran fest.

Bol hob seine Laterne. »Kommt. Ich habe diese Ruinen hier gründlich erforscht und kenne mich gut aus.«

»Kennst du einen Weg hinaus in den Wald?«, wollte Er'ril wissen.

Der Alte antwortete flüsternd, wobei er sich umdrehte und dem schwarzen Gang zuwandte. »Früher habe ich einen Weg gekannt«, sagte er. »Aber diese Ruinen verwirren einen mit einer besonderen Art der optischen Täuschung.«

Er'ril und Elena folgten Bol in den dunklen Gang, der aus der Kammer hinausführte. Er entpuppte sich als ein alter Korridor der Schule. Vereinzelte Steine waren in der Feuchtigkeit zerbröckelt, und eine dicke Schimmelschicht bedeckte die Wände. Die Nischen, an denen sie dann und wann vorbeikamen, enthielten Statuen, die so lange schon dem tropfenden Wasser und dem Zahn der Zeit ausgesetzt waren, dass die Formen zu buckligen Massen verwittert waren, die den Vorbeigehenden einen gehörigen Schreck einjagten.

Er'ril stellte fest, dass sich Elena mit Bedacht von diesen dunklen Stellen fern hielt, und bei jedem Geräusch sog sie hörbar die Luft ein. Beim Gehen stolperten ihre Füße immer wieder vor Erschöpfung. Er hörte, wie sie zwischen den Schnaufern vor sich hin murmelte, unzusammenhängende Worte, die an den Boden gerichtet waren und bei denen es irgendwie um Schlangen ging. Er'rils Lippen strafften sich besorgt. Seit der Mahlzeit am Tag zuvor hatte das Kind vermutlich nichts mehr gegessen. Er sollte unbedingt einen Platz finden, wo sie schlafen und sich ein wenig erholen konnte. Auf diese junge Frau lauerten Gefahren, die weit schlimmer sein mochten als solche körperlicher Natur.

Am liebsten hätte er den Arm um Elena gelegt, aber er war vollauf damit beschäftigt, die blakende Fackel zu halten. Zum ersten Mal seit langem bedauerte er den Verlust seines zweiten Arms.

Er sah, wie Bol an einer Kreuzung dreier geröllbedeckter Gänge zögerte. Die unterirdischen Ruinen der alten Schule waren ein Labyrinth steinerner Korridore, die kreuz und quer verliefen, und eingebrochener Kammern. Zunächst war Bol voller Gewissheit durch dieses Tunnelgewirr geschritten, doch je weiter sie kamen, desto häufiger blieb er stehen, kratzte sich am Kopf und blinzelte.

Er'ril trat neben ihn. »Stimmt etwas nicht?«

»Offenbar bin ich falsch abgebogen. Ich kann mich an diesen Quergang nicht erinnern.«

»Was sagst du da?«

»Ich sage, wir haben uns verlaufen. Es gibt viele Bereiche dieser Ruinen, die ich noch nicht erforscht habe. Einige Teile drohen einzubrechen. In einigen Teilen herrschen irgendwelche Monster der Unterwelt und bewachen ihr Refugium gegen Eindringlinge.«

»Und wo sind wir jetzt?«

Wie als Antwort ertönte ein lautes Zischen rings um sie herum. Elena, immer noch an Er'rils Seite, stieß einen erschreckten Laut aus.

Bol senkte die Laterne tiefer. »Wie schnell kannst du rennen und dabei Elena tragen?«, flüsterte er Er'ril zu.

»Warum?«

Bol spähte in die Dunkelheit. »Ich wusste nicht, dass sie ihr Gebiet so weit ausgedehnt haben. Die winterliche Kälte muss sie in diese tieferen Regionen getrieben haben.«

Er'ril lauschte auf das immer lauter werdende Zischen. »Schlangen?«

Bol schüttelte den Kopf. »Schlimmer. Viel schlimmer. Felskobolde.«

Die beiden Skal'ten schlugen mit den Flügeln in der kalten Nachtluft, während Kral sich mühsam aufrichtete. Eines seiner Knie verweigerte ihm den Dienst, und er griff nach Rorschaffs Widerrist, um nicht umzufallen. Das Schlachtross kam näher zu ihm heran. Obwohl die Augen des Pferdes weit aufgerissen waren vor Angst und sein Fell vor Schweiß glänzte, blieb Rorschaff treu bei seinem Herrn stehen, bereit, ihn zu schützen.

Das Skal'tum hinter ihm kicherte, was sich anhörte, als polterten während eines Unwetters Steine durch ein Flussbett. »Mein kleiner Vogel hat ssich den Flügel gebrochen. Komm, ich mach ihn wieder heil.«

Kral hörte das Kratzen von knochigen Flügeln und Klauen, die sich seinem Rücken näherten. Er schaute auf seine leeren Hände – er war unbewaffnet. Bei dem Sturz vom Pferd hatte er die Axt verloren. Sie lag jetzt in der Nähe des zweiten Skal'tums am Boden. Er brauchte einen Ersatz für seine Waffe – doch woher sollte er den bekommen? Sinnlos ...

Das zweite Skal'tum kroch näher zu ihm heran. »Wir hatten eine weite Reisse biss hierher. Wir könnten eine kleine Mahlzeit vertragen, bevor wir die Kate ausseinander nehmen und unssere eigentliche Beute ssuchen.«

Beide Skal'ten zischelten jetzt bösartig. Grüner Schleim

tropfte von den Klauen des Ungeheuers vor ihm, während es ihn mit den Augen verschlang wie ein Hund, der sabbernd nach einem Knochen giert.

Krals Hand legte sich auf eine seiner Packtaschen. Er löste den Riemen und schlug die Abdeckung zurück.

»Nun, wass glaubt denn unsser Kleiner da zu haben?«, fragte das Ungeheuer hinter ihm. »Noch eine blitzende Klinge, um auf unss einzusstechen? Du kannsst unss keinen Schaden zufügen, Weichling, ssondern nur unsseren Appetit anregen.«

Kral griff in seine Packtasche und bekam seine ›Waffe‹ an einem langen Ohr zu fassen – er förderte den abgeschlagenen Kopf des Skal'tums zutage, das er in der Stadt erlegt hatte. Er hob ihn so hoch, dass beide Geschöpfe ihn sehen konnten. »Vertraut nicht so uneingeschränkt eurer dunklen Magik! Ich habe gelernt, euren üblen Schutz zunichte zu machen.«

Der Anblick des Kopfs mit der langen Zunge, die schlaff zwischen den toten Lippen heraushing, hatte die gewünschte Wirkung auf die Ungeheuer. Kral vermutete, dass die beiden seit vielen Jahrhunderten keinen niedergemetzelten Artgenossen mehr gesehen hatten. Das grauenvolle Bild veranlasste beide Skal'ten, zitternd vor ihm zurückzuzucken. Er tat einen Satz nach vorn, und sein Pferd folgte ihm auf einen gepfiffenen Befehl hin. Rasch schleuderte er den Kopf in Richtung des vorderen Skal'tums, und dieses sprang so weit zurück, dass Kral seine Axt ergreifen konnte.

Er fuhr mit der Axtklinge durch das zähe Blut, das in Fetzen von dem abgetrennten Hals in seiner Hand hing. »Blut von euresgleichen, auf eine Klinge geschmiert, macht euren dunklen Schutz wirkungslos.« Er hob die Klinge und betete innerlich, dass sein Trick gelingen möge. »Ich brauche die Sonne nicht, um euch umzubringen!«

Seine Worte erschütterten die Skal'ten. Der Erschöpfung nahe, war keines der Ungeheuer willens, seine Behauptung auf die Probe zu stellen. Er stieg auf sein Pferd und lenkte es mit Hilfe der Knie zur Seite. Jetzt standen beide Skal'ten unmittelbar vor ihm.

»Wir werden dich töten, kleiner Mann. Nimm unssere Worte zur Kenntniss. Wenn die Kunde von deinen Taten unsseren

Sstamm erreicht, wirsst du mitssamt allen deinessgleichen Fleisch zwischen unsseren Zähnen ssein.«

»Wir sind bereit, es mit euch aufzunehmen! Euer Blut wird wie Flüsse unsere Berge hinabströmen«, versicherte er den Geschöpfen, wobei er sein Pferd wendete und Rorschaff ein Zeichen gab, sich in der schnellsten Gangart fortzubewegen. Angst feuerte Rorschaff an, und seine eisenbeschlagene Hufe donnerten über den kalten Boden. Bäume flogen zu beiden Seiten vorbei. Unter einem Geflecht aus Ästen, die den Himmel über ihm gegen einen geflügelten Angriff abschirmten, gestattete sich Kral, wieder zu atmen.

Während er und Rorschaff durch die Winternacht preschten, rumpelten über ihnen Donnerschläge. Gleich würde ein Unwetter über sie hereinbrechen. Kral sah, wie Blitze am schwarz bewölkten Himmel zuckten, während zwei Gefühle in seinem Herzen gegeneinander ankämpften: Erleichterung, dass er mit dem Leben davongekommen war, und Scham wegen seiner Handlungsweise. Er trieb Rorschaff mit den Fersen zu einem noch schnelleren Galopp an, als ob er von seiner unedlen Tat davonrennen könnte. Schaum trat auf Rorschaffs Lippen, doch er gehorchte seinem Herrn und jagte durch den Wald.

Nicht die Tatsache, dass er seine Gefährten in der Kate zurückgelassen hatte, lastete schwer wie ein Stein in seiner Brust. Obwohl er sie dem Ungeheuer überlassen hatte, wusste er im Grunde seines Herzens, dass er alles getan hatte, um für sie Zeit zu gewinnen, damit sie dem Keller entfliehen und sich in Sicherheit bringen konnten. Er hatte sein Bestes gegeben und dabei sein eigenes Leben aufs Spiel gesetzt.

Nein, was seinem Herzen Schmerzen bereitete und ihm die Kehle zuschnürte, war der Umstand, dass er gelogen, die Unwahrheit gesprochen hatte! Und das aus keinem anderen Grund, als um die eigene verachtenswürdige Haut zu retten!

Er riss an Rorschaffs Zügeln. Das Pferd bäumte sich mit wildem Blick auf, Schaum flog ihm aus dem Maul, und es blieb unvermittelt stehen. Plötzlich krachten Blitz und Donner über Kral, als ob der Himmel nach seinem lügenden Herzen schrie. Ein eiskalter Regen setzte ein, prasselte zwischen den Tannen hindurch und peitschte sein nach oben gewandtes Gesicht.

Kein Mann seines Stammes hatte jemals zu einer Lüge Zuflucht genommen, um sich aus einer bedrohlichen Lage zu retten. Mit einem Spucken seiner üblen Zunge hatte Kral das Feuer seines Stamms gelöscht. Nach dieser verabscheuungswürdigen Tat könnte er niemals in seine Bergheimat zurückkehren.

Als ein Mann, der für immer verloren war, heulte Kral ins Antlitz des Regens.

24

Elena klammerte sich an das Wams des Schwertkämpfers; beide waren umgeben vom Zischen der Kobolde. Während der letzten paar Tage hatte sie zu viele Schrecknisse erlebt. Sie vergrub das Gesicht in Er'rils Lederwams. Ein fernes Donnern hallte von oben wider und brachte das Zischen zum Verstummen, allerdings nicht für lange. Als das Rumpeln allmählich abebbte, nahm das bedrohliche Geräusch an Lautstärke wieder zu und stach ihr in die Ohren. Sie spähte zurück in den Gang hinter ihnen. Glitten da dunklere Schatten auf sie zu?

Onkel Bol sprach hinter ihr. »Ich rieche Regen am Ende dieses Korridors.«

Sie drehte sich zu ihrem Onkel um.

Er starrte in einen Gang, der nach links abbog. »Und mir kommt es auch so vor, als sei das Zischen in dieser Richtung leiser.«

»Dann lass uns gehen«, schlug Er'ril vor.

Elena, die das Ohr an Er'rils Brust gedrückt hatte, hörte dessen Herzschlag in dem kräftigen Brustkorb. Sie konzentrierte sich auf das Rauschen des Blutes im Herzen des Kriegers, damit es das Zischen übertönte.

»Wirf die Fackel weg!«, verlangte Bol. »Du brauchst deinen Arm, um Elena zu tragen. Wir müssen uns beeilen. Vielleicht kommen wir ungeschoren durch die Gänge, wenn wir keine Zeit verlieren.«

Elena ließ es zu, dass sie von Er'rils kräftigem Arm in die

Luft gehoben wurde. Sie schlang ihm die Arme um den Hals, um sich an ihm festzuhalten. »Schwing dich auf meinen Rücken«, sagte er.

Sie tat, was er von ihr verlangte, und schlang ihm die Beine um den Körper. Er hakte seinen Arm in ihre Kniekehle. »Du brauchst mich nicht festzuhalten«, raunte sie ihm aus nächster Nähe ins Ohr. »Wenn du dich nur ein bisschen vorbeugst, kann ich mich selbst halten.«

Er'ril gab ein bestätigendes Brummen von sich und ließ sie los.

Sie klemmte die Knie fester zusammen und verlagerte das Gewicht. Sie fühlte sich gut ausbalanciert; es war beinahe so, wie auf einem Pferd zu reiten. »Ich bin bereit«, sagte sie.

Er'ril legte die Hand auf den Knauf seines Schwerts und nickte Bol zu. »Geh du voran!« Elenas Arm drückte ihm auf die Kehle, sodass seine Stimme angestrengt klang.

Bol hob die Laterne, bog in den nach rechts wegführenden Gang und eilte in gemäßigtem Laufschritt voran. Er'ril folgte ihm und rief dem Mädchen auf seinem Rücken ein gepresstes »Halt dich gut fest!« zu.

Elena legte die Wange in seinen Nacken und hielt sich fest, sorgsam darauf bedacht, ihren Träger nicht vollständig zu ersticken. Sein Geruch stieg ihr in die Nase: nach Pferd und dem üppigen Moschus seiner heimatlichen Prärie. Ein Bild erschien vor ihrem geistigen Auge, wie er als Junge durch die Auen seiner Heimat Standi rannte, mit kräftigen Beinen über Bewässerungsgräben sprang, mit breiter Brust die Luft einsog, die gelb war vom Pollenstaub der Frühlingsfelder. Wie wäre es wohl gewesen, wenn sie sich als Kinder kennen gelernt hätten? Wären sie Freunde geworden?

Bevor sie über die seltsame Wirkung, die sein Geruch auf sie ausübte, weiter nachgrübeln konnte, befanden sie sich in dem neuen Gang. Das Zischen wurde lauter, da das bedrohliche Geräusch von den Wänden um sie herum widerhallte. Sie hatte das Gefühl, es kröche ihr in den Schädel und hüpfe darin herum. Sie blickte über Er'rils Schulter nach vorn, während sie hinter Onkel Bol und der Laterne dahintrabten.

Bei aller Eile waren sie doch nicht so unbesonnen, dass sie

über einen lockeren Stein stolperten oder sich den Kopf an einem abgesunkenen Deckenbalken anschlugen. Diese schnelle, aber vorsichtige Gangart war es, die Onkel Bol vor dem Tod bewahrte. Von ihrem erhöhten Platz aus sah Elena den Lichtstrahl der Laterne, der ihnen vorauseilte und die Hindernisse beleuchtete. Plötzlich verschwand der Laternenschein, der über den Steinboden glitt, als ob er von der hungrigen Dunkelheit verschluckt worden wäre. Sie brauchte einen Augenblick, bis ihr klar wurde, was vor ihnen lag. »Pass auf!«, rief sie ihrem Onkel zu.

Er hielt schlitternd inne und wedelte mit den Armen, um nicht zu stürzen. Seine Fußspitzen schwankten am Rand eines schroffen Abgrunds. Fast wäre Er'ril gegen seinen Rücken geprallt und hätte ihn in die schwarze Leere gestoßen, doch der Schwertkämpfer war behände genug, Onkel Bol stattdessen von der Kante wegzuziehen.

Elena fiel von Er'rils Rücken. Alle drei starrten in den gähnenden Abgrund hinunter. Eine Verschiebung des Gesteins hatte einen tiefen Riss im Berg verursacht; das Licht der Laterne reichte kaum bis zur anderen Seite des breiten Spalts, wo sich der Gang fortsetzte – und die Entfernung war viel zu groß, um mit einem Sprung überwunden werden zu können.

Das Echo eines weiteren Donnerschlags hallte zu ihnen herab. Onkel Bol hatte Recht. Am Ende des Korridors gab es eine Öffnung hinaus an die Oberfläche. Doch der Spalt zwischen ihnen und der Fortsetzung des Gangs bildete ein größeres Hindernis, als wenn es tausend Meilen gewesen wären.

Der Donner verhallte, und die Quelle des Zischens wurde deutlich. Das Geräusch stieg wie Dampf aus dem Abgrund auf, wie von einem wild gewordenen Wasserkessel kurz vor dem Bersten.

»Felskobolde«, murmelte Bol.

Hinter ihnen antwortete jetzt ein schwerzüngiges Zischen den Artgenossen aus dem Spalt.

Onkel Bol wandte sich zu Elena um. Noch nie hatte sie so viel Verzweiflung in seinen Augen gesehen. »Es tut mir Leid«, flüsterte er ihr und Er'ril zu.

Elena hörte seine Worte kaum. Sie sah die Bewegung tintenschwarzer Schatten in dem Gang hinter sich, die auf ihr Licht zuschwärmten.

»Kral!«, rief Ni'lahn durch den sturmdurchtosten Wald. Äste trafen ihr Pferd wie Peitschenhiebe, ein kräftiger Regen prasselte auf sie herab und stach ihr ins Gesicht. Sie setzte ihren Weg durch den Wald in die Richtung fort, wo sie das Dröhnen vorbeistampfender Hufe gehört hatte. Sie trieb den Hengst zu einer schnelleren Gangart an.

Hinter ihr folgten die Stute und ihr Reiter Rockenheim. Obwohl die Stute mit ihrem Hengst zusammengebunden war, unternahm der Mann keinen Versuch, von seinem Reittier abzuspringen und zu fliehen. Anscheinend hatte der Gefangene keine Lust, diesen Wald, in dem heute Nacht die Ungeheuer ihr Unwesen trieben, zu Fuß zu durchqueren.

»Er ist tot«, sagte Rockenheim missmutig. »Am besten suchen wir uns einen Baum mit dichtem Geäst und warten ab, bis sich dieses Unwetter verzogen hat.«

»Nein.«

»Er kann die Begegnung mit diesem Skal'tum keinesfalls überlebt haben.«

»Er hat es schon einmal geschafft.«

Rockenheim straffte die Schultern und duckte sich gegen eine nasse Bö. »Aber nicht in einer so schwarzen Nacht.«

»Ich habe ihn gehört.«

»Du hast den Donner gehört.«

Ni'lahn trieb den Hengst weiter und führte dabei die Stute mit. Alle ihre Sinne waren angespannt. Das Geräusch, das sie gehört hatte, war *kein* Donner gewesen. »Kral!«, rief sie erneut, und der Wind riss ihr den Namen von den Lippen.

Wie als Antwort leuchtete im Wald weit vorn ein Licht auf. Erst dachte sie, sie seien im Kreis geritten und das trübe Licht komme von der Kate des alten Mannes. Aber sie befanden sich zu tief im Inneren des Waldes. Sie setzte sich auf dem Pferd aufrechter hin und versuchte, den Regenschleier mit den Augen zu durchdringen. Der Lichtschein, ein schwacher blauer Schimmer, schien auf und ab zu hüpfen. Sandte ihnen jemand ein Signal? Vielleicht Kral?

Sie streckte die Hand nach einem Baumstamm aus und senkte die Lider halb, um durch die raue Rinde hindurch das Herz des Baumes zu suchen, bis zu den Wurzeln, die sich mit den Wurzeln anderer Bäume des dunklen Waldes verflochten. Tief in der Kehle summte sie ein Lied der Nyphai, ein Lied der Erkundung. Was befand sich vor ihnen, Freund oder Feind? Die einzige Erwiderung bestand jedoch in einem unwilligen Rumoren. Wie dumpf die Wurzeln dieser Bäume klangen, ähnlich wie Menschen, die im Traum schnarchen. Nur eine einzige federleichte Antwort kam zurück – Elv'en.

Erschreckt zog sie die Hand von der Holzrinde zurück. Nur ein alter Albtraum, dachte sie. Diese Bäume waren an die Vergangenheit verloren. Schon seit tausenden von Jahren gab es in dieser Gegend keine Elv'en mehr. Sie waren vor langer Zeit verschwunden, mit ihren Windschiffen über die Große Westsee gesegelt zu einem fernen Land, aus dem sie niemals zurückgekehrt waren.

Dennoch erweckte allein die Erwähnung der uralten Elv'en eine Sorge in ihrer Brust; es war ein so verfluchter Name, der da zwischen den sturmdurchtosten Ästen erklang.

Von Neugier getrieben, feuerte sie ihren Hengst zu einem schnellen Trab in Richtung des Lichts an. Die Baumstämme, die zwischen ihr und dem Licht schwankten, brachten den Schein zum Blinken wie ein geheimnisvolles Signal. Schließlich wehte ein besonders heftiger Windstoß von den Gipfeln herab und eine Regenwand flutete über sie hinweg. Das Licht erlosch. Ni'lahn hielt ihr Pferd an und wartete, unsicher, wo sich das Licht zuletzt befunden hatte.

Mit angehaltenem Atem ließ sie den Blick schweifen. Rockenheim lenkte seine graue Stute neben ihren kastanienbraunen Hengst. »Das gefällt mir nicht. Wir sollten fliehen. Man kann nie wissen, welche Ungeheuer sich in dieser Nacht herumtreiben.«

Sie hob warnend die Hand und lauschte angespannt. Sie glaubte, das Knacken eines Zweigs in der Nähe gehört zu haben.

»Wa...?« Rockenheims Frage wurde von einer großen Hand abgewürgt, die sich ihm über den Mund legte.

Ni'lahn zuckte im Sattel herum. Aus einer Scheide am Handgelenk zog sie ein Messer. Wer immer Rockenheim gepackt haben mochte, befand sich auf der anderen Seite des Pferdes, ihrer Sicht verborgen.

Aus dem Augenwinkel sah sie, dass der Lichtschein zu ihrer Rechten wieder erschien, noch tiefer im Waldesinnern. Sie schenkte ihm kaum Beachtung, da ihre Aufmerksamkeit von dem Tumult auf der anderen Seite des Pferdes in Anspruch genommen wurde. Plötzlich tauchte ein Gesicht über dem Widerrist des Pferdes auf. Die kantigen Züge und der dichte Bart kamen ihr bekannt vor. »Kral?«, fragte sie mit gedämpfter Stimme.

»Herunter!«, flüsterte er ihr zu, und eine Hand bedeutete ihr abzusteigen.

Ni'lahn glitt vom Rücken des Pferdes. Sie stürzte zu Kral und Rockenheim. Der Mann aus der Garnison rieb sich den Hals, die Augen wütend zusammengekniffen.

»Binde die Pferde an«, flüsterte der große Mann ihr ins Ohr.

»Warum?«

Er deutete in die Richtung des Lichtscheins. »Die Pferde ziehen die Aufmerksamkeit auf sich. Ihr beide habt genügend Lärm gemacht, um eine taube Riffkatze zu wecken. Wenn wir zu Fuß gehen, müsste das Unwetter unseren Geruch verwehen und unsere Schritte übertönen.«

»Wer ist dort?«

»Ich ... bin mir nicht sicher.« Kral wandte das Gesicht ruckartig ab. »Aber in dieser grauenvollen Nacht sollten wir auf alles gefasst sein.«

Ni'lahn runzelte die Stirn. Der Mann aus den Bergen benahm sich sonderbar, aber seine Worte klangen vernünftig.

»Ich komme nicht mit«, widersprach Rockenheim und setzte die Füße fest auf den Boden.

»Da hast du Recht«, sagte Kral. Er umfasste beide Handgelenke des Mannes mit einer Hand und fesselte sie mit einem Strick. »Du bleibst bei den Pferden.« Kral warf das Ende des Stricks über den hohen Ast einer Wintereiche und fing es wieder auf. Dann fertigte er eine Schlaufe und zog damit Rockenheims Arme so hoch, dass er sich auf die Zehenspitzen erheben musste. Schließlich verknotete er den Strick fest um den Baumstamm.

Rockenheim setzte zum Schimpfen an, doch ein Knebel brachte ihn zum Schweigen.

»Ist das wirklich nötig?«, fragte Ni'lahn, erstaunt über Krals hartes Vorgehen. »Bis jetzt hat er uns keine Scherereien bereitet.«

»Was ist mit den Skal'ten?«, gab Kral zu bedenken. »Woher wussten sie, wo sie uns finden konnten?«

Sie schwieg verunsichert.

»Komm, die Sonne geht bereits auf«, sagte er. »Ich kehre in die Kate zurück und befreie das Tal von diesen Ungeheuern, so wie ich es schon einmal getan habe.« Er nickte zu dem Lichtschein hinüber. »Aber vorher möchte ich wissen, wer sich sonst noch in einer so stürmischen Nacht in diesem Wald herumtreibt.«

Ni'lahn wollte schon erwähnen, was sie von den Baumstimmen gehört hatte, doch Krals Verhalten beunruhigte sie, und sie zögerte, ihm ihre Befürchtungen mitzuteilen. Und außerdem, welchen Sinn hatte es, von den Elv'en zu sprechen? Sie waren Geschöpfe aus uralten Geschichten.

»Es wäre am besten, wenn auch du bei den Pferden bliebest«, sagte Kral.

»Nein.« Das Wort entschlüpfte ihrem Mund, bevor sie es zurückhalten konnte, doch sie nahm es nicht zurück. »Ich komme mit dir.«

Kral zögerte, als ob er Einwände erheben wollte, doch dann zuckte er nur mit den Schultern und wandte sich ab. Ni'lahn folgte seinem breiten Rücken. Für einen so großen Mann lief er erstaunlich leichtfüßig über den Waldboden. Lautlos und sicher eilte er auf das ferne Licht zu, während seine Faust die Axt umklammerte. Ni'lahn, die selbst ein Geschöpf des Waldes war, musste sich sehr anstrengen, um mit dem Mann Schritt zu halten. Der Sturm mit seinen peitschenden Windböen und der nassen Umarmung behinderte sie, während der Regen, der durch das Laub über ihnen spülte, von Krals Körper ablief wie von einem Felsen.

Kein Wort fiel, während sie ihren Weg fortsetzten, aber in

Ni'lahn kämpften tausend Sorgen miteinander. Selbst nach dem Kampf mit dem Skal'tum in der Stadt war Kral zwar ermattet, ansonsten jedoch ungeschoren aus der Auseinandersetzung hervorgegangen, und seine Ruhe und Bedächtigkeit hatten kaum Schaden genommen. Inzwischen allerdings hatten seine Worte einen gewissen Biss, und seine Handlungen waren so scharf wie die Schneide seiner Axt. Selbst seine Schultern wirkten gespannt und wie in Eisen gefasst.

Wenn sich Kral nicht so sonderbar verhalten hätte, wäre sie vielleicht bei Rockenheim und den Pferden geblieben. Doch die Art, wie sich Krals Stirn finster grübelnd über den eingesunkenen roten Augen runzelte, machte ihr Angst – nicht ihrer selbst wegen, sondern wegen der anderen, denen er begegnen mochte. Nicht allen Erscheinungen in dieser Nacht musste unbedingt mit Klinge und Muskelkraft begegnet werden.

Ni'lahn schritt jetzt neben dem Mann aus den Bergen her und beobachtete das Licht, das durch die letzten vereinzelten Baumstämme schimmerte. Wer immer es sein mochte, der die Finsternis mit diesem Licht ein wenig erhellte, verdiente nicht nur blinde Wut. Sie schob sich vor Krals mächtige Gestalt, entschlossen, als Erste zu sehen, ob Krals Axt vonnöten wäre. Leichtfüßig und lautlos lief sie über die herabgefallenen Blätter und Zweige. Die Waldpfade waren Teil ihrer Natur. Hinter sich hörte sie Krals zorniges Flüstern.

Ein flüchtiges Lächeln umspielte ihre Lippen, als sie den letzten Baum erreichte und sah, wer und was Licht in diesen dunklen Wald gebracht hatte. *Nein!* Eine Eingebung des Instinkts überwog das Gefühl ihres Herzens, als der Dolch aus der Scheide am Handgelenk wieder in ihre Hand glitt. Sie stürzte in den Lichtkreis.

Der große, schlanke Mann, doppelt so hoch gewachsen wie Ni'lahn, doch nur von der Hälfte ihres Gewichts und bekleidet mit einem dünnen weißen Hemd, das in eine gebauschte grüne Hose gesteckt war, drehte den langen, dünnen Hals, um sie anzusehen. Er stand in einem Ring aus Pilzen, einen Arm hoch erhoben, auf der Hand die Quelle des Lichts: Ein Vogel hockte auf dem Handgelenk; sein Gefieder verströmte ein helles blaues Licht. Erschreckt schlug er zweimal mit den Flügeln, und das Licht leuchtete noch heller auf. Ein Mondfalke!

Der Falke öffnete den Schnabel und schrie.

»Nein, Ni'lahn!«, rief Kral hinter ihr, als sie mit hoch erhobenem Dolch vorwärts stürmte.

Sie beachtete ihn nicht, und ein Wutschrei sprang ihr von den Lippen.

Der Elv'e musste sterben!

Er'ril schob Elena hinter sich und zog sein Schwert. Er blickte in den dunklen Gang. Zischende schwarze Schemen huschten auf ihn zu. Bol stand bei dem Mädchen und hielt die Laterne hoch, in deren Licht die drei wie auf einer Insel aus Helligkeit standen. Angesichts des Abgrunds hinter ihnen hätte ein Rückzug lediglich eine andere Todesart für sie bedeutet.

»Ich verstehe das nicht«, murmelte Bol hinter ihm. »Die wenigen Male, da ich auf die Spuren von Felskobolden stieß, brauchte ich einfach nur wegzulaufen. Sie haben mich nie verfolgt.«

»Vielleicht sind sie kühner geworden«, gab Er'ril zu bedenken. Er sah, wie einige der Schemen näher zum Rand des Lichtscheins huschten. Die Helligkeit der Laterne hielt sie offenbar wie ein magischer Schutzschild zurück.

Eines der schattenhaften Geschöpfe brach jedoch aus den Reihen der anderen aus und tappte schwerfällig vorwärts. Es stand ganz dicht am Rand des Lichtscheins, ohne vollends aus der Dunkelheit herauszutreten. Die Spiegelung des Laternenscheins blitzte in roten Augen und auf nadelspitzen Zähnen. Er'ril merkte, wie sich die feinen Härchen in seinem Nacken bei diesem Anblick aufstellten. Diese Erscheinung rief ihm die Schreckgespenster seiner Kindheit ins Gedächtnis, als man sich die Bettdecke bis zum Kinn hochgezogen hatte, wenn es zu mitternächtlicher Stunde im Haus knirschte und quietschte.

»Sie werden sich nicht mehr lange zurückhalten«, sagte Er'ril. »Hast du eine Waffe, Bol?«

»Nein, nur das Licht.« Der Alte trat vor und schwenkte die Laterne über dem Kopf.

Die plötzliche Bewegung des Lichts erfasste den kühneren

Kobold unvorbereitet. Er stand da, voll dem hellen Licht ausgesetzt, nicht größer als ein Ziegenbock. Seine Haut, die in der Dunkelheit schwarz gewirkt hatte, entpuppte sich als schuppiges Weiß, wie der Unterbauch eines toten Fischs. Seine Oberfläche war mit einer schmutzigen Fettschicht überzogen. Riesige rote Augen starrten die Gefährten an, ohne zu blinzeln. Der Kobold zischte und entblößte die Fangzähne einer Giftnatter. Sein Schwanz, an dessen Spitze ein einzelnes schwarzes Horn schwang, peitschte hinter dem Körper hervor, um sich bedrohlich zu schlängeln und zu winden.

Er'ril verzog das Gesicht, nicht wegen des einzelnen Untiers, das sich da im Laternenschein wand, sondern wegen der vielen anderen Wesen, die das Licht sonst noch enthüllte. In dem Gang vor ihnen wimmelte es von geduckten, herumhuschenden Gestalten. Selbst die Wände und die Decke waren dicht bedeckt mit Kobolden, die mit ihren Klauen an dem bröckelnden Mauerwerk hingen.

Der einzelne Kobold, der sich zu ihnen vorgewagt hatte, sprang zurück in den Schatten. Die Meute seiner Artgenossen wich ebenfalls vor dem Licht zurück, ohne jedoch ganz zu verschwinden.

»Was sagst du dazu?«, wandte sich Er'ril an Bol. »Mein Schwert allein kann keine Schneise in diese Masse schneiden. Wie wär's mit Hexenmagik?« Er'ril zwang sich, das Mädchen nicht anzusehen, das sich ängstlich hinter Bol versteckte.

»Nein, Elenas Kraft ist fürs Erste versiegt. Es bedarf des Lichts der Sonne, um ihre Kräfte zu erneuern. Sie kann uns nicht helfen.«

»Kann man dann vielleicht mit diesen Felskobolden vernünftig reden?«

»Das weiß ich nicht. Sie sind ein zickiger Haufen, der selten Kontakt mit anderen Wesen pflegt.«

»Und wie ist es diesen anderen Wesen ergangen?«

»Man hat ihre Schädel und Knochen gefunden, gut gesäubert.«

Er'ril sah mit Entsetzen, dass die Kobolde sich wieder anschlichen. Mit einem Handzeichen gab er Elena zu verstehen, sich an eine Wand zu stellen, während Bol als Wächter auf sie aufpassen sollte. Er'ril brauchte Platz zum Manövrieren. Er richtete die Spitze seines Schwerts nach oben.

Er lauerte auf ein Zeichen dafür, dass die Unwesen genügend Mut für einen Angriff gewannen. Aber sie verharrten weiterhin am Rand des Lichtscheins, als ob sie ihrerseits auf ein Zeichen warteten. Sie waren offenbar entschlossen, die Eindringlinge am Rückzug zu hindern, andererseits anscheinend aber unschlüssig, was sie sonst mit ihnen anstellen sollten.

»Was... tun sie?«, fragte Elena hinter dem Rücken des Onkels.

Ihre Stimme klang erstaunlich fest. Vielleicht war sie zu naiv, um ihre missliche Lage richtig einzuschätzen.

»Ich bin mir nicht sicher, mein Schatz«, antwortete Bol. »Aber wir sollten besser still sein.«

Während sie sprachen, entstand Unruhe unter den Kobolden. Es fing weit hinten im Gang an und setzte sich bis ganz nach vorn fort – ein wütendes Zischen und Zungenschnalzen.

Er'ril straffte sich, das Schwert fest im Griff, die Augen wachsam zusammengekniffen.

Plötzlich brach ein anderer Kobold aus der Masse aus und ließ sich im Lichtschein sehen. Genau wie der andere zuvor starrte auch er mit riesigen roten Augen zu Er'ril auf, und sein Schwanz schlängelte sich tastend auf ihn zu. Mit den winzigen Händen hielt er einen Gegenstand umklammert, der im Laternenlicht aufleuchtete. Der Kobold näherte sich zaghaft, die Hände ausgestreckt, als ob er ein Geschenk darböte. Er'ril wich einen Schritt zurück und richtete die Schwertspitze auf das Geschöpf.

Das Zischen der anderen Kobolde war verstummt; sie standen reglos wie Stein da. Der Kobold, der vor Er'ril stand, öffnete langsam die langgliedrigen Hände und zeigte einen behauenen Metallklumpen, der so groß war, dass das Wesen beide kleinen weißen Hände brauchte, um ihn zu halten.

Er'ril schnappte nach Luft. Im Licht der Laterne glitzerte das Metall wie Gold. Aber er kannte den Gegenstand und seine Form und wusste, dass dies kein Gold war, sondern Eisen, geschmiedet aus dem Blut von tausend Magikern. Er hatte ihn vor mehr als einem Jahrhundert in den Ruinen der alten Schule versteckt, um ihn für die Zeit seiner Reisen vor Schurken und Betrügern zu bewahren.

Es war der Schlüssel von A'loatal.

Erschüttert von der unerwarteten Enthüllung, ließ Er'ril für einen Augenblick in seiner Wachsamkeit nach, und er bewegte sich zu langsam. Der Kobold mit dem wertvollen Gegenstand schoss nach vorn, nicht auf Er'ril zu, sondern an ihm vorbei. Bevor Er'ril reagieren konnte, huschte der Kobold hinter ihn und hastete zum Rand des Abgrunds. Dort hielt das Geschöpf für einen Augenblick inne und sah zu ihm zurück.

»Nein!« Er'ril ließ das Schwert fallen und stürzte sich auf die Hand des Wesens. Der Schlüssel durfte nicht verloren gehen! Wieder war er zu langsam. Der Kobold beugte sich über den Rand des Abgrunds und stolperte in den schwarzen Schlund, den Schlüssel zu der verlorenen Stadt immer noch umklammernd.

Er'ril war mit einem Satz an dem Rand, fiel auf die Knie und blickte suchend in den Spalt hinunter. Nichts als Schwärze starrte zu ihm zurück. »Bring die Laterne her!«, befahl er.

»Sieh nur, sie verschwinden!«, rief Bol.

Er'ril gestattete sich einen flüchtigen Blick. Die Felskobolde zogen sich zurück und verschwanden in der Düsternis der dunklen Gänge. Eine Bedrohung weniger! Er'ril wandte seine Aufmerksamkeit rasch wieder dem Abgrund zu und wiederholte: »Bring die Laterne her! Beleuchte den Spalt!«

»Warum? Lass uns von hier verschwinden. Wir kehren auf demselben Weg, auf dem wir gekommen sind, zurück an die Oberfläche«, sagte Bol, während er gleichwohl mit der Laterne zu dem Spalt trat.

»Leuchte da unten hinein!«

Bol bückte sich seufzend und hielt die Laterne über den Rand des Abgrunds. Das Licht ergoss sich in die Dunkelheit und beleuchtete eine schmale Klippe, die nur ein paar Handspannen tiefer lag. Grob behauene Stufen führten von diesem Sims weiter in den Spalt hinein. Ganz am Rand des Laternenscheins war ein Kobold zu sehen, der die Stufen hinuntersprang. Bald war er aus der Reichweite des Lichts entschwunden.

»Wir müssen diesen kleinen Miesling fangen.« Er'ril erhob sich und hob sein Schwert auf.

»Warum? Lass ihn laufen, Er'ril, und bring Elena in Sicherheit.«

Er'ril schob sein Schwert schwungvoll in die Scheide. »Wenn wir die geringste Aussicht haben wollen, A'loatal zu erreichen und in den Besitz des Buches des Blutes zu gelangen, brauchen wir den Gegenstand, den der Kobold in Händen hält. Es ist der Schlüssel, um den Weg zur verlorenen Stadt zu entriegeln. Ohne ihn sind die alten Zauberbanne unüberwindbar, die um A'loatal gewoben sind. Ich muss den Schlüssel unbedingt wiedererlangen.«

Bol runzelte die Stirn, als Er'rils Worte ihm ins Bewusstsein drangen. »Wie haben sie ihn gefunden? Und warum haben sie ihn uns gezeigt und sind dann weggelaufen?«

»Sie rechnen damit, dass wir sie jetzt *verfolgen.*«

Elena trat näher, um in den Abgrund zu spähen. »Wohin verfolgen?«

Er'ril deutete mit der Hand. »Da hinunter.«

Kral sprang mit einem Satz Ni'lahn hinterher. Was hatte bei dieser sonst so ruhigen Frau eine solche Wut ausgelöst? Regen prasselte auf die kleine Lichtung zwischen den Bäumen. Der einsame Bewohner, ein Mann so groß wie Kral, doch so dünn wie ein windgepeitschter Baumsprössling, blickte mit einem schwachen Kräuseln der Lippen in Ni'lahns Richtung, als ob er allenfalls ein wenig befremdet sei, dass sich diese Frau mit erhobenem Dolch auf ihn stürzte. Sein Haar, das ihm, zu einem langen Zopf geflochten, über den Rücken fiel, war von silbernen Strähnen durchzogen, jedoch sicher nicht aufgrund vorgerückten Alters, denn die glatte Haut des Gesichts wirkte jung. Die blauen Augen jedoch, die sich nur kurz auf Kral richteten, verrieten, dass die Zeit die Ängste, aber auch das Erstaunen der Jugend längst weggewischt hatte. Die Augen wirkten gelangweilt.

Das einzige Licht strahlte in Wogen von einem Vogel ab, einem Falken, der ein tiefes azurblaues Leuchten verströmte. Der Vogel, der auf dem Handgelenk des großen Mannes hockte, antwortete stimmhafter als der Fremde, der ihn trug. Er schrie Ni'lahn mit scharf gewetztem Schnabel an und ahmte damit deren Zornesausbruch nach.

Ein Regenschwall stach Kral in die Augen. Er blinzelte. In diesem Bruchteil eines Herzschlags verschwand der Vogel vom Handgelenk des Fremden. In einem Lichtstreifen, ähnlich den Strahlen, die zwischen Wolkenfetzen hindurchfallen, stieß der Vogel auf Ni'lahn hinab und schlug ihr den Dolch aus der Hand. Bevor sie in ihrem Schreck auch nur reagieren konnte, war der Falke zu seinem Platz zurückgekehrt.

Ni'lahn stand da und rang nach Luft; Strähnen des feinen Haars hingen ihr ins Gesicht. »Dies ist nicht euer Land!«, schrie sie so laut, dass sie den Donner übertönte. »Euresgleichen gehört nicht hierher.«

Inzwischen war Kral zu ihr getreten und legte ihr eine Hand auf die Schulter. Ohne genau zu wissen, wer dieser Mann war, aber Ni'lahns Instinkt vertrauend, stellte er sich dicht neben seine Gefährtin, um sie zu unterstützen. Er spürte, wie sie unter seiner Handfläche zitterte, als ob die Gefühle in ihrem Innern brodelten und überzuschäumen drohten. »Wer ist dieser Mann? Kennst du ihn?«

Ni'lahns Zittern ließ ein wenig nach, als sie sprach. »Nein, ihn kenne ich nicht. Aber ich kenne sein Volk – die *Elv'en.*« Das letzte Wort spuckte sie dem Fremden förmlich entgegen.

Der Fremde blieb ruhig, als ob ihn das alles nichts angehe, als ob er ihre Sprache nicht beherrsche. Kral straffte sich, als der Elv'e sich plötzlich bewegte, doch dieser hatte lediglich einen langen Finger ausgestreckt, um das Gefieder des Falken zu streicheln. Das beruhigte den Vogel anscheinend, und er entspannte sich; seine Haltung wirkte lockerer.

»Von diesem Stamm habe ich noch nie etwas gehört«, sagte Kral, und aus irgendeinem Grund flüsterte er die Worte.

»Das kannst du auch gar nicht. Schon bevor die menschliche Rasse in diesen Gefilden auftauchte, waren die Elv'en ein Mythos, lange verschlossen im Dunst der Großen Westsee.«

»Wieso kennst du sie dann?«

»Bäume haben ein weit reichendes Gedächtnis. Unsere ältesten Wurzeln waren noch jung, als die Elv'en unter den Zweigen der Westlichen Marken wandelten. Die hohlen Bäume sangen ihre Geschichten: Lieder vom Krieg … und von Betrug.«

»Aber sie singen nicht mehr«, sagte der Fremde, der nun zum ersten Mal sprach und dessen Stimme wie ein Glockenläuten klang. Sein Blick haftete immer noch auf seinem Falken; den Kopf hatte er leicht geneigt.

»Daran seid ihr schuld!« Ni'lahn zitterte erneut.

Er zuckte mit den Schultern.

»Ihr habt uns betrogen.« Tränen hingen an ihren Lidern.

»Nein, ihr habt euch selbst zerstört.« Zum ersten Mal funkelte Wut in den blauen Augen des Fremden und erinnerte an ein unerwartetes Gewitter am Sommerhimmel. Er drehte sich um und blickte den beiden geradewegs ins Gesicht; hohe Wangenknochen zeichneten sich scharf in dem weißen Gesicht ab.

Kral drückte Ni'lahns Schulter in dem Versuch, die aufwogende Wut in ihrem Innern zu dämpfen. Durch seine Berührung spürte Kral die Wahrheit in Ni'lahns Worten. Sie glaubte an ihre Beschuldigung. Doch Kral hatte den Eindruck, dass auch der Fremde nicht log. Er glaubte seiner Unschuldsbeteuerung.

Kral sprach in das gespannte Schweigen hinein. Das Unwetter, das in einem Reigen von Wind und Donner über ihnen wütete, erschien ruhig im Vergleich zu dem stillen Krieg, der hier stattfand. »Ich verstehe das Ganze nicht. Was ist zwischen euren Völkern vorgefallen?«

Ni'lahn wandte sich an Kral. »Einst, vor langer Zeit, wuchsen die Geistbäume meiner Heimat, die Koa'kona, überall in diesem Land, vom Zahngebirge über die Weiten der Westlichen Marken bis zur Großen Westsee. Die Angehörigen unseres Volks wurden als Geister von Wurzel und Lehm geachtet. Und wir teilten unsere Gaben großzügig.«

Der Fremde schnaubte. »Ihr habt geherrscht, als ob alle anderen Gattungen im Land lediglich Werkzeuge wären, die dem Wachstum eurer wertvollen Bäume dienen sollten. Eure Herrschaft war Tyrannei.«

»Lügen!«

»Anfangs erkannten nicht einmal wir, wie widernatürlich eure Ausbreitung über das ganze Land war. Wir haben euch geholfen, indem wir unsere Gabe des Winds und Lichts benutzt haben, um das Wachstum eurer Bäume zu fördern. Doch dann spürten wir allmählich die Verderbnis, die dieser unaufhörliche Vormarsch eures Volkes im Land bewirkte: Sümpfe trockneten aus, Flüsse veränderten ihren Lauf, Berge stürzten ein. Die Vielfalt, die die Schönheit des Lebens ausmachte, wurde durch das zielgerichtete Streben eures Volkes zerstört. Deshalb hielten wir unsere Gaben zurück und versuchten, vernünftig mit euren damaligen Ältesten zu sprechen. Doch wir wurden geschmäht und von unserem Heimatboden vertrieben.«

»Aber erst nachdem ihr uns mit einem Fluch belegt habt. Ihr habt eure Winde mit dem Samen der Fäule versehen und das Verfaulen von Wurzel und Blatt auf uns herabbeschworen. Unsere Bäume verwelkten und starben überall im Land, bis nur noch ein kleiner Hain, geschützt durch die neue Magik der menschlichen Rasse, die Ausrottung überlebte. Ihr habt uns zerstört.«

»Niemals! Wir haben das Leben als wertvolles Gut betrachtet, auch das eure. Nicht wir waren es, die den Fluch und die Fäule über eure Bäume gebracht haben, *sondern das Land an sich*. Die Natur hat sich gegen eure Ausbreitung gewehrt, um sich ihre Vielfalt zu bewahren. Ihr seid vom Land selbst niedergeworfen worden. Gebt nicht uns die Schuld.«

Kral sah, dass sich Ni'lahns Augen weiteten; ein Kampf von Vernunft und Wut sprach aus ihrem Blick. »Du lügst«, sagte sie, doch diesmal schwang in ihrer Stimme ein leiser Anklang von Zweifel mit. Sie wandte sich an Kral. »Er lügt doch, oder?«

Kral schüttelte den Kopf. »Ich spüre nichts als Wahrheit, doch nur was den eigenen Glauben an seine Worte angeht. Er glaubt, was er sagt. Das heißt nicht, dass das, was er glaubt, die Wahrheit ist.«

Ni'lahn hob die Fäuste zu den Schläfen, als ob sie die Zweifel, die dort nun Wurzeln geschlagen hatten, zerschmettern wolle. »Warum? Warum sind sie dann zurückgekommen?«

»Als wir verbannt wurden, wurde dieses Land von euren Vorfahren mit elementaren Sperren versehen, um uns von dieser Gegend fern zu halten. Mit dem Tod des letzten Baums verblasste die Wirkung der Sperren, und die Pfade hierher öffneten sich uns wieder. Deshalb wurde ich ausgeschickt.«

»Zu welchem Zweck?«, fragte Kral.

»Um wiederzugewinnen, was wir verloren, was wir zwangsweise zurückgelassen hatten.«

»Und was war das?«, fragte Ni'lahn. »Wir haben nichts behalten, was euch gehört.«

»O doch, das habt ihr. Ihr habt es in diesem Tal versteckt, das immer noch den Namen trägt, den wir ihm vor langer Zeit gegeben haben – Wintershorst.«

Kral und Ni'lahn sprachen gleichzeitig dieselbe Frage aus: »Was?«

Er hob den Falken hoch empor. »Such, was wir verloren haben.« Der Vogel erhob sich, in einen Streifen Mondlicht getaucht, schwungvoll von seinem Handgelenk und schwebte mit kräftigen Schwingenschlägen über die nasse Lichtung. *»Such unseren verlorenen König.«*

VIERTES BUCH

Mondlicht und Magik

25

Tol'chuk tappte schwerfällig hinter den anderen her, die Schultern gegen den niederprasselnden Regen vorgeschoben. Das Unwetter hatte eingesetzt, kurz nachdem sie die Berghöhen verlassen und den Wald des flacheren Hochlandes betreten hatten. Blitze zuckten wie Zackenspeere über den nächtlichen Himmel und erhellten den dunklen Wald vor ihnen.

In einem dieser Ausbrüche entdeckte er Mogwied und dessen Wolfsbruder eine halbe Meile entfernt auf dem Weg weiter unten. Trotz des heulenden Sturms waren seine Gefährten leichten Fußes vorangekommen, nachdem sie erst einmal den Waldrand erreicht hatten. Wälder waren ihre Heimat, und obwohl dies nicht ihr angestammtes Gebiet war, schienen das vertraute Dach aus verwobenen Zweigen und das buschige Unterholz ihre Gliedmaßen zu erneuter Kraftanstrengung zu beflügeln. Der Wolf rannte trotz der Behinderung durch sein geschientes Bein zwischen den Bäumen hindurch, während Tol'chuk, geschüttelt von Hustenanfällen und geplagt von einer ständig tropfenden Nase, feststellen musste, dass er immer weiter hinter den anderen zurückblieb.

Tol'chuk träumte von einer trockenen Höhle mit einem knisternden Feuer im heimischen Herd. Er senkte den Kopf und fuhr sich mit dem Unterarm über die wund geriebene Nase. Der erste Wintersturm war immer die Zeit für das Sulachra gewesen, die Zeremonie für die Toten, bei der getrockneter Ziegenmist in den Herden der Familien verbrannt wurde, um die Geister der Dahingeschiedenen zu ehren. Er stellte sich die

Höhlen vor, von süßem Rauch durchwabert, während die Frauen Fächer aus getrockneten Toka'toka-Blättern schwenkten, um die gemischten Düfte hinaus in den Sturm zu treiben. Blitze sollten angeblich Risse in der Himmelskuppel öffnen, durch die der Rauch in die nächste Welt sickerte, um den Toten mitzuteilen, dass sie in der Erinnerung weiterlebten. Tol'chuk hustete, ein Echo des Donners von oben, und fragte sich, wer wohl die Sulachra für seinen toten Vater durchführen würde. Und wenn für ihn kein Rauch aufstiege, würde er dann denken, man hätte ihn vergessen?

Während sich Tol'chuk auf dem Pfad dahinschleppte, spürte er den Beutel an seinem Schenkel, und plötzlich hatte er eine Eingebung. Er blieb taumelnd stehen, seine Hand umfasste das Herz der Og'er in dem Beutel, und er erinnerte sich an das Wort der Triade. Die Geister der verstorbenen Og'er – einschließlich des Geistes seines Vaters – hatten die Reise in die nächste Welt nicht gemacht. Sie waren hier gefangen, in dem Herzstein!

Diese Erkenntnis riss ein Loch in Tol'chuks Gemüt auf, und eine tiefe Leere senkte sich in seine Seele. Die Sulachra-Zeremonie war ein Schwindel! Der Rauch hatte die geblähten Nüstern der Geister niemals erreicht! Die Toten waren niemals in der nächsten Welt angelangt.

Tol'chuk nahm die Hand von dem Beutel mit dem Stein. Die Sulachra war immer eine Zeit gewesen, da sich alle Og'er-Stämme für ein paar Tage zum gemeinsamen Gedenken zusammengefunden hatten. Es war eine Zeit des Friedens und der Besinnung gewesen, eine kurze Unterbrechung der Stammeskriege. Die Sulachra vereinte das Og'er-Volk in ihrer Huld. Doch nun, da er um die Lüge wusste, die hinter diesem Akt steckte, war die Schönheit des Rituals für Tol'chuk für immer verdorben.

Innerhalb eines Herzschlags war das Gefühl der Zugehörigkeit zu den Og'ern schwächer geworden. Er blickte zu dem dunklen Wald hinüber, der sich vor ihm ausbreitete. So viele Meilen hatte er auf seiner Reise noch zurückzulegen. Was sollte er noch alles während seiner Wanderung erfahren? Was würde aus ihm werden?

Donner von oben verhöhnte ihn, und ein Blitz spaltete das dunkle Dach der Welt. In der aufzuckenden Helligkeit stellte er fest, dass er Mogwied und Ferndal verloren hatte. Seine Reisegefährten waren zwischen den glänzenden schwarzen Baumstämmen verschwunden.

Allein zwischen den Bäumen, hatte Tol'chuk das Gefühl, das einzige Lebewesen im Umkreis von tausend Meilen zu sein. Zwischen den einzelnen Donnerschlägen hörte er nur das Prasseln des Regens auf den Blättern und das Pfeifen des Windes in den Zweigen. Keine Steinkrähe keckerte, kein Frosch quakte. Tol'chuck wischte sich die Nase ab und schniefte laut. Ich bin hier, gab er mit jedem Schniefen bekannt. Ich bin nicht tot.

Er marschierte weiter und sah einen hellen Schimmer zu seiner Rechten. Wie konnten Ferndal und Mogwied schon so weit gekommen sein? Er passte seinen Kurs der Richtung des Lichtes an; seine Beine waren so schwer wie die Baumstämme um ihn herum. Dieser sumpfige Wald verwirrte seinen Orientierungssinn. Das Licht, das wie ein Leuchtturm inmitten eines sturmgepeitschten Meers blinkte, wurde sein Leitstrahl. Die Augen starr auf die Helligkeit gerichtet, schleppte sich Tol'chuk weiter.

Der einsame Wald weckte eine starke Sehnsucht nach dem Anblick anderer Wesen in ihm, nach einer Bestätigung, dass nicht alles Leben von dem schwarzen Wald verschluckt worden war. Während die Beine ihn mühsam weitertrugen, fragte er sich, wie seine Gefährten an dieser dichten und engen Welt aus schweren Zweigen und erstickendem Unterholz Gefallen finden konnten. Wo gab es die weiten Ausblicke über tausende von Meilen? Wo die schneebedeckten Gipfel in der Ferne? Hier konnte er kaum die Hand ausstrecken, wenn er verhindern wollte, dass ihm ein Zweig ins Gesicht schlug, oder viel weiter sehen als bis zu seiner Nasenspitze. Selbst der Tunnel zur Kammer der Geister hatte nicht so bedrückend auf ihn gewirkt.

Während er weitermarschierte, stellte er fest, dass er sich dem Licht immer mehr näherte. Anscheinend hatten die anderen angehalten und endlich eine Rast eingelegt. Hoffentlich hatten sie ein trockenes Fleckchen gefunden, um dort das Ende des nächtlichen Unwetters abzuwarten.

Bald machte er die Bewegung dunkler Gestalten in dem

Lichtschimmer aus. Sein Herz hüpfte vor Freude beim Anblick der anderen. Er war nicht allein. Als das Licht für einen kurzen Augenblick heller aufleuchtete, sah er drei Silhouetten, die sich in dem azurblauen Lichtschimmer abzeichneten. Er blieb schwankend stehen.

Drei? Wen hatten seine Gefährten getroffen?

Plötzlich schoss der Lichtschimmer davon und flitzte wie ein wilder Pfeil in den Wald. Vielleicht sollte er sich lieber im Verborgenen halten. Aber wenn die anderen in Schwierigkeiten steckten, auf irgendeinen Wegelagerer oder Strauchdieb gestoßen waren? Er war mit den Tücken des Waldbodens nicht vertraut und wusste, dass die anderen nur deshalb nichts von seiner Anwesenheit merkten, weil das Heulen des Sturms sich über alle anderen Geräusche legte. Sich näher anzuschleichen und die Lage im Voraus zu erkunden überstieg sein Können. Zu viele knackende Zweige und raschelnde Blätter würden sein Herannahen verraten.

Og'er waren selten mit der Gabe der Täuschung oder List gesegnet; sie vertrauten vielmehr auf rohe Gewalt, sowohl als Angriffs- als auch als Verteidigungsmaßnahme. Obwohl er ein Halbblut war, wusste Tol'chuk, dass dieser Teil seines Erbes sich bei ihm durchgesetzt hatte.

Deshalb griff er zu dem einzigen Mittel, das einem Og'er zur Verfügung stand. Er wischte sich die Nase, füllte die Lunge mit feuchter Luft und stürmte mit weiten Sätzen vorwärts, wie er es schon bei vielen Felsziegen in den Bergen erfolgreich angewandt hatte. Schnelligkeit war die einzige Art der Täuschung, zu der die Gattung der Og'er fähig war. Nur wenigen Geschöpfen war bekannt, wie schnell sich ein Og'er bewegen konnte. Und diese Geschöpfe, wie zum Beispiel die Ziegen, lebten niemals lange genug, um ihre Erfahrung anderen mitzuteilen.

Tol'chuks unerwartete Schnelligkeit – begleitet vom Krachen brechender Zweige und kleiner Baumstämme – überrumpelte die drei auf der Lichtung. Ihre Gesichter drehten sich zu Tol'chuk um, die Gesichter von drei völlig verdatterten Fremden.

Keiner davon war sein Weggefährte!

Ihm wurde klar, dass er bei seinem einsamen Grübeln gar nicht auf den Gedanken gekommen war, dass andere Reisende sich irgendwo in dem sturmdurchtosten Wald verkrochen haben könnten. Tol'chuk stand wie gelähmt da, während die anderen ihrerseits ihn mit weit aufgerissenen Augen anstarrten. Der größte der Männer, beinahe von so wuchtigem Körperbau wie ein Og'er, hielt eine Axt in der Hand, während eine zierliche Frau sich eine Hand über den Mund geschlagen hatte. Ein irgendwie heimatlos wirkender Mann mit silbernem Haar stand erstarrt in ihrer Nähe, die Augenbrauen hochgezogen.

Der dünne Kerl, der wie ein überlanger Bruder von Mogwied aussah, war der Erste, der sich bewegte. Ein leichtes Kräuseln der Lippen und die entspannte Haltung verrieten, dass er nicht sonderlich beunruhigt war. Er hob die Hand, deutete mit einem Finger auf Tol'chuk und sprach mit glockenheller Stimme: »Anscheinend bin ich nicht der Einzige, der in dieser stürmischen Nacht in ein Gebiet weit weg von seinem Zuhause abgetrieben wurde.«

Bei den Worten des Mannes verspürte Tol'chuk einen Zug an seinem Herzen, als ob Haken tief in seine Brust eingeschlagen worden wären, und dieser Zug ging von dem Herzstein an seinem Schenkel aus. Dieses Zusammentreffen war kein Zufall! Er starrte die kleine blonde Frau und ihren massigen Freund an. Tol'chuk bemühte sich, die allgemeine Sprache zu benutzen. »Wer du sein?«

Dass er sprechen konnte, schien den Mann mit der Axt und die kleine Frau zu verblüffen. Sie wich sogar einen Schritt zurück. Nur der dürre Kerl wirkte völlig unbeeindruckt.

»Wer sein ihr alle?«, wiederholte Tol'chuk.

Der dünne Mann sprach und vollführte eine Handbewegung, die die ganze Gruppe einschloss. »Suchende wie du, Og'er. Die Hexe zieht uns an wie die Flamme die Motten.«

Tol'chuk wischte sich die Nase; er war verwirrt. Der Schmerz in seinem Herzen ließ allmählich nach. »Ich nicht verstehen. Welche Hexe?«

Der Mann lächelte, doch seine Stimme klang nicht fröhlich. »Die Hexe, die unsere Welten zerstören wird.«

Mogwied kauerte an der Öffnung im Berg. Das Geröll aus Steinbrocken beim Eingang des alten Tunnels war von nassem Moos und flockigen Flechten bedeckt. Eine knorrige Eiche, die an dem Hang über der schwarzen Öffnung wuchs, streckte ihre Wurzeln über dem Eingang aus wie Gitterstangen vor einem Gefängnis. Der Größe des Baums und der Dichte der Steinflechten nach zu urteilen, war dieser Tunnel so alt wie der Wald selbst. Mogwied fiel auf, dass das ganze Tal übersät war von bröckelndem Gestein und den Überbleibseln alter Mauern.

Vielleicht handelte es sich um ein verlassenes Bergwerk. Mogwied hatte gehört, dass das Zahngebirge durchbohrt war von Eisenerz- und Edelsteinminen, die wie alte Höhlen aussahen. Der Gedanke an Diamanten und Gold trieb Mogwied näher zum Tunneleingang.

Als er sich bei der Öffnung bückte, rümpfte er die Nase bei dem Geruch, der dem Loch entströmte. Es roch nach altem Tierkot und dem Moschus von Bären. Doch der Geruch musste schon alt sein, denn das Gewirr von Wurzeln vor dem Eingang war zu dicht, als dass ein Bär sich hätte hindurchzwängen können. Selbst Ferndal hatte Mühe gehabt, eine Öffnung zu finden, um den Tunnel zu erforschen.

Sofern hier keine Gefahren lauerten, böte der Tunnel einen sicheren Hafen, um das Abflauen des Sturms abzuwarten. Er hörte seinen Bruder tiefer im Innern des Tunnels schnüffeln. »Hast du etwas entdeckt?«, rief er.

Natürlich konnte sein Bruder nicht antworten. Selbst wenn man von Ferndals Wolfsgestalt absah, bedurfte es des direkten Augenkontakts, um sich in der Geistsprache seines Volkes zu unterhalten. Doch die stimmhaft ausgesprochene Frage trug ein wenig dazu bei, das Unbehagen zu lindern, das sich wie Spinnweben um sein Herz herum verdichtete, während er draußen im Regen zwischen diesen fremdartigen Bäumen saß. Er hätte schwören mögen, dass er gerade erst einen Schrei von irgendwoher, nicht allzu weit entfernt, gehört hatte. Doch der Donner und der Regen dämpften den Schrei, und jetzt war Mogwied unsicher, ob es nicht einfach nur das Heulen des Windes gewesen war.

Und wo war der Og'er?

Mogwied wunderte sich ein wenig über das Gefühl der Besorgnis, das sich in dieser zwiespältigen Situation bei ihm einstellte. Eigentlich hätte er erleichtert sein sollen, weil das schwerfällige Wesen, das ihn mit einem Schulterzucken in zwei Hälften hätte brechen können, nicht hier war. Doch inzwischen war Mogwieds Zuversicht gewachsen, dass der Og'er nichts Böses im Schilde führte, und hier und jetzt, so allein in dem dunklen Wald, wäre ihm das Erscheinen dieses kantigen Gesichts mit den scharfen Ohren sehr recht gewesen.

Mogwied richtete sich wieder auf und betrachtete forschend die Hänge ringsum, während Blitze die Umgebung erleuchteten. Er hatte gewusst, dass Tol'chuk langsamer vorankam. Die schleimige Krankheit, unter der der Og'er litt, wurde immer schlimmer. Was er wirklich brauchte, war ein Tag Ruhe an einem warmen Feuer und in einem trockenen Unterschlupf.

Mogwied zog seinen Regenmantel aus Öltuch zurecht und kauerte sich wieder nieder, um nach seinem Bruder Ausschau zu halten. Zum Glück hatte Ferndal mit seinen ausgeprägten wölfischen Sinnen den Tunnel entdeckt. Einen solchen Unterschlupf brauchten sie alle, ganz besonders der kranke Og'er. Als er sich vorbeugte, um in die Dunkelheit zu spähen, rann ihm das Regenwasser, das im Kragen seines Mantels eine Pfütze gebildet hatte, als eisige Spur den Hals hinunter. Vom Kopf bis zu den Zehen zitternd, rief Mogwied voller Ärger: »Beeil dich, Ferndal, bevor ich hier draußen erfriere.«

Plötzlich zuckte ein greller Blitz hinter Mogwied auf und spiegelte sich in einem Augenpaar wider, das nur eine Armeslänge von Mogwieds Nase entfernt war. Mit einem schrillen Aufschrei taumelte Mogwied zurück. Als er mit dem Hinterteil in einer eiskalten Pfütze landete, durchfuhr ihn die Erkenntnis, dass die Augen bernsteinfarben und schlitzförmig waren. Es waren die Augen seines Bruders.

Er beobachtete, wie Ferndal seinen Wolfskopf zwischen zwei Wurzeln hindurchschob. Wenn die Miene eines Wolfs Erheiterung ausdrücken konnte, dann tat Ferndal dies im Augenblick zweifellos.

»Ferndal, du dummer Kerl!« Mogwied rappelte sich auf. Seine Wut und das Gefühl von Peinlichkeit waren stärker als das

Frieren. »Du kannst doch eine Warnung abgeben, bevor du über jemanden herfällst!«

Die Augen seines Bruders funkelten. *Der hungrige Spatz, der sich auf einen Wurm konzentriert, wird von einem Falken verspeist.*

»Nun ja, schon gut, ich besitze keine feine Nase und keine nachtsehenden Augen wie du. Die Sinne eines Menschen sind so dumpf. Warum brauchen sie überhaupt so viel Platz für Nase und Augen in einem Gesicht?« Mogwied wischte sich mit finsterer Miene den nassen Hintern ab. »Also, dann besteht keine Gefahr?«

Ein Bild formte sich hinter Mogwieds Augen, während Ferndal aus dem Tunnel kletterte: *Ein Nest, eingerahmt von trockenen Federn, hoch oben in der Gabelung eines Baums.* Ferndal humpelte mit seinem geschienten Bein auf den Bruder zu.

Mogwied seufzte. »Endlich kann ich mich ein bisschen aufwärmen und diese Kleider trocknen. Mir kommt es vor, als wäre ich seit einer Ewigkeit schon nass.«

Tol'chuks Bild formte sich in Mogwieds Geist. Ferndals Augen funkelten ihn an.

»Ich weiß nicht, wo er ist«, antwortete Mogwied. »Wenn wir im Tunnel ein Feuer anzünden, müssten ihn die Flammen eigentlich hierher leiten.«

Ferndals Haltung schien ein Zögern auszudrücken, eine Frage, als überlege er, ob er Mogwied hier lassen und sich auf die Suche nach dem langsamen Og'er machen sollte.

»Er wird schon kommen«, sagte Mogwied nachdrücklich, plötzlich von der Vorstellung beunruhigt, wieder allein gelassen zu werden. »Außerdem ist es unwahrscheinlich, dass einem Og'er etwas über den Weg läuft, womit er nicht fertig wird.«

Anscheinend beruhigten diese Worte den Wolf, auch wenn seine Augen immer noch über die Kuppen und Hänge rundum schweiften. Zufrieden, dass sein Bruder bei ihm blieb, warf Mogwied seine Taschen zwischen den Wurzeln hindurch und zwängte sich dann mühsam in den Eingang zum Tunnel.

Ein knöcheltiefer Teppich aus verwehten Blättern und Tannennadeln begrüßte Mogwied. Er verzog das Gesicht angesichts dieser mulchigen Masse und bückte sich, um sein Gepäck von der Stelle aufzuklauben, wo es unter dem Laub begraben lag. Während er seine Taschen von dem Blattwerk befreite, hörte er ein dumpfes Grollen außerhalb des Tunnels. Zuerst hielt er es für Donner, doch dann erkannte er, dass es eine Warnung von seinem Bruder war.

Er drehte sich rechtzeitig genug um, um den Lichtstreifen zu erkennen, einem flammenden Pfeil ähnlich, der zwischen den steilen Hängen in ihr kleines Tal niederfuhr. Das Licht zielte geradewegs auf seinen Bruder. Der reckte die Nase in Richtung der Erscheinung, und ein fortgesetztes Grummeln drang aus seiner Kehle.

Was war das? Mogwied zwängte sich näher zu den Wurzeln, um zwischen ihnen hindurchzuspähen. Plötzlich senkte sich der Lichtstreifen und zielte nicht mehr auf seinen Bruder – sondern direkt auf ihn! Mogwied taumelte zurück, als ein leuchtender Vogel sich auf sein Gesicht stürzte.

Aus dem Schnabel des Vogels löste sich ein durchdringender Schrei.

Mogwied warf sich rückwärts in das tiefe Laub und sah, wie das Geschöpf zwischen den Wurzeln hindurch in den Tunnel eintauchte. Mit einem Aufschrei riss er die Arme vor den Kopf. Das Unwesen segelte mit heftigen Flügelschlägen über seinen Körper hinweg, und scharfe Krallen streiften im Vorbeifliegen seine Hände.

Dann war es weg, verschwunden in den Tiefen des Tunnels.

Mogwied richtete sich verstört auf. Ferndal zwängte sich zwischen den Wurzeln hindurch, um zu beobachten, wie der Lichtschein in dem dunklen Gang verschwand. Sobald er hinter einer fernen Biegung verblasst war, drehte sich Ferndal um und schnupperte an Mogwieds aufgekratzter Hand. Mogwied war sich nicht sicher, ob er dies aus Mitleid mit seinem verletzten Bruder tat oder einfach nur, um den Geruch des Vogels zu ergründen.

Ferndals Nase fuhr kitzelnd über den Striemen, den die Kralle in Mogwieds Hand geritzt hatte, und sein Atem fühlte sich heiß auf der Wunde des Bruders an. Offensichtlich zufrieden wich Ferndal zurück. Er wandte sich um und lief ein paar Schritte in den Tunnel hinein.

»Wohin gehst du?«, wollte Mogwied wissen.

Ferndal sah über die Schulter zurück. *Eine Wölfin kauert sich nieder und beschützt ihre Jungen vor der im Gras versteckten Schlange.* Dann verfolgte sein Bruder mit weiten Sprüngen den leuchtenden Vogel.

»Warte!«

Doch Ferndal hielt nicht inne, und bald war Mogwied wieder allein. Im Trocknen und dank des Umstandes, dass der Eingang durch den Vorhang aus Wurzeln geschützt war, hätte er sich eigentlich recht behaglich und sicher fühlen müssen. Dennoch pochte sein Herz wie wild, und das Blut rauschte ihm in den Ohren, während er angestrengt den tappenden Schritten seines Bruders lauschte. Mogwied hielt sich immer noch die Hände an den Hals, um die Kehle zu schützen.

Die Fremdartigkeit des Vogels war ihm gespenstisch vorgekommen. Als Bewohner der Westlichen Marken war er vertraut mit den meisten gefiederten Geschöpfen. Doch so etwas wie diesen Vogel hatte er in seiner Heimat noch nie gesehen. Vielleicht waren solche Wesen hier, im Land der Menschen, nichts Ungewöhnliches, aber irgendwie spürte er, dass der Vogel auch hier fremd war. Er wirkte in diesem Wald irgendwie fehl am Platz, wie ein Wesen aus einer anderen Welt.

Während er wartete und über die Erscheinung nachdachte, ebbte der Sturm ab, und der Regen prasselte leiser. Zumindest der Höhepunkt des Unwetters schien vorüber zu sein. Mit dem Nachlassen des Regens erhob sich jedoch ein neues Geräusch. Vielleicht war es die ganze Zeit über schon da gewesen, übertönt vom Platschen des Regens. Oder vielleicht hatte es auch gerade erst angefangen.

Das Geräusch kam nicht von draußen, sondern irgendwo aus der Tiefe der Höhle – wo sowohl der Vogel als auch sein Bruder verschwunden waren.

Die Härchen auf Mogwieds Armen stellten sich auf.

Jetzt kamen ihm Ferndals letzte Worte vielsagend vor: *Eine Wölfin kauert sich nieder und beschützt ihre Jungen vor der im Gras versteckten Schlange.* Das Geräusch, ein leises Zischen, das abwechselnd lauter und leiser wurde, als ob der Tunnel atmete, strömte aus der Tiefe zu ihm herauf wie tausend unsichtbare Schlangen.

Plötzlich durchbohrte ein scharfes Heulen das leise Zischen. Es war ein schmerzerfülltes Heulen, ein Heulen, das Mogwied inzwischen kannte – Ferndals Heulen!

Die Stille, die danach folgte, lastete wie ein Stein auf Mogwieds Herz.

»Ich weiß nichts von einer Hexe«, sagte Tol'chuk und beäugte dabei abwechselnd die drei Fremden. Obwohl der große Mann mit der Axt höchst bedrohlich wirkte, war es der Dürre mit dem geflochtenen Silberhaar, vor dem Tol'chuk besonders auf der Hut war. Das andauernde höhnische Grinsen und die von der Kapuze bedeckten Augen warnten vor einer Gefahr, die zerstörerischer schien als die Klinge einer Axt.

»Das gehen mich nichts an«, fuhr Tol'chuk fort. »Ich euch wünschen gute Reise.« Er legte eine Hand auf den Mund mit den scharfen Fangzähnen – eine Og'er-Geste, die friedliche Absichten ausdrückte –, obwohl er sich nicht sicher war, ob die anderen die Bewegung richtig deuten würden. Er wich ein paar Schritte zurück, blieb jedoch weiterhin wachsam.

»Warte«, sagte die kleine Frau, die sich offensichtlich bemühte, ihre anfängliche Angst zu überwinden, und sich tropfende Haarsträhnen aus dem nassen Gesicht strich. »Dies ist eine schwarze Nacht, voller Gefahren. Hüte dich vor diesem Wald.«

Tol'chuk hielt in seinem Rückzug inne. Er bemerkte, dass die Frau dem dürren Mann gleichzeitig mit ihrer Warnung einen kurzen Blick zuwarf.

»Es gibt wilde Tiere, böse im Herzen, die im Wald frei herumlaufen«, fuhr sie fort, »und unsere Freunde jagen. Pass auf.«

Tol'chuk dachte an seine eigenen Gefährten, die munter durch den nassen Wald marschierten. »Auch ich habe Freunde in diesem Wald. Welche ...«

Plötzlich drang ein entsetzliches Geheul durch das nachlassende Rauschen des Regens. Alle Augen wandten sich dem Geräusch zu. Doch so schnell, wie es die Nacht durchbohrt hatte, verebbte es wieder.

»Wölfe«, brummte der Mann mit der Axt.

»Nein, einer meiner Freunde«, widersprach Tol'chuk, der die Stimme seines wölfischen Begleiters erkannt hatte. »Ferndal wird angegriffen. Ich muss ihm helfen.« Der Og'er wollte gerade in die Richtung loslaufen, aus der das Heulen gekommen war.

»Augenblick, Og'er!«, rief der Mann mit dem dichten Bart und hob die Axt höher. »Wenn du nichts dagegen hast, begleite ich dich. Vielleicht sind es diese üblen Geschöpfe, die uns in die Berge verfolgten, die deine Reisegesellschaft überfallen haben. Wenn das so ist, brauchst du meine Hilfe.«

»Ja«, sagte die kleine Frau, »Kral hat Recht. Gestatte bitte, dass wir beide dich begleiten.«

»Nein, Ni'lahn«, widersprach der große Mann. »Es ist zu gefährlich.«

»Heute Nacht ist es in diesem Wald nirgendwo sicher. Ich komme mit.«

Tol'chuk widerstrebte es, ihre Hilfe anzunehmen, er hatte jedoch keine Zeit für eine Auseinandersetzung. Ohne ein Wort drehte er sich um und tappte schwerfällig in die Richtung davon, aus der das Heulen gekommen war. Er bemerkte, dass der Dürre ihm folgte.

Auch Ni'lahn bemerkte es. »Elv'en, du bist nicht willkommen. Geh deinen finsteren Machenschaften nach und lass uns in Ruhe.«

»Oh, ich hatte nicht die Absicht, euch zu helfen«, sagte der Dürre, während er hinter ihnen herschritt. »Der Mondfalke ist nur zufällig in diese Richtung davongeflogen.«

»Deine Absichten sind töricht. Es ist kein König von euch in diesem Gebiet zurückgeblieben.«

»Das haben euresgleichen immer behauptet.«

»Ruhe!«, brüllte Kral. »Genug des Gezänks! Ihr lenkt die Aufmerksamkeit des Untiers auf uns. Von jetzt an gehen wir schweigend weiter.«

Tol'chuk dankte dem bärtigen Mann wortlos. Warum mussten diese Rassen so viel reden? Selbst Mogwied, der keinen Gesprächspartner hatte, erging sich in ermüdenden Monologen, als ob der Klang seiner eigenen Stimme ihn tröstete.

Auch wenn ihn seine plauderfreudigen Gefährten mit Groll erfüllten, führte er die Gruppe dennoch unbeirrt über den Hügelkamm und den nächsten Hang hinunter. Aufgrund der steilen Neigung war der Hang schwierig zu begehen, doch Haufen von Felsgeröll bedeckten den Weg vor ihnen und boten einen Halt für die Füße zwischen den Kaskaden nasser Blätter. Die Gruppe arbeitete sich schnell von einem Stein zum anderen den Hang hinunter bis zum Boden der Senke.

Nachdem sie diese Strecke unbeschadet hinter sich gebracht hatten, blieb Tol'chuk zögernd stehen. Es hatte sich angehört, als ob der Schrei irgendwo ganz aus der Nähe gekommen wäre, doch der Wald verfälschte seine Sinneseindrücke. Wohin sollte er sich wenden? Plötzlich fiel ihm eine Bewegung ins Auge. Er drehte sich blitzschnell um und sah Mogwied, der den Rücken der Gruppe zugewandt hatte und zwischen den Wurzeln einer großen Schwarzeiche herumzappelte, als ob der Baum ihn angriffe. Einen Herzschlag später erkannte Tol'chuk die charakteristische schwarze Öffnung einer Höhle vor Mogwied, der sich einen Weg ins Freie erkämpfte und sein Gepäck dabei hinter sich herzog. Ein stumpfes Wurzelende riss seine Tasche auf, und als er sie mit Schwung freizerrte, wurde er herumgeworfen, mit dem Gesicht der Gruppe zu. Beim Anblick der Fremden klaffte Mogwieds Mund weit auf, und er flitzte in das Wurzeldickicht zurück.

Tol'chuk trat vor. »Hab keine Angst, Mogwied. Diese Leute tun dir nichts zuleide.«

Mogwied schluckte ein paar Mal und versuchte die Sprache wieder zu finden.

Er stieß einen Arm in Richtung des versteckten Höhleneingangs. »Fern... Ferndal ist in Schwierigkeiten.«

»Ich haben Schrei deines Bruders gehört«, sagte Tol'chuk. »Was sein geschehen? Wo sein dein Bruder jetzt?«

»Ein Vogel... irgendein verdammter leuchtender Falke hat ihn tiefer in den Tunnel hineingelockt.«

»Der Mondfalke!«, schrie Ni'lahn mit einer Stimme, die vor Abscheu schrill klang. »Das war der Vogel des Elv'en. Seht ihr, ich habe es doch gesagt! Man kann ihm nicht trauen.«

»Mein Tier hat deinem Freund nichts zuleide getan«, widersprach der Elv'e, »es sei denn, er war töricht genug, den Falken zu bedrohen. Er wurde lediglich zum Überleben ausgebildet, genau wie alle Elv'en.«

Als Tol'chuk sich den anderen zuwandte, sah er, dass die Augen der Frau namens Ni'lahn vor Hass verengt waren, während sie den dünnen Mann anstarrte. Doch bevor sie ein weiteres Wort äußern konnte, brüllte der bärtige Mann aus den Bergen die beiden an. »Mich gehen alte Streitigkeiten nichts an.« Er stach mit einem Finger auf den Dürren ein. »Du, Elv'e, sprich: Was hat es mit diesem Tunnel auf sich? Und ...«

Eine Hand fuhr hoch, um Kral zu unterbrechen. »Zunächst einmal, mein Name lautet Merik, aus dem Hause Morgenstern – nicht dem der Elv'en. Und ich weiß nichts über diesen Tunnel. Mein Falke verfolgt die Spur unseres verschollenen Königs. Er hat sich diese unterirdische Strecke ausgesucht, nicht ich.«

»Er lügt!«, fauchte Ni'lahn.

»Ich bin nicht hier, um euch von irgendetwas zu überzeugen.« Merik drehte sich auf einem schmalen Absatz um und schritt zum Eingang des Tunnels. Mogwied tänzelte ihm aus dem Weg. Anscheinend spürte sein Gefährte genau wie Tol'chuk die greifbare Gefahr, die von dem Mann ausging.

Tol'chuk indessen folgte Merik, da er sich für Ferndal verantwortlich fühlte. Das gegenwärtige Schicksal seines Gefährten war zum Teil seine Schuld. Er hätte nicht so weit hinter den anderen herhinken sollen. Wenn er bei ihnen gewesen wäre, hätte er den Überfall auf Ferndal vielleicht verhindern können, wer immer dahinter stecken mochte. Es gab nur wenige Situationen, in denen der Schutz eines Og'ers wirkungslos blieb.

Vor ihnen knickte Merik in der Körpermitte förmlich ein, um den Tunnel zu betreten; er glitt fast mühelos zwischen dem Schutzschild aus Eichenwurzeln hindurch. Tol'chuk erkannte jedoch, dass das jahrhundertealte Wurzeldickicht ihm hingegen den Weg versperren würde. Er zog an einigen der Stränge, doch selbst ein Og'er konnte eine alte Eiche nicht entwurzeln, die sich an Fels und Erde festklammerte. Zwischen den Wurzeln hindurch sah er, wie Merik einen klaren Stein aus seiner Tasche zog und zwischen den Handflächen rieb. Dann blies er ihn an, als ob er einen verglühenden Holzscheit wieder zum Brennen bringen wolle, und ein grünliches Licht brach aus dem Stein hervor. Merik hielt das Licht vor sich und verschwand in der Tiefe des Tunnels.

Tol'chuk spürte etwas in seinem Rücken. Kral, der Mann aus den Bergen, sprach hinter ihm. »Lass mich einen Durchgang freihacken.«

Tol'chuk trat zur Seite, damit Kral Platz zum Ausholen mit seiner Axt bekam.

»Halt!« Ni'lahn rannte herbei, hob die winzige Hand und schob die Axt weg. »Dieser Baum hat niemandem etwas getan!« Sie legte die Hände ehrfurchtsvoll auf die Wurzeln, so wie ein Kind vielleicht einen alten Menschen berühren mochte. Nachdem sie den Kopf einige Herzschläge lang geneigt gehalten hatte, schob sie den Wurzelvorhang einfach zur Seite. Tol'chuk bewunderte die Kraft, die in diesen kleinen Händen steckte.

Er war nicht der Einzige, der beeindruckt war. Tol'chuk hörte ein überraschtes Grunzen von Mogwied, der sich in seinen Schatten duckte. »Eine Nyphai«, sagte Mogwied mit bewundernder Stimme. »Ich dachte, die Baumsänger seien allesamt seit langem tot.«

Niemand schenkte Mogwieds Worten Beachtung, obwohl Tol'chuk auffiel, dass sein Gefährte die kleine Frau mit abschätzendem Blick musterte.

»Ni'lahn«, sagte Kral und zog damit Tol'chuks Aufmerksamkeit auf sich, »in Anbetracht deiner Einstellung zu den Elv'en wäre es vielleicht das Beste, wenn du zu Rockenheim zurückkehren würdest. Der Og'er und ich kommen hier schon zurecht.«

Die kleine Frau war offenbar im Begriff zu widersprechen, doch Kral fuhr fort: »Außerdem ist Rockenheim jetzt schon seit einiger Zeit gefesselt. Ich bin sicher, seine Handgelenke sind ganz wund.«

Obwohl Tol'chuk nicht verstand, von wem Kral sprach, verriet der Ausdruck in Ni'lahns Gesicht, dass Krals Worte sie überzeugt hatten. Dennoch war Tol'chuk seinerseits besorgt. »Aber der Wald ist für eine Frau zu gefährlich«, wandte er ein, erstaunt über die eigene von Herzen kommende Besorgnis in Bezug auf die kleine Frau.

»Danke für deine Fürsorge, Og'er«, erwiderte sie kühl. Seine Überlegungen beleidigten sie offenbar, was er gewiss nicht beabsichtigt hatte. »Aber wenn ich mich zwischen Bäumen befinde, habe ich keine Angst.«

Mogwied ergriff das Wort; seine Stimme bebte, während sein Blick auf den schwarzen Tunnel gerichtet war. »Ich ... ich komme mit ihr, zu ihrem Schutz.«

Kral fuhr herum, bevor einer der anderen sprechen konnte. »Also abgemacht.« Gebückt betrat der Mann aus den Bergen den Tunnel als Erster; er zwängte sich an den Wurzeln vorbei, die sich bereits wieder der Öffnung zuneigten, und strebte mit gebücktem Rücken dem dunklen Innern entgegen. Tol'chuk folgte ihm, auf die Knöchel eines Arms gestützt.

»Passt auf«, rief Ni'lahn. »Und seid auf der Hut vor den Elv'en.«

Tol'chuk antwortete nicht, aus Angst, die Frau womöglich erneut zu beleidigen, und tappte einfach hinter Kral her.

Bald verblasste das schwache Licht des nächtlichen Waldes hinter ihnen. Selbst die Augen eines Og'ers hatten Mühe, die Schatten der Dunkelheit einzuschätzen. Er hörte Kral grunzen, wenn dieser gegen ungesehene Hindernisse stolperte. »Dieser Merik und sein Licht können nicht allzu weit vor uns sein«, bemerkte Kral, als er stehen blieb, um sich das angeschlagene Schienbein zu reiben.

Tol'chuk schwieg. Ein Summen, so schwach, dass sein scharfes Gehör es gerade so eben wahrnahm, lenkte ihn von Krals Beobachtungen ab. Er reckte den Hals und rieb sich das Ohr, unsicher, ob der Laut aus seinem Kopf oder aus dem Tunnel kam.

Kral ging weiter, und das Scharren seiner Stiefel auf dem Stein übertönte den Laut. Tol'chuk folgte mit angespannten Sinnen. Nach der nächsten Biegung brauchte er sein Gehör nicht mehr anzustrengen. Das Summen war jetzt so laut, dass er es mühelos wahrnahm.

Der Mann aus den Bergen hielt inne und lauschte. »Was für ein Geräusch ist das?«, flüsterte Kral.

Tol'chuk nahm jetzt einen schwachen Schimmer wahr. »Ein Licht«, murmelte er und deutete nach vorn.

Kral schlich vorwärts, sorgsam darauf bedacht, dass seine Absätze nicht über das bröckelnde Gestein scharrten. Tol'chuk versuchte, seinen lautlosen Gang nachzuahmen, aber seine Klauen waren ihm in dieser Hinsicht im Wege. Er hörte sich an wie eine trippelnde Höhlenkrabbe.

Bald wurde das Licht vor ihnen heller. »Da kommt jemand«, hauchte Kral.

»Ist das Merik?« Bei Tol'chuks Worten rollte ein kleiner Stein, der in einem grünlichen Licht strahlte, um die nächste Biegung herum und prallte von Krals Stiefelspitze ab. »Der Elv'en-Stein«, sagte Tol'chuk.

Kral bückte sich und hob ihn auf. Er wandte sich um und reichte Tol'chuk den Kristall. Das Summen war jetzt zu einem deutlichen Zischen geworden. Kral deutete auf einen Fleck auf der schimmernden Oberfläche des Steins. »Blut.«

26

Das Heulen, dessen Echo vom Ende der Schlucht widerhallte, erschütterte Elena. Selbst Onkel Bol wirkte aufgeschreckt. Der Wolfsschrei durchschnitt das zischelnde Raunen der Felskobolde wie ein durch den Nebel geworfenes Messer, senkte sich tief in Elenas Herz und untergrub ihre Entschlossenheit. Sie stand auf den Stufen, die in den Felsspalt hineinführten, und konnte sich nicht entschließen weiterzugehen.

In der Düsternis unter ihr tanzten Bilder von gequälten wilden Wesen und gefletschten Zähnen. Sie zitterte, ihre Augen waren weit aufgerissen und schmerzten vor Anstrengung, einen Blick hinter den schwarzen Schleier zu werfen. Sie erwartete jeden Augenblick, dass Klauen nach ihr griffen, sie in die Dunkelheit zerrten und dass sie niemals wieder das Tageslicht sehen würde.

Eine Hand legte sich ihr mit festem Griff auf die Schulter. »Vorsichtig, mein Schatz.« Onkel Bol zog sie vom Rand der schmalen Stufe zurück. »Die Kante ist brüchig. Ich vertraue nicht einmal darauf, dass es ein Leichtgewicht wie dich trägt. Halt dich dicht an der Wand!«

Sie wich unsicher zurück.

Er'ril stand vier Stufen tiefer als sie, wo er innegehalten hatte, als das Heulen zu ihnen herübergeschallt war. Sein Schwert deutete in die Dunkelheit jenseits der schmalen Stufen. Das flackernde Laternenlicht warf wabernde Schatten auf sein Gesicht und verlieh ihm das Aussehen eines Toten mit eingesunkenen Augen und bleichen Lippen. Elena erschauderte bei dem

Anblick; dann wurde das Licht ruhiger, eine von vielen Strapazen gezeichnete Lebendigkeit kehrte in sein Gesicht zurück, und seine Augen funkelten im Bewusstsein von Gefahr.

Scin Blick begegnete dem ihren. »Wir müssen uns beeilen, wenn wir unseren Dieb einholen wollen«, sagte er.

Onkel Bol nickte, und Er'ril streckte seine Waffe vor und folgte der Schwertspitze die dunkle Treppe hinunter.

»Onkel«, flüsterte Elena, wobei sie sich dicht bei seiner Lampe hielt, »wenn die Kobolde wollen, dass wir diesen Weg gehen, was haben sie dann vor mit uns?« Eine Angst stieg in ihr auf, die sie bisher mühsam unterdrückt hatte. Nach allem, was seit dem gestrigen Sonnenuntergang geschehen war, glaubte sie die Antwort auf die Frage selbst zu kennen. Ihre Angst wurde noch durch die Besorgnis bestätigt, die in den Augen ihres Onkels aufleuchtete. Es war *Elena,* nach der die Kobolde verlangten.

Aber natürlich leugnete er das. »Schatz, man kann die Gedanken dieser sonnenlosen Geschöpfe nicht erahnen. Sehr wahrscheinlich haben sie einfach nur Unrecht im Sinn. Sie sind bekannt für ihre diebische Veranlagung und ihre Verschlagenheit.«

Obwohl sie seinen Worten nicht glaubte, nickte sie; Onkel Bol brauchte keine zusätzlichen Sorgen. Während sie den trockenen Klumpen in der Kehle wie einen alten Brotkanten hinunterschluckte, schenkte sie ihm sogar ein schwaches Lächeln.

Onkel Bol drängte sie sanft dem Schwertkämpfer hinterher. Er'ril war inzwischen die Stufen weiter hinuntergestiegen, so weit es der Laternenschein erlaubte. Dort, im letzten Lichtstrahl vor dem Meer aus Dunkelheit, war er stehen geblieben. Das Gesicht hatte er ihnen zugewandt, und ein verdutzter Ausdruck runzelte die sonst so glatten Gesichtszüge. Doch die Augen waren nicht auf Elena und Onkel Bol gerichtet, sondern starrten etwas dahinter an. »Da kommt etwas!« Sein Schwert deutete in die Dunkelheit.

Elena und Onkel Bol drehten sich blitzschnell um. Die Finsternis hinter ihnen hatte jetzt ein leuchtendes Auge. Ein Lichtfunke schwang in langsamen Drehungen suchend im Kreis.

»Wer ...?«, setzte Onkel Bol an.

Er'ril gebot ihm mit einem Zischen, er möge schweigen.

Das Auge aus Licht hörte auf zu kreisen und verharrte starr in der Mauer aus Dunkelheit, dann schoss es auf sie herab.

Er'ril huschte wie ein Geist neben Elena und schob sie zurück. Alle drei duckten sich an die Wand. Elena – geschützt von den beiden Männern – zuckte zusammen. Welcher neue Schrecken kam da auf sie zu?

Dann war es über ihnen. Elena schnappte nach Luft, nicht vor Angst, sondern vor Ehrfurcht. Ein Vogel, der in der Farbe von Sonnenschein auf Wasser erstrahlte, schwebte vor ihnen, die Flügel weit ausgebreitet und mit sanft schimmerndem Gefieder. Während seine Flügelschläge ihn näher brachten, spielten zarte Töne von Rosa und Kupfer auf seinen Federn. Er hing in der Luft vor ihnen, in unsichtbaren Luftströmungen aufsteigend und absinkend, mit geschmeidigen Flügeln auf der Dunkelheit reitend. Augen wie kohleschwarze Kieselsteine musterten die Gefährten, die sich an die Wand drängten.

»Erstaunlich!«, sagte Onkel Bol mit gedämpfter Stimme. »Ich dachte, sie seien hierzulande längst ausgestorben.«

Er'ril hatte das Schwert immer noch in Richtung des Vogels erhoben und schien weiterhin auf Vorsicht bedacht. »Was ist das? Irgendein Höhlenvogel?«

»Nein, ein Geschöpf der oberen Welt. Es fängt das Mondlicht in seinem Gefieder ein, wodurch es genügend Licht hat, um in der dunkelsten Nacht zu jagen.«

»In all den Jahrhunderten meiner Reisen habe ich vieles gesehen, aber so etwas noch nie.«

»Es stammt aus einer Zeit vor der deinen, Er'ril, lange bevor selbst deine ältesten Vorfahren auf dieser Welt weilten.«

»Und was ist das, Onkel?«, fragte Elena. Inzwischen befürchtete sie keine Gefahr mehr. Die Männer hatten ihre Abschirmung gelockert und ihr erlaubt, sich zwischen ihnen weiter nach vorn zu schieben, um sich den Vogel genauer anzusehen, während dieser weiterhin über der Schlucht schwebte. Sie stand am Rand der Stufe – allerdings eingedenk der Warnung ihres Onkels nicht zu nahe.

»Ich glaube, das ist ein Mondfalke. Ich habe bisher lediglich Beschreibungen von ihnen auf zerknitterten alten Pergamenten gesehen.« Der Onkel sprach in einem entrückten Ton, als ob er tief in seinem Innern nach etwas suche. »Es gibt Texte, in denen die Natur der Tiere als ruhmreich und edel beschrieben wird, während andere in ihnen einen Satan und ein böses Omen sehen.«

Ihr Onkel dozierte weiter, doch Elena hörte kaum mehr als den Namen des Vogels – Mondfalke. Angezogen von seiner Schönheit, streckte sie die Hand über die Kante der Stufe. Hätte sie doch nur einen Brocken Brot gehabt, um den Vogel anzulocken, wie sie es mit den dicken Gänsen auf dem Teich in der Nähe von Ahornseck zu tun pflegte! Oder vielleicht ein Stück Fleisch, berichtigte sie sich, denn seinem gebogenen Schnabel und den scharfen Krallen nach handelte es sich bestimmt um einen Raubvogel. Doch welche Beute jagte er in einer so dunklen Höhle?

Sie streckte die Hand noch weiter zu dem Vogel aus, wobei sie sich ein wenig vorbeugte. Der Vogel neigte eine Flügelspitze und schwenkte in ihre Richtung. Das Mondlicht leuchtete heller auf, während er mit den Flügeln schlug und sich höher schraubte. Sie reckte den Arm nach oben und verfolgte seinen Flug. Fast konnte sie ihn berühren; ihre Fingerspitzen waren nahe genug, um das azurblaue Licht zu streifen, das er ausstrahlte. Lockende und beschwichtigende Laute kamen ihr über die Lippen. Sie hoffte innigst, dass er sich nicht vor ihr fürchtete.

»Sei vorsichtig, Elena«, warnte ihr Onkel sie, als der Vogel ein wenig tiefer sank.

Elenas Hand war jetzt in seinen Schein getaucht. Entzücken drängte alle Reste von Angst zurück – bis der Falke einen Schrei ausstieß.

Der Vogel hatte den Anschein erweckt, als wolle er auf ihrer ausgestreckten Hand landen; dann war sein für die Landung vorgesehener Platz *verschwunden*.

Elenas Hand war nicht mehr da!

Sie schrie laut auf, und der kreischende Vogel flatterte in die Höhe. Elena beachtete ihn nicht; ihre ganze Aufmerksamkeit galt ihrem Arm. Jenseits ihres Handgelenks war nur noch Dunkelheit, als ob die Schwärze des Spalts ihre Hand verschluckt hätte.

Sie riss den Arm voller Entsetzen zurück und erwartete einen Schwall von Blut und Schmerzen. Doch als sie ihn an die Brust zog, erschien ihre Hand wieder, mit dem Handgelenk verbunden wie immer.

Sie stöhnte auf. Die Haut ihrer Hand, hell erleuchtet vom Lampenlicht ihres Onkels, war wieder rubinrot durchflutet. Wirbel eines dunkleren Rots, beinahe schwarz, kreiselten an der Oberfläche.

Ein Seufzer entrang sich ihrer Kehle. Nicht schon wieder! Sie streckte die Hand flehentlich zu ihrem Onkel aus; aus ihren Augen sprach die Bitte, das Rot wegzunehmen. Während sie ihm den Arm noch hinhielt, schwebte der Falke in einem Mondstrahl heran und landete auf ihrer blutgefärbten Hand. Durch das plötzliche Gewicht sank ihr Arm herab. Doch bevor der Vogel abheben konnte, gruben sich seine schwarzen Krallen tiefer in ihre Hand, heftig genug, um die Haut für die Dauer eines Herzschlags zu durchbohren. Blut quoll wie dicke Tränen rund um die Krallen des Falken hervor. Mit großer Mühe hielt sie den Arm still, und der Vogel lockerte seinen Griff, seine Klauen rutschten von ihrem Fleisch ab. Jetzt leuchteten die Klauen silbern im Licht der Lampe. Die Bewunderung für die Schönheit des Vogels dämpfte für einen Augenblick ihren Schreck.

Der Falke neigte den Kopf von einer Seite zur anderen und begutachtete ihre Finger. Plötzlich zuckte ihr der Gedanke durch den Kopf, er könne einen davon als Mahlzeit in Betracht ziehen. Doch er beugte lediglich den Kopf nach vorn und rieb die Kronfedern an ihrer zitternden Hand.

Zufrieden hockte er sich plötzlich direkt auf ihre Hand, breitete die Flügel weit aus und stieß einen triumphierenden Schrei aus, der durch die Höhle schallte, während noch helleres Licht aus seinem leuchtenden Gefieder hervorbrach.

»Und was sagen nun deine alten Texte dazu?«, fragte Er'il Bol. Er nickte zu dem Falken hinüber, der auf dem Handgelenk des Mädchens saß. Nach dem wilden Ausbruch hatte dieser sich beruhigt und säuberte sich die Federn mit dem gebogenen Schnabel. Er'ril war sich nicht sicher, was ihn mehr störte – das Verhalten des Vogels oder die Tatsache, dass er Zeuge wurde, wie eine Hexe zur Macht reifte. Seine Augen wanderten immer wieder zu der roten Hand des Mädchens hinüber. Er hatte sich mit der Behauptung des alten Mannes bezüglich Elenas Erbe abgefunden, aber den Beweis dafür zu sehen war dennoch verblüffend.

»Wie ich schon sagte«, erklärte Bol in belehrendem Ton und lenkte Er'rils Augen von der Hand des Mädchens ab, »was die Mondfalken betrifft, so sprechen die Schriften unterschiedliche Sprachen – einige hell, einige dunkel.«

»Und was ist mit ihrer Hand? Ich dachte, Magiker brauchen das Licht der Sonne, um eine Belebung einzuleiten. Wie war es ihr möglich, ihre Rose in dieser dunklen Grube zu erneuern?«

Bol kratzte sich hinter dem Ohr. »Vielleicht lag es am Licht des Vogels.«

»Mondlicht?«

»Ich erinnere mich, einen Text von einem längst verstorbenen Alchimisten gelesen zu haben, in dem die Vermutung dargelegt wird, das Licht des Mondes sei nichts anderes als reflektiertes Sonnenlicht.« Bol machte eine wegwerfende Handbewegung. »Natürlich wurde der Alchimist für eine derartig ketzerische Behauptung verbrannt. Dennoch, man macht sich so seine Gedanken.«

Beide Männer betrachteten den Vogel. Elena spürte ihre Blicke. »Kann ich ... darf ich ihn behalten?«, fragte sie, und in ihren Augen spiegelte sich der Glanz des Mondlichts, der auf den Federn des Vogels schimmerte.

»Er ist ein Geschöpf der Wildnis«, antwortete Bol. »Ich glaube nicht, dass ich – oder irgendjemand sonst – sein Herz beherrschen kann. Er trifft seine eigenen Entscheidungen, und aus irgendeinem Grund hat er sich für dich entschieden.«

»Glaubst du, dass er bei mir bleiben wird?«

Bol zuckte mit den Schultern. »Wer kann das sagen? Aber vielleicht, mein Schatz, ist der Vogel einfach durch die dunklen Gänge verwirrt. Wahrscheinlich ist er in diese Höhle geflogen, um dem Unwetter zu entfliehen, und hat sich verirrt. Wenn er erst wieder draußen im Wald ist, dann wird er, so vermute ich, davonfliegen.«

Er'ril wandte sich von den beiden ab; seine Augen betrachteten erneut die dunkle Treppe. Er hatte jetzt genug von dem Getue um einen versprengten Vogel. Selten oder nicht, das Tier trug nichts zu seiner Suche nach dem eisernen Schlüssel bei. Der diebische Kobold war diese Treppe mittlerweile bestimmt schon tief hinabgestiegen und wäre schwer zu finden in dem Gewirr aus Gängen und Hallen. Eine weitere Verfolgung führte wahrscheinlich zu nichts, doch Er'ril konnte das in ihn gesetzte Vertrauen nicht enttäuschen. Der Schlüssel, einer von zweien, war ihm von der Bruderschaft anvertraut worden, seiner Familie zu Ehren … und für sein Opfer. Er spürte einen Stich in dem Stumpf, wo einst sein rechter Arm gewesen war. Bei der Erinnerung schloss er die Augen. Der Preis für den Schlüssel war sehr hoch gewesen.

Er schüttelte sich, öffnete die Augen und hob das Schwert. Nein, er würde den Schlüssel keinesfalls diesen elenden, zischenden Geschöpfen überlassen. »Wir sollten weitergehen. Die Fährte wird kalt.«

Bol nickte und hob seine Laterne auf, die er auf einer Stufe abgestellt hatte. »Nun, jetzt haben wir wenigstens zwei Lichtquellen«, sagte er, wobei er die Lampe hob und in Richtung des Mondfalken nickte. »Vielleicht können wir so die erkaltete Fährte besser ausleuchten.«

»Wenn wir noch länger warten, wird uns nicht einmal mehr die Mittagssonne helfen.« Er'ril machte sich auf und ging voraus, die Stufen hinunter. Seine Stiefel stampften auf den Stein, gefolgt von den leichteren Schritten der anderen. Sosehr er die durch den Vogel verursachte Verzögerung auch bedauerte, musste Er'ril doch feststellen, dass sich Bols Worte als zutreffend erwiesen. Aufgrund des zusätzlichen Lichts waren Schlamm und Schmutz jetzt besser zu erkennen, und er konnte verhängnisvolle Fehltritte vermeiden. Außerdem enthüllte das Licht kleine Fußabdrücke mit weit gespreizten Zehen, die ein Muster in der dünnen Schlammschicht bildeten.

Er'ril deutete mit der Spitze seines Schwerts auf die Abdrücke, schwieg jedoch. Bol nickte. Das Bewusstsein, dem Geschöpf, das sie verfolgten, dicht auf den Fersen zu sein, trieb die Gruppe zu größerer Eile an. Hier war der Beweis, dass das Objekt ihrer Jagd kein Phantom war, sondern ein Wesen aus Fleisch und Blut. Während sie ihren Weg schweigend fortsetzten, wurde die Luft immer feuchter, und der Nebel verdichtete sich. Bald hatte Er'ril in der dunstigen Luft Schwierigkeiten zu atmen.

Auch Bols Atem rasselte zwischen den Worten. »Bist du … sicher … dass es keine andere Möglichkeit gibt … die magischen Mauern von A'loatal aufzuschließen? Brauchen wir wirklich … diesen Schlüssel? Vielleicht könnte Elenas Magik …«

»Nein!«, fauchte Er'ril ihn an. »Ich muss … wir brauchen den Schlüssel.«

»Und ich will keine Magik ausüben«, erklärte Elena; ihre Stimme klang brüchig vor Angst.

Der Onkel tätschelte ihr beschwichtigend den Kopf, versuchte, sie zu beruhigen, doch stattdessen erntete er ein scharfes, warnendes Zirpen von Seiten des Falken. Der Vogel plusterte die Brust auf, und seine schwarzen Augen richteten sich nadelspitz auf die Finger des alten Mannes. Bol zog die Hand zurück. »Ich schätze, ich muss mich geschlagen geben.«

Er'ril beschleunigte seine Schritte die Stufen hinunter, aus Angst, eine weitere Verzögerung könnte die schwache Spur, der sie folgten, völlig verwischen. Doch eine andere Sorge beschleunigte seinen Gang ebenso: Der Alte könnte ihn womöglich dazu überreden, von seiner Verfolgung abzulassen. Jetzt schon hatten sich Bols Worte in seinem Kopf eingenistet. Vielleicht gab es tatsächlich andere Wege, um in die verlorene Stadt zu gelangen. Vielleicht konnten Elenas Hexenkünste wirklich den magischen Schleier durchdringen, der A'loatal umgab. Vielleicht brauchten sie den Schlüssel gar nicht.

Er'ril umklammerte den Griff seines Schwertes so fest, dass sein Handgelenk schmerzte, und marschierte weiter die Stufen hinunter. Der Schlüssel gehörte ihm!

»Nicht so schnell, Er'ril. Meine Knochen sind nicht so

beweglich wie deine.« Bols Worte klangen angestrengt, und der Alte keuchte schwer in der dicken, feuchten Luft. »Der Stein ist so glatt wie der Rücken eines Salamanders.«

Er'ril verlangsamte seinen Schritt, nicht so sehr, weil der Alte es verlangte, sondern weil die letzten Stufen in die Düsternis hinab vor ihm sichtbar wurden, erleuchtet von dem Zwillingslicht des Vogels und der Lampe.

Sie waren am Grund des Spalts angelangt.

Er'ril hob warnend die Hand, damit Bol und Elena ihm nicht folgten, bevor er untersucht hatte, was da vor ihnen lag. Er rutschte mit dem Rücken an der Wand entlang, huschte die letzten Stufen hinunter und schlich bis an die Grenze des Lampenlichts, wobei sein nach vorn gestrecktes Schwert den Weg erforschte und er angestrengt in die Düsternis spähte.

Am Fuß der Treppe breitete sich eine ausgedehnte Fläche aus, bedeckt mit Geröll und allerlei Schutt. Ein schmaler Pfad wand sich durch die Trümmer. An der gegenüberliegenden Wand befand sich, kaum wahrnehmbar, ein Streifen Schwärze, viel dunkler als der übrige Fels. War dies der Eingang zu einem weiteren Tunnel? Er'ril vermutete, dass der schmale Pfad zu dieser Stelle führte.

Während er den vor ihm liegenden Weg nach verborgenen Angreifern absuchte, hörte er das Scharren von Stiefeln auf dem Fels hinter sich. Das Licht wurde heller, und die beiden Gefährten, seinen Befehl missachtend, kamen näher.

Bol trat neben ihn. »Nun, was meinst du?«, flüsterte er.

Er'ril verkniff sich den strengen Tadel, der ihm auf der Zunge lag. Warum konnten die beiden nicht einfach seine Anweisung befolgen und auf der Treppe bleiben? Er hielt den Blick weiterhin aufmerksam nach vorn gerichtet. Auf dem Tunneleingang blieb er haften. Nun, da Bols Laterne so nahe war, erhellte das Licht die Öffnung in der Felswand.

Es war tatsächlich ein natürlicher Riss im Felsen. Eine plötzliche Bewegung nahe des breiten Tunneleingangs zog seinen Blick auf sich.

Er'ril straffte sich.

Er sah eine kleine, dunkle Gestalt, die das letzte Stück des

Pfades hinunterflitzte. Sie blieb am Eingang zu dem Tunnel stehen. Irgendwie spürte Er'ril, dass sie ihm direkt ins Gesicht sah und ihn anlachte. Dann sprang die winzige Gestalt in den Riss und wurde davon verschluckt.

»Schnell!«, rief Er'ril mit einer Stimme, die vor Anspannung heiser klang. »Wir sind nahe dran! Aber hütet euch vor den Schatten. Ich traue diesen Kobolden nicht.«

Elena ließ es zu, dass der Falke ihr auf die Schulter kletterte. Seine Krallen gruben sich durch den dünnen Stoff ihres Hemdes und stachen ihr in die Haut. Er schmiegte sich an ihren Hals, doch so, als ob er die Warnung des Schwertkämpfers befolgte, ruckte sein Kopf immer wieder vor und zurück und beobachtete den Boden der Schlucht.

Ohne weitere Worte schritt Er'ril voraus in das Durcheinander von Steinen und Felsbrocken, und seine schweren Stiefel stapften den Pfad entlang. Bol forderte Elena mit einem sanften Stoß auf zu folgen, obwohl sie bemerkte, dass seine Hände sich in sicherem Abstand vom Schnabel des Vogels hielten. Außerdem fiel ihr auf, dass sich das Schnaufen ihres Onkels in der feuchten, schweren Luft beunruhigend mühsam anhörte. Selbst sie musste die Luft durch den Mund einatmen, um nicht vom Gefühl des Erstickens überwältigt zu werden. Sie sah ihren Onkel an, der ihr ein schwaches Lächeln schenkte. Seine Hautfarbe wirkte noch grauer als sonst, aber vielleicht lag es am Licht der Laterne, dass sein Gesicht ihr so fahl erschien.

»Wir sollten Er'ril keinen allzu großen Vorsprung geben.« Er gab ihr mit einem Nicken zu verstehen, dass sie vorausgehen solle, während er als Nachhut alle Wachsamkeit nach hinten richtete.

Elena ging hinter dem Schwertkämpfer her, der mit energischen Schritten über den flachen Boden eilte. Da sie nun keine Angst mehr haben mussten, sich auf den rutschigen Stufen den Hals zu brechen, bestand keine Notwendigkeit zur Vorsicht mehr. Elena musste beinahe rennen, um mit Er'ril Schritt zu halten.

Als sie einen Blick über die Schulter nach hinten warf, stellte sie fest, dass ihr Onkel immer weiter zurückfiel. Er schleppte sich in gebückter Haltung dahin und rieb sich andauernd mit dem Handrücken über die Stirn. Zitterte seine Hand? Vielleicht sollte sie den Schwertkämpfer bitten, langsamer zu gehen. Während sie noch versuchte, den Mut zum Sprechen aufzubringen, hob Er'ril warnend die Hand.

Sie war erleichtert, dass er eine Unterbrechung des schnellen Marsches anordnete, und schloss zu Er'ril auf. »Mein Onkel ...«, sagte sie und deutete nach hinten. Sie nahm wieder einen Mund voll Luft, überrascht über ihre eigene Kurzatmigkeit, und fuhr fort: »... er braucht unbedingt eine Pause.«

Der Schwertkämpfer stieß ein unverständliches Grunzen aus, während sein Blick forschend über eine Gruppe großer Felsbrocken schweifte, die wie Dracheneier rechts vom Weg aufgehäuft waren. »Bleib hier«, sagte er und ging zu den Steinen.

Sie stand da, verlagerte ihr Gewicht von einem Fuß auf den anderen und verdrehte den Hals. Onkel Bol war immer noch ein Stück weit weg, und er hielt sich beim Gehen die linke Seite. Er wurde noch langsamer, als er sah, dass seine Gefährten stehen geblieben waren. Elena verzog das Gesicht und schlich hinter dem Schwertkämpfer her.

Er hatte ihre Schritte gehört oder eine Veränderung des Lichts bemerkt, denn er drehte sich zu ihr um. »Hör zu, Mädchen, du musst dich an meine Anweisungen halten. Ich habe zu prüfen, ob sich zwischen den Steinen da vorn ein Hinterhalt verbirgt, und ich kann keine Störung gebrauchen, falls es Schwierigkeiten gibt.«

»Aber da drüben ist es dunkel. Wenn ich dir leuchte, kannst du besser sehen.« Tränen drohten ihr in die Augen zu treten bei dem Gedanken, allein gelassen zu werden. Sie blickte zurück, wo ihr Onkel stehen geblieben war und sich an einen großen Stein lehnte.

»Nein, denn sollten sich dort Kobolde verstecken, verrät mich dein Licht wie hundert Flammenzeichen. Ich erledige das allein. Kehr zu deinem Onkel zurück.«

Sie nickte fügsam und schob die Schultern zurück, um zu zeigen, dass sie sich vor nichts fürchtete, doch ihre Unterlippe zitterte leicht.

Er schenkte ihr ein flüchtiges Lächeln. Seine sonst so straffen Züge furchten sich in mitfühlender Erheiterung; es waren Furchen, die tief in sein Gesicht eingegraben waren. Sie erkannte, dass er früher einmal gern gelächelt hatte, obwohl das offenbar sehr lange zurücklag. »Wir alle haben Angst, Elena«, sagte er. »Manchmal müssen wir unsere Angst jedoch überwinden und weitergehen. Lass dich nicht davon beherrschen.«

»Hast *du* jemals Angst?«

Er sah sie wortlos an, dann zuckte er mit den Schultern. Seine Augen schienen in weite Ferne zu blicken, und seine Stimme klang verhalten. »Seit ich meinen Bruder verlor, habe ich mich niemals mehr sicher gefühlt.«

Sie berührte ihn am Ellenbogen. »Mir geht es genauso«, sagte sie kleinlaut.

Ihre Worte schienen ihn zu verwirren, dann leuchtete Erkenntnis in seinen Augen auf. »Wir werden deinen Bruder finden.«

»Joach fehlt mir so sehr.«

»Nun ja, hier unten werden wir ihn nicht finden. Wir müssen uns weiter durchschlagen. So, jetzt hilf deinem Onkel – es sieht so aus, als könne er eine Schulter zum Anlehnen gebrauchen –, während ich die Steine da vorn untersuche.«

Sie nickte, ihr Zittern ließ nach. Er betrachtete sie eindringlich, dann machte er auf dem Absatz kehrt und schritt mit erhobenem Schwert auf das Felsgewirr zu. Sie sah, wie er sich duckte und hinter einem Felsbrocken verschwand, der die Form eines kleinen Hauses hatte. Sie wartete noch einige Herzschläge lang und hielt Ausschau nach dem Schwertkämpfer. Nichts bewegte sich, doch überall schwebten Schatten zwischen den Steinen. Alles Mögliche konnte dort lauern. Wie sie so mit dem mondhellen Vogel dastand, wurde ihr bewusst, dass sie für jeden, der hinter den Felsen hervorspähte, wie ein Stern leuchten musste.

Ein Schauder überlief sie. Plötzlich hatte sie das Gefühl, von verborgenen Augen angestarrt zu werden, und wich von den Gesteinsbrocken zurück.

Rührte sich da etwas im Schatten unterhalb des Felsens, der wie eine eingestürzte Scheune geformt war? Sobald sie sich bewegte, waberten die Schatten mit der Bewegung ihres Lichts. Die Schatten selbst schienen lebendig zu sein, in böser Absicht umherhuschend. Vielleicht hatten sie den Schwertkämpfer verschluckt und gierten jetzt nach mehr.

Sie stieß mit der Ferse an einen losen Stein. Ein Schrei entrang sich ihrer Kehle, als dieser wegrollte. Es war kein Stein! Sie sah, wie das Ding wegflitzte, und dabei schnappten Klauen auf und zu. Das Geschöpf – so etwas wie eine Höhlenkrabbe – verschwand in der Dunkelheit.

Ihre Haut kribbelte bei der Vorstellung, von Höhlenwesen umgeben zu sein. Sie rannte zu der Stelle, wo ihr Onkel zuletzt gestanden hatte. Ein großer Felsbrocken verhinderte die Sicht auf Onkel Bol, doch seine Laterne leuchtete dahinter wie ein Richtstrahl.

»Onkel Bol!«, rief sie, als sie um die Kante des Felsbrockens bog. Sie sah ihren Onkel, nur wenige Schritte entfernt, und hielt schlitternd an. Die Laterne neben sich, lag ihr Onkel mit schlaffen Gliedern hingestreckt auf dem kalten Stein.

Vor Entsetzen waren ihre Füße wie gelähmt, der Atem blieb ihr im Hals stecken. Onkel Bol! Sie ertrug den Gedanken nicht, ein weiteres Mitglied ihrer Familie zu verlieren. Sie wich sogar einen Schritt zurück, um der Wirklichkeit nicht ins Auge blicken zu müssen. Da sah sie, dass sich seine Brust hob und senkte. Er war nicht tot! Er atmete noch, doch er hatte das Bewusstsein verloren. Vor Erleichterung wäre sie beinahe in die Knie gesunken; nur mit Mühe konnte sie sich auf den Beinen halten. Halb stolperte sie, halb fiel sie neben ihrem Onkel zu Boden. Der Falke kreischte warnend bei dieser plötzlichen Bewegung und schlug aufgeregt mit den Flügeln. Das Mondlicht fiel hell auf ihren Onkel.

Sie griff nach seiner Hand. Seine Haut fühlte sich kalt und seltsam feucht an. Seine Wangen waren blass wie bei einem aufgebahrten Leichnam. Sie ertappte sich dabei, dass sie seine Hand tätschelte und murmelte: »Onkel Bol, wach auf! Verlass mich nicht! Bitte, wach auf!« Als Nächstes streckte sie die Hand zu seinem Gesicht aus und legte sie ihm auf die Stirn. Sie war heiß. Bei der Berührung bewegte er sich. Ein dumpfes Stöhnen entrang sich seiner Kehle.

Onkel Bol rollte den Kopf von einer Seite zur anderen, als ob ein Albtraum ihn quäle. Sie rieb ihm die Wangen und massierte seine Handgelenke, doch nichts brachte ihn ins Bewusstsein zurück. Sie blickte sich um, und ein Seufzer drang über ihre Lippen. Sie brauchte Hilfe. Wo war Er'ril? Sie wagte es nicht, ihn zu rufen, aus Angst, mit ihrem Ruf noch andere Wesen aus dem düsteren Felsgestein hervorzulocken.

Während sie auf Geräusche lauschte, die die Rückkehr des Schwertkämpfers verheißen mochten, hörte sie das leise Tröpfeln fließenden Wassers. Gab es in der Nähe etwa eine Quelle? Sie sah sich forschend in alle Richtungen um. Diese Quelle müsste gleich hinter dieser Steinsäule sein!

Erneut wandte sie ihre Aufmerksamkeit Onkel Bol zu. Vielleicht würde ihm ein bisschen Wasser auf den Lippen helfen. Aber sollte sie es wagen, ihn allein zu lassen?

Ihr Onkel sackte wieder in sich zurück, als ob seine bösen Träume davongehuscht wären, doch sein Atem ging jetzt stoßweise, begleitet von einem kehligen Gurgeln, das sie veranlasste, sich selbst an den Hals zu fassen. Sie konnte nicht einfach nur dastehen und zusehen, wie er starb, und ertappte sich dabei, dass ihr Blick zu ihrer rechten Hand schweifte, wo Wirbel verschiedener Rottöne schneller zu kreiseln schienen.

Konnte ihre Magik dem Onkel helfen? Vor ihrem inneren Auge erschien das Bild ihrer in Flammen begrabenen Eltern. Nein, sie wagte es nicht, ein solches Risiko einzugehen. Sie senkte die Hand. Sie musste Wasser holen. Wenn sie sich beeilte, würde es nur ein paar Augenblicke dauern, bis sie die Quelle oder das Bächlein erreicht hätte.

Bevor sie vor Angst gänzlich erstarrte, rannte sie davon. Wieder schimpfte der Falke empört und grub die Krallen tief in ihre Schulter, um das Gleichgewicht zu halten. Elena missachtete den Schmerz und lief weiter.

Im Bewusstsein, dass ihr Ziel so nahe lag, flogen ihre Füße nur so dahin. Und so vermochte sie nicht rechtzeitig anzuhalten, als sie plötzlich entdeckte, was da am Bach stand, sondern fiel auf die Knie und stieß sich heftig an dem groben Stein. Bei dem Anblick, der sich ihr bot, blieb ihr ein Schrei in der

Kehle stecken. Ihr Falke, der von ihrer Schulter geschleudert wurde, stieg mit schlagenden Flügeln auf und drehte über ihr seine Kreise.

Sie sah, wie ein zerzaustes Tier den Kopf aus dem Wasser hob. Große gelbe Augen warfen das Licht ihres Falken zurück. Sie kannte diese Tierart. Sie hatte gesehen, wie Jäger aus dem Hochland deren Felle in die Stadt gebracht hatten. Es war ein Wolf.

Er knurrte sie warnend an, kam jedoch nicht näher, offensichtlich ebenso argwöhnisch wie sie. Er wich ein paar Schritte zurück, wobei er auf dem rechten Vorderlauf hinkte. Die Reste eines Verbands hingen an dem verletzten Glied. Er war verwundet. Sie sah, dass eines seiner Ohren zerfetzt war, ausgefranst und blutverkrustet.

Ihr fiel das Heulen wieder ein, das alle zuvor gehört hatten. Vermutlich war dies das Geschöpf, das seinen Schmerz laut hinausgeschrien hatte.

Beide starrten sich gegenseitig lauernd an. Der Wolf hatte aufgehört zu knurren und stand jetzt einfach nur da, ein wenig wackelig auf drei Beinen. Sie betrachtete die Reste des alten Verbandes. Der Wolf konnte ihn unmöglich sich selbst angelegt haben; jemand musste ihn versorgt haben. Sie wusste, dass einige Waldbewohner Wölfe als Hilfstiere bei der Jagd benutzten. War dies ein solches Haustier?

Als ihr klar wurde, dass der Wolf nicht die Absicht hatte, ihr an die Kehle zu springen, gestattete sie sich, wieder zu atmen. Sie richtete sich auf und wollte weglaufen, doch dann hielt sie inne. Die Worte des Schwertkämpfers, sie solle sich nicht von der Angst beherrschen lassen, fielen ihr ein, und sie verharrte auf der Stelle. Vielleicht brauchte der Wolf Hilfe, genau wie ihr Onkel.

Ein weiterer Gedanke schoss ihr durch den Kopf: Vielleicht vermochte sein ausgeprägter Geruchssinn sie alle von hier wegzuführen! Elena dachte an ihren kranken Onkel. Er brauchte schnelle Hilfe. Wenn sie den Wolf dazu bringen könnte …

Sie wollte es versuchen! Sie biss sich auf die Unterlippe und trat einen Schritt näher zum Bach. Mit ausgestreckten Händen, die sie zu einer Schale gewölbt hatte, schöpfte sie kaltes

Wasser und hielt es dem Wolf hin. Die Augen des Wolfes verengten sich vor Argwohn.

Sie zwang ihre Arme, nicht zu zittern, während sie ihre Haltung unverdrossen beibehielt. In diesem Augenblick stieß der Falke flügelschlagend herab und landete sanft auf ihrer Schulter.

Der Wolf beäugte den Vogel, dann betrachtete er wieder das dargebotene Wasser.

Er kam einen Schritt näher.

»Komm schon«, flüsterte sie. »Hab keine Angst.«

Der Wolf tappte noch einen Schritt näher; seine Nase war jetzt so nah, dass sie seinen heißen Atem an ihrer Hand spürte. Er reckte den Kopf nach vorn. Vorsichtig schob sich die Zunge zwischen außerordentlichen langen Reißzähnen hervor, um das Wasser zu berühren. Obwohl er gierig darauf war, wandte er den Blick nicht von ihr ab. Diese gelben Augen waren eigenartig. Die Iris war senkrecht und schlitzförmig, nicht rund, eher wie bei einer Schlange als bei einem Hund.

Während sie ihn gebannt und ehrfurchtsvoll betrachtete, weiteten sich seine Augen plötzlich, und sein Blick schoss zu ihrer rechten Seite. Mit einem Knurren zog er den Hals zurück.

»Komm her, Elena! Sofort!« Sie blickte über die Schulter zurück und sah Er'ril, der hinter einem Felsbrocken hervortrat, das Schwert drohend in Richtung des zotteligen Wolfs erhoben. »Lauf, schnell, hinter mich!« Er'ril stürzte sich mit dem Schwert auf den Wolf.

Ohne nachzudenken, warf sich Elena vor die Waffe des Schwertkämpfers und schlug die Klinge mit der Handfläche zur Seite. »Nein!« Als ihre rechte Hand mit seinem Schwert in Berührung kam, zuckte ein eisiger Blitz aus ihrer Handfläche und verschlang Er'rils Schwert.

Er'ril japste nach Luft und schüttelte die eiskalte Waffe aus der Hand. Das eherne Schwert fiel mit lautem Getöse auf den Stein und zerbarst wie eine Glasvase in tausend gefrorene Scherben.

Elena merkte, dass der Schwertkämpfer sie anstarrte. Sein Gesichtsausdruck zeigte eine Mischung aus rotwangigem Zorn und purem Schreck. »Mein Schwert!«

»Ich wollte das nicht«, sagte Elena kleinlaut und versteckte die rechte Hand hinter dem Rücken. Die Erkenntnis, dass sie soeben die einzige Waffe ihrer Reisegruppe zerstört hatte, machte sie betroffen, und Tränen stiegen ihr in die Augen. »Es tut mir Leid.«

Hinter sich hörte sie den Wolf knurren.

Er'ril packte das verdatterte Mädchen und schob es schwungvoll zur Seite, bereit, gegen den großen Wolf zu kämpfen. Das Tier war verletzt, deshalb konnte er es vielleicht mit einem schnellen Fußtritt oder einem Faustschlag vertreiben.

Das Knurren des Wolfs galt jedoch nicht ihnen. Er hatte ihnen vielmehr den Rücken zugekehrt und spähte zu dem dunklen Pfad hinüber, den sie zuvor überquert hatten. Die Lefzen des Wolfs waren hochgezogen, und ein lang gezogenes, gleichmäßiges Knurren tönte hinaus in die Dunkelheit.

»Da kommt etwas«, sagte Er'ril.

Jetzt hörte Er'ril das Scharren auf Schiefer und ein vertrautes Geräusch – ein Zischen. »Kobolde!« Er zog Elena beiseite.

Der Wolf näherte sich ihnen, rückwärts durch den schmalen Bach platschend.

Elena deutete auf das Tier. »Er weiß ebenfalls Bescheid. Wahrscheinlich haben ihn die Kobolde verletzt.«

Er'ril ging nicht auf ihre Worte ein, sondern schob sie vor sich her zurück zu dem Spalt. »Wir sollten deinen Onkel holen und rasch von hier wegkommen. Ohne Waffe besteht nicht die geringste Aussicht, dass uns ein Durchbruch gelingt. Wir müssen einen möglichst großen Vorsprung vor den Kobolden haben.«

Elena blickte nach hinten. »Der Wolf folgt uns.«

Er'ril sah ihn ebenfalls. Er hielt einen Sicherheitsabstand zu ihnen und blieb immer ein wenig verborgen in den Schatten der Felsbrocken, doch er hielt mit lautlosen Pfoten Schritt mit ihnen.

»Er schützt uns«, sagte Elena.

»Nein, er folgt einfach nur dem Licht.«

»Er trägt einen alten Verband mit einer zerbrochenen Schiene an seinem verletzten Bein. Ein Mensch muss ihn verloren haben.«

Das Mädchen hatte Recht, doch es war nicht einzuschätzen, ob der Wolf von seinem Besitzer gezähmt worden war. Die Schiene sah alt und verschmutzt aus, als ob das Tier eine weite Strecke damit zurückgelegt hätte. Wild oder nicht, er schien zumindest keine unmittelbare Gefahr darzustellen, und falls die Kobolde angreifen würden, mochten sich seine langen Zähne als nützlich erweisen, und sie gewönnen Zeit, um zu fliehen. Also hatte Er'ril nichts dagegen, dass er ihnen folgte – solange er einen angemessenen Abstand einhielt.

Sobald der alte Mann und seine Laterne ins Sichtfeld kamen, eilte Elena zu ihm und kniete neben ihm nieder. Er'ril gesellte sich zu dem Mädchen und stellte fest, dass sich Bols Brust noch immer hob und senkte. Er legte dem Alten einen Finger auf den Hals. Der Puls war schwach.

Er'ril richtete sich auf und ließ den Blick durch die Dunkelheit schweifen. Das Zischen war schwächer geworden. Wenigstens hielten sich die Kobolde wieder auf Abstand.

Elena blickte zu Er'ril auf. »Wird er sterben?«

»Ich weiß es nicht. Er ist ein alter Mann.«

»Was können wir tun?«

Sie musterte seinen Arm mit zweifelndem Blick.

»Er ist leicht. Ich schaffe das schon.«

Elena nickte und legte ihrem Onkel ihre kräftig rubinrot leuchtende Hand auf die Brust. Er'ril dachte an die Macht, die sein Schwert zu Eis hatte erstarren lassen. Er hatte es gerade noch rechtzeitig fallen gelassen, um zu verhindern, dass seine Hand vom Frost verzehrt wurde. Elena verfügte über eine mächtige Magik, aber sie beherrschte sie nur unzulänglich. Dennoch ...

»Es gibt noch eine andere Möglichkeit«, sagte er. »Aber sie ist mit Risiken verbunden.«

Ihre Miene hellte sich auf. »Welche?«

»Deine Magik.«

Die Hoffnung erstarb in ihren Augen. Ihr Kopf sank herab. »Nein, es gelingt mir nicht, dass sie meinem Willen gehorcht.«

»Immerhin hast du mich davon abgehalten, dem Wolf ein Leid anzutun.«

»Vielleicht, aber ich hatte nicht die Absicht, dein Schwert zu zerstören. Die Magik macht, was sie will.«

»Zu meiner Zeit habt ihr Magiker immer allerlei Blödsinn angerichtet. Ich hatte einen Bruder, Schorkan. Er erlangte die chirische Macht im selben Alter wie du. Als er noch jung war, steckte er bei dem Versuch, den Herd mit seiner Magik anzuzünden, unsere Küche in Brand.«

»Er hat sich jedoch verbessert, stimmt's?«

Er nickte. »Durch Übung und Ausbildung wurde er zu einem großen Magiker.«

»Aber wer kann mich ausbilden?«

Er'ril kniete neben ihr nieder. »Ich war der Paladin meines Bruders.«

»Was ist das?«

»Sein Gefolgsmann und Beschützer. Jedem Magiker war ein Paladin zugeordnet, damit sie sich mit ihrer Magik nicht selbst schadeten. Ich habe Schorkan während seiner Grundausbildung beigestanden und musste ihm oftmals aus der Klemme helfen. Wir Paladine sind selbst nicht mit der höheren Kunst begabt, aber wir sind befähigt, ihre Beherrschung zu lehren – wie man den Fluss der Macht in die richtigen Bahnen lenkt. Wir hatten diese Lektionen gelernt, um denen zu helfen, die uns anvertraut waren.« Er'ril versuchte, nicht zusammenzuzucken, als er ihre rote Hand anhob. »Vielleicht kann ich dir helfen.«

»Wirklich?«

»Ich will es versuchen. Doch was du tun musst, um deinem Onkel zu helfen, erfordert ein feines Gespür für Magik.«

»Wird er dadurch gerettet?«

»Ich weiß es nicht. Was ich dir beibringen werde, ist nicht die wahre Heilkunst – das übersteigt mein Wissen. Ich kann dir lediglich zeigen, wie du einen kleinen Tropfen deiner Magik auf deinen Onkel übertragen kannst. Das wird seine Lebensgeister wecken und ihm ermöglichen, diese Krankheit zu überwinden.«

Elena sah ihn zweifelnd an. »Und wenn dabei etwas misslingt?«

»Dann wird er sterben.«

Vor Angst riss sie die Augen weit auf. Sie schwieg und schlug sich die Arme um die Brust. Dann sprach sie schließlich. »Aber Onkel Bol stirbt vielleicht auch, wenn ich es nicht versuche.«

Er'ril nickte, beeindruckt von der Klugheit der jungen Frau. Ihre Hand zitterte, als sie die Arme voneinander löste und die Farbwirbel auf ihrer rubinroten Hand betrachtete, doch in ihren Augen schimmerte der Mut der Verzweiflung.

Sie blickte ihm in die Augen, das Kinn entschlossen gereckt. Zum ersten Mal sah er in dem kleinen Gesicht die Frau, die sie einmal werden würde. Strahlende grüne Augen, ein Wust roten Haars, volle Lippen. Sie würde zu einer Frau von beträchtlicher Schönheit heranwachsen – sofern sie so lange leben würde. »Zeig mir, was ich tun muss«, bat sie.

Er kniete nieder und bedeutete ihr mit einem Handzeichen, sich neben ihm niederzulassen. »Blut ist dafür erforderlich.«

Sie wich ein wenig zurück.

»Hab keine Angst! In diesem Fall handelt es sich nur um geringe Magik. Wir brauchen nur einen Tropfen.« Er'ril deutete auf den Dolch in der Scheide, den Bol dem Mädchen gegeben hatte.

Elena zog den Hexendolch zögernd heraus. Silbern schimmerte er im Licht des Vogels wie eine Scheibe des Mondes.

»Reich mir den Dolch!«, verlangte Er'ril.

Das Mädchen folgte der Aufforderung, nur allzu bereit, die Waffe weiterzugeben.

Er'ril ergriff eine Hand des Alten und legte sie sich aufs Knie. Dann stach er mit dem Messer in Bols Daumenspitze. Dickes Blut quoll wie eine schwarze Perle aus der kleinen Wunde. Er reichte Elena das Messer. »Du musst dasselbe tun.«

Er merkte, wie sie zusammenzuckte und die zur Faust geballte Hand zurückzog. Ihr Gesichtsausdruck rief in ihm die plötzliche Erinnerung an den kleinen Jungen wach, der geopfert worden war, um das Buch des Blutes zu schaffen. Er'ril sah das Mädchen an und betete, dass sie nicht dasselbe Schicksal wie der Junge erleiden mochte.

»Du musst es tun. Dein Onkel hat den ersten Schnitt zur

Taufe deines Dolches durchgeführt. Der nächste muss von deiner Hand vollführt werden.«

Sie nickte und öffnete mit großer Anstrengung die Faust, um nach dem Messer zu greifen. Mit überraschend ruhiger Hand hob sie die Klinge über ihren roten Daumen.

»Nur ein kleiner Ritzer. Zu viel Blut wäre schwer zu beherrschen.«

Sie holte tief Luft, warf ihm einen schnellen Blick zu und stach sich mit der Spitze in den Daumen. Er'ril bemerkte, dass sie sorgsam darauf bedacht war, nicht zu tief zu stechen. Nachdem dies geschehen war, schob sie das Messer lässig wieder in die Scheide, als ob sie nur eine Scheibe Brot mit Butter bestrichen hätte. Ihr Blick haftete starr auf dem Blut, das aus dem verletzten Daumen sickerte.

»Tapferes Mädchen. Jetzt leg deine Wunde auf die deines Onkels.« Als sie die Hand ausstreckte, um dieser Aufforderung zu folgen, hielt er sie zurück. »Wenn du Verbindung aufnimmst, wirst du in der Lage sein ... in der Lage sein, deinen Onkel zu spüren.«

»Spüren?«

Er runzelte die Stirn. Wie sollte er etwas beschreiben, das er selbst niemals erlebt hatte? »Mein Bruder hat mir mal erzählt, es sei so, als ob man plötzlich zu dieser Person würde. Man denkt zwar nicht ihre Gedanken, weiß jedoch, wie es ist, in ihrer Haut zu stecken.«

Sie kniff die Augen zusammen – ob aus Angst oder Zweifel, wusste er nicht zu sagen. »Und was tue ich dann?«

»Sobald du diese Verbindung spürst, musst du sie sofort lösen, indem du deinen Daumen wegnimmst. Je länger du die Verbindung aufrechterhältst, desto mehr Magik wird in deinen Onkel einfließen. Du darfst nicht mehr als einen Herzschlag Magik in ihn einsickern lassen.«

»Würde ein bisschen mehr nicht zu einer rascheren Heilung von Onkel Bol führen?«

»Nein. Hier handelt es sich um grobe Magik, nicht um fein dosierte Zauberei. Nur die Erwählten, so wie du, können Vermittler von so viel Macht sein. Mehr als einen Tropfen darfst du nicht riskieren.«

»Was geschieht, wenn ich ihm mehr gebe?«
»Erinnerst du dich an mein Schwert?«

Elena rief sich das Bild des Schwerts vor Augen, von Eis überkrustet, so kalt, dass es das Eisen brüchig machte. Sie betrachtete ihren Onkel, der auf dem felsigen Boden lag. Auf keinen Fall ließe sie das mit ihm geschehen.

Sie blieb auf den Knien, wie festgenagelt, aus Angst, sich zu bewegen, voller Sorge, sie könnte einem weiteren Mitglied ihrer Familie Schaden zufügen. Aus dem Augenwinkel sah sie den Wolf, der im tintenschwarzen Schatten eines nahen Felsens verharrte. Seine bernsteinfarbenen Augen leuchteten aus dem Versteck und reflektierten das Mondlicht des Falken, der auf ihrer Schulter saß. Der Schwertkämpfer hielt ihr den blutigen Daumen ihres Onkels entgegen und sah sie eindringlich an. Alles hing nun von ihr ab!

Sie schloss die Augen und holte tief Luft, um sich mit Willenskraft zur Ruhe zu zwingen. Dann öffnete sie die Augen wieder und schaute das Gesicht ihres Onkels an. Er – der Mann, der sie mit unzähligen Geschichten im Schein des Kaminfeuers erfreut hatte – brauchte sie. Und jetzt lebte sie in einer seiner fantasievollen Geschichten.

Während sie ihn so betrachtete, fiel ihr plötzlich auf, wie sehr ihr Onkel ihrer Mutter ähnelte – die gleichen Wangenknochen und der gleiche Schnitt der Augen. Und seine Nase, breiter als die ihre, glich der ihres Bruders Joach. Ihre ganze Familie fand sie in den Zügen seines Gesichts wieder. Und in ihrem Herzen keimte ein kleiner Hoffnungsschimmer auf. Wenn sie ihn rettete, erhielte sich vielleicht in gewisser Weise ein kleiner Teil von jedem Familienmitglied am Leben.

Sie blickte zum Gesicht des Schwertkämpfers auf.

Er wischte ihr eine Träne von der Wange.

Sie schob seine Hand weg. »Ich bin bereit.«

Während er ihr die Hand ihres Onkels entgegenhielt, erinnerte er sie: »Nur ein einziger Tropfen.«

Mit einem letzten tiefen Atemzug, der sich mehr wie ein Stöhnen anhörte, drückte sie den Daumen auf die Wunde ihres Onkels.

Zunächst geschah gar nichts, und beinahe hätte sie geweint vor Erleichterung und Enttäuschung zugleich. Dann spürte sie, wie ein Teil von ihr durch die Wunde in ihren Onkel hineingesogen wurde. Sie sah immer noch mit ihren eigenen Augen, sah, wie ihre Berührung den Körper ihres Onkels zu straffen schien, spürte, wie der Falke mit einem entsetzten Schrei von ihrer Schulter flog und sich auf einem Felsen niederließ. Doch gleichzeitig spürte sie das Kitzeln eines Bartes am Hals und wie ihre Gelenke im Widerstreit mit den angespannten Muskeln protesierten. Sie spürte auch den kalten Stein unter dem Rücken, da sie auf dem Fels hingebreitet lag.

Vor allem aber spürte sie, wie sich ihr Herz zu schlagen bemühte, kämpfend und bebend; und sie vermochte nicht zu sagen, ob es ihr eigenes Herz war oder das Herz ihres Onkels. Sie war irgendwo zwischen beiden verloren. Die Linie zwischen Elenas Bewusstsein und den Empfindungen ihres Onkels verwischte sich.

Angst und die Warnung des Schwertkämpfers veranlassten sie, den Daumen wegzuziehen. Sobald die Verbindung abgebrochen war, kehrte sie wieder vollständig zurück in ihren eigenen Körper. Sie schüttelte den Kopf wie von Spinnweben frei, ließ sich auf die Fersen zurückfallen und kam sich sehr klein und – aus irgendeinem Grund – schrecklich allein vor.

Ein Stöhnen lenkte ihre Aufmerksamkeit von ihr selbst weg zu der Stelle, wo ihr Onkel sich aufzurichten bemühte. Er hob eine zitternde Hand zur Stirn. »Was ist geschehen? Bin ich eingeschlafen?«

Anscheinend ging es ihm viel besser. Seine Gesichtsfarbe war rosiger geworden, und sein Atem klang regelmäßig. Doch Elena ließ sich nicht täuschen. Sie hatte sein Herz gespürt: Onkel Bol war immer noch krank.

Sie umarmte ihn, fand aber keine Worte. Er'ril jedoch berichtete dem Onkel alles, was geschehen war.

Nachdem der Schwertkämpfer mit seiner Schilderung fertig war, nahm Onkel Bol Elena bei der Schulter und hielt sie auf Armeslänge von sich entfernt, um sie genau anzusehen. »Du hast mich mit deiner Magik gerettet. Ich fühle mich zehn Jahre jünger und kräftig genug, um es mit einem ganzen Heer von Kobolden aufzunehmen.«

Seine Zuversicht war ansteckend, und ein verlegenes Lächeln erschien auf ihrem Gesicht.

»Siehst du, ich habe dir doch gesagt, dass Filas Kraft in dir steckt.« Er zog sie wieder an sich und umarmte sie heftig. Während sie in seiner Umarmung lag, lauschte sie auf das Herz des alten Mannes. Sie spürte den angestrengten Schlag, das schwache Flattern seines Pulses.

Welchen Nutzen hatte diese Magik? Wie konnte sie eine Welt retten, wenn sie nicht einmal einen alten Mann heilen konnte? Plötzlich spürte sie die Last der letzten beiden Tage ohne Schlaf wie ein schweres Gewicht auf sich. Sie erlaubte ihrem Onkel, sie weiter festzuhalten.

Da erhob sich um sie herum ein wildes Zischen, böse und fordernd – Kobolde. Der Onkel gab sie aus der Umarmung frei. Wann dürfte sie endlich ausruhen?

»Schnell!«, rief Er'ril. »Die Unholde werden ungeduldig, und die Spur, der wir folgen, verblasst.«

Während Elena ihm mit so schleppenden Schritten folgte, als wären ihre Füße mit Sand gefüllt, flitzte der Mondfalke durch die Höhle, um sich erneut auf ihrer Schulter niederzulassen. Aus dem Augenwinkel bemerkte sie, dass der Wolf ihr auf den Fersen folgte. Warum vertrauten ihr diese Tiere der Wildnis?

Sie schaute auf ihre rubinrote Hand; die Wunde an ihrem Daumen war verschwunden.

Und was war mit dem unbekannten Geist, der ihr diese Magik beschert hatte? Warum vertraute ihr auch dieser Geist? Sie war nur eine einfache Bauerntochter; welche Kraft sahen alle diese Geschöpfe in ihr?

Plötzlich stiegen ihr Tränen in die Augen, doch sie wischte sie weg, bevor irgendjemand sie bemerkte. Sie wollte diese Verantwortung nicht! Mühsam drängte sie die Tränen zurück. Gab es denn niemanden, an den sie diese Pflicht übergeben konnte?

Sie betrachtete Er'rils breiten Rücken, der vor ihr dahineilte. Ihr Paladin, so hatte er sich genannt. Im Herzen wusste Elena, dass die Magik eine Bürde war, die sie selbst zu tragen hatte, aber vielleicht musste sie sie nicht *allein* tragen. Dieser Gedanke trocknete ihre Tränen. Vielleicht gab es jemanden, an den sie sich anlehnen, dem sie vertrauen konnte.

»Mein Paladin«, flüsterte sie leise vor sich hin und erlaubte ihrer Zunge, diese Worte auszukosten.

27

Kral reichte Tol'chuk den strahlenden grünen Stein und wischte sich das Blut von den Fingerspitzen an der Hose ab. Das seltsame Zischen war zu einem Flüstern verebbt und dann ganz verstummt. Die darauf folgende Stille lastete wie die Schwere vor einem Sommergewitter auf ihnen. Er überließ es dem Og'er, den Elv'en-Stein zu untersuchen, und tappte in dem Gang aus bröckelndem Gestein weiter vorwärts.

Der grünliche Schimmer, den der kleine Edelstein ausstrahlte, erhellte den schwarzen Gang und tauchte die Wände in einen unnatürlichen Schein. Weiter vorn schmückten Girlanden aus Moos und Wurzeln die Decke, während der Boden bedeckt war mit altem Gestein, das unter seinen Sohlen zu Pulver zerrieben wurde.

Kral schlug eine Wurzel zur Seite, die versuchte, sich in seinem Bart einzunisten. Er zog den Kopf ein und bog um eine Ecke. Tol'chuk und das Licht folgten ihm. Der Gang endete nicht weit vor ihm, und dahinter schloss sich eine große Kammer an. Kral bedeutete dem Og'er mit einem Handzeichen, stehen zu bleiben und zu warten.

Er hakte die Axt von seinem Gürtel ab, nahm den lederumwickelten Griff aus Hartholz fest in die Hand und schlich weiter. Der grünliche Schein fiel auf das getrocknete Blut, das immer noch an der Klinge der Axt klebte. Es schimmerte in purpurnem Schwarz wie eine Prellung im Eisen. Er knirschte mit den Zähnen bei dieser Erinnerung an die Lüge, die ihm über die Zunge gekommen war. Er umfasste den Griff der Waffe noch fester. Vielleicht trüge frisches Blut dazu bei, die Schändlichkeit von seiner Klinge und aus seinem Herzen wegzuwaschen.

Kral gelangte zum Eingang der großen Kammer, duckte sich mit dem Rücken gegen die Wand und warf einen raschen Blick in den großen Raum vor ihm. Hohe Decken wölbten sich in der Dunkelheit über ihm, und an den Wänden flüsterten verblasste Fresken von einer fernen Vergangenheit. Der Saal hatte einst sicherlich für Versammlungen gedient. Die Wände waren von Öffnungen durchbrochen, die in andere Gänge führten. Der Raum war so groß, dass selbst das gebündelte grüne Licht des Steins nicht bis zur gegenüberliegenden Wand drang.

Kral hielt sich in der Hocke und suchte nach einem Anzeichen, das auf den Elv'en hindeuten mochte. Der seltsame Kerl musste irgendwo in der Nähe sein, da sein schimmernder Stein zu ihnen hergerollt war, doch der Teil, den Kral von dem Boden sehen konnte, lag leer vor ihm. Vielleicht befand er sich tiefer im Innern, jenseits der Reichweite des Lichts. Kral erhob sich und winkte Tol'chuk näher zu sich heran, damit der Stein die Kammer besser ausleuchtete.

Die Krallen des Og'ers scharrten laut über den Boden, als er zu Kral humpelte. Gemeinsam betraten sie den Saal.

»Ich rieche ... etwas Seltsames«, sagte Tol'chuk. Der Og'er reckte die Nase mit geblähten Nüstern hoch in die Luft.

Kral blieb stehen und ließ den Blick durch den Raum schweifen. Mit der besseren Beleuchtung war eine nasse Schwärze zu sehen, die den grauen Stein fleckte. Er deutete zu der Stelle hinüber: »Blut.«

Die beiden gingen gemeinsam weiter, doch die Augen des Og'ers suchten immer noch aufmerksamer die Wände als den Boden ab. Kral überließ es ihm, Wache zu halten, und kniete sich nieder, um zu bestätigen, dass es sich bei dem Fleck am Boden tatsächlich um Blut handelte. Er tauchte einen Finger in den Fleck und hob ihn zur Nase. Es roch nach moschusartigem Eisen. Eine verschmierte Spur verlief in die tiefe Schwärze am Ende der Kammer.

»Das Blut ist noch warm.« Kral richtete sich auf. »Merik kann nicht weit sein.«

Der Og'er schenkte ihm keine Beachtung. Seine knarrende Stimme warnte lediglich: »Der Geruch ... er wird stärker.«

Kral schnupperte in die Luft. Er roch nichts als Staub und Moder. Ungeduldig nickte er zu der Blutspur hinüber.

Sie folgten dem Pfad in die Dunkelheit. Nach fünf Schritten erkannte Kral, warum das Licht des Steins nicht bis zur gegenüberliegenden Wand der Kammer hatte durchdringen können. Es gab keine gegenüberliegende Wand. Am Ende des vor ihnen liegenden Bodens war nur freier Raum, als ob irgendein unheimlicher Gott die hintere Hälfte der Kammer weggehackt und eine tiefe Schlucht zurückgelassen hätte.

Kral trat zum Rand des Abgrunds. Die Blutspur führte über die Kante hinweg hinunter in Steingeröll. Er betrachtete erneut die verschmierte Spur. Hatte sich Merik bis hierher geschleppt und dort unten Sicherheit gesucht, oder war sein blutiger Kadaver hierher gezerrt und dann in die Tiefe geworfen worden? Und wer oder was hatte ihn angegriffen?

Tol'chuk zischte. »Sie kommen. Der Geruch!«

Plötzlich stieg Kral ebenfalls ein merkwürdiger Geruch in die Nase und traf ihn wie ein Schlag. Der Geruch von eiternden Wunden hüllte ihn ein. Kral hob die Axt. »Was ist das?«

»Nicht das – sie!« Der Og'er hob eine Klaue und machte eine ausholende Bewegung, die den ganzen Raum umfasste.

Aus den vielen Gängen um sie herum leuchteten ihnen rote Augenpaare entgegen – wie hunderte wütender roter Sterne.

Ein Zischen erhob sich ringsum.

Kral wich einen Schritt zurück, und der Absatz seiner Stiefel rutschte über die Kante des rissigen Bodens.

Plötzlich wehte ein zorniges Zischen zu ihnen herüber, und die Meute der Ungeheuer stürmte aus den Gängen hervor.

Rockenheim rieb sich das schmerzende Handgelenk und bog den Hals in alle Richtungen, um sein Genick zu lockern. Eine Mischung aus Wut und Erleichterung kämpfte in seiner Brust. »Ich dachte schon, ihr hättet mich den Krähen überlassen«, brummte er missmutig.

Ni'lahn hielt in einer Hand immer noch das Messer, mit dem

sie die Fesseln durchtrennt hatte; offensichtlich war sie nach wie vor auf der Hut vor ihm. »Das hätte ich niemals getan. Außerdem brauchen wir die Pferde.« Sie packte die Zügel von Nebelbraut und Er'rils Hengst. Krals großes Schlachtross beäugte sie finster, als sie sich ihm näherte.

Rockenheim brauchte eine Weile, während er sich die Armmuskeln massierte, um Ni'lahns Begleiter abschätzend in Augenschein zu nehmen. Der Mann war ebenso groß wie Rockenheim und auch so dünn. Sein braunes Haar hing in losen Strähnen herab und war nicht am Hinterkopf zusammengebunden, wie es hierzulande der Mode entsprach. Ein Fremder, schätzte Rockenheim. Das Gesicht des Fremden war kantig, und die zu Schlitzen verengten Augen wirkten scharf. Er trug einen Jagdmantel aus zusammengenähten Lederstücken über grauen Beinkleidern und einem dazu passenden Wams. Eine sonderbare Ausstattung für diese Gegend.

»Wer ist dein Freund?«, fragte Rockenheim schließlich Ni'lahn.

Ni'lahn hatte gerade die Sicherheit der Gepäckstücke auf den Pferden überprüft. Jetzt fuhr sie sich mit der Hand über die Stirn und strich einige Haarsträhnen zurück. »Kral hilft ihm bei der Suche nach seinem verlorenen Gefährten.«

Der Fremde stand schweigend da, als ob er in dem nassen Holz rundherum versinken wolle. Rockenheim musterte ihn. »Wie heißt du, mein Freund?«

»Mogwied.« Die Stimme klang gereizt und ungeduldig.

»Du stammst nicht aus dieser Gegend, stimmt's?«

Der andere schüttelte den Kopf.

»Woher bist du?«

Mogwied blieb stumm.

Rockenheim merkte immer, wenn jemand versuchte, sich eine Geschichte zurechtzuspinnen. Dieser Mann hatte Geheimnisse. Das gefiel ihm. Jemand, der etwas zu verbergen hatte, konnte zu etwas gezwungen werden – sofern es Rockenheim gelang, sein Geheimnis zu lüften.

»Ich ... ich komme aus dem Südland«, erklärte Mogwied schließlich.

Rockenheim nickte, glaubte ihm kein Wort. Selbst Ni'lahn

spürte offenbar, dass der Fremde log, denn sie blickte mit unwilliger Miene auf.

Was suchte der Mann in diesem elenden Wald? Was wollte der Fremde? Die Sehnsucht im Herzen eines Mannes war der Preis seiner Seele. Wenn er das enthüllen könnte …

Während Rockenheim Mogwied weiterhin musterte, spannte und krümmte sich der Fremde plötzlich. Einen Herzschlag später wieherten die Pferde aufgeregt. Das Schlachtross stampfte mit dem eisenbeschlagenen Huf auf.

Dann hörten Ni'lahn und er es gleichzeitig: Das Schlagen schwerer Flügel näherte sich aus der Tiefe des Tals. Es kam aus der Richtung der Kate. Keiner brauchte den Namen des Wesens auszusprechen, das da heranflog.

»Anscheinend haben sie das Mädchen nicht gefunden«, sagte Rockenheim.

»Schnell!«, drängte Ni'lahn. »Die Höhle liegt nicht weit von hier entfernt. Sie ist zu klein für Skal'ten. Da sind wir sicherer. Kral ist bereits dort.«

Anscheinend kannte Mogwied den Unterschlupf, von dem sie sprach. Er zupfte Ni'lahn am Ärmel. »Nein, dort sind wir nicht sicher. Meine Mutter …«

»Vertrau uns«, sagte Rockenheim und fing die Zügel der grauen Stute auf, die Ni'lahn ihm zuwarf. »Nirgends kann es so schlimm sein wie angesichts der Bedrohung, die jetzt und hier auf uns zukommt.«

Mogwied zögerte. Seine Augen suchten den Wald ab, als ob sie nach einem Fluchtweg Ausschau hielten. Wie ein erschrecktes Reh, dachte Rockenheim.

Ni'lahn richtete das Wort an den Mann, wobei sie ihren Ärmel seinem Griff entzog. »Du hast mit der Sache nichts zu tun, Mogwied. Sie suchen *uns*. Wenn du fliehst, werden sie dich vermutlich nicht verfolgen.«

Während Ni'lahn sich auf den Rücken des Hengstes schwang, schweiften Mogwieds Augen weiterhin durch den dunklen Wald. Angst funkelte in diesen seltsamen bernsteinfarbenen Augen.

Wieder sprach Ni'lahn. »Ich weiß nicht, wer du bist, Mogwied. Du stammst aus den Westlichen Marken, genau wie ich.

Aber du bist kein Mensch. Deine geschlitzten Augen verraten, was deine Zunge verschweigt. Du bist ein Si'lura!«

Rockenheim wäre an ihren Worten beinahe erstickt. »Ein Gestaltwandler!« Er wich von dem Mann zurück. Das war also das Geheimnis des Fremden. Er bestieg eilends ebenfalls sein Reittier, da er so schnell wie möglich einem so berüchtigten Geschöpf entrinnen wollte.

Und wieder sprach Ni'lahn. »Si'lura, für dich ist es ein Leichtes, dich hier zu verstecken. Verwandle dich einfach in ein Tier des Waldes und verschwinde. Du hast mit diesem Kampf nichts zu tun.«

»Nein«, sagte der Mann mit wild blickenden Augen. »Du kennst mich nicht. Ich kann mich nicht verwandeln! Ich bin in dieser Gestalt gefangen.«

Seine Worte überraschten Ni'lahn. Sie hielt im Sattel inne und zog die Augenbrauen hoch. Das Schlagen der Flügel wurde lauter. Sie streckte die Hand zu dem Gestaltwandler aus. »Dann komm mit uns oder flieh allein! Wir können nicht warten.«

Mogwied trat einen Schritt zurück, dann blieb er stehen. Genau in dem Augenblick, da Ni'lahn ihren Arm zurückziehen wollte, sprang er vor und ergriff ihre Hand. Sie zog ihn mit Schwung hinter sich aufs Pferd.

Ni'lahn trieb ihr Pferd mit den Fersen zu einem schnellen Galopp an und preschte als Erste davon. Einen Moment lang erwog Rockenheim, in die andere Richtung zu flüchten, um seine Freiheit wiederzugewinnen. Er lauschte auf das Schlagen der Flügel in der kalten Luft und erschauderte. Er gab seinem Pferd ebenfalls die Sporen, um den anderen zu folgen. Den Schergen des Herrn der Dunklen Mächte in die Hände zu fallen, nachdem es ihm nicht gelungen war, das Mädchen gefangen zu nehmen, wäre die reine Torheit gewesen.

Er preschte hinter Ni'lahn her. Er brauchte das verfluchte Mädchen!

Rockenheim betrachtete den Rücken des Mannes, der hinter Ni'lahn saß. Sein anfängliches Entsetzen über den Si'lura hatte sich abgeschwächt. Was war zu befürchten von einem Gestaltwandler, der sich nicht verwandeln konnte? Er war dann einfach nur ein Mensch – ein Mann mit einem Geheimnis, ein Mann in Bedrängnis, der leicht unter Druck zu setzen war. Rockenheim erkannte den Schlüssel, der ihm da in den Schoß fiel. Vielleicht würde es ihm mit einem solchen Verbündeten doch noch gelingen, sich aus seinen Fesseln zu befreien und sowohl seinen gegenwärtigen Wärtern als auch dem Zorn des Herrn der Dunklen Mächte zu entgehen.

Er trat sein Pferd erneut in die Flanken, um den Abstand zwischen den beiden galoppierenden Pferden zu verringern.

Das Echo der Flügelschläge im Tal verfolgte ihn.

Wenn er nur genügend Zeit hätte …

Tol'chuk kannte die Unwesen. Die Stämme der Og'er wurden oft heimgesucht von Felskobolden, die in ihren tieferen Höhlen und Gängen ihr Unwesen trieben. Meistens stellten sie allerdings nur eine Belästigung dar; sie stahlen leuchtende Gegenstände, zerbrachen Steingut, verunreinigten die Gänge sowohl mit ihrem Gestank als auch mit den Spuren, die sie hinterließen. Er hatte noch nie gehört, dass sie Waffen benutzt hätten.

Während diese Kobolde allerdings in ihre Richtung stürmten, trug jedes der Geschöpfe eine bösartige Klinge, die im Licht des Steins grün schimmerte. Ein Kobold allein stellte keine Bedrohung dar – nicht für einen Og'er, nicht einmal für den Mann aus den Bergen neben ihm. Aber hier handelte es sich nicht um einzelne Ungeheuer, sondern um eine große Anzahl.

Tol'chuk erinnerte sich an den Bummelfalken, den er einmal als Kind gesehen hatte. Dieser hatte den Fehler begangen, eine Ingwermaus bis in ihr heimatliches Gehege zu verfolgen. Allein auf dem Feld, hätte die Maus ein hübsches Mahl abgegeben; doch als ihre Artgenossen aus den umliegenden Gehegen aufgescheucht wurden, war der Falke zur Beute geworden, bedrängt von den winzigen Zähnen hunderter von Mäusen. Das Einzige, was von dem mächtigen Falken übrig geblieben war, waren abgenagte Knochen und ein gebogener Schnabel; selbst die Augenhöhlen waren leer geknabbert worden. Dieses Bild erschien vor seinem geistigen Auge, als der Schwarm aus den Tunneln herausstürmte.

Jetzt war er dieser Falke.

Kral äußerte etwas Unverständliches, ein Brummen aus tiefster Kehle. Er hielt seine Axt kampfbereit.

Sinnlos, dachte Tol'chuk vernünftigerweise. Der Og'er tat das Einzige, was er zu tun vermochte. Er umschlang Kral mit einem seiner riesigen Arme, hielt ihn mit festem Griff und hob ihn hoch. Im ersten Augenblick lähmte der Schreck über diese Handlung den Mann aus den Bergen, dann schlug er um sich, da er glaubte, angegriffen worden zu sein. Mit Kral in den Armen sprang Tol'chuk in den dunklen Spalt.

Zu Ehren des Mannes aus den Bergen muss gesagt werden, dass Kral nicht schrie, sondern beim Hinabfallen nur erstarrt in der Umarmung des Og'ers hing. Ein hervorstehender Felsen streifte Tol'chuk an der Schulter. Tol'chuk rang um sein Gleichgewicht und konnte sich nicht auf den Füßen halten, als er auf einen Felssims prallte. Die Luft entwich mit einem Keuchen seiner Brust, da er auf dem Boden aufkam, doch war er sorgsam darauf bedacht, das Menschenwesen zu schützen und Krals Aufprall mit dem eigenen Körper abzufedern.

Kral rollte sich von ihm herunter, erhob sich auf die Knie und starrte den Og'er mit wütenden Blicken an. »Was fällt dir ein, Og'er?«

»Da oben sein keine Hoffnung. Da nur geben Tod.«

Für einen kurzen Augenblick zuckte ein Hauch von Bedauern über Krals Gesichtszüge, als ob ihm der Kampf gar nicht unrecht gewesen wäre – oder vielleicht auch nur der Sieg. »Ich treffe meine Entscheidungen selbst«, sagte er dann mit fast schriller Stimme. »Tu so etwas nie wieder!«

»Tut mir Leid.« Tol'chuk setzte sich mühsam auf. Die Anstrengung war seinem Gesicht anzusehen.

»Du bist verletzt.«

»Nicht schlimm. Og'er haben starke Knochen.«

In Krals Stimme schwang jetzt eine Spur Besorgnis mit. »Es war ein törichtes Unterfangen, einfach blindlings in die Tiefe zu springen.«

»Ich habe gesehen ...« Sein Mund mühte sich immer noch mit der Aussprache der allgemeinen Sprache ab; allmählich beherrschte er jedoch die Grammatik einigermaßen. »Ich habe diesen Sims von oben gesehen, Mann aus den Bergen.«

Kral sah ihn zweifelnd an.

»Og'er-Augen durchbohren die Dunkelheit besser als Menschenaugen.« Inzwischen war es Tol'chuk gelungen, wieder auf die Füße zu kommen. Er rappelte sich vollends auf, schwankte jedoch.

Kral legte dem Og'er eine Hand auf die Schulter, um ihn im Gleichgewicht zu halten. Mit der anderen Hand umklammerte er immer noch die Axt. Er hatte sie nicht fallen gelassen, und Tol'chuk dachte, dass selbst der Tod ihm die Waffe nicht aus der Hand reißen könnte. Axt und Mann waren anscheinend eins geworden.

Der Mann aus den Bergen blieb ruhig, bis Tol'chuk einige tiefe Atemzüge tat und seine Füße einen festen Stand hatten. »Ich muss mich bei dir entschuldigen«, sagte Kral schließlich, und seine Stimme klang ruhiger. »Ich verdanke dir mein Leben. Ich habe mich gründlich in dir getäuscht.«

Tol'chuk betastete eine angeknackste Rippe. »Das hat dein Volk schon immer getan.«

»Ich werde diesen Fehler nicht wiederholen.«

Tol'chuk gab ihm einen Klaps auf die Schulter. »Dann werde ich versuchen ... versuchen, dich zu warnen, bevor ich wieder mit dir über eine Klippe springe.«

Ein Lächeln zeichnete Furchen in Krals Gesichtszüge. »Du bist ein komischer Og'er.«

»Mehr, als du ahnst.« Er ließ die Schulter des Mannes los. »Aber wie geht es jetzt weiter? Ich bin gesprungen ... aber ich habe mir nicht überlegt, welches mein nächster Schritt sein soll.«

Kral hob den schimmernden Stein auf, der dem Og'er beim Aufprall aus den Fingern gerutscht war. Zum Glück, dachte Tol'chuk, ist er nicht über die Kante gerollt. Der Mann aus den Bergen hielt den Stein hoch. »Zu welchem Schluss wir auch immer kommen, wir müssen uns auf jeden Fall beeilen. Das Licht des Elv'en verblasst allmählich.«

Tol'chuk fiel auf, dass der Stein, der zuvor seine Og'er-Augen zum Hinsehen verlockt hatte, ihm nun Unbehagen bereitete. »Die Kobolde lassen uns ganz gewiss nicht zur Ruhe kommen«, fügte er hinzu. Er trat an den Felsrand und begutachtete den Boden unten.

»Siehst du bis hinunter?«, fragte Kral, der dicht hinter ihm stand.

»Ich sehe den Boden der Schlucht. Es ist zu tief zum Springen.«

Kral war zur Wand zurückgewichen und fuhr mit der Hand über den Stein. »Der Fels ist rau. Es gibt viele Vorsprünge, die Händen und Füßen Halt bieten. Wir könnten versuchen hinunterzuklettern.«

Tol'chuk wandte sich zu Kral um. »Ich sehe die Spuren eines Steinschlags. Wenn wir es bis dorthin über die Felsstufen schaffen, schaffen wir vielleicht auch den restlichen Abstieg bis zum Boden der Schlucht.«

Kral nickte und schien die unterschiedlichen Gefahren abzuwägen, während seine Augen in unbestimmte Ferne schweiften. Plötzlich deutete er mit der Axt zur gegenüberliegenden Seite der Schlucht. »Erblicken meine Augen Phantome in dieser Düsternis, oder ist da drüben ein Licht zu sehen?«

Tol'chuk drehte sich schnell um und blickte zu der Stelle, auf die der Mann aus den Bergen deutete. Ja, ein Leuchten – aus zwei Lichtquellen – strahlte in der Ferne. Er beobachtete, wie die Lichter auf und ab hüpften. Die Zwillingsflammen näherten sich eben der Wand, an der ihr Sims hing, allerdings ein ganzes Stück weiter unten.

»Kobolde?«, fragte Kral.

»Nein, Kobolde mögen kein Licht. Das schwächt ihr Blut.« Tol'chuk erinnerte sich, wie der Og'er-Stamm seine Pulverkessel stets am Brennen hielt, um die Felskobolde von den geheiligten Bereichen ihrer Höhlen fern zu halten.

»Wer dann?«

»Ich weiß es nicht.«

»Du hast gesagt, deine Og'er-Augen sehen gut in der Dunkelheit. Erkennst du irgendwelche Einzelheiten?«

»Die Entfernung ist groß«, antwortete Tol'chuk und spähte angestrengt in die Richtung des Lichts. Er erhaschte flüchtige Schatten, die sich in dem Lichtschein bewegten, konnte jedoch nichts Genaues ausmachen. »Nein, nichts, es ist zu …« Der Og'er straffte sich.

»Was ist los?« Kral hatte die Stimme voller Sorge erhoben.

Der Og'er hob eine Klaue. Seltsame Bilder formten sich in seinem Kopf, doch die Berührung war vertraut: Ferndal. Dort unten war sein Wolfbruder, der ihm etwas zu übermitteln versuchte. *Ein verwundetes Junges sucht Schutz. Ein merkwürdiger Geruch beleuchtet eine Fährte.* Noch ein paar andere Bilder formten sich halbwegs in seinem Kopf; sie waren jedoch zu flüchtig, als dass er sie ganz in sich aufnehmen konnte.

Nur noch ein einziges anderes Bild setzte sich vollständig zusammen: *Blut fließt mit Lichtfunken.*

Tol'chuk verstand die Bedeutung dieses letzten Bildes nicht, doch die borstigen Haare auf seinem Rücken stellten sich auf.

»Was siehst du?«, fragte Kral ungeduldig.

»Nicht sehen, fühlen. Etwas Seltsames geschieht dort unten.«

»Woher weißt du das?«

»Ein Freund ... ein Bruder ... dort unten. Nicht allein.«

»Was sagt er dir?«

Tol'chuk schüttelte den Kopf. »Er ist zu weit weg. Ich kann seine Botschaft nicht klar empfangen.«

Während sie noch versuchten, die Vorgänge zu beobachten, verschwanden die Zwillingslichter in einem fernen Tunnel in der Tiefe.

»Wir müssen folgen«, sagte Tol'chuk, dessen Stimme plötzlich angespannt klang.

»Warum?«

»Ich ... ich weiß nicht«, log Tol'chuk.

Kral runzelte argwöhnisch die Stirn.

Ein leichtes Schuldgefühl überfiel Tol'chuk plötzlich, doch er redete nicht weiter. Wie hätte er den unvermittelten Zug an seinem Herzen beschreiben sollen? Tol'chuk wusste: Wenn er den in seinem Beutel verborgenen Herzstein hervorzöge, würde dieser hell genug leuchten, um den schwachen Schimmer im Stein des Elv'en fast völlig verblassen zu lassen.

Das Herz seines Volkes rief ihn.

Er musste dem Ruf folgen.

Mogwied strengte sich mit allen Kräften an, um nicht von dem galoppierenden Pferd zu fallen. Wie seltsam es war, auf dem Rücken eines anderen Tieres zu reiten. So etwas hatte er noch nie erlebt. Einmal hatten er und Ferndal aus der Sicherheit ihres heimischen Waldes die Herden wilder Steppenpferde beobachtet, die in den Ebenen nördlich der Westlichen Marken grasten. Hirschkuhäugige Stuten, bewacht von Hengsten mit feurigen Augen, hatten sich als gefleckte Farbkleckse über die gelbe Steppe verteilt. Er konnte sich nicht vorstellen, dass diese Pferde einen Reiter trügen und sich von Leder und Eisen beherrschen ließen.

Wie seltsam die Leute in dieser Gegend doch waren! Beherrschten sie alle in der Wildnis lebenden Tiere? Er erinnerte sich, wie der große, dürre Mann behauptet hatte, den leuchtenden Falken zu beherrschen, und wie die Jäger mit ihren Stricken die schnaubenden Schnüffler ihrem Willen unterworfen hatten. Was trieb andere Gattungen dazu, Lebewesen zu beherrschen? Bei den Si'lura, denen es gegeben war, in andere Gestalten zu schlüpfen, war der Gedanke, wilde Geschöpfe einzufangen und zu versklaven, etwas völlig Abwegiges.

Doch wenn er noch viel länger diese menschliche Gestalt trug und der Wille des Menschen seine eigene Identität verschluckte, dann würde er es vielleicht allmählich begreifen. Dann würde auch er – wie das Pferd unter ihm – vergessen, wie es war, frei herumzulaufen. Er klammerte sich an der Nyphai fest und betete, dass so etwas niemals geschehen möge.

Plötzlich tat das Pferd unter ihm einen Satz. Er klammerte sich noch fester an Ni'lahn, da er sich mit den Beinen kaum auf dem Rücken des Hengstes zu halten vermochte. Der Schlamm und die verfaulenden Blätter des Untergrunds erschwerten dem Pferd den Weg.

»Dieser Hengst wird dich nicht abwerfen«, sagte Ni'lahn und rutschte hin und her, um den Griff zu lockern, der sie umklammerte.

Er ließ ein wenig los, blieb jedoch auf der Hut. Wie konnte er einem versklavten Tier vertrauen? Er hielt Augen und Ohren offen.

Jahrelang angehäufter Humus dämpfte das Klappern der

Pferdehufe, während sie zu einem weiteren Hügelkamm hinaufpreschten. Das Schlagen der Flügel hallte immer noch von den Hügeln ringsum wider. Er hörte – selbst mit seinen schwachen menschlichen Ohren –, dass es rasch immer lauter wurde.

Der Nyphai entging das offenbar ebenfalls nicht. »Wir werden es schaffen«, sagte sie, obwohl sich das eher so anhörte, als wolle sie sich selbst trösten.

Die Stute holte zu ihnen auf, da ihre Beine weniger Gewicht zu tragen hatten als der doppelt belastete Hengst. Sie kam mit einem langen Satz als Erste auf der Kuppe an. Rockenheim brachte sein Pferd zum Halt und streckte deutend den Arm aus. »Da vorn ist eine Lichtung zu sehen. Ist es die gesuchte?«, brüllte er in den Wind. Regen hatte sich erneut aus prall gefüllten Wolken ergossen. »Ich sehe keine Höhle.«

»Sie liegt versteckt, aber es gibt sie«, entgegnete Ni'lahn, während der Hengst die Kuppe erklomm und an dem Reiter vorbeipreschte. »Schnell!«

Die beiden Pferde stolperten mehr, als dass sie galoppierten, den steilen Hang hinunter. Triefend nasse Zweige rissen Mogwied fast von seinem Sitz. Um nicht dauernd laut aufzuschreien, drückte er die Augen fest zu. Wieder krachten Donnerschläge von oben und übertönten das heftige Pochen seines Herzens. In den kurzen Pausen zwischen dem Donnergrollen merkte er, dass ihm ein leises Winseln über die Lippen kam.

Kurz bevor ihn die Angst vom Rücken des Pferdes warf, endete der wilde Ritt plötzlich. Mogwied wagte es, die Augen zu öffnen. Vor ihnen lag eine kleine Lichtung. Aus Angst, das Tier werde seinen wilden Galopp wieder aufnehmen, taumelte er den Pferderücken hinab und entfernte sich ein paar Schritte weit.

Ni'lahn deutete zur Höhlenöffnung, die von den Wurzeln einer uralten Eiche verdeckt war. »Da ist die Höhle«, sagte sie zu Rockenheim, der seine Stute neben sie lenkte und anhalten ließ.

»Psscht!«, gab er zurück, eine Hand warnend erhoben.

Mogwieds zitternde Beine spannten sich zur Flucht.

»Was ist?«, flüsterte Ni'lahn. Mit den Augen suchte sie die Lichtung ab.

»Hör doch!« Rockenheim sprang vom Pferd und bedeutete ihr mit einer Handbewegung, dasselbe zu tun.

Mogwied strengte seine menschlichen Ohren an, so gut er es vermochte. Er hörte nichts außer dem Klatschen des Regens auf die Blätter. Selbst der Donner war verstummt. Mogwied spürte jedoch aufgrund des Luftdrucks, dass dies nur die Ruhe vor dem wahren Sturm war, der jeden Augenblick losbrechen mochte.

»Ich höre nichts«, sagte Ni'lahn, während sie die Reittiere festband. Sie sah verwirrt aus, dann riss sie die Augen weit auf. »Die Flügel! Ich höre sie nicht mehr! Lauft weg!«

Rockenheim rannte bereits.

Aber es war zu spät. Während sie alle zu der Höhlenöffnung liefen, tauchten zwei riesige Gestalten mit weit ausgebreiteten Flügeln herab, um mit Getöse direkt vor ihnen zu landen. Krallen senkten sich tief in den Schlamm und hinterließen Spuren wie von Rechenzinken.

Mogwied schrie bei ihrem Anblick laut auf und sank vor Angst auf die Knie. Zwei Paar roter Augen musterten ihn. Flügel wie schwarze Gerippe falteten sich hinter Schultern, und ein Übelkeit erregender Gestank von verfaulendem Aas verbreitete sich. Die Luft schmeckte nach Feindseligkeit. Noch nie, nicht einmal in seinen schlimmsten Albträumen, hatte er so abscheuliche Wesen gesehen.

»Kleine Mäusse, wohin huscht ihr denn sso geschwind?«, zischte eines der Unwesen, während das andere, ebenfalls zischend, lachte. »Glaubt ihr etwa, ihr könntet der hungrigen Katze entfliehen?«

Inzwischen wieherten die Pferde hinter ihnen voller Entsetzen. Die Stute kämpfte gegen ihre Leine an, doch sowohl die Leine als auch der Baum hielten ihrem Toben stand. Der Hengst jedoch riss sich von seiner Leine los und stürmte quer über die Lichtung; seine Augen rollten vor Angst.

Schneller, als ein Auge es verfolgen konnte, setzte eines der beiden Ungeheuer dem fliehenden Pferd nach und schlug ihm die Klauen tief in den Rücken. Zähne und Krallen rissen ihm den Bauch auf und zerrten rote Eingeweide in den kalten Schlamm. Dann ließen die Monster von dem Tier ab, das halb tot davontaumelte und seine Eingeweide hinter sich herzog. Der Angreifer lachte bei diesem Anblick, blutigen Schaum auf den Lippen. Kaum hatte der Hengst einige schwankende Schritte zurückgelegt, den Nacken vor Schmerz gekrümmt, stürzte sich das Geschöpf erneut auf ihn und hüllte ihn mit ausgebreiteten Flügeln ein. Zum Glück verdeckten die Flügel den Anblick, wie das Ungeheuer das Pferd vollends zerfetzte. Aber die schrillen Schreie der gepeinigten Kreatur waren unüberhörbar. Mogwied hielt sich die Hände über die Ohren. In diesem Augenblick wünschte er sich, tot zu sein, damit er niemals mehr solche Laute hören müsste.

Dann plötzlich hörten die Schreie jäh auf, und das Ungeheuer ließ von seiner Beute ab. Was nun dampfend auf dem kalten Boden lag, hatte keinerlei Ähnlichkeit mehr mit einem Pferd: nur noch ein Haufen rohes Fleisch, gebrochene Knochen und zerfetzte Eingeweide.

Mogwied drückte das Gesicht an den Boden; der Inhalt seines Magens stieg ihm in der Kehle hoch. Übelkeit und Schwindel überwältigten ihn, und er erbrach. Nachdem der Brechreiz nachgelassen hatte, spürte er die roten Augen der Geschöpfe im Rücken.

»Ssiehsst du, jetzt hat wenigsstenss einer von euch gelernt, ssich vor eurem Herrn und Meisster zu verneigen«, höhnte eines von ihnen.

Das andere sprach, als Mogwied das Gesicht hob. Es war dasjenige, das das Pferd angegriffen hatte. Schwarze Flecken von Blut bedeckten sein Gesicht, und seine Reißzähne schimmerten weiß zwischen den Lippen. »Alsso, wo isst dass Kind, dass wir ssuchen?« Es deutete auf die erkaltende Masse des zerfleischten Pferdes. »Oder möchte jemand mein nächsstess Opfer ssein?«

Ni'lahn antwortete, doch ihre Worte linderten Mogwieds Angst nicht. »Wir werden euch nichts verraten, ihr Hunde des Herrn der Dunklen Mächte!«

Das ihr am nächsten stehende Monster spuckte sie mit einem wütenden Zischen an.

Doch Rockenheim hinter ihr ergriff schnell das Wort. »Ihr kennt mich, o ihr Herren des Schwarzen Bluts.«

Ni'lahn drehte sich mit funkelnden Augen zu dem Mann um.

Er schenkte ihr keine Beachtung. »Ich will euch verraten, wo sich das Mädchen versteckt.«

28

Er'ril bemühte sich, den alten Mann nicht zur Eile zu drängen. Wenn Bol noch einmal zusammenbräche, wäre mehr Zeit verloren als durch ein langsameres Vorankommen.

Doch als Er'ril den graubärtigen Alten beobachtete, beschlich ihn der Gedanke, dass seine Sorge unangebracht war. Nach dem wohltuenden Einfluss des Mädchens wirkte Bol auf bemerkenswerte Weise neu belebt. Seine Sohlen schlurften nicht mehr über den Schiefer, sein Atem ging leicht, und er schien guter Dinge zu sein. Er'ril hätte es vielleicht gewagt, eine schnellere Gangart vorzugeben, wenn Elena ihren Onkel nicht dauernd mit strengen Blicken gemustert hätte. Er'ril entdeckte in ihren Augen eine lauernde Besorgnis, ein Misstrauen gegenüber der plötzlichen Munterkeit des Onkels. Dieser argwöhnische Blick – und nicht etwa seine persönliche Einschätzung – war der Grund, weshalb Er'ril eher langsam zu der jenseitigen Wand der Schlucht schritt.

Selbst Bol beschwerte sich über das zähe Vorwärtskommen. »Die Höhlenkrebse liegen besser in der Zeit als wir. Hört nur auf das Zischen! Die Felskobolde werden allmählich ungeduldig.«

»Nein, Onkel. Sie behalten ihren Abstand bei. Und außerdem beschützt uns der Wolf nach hinten.«

Er'ril fiel auf, dass Elena großes Vertrauen in diesen Hund des Waldes setzte. Sie hatte sogar darauf bestanden zu warten, als der Wolf offenbar etwas in der feuchten Höhle gerochen hatte und mit schnuppernd erhobener Nase stehen geblieben war. Erst als er ihnen wieder folgte, hatte Elena ihnen erlaubt, den Weg fortzusetzen.

»Einen Wolf im Rücken zu haben«, brummte ihr Onkel missmutig, »bereitet mir kein allzu großes Wohlbehagen!«

»Wir gehen auf keinen Fall schneller«, sagte Elena in einem Ton, der keine Widerrede duldete. Der Mondfalke auf ihrer Schulter schlug kräftig mit den Flügeln und untermauerte ihre Aussage, als ob er wütend sei, dass sich jemand erdreistete, dem von ihm erwählten Menschenwesen zu widersprechen.

Auch wenn er selbst und Bol gern schneller gegangen wären, behielt Er'ril das gleiche Schritttempo bei. Plötzlich wurde ihm klar, dass er Elenas Instinkt in dieser Hinsicht mehr traute als dem ihres Onkels oder seinem eigenen, und bei dieser Erkenntnis wäre er beinahe über die eigenen Beine gestolpert. Er traute einer *Hexe*!

Er'ril dachte zurück an hunderte anderer junger Magiker, die gerade erst ihre Zauberlehre begonnen hatten. Viele waren hochnäsig und eigensinnig geworden, nachdem sie zum ersten Mal ihre Magik geschmeckt hatten, ganz und gar durchdrungen von ihrer neuen Macht. Die Zeit hatte die meisten dieser stolzen Seelen gemäßigt – wenn sie nämlich erkennen mussten, dass ihnen Grenzen gesetzt waren, dass sie keineswegs gegen Gefahren gefeit waren und dass ihnen mit dem Anlegen der weißen Gewänder Verantwortung auferlegt worden war.

Er'ril beobachtete Elena. Ihre Hand lag beständig auf dem Ärmel ihres Onkels, um seinen Schritt zu mäßigen, während ihr Blick durch die Höhle schweifte und sie den Wolf in der Dunkelheit stets im Auge behielt und gleichzeitig den Weg vor ihnen erkundete. Ihr aufmerksamer Blick traf den seinen, und er sah sie ebenfalls forschend an. Sie wandte die Augen nicht ab. Sie hatte in erstaunlich kurzer Zeit viel über Magik gelernt, hatte deren zerstörerische wie auch heilbringende Natur, das Ungezügelte wie auch das Beherrschbare daran erfahren. Aber vor allem hatte sie bereits eine Kostprobe der damit verbundenen Verantwortung genossen.

Er versuchte, sich einen Reim auf den störrischen und müden

Ausdruck in ihren Augen zu machen. Sie bargen einen Eigenwillen, der nicht aus Stolz und Selbstgefälligkeit erwachsen war, sondern aus Lektionen, die ihr das Feuer beigebracht hatte. In nur zwei Tagen hatte sie mehr darüber gelernt, was es bedeutete, eine Magikerin zu sein, als viele Lehrlinge nach jahrelanger schulischer Ausbildung. Vielleicht nicht in Bezug auf die Beherrschung von Bannsprüchen und das Wissen um die Verknüpfungen bei verschiedenen Anwendungen der Magik, aber in Bezug auf etwas viel Wichtigeres: die Folgen der Macht.

Ja, Hexe oder nicht, er vertraute ihr.

Er löste sich von ihrem eindringlichen Blick und konzentrierte sich wieder auf den Spalt in der gegenüberliegenden Wand. Vor ihnen lagen Geheimnisse und weitere Gefahren, und ohne sein Schwert hätte er ihnen mit leerer Hand gegenübertreten müssen. Doch seltsamerweise spendete ihm die Hexe hinter ihm ein gewisses Maß an Zuversicht.

Er marschierte voraus auf dem unebenen Weg und warnte die anderen vor Stellen mit rutschigem Schlamm oder tückischen lockeren Steinen. Das Zischen der Felskobolde verfolgte ihre Spur, doch nicht einer näherte sich weit genug ihrer Insel aus Licht, um sich zu zeigen. Nur Schatten und das Schleichen des dunklen Wolfs regten sich um sie herum.

»Jetzt sind wir fast da«, bemerkte Bol, als sie sich dem Spalt näherten.

Klang die Stimme des alten Mannes müde? Er'ril musterte ihn. Anscheinend fiel ihm das Atmen leicht, und seine Gesichtsfarbe sah immer noch gesund aus.

»Wenn ich mir vorstelle, dass es mir immer gefallen hat, diese alten Ruinen zu erforschen!« Er stieß ein verächtliches Prusten aus. »Nach dieser Nacht habe ich von diesen muffigen und tropfenden Kammern gründlich genug.«

»Wir haben es bald hinter uns«, sagte Elena mit lauter Stimme, dann fügte sie leiser hinzu: »Hoffentlich.«

Er'ril gelangte zum Eingang des dunklen Spalts. »Reich mir die Lampe herüber, Bol.« Da er nun nicht mehr durch sein Schwert behindert war, konnte er den Weg vor sich beleuchten; er hatte das Gefühl, dass von vorn mehr Gefahr drohte als von hinten.

Bol reichte ihm die Laterne, und Er'ril schätzte stirnrunzelnd deren Ölinhalt ab. »Welches Spiel auch immer diese Kobolde spielen mögen, sie sollten sich damit beeilen«, sagte er. Die Lampe war beinahe trocken. Er'ril drehte die Flamme kleiner, um den Verbrauch an Brennstoff zu verringern. Dank der zusätzlichen Beleuchtung durch das Schimmern des Mondfalken konnten sie sparen.

Er hob die Laterne zu dem klaffenden Felsspalt.

Bevor er hineintrat, erforschte er, wie der Weg weiterging. Von der anderen Seite der Schlucht aus hatte er den Spalt für einen natürlichen Riss im Gestein gehalten. Doch nun, da sein Licht das Innere erhellte, stellte er fest, dass er sich geirrt hatte. Bogen überspannten die Wände aus roh behauenem Gestein und wiesen den Weg. Weder die Natur noch die Götter hatten diesen Weg geschaffen, und dem Handwerk nach zu urteilen war dies auch kein Menschenwerk. Die gekerbte und gefurchte Oberfläche des rohen Felsens trug die eindeutigen Kratzmale von Klauen aus uralter Zeit, und auf dem ersten der Bogen waren grobe Abbildungen von ineinander verschlungenen Kobolden zu erkennen.

Er'ril betastete eine der Vertiefungen in der Wand. Als sein Finger die Wand berührte, hörte das Zischen der Kobolde hinter ihnen schlagartig auf. Mittlerweile hatte das Geräusch sie so dauerhaft begleitet, dass die plötzliche Stille wie ein Donnerschlag in den Ohren dröhnte.

»Ich vermute, wir nähern uns dem Ende ihres Spiels«, flüsterte Bol. »Ich glaube, wir brauchen uns wegen des Öls in der Lampe keine Sorgen zu machen.«

»Kommt!«, sagte Er'ril und ging in den Tunnel voraus. »Ich bin diese Jagd allmählich leid.«

Nach ein paar Schritten in den Tunnel hinein traten sie unter dem ersten Bogen hindurch. Bei näherer Betrachtung fiel Er'ril auf, dass die verschlungenen Kobolde, die in den Bogen eingeritzt waren, verschiedene Stadien der körperlichen Vereinigung darstellten. Der ganze Bogen bildete eine einzige Orgie der Wollust in allen möglichen Zusammenstellungen, einschließlich einiger, die sich Er'ril nie vorgestellt hatte und sich auch nicht vorstellen wollte.

Er'ril bemerkte, wie sich die Augen des Mädchens weiteten, als auch sie den Sinn der Darstellungen erfasste. Sie errötete und wandte den Blick ab.

Die einzige Äußerung von Seiten Bols, der sich vorbeugte, um ein Paar männlicher Kobolde eingehender zu betrachten, die sich gemeinsam mit einer einzigen Frau vergnügten, bestand in den schlichten Worten: »Bemerkenswert! Höchst bemerkenswert.«

Während sich die Aufmerksamkeit beider Männer noch dem Bogen widmete, war Elena die Erste, die eine Veränderung im Tunnel bemerkte. »Von da oben fällt Licht herein«, sagte sie.

Er'ril wandte sich um und bemerkte schließlich einen Schimmer. Er dämmte den Schein seiner Lampe, um das andere Licht besser beurteilen zu können. In der tieferen Dunkelheit gewann der schwache Schein an Leuchtkraft. Obwohl das Licht diffus war, hatte Er'ril das Gefühl, durch seine Farbe und Art an irgendetwas erinnert zu werden. Wo hatte er schon einmal einen so silbernen, reinen Glanz gesehen?

»Ich dachte, Kobolde scheuen das Licht«, sagte Er'ril.

»Ja, helles Licht«, antwortete Bol. »Manche sagen, ihre Augen seien für eine andere Art von Beleuchtung eingerichtet, die es ihnen erlaubt, sich auf den dunklen Pfaden im Herzen der Berge zu bewegen. Manche behaupten, es sei die Ausstrahlung elementarer Felsmagik, die sie anzieht und ihre Wege beleuchtet. Aus diesem Grund plündern sie viele Kristallbergwerke und schänden viele geheiligte Höhlensysteme. Die Felsmagik zieht sie an, wie ein Magnet Eisen anzieht.«

»Mein Eisenschlüssel«, sagte Er'ril, dem plötzlich eine Erkenntnis dämmerte. »Er ist aus Elementarmagik geschaffen. Ich habe ihn gut versteckt. Aber wenn sie Magik erschnüffeln können ...«

»Nicht erschnüffeln, *sehen*. Manche sagen ...«

Er'ril schüttelte den Kopf. »›Manche sagen, manche behaupten‹ ... genug von diesem Gerede! Die Quelle dieses Lichts müsste so hell sein, dass selbst ein Wüstenkrieger aus dem Südland sich geblendet fühlt. Die Antwort auf die Frage, was die Kobolde mit einem solchen Licht anstellen, liegt vor uns.«

Er'ril schritt weiter in den Tunnel hinein. »Elementarmagik oder nicht – ich will unbedingt meinen Schlüssel wiederhaben.«

Er folgte der silbernen Spur. Während das Licht um ihn herum immer heller wurde, ließ ihn die Frage, wo er schon einmal ein solches Licht gesehen hatte, nicht zur Ruhe kommen. Er hatte den Eindruck, als ziehe seine Reinheit die graubraune Farbe von den Wänden ringsum weg und enthülle den Geist des Steins darunter. Der Lichtschein verlieh sogar den grob behauenen Bogen eine gewisse Schönheit. Wo ...?

Plötzlich durchzuckte ihn eine Erinnerung, und seine Füße verharrten auf der Stelle. Jetzt fiel ihm wieder ein, wo er schon einmal ein ähnliches Licht gesehen hatte! Er erschauderte durch und durch und schüttelte den Kopf. Es war unmöglich! Nicht hier. Gewiss spielten ihm seine Augen einen Streich nach den vielen Stunden, die er jetzt schon in diesem schwarzen Loch verbrachte, begleitet von der gelben Flamme der Lampe und dem kalten blauen Licht des Falken als Wegweiser.

Er stellte fest, dass seine Beine gegen seinen Willen rannten.

»Nein!«, rief Elena ihm nach. Sorge um ihren Onkel schwang in ihrer Stimme mit. »Wir machen hier kein Wettrennen. Was immer vor uns liegen mag, es kann warten.«

Nein, dachte Er'ril, es kann nicht warten. Dennoch hörte er auf sie und ging langsamer. Er musste dieser Hexe trauen.

»Was hat dich denn so aus dem Häuschen gebracht?«, fragte Bol, nachdem sie Er'ril eingeholt hatten.

»Da vorn scheint mir irgendetwas nicht geheuer«, sagte Er'ril. »Ob uns Gefahr droht oder nicht, weiß ich nicht mit Sicherheit zu sagen. Doch wir sollten unsere Kräfte gut einteilen und uns auf das Schlimmste gefasst machen.« Mit erhobener Laterne schritt er weiter durch den Tunnel auf das Licht zu.

Da der Tunnel breit genug war, forderte Onkel Bol Elena mit einem Handzeichen auf, sich neben ihn zu gesellen. »Ich habe deinen Gesichtsausdruck gesehen!«, rief er Er'ril zu. »Ich möchte wetten, du hast einen bestimmten Verdacht, was da vor uns liegen könnte.«

»Da irrst du dich, Alter.«

»Alt? Du bist fünf- oder sechsmal so alt wie ich. Also, heraus mit der Sprache! Welchen Verdacht hast du? Was macht dir so zu schaffen?«

»Nur ungute Erinnerungen.«

»Woran?«

»Findest du nicht ... findest du das Licht nicht irgendwie seltsam?«

Onkel Bol kniff die Augen zusammen und starrte geradeaus.

»Ich finde es schön«, antwortete Elena.

Er'ril schüttelte den Kopf auf eine Weise, dass sich Elena töricht vorkam. Aber es war wirklich schön! Das Licht schien alles rein zu waschen, und während sie tiefer in den Schein hineinging, kam ihr die Luft nicht mehr so schwer und feucht vor, als ob sie nach einer langen Winternacht einen milden Frühlingsmorgen erleben würde.

»Es ist bestimmt nicht natürlichen Ursprungs«, sagte ihr Onkel. »Es ist aber auch keine Elementarmagik, dafür ist es viel zu stark. Vielleicht eine Art von verzaubertem Licht? Ich habe zwar noch nie davon gehört, dass Kobolde Zauberei betreiben, aber schließlich ist wenig über deren Spezies bekannt.« Er deutete auf die grotesken Abbildungen, die in den Bogen eingeritzt waren, an dem sie gerade vorbeikamen. »Zum Beispiel hätte ich nie gedacht, dass sie so ... dass sie so fantasievolle Gelüste haben.«

»Es handelt sich um Magik«, erklärte Er'ril. »Ich kann den Gestank förmlich riechen.«

»Ganz bestimmt nicht. Wie ich schon sagte, Elementarmagik ist ein feines Werk. Nichts Elementares könnte eine solche Macht erzeugen.«

»Es ist nichts Elementares«, entgegnete Er'ril. Er sprach mit zusammengebissenen Zähnen. »Ganz eindeutig nicht. Es ist chirisch.«

Onkel Bol blieb unvermittelt stehen. »Unsinn! Hier unten? Nachdem Chi unser Land im Stich gelassen hat, gibt es in dieser Gegend keine Kraftquelle mehr. Vielleicht in A'loatal, aber hier nicht.«

Er'ril wandte sich mit angespanntem Gesicht an Elenas Onkel. »Ich habe schon einmal ein Licht dieser Art gesehen.«

Elena mischte sich ein. »Wo?«

Der Schwertkämpfer schwieg. Sein Blick streifte sie nicht einmal.

»Wo?«, kam das Echo von ihrem Onkel.

Nach weiterem Stillschweigen antwortete er schließlich mit gedämpfter Stimme. »Als das Buch geschaffen wurde.«

»Wie bitte? Bist du sicher?«

»Das könnte ich niemals vergessen.« Er'rils Augen blickten in unbestimmte Ferne, während er sich an eine andere Zeit und einen anderen Ort erinnerte. »Es war meine Aufgabe während der verfluchten Erschaffung. Halte nach dem Zeichen Ausschau, hatte Schorkan mir aufgetragen, einem Blitz von blendend weißem Licht. Dann musste ich das Buch schließen und den Zauberbann beenden.« Seine Augen richteten sich wieder auf Onkel Bol.

»Das Licht – du willst damit doch nicht sagen ...?«

»Ich kann es niemals vergessen. Nicht einmal nach fünfhundert Wintern. Es hat sich durch meine Augen hindurchgebrannt, um meinen Geist zu versengen. Das Licht ist dasselbe, geladen mit chirischer Energie.«

Ihr Onkel kratzte sich am Bart und murmelte: »Sonderbar. Vielleicht gibt es noch eine andere Erklärung.«

»Die verfluchten Kobolde können ihre Erklärungen und Geheimnisse für sich behalten. Ich will lediglich meinen Schlüssel wiederhaben.«

»Vielleicht ist es das«, sagte Elena. »Vielleicht spielt die Sache mit deinem Schlüssel irgendeine Rolle.«

Kaum hatte sie diese Vermutung ausgesprochen, erhellte sich die Miene ihres Onkels. »Das Mädchen hat Recht! Das liegt ja auf der Hand!«

Er'rils Gesicht wurde noch finsterer. »Das hat nichts damit zu tun.«

»Doch, es hat damit zu tun. Warum haben dir die Kobolde den Schlüssel gezeigt und sind dann weggelaufen? Warum haben uns die Kobolde nicht angegriffen, sondern uns nur angelockt? Das entspricht gar nicht ihrer Art. Was wollen sie?«

Er'ril sah Elena an, dann wandte sich sein Blick rasch ab.

Onkel Bol war dies offenbar nicht entgangen. »Das denke ich auch. Es hat etwas mit Elena zu tun.«

Sie zuckte zusammen. Auch sie hatte einen ähnlichen Verdacht gehabt, doch ihn laut ausgesprochen zu hören versetzte ihr einen Stich. Bitte, flehte sie, nicht das auch noch! Es gab bereits so vieles, wofür sie die Schuld trug – sie brauchte nur an ihre Eltern, ihr Zuhause, Tante Fila und Joach zu denken.

Onkel Bol fuhr fort: »Aber ich habe mich geirrt.«

Er'ril hob fragend die Augenbrauen, und auch Elena spürte Zweifel. »Was wollen die Kobolde denn dann?«, fragte er.

»Das liegt doch auf der Hand.« Er streckte den Arm aus und zauste Elenas Haare. »Aber wenn nicht ihre Erkenntnis hinzugekommen wäre, wäre ich niemals darauf gekommen.«

»Auf was?« Dies war ein gegenseitiges Echo von Elena und Er'ril.

»Nicht was, *wen*!«

Er'rils Nasenflügel bebten vor Ungeduld. Elena wartete einfach nur. Wie Elena den Schwertkämpfer beim Abendessen gewarnt hatte – erst gestern Abend, obwohl es ihr jetzt vorkam, als läge es schon Ewigkeiten zurück –, war Onkel Bol eigen darin, seine Geschichten in dem von ihm gewählten Zeitmaß fließen zu lassen.

»Heraus damit, Alter!«, brauste Er'ril schließlich auf. »Wen wollen sie?«

Ihr Onkel verdrehte die Augen, als ob er nicht begreifen könnte, wie man etwas so Offensichtliches nicht sehen mochte. »Dich natürlich.«

Elena lauschte mit gespitzten Ohren dem Gespräch der beiden Männer. Sie hoffte von ganzem Herzen, dass Onkel Bol Recht hatte. Wenn die Felskobolde hinter ihnen her waren, dann bitte nicht ihretwegen!

»Du bist verrückt, Alter!«, schimpfte Er'ril. »Mich? Sie wollen mich? Ich bin noch nie einem Felskobold begegnet – nicht ein einziges Mal in hunderten von Wintern, während ich das Land durchwanderte. Was sollten sie deiner Meinung nach von mir wollen?«

Bol fuhr sich mit den Fingern wie mit einem Kamm durch den Bart und zuckte mit den Schultern. »Die Antwort liegt da vorn.«

Elena, erleichtert, weil ihr die Last der Verantwortung für ihre missliche Lage von den Schultern genommen war, hatte den Blick nach hinten schweifen lassen. Sie entdeckte einen dunkleren Schatten in der Nähe einer Wand; der Wolf folgte ihnen immer noch. Das arme Geschöpf war wahrscheinlich ebenso verängstigt und verloren wie sie und vertraute darauf, dass sie einen Weg aus diesem Labyrinth fänden. Sie betete, dass er mit seinem Vertrauen nicht falsch lag.

»Dann lasst uns weitergehen«, sagte Er'ril. »Wenn sie nur mich wollen, dann gewähren sie euch beiden vielleicht einen ungehinderten Abzug.«

»Nein, wir gehen gemeinsam«, widersprach ihr Onkel.

»Und der Wolf kommt auch mit«, fügte Elena hinzu, doch abgesehen von einem flüchtigen Klaps auf den Kopf vonseiten ihres gedankenabwesenden Onkels antwortete ihr niemand.

Sie ging neben Onkel Bol her, während Er'ril die Laterne vorantrug, deren Flamme er allerdings gelöscht hatte, um Brennstoff zu sparen. Das silberne Licht war inzwischen hell genug, um den Weg zu beleuchten. Die einzige weitere Lichtquelle war der Mondfalke, der auf ihrer Schulter döste.

Während sie weiter durch den Tunnel schritten, ließ Elena den Wolf, der ihnen folgte, nicht aus den Augen. Das Tier wartete immer wieder, bis sie eine beträchtliche Strecke des Tunnels zurückgelegt hatten, dann schoss es vor bis zu der nächsten Stelle, wo es sich verstecken konnte, und versuchte dabei stets, sich im Schatten zu halten. Doch da das Licht um sie herum immer heller und der Schatten immer geringer wurde, konnte sich der Wolf bald nicht mehr vollkommen in der Schwärze verbergen.

Nun, da Elena mehr von ihrem scheuen Begleiter zu sehen bekam, betrachtete sie ihn eingehender und stellte überrascht fest, dass sein Fell nicht so tiefschwarz war, wie sie zunächst angenommen hatte, sondern vielmehr von braunen und goldfarbenen Strähnen durchzogen. Sein Pelz glänzte im Licht, und seine Augen waren Brocken leuchtenden Bernsteins. Außerdem fiel ihr auf, dass sein Hinken anscheinend schlimmer wurde. Sein Kopf ruckte vor Schmerz auf und ab, wenn er den verletzten Vorderlauf mit seinem Gewicht belastete. Armes Geschöpf!

Während sie ihn ansah, spürte sie den Blick der Wolfsaugen auf sich und merkte, dass auch er sie nachdenklich musterte. Es kam zu einer flüchtigen Begegnung dieser goldfarbenen Augen mit den ihren, und ihr wurde plötzlich schwindelig und wirr im Kopf. Ihre rechte Hand wurde warm und kribbelte. Plötzlich schmeckte sie das wilde Holz seiner Heimat und spürte, wie sein Herz dafür schlug, in Freiheit unter den gesprenkelten Schatten des Waldes umherzulaufen. Bei diesem Gefühl weiteten sich ihre Augen, und die Tunnelwände um sie herum verblassten. Ein Bild entstand: *Ein Küken fällt aus einem Nest und stürzt zu Boden, doch kurz vor dem Aufprall breiten sich seine kleinen Flügel aus, und es fliegt. Es wächst zu einem großen Adler heran, seine Flügel verdecken die Sonne, verschlucken die Welt.*

So schnell wie das Bild erschienen war, so schnell löste es sich auch wieder auf. Der Tunnel nahm wieder Form an und grenzte sie ein. Jetzt sah sie nur noch die bernsteinfarbenen Augen des Wolfs, die sie anfunkelten. Sie stolperte über einen losen Stein.

Onkel Bol fing sie auf, bevor sie stürzte. »Vorsicht, mein Schatz«, murmelte er.

Sie hörte seine Worte kaum, ihre Augen waren immer noch auf den Wolf gerichtet. Was war da soeben geschehen? Sie rieb sich die Augen. Der Wolf starrte sie mit zusammengekniffenen Augen an. Irgendwie spürte sie, dass der Wolf wusste, was ihr soeben widerfahren war – die Empfindungen, das Bild des Kükens. Elena sah, dass die Augenlider des Wolfs tiefer sanken und die sonderbaren bernsteinfarbenen Augen überschatteten.

Nein! Es war mehr als das! Der Wolf *wusste* nicht nur um diese Bilder, er hatte sie ihr *geschickt*!

Aber wie? Warum? Was hatte das alles zu bedeuten?

Sie griff nach dem Ärmel ihres Onkels und zog daran. »Der Wolf … der Wolf … er …«

»Pscht, Elena! Wir sind beinahe am Ende des Tunnels angekommen.«

Elena sah, dass Er'ril bei ihren Worten das Tier anschaute. Die Schultern des Schwertkämpfers strafften sich bedrohlich, als erwarte er einen Angriff. Als er feststellte, dass der Wolf immer noch in gehörigem Abstand vor ihnen kauerte, sah er Elena fragend an. Doch sie brachte angesichts von Er'rils strenger Miene kein Wort über die Lippen. Wie hätte sie das, was soeben geschehen war, in Worten ausdrücken sollen? Da sie schwieg, wandte der Schwertkämpfer den Blick wieder geradeaus.

Onkel Bol hatte die Augen keine Sekunde lang von dem blendenden Licht abgewandt, das durch den letzten Steinbogen hereinfiel, den Ausgang aus ihrem Tunnel. »Wunderschön«, sagte er leise.

Jetzt erst fiel Elena auf, wie hell das Licht um sie herum geworden war.

Onkel Bol forderte Er'ril mit einem Kopfnicken zum Weitergehen auf. »Wir wollen sehen, was uns da vorn erwartet.«

Der Schwertkämpfer schritt wieder voraus, aber jetzt langsamer, zögernder, als ob er sich davor fürchtete, was er entdecken mochte. Elena merkte, dass ihre Füße sich ebenfalls nur zögernd bewegten. Es war jedoch keine Angst: Irgendwie wirkte das Licht, das jetzt so hell erstrahlte, wie ein heftiger Gegenwind in dem Tunnel. Sie stellte fest, dass sie sich förmlich dagegenstemmen musste, um die Strecke bis zu dem Bogen zurückzulegen.

»Höchst bemerkenswert«, murmelte Bol hinter ihr. Der Onkel lehnte sich nach vorn und stemmte sich gegen den Widerstand wie ein Mann im Sturm.

Er'ril hielt sich die Hand vor die Augen und näherte sich ebenfalls mit vorwärts gerecktem Körper dem Bogen.

Elena warf einen Blick nach hinten, um zu sehen, ob der Wolf ihnen noch folgte. Sie sah, wie er soeben in den hellen Tunnelabschnitt huschte. Jetzt gab es überhaupt keine Schatten mehr, um sich zu verstecken. Dennoch hielt er die

Nase dicht am Boden und die Ohren flach am Kopf angelegt. Als er in den hellen Lichtschein geriet, blieb er plötzlich stehen.

Sein Körper zuckte, und er tat einen weiteren zaghaften Schritt nach vorn. Während er sich bewegte, tauchte das Licht ihn in Helligkeit, und sein Körper schien sich zu kräuseln. Offensichtlich litt er unter Schmerzen; und an dem gespannten Hals traten die Muskelstränge hervor. Elena hielt die Luft an. Die Gestalt des Wolfes floss jetzt auseinander wie zäher Sirup. Es sah so aus, als sauge das Licht das Äußere des Wolfes weg. Was darunter zum Vorschein kam, war kein Wolf, sondern etwas Fließendes. Wie geschmolzenes Wachs, dachte Elena.

Der einzige Teil seines Körpers, der unberührt blieb, waren seine Augen.

Wie gelähmt sah sie, wie er versuchte, sich näher zu ihnen zu schleppen. Doch die Bewegung nahm anscheinend zu viel Kraft in Anspruch, und Elena merkte, dass er sich schrecklich quälte. Furchen des Schmerzes schienen sein schrumpelndes Gewebe zu durchziehen. Er wich einen Schritt zurück, dann noch einen. Während er sich aus dem Lichtschein zurückzog, bildete sich die Wolfsgestalt erneut – Ohren, Gliedmaßen, Schwanz, Fell –, bis Elena nicht mehr mit Sicherheit hätte behaupten mögen, dass irgendetwas geschehen war.

Der Wolf blickte ihr hinterher, als sie ihrem Onkel weiter auf den Lichtschein und den Bogen zu folgte. Aber sie wusste: Das war *kein* Wolf. Sie beobachtete ihn, während er wieder einen Schritt zurückwich. Er wandte die Augen nicht von ihrem Gesicht ab, und eine tiefe Traurigkeit hüllte sie ein. Doch ob diese von dem Wolf oder aus ihr selbst kam, hätte sie nicht zu sagen vermocht.

»Süße Mutter!«, ächzte Er'ril hinter ihr. Elena drehte sich schnell um, um zu sehen, ob der Schwertkämpfer ebenfalls Zeuge dessen geworden war, was soeben mit dem Wolfsgeschöpf geschehen war. Doch der Schwertkämpfer hatte ihr den Rücken zugekehrt. Er hatte den Ausgang des Tunnels erreicht und die Hand an den letzten Steinbogen gelegt. Er blickte durch die Öffnung in die nächste Kammer hinein.

Sie sah, wie er auf die Knie sank. »Nein, süße Mutter, das kann nicht wahr sein! Alles, nur das nicht!«, rief er aus. »Nicht hier! Nicht nach so langer Zeit!«

29

»Wo isst dass Kind?«, wiederholte das Skal'tum und trat näher an Rockenheim heran. Es hielt einen Pferdeschenkel in einer Klaue und grub die Zähne hinein.

Rockenheim, der nicht verhindern konnte, dass er zusammenzuckte, trat einen Schritt zurück, näher zu der Nyphai-Frau hin. Ni'lahns finstere Miene bildete einen krassen Gegensatz zu ihren weichen Lippen. Er hielt eine Hand in Ni'lahns Richtung hoch. Er wusste, dass sie jeden Augenblick mit etwas herausplatzen und seinen Plan, den er in Bezug auf das Skal'tum hatte, zunichte machen konnte – wie zum Beispiel mit der Verkündung des Umstandes, dass er nicht die geringste Ahnung hatte, wo die elende Hexe war! Verflucht sollten jene sein, die ohne Hinterlist waren! Wie konnten sie überhaupt ein bestimmtes Alter erreichen? Er hob die flache Hand vor ihr Gesicht, um sie zum Schweigen zu veranlassen.

Sie beachtete ihn nicht. »Du bist der mieseste Käfer, der im Dung gräbt«, zischte Ni'lahn, da sie offenbar annahm, er sei im Begriff, sie zu verraten. Und das hätte er tatsächlich getan, wenn er durch Verrat die eigene Haut hätte retten können; aber dafür war die Zeit noch nicht ganz reif.

Er wagte es, die Augen von dem Skal'tum abzuwenden und Ni'lahn ins Gesicht zu sehen. Als er sie ansprach, versuchte er, seiner Stimme einen möglichst tiefen Klang zu verleihen. Unter den Bewohnern von Schwarzhall ging die Sage, die Schergen des Herrn der Dunklen Mächte hätten Schwierigkeiten, in tieferen Tonlagen zu hören. Ihre Ohren, scharf wie die von Feuerfledermäusen, hörten am besten in den höheren Tonlagen. Ob das nur Gerede war oder den Tatsachen entsprach – jedenfalls sprach Rockenheim mit dumpfer Stimme und sehr schnell. »Still! Wenn du überleben willst, dann lass mich diese Sache regeln. Vertrau mir!«

»Dir vertrauen!«, stieß sie laut aus. »Da würde ich noch eher der Schwarzen Seele persönlich vertrauen.«

»Wenn du nicht als Mahlzeit enden willst, dann halte deine Zunge im Zaum.«

Der kauernde Mogwied schob sich näher zu Rockenheim hin. Die Augen des Gestaltwandlers waren immer noch auf die dampfende Masse von Knochen und Eingeweiden gerichtet, die einst ein stolzer Hengst gewesen war. Die Stute, die ganz in der Nähe stand, hatte es aufgegeben, an ihrer Leine zu zerren, und stand einfach nur zitternd da. Sie hatte die Augen vor Angst verdreht, aber sie verhielt sich still. Kluges Pferd, dachte Rockenheim.

Mogwied mischte sich in ihre Unterhaltung ein. »Wenn der Mann diese Tiere kennt, wäre es vielleicht das Beste, wenn wir seinem Rat folgen würden.«

Die kleine Frau verwarf die Worte des Gestaltwandlers mit einem Kopfschütteln. »Er weiß gar nichts. Er ...«

»Genau!«, sagte Rockenheim leise und durchbohrte sie mit den Augen; seine Worte waren eher ein Hauchen als Sprechen. »*Ich weiß nichts*. Genau das ist es. Ich kann nichts Brauchbares enthüllen – nur unsere Haut retten. Ich habe keine Lust, in Gefangenschaft zu geraten. Von den Klauen dieser Geschöpfe zu Tode zerrissen zu werden, ist eine angenehme Vorstellung im Vergleich dazu, als ein in Ungnade Gefallener vor den Herrn der Dunklen Mächte gezerrt zu werden.« Sein Blick fiel auf das zerfetzte Pferd. Sein Schicksal war ein Gnadenakt verglichen damit, was in den Verliesen von Schwarzhall geschah. »Lass mich meine Arbeit tun.«

Was er am besten beherrschte, war die Kunst des Überlebens – dank seines klugen Verstandes und seiner geschliffenen Zunge.

Sie sah ihn finster an, hielt die Lippen jedoch fest zusammengepresst.

Er wandte sich zu dem Skal'tum um, das den Knochen des Pferdeschenkels geknackt hatte und diesem jetzt das Mark aussaugte. Das Wesen wusste, dass sie in der Falle saßen, und genoss es anscheinend, die Spannung zu verlängern. Das andere Geschöpf schlich näher heran, die Augen starr auf Rockenheim gerichtet. »Ich höre ein Ssummen von Krabbelmücken, aber keine Antworten. Ssag unss, wo ssich dass Mädchen verssteckt.«

Rockenheim strich seinen Reitmantel glatt und versuchte, sich vor den hoch aufragenden Skal'ten einen selbstsicheren und ruhigen Anschein zu geben. Er räusperte sich, um die belegte Kehle zu befreien, und antwortete: »Genau wie ihr, große Abgesandte des Schwarzen Herzens, befinde auch ich mich auf der Spur des Hexenkindes.«

»Du hasst verssagt. Die Kunde isst biss nach Schwarzhall gedrungen. Wir wurden aussgeschickt, um deinen Fehler wieder gutzumachen.«

Rockenheim spreizte die Hände weit, als ob er erschüttert und verletzt wäre. »Das ist nicht mein Fehler. Das Versagen geht zu Lasten des alten Krüppels Dismarum. Er hat meinem Wunsch nicht nachgegeben, Gewalt und Klinge zu benutzen, um das Mädchen dingfest zu machen, sondern setzte stattdessen auf Lug und Trug. Das war sein Niedergang und führte dazu, dass unsere Bemühungen bis jetzt erfolglos blieben. Dieses Kind ist ein Ausbund an boshafter List und Tücke. Es ist den vielen Fallen der Dunkelmagik ausgewichen.«

»Und wo warsst du während der ganzen Zeit, kleiner Mann?«

Rockenheim legte sich die Hand auf die Brust. »Das Schwarze Herz hat mich dem Dunkelmagiker übergeben. Ich hatte keine andere Wahl, als nach Dismarums Geheiß zu handeln – so falsch es auch war. Doch nachdem Dismarum versagt hatte und seine heidnische Magik benutzte, um seiner gerechten Strafe zu entfliehen, war ich frei, um das Mädchen zu verfolgen. Und ebendies tue ich jetzt.«

»Dann isst ssie immer noch frei?«

»Sie ist schnell und wird beschützt von starken Verbündeten und noch stärkerer Magik.«

»Ssie isst ein Kind.«

Rockenheim zeigte mit dem Finger auf das am nächsten stehende Ungeheuer. »Ein *Kind*, das einen eurer Artgenossen getötet hat. Ihr tätet gut daran, seine Fähigkeiten nicht zu unterschätzen – so wie es euer unseliger Bruder getan hat.«

Das zweite Skal'tum, dessen Klauen noch rot von Pferdeblut waren, sprang näher heran. Rockenheim zwang sich, nicht zurückzuweichen. Er musste unbedingt Stärke zeigen. »Du lügsst unss an, Mann dess schwachen Fleischss«, sagte das Skal'tum. »Wir haben den Mörder unsseress Bruderss kennen gelernt. Dass war kein Mädchen. Er kannte ssogar die Schwachsstellen unsseress schwarzen Schutzess.«

Verflucht sollte dieser Koloss von einem Mann sein! Warum plapperten alle so freimütig daher? Empörung, unterlegt mit Angst, strömte ihm durch die Adern, doch er beherrschte seine Mimik und behielt einen Ausdruck von huldvoller Aufmerksamkeit bei, während er im Kopf Fäden der Tücke spann. Er schärfte die Stimme, um dem Geschöpf zu antworten. »Und was glaubst du, wer diesem Mann eure Geheimnisse *verraten* hat?«

Dieser Gedanke ließ das Skal'tum für eine Weile verstummen. Es sah seinen Gefährten an, dann wandte es sich wieder Rockenheim zu. Seine Stimme klang jetzt weniger böse. »Aber ssie isst immer noch nicht gefangen. Die Schuld daran liegt eindeutig allein bei dir.«

»Nun ja, es stimmt, dass sie euch noch nicht in Ketten zu Füßen liegt, in Erwartung der Vergnügungen des Meisters.« Rockenheim konnte ein Zittern, das seinen Körper durchlief, nicht unterdrücken bei der Vorstellung, woran sein Herr und Meister Vergnügen fand. Seine Zunge tat sich schwer, doch er fuhr fort: »A… aber ich habe sie in die Enge getrieben und vor mir hergescheucht wie ein Blatt im Wind, und jetzt sitzt sie in der Falle. Ich muss sie nur noch herbeischaffen.«

»Wo ist sie?«

Rockenheim deutete auf den von Wurzeln überwucherten Eingang des Tunnels. »Sie ist da drinnen gefangen, zu tief, als dass ihr euch zu ihr durchgraben könntet. Ihr würdet es niemals schaffen, vor dem Licht der Morgendämmerung zu ihr zu gelangen.« Beide Skal'ten blickten zum östlichen Horizont; ihre Flügel zuckten in einer schützenden Geste. Es gab also Dinge, die sogar ein Skal'tum nachdenklich stimmten. Rockenheim gestattete sich den Anflug eines Lächelns. »Nur ich kann sie aus ihrem Loch herauslocken.«

»Wenn ssie sso kämpferisch isst, wie kannsst du, ein Hänfling von einem Mann, dann hoffen, ssie hierher zerren zu können?«

»Ich habe etwas, das sie haben möchte.« Rockenheim nickte in Ni'lahns Richtung, deren Gesicht vor Abscheu und Hass erstarrt war. Die nächste Lüge war entscheidend. »Ihre geliebte Schwester befindet sich in meiner Gewalt.«

Er sah, wie sich Ni'lahns Augen vor Schreck weiteten. Sein Lächeln wurde breiter. Manchmal geschah es, dass selbst die Gerechten durch reinen Zufall in seine Betrügereien hineingezogen wurden. Ihr hasserfüllter Ausdruck und der vor Entsetzen offene Mund wirkten sehr echt. Er drehte sich zu den beiden Skal'ten um. »Ich bin wirklich sehr froh, dass ihr genau zum richtigen Zeitpunkt erschienen seid. Jetzt kann ich sie eurer fähigen Obhut anvertrauen, während ich unsere Beute aus ihrem Gehege treibe.«

Rockenheim winkte Mogwied, der an Ni'lahns Seite stand, und bedeutete ihm, zu ihm zu kommen. Der Si'lura rührte sich nicht von der Stelle. Rockenheim sah, dass er zitterte. »Wenn ihr beide euch der Schwester annehmt«, sagte Rockenheim zu dem Skal'tum, »dann können meine Wache und ich das Mädchen umso schneller verfolgen.«

Erneut winkte er Mogwied heran. Diesmal löste sich der Gestaltwandler von der Stelle, wo er wie angewurzelt gestanden hatte, und taumelte auf Rockenheim zu. Er stellte sich dicht neben ihn, als wäre er zu seinem Schatten geworden.

Eines der Skal'ten rutschte näher zu Ni'lahn heran. Zu ihren Gunsten muss gesagt werden, dass sie nicht einmal zusammenzuckte, als das Ungeheuer hoch über ihr aufragte. Sie starrte nur Rockenheim an.

»Bewacht sie gut«, sagte er. »Sie ist entscheidend für die Gefangennahme der Hexe.«

»Wir werden unssere Pflicht tun«, sagte das Skal'tum, das neben Ni'lahn stand.

»Und tu du die deine, kleiner Mann«, fügte das zweite Ungeheuer hinzu.

Rockenheim neigte zustimmend den Kopf und verbarg ein triumphierendes Lächeln. Dann hakte er sich bei dem Gestaltwandler ein und geleitete den verdutzten Mann zum dunklen Eingang des Tunnels.

Von hinten rief ihnen das Skal'tum mit den blutigen Klauen zu: »Wenn du unss betrügsst, sso glaube nicht, nur weil du ein Werk dess Meissterss bisst, wir würden dir nicht die Glieder aussreißen und unss an deinen Augen gütlich tun.«

Bei diesen Worten zuckten Rockenheims Schultern bis in den Nacken. Er verstand nicht, was das Geschöpf mit ›ein Werk des Meisters‹ meinte, doch in Anbetracht dessen, wie leicht er sie hinters Licht hatte führen können, konnte er sich gut vorstellen, welch irrige Gedanken ihre fremdartigen Gehirne erfüllten. Er schob Mogwied durch den Vorhang aus Wurzeln ins Innere des Tunnels.

Dann drehte er sich noch einmal zu den Skal'ten um. »Vertraut mir«, sagte er laut zu ihnen. Danach richtete er den Blick auf Ni'lahn, wandte ihn aber schnell wieder ab. Verrat war eine Mahlzeit, die man am besten kalt servierte. Dennoch pochte sein Herz stoßartig. Anscheinend erinnerte er sich an eine Frau, die ihn einst mit dem gleichen Ausdruck von Verletztheit und Wut angeschaut hatte. Aber wer war das nur? Er zwängte sich zwischen den Wurzeln hindurch und folgte Mogwied über den Teppich aus Blättern und Moder, der sich am Eingang in den Tunnel gebildet hatte. Und wann? Das Bild der Frau aus seiner Vergangenheit schob sich vor sein inneres Auge – sogar den Geruch, Hyazinthen, und die Sonnenstrahlen auf dem goldenen Haar nahm er wahr –, doch wie das Flattern von Schmetterlingen zerstob die Erinnerung. Er schüttelte den Kopf; wahrscheinlich nur irgendeine Hure, mit der er das Bett geteilt hatte. Aber im Herzen wusste er, dass es anders war.

Mogwied räusperte sich, um Rockenheims Aufmerksamkeit auf sich zu lenken. Die Augen des Gestaltwandlers waren weit aufgerissen und funkelten. »Wohin gehen wir jetzt?«

Rockenheim runzelte die Stirn und streckte deutend die Hand aus. »So weit weg von diesen Ungeheuern wie nur möglich.«

Mogwied rührte sich nicht, bis Rockenheim ihn weiterschob. Der Gestaltwandler murmelte: »Aber ... aber bis jetzt ist noch niemand jemals zurückgekehrt, der diesen Weg gegangen ist.«

Tol'chuk kletterte unbeholfen die letzten Gesteinsbrocken hinab, um zum Boden der Schlucht zu gelangen. Er blickte hinauf zu der Stelle, wo Kral immer noch auf einem gefährlich wackelnden Granitbrocken um festen Halt kämpfte. Tol'chuk hatte den leuchtenden Stein Kral gegeben, damit der Gebirgler seinen Weg beim Abstieg besser beleuchten konnte, doch die Elementarmagik in dem Stein war inzwischen zu einem fahlen Abglanz ihrer früheren Pracht verblasst. Da durch den Stein dauernd eine Hand beansprucht war, bedeutete er eher eine Last als eine Hilfe auf Krals Weg an der geröllbedeckten Wand der Schlucht hinunter. Doch Kral hielt sich daran fest wie ein ertrinkender Og'er an einem Baumstamm.

»Mehr nach links!«, rief Tol'chuk. »Da ist der Abstieg zwar steiler, aber es gibt mehr Simse und Spalten, die dir Halt für Füße und Klauen bieten.«

»Ich habe keine Klauen«, brummte Kral, befolgte jedoch den Rat und schwenkte zur anderen Seite der Geröllhalde hinüber.

Tol'chuk wartete. Ihm blieb nichts anderes übrig. Er beobachtete das Vorankommen des Gebirglers. Kral war ein geübter Kletterer wie wohl alle Bewohner der Berge, die oberhalb der Schneegrenze der Zahnberge überleben wollten. Selbst mit den für seine Gattung charakteristischen schwachen Augen und der Last des Steins in einer Hand bewältigte Kral das letzte Stück der dunklen Klippe mit erstaunlicher Schnelligkeit und Geschicklichkeit.

Dennoch war sein Abstieg für Tol'chuks Geschmack nicht schnell genug. Der Og'er verlagerte sein Gewicht ungeduldig von einem Fuß auf den anderen. Sich nach so großer Anstrengung in Geduld üben zu müssen fiel ihm schwer. Seine Rückenmuskeln schmerzten, und eine aufgerissene Kralle an seiner rechten Klaue pochte vor Schmerz. Selbst seine Beine – zwei

Stämme aus Muskeln, Sehnen und Knochen – zitterten nun, da er sich plötzlich nicht mehr bewegte. Aber am schlimmsten war der starke Drang in seiner Seele, die Verfolgung Ferndals fortzusetzen. Seit die Bilder des Wolfbruders sich in seinem Schädel geformt hatten, spürte er ein heftiges Ziehen, wenn das Herz seines Volkes ihn rief, vor allem dann, wenn er einen Halt oder eine Ruhepause einlegte – so wie jetzt.

Er bemühte sich, den Drang, den Mann aus den Bergen einfach auf der Klippe zurückzulassen und den Marsch allein fortzusetzen, zu missachten. Doch das war nicht nach Art der Og'er. Ein Stammesmitglied ließ ein anderes nicht im Stich, schon gar nicht in einer gefährlichen Lage. Diese Eigenschaft war bei allen Og'ern ausgeprägt – sogar bei einem Halbblut. Ein edler Zug, dachte Tol'chuk, aber leider auch der Hauptgrund dafür, dass die Kriege zwischen den Stämmen historisch gesehen so verbittert und lang gewesen waren. Einem Mitglied eines Stammes ein Leid zuzufügen war gleichbedeutend mit einem Angriff auf den gesamten Stamm. Kein Übergriff blieb ungeahndet, keine Bedrohung wurde ohne Gegenbedrohung hingenommen, bis die gesamte männliche Bevölkerung eines der beiden Krieg führenden Stämme völlig vernichtet war. Tol'chuks Miene verfinsterte sich bei diesen düsteren Gedanken. Abgesehen von religiösen Zeremonien hatte es niemals eine Zeit gegeben, da sich alle Og'er-Stämme vereinigt hatten. Und in Anbetracht der Eigentümlichkeit seines Volkes und des Ehrenkodex der Krieger bezweifelte er, dass es dazu jemals käme.

Manchmal waren Ehre und Treue, so wurde ihm mit einem Seufzen klar, doch keine so edlen Tugenden.

Zum Glück brauchte Tol'chuk nicht mehr lange zu warten. Kral, dessen Brust sich heftig hob und senkte, sprang vom letzten Stein und landete neben ihm.

»Ich hoffe, wir haben die richtige Entscheidung getroffen, indem wir diesem Weg folgen.« Kral presste die Worte zwischen keuchenden Atemstößen hervor. »Da wieder hinaufzuklettern, das schaffen wir nie.«

Tol'chuk zuckte mit den massigen Schultern. »Wir werden einen anderen Weg nach oben finden.« Er ging voraus in die

Richtung, in der Ferndal und die Lampen zuletzt zu sehen gewesen waren. Er hörte ein leises Stöhnen, als der Gebirgler seine Beine zwang, ihm zu folgen. Kral hätte wahrscheinlich nach der Kletterei eine Ruhepause gebraucht, aber Tol'chuk wollte nicht, dass der Wolfbruder einen zu großen Vorsprung bekäme. Wenn dieses unterirdische System das gleiche war wie in den heimatlichen Höhlen von Tol'chuks Stamm, mit dem Gewirr von verschlungenen und sich verzweigenden Tunneln, dann wäre Ferndal selbst mit geringem Abstand leicht für ihn verloren. Er drängte den Mann aus den Bergen weiter. »In der Schnelligkeit liegt unsere Hoffnung, von den Felskobolden nicht eingeholt zu werden.«

»Und die beste Art und Weise, wieder mit ihnen zusammenzustoßen«, fügte Kral hinzu, hielt aber mit dem Og'er Schritt.

Sie setzten ihren Weg schweigend fort und schonten ihren Atem für die Wanderung über das unebene Gelände. Während sie so dahintrotteten, wurde die Luft dick wie Ziegenmilch. Tol'chuks große Brust sog sie ohne Mühe in sich ein. Ein Og'er war gebaut für die tiefen Höhlen unter den Bergen. Kral hingegen hatte auf den hohen, schneebedeckten Gipfeln gelebt und war an die dünne Luft gewöhnt, die über die Zahnberge wehte. Die stehende, stickige Luft machte ihm das Vorankommen noch beschwerlicher. Der große Mann bemühte sich nach Kräften, nicht hinter dem Og'er zurückzubleiben.

Tol'chuk lauschte ständig auf Krals mühsames Keuchen. Der Mann aus den Bergen jammerte nicht, doch Tol'chuk wusste, dass eine Rast in Kürze nötig war. Er ließ den Blick durch die Höhle schweifen. In einer gewissen Entfernung vor ihnen lag ein Haufen Steine im Weg. Wenn sie zumindest bis dorthin gelangen könnten, ohne anzuhalten, dann wären sie dem Tunnel, in dem Ferndal verschwunden war, schon sehr nahe.

Tol'chuk, dessen Aufmerksamkeit von Krals Atmen und dem rutschigen Gelände mit den losen Steinen in Anspruch genommen war, merkte nicht, dass sich ein Schatten von einem Steinbrocken löste und auf ihn zutrat, bis die Gestalt ihm direkt im Weg stand.

»Ich möchte bitte meinen Stein haben«, sagte die Gestalt.

In dem grünlichen Schimmer des von Kral mitgeführten

Steins entpuppte sich die Gestalt als das Wesen mit dem Namen Merik, der Elv'en-Mann. Sein weißes Hemd war zerrissen und beschmutzt mit Schlamm und dunkleren Flecken, die nur Blut sein konnten. Die grüne Hose war aufgerissen, und ein Fetzen seines Hemdes war um den Oberschenkel gewickelt. Blut rann am Bein hinab. Ein schwarzer Bluterguss hob sich von der weißen Wange ab. Er wiederholte seine Forderung mit ausgestreckter Hand. »Meinen Windstein!« Obwohl er auf eine lässige Weise sprach und sein Benehmen Geringschätzung ausdrückte, zitterte seine Hand leicht.

»Wir haben dich für tot gehalten«, sagte Kral. Er umklammerte den Stein mit der Faust, offensichtlich auf der Hut vor dem Elv'en. »Das Blut, die Spur über die Klippe. Wie hast du den Sprung zum ersten Sims überstanden?«

»Ich bin auf keinen Sims gesprungen.« Der Elv'en-Mann hielt immer noch eine Hand ausgestreckt, während er mit der anderen eine Strähne silbernen Haars zurückstrich, die seinem langen Zopf entschlüpft war. »Ich bin hierher gesprungen.«

Kral blickte hinauf in die Schwärze, durch die sie gesprungen, geklettert und getrottet waren, um diese Stelle zu erreichen. »Ni'lahn hat vor deinen Lügen gewarnt«, murmelte er, wobei er den Mann prüfend musterte.

»Ich lüge nicht.«

In Tol'chuks Stimme schwang Argwohn mit. »Nicht einmal ein Og'er könnte einen solchen Sturz überleben.«

»Ich bin nicht gestürzt.« Die Stimme klang verächtlich.

»Was hast du dann getan?«, fragte Kral. »Bist du vielleicht geflogen?«

»Nein, die Elv'en mögen Meister des Windes und der Lüfte sein, aber selbst wir besitzen nicht die Fähigkeit zu fliegen. Die Elementarmagik ist nicht so stark. Ich konnte nicht fliegen, aber dank des Einsatzes elementarer Kräfte konnte ich meinen Aufprall am Boden der Schlucht steuern. Ich habe ihn abgebremst und seine Energie in einen Gleitflug hierher ausgedehnt.«

»Und dann hast du auf uns gewartet?«

Der Elv'en-Mann kräuselte die Lippen und verzog das

Gesicht zu einer mürrischen Grimasse. »Ich habe meine Wunden versorgt.« Er deutete auf seine Beine. »Diese Geschöpfe haben mich erwischt, als ich nicht richtig aufpasste, und ich musste mehrere Hiebe hinnehmen, bevor ich entkommen konnte. Während ich das Blut stillte, sah ich das Leuchten meines Windsteins oben auf dem Berg. Ich habe beobachtet, wie ihr hierher gesprungen und geklettert seid – und habe gewartet. Nicht auf euch, sondern auf meinen Stein.« Er wandte sich an Kral. »Bitte gib mir mein Eigentum zurück.«

Kral hielt den Stein immer noch in der Hand. »Dies ist das einzige Licht, das wir besitzen. Wir sind auf der Suche nach einem Freund.«

»Ich auch.«

Kral und Merik starrten einander an.

»Wir könnten ja … zusammen gehen«, schlug Tol'chuk vor. »Wenn die Kobolde erneut angreifen, brauchen wir jeden Einzelnen.«

»Ich behalte den Stein«, sagte Kral.

»Du wirst sein Licht abtöten. Ich kann seinen Schein wieder hell aufleuchten lassen.«

Tol'chuk stellte fest, dass das Licht stark nachgelassen hatte, seit sie in die Schlucht gesprungen waren. Kral zögerte, dann streckte er langsam die Hand aus und drückte den Kristall in Meriks Hand. Er umfasste den Stein und die Hand des Elv'en mit seiner großen Pranke und sagte: »Wir bleiben zusammen. Schwör es!«

»Wir von unserem Volk schwören nicht einfach so leichtfertig, Mann aus den Bergen.«

»Wir auch nicht.« Krals Hand festigte den Griff. »Jetzt schwör!«

Merik kniff bedrohlich die Augen zusammen und sprach mit gefletschten Zähnen. »Ich gebe euch mein Wort. Ich will euch helfen, euren Freund zu finden.«

Kral behielt die Umklammerung noch einen Herzschlag lang bei, während sein Blick sich in den des Elv'en versenkte. Dann nickte er und ließ dessen Hand los.

»Wir müssen weiter«, sagte Tol'chuk.

»Wohin?«, fragte der Elv'e.

»Wir suchen unseren Freund in dem Tunnel auf der anderen Seite«, erklärte Tol'chuk. »Er ist mit anderen zusammen, die Lichter haben.«

»Lichter?«, fragte Merik, und seine Stimme klang voller Hoffnung. »Schwebt eines davon in den Lüften? Das könnte mein Vogel sein.«

Tol'chuk kratzte die stoppeligen Haare auf seinem Kopf. »Nein.«

Daraufhin runzelte Merik die Stirn und kräuselte die schmalen Lippen. »Und ihr habt kein anderes Licht gesehen?«

Tol'chuk schüttelte den Kopf. Der Elv'e war über diese Nachricht offenbar betrübt. »Warum ist es so wichtig, deinen Vogel zu finden?«

»Er hat königliches Blut gerochen. Das habe ich gleich gemerkt, als ich dieses Tal betrat.«

»Ich begreife nicht.«

Merik schenkte Tol'chuk keine Beachtung, sondern erforschte mit den Augen die dunkle Schlucht. Kral erklärte: »Er behauptet, sein Vogel sei wie ein Jagdhund auf einer Fährte. Er sucht ihren verlorenen König.«

»Einen Nachfahren unseres Königs«, stellte Merik richtig. Er beschwor seinen wiedererlangten Windstein und blies ihn an. Der Stein leuchtete hell auf und setzte Glanzlichter auf die silbernen Haare und die weiße Haut des Elv'en. Er wandte ihnen das Gesicht zu. Alter Hass brannte in seinen Worten. »Unserer Königin war es gestattet wegzugehen, als wir aus unserem Land vertrieben wurden, unser König jedoch wurde als Geisel behalten.«

Kral vollführte einen weiten Schwenk mit der Hand, der die Schlucht und das Land jenseits davon umfasste.

»Woher willst du wissen, dass ein Abkomme nach so vielen Jahrhunderten immer noch am Leben ist?«

»Der König hat geschworen, dass er das Geschlecht in unserem Land erhalten wird.«

»Aber wenn er es nicht konnte?«

»Ich habe gesagt, er hat *geschworen*, Mann aus den Bergen«, empörte sich Merik. »Und bei uns werden Versprechen gehalten.«

Tol'chuk, der eine zunehmende Spannung spürte, wechselte das Thema der Unterhaltung. »Dieser Adler…«

»Mondfalke«, berichtigte der Elv'e ihn.

»Ja, dieser Vogel«, fuhr Tol'chuk fort. »Wie kann er jemanden suchen, dem er noch nie begegnet ist? Selbst ein Schnüffler braucht eine Witterung.«

»Es geht hier nicht so sehr um eine Witterung als vielmehr um innere Bande. Die Eier von Mondfalken werden in königlichem Blut gebadet. Zwischen Vogel und Blut entsteht eine enge Verbindung. Dieser Falke ist ein unmittelbarer Nachkomme desjenigen Mondfalken, der ursprünglich mit unserem König verbunden war. Ein Nachfahre erkennt einen Nachfahren. Er wird nur bei jemandem aufleuchten, in dem das Blut unseres verlorenen Königs fließt.«

»Aber ich habe ihn bei dir gesehen«, entgegnete Kral.

Merik seufzte tief, als ob das alles sonnenklar wäre. »Ich bin von königlichem Blut, der vierte Sohn der Königin Tratal, des Morgensterns. Es ist der Traum unseres Volkes, die beiden Häuser unserer Gattung zu vereinen – den gegenwärtigen Spross des Geschlechts der Königin und des alten Königs.«

Kral brach in ein heiseres Gelächter aus. »Dann bist du, Merik, auch noch ein Ehestifter, auf der Suche nach einem Gatten für eine deiner Schwestern.« Er lachte erneut. »Um die beiden edlen Häuser zu vereinen! Du liebe Zeit, ich bin froh, dass meine Sippen solchen Kram hinter sich gelassen haben. Wir verneigen uns vor niemandem.«

Meriks Gesicht rötete sich, weil Kral sich über ihn lustig machte; seine schmalen Lippen wurden noch schmaler, und seine Augen funkelten vor Hass. Tol'chuk spürte Ströme, die tief im Innern dieses dünnen Mannes flossen und die, wenn sie an die Oberfläche geholt würden, eine größere Gefahr darstellen würden als hundert Kobolde. Tol'chuk entschied, dass es an der Zeit war, die Unterhaltung zu beenden. Außerdem pochte erneut der Drang, die Reise fortzusetzen, in seiner Brust. »Vor uns liegt ein Tunnel. Mein Freund ist dort hineingegangen. Vielleicht hat dein Falke auch diesen Weg genommen.«

Merik zuckte leicht mit den Schultern. »Ich komme mit euch – wie ich es geschworen habe.« Er warf Kral einen Blick aus zusammengekniffenen Augen zu und wandte sich wieder an Tol'chuk: »Ich lasse den Vogel noch ein bisschen jagen.«

»Also dann, brechen wir auf.« Tol'chuk ging voraus, bevor Kral noch etwas äußern konnte, was den Elv'en erneut aufgebracht hätte. Merik hielt sich dicht bei Tol'chuk und erlaubte Kral, hinter ihnen herzutappen.

Schweigen hüllte sie ein, während sie sich einen Weg durch eine dichte Anhäufung von hinderlichen Steinbrocken bahnten. Tol'chuk musste die kleineren Menschen über einige der größeren Brocken hinwegheben. Kral ließ dieses nur mit grimmig verzogener Miene und geröteten Wangen über sich ergehen. Dem Unabhängigkeit liebenden Mann aus den Bergen widerstrebte es zutiefst, auf Hilfe angewiesen zu sein, aber er war wiederum klug genug, um die äußeren Bedingungen richtig einzuschätzen. Mit dumpfem Schweigen ließ er zu, dass er hochgehoben und auf dem Felshügel abgesetzt wurde.

Auch Merik nahm Tol'chuks Hilfe ohne ein Wort des Dankes hin. Er allerdings streckte Beistand heischend die Hand aus, noch bevor Tol'chuk sich anbot, als ob er daran gewöhnt sei, dass jene, die über mehr Körperkraft verfügten als er, sich um ihn kümmerten.

Tol'chuk, dessen Arme und Beine mit dem Aufstieg beschäftigt waren, erlaubte seinem Geist, über die Worte des Elv'en nachzusinnen. Irgendetwas störte ihn, aber er konnte keine Kralle auf das zappelnde Insekt seiner Beunruhigung legen. Während der schweigenden Wanderung durch das Gestein stellte er in Gedanken alles zusammen, was er über den Elv'en wusste, und verfolgte die Spur zurück zu seiner ersten Begegnung mit ihm. Als sie schließlich den letzten Stein hinter sich gebracht hatten, fiel ihm endlich ein, was ihn beunruhigte.

Er wandte sich Merik zu. Der Elv'e stand in gekrümmter Haltung da und keuchte schwer nach dem Marsch durch das Gestein. Selbst Kral lehnte an einem Felsbrocken und massierte sich einen Krampf im linken Schenkel.

»Als wir uns zum ersten Mal auf der Waldlichtung begegnet sind, hast du nichts von einem Nachkommen des Königs erwähnt. Nur etwas von einer Hexe. Was soll das alles?«

Merik nickte und versuchte, wieder zu Atem zu kommen.

»Ja, es gibt noch einen zweiten Grund, warum es mir gestattet wurde, den König zu suchen. Unsere Orakel sprachen von einer Hexe in diesem Land, die in demselben Tal erscheinen würde wie unser verlorener König. Von dieser Hexe sollen angeblich Beschützer aus allen Gegenden angezogen werden wie Motten von einer tödlichen Flamme, und sie wird heranwachsen und unsere alte Heimat zerstören. Ich suche also nicht nur unseren König, sondern auch Spuren von ihr.«

»Warum?«, fragte Kral und trat vor, auf dem linken Bein noch leicht humpelnd.

»Um sie zu töten.«

30

Elena sah, dass ihr Onkel neben Er'ril trat. Der Schwertkämpfer war an der Schwelle zur nächsten Kammer auf die Knie gesunken. Er hielt das Gesicht abgewandt von dem Licht, das aus dem Raum fiel. Auf Er'rils Wange ruhte eine einzelne Träne, die in der Strahlung glitzerte wie ein Juwel.

»Was ist los?«, fragte Onkel Bol und legte dem Schwertkämpfer die Hand auf die Schulter.

Er'ril antwortete nicht, sondern deutete nur in den nächsten Raum.

Elena schlich im Schatten ihres Onkels vorwärts. Sie spähte hinter seinem Rücken hervor ins volle Licht. Die Quelle der Strahlung stand in der Mitte einer annähernd runden Kammer. Ansonsten war der Raum leer und ohne Zierrat.

»Eine erstaunliche Handarbeit«, sagte ihr Onkel, der in die Kammer blinzelte. »Aber was bekümmert dich so sehr, Er'ril?«

Er'ril schüttelte den Kopf und schwieg weiterhin.

Elena schlüpfte hinter Onkel Bols Rücken hervor, um besser in die Kammer hineinspähen zu können. In der Mitte des Raums stand auf dem nackten Boden eine kristallene Statue, die silbernes Licht verströmte. Auch wenn der Stein, aus dem die Statue gemacht war, die Quelle des reinen Lichts war, so stellte Elena dennoch fest, dass die Strahlung sie nicht blind machte für die Formen der Skulptur; vielmehr war das Gegenteil der Fall. Das Licht schien sich um die Statue herum zu drapieren und zu falten, was ihr eine gewisse Detailgenauigkeit und Substanz verlieh.

»Der Künstler, der dieses Stück geschaffen hat, verfügte über eine erstaunliche Begabung«, sagte Onkel Bol; er murmelte die Worte, während seine Augen immer wieder besorgt zu dem Schwertkämpfer abschweiften. »Mit Sicherheit ist dies nicht das Werk von Kobolden. Der glatte Schliff des Steins, die fein gearbeiteten Einzelheiten um die Augen und die Lippen sind überhaupt nicht zu vergleichen mit den grob geritzten Darstellungen auf den Steinbogen, die wir gesehen haben.«

Elena stellte fest, dass sie im Stillen ihrem Onkel Recht gab. Hier handelte es sich um ein Gebilde von außerordentlicher Schönheit – wenn auch von *grausamer* Schönheit.

Die Statue stellte einen kleinen Jungen dar. Nach Elenas Schätzung zählte er nicht mehr als zehn Winter. Die Figur kniete, eine Hand ruhte am Boden, der andere Arm war hoch erhoben wie in einem demütigen Flehen. Das Gesicht des Jungen, verzerrt vor Schmerz, war ebenfalls gen Himmel gewandt. Der Grund für die Qualen des Jungen war eindeutig.

»Siehst du, wie der Bildhauer die Materialien gemischt hat, um eine besonders dramatische Wirkung zu erzielen?«, fragte ihr Onkel und legte ihr eine Hand auf die Schulter. »Der Junge ist aus Kristall, aber das Schwert besteht aus Silber.«

Elena nickte. Aus dem Augenwinkel bemerkte sie, wie Er'ril bei der Erwähnung des Schwerts zusammenzuckte. Auch ihr gefiel dieser Teil der Skulptur nicht.

Durch den Rücken des kristallenen Jungen war ein silbernes Schwert gestoßen, das Brust und Herz durchbohrte. Sein Knauf ragte eine Handbreit über dem Rücken des Jungen heraus, seine Spitze deutete auf das Gestein am Boden. Der Junge schien gegen sein Schicksal anzukämpfen, als ob ihm die todbringende Art des Schwerthiebs noch nicht bewusst wäre, sondern nur der Schmerz. Sein Gesicht, unschuldig und verloren, suchte den Himmel nach einer Erlösung von der Qual ab. Seine Augen waren weit aufgerissen und flehten um eine Antwort auf die Frage, warum dies hatte geschehen müssen.

Elena merkte, wie auch ihr Tränen in die Augen stiegen, während sie das Gesicht des Jungen betrachtete. Eine Eingebung gebot ihr, das Kind zu trösten, sein Leiden zu lindern. Aber ihr Verstand sagte: Es ist nur eine Statue. Der hier dargestellte Schmerz gehörte einer lange vergangenen Zeit an, nur die bildhauerische Arbeit war so kunstvoll, dass die Todesqual aus der Vergangenheit herüberreichte und ihr ans Herz griff.

»Es ist eine Schande, dass die Statue beschädigt ist«, sagte ihr Onkel in scharfem Ton; als Gelehrter in alter Geschichte hatte es ihm schon immer missfallen, wenn antike Stücke beschädigt waren. Er streckte mit finsterer Miene die Hand aus. »Einer der Kobolde muss etwas abgebrochen haben, als er sie hierher geschleppt hat.«

Zunächst konnte sich Elena keinen Reim darauf machen, was ihr Onkel meinte. Doch dann fiel ihr auf, dass dem linken Arm des Jungen, der zur Decke der Kammer erhoben war, die Hand fehlte, als ob sie mit einer Axt abgehackt worden wäre. Wie seltsam, dass ihr das nicht gleich aufgefallen war! Doch als sie das Stück weiterhin eingehend betrachtete, hatte sie das Gefühl, dass ihr Onkel sich irrte. Die Statue war nicht beschädigt, sondern unvollendet – wie ein trauriges Lied, das einige Takte vor dem Schluss abbricht, sodass das Ohr vergeblich auf das Ende wartet.

Ihr Onkel hatte sich inzwischen wieder Er'ril zugewandt. Onkel Bols Miene wirkte streng, sein Mund hart wie Eisen, und seine Wangen waren gestrafft vor Entschlossenheit. »Genug dieses Unsinns, Standi! Was bekümmert dich so sehr an einem Stück bearbeitetem Kristall?«

Er'ril schwieg, seine Schultern waren vor Kummer nach vorn gesunken. Als er schließlich sprach, klang seine Stimme leise. »Dies ist ein Zeugnis meiner Schande«, murmelte er, »meine in Form gebrachte Schande.«

Als Er'ril den Kopf senkte, wusste er im Herzen, dass Bols Worte der Wahrheit entsprachen. Die Kobolde hatten ihn und seine Gefährten nicht wegen des Mädchens hierher getrieben, sondern seinetwegen. Irgendwie wussten die Felskobolde von seiner Schande und wollten sie ihm an diesem Ort vor Augen führen.

Wenn die Geschöpfe auf diesen Triumph aus waren, dann sollten sie haben, was sie verlangten. Wohl wissend, dass er sich ohnehin vor der Wahrheit nicht verstecken konnte, hob er schließlich die Augen wieder und sah die Statue an. Das Gesicht des Jungen, dessen Züge so kunstvoll in allen Einzelheiten ausgearbeitet waren, loderte in hellem Licht, und in Er'rils Geist flammte die Erinnerung auf. Er konnte dieses Gesicht niemals vergessen – und sollte es auch niemals vergessen. In einem ganz kleinen Maß konnte er das Opfer des Jungen wenigstens dadurch ehren, dass er ihn nie vergaß.

Während sein Blick auf dem kleinen erhobenen Gesicht ruhte, erinnerte er sich an den Raum in dem Wirtshaus und an die Nacht, in der das Buch geschaffen worden war. So vieles aus dieser Nacht war in den vergangenen paar Tagen zu ihm zurückgekehrt. Zunächst war Greschym auf einer Straße wieder erschienen, schwarz vor dunkler Magik. Und jetzt dies: eine Skulptur des Magikerjungen, der auf der Spitze von Er'rils Schwert geopfert worden war, damit das Buch sein Blut erhalten konnte. Die Spieler jener schicksalsschweren Nacht wurden wieder zusammengerufen.

Das Geheimnis, warum all dies geschah und warum er in diese Kammer gelockt worden war, durchstieß plötzlich die schmerzliche Schande in seinem Herzen. Er straffte sich. Nachdem der Anblick der Statue ihn zutiefst erschüttert und die alte Wunde aufgerührt hatte, bildete sich jetzt Zorn in seiner Brust und drängte das pochende Schuldgefühl zurück. Wer immer diese Statue geschaffen haben mochte, hätte ihm viele Fragen zu beantworten – und Er'ril war entschlossen, derjenige zu sein, der diese Antworten aus ihm herausquetschen würde.

Bol ergriff das Wort, als Er'ril in die Kammer trat. »Heraus mit der Sprache, Mann! Was ist los?«

Er'ril nickte in Richtung der Statue. »Das ist der junge Magiker, den ich in jener Nacht, als das Buch geschaffen wurde, getötet habe.« Er sah, wie sich Bols Augen bei diesen Worten weiteten, und selbst das Mädchen wich ein wenig von ihm zurück; doch diesmal senkte er den Blick nicht. Seine Stimme blieb standhaft. »Ich weiß nicht, welches Spiel hier gespielt wird. Aber ich bin entschlossen, es zu beenden.«

Er'ril ging näher zu der Statue. Während seines Näherkommens schien sich der Schmerz im gemeißelten Gesicht des Jungen zu verstärken, als ob die Statue ihn erkennen und sich vor einer erneuten Begegnung mit ihm fürchten würde. Nur eine Täuschung durch das Licht, dachte er. Er streckte einen Finger aus und berührte die harte Kristalloberfläche. Einen Augenblick lang erwartete er, dass sie ihn verbrennen oder ihm sonstigen Schaden zufügen würde, als Vergeltung für sein einstiges Verbrechen, doch der Stein war lediglich kühl und glatt und ein wenig feucht von dem Tau aus der nassen Höhlenluft.

Er'ril strich dem Jungen unwillkürlich über die Wange. Er hatte vergessen, wie jung das Büblein war. Und wie klein – Er'ril überragte die kniende Statue um einiges. Gewiss hatte das Kind dieses Schicksal nicht verdient. Er'ril rang nach Worten, weil er um Vergebung bitten wollte, aber er hatte den Namen des Jungen nie erfahren.

»Es musste getan werden«, sagte Bol leise hinter ihm. »Ich habe die alten Texte gelesen. Unschuldiges Blut musste vergossen werden.«

»Aber warum ausgerechnet durch mich?«

»Wir alle haben im Leben unsere Last zu tragen: meine Schwester Fila, Elena, der Junge. Wir leben in einer finsteren Zeit, und wenn wir um eine zukünftige Morgendämmerung beten, müssen wir auf die Knie fallen, wie müde unsere Knochen oder wie wund unsere Gelenke auch sein mögen.«

»Ich habe genug vom Beten. Wer hört denn schon zu?« Er'ril legte die flache Hand auf das angstvoll erhobene Gesicht des Jungen. »Wer erhört diesen Jungen?«

»Der Pfad, den du beschritten hast, war voller Seelenschmerz und Kummer, und ich will nicht behaupten, dass du es dort, wo du als Nächstes wandeln wirst, leichter haben wirst. Ich kann dir nur das eine sagen – es ist der *eine* Weg, der alles wettmachen wird, was du getan hast, eine Rechtfertigung aller Opfer, die gefordert wurden. Verlier nicht dein Herz, Er'ril von Standi.«

Er'rils Hand glitt vom Gesicht des Jungen. »Es ist zu spät. Mein Herz ist schon lange verloren.«

»Nein.« Bol streckte die Hand aus und drückte Er'rils Schulter. »Vielleicht versteckt es sich, hat sich im Laufe hunderter von Wintern verhärtet, aber ich wette, auf diesem Pfad wirst du dein Herz wieder finden.«

Er'ril verzog das Gesicht. Er hatte kein Verlangen danach, sein Herz wieder zu finden. Das würde einen Schmerz bedeuten, den er nicht ertragen wollte.

Elenas dünne Stimme ertönte plötzlich aufgeregt. »Hört nur!«

Er'ril hob den Kopf. Ein vertrautes Geräusch drang wieder bis zu ihnen – ein Zischen.

Kobolde näherten sich. Er'ril spähte in Richtung des Tunnels. Kein Anzeichen von den Kobolden. Er ließ den Blick durch die Kammer schweifen. Es gab noch einen anderen Tunnel, der in die Kammer mündete, und auch von dort ertönte das scharfe Zischen von Kobolden.

»Wir sitzen in der Klemme«, sagte Bol.

»Hier sind wir einem Angriff offen ausgeliefert«, gab Er'ril zu bedenken. »Die besten Aussichten haben wir in einem der Tunnel.«

Bol wandte sich an Er'ril. »Wir wären ihnen im Kampf hoffnungslos unterlegen. Wir besitzen nicht einmal eine Waffe. Sie haben uns aus einem bestimmten Grund hierher getrieben, aber bestimmt nicht, um uns umzubringen. Das hätten sie jederzeit und überall tun können.«

Er'ril entfernte sich von Bols Seite und trat wieder zu der Statue. »Ich traue der Logik eines Felskobolds nicht. Ich weiß nur, dass wir unbedingt eine Waffe brauchen.« Er huschte hinter die Statue, beugte sich vor, packte den Knauf des silbernen Schwerts und zog daran. Einen Augenblick lang blieb es noch verhaftet in dem bearbeiteten Kristall, und Er'ril fürchtete, seine Kraft könnte womöglich nicht ausreichen, um es herauszuziehen, doch als seine Muskeln sich noch mehr spannten, löste sich das Schwert, als ob eine Geisterhand einfach losgelassen hätte.

Er'ril taumelte nach hinten, das Schwert in der Hand. Nachdem er das Gleichgewicht wiedererlangt hatte, hob er die Waffe. Die lange Klinge glänzte so hell, dass das Silber aus purer Herrlichkeit geschmiedet zu sein schien. »Jetzt kämpfen wir. Genug der schleichenden Schatten und des drohenden Zischens!«

»Das wird nicht nötig sein.« Die Stimme kam von hinten.

Er'ril fuhr herum, sein Schwert schnitt durch die Luft, und die Spitze deutete auf den Sprechenden. Aus dem anderen Tunnel trat eine bucklige Gestalt hervor. In gekrümmter Haltung und mit schütterem grauem Haar erhob der Sprechende das Gesicht zum Licht. Es war ein Mann. Er trat auf sie zu. Er trug nichts als einen Lendenschurz, der ekelhaft schmutzig war. Seine Brust war übersät von Spuren vieler Krallen wie von Rechenzinken, und er humpelte auf dem Spann eines umgeknickten Fußes. Der rechte Arm war am Ellenbogen abgerissen und endete in einer narbigen Masse aus rosafarbenem Gewebe.

»Wer bist du?«, fragte Er'ril.

Während er sprach, brach ein Schwarm Kobolde aus dem Tunnel hinter dem Mann in den Raum. Sie drängten sich um die Beine des Mannes wie unstete Schatten. Unterdessen war Elena nahe zu Er'ril getreten. Er hörte, wie sie neben ihm aufschrie, und als er den Blick wandte, sah er rote Augen, die aus dem anderen Tunnel herausstarrten. Sie saßen in der Falle!

Er wandte sich wieder dem verstümmelten Alten zu. »Wer bist du?«, wiederholte er, und seine Stimme klang bedrohlich heiser.

Der Mann strich sich das schmutzige Haar aus dem Gesicht und enthüllte ein von Narben übersätes, schauerliches Antlitz. Seine Nase war, nachdem sie offenbar einst gespalten worden war, höckerig wieder zusammengewachsen; ein Auge fehlte. Er lächelte mit zahnlosem Mund. »Erkennst du mich nicht, Er'ril?« Der Mann stieß ein gackerndes Lachen aus, schrill vor Wahnsinn; seine Hand zuckte, als ob sie einen eigenen Willen hätte.

»So jemanden wie dich kenne ich nicht, du Höhlenwesen«, sagte Er'ril voller Abscheu.

»Höhlenwesen?« Erneut kicherte der Mann. Seine Finger fuhren zu den Haaren, klaubten dort etwas heraus und befühlten es einen Augenblick lang prüfend. Dann zerdrückte er es zwischen langen gelben Fingernägeln. »Dein Bruder war bei unserer letzten Begegnung nicht so ungezogen – als er um einen Gefallen bat.«

Er'rils Augenlider flatterten. Schreck lähmte seine Zunge. Wer war dieser Irre?

Bol sprach in die Stille. »Lebst du bei den Felskobolden?«

Der Mann vollführte eine wegwerfende Handbewegung. »Sie fürchten mich. Sie nennen mich *Mann-der-wie-Stein-lebt* in ihrer klackenden und zischenden Sprache.«

»Du beherrschst ihre Sprache!« Bols Stimme überschlug sich fast vor Erstaunen.

»Ich hatte viel Zeit, sie zu erlernen.«

Inzwischen hatte Er'ril seinen Schreck einigermaßen überwunden. Ihn kümmerten die Felskobolde und ihre Sprache wenig. »Du hast meinen Bruder erwähnt«, sagte er schließlich.

Das helle Auge des Mannes richtete sich wieder auf Er'ril. »O ja, Schorkan zeigte immer eine Mischung aus Freude und Enttäuschung. Sehr schade, dass wir ihn verlieren mussten.« Sein Blick wanderte zu der Statue. »Wir haben in jener Nacht so viel verloren.«

»Genug dieser Torheiten, Alter. Wer bist du, und warum sind wir hierher getrieben worden?«

Der Mann stieß einen tiefen Seufzer aus. »Mein Name war einst Re'alto, von meinen Schülern wurde ich Meister Re'alto genannt. Erkennst du den Direktor der Schule immer noch nicht?«

Er'ril rang nach Luft und stieß einen glucksenden Laut aus; seine Schwertspitze senkte sich. Meister Re'alto? Unmöglich! Doch Er'ril entdeckte unter den Narben und dem Schmutz eine entfernte Ähnlichkeit. Wie konnte das sein? Wie war es möglich, dass der Schuldirektor noch lebte? Man hatte allgemein angenommen, dass in jener Nacht, als die Schule von den Skal'ten und den Hundesoldaten überfallen und ›gesäubert‹ worden war, alle Magiker vernichtet worden seien. Der Junge war angeblich der einzige Überlebende gewesen. »W... wie das?«

Der Alte schwieg, während sein angestrengtes Lächeln zu einer traurigen Grimasse wurde. Ein gewisses Funkeln trat in sein helles Auge. Seine Stimme wurde leiser unter der Last der Erinnerung. »In jener Nacht ... ich habe deinen Bruder dem Jungen in den Lehrlingsflügel nachgeschickt, damit sie fliehen konnten. Ich selbst hatte ebenfalls die Absicht zu fliehen, aber die Herren des Schreckens haben mich gefangen genommen. Zum Glück beschlossen sie, nur mit mir zu spielen.« Er deutete auf seinen verstümmelten Arm und die narbenübersäte Brust. Plötzlich wirkte der Alte benommen. Er blickte sich suchend um, als ob er etwas verloren hätte. Sein Auge war auf einen winzigen Kobold gerichtet, der viel kleiner war als die anderen. Er packte das zappelnde Geschöpf und hielt es hoch. »Sind sie nicht niedlich, wenn sie jung sind?«

Er'ril verzog angeekelt den Mund. Er hatte noch nie Hochachtung für den Schuldirektor empfunden, da er ihn für einen feigen und weinerlichen Kerl gehalten hatte. Aber jetzt... »Meister Re'alto, genug dieses Unfugs. Was ist geschehen?«

Er'rils Worte brachten den Alten wieder zu sich. Er ließ den Kobold fallen, wischte sich die Hand am Lendenschurz ab und fuhr fort: »Ich... ich war noch am Leben, als meine Häscher die Kunde erreichte, dass Schorkan mit einem Jungen entkommen sei. Sie hielten mich für tot und ließen mich einfach liegen, krank von ihren Giften. Ich schaffte es, mich in einen der tiefsten Keller zu schleppen, und dort kannte ich einen Weg in die unterirdischen Höhlen.«

»Du hast deine Schule im Stich gelassen.«

Die Stimme des Mannes wurde streng. »Ich bin kein Kapitän zur See, der mit seinem Schiff untergehen muss! Die Schule war verloren. Die Säle waren nur noch erfüllt von den Schreien der Sterbenden und den umherstreifenden Hunden des Herrn der Dunklen Mächte.« Der Alte wischte sich über die Stirn, als wolle er die Erinnerung auslöschen. »Ich wollte einfach nur in Frieden sterben und nicht im Bauch eines der Schrecklichen landen. Deshalb habe ich mich hierher geschleppt.« Er machte eine Handbewegung, die die Kammer umfasste.

Bol sprach als Nächster. »Du bist nicht gestorben – weder an deinen vergifteten Wunden noch am Alter.«

Meister Re'altos Auge richtete sich auf die Statue. Sein Blick verlor sich im Leeren; er summte vor sich hin und wippte leicht auf den Füßen.

Bol merkte, dass keine Antwort mehr zu erwarten war, und räusperte sich.

Re'alto zuckte bei dem Laut zusammen, dann sprach er im Flüsterton: »Nein, ich bin nicht gestorben. Stattdessen ist *er* zurückgekommen.«

»Wen meinst du damit?«, fragte Er'ril.

»Der Junge brauchte mich. Irgendwie wusste er, wo ich war, und er erschien bei mir, reich ausgestattet mit chirischer Macht. Sein Licht heilte mich, und solange ich mich in der Nähe des

Lichts aufhalte, verhindert seine Magik, dass die Jahre mich altern lassen. Er brauchte einen Wächter, jemanden, der auf ihn aufpasst.« Er wandte den Blick von der Statue ab und sprach zu ihnen in einem verschwörerischen Ton, als ob er Angst hätte, die Statue könnte lauschen. »Anfangs weigerte ich mich, auf sein Begehr einzugehen, aber ich hatte so jämmerlich darin versagt, meine Schule vor Schaden zu bewahren.« Der Mann erschlaffte vor Erschöpfung. »Wie hätte ich da ablehnen können?«

»Wieso weißt du das alles?«, fragte Bol. »Spricht die Statue mit dir?«

Re'alto wischte sich über die Stirn, als ob er den Gedanken vertreiben wolle. »Nein, er spricht zu mir im Schlaf, und nur diese Träume halten mich bei klarem Verstand.«

Bol warf Er'ril einen vielsagenden Blick zu, denn er bezweifelte, dass der Alte gegenwärtig bei klarem Verstand war.

Plötzlich tat der Alte einen Satz nach vorn und brüllte sie an: »Haltet die da fern!« Die Kobolde um seine Füße erhoben ein wütendes Schnattern.

Er'ril warf einen Blick zur Seite und sah, dass Elena die Hand, die rot gefleckte Hand, zu der Statue ausstreckte. Anscheinend war sie nur neugierig. Bei den Worten des Alten erstarrte sie. »Das lässt du besser sein«, warnte Er'ril sie.

Der Mondfalke auf ihrer Schulter keifte ihn an, doch sie ließ die Hand sinken und trat näher zu Er'ril.

Als sie sich von der Statue entfernte, beruhigte sich der Alte allmählich, und nach einigen Atemzügen verebbte das Schnattern der Kobolde zu einem gedämpften Zischen. »Sie darf ihn nicht berühren!«, sagte der Alte.

»Warum nicht?«

»Der Junge wartet nur auf dich, Er'ril, auf niemanden sonst. Wir beide haben diese Begegnung seit langem ersehnt.«

Er'ril kniff die Augen zusammen. »Zu welchem Zweck?«

Der Alte deutete mit seiner einen Hand zu dem erhobenen Arm des Jungen. Der Arm der Statue hörte am Handgelenk auf. Als Er'ril ihn lediglich verständnislos ansah, ruckte Re'altos Arm mit stoßenden Bewegungen vor. »Um die Statue zu vollenden, du Dummkopf!«

Wovon redet er?, dachte Er'ril. Der Mann ballte die Hand zur Faust und schwenkte sie in seine Richtung. Dann begriff Er'ril plötzlich – eine Erkenntnis wie das Krachen eines Holzscheits im heißen Feuer! Er fauchte den Alten an: »Also deshalb hast du den Schlüssel gestohlen!«

»Es wird allmählich Zeit, dass du dahinter kommst«, sagte Meister Re'alto, dann murmelte er etwas, als ob er mit sich selbst streite. Plötzlich hob er den Kopf und brüllte Er'ril an: »Du warst immer schon ein Dickschädel!«

Bevor Er'ril etwas erwidern konnte, drehte sich der Alte blitzschnell zu den Kobolden um. Er sprach in klackenden und zischenden Lauten mit ihnen. Einer der Kobolde in seiner unmittelbaren Nähe schoss davon. Re'alto sprach, den Rücken Er'ril zugewandt. »Ihr Gefühl für Magik ist sehr stark. Deshalb haben sie mich gefunden. Licht macht ihnen Angst, aber die Magik zieht sie an. Sie halten mich für einen Gott.«

Tiefer im Innern des Tunnels war ein Tumult zu hören. Ein Kobold schob sich zwischen den anderen hindurch. Seine Hände waren ineinander verschränkt und mit etwas Schwerem beladen; sein Schwanz peitschte aufgeregt hin und her, als er vor den Alten trat. Mit gesenktem Kopf bot er ihm dar, was er in den Krallenhänden hielt. Re'alto nahm das Geschenk mit einem Zischen und einem Schnauben entgegen.

Der Kobold schlurfte von dannen, und Re'alto wandte sich wieder Er'ril zu. »Sie hatten keine Mühe herauszufinden, wo du den Schlüssel versteckt hattest. Der Junge hat im Traum zu mir gesprochen, und ich habe sie losgeschickt, um ihn zu holen. Wir wussten, dass du zurückkämst, um den Schlüssel zu holen; deshalb haben wir einfach gewartet. Als mich die Nachricht von deiner Ankunft erreichte, trug ich dem kleinen Kobold auf, den Schlüssel als Köder zu benutzen, um dich hier herunter zu locken.«

»Warum hast du mich nicht selbst geholt und uns diese Verfolgungsjagd erspart?«

Der Alte runzelte die Stirn und verdrehte das Auge. »Ich darf die Reichweite des Lichtes nicht verlassen. Das wäre gefährlich für mich.« Er hielt Er'ril den Schlüssel hin. »Ich habe lange genug gewartet. Vollende die Statue.«

Er'ril sah den Schlüssel an. Er hatte so viel aufs Spiel gesetzt, um ihn wiederzuerlangen, doch nun zögerte er. Das Stück Metall, geschmolzen aus dem Eisen, das aus dem Blut von tausenden Magikern destilliert worden war, glänzte leuchtend rot im silbernen Licht. Er'ril betrachtete es und wusste, was er zu tun hatte.

Der Schlüssel war in die Form einer Faust geschmiedet – der Faust eines kleinen Jungen.

Er'ril übergab das Schwert an Bol, der ihn fragend ansah. Mit zitternder Hand nahm Er'ril den Schlüssel entgegen; beinahe wäre die Eisenfaust seinen gefühllosen Fingern entglitten. Er umklammerte sie fester, und seine Faust spannte sich um die kleinere Faust. Er trat zu der Statue.

»Nur du kannst es tun, Er'ril«, sagte der Alte. »Durch deine Hand ist er gestorben.«

Er'ril hielt die Faust dicht über das leere Handgelenk der Statue. Sie passte hervorragend. Als er den Schlüssel losließ, haftete die Faust an der richtigen Stelle. Er trat zurück. Nun, da die Statue vollendet war, hatte sich ihre Aussage verändert. Der Junge, der zuvor klagend ausgesehen hatte, mit hoch erhobener Faust einen gleichgültigen Himmel anflehend, wirkte nun trotzig, herausfordernd. Das Gesicht erstrahlte im Bewusstsein ernster Verantwortung, die Faust war in zorniger Entschlossenheit erhoben.

Es war nun nicht mehr ein Junge, der da kniete, *sondern ein Mann.*

Während Er'ril ihn mit Tränen in den Augen betrachtete, drehte sich das kristallene Gesicht zu ihm um und sah ihn an; ihre Blicke trafen sich.

Hinter ihm stieß Elena einen überraschten Schrei aus, und Bol entwich ein rasselndes Keuchen. Doch Er'rils Ohren vernahmen nur die gemurmelten Worte seines ehemaligen Schuldirektors, dessen Stimme zwischen leidenschaftlicher Erregung und Irrsinn schwankte. »Nur du konntest das vollbringen, Er'ril von Standi. Durch deine Hand ist er gestorben. *Nur die deine konnte ihm die seine zurückgeben.*«

31

Mogwied drückte sich an die Steinwand des Tunnels, während Rockenheim sich bemühte, eine Fackel zu entzünden, die notdürftig aus einem trockenen Zweig und einem Fetzen von Mogwieds Hemd hergestellt worden war. Der Si'lura fürchtete den dünnen Mann mit seinen flinken Bewegungen und den argwöhnischen Augen, doch er konnte nicht umhin, die Sprachfertigkeit des Mannes hoch zu achten – und nur wenige hatten sich jemals Mogwieds Hochachtung rühmen können.

Nicht einmal seinem eigenen Bruder mit seinem tapferen Herzen und seiner Treue hatte er mehr als ein höhnisches Grinsen geschenkt; dieser Mann jedoch verdiente es, dass er sich eingehend mit ihm beschäftigte. Nur aufgrund seiner Worte und seiner geistigen Gewandtheit hatte er die Freiheit aus den Klauen der gefiederten Ungeheuer erlangt.

Mogwied konnte von diesem Mann viel lernen.

»Verdammtes Ding!«, fluchte Rockenheim während seiner wütenden Bemühungen, den geölten Hemdfetzen mit seiner Zunderbüchse in Brand zu stecken. Er schlug erneut den Zündstein, und schließlich sprang ein kräftiger Funken auf den Zunder über. »Endlich!« Er blies den Funken zu einer schwachen Flamme an. Bald brannte das Hemd lichterloh, blühend wie eine Rose in der Düsternis; das plötzliche Licht warf tanzende Schatten über die Gesichtszüge des dünnen Mannes und stach Mogwied in die Augen. »Sammle noch ein paar Äste und reiß das ganze Hemd in Streifen. Wahrscheinlich müssen wir weitere Fackeln anfertigen. Ich weiß nicht, wie lange wir noch hier unten sind.«

Mogwied schaute den Tunnel entlang, zuerst in die Richtung des Waldes, wo die Skal'ten warteten, dann dorthin, wo sein Bruder verschwunden war. Ferndals Heulen hallte noch immer in seinem Kopf nach. »Wohin gehen wir?«

»Wir schlagen die Zeit tot. Bald dämmert der Morgen, und das Licht der Sonne vertreibt die Skal'ten an dunklere Plätze.«

»Bist du sicher?«

Rockenheim zuckte mit den Schultern. »Nur für den Fall der Fälle sollten wir die Zeit nutzen und herausfinden, ob wir noch auf andere Weise entkommen können und einen Ausgang in angemessener Entfernung von diesen Ungeheuern finden.«

Mogwieds Hochachtung für diesen Mann stieg weiter. Er dachte anscheinend immer einen Schritt voraus, sein Gehirn arbeitete mit aller Schlauheit, selbst angesichts solch abscheulicher Geschöpfe. »Wir müssen vorsichtig sein«, sagte er – ein Versuch, sich auch ein wenig nützlich zu machen. »Hier unten schleicht etwas Zischendes herum. Ich glaube, es hat meinen Bruder angegriffen.«

Rockenheim hob die brennende Fackel. »Geschöpfe der Dunkelheit fürchten im Allgemeinen das Feuer. Solange wir uns langsam bewegen und die Fackel vor dem Erlöschen bewahren, müssten wir eigentlich in Sicherheit sein.«

Mogwied nickte und folgte dem Mann tiefer hinein in den Tunnel. Ihre gedämpften Schritte hallten von den Wänden wider. Moos und Wurzeln hingen wie Vorhänge von der niedrigen Decke. Während sie weiter voranschlichen, berührte Rockenheims Fackel hin und wieder die trockene Ranke eines verwelkten Hängegewächses und entzündete sie mit einem Zischen und Knistern. Jedes Mal, wenn dies geschah, sprang Mogwied das Herz schier in die Kehle hinauf. Das Zischen erinnerte ihn an das Geräusch, das Ferndal weggezogen hatte.

Nachdem sie eine Weile schweigend einhergeschritten waren, flüsterte Rockenheim: »Da vorn! Ich glaube, dort endet der Tunnel.«

Mogwieds Füße hielten inne. Er konnte nicht folgen.

»Das ist ein Raum«, erklärte Rockenheim, der weiterging, ohne zu merken, dass sein Gefährte stehen geblieben war.

Schnell legte sich Dunkelheit um Mogwieds Schultern, während Rockenheim und die Fackel sich immer weiter entfernten. Die Düsternis flüsterte ihm mit eigener Stimme wortlos ins Ohr. Mogwied wusste, dass es nur seine Einbildung war, dennoch war die Schwärze beinahe greifbar. Seine Angst vor der Dunkelheit prallte mit der Furcht vor dem vor ihm Liegenden zusammen.

Aber eine noch größere Angst trieb Mogwied schließlich weiter. Seit Anbeginn dieser Reise waren Ferndal oder der Og'er ständig bei ihm oder zumindest ganz in seiner Nähe gewesen. Nun, da sein Wolfbruder gewiss tot war und Tol'chuk irgendwo im Tunnellabyrinth umherirrte, machte ihm die Vorstellung, hier unten ganz allein zu sein, doch Beine.

»Ja, es ist eine große Kammer«, sagte Rockenheim, auf den Mogwied bald wieder traf. »Allerdings führen viele andere Tunnel von hier weg. Wer weiß, welches der Weg nach draußen ist – falls einer davon überhaupt nach draußen führt.«

Mogwied schob den Kopf in den Raum, aber es war keine Spur von Ferndal oder von einem der anderen zu finden. Seine Ohren lauschten angestrengt auf mögliche Zischlaute. »Vielleicht«, murmelte er, »hat das Wesen, das hier unten haust, bereits genug gefressen.«

»Das können wir nur hoffen, uns aber nicht darauf verlassen«, erwiderte Rockenheim.

»Was sollen wir tun?«

»Es führen zu viele Wege von hier fort. Die Wahrscheinlichkeit, dass wir uns verlaufen, ist groß. Ich schlage vor, wir warten hier bis zum Sonnenaufgang, dann versuchen wir, uns auf dem gleichen Weg zurückzuschleichen, auf dem wir gekommen sind.«

»Was ist mit der Frau?«

»Ni'lahn?«

»Ja.«

Rockenheims Gesicht nahm einen geschmerzten Ausdruck an, doch Mogwied merkte genau, dass er nur gespielt war. »Ihr Leben ist der Preis für unsere Freiheit.«

Echte Traurigkeit erfüllte einen Herzschlag lang Mogwieds Brust, doch er verdrängte das Gefühl schnell. Er lebte. Nur das zählte. Außerdem hatte die Rasse der Nyphai seinem Volk gegenüber stets kühle Gleichgültigkeit an den Tag gelegt.

Nach wenigen Augenblicken wurde das Schweigen unbehaglich. Keiner der beiden wollte bei dem letzten Gedanken verweilen. Worte waren nötig, um sie von der Erinnerung an Ni'lahns veilchenblaue Augen zu befreien.

»Bist du wirklich ein Gestaltwandler?«, fragte Rockenheim. Er hatte sich mit dem Rücken an die Wand gelehnt, damit er ein wenig ausruhen konnte und gleichzeitig den Überblick über die Kammer behielt.

Mogwied neigte leicht den Kopf, plötzlich beschämt über sein Erbe – oder zumindest über den Ruf, den sein Volk genoss, so unberechtigt er auch sein mochte. »Man nennt uns *Si'lura.*«

»Und ihr könnt einfach eure Gestalt verändern, wann immer euch danach zumute ist?«

»Ja, früher konnte ich das.«

»Das muss wundervoll sein.«

Mogwied hob den Kopf, erschrocken, eine solche Bemerkung von einem Menschen zu hören. Die Menschen hassten sie seit Urzeiten. Bestimmt fanden sie die Vorstellung, sich zu verwandeln, äußerst abstoßend.

»Eine alte Erscheinungsform einfach abzustreifen und sich eine neue überzuziehen; ich wünschte, ich könnte das manchmal tun: einfach aus einem alten Leben hinausspazieren und ein neues beginnen. Neues Gesicht, neuer Körper.« Rockenheims Augen richteten sich nach innen, offenbar war er in eine sehr persönliche Erinnerung versunken. Doch schnell konzentrierten sich seine Augen wieder auf sein Umfeld. »Das wäre ein Weg, wie ich aus meiner gegenwärtigen misslichen Lage herauskommen könnte«, sagte er mit einem schwachen Lächeln.

Dieser Mann war sonderbar, gar nicht wie die Leute, die Mogwied auf dieser Seite der Zahnberge anzutreffen erwartet hatte. In seinem Wald waren die Menschen immer die Jäger gewesen, die Schrecken der Waldpfade. »Was ist das für eine missliche Lage, von der du sprichst?«

Rockenheim sah ihn mit abschätzenden und misstrauischen Blicken an. Dann seufzte er und gab sich resigniert. »Was macht es schon, wenn ich es dir erzähle? Ich bin ausgeschickt worden, um ein Mädchen hier im Tal zu holen – ein Kind, das die Herren dieses Landes für eine Hexe halten.«

Ein zaghaftes Lächeln spielte um Mogwieds Lippen. Bestimmt stellte ihn der Mann auf die Probe. Er hatte Geschichten von Hexen gehört, aber jedermann lachte über solche Ammenmärchen.

Rockenheim bemerkte Mogwieds Gesichtsausdruck. »Das ist keineswegs eine Erzählung für Kaminabende. Der Herr der Dunklen Mächte hatte Recht. Sie ist tatsächlich eine Hexe.«

Mogwied fragte sich, ob der Mann ihn zum Narren hielt. »Handelt es sich um das Mädchen, nach dem sich die gefiederten Ungeheuer erkundigt haben?«

»Ja, aber es ist mir entwischt, und der Meister lässt mir das sicherlich nicht ungestraft durchgehen. Ich muss also entweder fliehen – weit außerhalb der Reichweite des Schwarzen Herzens – oder ihm das Mädchen bringen.«

»Wo ist es?«

Rockenheims Miene verhärtete sich. »Woher, bei der üblen Gnade der Mutter, soll ich das wissen? Wenn die Kleine schlau ist, rennt sie so schnell wie möglich davon und hält nicht eher an, als bis sie die Große Westsee überquert hat.«

»Aber wenn du sie einfangen könntest, wärst du außer Gefahr?«

»Nicht nur außer Gefahr – der Herr der Dunklen Mächte würde mich mit Geschenken überhäufen, mit Magik und Reichtum.«

Mogwieds Mund wurde trocken. Er schob sich neben Rockenheim, um sich ebenfalls an die Wand anzulehnen. »Magik? Dieser Herrscher über euer Volk ist darin bewandert?«

»O ja, das kann man wohl sagen.« Rockenheim erschauderte. »Er kann einige ... sehr erstaunliche Dinge tun.«

»Dann muss man ihn doch hoch verehren.«

Rockenheim sah Mogwied verblüfft an, dann brach er in schallendes Lachen aus. »*Verehren!*«, stieß er hervor. »Noch nie habe ich gehört, dass jemand *diesen* Ausdruck im Zusammenhang mit meinem erlauchten Herrn gebrauchte.« Er gab Mogwied einen Klaps auf die Schulter. »Ich mag dich, Gestaltwandler. Du hast eine ungewöhnliche Sicht auf die Dinge in unserem Land.«

Mogwied wusste nicht, was er auf dieses Lob antworten sollte, da er nicht sicher war, ob er veralbert wurde oder nicht.

»Was führt dich überhaupt in dieses Land – ein Gestaltwandler, der sich nicht verwandeln kann?«

»Wir … ich suche nach Heilung. In Büchern ist ein Ort namens A'loatal erwähnt, wo heute noch mächtige Magik beheimatet ist.« Plötzlich kam ihm eine Erleuchtung. Er straffte sich und fasste Rockenheim scharf ins Auge. »Ist das der Ort, wo euer Großer Herr regiert?«

Rockenheim blickte plötzlich bekümmert drein und schüttelte den Kopf. »Ich sage dir das nur äußerst ungern, mein Freund, aber A'loatal ist nur ein Ort aus der Mythologie. Ich bin weit herumgekommen. Eine Stadt dieses Namens gibt es nicht.«

Diese Worte trafen Mogwied wie ein Schlag gegen die Brust. A'loatal sollte es nicht geben? »Bist … bist du sicher?«, fragte er mit belegter Stimme und schaute an seinem Körper hinab: dünne Arme, fahle Haut, die so empfindlich war, dass er Kleidung tragen musste, um sie zu schützen. Es durfte nicht sein, dass er für immer und ewig in dieser Gestalt feststeckte! »Du musst dich täuschen!«

»Ich möchte dir nicht wehtun und dir deine Träume nicht nehmen, aber dieser Ort wurde vor langer Zeit zerstört; er ist im Meer versunken.«

»Wie soll ich dann jemals meinen Körper befreien?« Diese Frage war nicht an Rockenheim gestellt, sondern an die eigene verzweifelte Seele.

Dennoch antwortete der Mann, und seine Stimme klang wie ein Schulterzucken. »Bestimmt könnte mein Meister dies bewerkstelligen, davon bin ich überzeugt. Seine Magik ist einzigartig.«

Mogwieds Herz entkrampfte sich, und er griff nach diesem verheißungsvollen Strohhalm. »Wird er das tun?«

»Mein Herr und Meister gewährt nicht ohne weiteres jemandem die Erfüllung eines Wunsches. Aber wer weiß? Wenn ich dich als Freund vorstelle …« Plötzlich bekam seine Stimme einen traurigen Klang. »Aber das ist unmöglich. Ich kann mich dort bei Hofe nicht mehr blicken lassen, denn ich habe bei der Erledigung der mir gestellten Aufgabe versagt.«

»Aber wenn du das Mädchen hättest!«, rief Mogwied. Diese neue Hoffnung hatte in seinem Geist Wurzeln geschlagen. Vielleicht war noch nicht alles verloren. »Du hast einen Regen von Geschenken erwähnt – einschließlich Magik.«

»Natürlich, wenn wir das Mädchen hätten, könnten wir alles verlangen. Aber ich sehe hier kein Mädchen.«

Mogwied sank innerlich zusammen. Es musste einen Weg geben.

»Wer weiß«, sagte Rockenheim, »vielleicht laufe ich irgendwann doch noch einmal diesem Mädchen über den Weg. Und wenn du mir hilfst, gelingt es uns vielleicht, die Kleine zu schnappen.«

Mogwieds Hände ballten sich zu Fäusten bei der Aussicht auf eine Lösung seines Problems. Er wandte sich wieder an Rockenheim, die Lippen entschlossen gestrafft, Überzeugung in der Stimme. »Ich *werde* dir helfen.« Eine Sekunde lang glaubte Mogwied den Anflug eines schlauen Lächelns hinter Rockenheims Augen zu erspähen, doch einen Atemzug später wirkte das Gesicht des Mannes wieder arglos und unschuldig, offen für alle Vorschläge. Jetzt etwas weniger sicher, fügte Mogwied hinzu: »Ich werde dir helfen, das Mädchen einzufangen.«

»Hast du die Absicht, die Hexe zu töten?«, fragte Kral den Elv'en, wobei er sich bemühte, nicht die Hände auszustrecken und Merik an die dünne Kehle zu gehen. Er wusste, dass der Elv'e das Mädchen Elena meinte. Was bedeutete dieser Wahnsinn in Bezug auf die Kleine? Er hatte nahezu einen ganzen Tag mit ihr verbracht, und ihm war sie nicht anders vorgekommen als irgendein Mädchen ihres Alters: ohne Magik, nur ein verängstigtes Kind.

»Was geht dich das an, Mann aus den Bergen?«, fragte Merik, während er dem höckerigen Rücken des Og'ers folgte. Das Ziel lag jetzt nahe vor ihnen – ein Spalt in der Wand der

Schlucht. »Wenn ich die Hexe umbringe, befreie ich das Tal von einer Heimsuchung.«

»Dies ist nicht dein Land, Elv'e. Du wirst niemanden in diesem Tal töten – nur aufgrund einer launenhaften Prophezeiung.«

Merik starrte Kral an. »Versuch nicht, mich von meinen Plänen abzuhalten! Sonst erlebst du, wie schnell ein Elv'e töten kann.«

»Du stößt Drohungen aus, während du eigentlich um Vergebung bitten müsstest«, sagte Kral und nestelte seine Axt aus der Halterung am Gürtel. Ohne dass er auch nur hinsah, schmiegte sich der Axtgriff in seine Hand. Wenn der Elv'e auf einen Kampf aus war – nun, er würde sich über die Herausforderung freuen.

Meriks Blick wanderte zu der Axt, seine Miene verfinsterte sich, und seine Lider senkten sich halb, was ihm einen bedrohlichen Ausdruck verlieh.

Obwohl der Mann nicht sonderlich kräftig wirkte, so erkannte Kral doch eine Schlange, wenn er darauf trat. Kral wartete. Nach Art der Bergbewohner wollte er dem Elv'en den ersten Zug überlassen.

Und so geschah es auch – Merik agierte mit verblüffender Geschwindigkeit. Er verschwand von der Stelle, an der er gestanden hatte, und erschien auf der Kuppe eines nahen Felsens. Eine Klinge, so fein und dünn, dass sie wie ein Schatten wirkte, ragte aus seiner Faust. Der Elv'e war so schnell gesprungen, dass Krals Augen ihm nicht hatten folgen können. Nur ein warnender Schrei hatte ihn auf die Bewegung des Gegners aufmerksam gemacht.

Die Warnung ertönte erneut, und Kral hatte kaum Zeit, seine Axt zu heben und einen Hieb gegen seinen Bauch abzuwehren. Die Axt schlug mit solcher Wucht zu, dass Meriks Schwertarm nach hinten flog. Der Elv'e taumelte einige Schritte zurück, dann gewann er das Gleichgewicht wieder; sein Gesicht war vor Anstrengung gerötet.

Kral vermutete, dass diese blitzartigen Bewegungen den Elv'en stark in Anspruch nahmen. Niemand konnte sich mit einer derart unnatürlichen Geschwindigkeit über längere Zeit bewegen. Der Elv'e bediente sich offenbar irgendwelcher seltsamer Elementarkräfte, die in seinem Körper schlummerten. Er keuchte mit zusammengebissenen Zähnen.

Kral hoffte, den Kampf so lange auszudehnen, bis der Elv'e erschöpft wäre. Er hielt die Axt mit beiden Händen, und seine Armmuskeln wölbten sich vor Anspannung. Merik blinzelte in seine Richtung und hob die Spitze seines Schwerts.

Plötzlich veränderte sich das Licht in der Höhle, als ob es zerstäubt würde. Der schwache Elv'en-Schein war umkränzt von einer blutroten Strahlung. Beide Widersacher wandten sich ruckartig um.

Tol'chuk stand zu voller Größe aufgerichtet da und überragte die beiden Männer, einen Arm hoch über den Kopf erhoben. In seiner Hand ruhte ein Stein von der Größe eines Stierherzens. Er preschte vor, eingerahmt von blendender Helligkeit, als ob sein Zorn Gestalt angenommen hätte. »Halt!«, brüllte er in die Höhle hinein, und seine Stimme hallte von den Wänden wider. »Ihr habt Eide geschworen. Ihr seid jetzt Brüder. Bei den Og'ern tötet kein Bruder den Bruder.«

Weder Tol'chuks Worte noch der leuchtende rote Stein veranlassten Kral, den Arm mit der Axt zu senken. Sondern der Schmerz und die Scham in den Zügen des Og'ers. Plötzlich überzog sich Krals Gesicht ebenfalls mit Schamröte. Merik senkte den Kopf, und das Schwert verschwand aus seiner Hand. Wohin, hätte Kral nicht zu sagen vermocht. Am Gürtel des Elv'en hing keine Scheide.

»Warum kämpft ihr?«, fragte Tol'chuk und senkte den Arm. »Wegen dieser Hexe? Kral, du sprichst und handelst, als würdest du diese Frau kennen.«

Kral konnte nicht lügen, zumindest nicht schon wieder. Er sprach mit gedämpfter Stimme. »Ich glaube, ich weiß, von wem der Elv'e spricht. Sie ist noch ein Kind.«

Als Nächster sprach Merik. »Kind oder nicht, sie ist ein Ungeheuer. Ich werde sie töten. Alle, die ihr beistehen, sind Geschöpfe des Bösen und werden mit ihr sterben.«

»Ich kenne dieses Kind. Ich habe beobachtet, wer es umbringen wollte – eure Ungeheuer! Jene, die ihm beistehen, erwiesen sich als ehrenhaft und sind von edler Gesinnung. Ich will mich gern bei ihnen einreihen und notfalls mit ihnen sterben.«

Krals Worte erschütterten die Entschlossenheit auf Meriks Gesichtszügen. »Aber das Orakel von Selph hat davor gewarnt!«

»Ich halte nichts von den Worten irgendeines Wahrsagers«, fuhr Kral dazwischen. »Prophezeiungen werden oft in höchst verschlüsselter Form überliefert. Nur Steine sprechen eine schlichte und wahre Sprache.«

Tol'chuks Kristall war allmählich verblasst. Er steckte ihn in den Beutel an seinem Schenkel. »Ich stimme mit dem Mann aus den Bergen überein«, sagte er mit einer Miene, die wohl angesichts einer bestimmten Erinnerung verbittert wirkte. »Orakel drücken sich nicht immer eindeutig aus.«

Kral fügte hinzu: »Und unschuldiges Blut, das einmal vergossen wurde, kann nicht zurückgeholt werden. Das Kind hat nichts getan, was einen Messerstich in sein Herz rechtfertigen würde. Ich beurteile es nach seinen Handlungen, nicht nach irgendwelchen Prophezeiungen von der anderen Seite des Meeres.«

Merik, dessen Gesicht keine Regung zeigte, ließ die Augen zwischen Tol'chuk und Kral hin und her wandern. »Eure Worte sind mit dem Herzen gesprochen«, sagte er. »Ich werde darüber nachdenken.«

»Also, Hexe oder nicht, wirst du dem Kind etwas zuleide tun?«

Merik sah ihn an, warf einen Blick zu Tol'chuk hinüber und sprach dann: »Ich werde mein Schwert stillhalten – für den Augenblick.«

Tol'chuk klatschte in die Hände. »Gut. Gehen wir!«

Kral nickte und steckte seine Axt weg.

Merik machte auf dem Absatz kehrt und folgte dem Og'er. Kral betrachtete den Rücken des Mannes. Insgeheim summte sein Schädel immer noch vom Widerhall ferner Warnungen. Als Mann aus den Bergen, eins mit dem Fels, hatte er Merik auf die Probe gestellt, als der Elv'e versprochen hatte, die Hand nicht zu rühren, um herauszufinden, ob er die Wahrheit sprach oder nicht. Was Ni'lahn zu Kral gesagt hatte, hatte sich als richtig erwiesen. Man konnte Merik *nicht* trauen.

Der Elv'e hatte gelogen.

32

Elena sog hörbar die Luft ein und wich zu der Wand aus behauenem Fels zurück, die Augen weit aufgerissen und den Blick auf die erwachende Statue gerichtet. Als ihre Schulter mit dem Stein in Berührung kam, flog der Mondfalke mit einem Kreischen von seinem Sitzplatz auf und flatterte davon. Aus den Augenwinkeln sah sie, wie er die Kammer verließ und in den Tunnel hineinflog, auf dem gleichen Weg entfliehend, den sie gekommen waren. Ein paar Kobolde stürzten sich auf den Vogel, doch ein durchdringendes Kreischen, das aus immer weiterer Ferne aus dem Tunnel hallte, verriet ihr, dass der Falke entkommen war.

Doch nicht einmal der Verlust ihres Vogels konnte ihre Aufmerksamkeit beeinträchtigen. Vor ihren Augen zerschmolz Kristallstein zu flüssigem Licht – zuerst der gemeißelte Kopf, dann der Körper des Jungen. Wie eine Rose, deren Knospen sich der Sonne öffnen, reckte sich die Skulptur auf Beinen, die aus Strahlung bestanden.

Sosehr Elena von diesem wundersamen Ereignis in Bann geschlagen war, so ergriff doch eine weitere Empfindung Besitz von ihr – Schmerz. Die rechte Hand brannte, so strahlend wie das Licht des Jungen, als ob die rote Farbe auf ihrer Haut ein flammender Handschuh geworden wäre. Sie riss den Blick von dem Jungen los und betrachtete ihre Faust. Sie sah immer noch gleich aus – kein Feuer umgab die Hand, die sie vor die Brust hielt.

Sie verkrallte die Finger in den Falten ihres Hemdes und versuchte, die imaginären Flammen zu ersticken. Und tatsächlich linderte der Stoff das Brennen der Haut, bis es sich nur noch wie eine Prellung anfühlte. Während sie die Hand nahe bei ihrem Herzen hielt, merkte sie, dass sie irgendwie gegen das Licht des Jungen abgeschirmt war. Dennoch kribbelte ein Teil von ihr in dem wahnwitzigen Drang, zur Quelle des Lichts zu eilen und ihre eigene Macht mit jener zu vereinen. Sie zitterte. Eine seltsame Mischung aus Anziehung und Ablehnung kämpfte in ihrer Brust. Doch da sie sich an die Ermahnung des Verrückten erinnerte, die Statue auf keinen Fall zu berühren, bewegte sie sich nicht von der Stelle und hielt ihre Hand versteckt.

Sie schaute hinüber, wo der narbengezeichnete Mann namens Re'alto zwischen seinen Kobolden stand, und stellte fest, dass er sie anstarrte. Kobolde sprangen ihm aufgeregt um die Beine herum, ihre Schwänze peitschten hin und her. Die Veränderung der Statue hatte sie offenbar erschreckt. Ein Kobold versuchte, an Re'altos Bein hinaufzuklettern, und schlug seine scharfen Krallen in dessen Schenkel. Der Mann rührte sich nicht, außer um das Wesen wegzuschlagen. Blut lief in dicken Rinnsalen an seinem Bein hinunter, dennoch blieb sein Blick starr auf ihr haften.

Anscheinend merkte er, dass sie ihn auch ansah. Aus der Entfernung formte er mit dem Mund ein Wort, das offenbar für sie bestimmt war. Obwohl sie nichts hörte, wusste sie, welches Wort ihm über die hassverzerrten Lippen kam: ›Hexe‹.

Sie wand sich unter dem höhnischen Grinsen und den wahnsinnigen Blicken und versuchte, sich in den Fels zu verkriechen, um dem Gefühl des Ekels zu entrinnen. Zum Glück trat Onkel Bol neben sie und unterbrach die Verbindung zwischen ihr und dem Verrückten. Er legte ihr den Arm um die Schulter. Erleichtert schmiegte sie sich in seine Umarmung.

»Es ist, als ob Chi hier wäre«, murmelte ihr Onkel, ohne den Blick von der Statue zu wenden. »Ich spüre den Hauch des alten Geistes in der Luft.«

Elena versank noch tiefer in seinen Armen. Auch sie spürte den Widerhall einer Kraft aus der Vergangenheit. Dieser Geist sprach zu ihrem Blut, bedrängte sie. Doch ihre Hand schmerzte und pochte noch immer – eine deutliche Warnung, sich fern zu halten.

Sie hörte, wie ihr Onkel etwas murmelte. Das Beben in seiner Stimme riss sie aus ihren Gedanken. Sein Gesicht zeigte ein trauriges Lächeln, seine Augen glänzten feucht im Licht. »Ich wünschte, Fila wäre hier, um das zu sehen«, sagte er, während er Elena fest an sich zog.

Seine Worte und seine Berührung weckten in ihr die Trauer über den Verlust ihrer Lieben, eine Trauer, die sie aus ihrem Herzen verdrängt hatte – um ihre Mutter, ihren Vater, ihre Tante, ihren Bruder und in gewisser Weise sogar um sich selbst. Durch einen Tränenschleier hindurch blickte sie zur Mitte der Kammer.

Er'ril stand immer noch wie gelähmt vor der Statue, als ob er selbst zur Skulptur geworden wäre. Die Augen des Schwertkämpfers leuchteten hell im Licht, doch nicht vor Ehrfurcht oder Bewunderung: Sein Gesicht war geprägt von Entsetzen und Schrecken. Vor Elenas Augen sank er auf die Knie, bis sein Gesicht auf einer Höhe mit dem Jungen war. »Es tut mir Leid«, sagte er mit so heiserer Stimme, dass Elena die Worte kaum verstand.

Die Statue griff mit der Eisenhand nach dem Schwertkämpfer. Die metallene Faust öffnete sich, und der Junge legte Er'ril die Hand auf die Schulter. Diese Berührung jagte einen Schauder durch den Körper des Mannes. »Nein«, sagte der Junge, und seine Stimme war wie ein Windhauch, der durch eine Kristallflöte bläst. »Ich bin derjenige, dem es Leid tut. Ich habe euch allen gegenüber versagt.«

Er'ril sah, wie sich der leidende Ausdruck des Jungen vertiefte. Er war sich sicher, dass seine eigene Miene die des Jungen widerspiegelte. Er'rils Stimme klang tränenerstickt. »Ich habe dich getötet, dich mit meinem Schwert niedergemetzelt.« Vor seinem geistigen Auge erschien des Bild von Blut, das sich über das geölte Holz ergoss.

Der Griff des Jungen an seiner Schulter wurde fester, seine Stimme kräftiger. Er'ril hörte sogar den Akzent des Jungen, der seine Herkunft von der Küste verriet. »Ich habe nicht viel Zeit, um zu sprechen. Nun, da ich von dem Kristall getrennt bin, wird sich mein Geist bald auflösen. Aber wisse dies, Er'ril von Standi: Du hast nicht alles von mir getötet. Ich lebe noch. Deine Klinge hat nur das von mir weggeschnitten, was jeder gute Mensch in sich getötet sehen möchte.«

»Deine Worte ergeben keinen Sinn. Ich erinnere mich, dass du tot am Boden der Gastwirtschaft lagst.«

Kristalllippen lächelten Er'ril traurig an. »Bist du niemals hinter die Wahrheit dessen gekommen, was sich in jener Nacht ereignet hat?« Der Junge schien sich in sich selbst zurückzuziehen. »So viel Zeit ist vergangen, und so wenig Weisheit wurde gewonnen«, sagte er leise. »Ich hätte meinen Brüdern gegenüber niemals versagen dürfen.«

»Versagen? Es war der böse Verräter Greschym, der uns alle aufs Übelste hereingelegt hat. Du warst lediglich ein unschuldiger Spielball in seinen Händen.«

»Ich wünschte, es wäre so, Ritter des Ordens. Aber du täuschst dich. Greschym und dein Bruder haben sich nicht vor ihren Pflichten gedrückt. Als der Bann bewirkt und die Magik entfesselt wurde, wussten wir alle letztendlich, was von uns gefordert wurde. Anfangs dachten wir, unser Tod sei der einzige Preis. Doch als die Magik weitere Kreise zog, erfuhren wir, dass die Kosten weit höher lagen.« Der Junge drohte an seinen eigenen Worten zu ersticken. »Was ich gesehen habe, hat mich in Panik versetzt. Die anderen Magiker hielten die Stellung, während ich floh.«

Er'ril sah wieder den Kreis aus Wachs vor sich, seinen Bruder Schorkan, der vor Schreck laut brüllte, und den Jungen, der von seinem Platz in dem Kreis floh. »Was ist geschehen? Was wurde so Grauenhaftes verlangt?«

Die Stimme des Jungen wurde zu einem angestrengten Flüstern. »Damit das Buch geschaffen werden konnte, mussten wir alle Opfer bringen. Das Reine und Gute in jedem von uns musste herausgezogen und in das Buch eingebracht werden.« Die Stimme des Jungen verklang.

Er'ril schwieg weiter und wartete darauf, dass die alten Erinnerungen die Zunge des Jungen lösen würden.

»A... aber es wurde mehr verlangt. Nachdem all das Gute,

das in uns gewesen war, in das Buch eingeflossen war, wollten wir *nicht* sterben!« Der Junge sah Er'ril an, die Augen vor Entsetzen weit aufgerissen. »Das Böse und Üble in uns wollte *weiterleben.*«

Bei seinen Worten durchfuhr Er'ril ein eisiger Schauder. Er erinnerte sich an Greschyms zerstörtes Gesicht in den Straßen von Winterberg im Schatten der Kapuze – eine Krankheit, die die Gestalt seines alten Freundes erfasst hatte. »Ich habe Greschym gesehen«, murmelte er, »eingehüllt in die Gewänder Gul'gothas. Ein Dunkelmagiker.«

Der Junge senkte den Kopf. »Das war der Preis. Damit wir ein Buch schufen, um dem Herrn der Dunklen Mächte zu trotzen, musste ihm ein Teil von uns gegeben werden. Ein Gleichgewicht musste erzielt werden. Damit das Gute in uns und unser Licht zu einem Buch werden konnten, musste eine Schuld beglichen werden. Alles, was übel und krank war, stand Gul'gotha als Gabe zu, ein nützliches Werkzeug, welches das Monster gut gebrauchen konnte.« Die Eisenhand des Jungen spannte sich um Er'rils Schulter. »Ich konnte diesen Preis nicht bezahlen.«

»Also bist du davongelaufen.«

»Es war zu spät. Die Teilung meines Geistes war bereits unaufhaltsam im Gange. Als ich den Schutzring um uns herum durchbrach, strömte das, was an Bösem in mir steckte, aus mir hinaus und griff dich an.«

Er'ril erinnerte sich an die zottige, mit Fangzähnen bewehrte Gestalt. »Das Ungeheuer, das ich in der Gastwirtschaft getötet habe«, sagte er, »dieses Böse kam von dir?«

Der Junge nickte. »Während ihr gekämpft habt, bin ich durch die Lücke im Kreis geflohen und habe somit dem Buch das Gute in mir verwehrt. In der Panik hat mein Geist, immer noch von chirischen Energien durchdrungen, einen vertrauten Ort gesucht. Ich befand mich wieder in der Schule und spürte, dass ein Magiker immer noch lebte – Meister Re'alto, der wegen seiner schweren Wunden hier in diesem unterirdischen Gemach im Sterben lag. Ich heilte ihn und hielt ihn mit meiner Magik am Leben. Ich spürte, es würde eine Zeit kommen, da ich den Schaden, den meine Angst angerichtet hatte, beheben und meine Schande bereinigen könnte. Also kristallisierte ich meinen Geist, versteckte ihn hier mit einem Wächter und wartete. Ich wusste, dass du kommen würdest. Als du meine böse Hälftc erschlugst, waren wir beide, du und ich, verbunden durch Bande von Zeit und Ort.«

»Zu welchem Zweck? Was willst du von mir?«

»Wir beide müssen vollenden, was dein Bruder Schorkan begonnen hat. Das Buch ist nicht fertig gestellt. Ich muss meinen Geist mit den anderen vereinigen, um den Zauberbann zu vollenden, der vor fünfhundert Wintern eingeleitet wurde.«

»Aber wie?«

»Du musst mich zu dem Buch bringen ...« Der Junge drehte sich zu dem Mädchen um. Elena drückte sich an die Wand. »... zusammen mit der Hexe. Alles muss zusammengeführt werden.«

Er'ril entzog seine Schulter der Hand des Jungen. »Das Buch befindet sich weit von hier. Um deine Statue zu befördern ...«

»Das ist nicht nötig. Du hast mir einen Talisman mitgebracht.« Der Junge hielt die Eisenhand hoch, die einst der Schlüssel von A'loatal gewesen war. Er ballte sie wieder in die Form einer Faust zusammen. »Dies musst du bei dir tragen, um den Magikschleier zu durchstoßen, der die versunkene Stadt umgibt. Aber ich werde dafür sorgen, dass der Schlüssel mehr als ein Klumpen in deiner Tasche ist. Ich werde ...« Plötzlich krümmte sich der Junge vor Schmerz. Sein Bild wirkte weniger flüssig, vielmehr dichter, wie gerinnendes Blut. Anscheinend hatte er größte Mühe, sich zu bewegen. »Ich kann meinen Geist nicht mehr lange von dem Kristall frei halten. Die Zeit wird knapp. Ich muss mich in ein neues Gefäß begeben oder in die Kristallform zurückkehren.«

»Was soll ich tun?« Er'ril hatte den Arm ausgestreckt, als ob er seine Hilfe anbieten wollte, doch seine Hand verharrte in der Schwebe, unsicher, was zu tun sei.

»Ich werde mich zu dem Schlüssel gesellen.« Der Junge hielt Er'ril die Eisenfaust hin. »Das wird mein neues Gefäß sein. Sobald ich darin eingegangen bin, kann ich nicht mehr mit dir sprechen.«

»Aber ich habe ...«

»Ich muss dich verlassen.« Die Stimme des Jungen klang jetzt schwach. Sein Licht verblasste an den Rändern, und der Kristall verlor seine Schärfe. Das Bild des Jungen verschwamm. Vor Er'rils Augen zogen sich das Licht und die Substanz, die zuvor sowohl der Junge als auch die Statue gewesen waren, in die Eisenfaust zurück. Die Stimme des Jungen drang wie aus weiter Ferne zu ihm. »Ich kann nur noch eine einzige Frage beantworten, Schwertkämpfer.«

In Er'rils Kopf wirbelten tausend Fragen umher. Auf zahllose Antworten wartete er seit fünf Jahrhunderten. Während er sich bemühte, sich aus dem Gewirr von Fragen zu befreien, die alle zugleich gestellt werden wollten, glitt ihm die eine Frage über die Lippen. Seit endlosen Wintern hatte er bedauert, sie nicht schon längst gestellt zu haben. Jetzt wollte er diese Gelegenheit nicht ungenutzt verstreichen lassen.

»Junge, wie heißt du?«

Der Junge schwieg eine Zeit lang. Er'ril sah, wie ihm eine einzelne Träne über die Wange rollte, eine Träne der Dankbarkeit. »De'nal. Ich heiße De'nal.«

»Ich werde es nicht vergessen.« Er'ril neigte den Kopf.

Als er den Blick hob, hatte sich die Gestalt des Jungen in einen körperlosen Dunst aufgelöst, Kristall hatte den Weg frei gemacht für reine Macht. Der eiserne Schlüssel hing in der Luft und zog die Energien von Seele und Magik in sich ein. Kurz bevor das Licht vollends verblasste, hörte er De'nals Stimme, die ihm ins Ohr flüsterte: »Dir ist vergeben.«

Dann, im letzten Funkeln des Lichts, nur noch ein Nimbus um die eiserne Faust herum, sah Er'ril, wie der Schlüssel zu Boden fiel. Als Eisen auf Stein traf, erlosch das Licht, und Schwärze schluckte alles. In der Dunkelheit erlaubte sich Er'ril, um einen Jungen zu weinen, der vor so langer Zeit durch sein Schwert ums Leben gekommen war.

Fünftes Buch

Donner

33

Tol'chuk blickte in den Spalt und kratzte sich an dem Knochenwulst über seinem Auge. Er hätte schwören mögen, dass er weit vorn einen kurzen Blick auf ein Licht erhascht hatte, eine Strahlung ungewöhnlicher Art. Die Sprache der Og'er kannte mehr als ein Dutzend Wörter, um die Art des Lichts in Tunneln und Höhlen zu beschreiben, doch Tol'chuk stellte fest, dass seine Zunge nicht zu vermitteln vermochte, was er gesehen hatte. Als er schließlich zur Öffnung des Spalts gelangt war, geblendet von der Strahlung, war das Licht plötzlich mit einem Blinken erloschen. Tol'chuk wandte den Blick nicht ab. Spielte die Dunkelheit seinen müden Augen einen Streich?

Er wusste aber, dass sein Sehvermögen außerordentlich gut war, und ein weiterer Umstand sprach gegen eine Fata Morgana: Mit dem Verblassen des Lichts war der Drang in seinem Blut, diesem Pfad zu folgen, plötzlich geschwunden, und er spürte keinen Druck vom Herzen seines Volkes mehr, der ihn zum Weitermachen gedrängt hätte. Das verunsicherte ihn mehr als das Licht als solches. Was war geschehen?

Hinter sich hörte Tol'chuk die tappenden Schritte von Kral und Merik, die zu ihm aufschlossen. Tol'chuk seufzte – er war vorangeeilt, da er das feindselige Schweigen, das seine beiden Begleiter umgab, nicht länger ertrug.

»Also, wo ist dieses Licht?«, fragte Kral. Er lehnte sich an die Wand der Schlucht, seine Brust hob und senkte sich heftig in der stickigen Luft.

Merik fuhr sich mit der Hand über das zerrissene Hemd und versuchte, die Fetzen zu glätten, die ihm um die Schultern hingen. Der schwarze Fleck entlang seinem Hosenbein war größer geworden; die Wunde blutete wieder. Er stand da und belastete das unverletzte Bein mit dem ganzen Gewicht, zu kurzatmig, um sprechen zu können. Seine Augen verrieten jedoch seinen zunehmenden Unmut.

»Das Licht ist verschwunden«, sagte Tol'chuk. Er starrte in den Tunnel vor ihnen, unschlüssig, wohin sie als Nächstes gehen sollten, da sein Herzstein keine Richtung angab.

»Du hast erzählt, dein Freund sei in diese Richtung gegangen«, sagte Kral. »Vielleicht hat er einen Weg ins Freie gefunden.«

»Ich spüre keinen Lufthauch«, gab Tol'chuk zu bedenken. »Ich rieche kein *Nelodar.*«

»Was riechst du nicht?«

»Das ist ein Wort aus der Og'er-Sprache. Luft außerhalb einer Höhle, rein von Tunnelgerüchen«, murmelte er, plötzlich zerstreut. Tol'chuk blinzelte. Für einen Augenblick hatte es so ausgesehen, als ob die Schatten tief im Innern des Tunnels, an der linken Wand, sich in seine Richtung bewegten. Tol'chuk straffte sich, als er den Weg vor sich prüfte. Die Schatten lagen reglos da. Vielleicht hatte er sich getäuscht – dann fiel ihm wieder eine Bewegung auf! Ein warnendes Brummen stieg aus seiner mächtigen Brust auf.

»Was ist?«, wollte Kral wissen, der bereits die Axt in der Hand hielt.

»Da kommt etwas.«

Merik humpelte neben ihn, sein schmales Schwert war jetzt ebenfalls in den Tunnel gerichtet. »Kobolde?«

Tol'chuk war sich nicht sicher und ließ die Frage des Elv'en unbeantwortet. Die drei standen gegenüber der Öffnung des Spalts.

»Kannst du dein elendes Licht etwas heller leuchten lassen?«, zischte Kral Merik zu.

Der Elv'e hob den grünen Stein an die Lippen und blies über die Oberfläche. Wie ein schwelendes Kohlestück in einem verglühenden Herd flammte er heller auf. Merik hielt den Stein höher, damit das Licht tiefer in den Tunnel hineinfiel.

Bei der besseren Beleuchtung warfen zwei Augen das Licht aus der Dunkelheit zurück – bernsteinfarbene Augen.

»Was ist das?«, flüsterte Kral.

Einen Steinwurf tiefer aus dem Tunnelinnern tappte das Geschöpf voll ins Licht und starrte sie grimmig an.

»Ein Wolf!« Kral verlagerte die Axt, um sie kampfbereit im Griff zu haben.

Tol'chuk legte eine Pfote auf den Arm des Gebirglers. »Nein, das ist mein Freund.«

Die Worte des Og'ers erreichten den Wolf, und sein Knurren schwächte sich zu einem dumpfen Brummen ab, mit dem er zu erkennen gab, dass er vor den anderen auf der Hut war.

Tol'chuk rief seinem Wolfbruder zu: »Keine Gefahr, Ferndal! Komm!«

Ferndal schlich langsam näher. Sein Blick streifte Tol'chuk, und Bilder fluteten in den Schädel des Og'ers.

Tol'chuk hörte, dass sich Merik beschwerte, doch der Klang seiner Stimme schien aus weiter Ferne zu kommen. »Wir hatten einen langen Weg und haben unser Leben aufs Spiel gesetzt – nur für dein Haustier?«

»Ferndal ist kein Wolf«, antwortete Tol'chuk geistesabwesend, da er gleichzeitig versuchte, die Gedanken des Si'lura zu übersetzen. »Er ist mein Blutsbruder. Wir teilen ein und dasselbe Erbe.«

Die von Ferndal ausgesandten Bilder sortierten sich mühsam in Tol'chuks Schädel. Die Saat des Verstehens ging allmählich auf. Etwas Wundersames hatte sich in diesem Tunnel abgespielt, aber die Einzelheiten blieben im Dunkeln. *Ein Licht, das brennt. Fleisch, das strömt wie ein Fluss.* Die Bilder waren vermischt mit Kummer und Schmerz, als ob etwas sehnlich Gewünschtes sich Ferndals Zugriff entzogen habe. Herzschmerz und Erstaunen waren in die Bilder eingeätzt.

»Wo sind die anderen?«, fragte Merik, der neben ihm stand. »Du hast behauptet, sie hätten Lichter.«

Tol'chuk nickte. »Ferndal, wo sind sie?«

Der Wolf kräuselte die Nase und drehte sich zurück in die Richtung, aus der sie gekommen waren, um ihnen mit der Nase zu zeigen, dass dort die anderen waren.

»Sieht so aus, als ob sie weitergegangen wären«, murmelte Kral. »Und das hätten wir auch tun sollen. Wir haben deinen Wolf gefunden. Jetzt lasst uns einen Weg von hier weg finden.«

Ferndals Augen richteten sich wieder auf den Og'er. Tol'chuk sprach. »Haben die anderen einen Weg hinaus gefunden?«

Ein Bild formte sich in Tol'chuks Geist: *Kobolde.* Hunderte von Kobolden. Ferndal schickte ihm ein Bild von einem Wolf, der sich in einen Tunnel zurückzieht, während Kobolde in solch panischer Eile an ihm vorbeihuschen, dass sie gar nicht auf den davonschleichenden Wolf achten.

»Und?«, fragte Kral. »Worauf warten wir? Der Wolf wird dir nicht antworten.«

Tol'chuk riss den Blick von Ferndal los, um Kral anzusehen. »Er hat eine Antwort gegeben. Vor uns sind Kobolde. Sie haben die anderen in eine Falle gelockt.«

Kral nickte dem Wolf zu und schnaubte. »Wer hat dir das erzählt?«

»Du musst noch vieles lernen in diesem Land, Mann aus den Bergen.«

»Kann schon sein. Aber eines weiß ich gewiss: Wir müssen einen Weg finden, der uns aus dieser Höhlenwelt befreit. Wenn sich Kobolde hier herumtreiben, dann müssen wir es anderswo versuchen. Vielleicht gibt es auf der gegenüberliegenden Seite der Schlucht ein Entkommen.«

»Du könntest die anderen einfach den Kobolden überlassen?«

»Das geht mich nichts an.« Kral wischte mit einem Handschwenk Tol'chuks Bemerkung beiseite. »Ich habe Freunde, die da oben in Gefahr sind. Dort liegt meine Verantwortung.«

»Aber Ferndal hat mir Bilder von den anderen übermittelt. Sie sind von deiner Rasse und werden nur von einem einarmigen Krieger beschützt. Willst du sie diesem schwachen Schutz überlassen?«

Bei Tol'chuks Worten wurden Krals Augen immer größer. »Einarmig!« Kral warf dem Wolf einen Blick zu, aus dem ein neues Maß an Hochachtung sprach. »Das kann doch nicht sein! Hier unten? Hat der Wolf dir etwas über die anderen gesagt – dir übermittelt ...?«

»Der Krieger beschützt ein weibliches Kind und einen alten Mann mit Schnauzbart.«

»Süße Mutter, das müssen sie sein!«

»Wer?«

»Meine Freunde. Wir müssen uns beeilen!« Kral rannte los, den Tunnel hinunter, an dem Wolf vorbei. Ferndal schwenkte ebenfalls herum und folgte ihm.

Tol'chuk tat einen Schritt, um ebenfalls zu folgen, als sich hinter ihm eine Stimme erhob. »Ich komme nicht mit«, erklärte Merik.

Kral machte auf dem Absatz kehrt. Er hielt die Axt immer noch fest im Griff. »Du hast einen Eid geschworen.«

Merik zuckte mit den Schultern. »Ich habe mein Versprechen gehalten, euch zu helfen, bis der Freund des Og'ers gefunden wäre.« Er deutete auf den Wolf. »Da ist er. Mehr habe ich nicht geschworen, und ich habe mein Wort gehalten. Jetzt bin ich frei. Ich werde mein Licht mitnehmen und anderswo nach meinem Vogel suchen – allein. Ich finde eure Gesellschaft ermüdend.«

»Du Ungeheuer!«, raunzte Kral. »Wir brauchen dein Licht.«

»Das geht mich nichts an«, höhnte Merik, indem er die gleichen Worte gebrauchte, die Kral kurz zuvor verwendet hatte, und sprach in dem gleichen verächtlichen Tonfall. Er trat einen Schritt von der Öffnung des Spalts weg. »Ich gebe euch etwas mit auf den Weg ...«

Kral wartete, die Stirn verdüstert wie von Gewitterwolken.

Merik lächelte, doch in seinen Augen lag keine Freude. »Ich gebe euch meine besten Wünsche mit auf den Weg.«

Kral heulte vor Zorn auf und sprang auf den Elv'en zu.

Tol'chuk hielt den Mann aus den Bergen mit der Brust auf, als dieser an ihm vorbeizustürmen versuchte. »Nein! Kein Blutvergießen!« Kral wollte sich mit dreschflügelartigen Bewegungen einen Weg bahnen, aber Tol'chuk wich nicht vom Fleck. »Merik ist ein freier Mann, kein Leibeigener. Er hat sein Ehrenwort gehalten.«

Merik nickte dem Og'er zu, aber sein höhnisches Grinsen galt immer noch Kral.

»Wir können meinen Freunden ohne Licht nicht helfen«, gab Kral zu bedenken. »Du lässt sie sterben, nur weil du den Starrsinn eines Einzelnen gelten lässt.«

»Ich sehe gut in der Dunkelheit«, sagte Tol'chuk. »Ich bringe dich zu deinen Freunden – auch ohne den Elv'enstein.«

Kral schäumte innerlich vor Wut, alles andere als überzeugt von den Worten des Og'ers.

»Also, ich gehe dann jetzt«, sagte Merik. »Alles Gute, Og'er. Ich wünsche *dir* viel Glück.«

Während Tol'chuk den Mann aus den Bergen erneut davon abhielt, auf den Elv'en loszugehen, erspähten seine Og'er-Augen ein Glitzern in dem Schatten des Tunnels. »Warte!«, sagte er. »Sieh nur!«

Alle Blicke schwenkten in die Tiefe des Tunnels. Das Glitzern war zu einem Leuchten geworden, und das Leuchten wurde zu einem deutlichen Licht, einer blauen Strahlung, die auf und ab hüpfte und weite Kreise zog.

»Mein Falke!«, schrie Merik, als der Vogel näher kam.

Wie ein Leuchtstreifen schwebte der Mondfalke über Tol'chuks Kopf und landete auf dem hoch gestreckten Handgelenk des Elv'en. Der Vogel hielt die Flügel gespreizt, indes seine Brust sich vor Anstrengung heftig hob und senkte. Sein Licht schwankte und blinkte leicht, während er auf der Hand umhertrippelte.

»Jetzt kann er den Stein erübrigen«, raunte Kral dem Og'er mürrisch zu. »Er hat seinen verlausten Vogel gefunden und kann *dessen* Leuchten benutzen, um seinen Weg zu finden und sich feige davonzuschleichen.«

Offenbar hatte Merik die Worte des Gebirglers gehört. Er sprach, während er seinen Vogel eingehend betrachtete und ihm eine lose Feder von der Schulter zupfte. »Nein, ich behalte meinen Stein trotzdem.«

Kral fluchte und wollte wieder vorstürmen. Tol'chuk gelang

es immer noch, ihn zurückzuhalten, auch wenn er es diesmal nur halbherzig tat, denn selbst er fand das Verhalten des Elv'en mehr als kleinlich. Was Kral gesagt hatte, war richtig und gerecht gewesen. Merik brauchte den Stein nicht, wohingegen sie ihn dringend benötigten.

Die nächsten Worte des Elv'en stellten den Glauben des Og'ers an den dünnen Mann wieder her. »Ich behalte meinen Stein, aber ich komme mit euch.«

»Warum«, fragte Kral bissig, »dieser plötzliche Wandel zur Nächstenliebe? Warum willst du uns jetzt helfen?«

»Ich biete keine Nächstenliebe an.« Merik kraulte die Kronfedern des Vogels. »Die Krallen des Vogels haben sich versilbert. Das ist das Zeichen.« Merik versuchte, seiner Stimme den üblichen gleichgültigen Klang zu geben, doch er konnte seine Erregung nicht verbergen. »Er hat unseren verlorenen König gefunden.«

Ni'lahn hatte den Rücken gegen den Stamm der alten Ulme gelehnt. Ihre Finger fuhren die Furchen der Rinde nach. In der Nähe, in ihrem Versteck am Waldrand, hörte sie die Stute vor Angst wiehern. Das Pferd war so tief in den Wald hineingeflüchtet, wie es das Seil erlaubte, mit dem es festgebunden war, als wolle es in den Schatten der Bäume unsichtbar werden.

Das Wesen, vor dem die Stute scheute, ragte undeutlich vor Ni'lahn auf. Sie versuchte, die schreckliche Gestalt des Skal'tums nicht zu beachten. Das Geschöpf leckte sich mit der langen schwarzen Zunge die Lippen. Das zweite Skal'tum, das sie nun nicht mehr bewachen musste, tat sich an den Resten des getöteten Hengstes gütlich. Bei dem Geräusch von knackenden Knochen und schmatzenden Lippen schauderte ihr, und sie wandte die Augen entsetzt von dem abscheulichen Anblick ab.

Ihre Nägel bearbeiteten die Rinde noch kräftiger; der Schmerz hielt sie davon ab, die Flucht zu ergreifen. Die Ungeheuer hatten sich nicht einmal die Mühe gemacht, sie zu fesseln, im festen Vertrauen darauf, dass ihr eine Flucht gar nicht gelingen könne. Und sie hatten Recht. Sie bewegten sich so schnell wie angreifende Schlangen, und ihr Sehvermögen in dem schwachen Mondschein war gut. Flucht kam für sie nicht in Frage.

Während sie wartete, schweifte ihr Blick immer wieder zu dem von Wurzeln überwucherten Eingang des Tunnels. Rockenheim hatte sie verraten, doch so sehr sie den Schuft auch hasste, so hatte er doch zumindest dem Si'lura beim Entkommen geholfen. Und wenn Rockenheim Kral und den Og'er in dem Tunnellabyrinth entdecken würde und sie warnen könnte, dann fänden vielleicht auch sie einen anderen Ausgang und könnten den Klauen ihrer Häscher entkommen. Mit ihrem Leben könnte sie zumindest für die Freiheit der anderen bezahlen – so hoffte sie wenigstens.

Sie seufzte, während sie weiter an der Rinde des Baums kratzte. So lange wie möglich musste sie Rockenheims Lüge beibehalten. Sollte das Skal'tum doch denken, sie sei die Schwester des Mädchens, das sie suchten. Aufgrund dieser Annahme wurde sie am Leben gelassen, und die Tiere blieben hier – weit weg von der Kate. Je länger sie dazu beitrug, die Täuschung aufrechtzuerhalten, desto besser standen ihre Aussichten auf ein Entkommen. Sie biss sich auf die Zunge und wartete.

Das Skal'tum neben ihr musste gemerkt haben, dass sie den Tunnel betrachtete. »Fürchte dich nicht, Kleine, deine Schwesster wird kommen.« Es lachte. »Eine sso ssüßße Wiedervereinigung. Vielleicht lasssse ich ssie ssogar dein Herz kossten.«

Sie tat so, als beachte sie das Geschöpf nicht, denn sie wollte auf keinen Fall ihre Angst zeigen. Vielleicht würden die Unwesen sie umbringen, aber sie würde ihnen nicht den Gefallen tun und sie herausfordern.

Ihre Nägel gruben sich schließlich durch den letzten Rest der Ulmenrinde und kamen aufs Baummark. Dort ließ sie die Finger ruhen; der kühle Saft des Baums tat ihrem verwundeten Fleisch gut. So stand sie da. Blitze umspielten die Gipfel der nahen Zahnberge. Gewitterwolken brauten sich zusammen. Das Unwetter, das die schwarzen Wolken ankündigten, würde die Wurzeln der Welt erschüttern. Sie schloss die Augen vor dem kriegerischen Himmel und begann mit ihren Vorbereitungen. Sie griff nach dem Geist des Baumes.

Wenn die Skal'ten kämen, um sie zu holen, würde sie ihnen einen erbitterten Kampf liefern.

34

Elena kauerte in der Schwärze der Höhle. Die Dunkelheit war so dicht, dass sie ihren Körper zu bedrängen schien. Hätte sie den Arm ihres Onkels nicht um ihre Schulter gespürt, dann hätte sie angenommen, sie sei auf eine andere Ebene gesaugt worden, wo Licht erst noch erschaffen werden musste. Noch nie hatte sie eine so völlige Finsternis erlebt. Ihre Augen schweiften umher auf der Suche nach Licht.

Onkel Bol ließ den Arm von ihrer Schulter gleiten. Jetzt gab es nur noch den Stein unter ihren Füßen, der sie davon überzeugen konnte, dass die Welt noch existierte. Als einziger Trost blieb ihr die Erleichterung, dass das Brennen in der rechten Hand zusammen mit dem Licht vollkommen vergangen war. Sie schlug die Arme fest um sich und wünschte plötzlich, der Mondfalke hätte sie nicht verlassen. Sein Licht wäre eine große Wohltat gewesen.

Als ob die Götter sie erhört hätten, brach plötzlich Helligkeit über die Kammer herein. Geblendet von der jähen Rückkehr des Lichts, brauchten Elenas Augen eine Weile, bis sie zu einer klaren Sicht gelangten. Onkel Bol hob die Laterne. Er hatte dem Docht wieder Leben eingegeben, drehte an der Ölzufuhr, um eine helle Flamme zu bekommen, und hielt die Lampe hoch.

Im Licht der Laterne, das so viel trüber war als die Kristallstrahlung, sah Elena, wie sich Er'ril niederkauerte und die Eisenfaust vom Steinboden aufhob. Er betrachtete den Schlüssel eine Weile mit seltsamem Gesichtsausdruck, dann steckte er ihn vorsichtig in eine Tasche seines Hemds.

Während Er'ril sich aufrichtete, zog eine Bewegung Elenas Blick zur hinteren Hälfte der Kammer. Ein Schrei entfuhr ihr. Die Meute der Kobolde schwärmte und tobte um die niedergestreckte Gestalt des verrückten Schuldirektors. Re'alto lag mit dem Gesicht nach unten auf dem Steinboden, den unversehrten Arm nach vorn ausgestreckt zu der Stelle, wo die Statue zuvor gestanden hatte. Anscheinend bewegte er sich nicht – und atmete auch nicht. Ein einzelner Kobold hockte sich auf seinen Rücken und hob den Arm an. Er hing schlaff in seinen Klauen. Der Kobold ließ die Hand fallen und huschte ängstlich zurück.

Inzwischen hatte auch Er'ril Re'alto entdeckt und näherte sich dem leblosen Körper.

Onkel Bol sprach neben Elena. »Tu das nicht, Er'ril. Er ist tot. Nur das Licht des Jungen erhielt ihn am Leben. Nun, da diese Magik entschwunden ist, ist auch sein Leben vergangen, und wir sollten ihn hier bei den Kobolden zurücklassen.«

Er'ril nickte und nahm seine Waffe wieder an sich, die er bei Bol zurückgelassen hatte. Das Schwert, nun nicht mehr ins Licht der Statue getaucht, schien dennoch heller zu glänzen, als es allein im Licht der Lampe hätte glänzen können. Ein blendendes Leuchten tanzte in Linien über seine Oberfläche.

»Wir sollten versuchen, zu dem Durchgang zu gelangen, durch den wir hereingekommen sind«, sagte Er'ril. »Dort gibt es weniger Kobolde.«

»Sei gewarnt«, sagte Onkel Bol. »Jede Herausforderung von unserer Seite kann ihren Zorn entzünden. Sie haben soeben erlebt, wie die Statue vor ihren Augen verschwand, und Re'alto, den sie anbeteten, liegt tot zu ihren Füßen.« Onkel Bol nickte zu einer Stelle, wo sich mehrere Kobolde zusammengedrängt hatten und mit den Klauen zu ihnen herüber zeigten. »Ich glaube, sie geben uns die Schuld an ihrem Verlust.«

»Dann sollten wir von hier verschwinden, je eher, desto besser.« Er'ril nickte Elena zu, sie solle zu ihm kommen. »Wir müssen sie ablenken«, sagte er, »damit wir Zeit zur Flucht gewinnen.«

Elena nickte, hatte jedoch keine Ahnung, was sie tun sollte. Ihr Onkel war anscheinend mit Er'rils Absicht nicht einverstanden. Er sprach mit gedämpfter Stimme, und seine Augen wanderten schnell über die drohend zusammengerotteten Kobolde. »Ich glaube, es wäre nicht gut, sie in ihrem gegenwärtigen Zustand zu erschrecken, Er'ril. Die Geschöpfe sind ohnehin in höchster Aufregung. Eine Panik könnte ...«

»Wir werden als Fleischgericht in ihren Mägen enden, wenn wir uns nicht beeilen.« Er'ril ließ sich neben Elena auf ein Knie nieder. Das Schwert hatte er in Richtung der Felskobolde erhoben. »So, mein Kind, ich habe dir bereits im Zusammenhang mit deinem Onkel eine Methode des Heilens beigebracht. Jetzt musst du noch ein klein wenig Magik erlernen.«

Elena wehrte sich innerlich; der Mund wurde ihr trocken. Sie spürte, wie eine Faust ihr Herz umklammerte. Wilde Magik ängstigte sie mehr als die Zähne und Klauen der Kobolde. »Gibt es keine andere Möglichkeit? Vielleicht hat Onkel Bol Recht. Wir könnten einfach abwarten, bis sie sich beruhigt haben, dann verschwinden sie vielleicht.«

Das Zischen um sie herum war zu einem Kreischen geworden. Sie sah, wie noch mehr Kobolde aus den beiden Gängen in den Raum drängten. Ihr Moschusgeruch erfüllte die Luft und zeugte von ihrer Angst. Schon stampften jene, die Re'altos Leichnam am nächsten standen, mit den Füßen auf den Steinboden. Bald fielen andere in den Takt ein, und das Stampfen hallte in der Höhle wider. Es war ein dumpfer Rhythmus, und die Augen um sie herum glühten.

Onkel Bol flüsterte: »Vielleicht hat Er'ril Recht.«

Sie merkte, dass beide Männer sie ansahen. Ihr Herz pochte im Takt mit dem Stampfen. Mühsam löste sie die Zunge vom Gaumen. »Ich will es versuchen.«

»Braves Mädchen.« Er'ril reichte dem Onkel das Schwert. »Halte das Schwert sichtbar. Anscheinend flößt es ihnen Achtung ein.« Nachdem Onkel Bol die Spitze der Klinge ungeschickt nach oben gerichtet hatte, kehrte Er'ril zu Elena zurück und griff nach ihrer rechten Hand. Die Dringlichkeit und Spannung in seinem Innern strömten von seinen fest geschlossenen Fingern in sie hinein, und doch sprach er mit ruhiger Stimme. »Es wird gelingen, Elena. Glaub mir. Magik ist eng verbunden mit Licht. Das hast du bei De'nals Statue gesehen, und du hast es erlebt, als das Licht der Sonne oder des Mondes deine Kräfte entzündeten. Im Herzen weißt du das, nicht wahr?«

Sie nickte.

»Eine der leichtesten Methoden, Magik zu bewirken, besteht darin, ihre Gegenwart einfach zu enthüllen.«

Er'ril spürte aufgrund der Art, wie sich ihre Augenbrauen zusammenzogen, deutlich ihre Verwirrung. »Magik fließt verborgen durch dein Blut und deinen Körper. Nur die rote Hand kennzeichnet dich als eine Person, die über spirituelle Macht verfügt. Magik ist bestrebt – genau wie die Flamme in einer Laterne –, frei von dir wegzufließen und sich deiner Umgebung zu offenbaren. Doch so wie die Tür einer Laterne die Flamme verschließt, verbirgt dein Körper diese Wahrheit. Ich kann dir zeigen, wie du deine Tür öffnen und dein Licht leuchten lassen kannst.«

Elena erinnerte sich, was geschehen konnte, wenn Magik durch sie ›leuchtete‹. Ihre Eltern waren beide durch diese Flamme verbrannt. »Ich werde alles um mich herum töten«, warnte sie.

»Nein, ich verlange doch nicht von dir, dass du deine Magik hinausschleuderst. Das kann in der Tat töten. Ich bitte dich lediglich, dass du dich öffnest und anderen dein Inneres zeigst, damit sie die Flamme in dir erblicken.«

»Warum? Was soll das bewirken?«

»Kobolde fürchten das Licht und haben ein Gespür für Magik. Wenn du dich ihnen offenbarst, sind sie vielleicht verdutzt oder ehrfürchtig genug, um uns ein Entkommen zu gestatten.«

Ihre Augen wanderten prüfend über die Kobolde, die sie umdrängten. Sie sah, wie der Leichnam des Schuldirektors aufgehoben und auf dem Rücken einer Gruppe größerer Kobolde davongetragen wurde. Dies geschah mit anrührender Würde. Andere räumten den Weg frei, damit der Leichnam unbeschadet aus der Kammer gelangen konnte. Offensichtlich hatten die Kobolde Re'alto große Hochachtung entgegengebracht – oder zumindest der Magik, die ihm innewohnte.

Dieser Gedanke war offenbar auch Onkel Bol gekommen. »Es könnte tatsächlich gelingen. Anscheinend beten sie Magik an«, murmelte er.

»Wie soll ich das fertig bringen?« Elenas Stimme bebte.

»Es ist ganz leicht«, sagte Er'ril. »Da du nicht zulässt, dass die Magik dir entströmt, ist nicht einmal ein Blutritual nötig.« Er hob die Hand zu ihrer Wange und ließ sie dort liegen. Seine Augen versenkten sich in die ihren, und sie spürte ein Beben in den Knien, das nichts mit der Angst ihres Herzens zu tun hatte. »Schließ einfach die Augen und such in deinem Innern, so wie du es mit dem Körper deines Onkels getan hast.«

Sie tat wie ihr geheißen und drückte die Augen fest zu, doch die Angst hielt sich dicht an der Oberfläche ihres Bewusstseins. Ihre Ohren lauschten nach wie vor auf das Stampfen und Zischen der Kobolde, ihre Nase war erfüllt von dem beißenden Geruch. Sie verstand nicht, was von ihr verlangt wurde, und zitterte.

Plötzlich legte sich Er'rils Arm um ihren Körper. Er drückte ihre Wange an seine Brust. »Schsch, achte nicht auf all das, was um dich herum geschieht. Verschließ deine Sinne dagegen.« Der Geruch seines geölten Haars überlagerte den Gestank der Kobolde. Sein Flüstern erfüllte ihre Ohren und drängte die Laute in der Kammer zurück. Sie ließ sich in seiner Umarmung davongleiten. Sein Atem, warm und ruhig, streifte ihre Wange. »Sieh dich selbst«, sagte er. »Sieh die Frau in dem Kind, wie die Eiche in der Eichel. Finde deine Stärke, dann wirst du deine Magik finden.«

Seine Worte und seine Wärme verursachten Wogen von Gefühlen in Elena, die sie nicht in Worten hätte ausdrücken können. Sie versuchte nicht einmal, sie mit dem Verstand zu erfassen, sondern war einfach sie selbst, schob alles beiseite, was sie über sich wusste, *war* einfach nur. Während sie an einen Ort ohne Gedanken und ohne Substanz schwebte, wuchs ein Licht in der Dunkelheit. Nein, das stimmte nicht. Das Licht wuchs nicht, sie näherte sich dem Licht, umkreiste es wie eine Schwalbe, die zu ihrem Nest fliegt. Die Strahlung war nicht aus der Dunkelheit aufgetaucht: Sie war immer schon da gewesen!

Aus weiter Ferne hörte sie Er'rils Stimme: »Öffne die Augen und zeig es uns. Zeig uns deine Flamme, Elena.«

Jetzt verstand sie. Sie schob Er'rils Arm von sich weg und richtete sich auf. Sie brauchte niemandem zu verbergen, wer sie war! Als sie aufrecht stand, öffnete sie die Augen und entfesselte ihr Herz, öffnete eine Tür, die seit ihrer Kindheit verschlossen gewesen war, da sie gelernt hatte, dass die Welt das wahre Ich eines Menschen nicht sehen wollte. Sie schob ihre Hemmungen beiseite und breitete die Arme weit aus, sowohl die Höhlenkammer als auch die Welt umfassend. Sie offenbarte sich ohne Scham und ohne Reue. Sowohl diejenige, die sie gewesen war, als auch diejenige, die sie jetzt war – aber vor allem diejenige, die sie einmal sein würde!

Wie ein Fenster, das zur Sonne geöffnet wird, erstrahlte ihre Magik und vertrieb alle Schatten aus dem Raum.

Als er sah, wie Elena mit Macht versehen erwachte, war Er'rils erste Eingebung, das Schwert Bols erstarrten Händen zu entreißen und ihr die Klinge durchs Herz zu stoßen. Doch da er das Schwert tatsächlich in der Hand hielt, kämpfte er gegen den tödlichen Drang an; seine Knöchel umspannten weiß den Griff der Waffe. Selbst Bol trat einen Schritt von Elena zurück. Der Mund des alten Mannes klaffte vor Staunen auf, das Licht zeichnete tiefe Furchen in sein Gesicht.

Welch eine Macht!, dachte Er'ril. Sie übertraf bei weitem seine Vorstellung. Selbst ein Magiker, bei dem die Chi-Kraft gerade erst erneuert worden war, leuchtete nicht so strahlend hell. Elena stand da mit weit ausgebreiteten Armen, ihr Körper schien zu bersten im gleißenden Licht. Die drei Menschen warfen nicht einmal Schatten – vielmehr schien sich das Licht um sie herum zu krümmen und alles einzuschließen.

Doch das Mädchen in dem Licht erschreckte Er'ril auch. Es war nun kein Kind mehr, das sich an die anderen klammerte, verwirrt und ängstlich angesichts seiner Macht. Ein Selbstvertrauen leuchtete aus Elenas Gesicht und ihrem Körper, das ihr inneres Licht fast übertraf. Die Befreiung ihrer Magik hatte sie in einen Zustand versetzt, in dem es keine Furcht und keine Zweifel mehr gab. Dies war nicht das Gesicht eines Kindes oder einer jungen Frau, sondern eines Wesens, das einer Göttin glich. Er'ril bemerkte Funken erhöhter Strahlung in einem Lichtschein um ihren Körper herum, als ob die Sterne persönlich darum kämpften, ihr nahe zu sein.

So wundersam die ganze Erscheinung auch war, wurden Er'rils Blicke doch vor allem von Elenas Gesicht angezogen. Ihre Lippen, voll und leicht geöffnet, lächelten angesichts von Visionen, die Er'ril verborgen blieben. In diesem Lächeln sah Er'ril die Frau, die sie einst einmal sein würde: eine kluge, starke Frau, die kein Mann beherrschen konnte. Während er sie anstarrte, schlug sein Herz immer schneller. Etwas rührte sich in seiner Brust, ein Gefühl, das er längst für tot gehalten hatte: *Hoffnung*.

In diesem Augenblick schlurfte ein Kobold auf Er'ril zu, die Augen starr auf Elena gerichtet, und prallte ihm gegen das Bein. Er klammerte sich an Er'ril fest wie ein Schiff auf der Suche nach einem sicheren Hafen. Bevor der Schwertkämpfer ihn wegschlagen konnte, löste der Kobold den Griff und taumelte auf das Mädchen zu. Er'ril hatte die Absicht, mit dem Schwert auszuholen und ihn aufzuhalten, doch plötzlich stürzte der Kobold und schlug mit dem Gesicht flach auf dem Boden auf. Seine winzige Gestalt zitterte, dann blieb er reglos liegen – allzu reglos. Tot, dachte Er'ril.

Er riss den Blick von dem Mädchen los und sah, dass der Boden der Kammer bedeckt war von zusammengesunkenen Kobolden. Auch andere Felskobolde wurden von dem Licht angezogen. Wie blinde Motten taumelten sie aus den Tunneln in die Helligkeit der Kammer; doch nach wenigen Stolperschritten verließen sie die Kräfte, und sie fielen schreiend als wirre Bündel von Gliedmaßen zu Boden. Andere zogen ihre Lehre aus dem Geschehen und flohen vor dem Licht, verschwanden in den Tunneln.

»Das Licht«, sagte Bol ganz in der Nähe. »Es vernichtet sie. Bewirkt Elena das?«

Er'ril merkte, dass er unbedingt sprechen musste, um sich von dem Kind abzulenken. »Das glaube ich nicht. Das Licht ist lediglich eine Spiegelung ihrer Magik. Es ist keine Kraft, die Schaden anrichtet.«

»Kobolde scheuen das Licht.« Bol vollführte eine weit reichende Geste über die verendeten Kobolde hinweg. »Vielleicht aus einem guten Grund. Vielleicht ist Licht von Natur aus schädlich für sie. So viel Licht, so viel Kraft bedeuten für sie offenbar den sicheren Tod.«

Er'rils Blick wurde wieder von dem Mädchen angezogen. Das Gespräch musste den Lichtschein, der Elena umgab, durchdrungen und ihre Ohren erreicht haben. Ihre Lippen lächelten nicht mehr.

Elena hatte ihren Onkel sprechen hören. Obwohl seine Worte ihr erschienen wie Vögel, die aus tiefstem Wald herangeflogen kamen, begriff sie doch deren Bedeutung. Sie kehrte in die Wirklichkeit zurück und entdeckte die Kobolde, die um sie herum mit unnatürlich verdrehten Hälsen und Gliedmaßen angehäuft lagen. Es waren so viele! Sie hatte hunderte dieser armen Geschöpfe umgebracht! Sie stieß einen Schrei aus, und das Licht, das von ihr ausstrahlte, prallte gegen den Stein und verschwand. Sie stand zitternd da – eine Insel in einem dunklen Meer toter Kobolde.

Jetzt erhellte Onkel Bols Laterne die Kammer. Er kam zu ihr und brachte Licht. Sie wich vor der Helligkeit zurück. Das innere Licht, der Kern ihres wahren Ichs, hatte getötet; jetzt klagte sie dieses bisschen irdische Helligkeit ihrer bösen Tat wegen an. Elena huschte aus dem Schein der Laterne und trat zu dem Schwertkämpfer. »Du hast gesagt, es schadet ihnen nicht!«, schrie sie mit einer Stimme, die eine Flut von Tränen auszulösen drohte.

Ihre Worte verletzten ihn. Seine Augenlider zuckten, und seine Lippen kräuselten sich. »Es tut mir Leid, Elena. Ich habe die Natur dieser Geschöpfe nicht richtig begriffen – und auch nicht die Leuchtkraft deiner Magik.«

Sie hielt sich die Hand vor den Mund. Die Leuchtkraft ihrer Magik! Seine Worte sickerten in sie ein. Die Kobolde hatten ihnen nichts zuleide getan, außer dass sie ein wenig herumgelärmt hatten, und außerdem hatten sie bei der Wiederbeschaffung des Schlüssels für Er'ril eine wichtige Rolle gespielt. Als Dank dafür hatte sie ihnen den Tod gebracht. Ihre Augen entdeckten viele kleinere Gestalten, die zwischen den größeren Kobolden eingeklemmt lagen. Sie hatte sogar ihre Kinder umgebracht!

Sie schlug sich die Hände vors Gesicht. Sie wollte nichts mehr davon sehen.

Onkel Bol legte ihr die Hand auf die Schulter. »Du kannst nichts dafür, mein Schatz. Wir wussten das nicht. Wenn irgendjemand die Schuld trägt, dann sind wir es. Wir waren diejenigen, die dich gedrängt haben, es zu tun.«

Sie entwand sich seinem Griff und nahm die Hände vom Gesicht, um ihn anzusehen. »Du begreifst nicht!«

Die Augen ihres Onkels weiteten sich.

Sie stieß ein bitteres Lachen aus. »Ich genieße die Macht! Ich habe mich noch nie so vollkommen und frei gefühlt. Ich habe mich meiner Magik mit Freuden hingegeben, habe sie durch mich hindurchströmen lassen und alle Zweifel weggestoßen. Und während ich dieses Licht umarmt und mich in seinem Glanz gesonnt habe, wurden diese Wesen umgebracht.«

»Schatz, ist ja schon gut. Du hast es nicht gewusst.«

Sie drehte ihrem Onkel den Rücken zu. Nicht nur, weil seine Worte ihr keinerlei Trost spendeten, sondern auch, weil sie Angst hatte, er könnte die Wahrheit in ihren Augen sehen. Sie hatte bereits zu viel gesagt. Schluchzend fiel sie auf die Knie.

Was sie ihrem Onkel nicht verraten hatte und was sie sich selbst kaum einzugestehen wagte, war die Tatsache, dass sie es sehr wohl gewusst hatte. Irgendwo tief im Innern ihres Wesens hatte sie den Tod um sich herum gespürt, hatte gespürt, wie das Leben der Kobolde wie ausgeblasene Kerzen verpuffte. Und sie hatte sich nicht darum gekümmert, konnte sich nicht darum kümmern. Sie hatte keine Notiz davon genommen, dass zu ihren Füßen Körper zusammenbrachen, während die Magik in ihr schrie. Ihr Herz jubelte, weil es befreit wurde, weil die Kraft in die Welt hinausfloss. Das Lied der Macht hallte so laut in ihren Ohren, dass es die Schreie der sterbenden Kobolde übertönte.

Er'ril kam und half ihr auf die Beine. Er musste spüren, welche Gefühle in ihr tobten. »Rohe Magik ist verführerisch«, sagte er. »Lass dich nicht davon narren.«

Sie versuchte, sich ihm zu entziehen, aber sein Arm war stark. Er senkte den Kopf, sodass er ihr direkt in die Augen sah. Sein Ton klang leidenschaftlich. »Du bist immer noch Elena. Lass dich nicht von deiner Magik bestimmen. Sie ist nur ein Werkzeug.« Dann sprach er nur noch flüsternd: »Sie spricht mit ihrer eigenen Stimme. Ich weiß, dass diese Stimme manchmal schwer zu überhören ist und einem wie die der eigenen Seele erscheint – aber du brauchst nicht zuzuhören. Du bist immer noch Elena: Tochter deiner Eltern, Schwester deines Bruders, Nichte deines Onkels. Du bist Blut, nicht Magik.«

Sie nickte. Seine Worte verliehen ihren Beinen Kraft. Sie fügte sich, als er sie zu Onkel Bol führte, in dessen Augen Besorgnis schimmerte, und ließ es geschehen, dass dieser sie in die Arme schloss. Sie schluchzte an seiner Brust, doch diesmal waren die Tränen eher heilsam, als dass sie ihre Seele zerrissen.

Während sie sich in seine Arme sinken ließ, setzte das Zischen, das aufgrund ihrer Magik verstummt war, von Neuem ein. Elena schob den Onkel von sich weg. Sie drei standen zwischen den Toten.

»Wir täten gut daran, rasch zu verschwinden«, murmelte Er'ril.

Es war zu spät. Immer neue Kobolde brachen aus den Tunneln hervor. Jetzt suchten sie die Rache, die ihnen wegen des magischen Leuchtens der Hexe verwehrt gewesen war. Ganz nahe hörte Elena einen Kobold kreischen.

Er'ril stürzte vor und warf sich dem Ansturm der Ungeheuer entgegen, wobei er gleichzeitig seine Gefährten an die Wand drängte. Sein Schwert sang zwischen den sich wehrenden Körpern der Kobolde. Noch nie hatte er eine Waffe treffsicherer geführt. Die Klinge durchschnitt Knochen so leicht wie Luft. Während er mit dem Schwert nach allen Seiten peitschte, türmten sich die Leichen vor ihm auf, doch immer neue Kobolde sprangen über die Kadaver ihrer Artgenossen hinweg und stürmten zum Angriff vor.

Aus den Augenwinkeln sah Er'ril, wie Bol mit seiner Lampe nach einigen Kobolden ausschlug, die in Elenas Nähe gelangen wollten. Die schaukelnde Laterne warf wild hüpfende Schatten an die Wände der Höhlenkammer. Der alte Mann schlug sich tapfer. Die Kobolde beäugten noch immer wachsam das Mädchen, als ob sie erwarteten, dass es jeden Augenblick wieder in hellem Licht erstrahlen werde. Im Stillen hoffte Er'ril, dass Elena vielleicht einen entsprechenden Versuch unternehme, aber er wusste, dass er es nicht von ihr verlangen konnte. Sie war immer noch zu tief erschüttert.

Er stürmte weiter vorwärts. Wenn die Kobolde eine kleine Verschnaufpause einlegen würden, gelänge es ihm vielleicht, seinen Gefährten und sich einen Weg bis zum nächsten Tunnel zu bahnen.

Doch die Kobolde taten ihm den Gefallen nicht. Stattdessen nahm ihr Kampfgeist noch mehr zu. Da sie die Macht des Mädchens fürchteten, ließen sie ihren Zorn an Er'ril aus und griffen von so vielen Seiten an, dass er sie nicht alle aufhalten konnte. Krallen rissen an seiner Brust, Zähne zerrten an seinen Beinen.

So eifrig die Schneide seiner Klinge auch umherfuhr, die Hoffnungslosigkeit der Lage berührte sein Herz. Er strauchelte. Kobolde stürzten sich auf ihn, warfen ihn nach hinten. Er fiel auf den Steinboden; dabei schlug sein Kopf so heftig auf, dass Lichtpunkte vor seinen verdutzten Augen tanzten. Fünf Kobolde saßen rittlings auf seiner Brust und auf seinen Beinen. Drei drückten seinen Schwertarm gegen den Boden. Zähne gruben sich in seinen Unterarm.

Den Schmerz unterdrückend, zappelte und strampelte Er'ril unter dem Gewicht der Angreifer. Wenn ich doch noch den zweiten Arm hätte!, dachte er unsinnigerweise. Dann könnte ich mich bestimmt befreien. Er stemmte sich gegen die Masse der Kobolde, fest entschlossen, sich freizukämpfen. Während er sich heftig bemühte, spürte er, wie der Schlüssel in seiner Tasche sich bewegte. Verfluchte Bande! Einer von ihnen versuchte erneut, ihm die Eisenfaust zu stehlen.

Er warf den Kopf hoch, um zu sehen, welche dieser diebischen Kreaturen sich an seiner Tasche zu schaffen machte. Mit angespanntem Hals äugte er zu der Brusttasche seines Hemdes, wo er den Schlüssel versteckt hatte.

Keine Koboldklaue war es, die dort herumfingerte. Stattdessen bot sich ihm ein Bild, bei dem er so heftig zusammenzuckte, dass er fast die Kobolde von seinem Körper abgeworfen hätte. Aus seiner Tasche kroch – wie eine Metallspinne – die Eisenfaust, die Finger gespreizt und nach Halt suchend. Beim Anblick der Faust verspürte Er'ril ein Stechen in der Schulter des Armstumpfs. Zunächst dachte er, eine Koboldklaue habe sich in seinen Körper gebohrt. Aber nein, schon einmal hatte er einen solch brennenden Stich verspürt – vor langer Zeit, als er den Arm verloren hatte. Es war der Stich der Magik! Als der Schmerz etwas nachließ, blühte ein neues Gefühl in seinem Stumpf auf. Er'ril spürte den fehlenden Arm!

Mit aufgeregten Blicken musterte er die Schulter mit dem Stumpf und sagte seinem Herzen, dass der Arm immer noch fehle, doch er hätte schwören können, dass er etwas wie einen Geisterarm spürte, der jetzt mit seiner Schulter verbunden war.

Ein Arm, der an der Eisenfaust aufhörte!

Er spürte das kalte Metall des Schlüssels, der wie ein Handschuh seine Phantomhand umhüllte. Er beugte die Eisenfinger. Süße Mutter! Die Worte des Jungen De'nal fielen ihm wieder ein: *Ich werde dafür sorgen, dass der Schlüssel mehr ist als nur ein Klumpen in deiner Tasche.*

Fassungslos in den Anblick vertieft, hörte er auf zu zappeln. Diese plötzliche Reglosigkeit ausnutzend, sprang einer der Kobolde ihm an die Kehle, die Zähne zum Reißen entblößt. Im Reflex griff Er'ril mit dem Arm aus, der seit Jahrhunderten nicht mehr vorhanden war. Die Eisenhand zuckte hoch und umklammerte mit festem Griff den dünnen Hals des Kobolds. Die Halswirbel knackten unter dem Druck des Metalls, als Er'ril den Angreifer vom Leben zum Tod beförderte.

Als die anderen Kobolde sahen, was da geschah, schwärmten sie als Masse übereinander stolpernder Körper und verschlungener Gliedmaßen davon. Er'ril rollte sich auf die Beine, das Schwert in einer Hand. Die andere Hand, jene aus geformtem Eisen, schwebte noch in der Luft, den schlaffen Kobold umklammernd. Er zwang das Metall mittels Willenskraft, sich zu öffnen, und der Kobold fiel tot zu Boden.

Die Felskobolde wichen vor der eisernen Bedrohung noch

weiter zurück, die großen schwarzen Augen vor Angst zusammengekniffen.

Aber für wie lange?

Er'rils Frage wurde sofort beantwortet. Ein neuer Koboldschwarm überfiel die Kammer und stachelte den Mut der Artgenossen an. Mit wütendem Zischen stürmten die Geschöpfe von allen Seiten heran. Selbst ihre Scheu vor Elena hatte nachgelassen, und sie umdrängten sie und ihren Onkel.

Er'ril wollte den beiden zu Hilfe kommen, doch selbst unter Einsatz seiner Eisenhand konnte er sich gegen die Menge der Angreifer nur mühsam zur Wehr setzen. Aus einer tiefen Wunde am linken Bein blutend, näherte er sich humpelnd seinen Gefährten. Wie wild schlug er mit silbernem Schwert und eiserner Hand eine Schneise durch die Reihen der Ungeheuer und hinterließ eine blutige Fährte.

Doch selbst das war noch nicht genug.

Der Steinboden, glitschig von Blut und Schleim, spielte seinen Füßen einen Streich. Er rutschte aus und fiel auf die Knie, eine Gelegenheit, die die Kobolde mit blutrünstigem Johlen wahrnahmen. Die Ungeheuer umzingelten ihn, krochen ihm auf den Rücken, kratzten mit scharfen Nägeln an ihm und rissen ihm die Haut vom Leib. Wieder wurde er gegen den kalten Boden gedrückt. Als spitze Zähne an seinem Hals rissen, stieß er einen Schrei der Niederlage aus.

35

Kral folgte den letzten Kobolden zum Ende des Tunnels. Seine Axt schwingend, spaltete er den Schädel eines besonders großen Kerls, der sich umgedreht und ihm in den Weg gestellt hatte. Kral versuchte, die Klinge aus dem toten Körper herauszuziehen, aber sie steckte im Knochen fest. Er blieb stehen und wischte sich die feuchte Stirn. Er und die anderen hatten sich von der Öffnung des Spalts aus einen Weg durch den Tunnel gebahnt. Seltsamerweise waren sie auf wenig echten Widerstand gestoßen. Die Kobolde hatten sie im Großen und Ganzen nicht beachtet, solange sie gelaufen waren. Den Ungeheuern war offenbar genauso daran gelegen, das Ende des Tunnels zu erreichen, wie den Gefährten.

Irgendetwas dort hatte die Geschöpfe verärgert.

Aufgrund des flackernden Lichtscheins erkannte Kral, dass der Tunnel einen Steinwurf weit entfernt endete. Dahinter lag eine große Höhlenkammer, und hunderte von Kobolden, lebende und tote, bedeckten den Boden dieses Raums.

»Sie können nicht überlebt haben«, brummte Kral beim Gedanken an das Mädchen und den einarmigen Schwertkämpfer. Er zerrte seine Axt mit einem Ruck aus dem toten Kobold frei.

»Verzweifle nicht«, ermunterte Tol'chuk ihn. Der Og'er riss sich einen Kobold vom Bein und zerschmetterte ihn an der Wand. »Kobolde hassen das Licht. Wo Licht ist, ist auch Hoffnung.«

Plötzlich wurde der Schein vor ihnen heller. Ein Kobold, der in Flammen brennenden Öls stand, tanzte in Todesqual über den Boden der Kammer. Er entzündete dabei zwei weitere Kobolde, die seinen grotesken Tanz nachahmten.

»Irgendjemand hat den Kampf noch nicht aufgegeben«, sagte Merik und drängte sich an den anderen vorbei. Von dem schmalen Schwert in seiner Hand tropfte schwarzes Blut.

Dem Elv'en auf den Fersen, rannte der Wolf auf die Kammer zu; anscheinend hatte er sein verletztes Bein vergessen. Ein Knurren stieg aus seiner Kehle auf. Kral folgte ihm. Tol'chuk hielt ihnen die wenigen Kobolde im Rücken vom Leib.

Die Gruppe stürmte in die Kammer, Kral mit einem Brüllen auf den Lippen. Trotzdem nahmen die Kobolde keine Notiz von ihnen, so sehr waren sie von der Schlacht an der gegenüberliegenden Wand gebannt. Kral sah, wie der Alte aus der Kate einen weiteren Kobold mit Öl übergoss, während das Mädchen sich hinter ihm versteckte. Doch das heftigste Kampfgeschehen fand unmittelbar vor den beiden statt. Eine Schar Kobolde tummelte sich auf dem Körper eines Mannes, den sie mit ihrem Gewicht zu zermalmen drohten.

Wie eine Welle erhob sich die Meute der Angreifer, als der Kämpfer sich auf die Knie mühte. Einen Augenblick lang sah es so aus, als könne er sich befreien und auf die Beine kommen, doch dann warf ihn eine weitere Woge von Kobolden wieder zu Boden – und Kral erkannte, wer da kämpfte. Er'rils Gesicht, verzerrt vor Anstrengung, mit einem blutigen und geschwollenen Auge, tauchte für einen flüchtigen Augenblick auf, bevor es von seinen Widersachern erneut verdeckt wurde.

Mit lautem Gebrüll hieb sich Kral einen Weg nach vorn frei; der Mondfalke kreiste über dem Geschehen und kreischte durchdringend. Die anderen warfen sich gegen das Meer aus Lebewesen, aber es war, als würden sie gegen eine starke Meeresbrandung ankämpfen. Sobald ein Ansturm zurückgeschlagen wurde, wogte ein weiterer heran. Bald war die Gruppe in zwei Teile geteilt. Tol'chuk deckte Krals Rücken, während der Wolf und der Elv'e sich in einem Todestanz umeinander drehten. Die Wellen der Schlacht trieben die beiden Paare immer weiter voneinander weg.

»Hilf dem Alten und dem Kind!«, brüllte Kral Merik zu.

Der Mann aus den Bergen hieb mit solcher Wucht auf das Genick eines Kobolds ein, dass dessen Schädel durch den Raum flog. »Wir kümmern uns um den Schwertkämpfer.«

Kral wusste nicht, ob der Elv'e ihn über das Schreien der Verwundeten und Sterbenden hinweg gehört hatte, aber es hatte den Anschein, als ob er sich in die richtige Richtung bewegte. Zufrieden drehte Kral sich zu Er'ril um. Von hinten, wo Tol'chuk Deckung gab, hörte er das Knacken von Knochen. Er lächelte grimmig. Ein Og'er, dachte er, ist so gut wie eine Steinmauer im Rücken. Das verlieh ihm die Freiheit, sich mit Axt und Muskeln ganz und gar der Schlacht vor sich zu widmen.

Der Gebirgler raste in seinem Zorn und räumte sich einen Weg zu Er'ril frei; seine Axt wirbelte wild herum, seine Bewegungen waren eher instinktiv als geplant. Sein Geist kehrte zu den Erinnerungen an gewisse Lektionen zurück, die er vor langer Zeit gelernt hatte.

Kral hatte die Kunst des Axtkampfes von Mulf gelernt, einem ergrauten alten Krieger aus den Zahnbergen. Angeblich hatte der Mann während der Zwergenkriege gekämpft und dabei ganz allein den Pass der Tränen einen Tag und eine Nacht lang gehalten. Als junger Bursche von gerade eben elf Wintern, die Augen erfüllt von zukünftigem Ruhm, hatte Kral den alten Mulf in seiner Höhle hoch oben in den Zahnbergen aufgesucht. Als er seiner zum ersten Mal ansichtig wurde, erstarben alle seine Hoffnungen auf der Stelle. Der Bart des Greises, weiß wie früher Schnee, hing so weit herunter, dass er ihn in den Gürtel stopfen musste, um nicht darüber zu stolpern. Wie sollte dieses hilflose Wrack ihm etwas beibringen können? Mulf hatte zu schwach ausgesehen, um auch nur eine Axt zu heben, ganz zu schweigen davon, sie im Kampf zu schwingen. Doch nach der ersten Unterrichtsstunde saß Kral auf seinem Hinterteil im Schlamm und trug einen großen Bluterguss auf der Stirn, wo ihm Mulf mit dem Griff seiner Axt einen Schlag versetzt hatte. Als Letztes hatte sich der Jugendliche daran erinnert, dass die Klinge zum Spalten seines Kopfes ausholte. Doch mit einer Bewegung, so schnell, dass er mit den Augen nicht folgen konnte, hatte der Alte die Axt um den Daumen schwingen lassen, sodass nur das Holz und nicht das scharfe Eisen

Krals Schädel traf. An jenem kalten Morgen, mit dem Hinterteil am eisigen Boden, bekam er von seinem scharfsichtigen Lehrer die erste Lektion: Unterschätze deinen Gegner niemals!

Und das tat er heute nicht!

Die Kobolde mochten zwar von kleiner Gestalt sein, aber sie kämpften leidenschaftlich, ganz Muskeln und scharfe Klingen. Kral erlaubte weder seinem Arm, langsamer zu werden, noch seinen Augen, sich von dem wilden Durcheinander der Klauen abzuwenden. Seine Aufmerksamkeit bewahrte ihn mehr als einmal vor der Berührung mit einem Koboldmesser. Als er sich der Stelle näherte, wo Er'ril kämpfte, blitzten in den Klauen der Kobolde Dolche mit Dornen auf. Mit ähnlichen Waffen hatten sie die Gefährten schon am Rand der Schlucht angegriffen und Kral und Tol'chuk über die Klippe getrieben.

Er wehrte eine Klinge ab, indem er das Handgelenk des Kobolds durchschnitt. Das Geschöpf heulte laut auf, und das Messer, dessen Griff immer noch von der Klaue umklammert wurde, trudelte davon. Ein weiterer messerbewaffneter Kobold griff von der anderen Seite an. Die Zeit reichte nicht, um die Axt herumzuschwingen, deshalb wandte Kral den alten Trick seines Meisters an und schlug dem Ungeheuer mit dem Axtgriff ins Auge. Knochen knackten unter dem Holz, und der Kobold brach auf dem Stein zusammen.

Kral schritt über das Geschöpf hinweg und setzte seinen tödlichen Marsch fort.

Er'ril sank unter der Masse der Ungeheuer zusammen und rang dabei nicht nur mit den Kobolden. Ein Teil seines Geistes war bereit, sich geschlagen zu geben – es kam ihm so vor, als ob er seit der Schaffung des Buches des Blutes gekämpft habe. Doch seine angeborene Hartnäckigkeit, verwurzelt in Mark und Bein, in Fleisch und Blut eines Standi, erlaubte ihm nicht, sich der Verzweiflung hinzugeben. Nein, die Jahrhunderte lasteten schwerer auf seinen Schultern als dieses Heer von Kobolden. Er hatte bereits so vieles geopfert, so lange gewartet – er würde nicht hier sterben, nicht auf diese Weise!

Mit einem Schrei auf den Lippen und heftigen Fußtritten schleuderte er die Kobolde von seinen Beinen und benutzte die

Eisenhand, um die Ungeheuer zu erdrosseln, die ihm die Kehle oder das Gesicht aufschlitzen wollten. Sein Schwertarm, sofern er nicht gerade unter den Körpern der Angreifer feststeckte, schaffte ihm immer wieder Raum für einen Atemzug, aber niemals lange genug, um wieder auf die Beine zu kommen oder zu sehen, wie es Bol und Elena erging. Eine Mauer von Kobolden umgab ihn ständig.

Dennoch ließ er in seinen Anstrengungen nicht nach, hörte nicht auf die Einflüsterungen der Verzweiflung.

Kurz vernahm er einen Schrei und das Wort ›Kind‹, das ganz in der Nähe gerufen wurde, aber das Zischen und Schreien übertönte die Stimme. Wer mochte da gerufen haben? Hatte er es sich nur eingebildet?

In einem Lichtstrahl sah er den Mondfalken, der an der Höhlendecke kreiste. Der verdammte Vogel war also offenbar zurückgekehrt, verwirrt durch die vielen Tunnel. Er dankte den Göttern für diese kleine Gunst. Das plötzlich erscheinende Licht veranlasste die Kobolde, in ihrem Treiben innezuhalten, und es gelang ihm, den Arm freizubekommen. Das Schwert in einem kraftvollen Bogen schwingend, trieb Er'ril die Ungeheuer davon.

Als er wieder stand, bot sich ihm ein Anblick, bei dem ihm das Herz gefror.

Ein Kobold, doppelt so groß wie ein Mensch, ragte nur eine Handspanne entfernt vor ihm auf. Von seinen Armen tropfte Blut; der mit Reißzähnen bestückte Mund grinste tödlich.

Er'ril taumelte zurück. Plötzlich zuckte ein stechender Schmerz durch sein rechtes Bein. Sein Knie gab nach. Im Fallen sah er einen Kobold mit einem Dolch, der ihm die Klinge zum zweiten Mal in den Schenkel stieß. Das Messer traf auf Knochen, und Er'rils Gesichtsfeld verengte sich vor Schmerz. Er strampelte sich von dem Messer frei und erhob sich auf die Knie. Blindlings reckte er den Phantomarm. Seine Faust umklammerte die Kehle des messerschwingenden Geschöpfs und drückte ihm das Leben aus. Er schwenkte den toten Kobold in der Eisenfaust hin und her und schlug andere Kobolde von seiner Seite, indem er den schlaffen Körper als Schild benutzte.

Dennoch war Er'ril nicht schnell genug.

Ein Messer grub sich in seinen Rücken. Vor Schmerz wurde ihm für die Dauer eines Atemzugs schwarz vor Augen. Als er wieder sehen konnte, stellte er fest, dass seine Eisenhand leer und sein provisorischer Schild verschwunden war. Kobolde, mehrere davon bewaffnet, standen vor ihm.

Vor Schmerz und Wut kniff er die Augen zusammen. Sein Tod war jetzt in unmittelbare Nähe gerückt, ein Tod, der ihm seit Jahrhunderten verwehrt gewesen war.

Er hob das Schwert. Es hatte während seines langen Lebens Zeiten gegeben, da hätte er den Tod im Wunsch nach letztem Frieden willkommen geheißen – aber nicht jetzt! Andere zählten auf ihn: das Mädchen, der alte Mann, sogar das Kind De'nal. Er umklammerte das Schwert mit festem Griff.

Gerade als er die Spitze seiner Waffe herausfordernd hob, brach die Wand der Kobolde auseinander, und er sah den abscheulichen König der Kobolde, der sich durch die Menge seiner Artgenossen drängte und auf ihn zustolzierte. Das Geschöpf hob zwei kleinere Kobolde hoch und warf sie quer durch die Höhlenkammer. Er'rils Schwertarm zitterte. Hatte er die Kraft, sich diesem Ungeheuer zu stellen? Es stand hoch aufragend vor Er'ril, doppelt so groß wie er und um einiges breiter in den Schultern.

Plötzlich platzte eine vertraute Stimme los: »Dem Fels sei Dank, du lebst noch!« Er'ril kannte diese Stimme. Er sah Kral, der um das riesige Geschöpf herumschritt. Der Kreis der Kobolde, der jetzt durchbrochen war, löste sich vollends auf, und die Wesen stoben feige in alle Richtungen davon. In Er'rils Kopf verschwamm alles, als er den Kopf wandte. In der Kammer waren jetzt keine Kobolde mehr. Er sah, dass jene, die noch lebten, aus dem Raum schlurften oder humpelten, mit Ausnahme des missgestalteten riesigen Ungeheuers vor ihm. Er'ril sah, dass Kral ihm eine Hand auf den Arm legte. Der Mann aus den Bergen hatte offenbar das Entsetzen in Er'rils Augen bemerkt. »Sein Name ist Tol'chuk. Er ist ein Freund.«

»Wie ... was ...?« Er'ril war zu benommen, um seine Frage zu vollenden.

»Er ist ein Og'er. Er hat geholfen, dich zu retten.«

Bei Krals Worten fielen Er'ril seine Gefährten ein. Schwerfällig wandte er sich um und entdeckte Elena, die hinter dem Rücken ihres Onkels hervortrat. Bol hing die Kleidung in Fetzen herab; Blut befleckte ihm Gesicht und Brust. Während der Mondfalke immer noch im Kreis über ihnen schwebte, setzte der alte Mann zu einem schwachen Lächeln an. Er'ril sah zwei weitere Wesen, die sich zwischen den toten Kobolden bewegten. Der Wolf, der ihnen so beharrlich gefolgt war, schnupperte an den übel zugerichteten Überresten in der Nähe von Bol und Elena. Neben dem Tier stand ein hoch gewachsener Mann mit silbernem Haar, das zu einem langen Zopf geflochten war. Ein nadeldünnes Schwert lag ihm locker in der Hand, beinahe so, als ob er vergessen hätte, dass es vorhanden war. Seine Augen suchten die Höhlenkammer ab.

Er'ril kippte leicht nach vorn; plötzlich war ihm schwindelig. Bevor er aufs Gesicht fallen konnte, war Kral bei ihm und legte ihm einen Arm um die Schulter. »Sachte, sachte. Dich hat es ganz schön erwischt.«

Elenas Stimme war von der anderen Seite des Raums zu hören. Er'ril sah, wie ihre rechte Hand die Wunde an Bols Wange berührte; das Rot ihrer Hand passte zu dem Blut auf seiner Haut. »Onkel Bol ist ebenfalls verletzt!«, rief sie ihnen zu.

Er'ril beobachtete, wie sich der dünne Fremde neben dem Mädchen plötzlich straffte. Das Schwert des Mannes, das zuvor vergessen und locker in seiner Hand gelegen hatte, hob sich und deutete auf Elena. »Das Zeichen!«, rief er, und seine Augen starrten auf ihre Hand. »Das Zeichen der Hexe!«

Kral ließ Er'rils Schulter los. »Nein!«, schrie der Mann aus den Bergen. Er'rils Beine waren zu schwach, um ihn aufrecht zu halten. Sie sackten unter ihm weg, und der Steinboden raste auf ihn zu. Er sah, wie Kral sich mit einem Satz auf den dünnen Mann stürzte, wusste jedoch, dass der Mann aus den Bergen zu weit entfernt war. »Nein, Merik! Nein!«

Er'rils Sicht verschwamm, als sich der Silberhaarige auf das Mädchen stürzte, flink wie eine Wildkatze. Elena hatte kaum Zeit, den Kopf zu wenden, als das Schwert nach ihrem Herzen zielte.

Bevor das Schwert zustach, raffte Er'ril eine kalte Schwärze hinweg.

36

Elena sah, wie sich das Schwert ihrer Brust näherte, und ihr Arm schoss in einer abwehrenden Bewegung hoch. Die Gestalt ihres Angreifers war ein verschwommenes Gewirr von Bewegungen, dem sie mit den Augen kaum folgen konnte. Nur sein Schwert glänzte scharf im schwachen Licht. Ein tiefes Schluchzen stieg ihr in der Kehle hoch, doch die Angst hielt es gefangen. Sie öffnete den Mund zu einem lautlosen Schrei.

Ein wirklicher Laut drang ihr stattdessen ans Ohr – ein gellendes Wutgeheul. Gerade als das Schwert zustoßen wollte, flitzte ein Lichtstreifen zwischen sie und die Schwertspitze – der Mondfalke! Und sie sah, wie der Vogel sich auf der Klinge aufspießte; sein Kreischen hallte von den Wänden wider.

Der Aufprall des kleinen Körpers schien das Schwert zu erschüttern und den Angreifer zu lähmen. Der Mann hielt mitten im Hieb inne, die Beine schwankten unter ihm. Er hielt das Schwert ausgestreckt, die Waffe zitterte in seiner Hand. Ihre Spitze war weniger als eine Daumenbreite von dem dünnen Stoff über Elenas Brust entfernt. Der Mondfalke, dessen Brust durchbohrt worden war, flatterte schwach mit den Flügeln, sein Schnabel klaffte vor Schmerz weit auf. Der silberhaarige Mann stand da, den Blick starr auf den Vogel gerichtet, die Augen vor Entsetzen weit aufgerissen.

Plötzlich stürzte sich Kral auf den Mann und schlug ihn zur Seite. Beide prallten gegen die Felswand. Das Schwert fiel dem Fremden aus der Hand und schlug mit lautem Klappern auf dem Boden auf.

Ein ersticktes Schluchzen befreite sich endlich aus Elenas Kehle, und sie fiel neben der Waffe auf die Knie. Der Mondfalke, immer noch von der Klinge gepfählt, schlug mit einem Flügel. Sie streckte die Hand aus und hob den Kopf des Vogels. Sein schwarzes Auge blickte in sie hinein. Der Lichtschein, der in seinem Gefieder eingefangen war, erlosch schnell.

Sanft nahm sie den winzigen Körper in die gewölbten Hände und zog ihn von der Klinge. Vielleicht konnte ihre Magik ihm helfen, so wie sie Onkel Bol geholfen hatte. Während das Schwert aus der Brust des Vogels glitt, erlosch der Mondfalke und hörte auf zu atmen. Sie kam zu spät! Elena drückte den Vogel an die Brust. Ihre Tränen waren der einzige Dank, den sie ihm noch mitgeben konnte.

»Er hat sie beschützt!«, fauchte der silberhaarige Mann, der sie angegriffen hatte. »Er hat sein Leben für sie geopfert.«

Kral bückte sich über den Mann am Boden, eine Hand an seinem dünnen Hals. Die andere Hand deutete zu der Stelle, wo Er'ril auf den Steinboden gesunken war. »Bol, kümmere dich um Er'ril.«

Der Onkel nickte. Auf dem Weg zu Er'ril machte er einen großen Bogen um das sich duckende Ungeheuer. Es kauerte auf den Hinterbeinen, bewegte sich jedoch nicht, als er daran vorbeiging. Es wirkte eher wie aus Stein gehauen, nicht wie ein Wesen aus Fleisch und Blut – ein Og'er, hatte der Gebirgler behauptet. Neben im humpelte der Wolf schnüffelnd umher, der, wie Elena wusste, keiner war. Er hielt sich stets in der Nähe des grobknochigen Kolosses auf. Während sie die beiden betrachtete, wandten sich deren Blicke ihr zu, und ihr Puls setzte einen Schlag lang aus, als sie bemerkte, dass beide die gleichen Augen hatten: gelbe Kugeln mit schmalen schwarzen Schlitzen.

Kral rief dem Og'er zu: »Tol'chuk, hilf mir, damit dieser Verräter Merik angemessen behandelt wird!« Dann wandte er sich an Elena: »Mädchen, bist du verletzt?«

Elena drehte sich zu ihrem Angreifer um. Silberhaarig, mit durchdringenden blauen Augen, erwiderte der Mann namens Merik ihren Blick. »Mir ... mir geht es gut«, sagte sie. »Warum hat er mich angegriffen? Warum hat er meinen Vogel getötet?«

Noch bevor Kral antworten konnte, sprach Merik, und seine Stimme war so durchdringend wie seine Augen. »Deinen Vogel?«

Elena wich dem anklagenden Blick des Mannes nicht aus. Sie wiegte den toten Falken noch immer in den Händen. »Ich habe ihn in den Höhlen gefunden. Er ist auf meinem Arm gelandet.«

»Der Mondfalke war das Geschöpf dieses Mannes«, erklärte Kral. »Er behauptet ...«

»Die Hexe lügt!«, fuhr Merik dazwischen. »Der Vogel hätte ein Wesen von so üblem Blut gemieden.«

Elena verlagerte die Hand, um ihre Schande tiefer unter dem Falken zu verstecken. Inzwischen war der Og'er zu ihnen herübergetappt. Kral stieg von Meriks Brust und übergab den Mann der Obhut des Og'ers. Elena taumelte zurück.

»Halt ihn gut fest, Tol'chuk. Ich möchte nicht, dass er das Mädchen noch einmal angreift.«

Dann sprach der Og'er. Seine Fähigkeit zu sprechen erschütterte Elena; sie hätte hinter dieser wulstigen Stirn und den tief liegenden Augen kein Wesen vermutet, das mehr Klugheit aufwies als ein Kutschengaul. Seine Stimme klang wie knirschende Steine. »Merik wird ihr nichts zuleide tun.« Der Og'er öffnete die Klaue, mit der er die Schulter des Mannes festhielt.

Kral stürzte zwischen Elena und Merik. »Was tust du da? Hat dich einer der Kobolde auf den Kopf geschlagen?«

»Er wird ihr nichts zuleide tun. Er kann es nicht.«

Elena stellte fest, dass Merik keine bedrohliche Bewegung in ihre Richtung machte. Sein Schwert lag unverändert zu seinen Füßen; seine Schultern waren nach vorn gesackt.

Wieder sprach Tol'chuk. »Der Mondfalke ist auf ihr gelandet. Merik mag das als Lüge abtun, aber sein Herz hat gesehen, wie er niederschwebte und sein Leben für das ihre wegwarf. Die Wahrheit kann man nicht leugnen.«

Kral drehte sich zu Elena um. In seinen Augen funkelte Verstehen. »Du willst damit doch nicht etwa sagen ...?«

Merik antwortete, und er brachte die Worte nur mühsam hervor: »Hier steht das Blut meines Volkes. Die Hexe ist die verlorene Nachfahrin unseres Königs.«

Merik sank auf die Knie und hob sein Schwert auf. Seine

Bewegungen und sein Gesicht drückten so sehr Niederlage aus, dass selbst der Umstand, dass er die Waffe wieder an sich nahm, bei Kral keinerlei Beunruhigung auslöste. Merik hielt den Griff des Schwerts in seinen dünnen Händen. Mit einer Kraft, die Elena ihm niemals zugetraut hätte, zerbrach er es über dem Knie. »Ich bin gekommen, einen König zu suchen, und habe stattdessen eine Königin gefunden.« Er bot das zerbrochene Schwert Elena dar. »Mein Leben gehört dir.«

Elena blinzelte, verwirrt durch diese seltsamen Worte.

Onkel Bol ersparte es ihr, antworten zu müssen, doch seine Worte waren alles andere als tröstlich. »Er'ril stirbt! Ich brauche Hilfe!«, rief er von der anderen Seite der Höhle herüber.

Alle Augen wandten sich dem Onkel zu. Elena sah, wie der Körper des Schwertkämpfers sich krümmte; er warf den Kopf nach hinten, seine Augen waren geöffnet, aber blind. Sein Atem drang stoßweise aus der Brust.

Der tote Falke fiel Elena aus den Händen.

Er'ril schwamm durch ein Meer aus Schwärze. Er kämpfte gegen dessen Sog an, aber er ermüdete schnell, seine Glieder wurden bleiern vor Anstrengung. Dunkelheit verdichtete sich um ihn herum, floss durch seinen Körper, zäh wie Lebensmark im Winter, und er sank unter die Oberfläche.

Während er in die Tiefe trudelte, gab er seine Gegenwehr auf, nicht so sehr, weil er sich seinem Schicksal ergab, sondern einfach nur, weil er praktisch veranlagt war. Er hatte seine Kraft in diesem Kampf vergeudet. Während sich seine Energie wieder in ihn zurückzog, sahen seine Augen allmählich verschiedene Farbtöne, die durch die Schwärze um ihn herum fluteten. Die kräftigste Strömung war das brackige Grün eines Morastes. Ein Wort kam ihm in den Sinn: *Gift*. Irgendwie wusste er, dass die Klingen der Kobolde in unheilvolle Alchemie getaucht worden waren.

Worte aus weiter Ferne kribbelten ihm im Ohr.

»Was tut sie?«

»Leg den Dolch nieder!«

»Ich fühle keinen Herzschlag.«

»Er ist tot.«

»Nein!«

Er'ril wusste, dass all das eigentlich eine Bedeutung für ihn haben müsste, doch Dunkelheit durchdrang seinen Geist und ringelte sich in seinen Schädel hinein. Sie sprach ebenfalls mit einer Stimme, flüsterte beschwichtigend. Er lauschte.

Die Stimme tröstete ihn, und die Schwärze, durchzogen von grünem Eis, arbeitete sich durch sein Blut zu seinem Herzen. Warum war es so kalt geworden?

Während selbst diese Frage aus seinem Bewusstsein schwand, mischte sich eine neue Stimme ein. Er versuchte, sie zu verdrängen, doch er war zu schwach. »… Kämpfe. Mach weiter. Bitte, verlass mich nicht!« Kannte er diese Stimme? Er ließ sich von den Strömungen der Schwärze davontragen. Es war gleichgültig.

Er schwebte … in Frieden.

Dann brach ein grelles Licht durch die Schwärze, um ihn mit bohrenden Krallen zu packen. Bei dieser Berührung kämpften Eis und Feuer in seinem Blut gegeneinander. Er wand sich in diesem Griff. Noch nie hatte er solche Todesqualen erlitten. Jede Verletzung, die er jemals davongetragen, jeder Schmerz, den er jemals durchgemacht hatte, kehrten in einer einzigen sengenden Feuerlanze zu ihm zurück. Er stieß einen schrillen Schrei aus, als die Klaue seinen Körper aus dem Meer der Schwärze in eine brennende Helligkeit riss. Nein! Das schmerzte zu sehr! Er versuchte, dem Griff zu entkommen, wieder zurückzutauchen in die kühle Dunkelheit, aber er gab ihn nicht frei.

Das Licht brannte durch ihn hindurch, vertrieb die Schwaden von Schwärze aus seinem Schädel. Die Streifen grünen Gifts breiteten sich nicht weiter aus, wurden aber auch nicht weggetrieben. Wie Flussschlangen schwammen sie und versteckten sich und warteten darauf, zuzuschlagen, sobald das Licht verblassen sollte.

Helle Farbkleckse tanzten jetzt durch sein Sichtfeld, wirbelten in trägen Spiralen. Er stellte fest, dass seine Augen blinzeln konnten. Jeder Wimpernschlag verlangsamte das Wirbeln, bis die Farbkleckse Gesichter wurden.

Er sah Elena, die sich über ihn neigte, Bol über ihrer Schulter und Kral neben dem Alten.

Der Mann aus den Bergen war der Erste, der sprach. »Du hast ihn gerettet! Ihn geheilt!«

Elenas Gesicht war blass, eingesunken. Ihre feuchten Augen waren von Schmerz gezeichnet. Sie zog die Hand von der seinen. Er'ril sah, dass ihre Hand von Blut leuchtete. Ihr Daumen war am Ansatz tief eingeschnitten. Er sah den Dolch in ihrer Hand. Es war der Hexendolch, den Bol in der Kate getauft hatte.

»Nein«, entgegnete sie Kral, und in ihrer Stimme schwangen Kummer und Enttäuschung mit. Sie verkrampfte die Hände. »Ich konnte ihn nicht heilen.«

Er'ril versuchte, sich aufzusetzen, überzeugt davon, dass es ihm nicht gelänge. Das Maß seiner Stärke überraschte ihn. Wackelig und mit Hilfe von Krals Hand schaffte er es, sich hochzustemmen. Er schwankte, während Scherben der Dunkelheit durch sein Sichtfeld tanzten, doch nach einigen tiefen Atemzügen verschwanden sie.

Neben sich entdeckte Er'ril den Eisenschlüssel auf dem Steinboden. Wieder einmal war es nur ein bearbeitetes Stück Metall. Er verspürte keine phantomartige Verbindung zu dem Gegenstand. Er hob ihn auf und hielt die Faust in der Hand, während er sich bemühte, den Kopf, in dem sich alles drehte, klar zu bekommen.

Kral hielt mit einer Hand Er'rils Schulter umklammert. »*Sieh doch!* Er ist geheilt!«

Elena schüttelte den Kopf und ließ sich von ihrem Onkel einen Verband um die verletzte Hand legen. »Mein Blut hat ihm Zeit verschafft«, sagte sie, und man merkte, dass ihr die Worte schwer über die Lippen kamen. »Sonst nichts. Er braucht Ruhe und einen Heiler, sonst wird er trotzdem sterben.«

Kral zweifelte offenbar immer noch an ihren Worten. »Er lebt jetzt. Das ist wichtig. Aber die Kobolde könnten das rasch ändern, wenn wir nicht von hier verschwinden.«

»Wie? Wohin?«, fragte Bol. Er war mit dem Verbinden fertig und betrachtete seine Nichte mit einem seltsamen Blick. »Wir können nicht in die Kate zurück, wo die Skal'ten warten.«

Seine Worte ernüchterten Kral. »Und da wir Er'ril tragen müssen, ist es unmöglich, dass wir hinausklettern.«

Er'ril sprach mit schwerer Zunge. »L-lasst m-mich hier.«

Keiner beachtete ihn oder blickte in seine Richtung.

Der Og'er, der am Rand des Lichtscheins von Bols Laterne verharrte, sprach jetzt. »Mein Wolfbruder sagt, dass er vielleicht einen Weg wittert.«

Er'ril drehte den Kopf dorthin, wohin der Og'er jetzt deutete. Der Wolf hatte die Nase dem Gang zugewendet, der aus der Kammer hinausführte, dem Tunnel, aus dem der verrückte Re'alto gekommen war. Der Wolf stand mit hoch gereckter Nase da und erschnupperte den leisen Lufthauch des Gangs.

»Er sagt, er wittert eine vertraute Spur«, fuhr der Og'er fort. »Die Witterung seines Bruders Mogwied.«

Das Scharren von Schritten auf Stein riss Mogwied aus seinem Dämmerzustand. Er öffnete ein Auge, ohne sich von seinem Sitzplatz zu erheben, da er annahm, dass Rockenheim wieder herumlief. Doch Mogwied irrte sich. Der Mann saß da, einen Zweig im Schoß, und war damit beschäftigt, einen Stoffstreifen am Ende des Zweigs zu befestigen. Die Fackel steckte senkrecht in einer Ritze im Boden, und ihre Flamme tanzte hell an den Wänden. Die Fackel, die erst zur Hälfte heruntergebrannt war, sollte eigentlich bis zur Morgendämmerung ausreichen, doch Rockenheim bereitete eine zweite vor – er rechnete immer mit allen Möglichkeiten.

Mogwied richtete sich aus seiner zusammengesunkenen Haltung auf und zog Rockenheims Aufmerksamkeit auf sich. »Aha, der Schläfer ist aufgewacht«, sagte Rockenheim in seinem üblichen spöttischen Ton. »Der Morgen naht. Aber du könntest immer noch ...«

Mogwied hob die Hand, um ihn zu unterbrechen. »Ich glaube, ich habe etwas gehört«, sagte er. Ächzend reckte er die Glieder und stand auf.

»Ich habe nichts gehört.«

»Deine Ohren sind nicht so gut wie meine.«

Mogwied schlich an der Wand entlang und blieb an jeder Tunnelöffnung stehen, den Kopf lauschend geneigt. Er hörte nichts. Vielleicht war das Geräusch nur die Spur eines vergessenen Traums.

An der Mündung des vierten Tunnels hörte er es wieder: ein

leises Kratzen auf dem Stein. Er erstarrte. Das Geräusch wiederholte sich. Mogwied winkte Rockenheim zu sich heran. Der Mann schlich lautlos herbei. Als das leise Scharren aus dem Tunnel erneut an seine Ohren drang, hob Mogwied die Brauen fragend zu dem Mann. Rockenheim schüttelte den Kopf. Er hörte immer noch nichts.

In Mogwieds Kopf tobten schreckliche Bilder von einem Angriff auf seinen Bruder. Ferndals Heulen hallte immer noch in ihm nach. Er wich von der Tunnelöffnung zurück.

»Was hast du gehört?«, fragte Rockenheim. Seine Stimme klang sehr laut, obwohl er flüsterte.

»Ich weiß nicht. Es ist sehr weit weg.« Mogwied zog die Schultern ein. »Vielleicht sollten wir nachsehen, ob die Skal'ten verschwunden sind.« Er betrachtete sehnsuchtsvoll den Rückweg zur Oberfläche, dann wieder den Tunnel. Seine Fantasie konnte schlimmere Dinge als die Ungeheuer dort oben heraufbeschwören.

Rockenheim stand lauschend an der Öffnung. »Ich glaube, jetzt höre ich es auch.«

Mogwied wich einen weiteren Schritt zurück.

»Ich habe soeben eine Stimme gehört.«

Ungeheuer hatten selten eine Stimme. Zumindest nicht in Mogwieds Vorstellung. Rockenheims Worte veranlassten ihn, sich erneut ein wenig vorzuwagen. Er verdrängte die Erinnerung an Ferndals Heulen und lauschte. Dann hörte er es auch. Fetzen einer Unterhaltung hallten von unten herauf, zu weit weg, als dass Genaueres zu verstehen war, jedoch so deutlich, dass er die Laute als die allgemeine Sprache erkennen konnte. Es handelte sich also um kein Fleisch zerfetzendes Ungeheuer. Mogwieds Herz klopfte schneller. Wären sie mehr als zwei, nähme ihre Kraft zu; gemeinsam mit anderen hätte er bessere Aussichten, diese Nacht zu überleben.

Plötzlich klang schallendes Gelächter von unten herauf. Rockenheim und Mogwied sahen sich an. Bei diesem Geräusch wallte Erleichterung in Mogwied auf. Ein solch überschwänglicher Heiterkeitsausbruch war eine Wohltat in diesen dunklen Tunneln. Doch Rockenheims Augenbrauen hoben sich warnend, und Mogwieds Herz krampfte sich zusammen.

»Ich kenne dieses Lachen«, sagte Rockenheim säuerlich, »dieses Steine zermahlende Blöken. Ich hatte gehofft, die Unholde des Tunnels hätten sich an Kral gütlich getan und seine Knochen inzwischen ausgespuckt. Offenbar haben die Kreaturen einen entschieden feineren Gaumen, als ich annahm.«

»Er ist kräftig«, hielt Mogwied dagegen. Er erinnerte sich an den riesigen, bärtigen Mann und an den Umfang seiner Arme. »Und er besitzt eine Axt.«

»Pscht!« Rockenheim zwang ihn mit einem Blick zum Schweigen und horchte weiterhin auf den Widerhall der Stimmen.

Mogwied hörte jemanden sprechen. Je näher die Wanderer ihnen kamen, desto deutlicher waren ihre Worte zu unterscheiden. Sein scharfes Gehör vernahm sogar die Erschöpfung und Verblüffung in der Stimme des Sprechenden. »Du behauptest also, dass Elena von dem König dieses Merik abstammt.«

Auch Rockenheim hatte offenbar feine Nuancen in den Worten des Sprechenden vernommen. »Das ist Er'ril!«, zischte er. »Welch unseliges Zusammentreffen!«

»Ist er auch ein Krieger?«, flüsterte Mogwied, dessen Herz vor Hoffnung sang. Er stellte sich zwei Männer von der Größe Krals vor – und sich selbst, der sich hinter ihren breiten Rücken versteckte.

»Er bewacht das Dämonenkind«, erklärte Rockenheim. Seine Augen funkelten im Licht der Fackel.

Zunächst wusste Mogwied nicht, wen er meinte. Dann dämmerte es ihm. »Sprichst du von dem Mädchen, das die geflügelten Ungeheuer suchen? Die Kleine, für deren Gefangennahme uns dein König viele Geschenke bescheren wird?«

Von unten klang die Stimme eines Mädchens herauf. »Ich glaube, ich sehe da vorn ein Licht! Schaut nur!«

Rockenheim sprang mit einem Satz zurück und zog Mogwied mit sich. »Das ist sie!«, raunte er voller Entzücken.

»Was tun wir jetzt?«

Rockenheims Stirn furchte sich, während sein Geist an der Lösung des Rätsels arbeitete. Als er sprach, klang er überzeugt. Ein Lächeln ohne Wärme umspielte seine Lippen. »Halt den Mund über das, was da oben ist. Überlass mir das Reden. Nur darum bitte ich dich. Tu es, dann wirst du reich belohnt.«

Mogwieds Augen leuchteten bei der Vorstellung von unermesslichen Reichtümern. Mit flammendem Blick betrachtete er seinen Körper. Von dieser Gestalt befreit zu sein, wöge alles Gold der Welt auf. Er befeuchtete sich mit der Zunge die trockenen Lippen. Und wenn er sich hier recht ordentlich anstellte, mochte seine Belohnung unvorstellbar hoch sein. Vielleicht konnte er die verfluchte Erstarrung seines Körpers brechen und das Gold trotzdem behalten. Er hob den Blick wieder zu Rockenheim. »Was soll ich tun?«

Rockenheim beugte sich zu seinem Ohr und flüsterte etwas hinein, woraufhin Mogwied nickte. Es war wirklich ganz einfach – und das bei einer so üppigen Belohnung.

Elena folgte dem höckerigen Rücken des Og'ers durch den steilen Tunnel. Dicht hinter ihr unterstützte Bol den humpelnden Er'ril, während Kral sie nach hinten gegen einen erneuten Angriff der Felskobolde absicherte. Neben ihr marschierte wie ein dürrer Schatten der Mann namens Merik. Sie wusste nicht, was seine Behauptung bezüglich ihrer Abstammung bedeuten mochte, doch sie war in Gedanken zu sehr mit anderen Sorgen beschäftigt, um seinen Worten länger nachzuhängen. Ihre Augen schweiften immer wieder zu dem Schwertkämpfer zurück.

Er'ril brauchte unbedingt eine Ruhepause, sobald sich dies gefahrlos einrichten ließ. Er marschierte mit hängendem Kopf, als ob dieser zu schwer für seinen Körper sei, und sein Atem ging keuchend. Das Gift in seinem Blut konnte ihn jederzeit wieder angreifen.

Der Onkel bemerkte ihren besorgten Blick. »Es geht ihm ganz gut, mein Schatz. Er ist stark.«

Bei diesen Worten hob der Schwertkämpfer den Kopf und nickte ihr zu. »Mir geht es gut, Kind. Bei der Erschaffung des Buches wurde mir die Gabe der Langlebigkeit und schnellen Heilung beschert. Du hast mich vielleicht nicht geheilt, aber du hast mir genügend Zeit gegeben, damit ich von selbst heilen kann.« Er sah ihr tief in die Augen. »Du hast mich wirklich gerettet, Elena – zweifle nicht daran. Deine Magik kann töten, aber sie kann auch heilen.«

Elena wusste es besser. Ihre Magik konnte wirklich töten, aber sie konnte *nicht richtig* heilen. Das war kein gerechter Ausgleich.

Bol versuchte, Er'rils Behauptung zu untermauern. »Und deine Magik hat mich wieder so kräftig gemacht, dass ich diesem Loch entkommen kann. Es hätte mir ganz und gar nicht gefallen, wenn diese Grube meine Grabkammer geworden wäre.«

Elena lächelte ihren Onkel schwach an. Ihre weichen Lippen waren von Sorge gezeichnet. Ihr Onkel verstand nicht. Ihre Magik war nur ein Korken in der Flasche, die den Bodensatz der Lebensessenz ihres Onkels enthielt. Sobald ihre Magik verginge, verginge auch sein Leben.

Sie schritt weiter hinter dem Rücken des Og'ers her und hielt den Blick nach vorn gerichtet, da sie sich plötzlich scheute, nach hinten in diese dankbaren Augen zu schauen.

Der Og'er blieb stehen. »Eine Kammer, gleich vor uns!«, rief er über die bucklige Schulter zurück. »Da brennt eine Fackel. Mein Wolfbruder ist vorangegangen und sieht nach, was uns dort erwartet.«

Jetzt drängten sich die anderen alle um ihn.

»Siehst du jemanden?«, rief Kral von hinten.

»Ich sehe Ferndal an der Mündung des Tunnels«, fuhr der Og'er fort. »Neben ihm steht eine Gestalt.« Es folgte eine lange Pause, dann sprach Tol'chuk mit Erleichterung in der Stimme. »Das sind Mogwied und noch ein Mann – keine Kobolde.«

»Dann lasst uns aus diesem ekelhaften Steinverlies verschwinden«, sagte Kral.

Der Og'er ging auf die Kammer zu. Als das riesige Geschöpf aus dem Tunnel trat, bekam Elena endlich eine klare Sicht in den von Fackellicht erhellten Raum. Sie sah den Wolf, der an einem Mann in Jagdkleidung schnupperte. Das Tier wedelte mit dem Schwanz, doch der Jäger schenkte ihm keine Beachtung, sondern hatte nur Augen für Elena. Als ihr Blick dem des Mannes begegnete, wandte er schnell die Augen ab.

Sie trat zur Seite, damit die anderen in die Kammer treten konnten. Als sie sich bewegte und dadurch einen anderen Blickwinkel bekam, erspähte sie die Gestalt in dem Raum, die eine

Fackel hielt. Sie sog scharf die Luft ein und wich zurück, wobei sie gegen Kral prallte, da der Mann aus den Bergen genau in diesem Augenblick geduckt in den Raum trat.

»Was ist los, Mädchen?«, fragte er ärgerlich. Dann fiel auch sein Blick auf den Fackelträger. »Was willst du denn hier?«, knurrte seine Stimme.

Rockenheim nickte der Gruppe zu. »Ich warte auf euch.«

Krals Augen wanderten rasch durch den Raum. »Wo ist die Nymphe? Was habt ihr mit Ni'lahn angestellt?«

Alle Augen waren jetzt auf die beiden Männer gerichtet. Rockenheim hob flehentlich das Gesicht zu den anderen. »Ich verdiene keinerlei Beschuldigungen. Ich habe die junge Dame bei den Pferden zurückgelassen. Es wäre für sie zu gefährlich gewesen, uns hierher zu begleiten. Deshalb sind Mogwied und ich auf eigene Gefahr zum Kundschaften heruntergekommen. Ihr alle wart schon so lange verschwunden.« Sein Blick wanderte über die Gruppe. »Aber jetzt wird mir klar, warum. Anscheinend sind wir alle wieder vereint – und ein paar neue Gefährten sind dazugekommen.« Rockenheim verneigte sich vor dem Og'er.

»Wir sollten gehen«, meinte der Og'er. »Ich rieche etwas Übles, und je eher wir aus diesen Tunneln verschwinden, desto besser.«

»Wahrscheinlich riechst du Rockenheim«, knurrte Kral. »Aber du hast Recht. Lass uns gehen.«

Der Gebirgler organisierte die Gruppe. Er schickte Rockenheim mit der Fackel voran, den Wolf und Mogwied ihm zur Seite. Als Nächster ging Kral mit Elena neben sich – um sie zu beschützen und ein wachsames Auge auf Rockenheim zu haben. Bol, Er'ril und Merik kamen dicht hinter ihnen, während der Og'er die Nachhut bildete, um ihren Marsch nach hinten abzusichern und zu überprüfen, was die Höhlen mit solchem Gestank erfüllen mochte.

Rockenheim gab eine schnelle Gangart zur Oberfläche vor, und niemand bat ihn, langsamer zu sein. Während des Wegs nach oben sprach er unablässig. »Die Morgendämmerung nähert sich rasch. Lasst uns die verbleibende Dunkelheit nutzen, um aus diesem Tal zu verschwinden und es bis ins Hochland oder gar bis ins Gebirge zu schaffen.« Seine Worte plätscherten während der gesamten Strecke dahin.

Alle waren zu müde, um ihn zu bitten, endlich den Mund zu halten.

»Ni'lahn wird sich freuen, euch wiederzusehen«, fuhr er fort. Ein schrilles Lachen brach aus ihm heraus. Der Mann war zweifellos verrückt.

Nach so vielen aufreibenden und anstrengenden Erlebnissen hatte Elena das Gefühl, dass sie inzwischen eigentlich auch verrückt sein müsse. Unterdessen schleppten ihre Beine sie weiter. Bald bildete eine Schicht aus toten Blättern und zerbrochenen Ästen eine Decke unter ihren Füßen. Sie freute sich wie ein Matrose auf See beim Anblick einer Möwe, deren Erscheinen die Nähe von Land bedeutet: Hier gab es Anzeichen von oberirdischem Leben! Alle eilten jetzt mit beschleunigten Schritten über den schlüpfrigen Untergrund. Sie sah ihren Onkel an, und sie tauschten das erste echte Lächeln seit einer scheinbaren Ewigkeit.

Sie fühlte sich beschwingt, überholte Kral leichtfüßig und erspähte vor sich einen Vorhang aus Wurzeln. Der Eingang zum Tunnel!

Eine knarrende Stimme ertönte hinter der Gruppe. »Da ist was faul!«, rief der Og'er. »Der Gestank wird schlimmer. Wartet!«

Nicht jetzt!, dachte Elena verzweifelt. Wir sind doch schon fast draußen!

Der Wolf witterte ebenfalls etwas Ungutes. Ein Knurren entrang sich seiner Kehle.

»Sind da vorn Kobolde?«, fragte Kral mit bellender Stimme seinen Gefährten Tol'chuk.

»Bin mir nicht sicher.«

Kral drehte sich zu den anderen um. »Merik, begleite Elena hinaus. Ich geselle mich zu Tol'chuk. Wir halten euch den Rücken frei, was immer geschehen mag.«

Merik nickte und schob sie weiter. »Beeil dich. Wir müssen schnellstens in den Wald gelangen, dort sind wir in Sicherheit.«

Elena brauchte keine weitere Aufforderung.

Als Rockenheim sah, dass Elena sich näherte, bedeutete er

Mogwied mit einem Handzeichen, an Ort und Stelle zu bleiben, während er zu dem Vorhang aus verknoteten Wurzeln schlich. Mogwied kniete nieder und schlang die Arme um den Hals des nach wie vor knurrenden Wolfs, um ihn daran zu hindern, einen Satz nach vorn zu tun.

Nachdem er sich durch das Gewirr von Wurzeln geschoben hatte, drehte sich Rockenheim um und hielt die Fackel wie einen Leuchtturm hoch. Er winkte Elena zu. »Komm! Diese Tunnel sind eine tödliche Falle.«

Sie rannte zu ihm, vorbei an Mogwied und dem Wolf. Sie streckte die Hand nach Rockenheim aus – und in diesem Augenblick wurde ihr bewusst, dass das Tier in Richtung des Waldes knurrte, nicht zurück zum Tunnel!

Ihr Blick traf den des Mannes, der ihre Eltern getötet hatte.

Sie erstarrte mit ausgestrecktem Arm und wusste, dass sie einen Fehler gemacht hatte. Da schoss Rockenheims Hand auch schon vor, packte ihr Handgelenk und zog sie zu sich heran.

Elena schrie laut auf und wehrte sich gegen seinen Griff. Die anderen rannten herbei, doch Mogwied rutschte in dem mulchigen Untergrund aus und stürzte zusammen mit Merik zu Boden. Beide versperrten den Tunnel lange genug, dass Rockenheim Elena zwischen den Wurzeln hindurchziehen konnte.

Mit einer Hand klammerte sie sich an einer kleineren Wurzel fest, doch diese zerbrach in ihrem Griff.

Mit erstaunlicher Kraft zog Rockenheim sie auf die Lichtung jenseits des Tunnels.

Sie landete mit dem Hinterteil im weichen Schlamm und auf den nassen Blättern und rappelte sich auf, um sich seinem Angriff entgegenzustellen.

Da rief hinter ihr eine Stimme: »Elena! Pass auf!«

Sie erkannte Ni'lahns Stimme und drehte sich blitzschnell um.

Zwei Skal'ten traten unter den verwobenen, überhängenden Zweigen des Waldes hervor. Elena fiel auf die Knie.

»Willkommen! Schön, dassss du wieder hier bisst, kleine Mauss«, lispelte eines von ihnen.

»Zeit zum Sspielen«, sagte das andere.

37

Beim ersten Schrei des Mädchens brach Er'ril aus Bols stützender Umarmung aus und hätte den alten Mann beinahe zur Seite gestoßen. Dieser Schurke Rockenheim hatte sie alle hereingelegt! Die Beine drohten unter ihm nachzugeben, während er sich nach vorn kämpfte und dabei seinen vergifteten Körper verfluchte.

Näher am Ausgang schob Merik Mogwied von sich weg und rannte das letzte Stück bis zur Tunnelöffnung. Der Wolf, jetzt ebenfalls unbehindert, sprang neben ihm her.

Er'ril verzog gequält die Stirn, da er mit seinem Humpeln nur mühsam vorwärts kam. Er stolperte über Mogwied, als der Jäger aufzustehen versuchte. »Tut mir Leid«, murmelte der Mann, während er sich vor Er'rils wütendem Gesicht duckte und zur Seite sprang.

Aus der Nacht draußen schallte kaltes Lachen herein, zischend und boshaft. Bei diesem Geräusch gefror Er'ril das Blut in den Adern. Er hatte solche Laute schon viele Male gehört – über längst vergessenen Schlachtfeldern schwebend. Skal'ten waren unterwegs in dieser Nacht! Nur der Tod folgte ihrem bösen Lachen.

Merik und der Wolf schoben sich durch den Behang von Wurzeln und verschwanden in der Nacht. Er'ril und Bol kämpften sich mühsam voran und erreichten schließlich das Ende des Tunnels. Beide Männer atmeten jetzt keuchend durch zusammengepresste Zähne. Er'ril tastete nach einem festen Halt, entschlossen, die Verfolgung fortzusetzen. Doch bevor er aus dem Tunnel kriechen konnte, packten ihn kräftige Hände an den Schultern und hielten ihn fest.

»Nein!«, raunzte eine Stimme hinter ihm. Es war Kral. Der Mann aus den Bergen zog ihn vom Ausgang weg. Er'ril sah, dass Bol gleichfalls von einer Faust des gewaltigen Mannes zurückgehalten wurde. »Ihr beide seid zu schwach. Bleibt hier. Tol'chuk wird euch beschützen.«

Er'ril wollte sich aus dem Griff des Gebirglers befreien, musste jedoch feststellen, dass er zu schwach dazu war. Er konnte sich weder Krals Griff noch der Wahrheit seiner Worte entwinden.

Kral schob sie grob zur Seite und bahnte sich mit den Ellenbogen einen Weg durch die Wurzeln. Tol'chuk stapfte von hinten heran. Die Augen des Og'ers leuchteten. Er'ril war sich nicht sicher, ob Tol'chuk hier war, um sie zu beschützen oder um sie davon abzuhalten, sich einzumischen.

»Ich gehe hinaus«, sagte Er'ril und streckte die Hand nach den Wurzeln aus. Er erwartete, dass der Og'er irgendeine Bewegung machen würde, um ihn zurückzuhalten.

Stattdessen war es Bols Hand, die ihn aufhielt.

Der alte Mann griff nach Er'rils Ellenbogen, um die Erkenntnis, die ihn selbst überkam, an den Schwertkämpfer weiterzugeben. »Plötzlich ergibt alles einen Sinn.« Der Alte drückte Er'ril den Arm. »Kral hat Recht. Dies ist nicht *unser* Kampf.«

Die Worte erschütterten Er'ril so sehr, dass er innehielt. Er hatte Bol bisher für keinen Feigling gehalten. Er entriss seinen Ellenbogen dem Griff des Alten, drehte sich um und sah Bol ins Gesicht. »Elena ist in Gefahr!«, schrie er. »Nach deinen eigenen Worten bin ich ihr Beschützer. Und du verlangst von mir, dass ich sie im Stich lasse?«

Bol blinzelte aufgeregt; Krallenspuren schwärzten seine Wangen. »Natürlich nicht«, sagte er. »Wisse nur dieses: Was in dieser Nacht geschehen ist, war beabsichtigt.« Der Alte winkte ihn mit einer Handbewegung weiter.

Er'ril verzog das Gesicht und zwängte sich zwischen den Wurzeln hindurch. In der Eile riss er sich das Wams an einem Zweig auf. Er zerrte das Leder los und taumelte ins Freie. Bol zwängte sich nach ihm durch das Gewirr, während Tol'chuk lediglich an den Wurzeln zerrte. Die Muskeln an seinen Armen wölbten sich vor Anstrengung, doch die alte Eiche hielt sich beharrlich an dem Stein fest. Der Og'er, vom doppelten Umfang eines Mannes, schaffte es nicht.

»Das ist auch nicht *dein* Kampf«, tröstete Bol Tol'chuk.

Seine Worte überzeugten den Og'er nicht im Geringsten; er zog und zerrte weiterhin an den Wurzeln.

Er'ril schenkte den beiden keine Aufmerksamkeit mehr und wandte sich der Lichtung zu. In der Mitte des freien Platzes wurden bereits Schlachtlinien gezogen.

Auf der einen Seite hatte Rockenheim den Rücken an eine dicke Eiche gelehnt. Vor ihm knurrte der Wolf mit aufgestellten Nackenhaaren. Das Tier wollte den Mann offensichtlich davon abhalten, weitere Untaten zu begehen. Es wäre besser, ihm die Kehle herauszureißen, dachte Er'ril grimmig, und damit seine Untaten ein für alle Mal zu beenden.

Doch Er'rils Aufmerksamkeit galt nicht in erster Linie Rockenheim. Der Kampf, der sich in der Mitte der Lichtung aufbaute, zog seinen Blick an.

Zwei Skal'ten hatten Elena zwischen sich eingeklemmt. Den Rücken ihr zugewandt, hielten lederne Flügel das Mädchen zwischen Falten aus Knochen und Haut gefangen und wehrten jene ab, die es retten wollten. Die Augen der Kleinen waren weit aufgerissen, und Tränen rannen ihr über die Wangen. Sie zitterte am ganzen Leib und zuckte jedes Mal zusammen, wenn ein Flügel ihr über die Haut strich. Er'ril wusste, dass die Ermordung der Kobolde ihr überaus nahe gegangen war und sie Angst davor hatte, ihre Kräfte zur eigenen Befreiung zu benutzen.

Andere bemühten sich, sie zu retten.

Den beiden Skal'ten standen drei Widersacher gegenüber.

Merik stand auf einer Seite, die Augen gerötet vor Raserei. Keine Waffe lag in seiner Hand, doch ein Lichtschein tanzte ihm über den Körper. Obwohl die Luft über der Lichtung unbewegt war, peitschten gespenstische Winde Meriks silberne Haare, die sich aus dem Zopf gelöst hatten. Der Himmel über ihm passte zu seiner Wut, und gebauschte Wolken jagten dahin, als ob sie zu ebendiesem Fleck eilten. Blitze zuckten aus den Gewitterwolken hervor und rissen speiende Münder auf, die Schwärze zum Boden spuckten. Die Morgendämmerung mochte nahe sein, doch der schwarze Himmel kündete von einer endlosen Nacht.

Auf der gegenüberliegenden Seite der Lichtung stand die zierliche Gestalt Ni'lahns mit der Schulter an eine große Ulme gelehnt, die Arme trotzig erhoben. Sie warf den Kopf zurück, als ob sie im Begriff sei, den kriegsschwangeren Himmel anzusingen. Die mächtige Ulme, die hoch über ihr aufragte, warf die Zweige in die Höhe und reckte sich ebenfalls zum Himmel empor, sodass der Baum die trotzige Pose der kleinen Nyphai nachahmte.

Neben Er'ril stand Kral, die gewaltige Axt in der Hand. Als der Donner über die Lichtung dröhnte, leuchteten seine Zähne im Licht zuckender Blitze auf, bedrohlich wie die eines Bären. Kral verlagerte seine Axt. »Jetzt werde ich meine Schande wegwaschen!«, schrie er, an die beiden Skal'ten und an den Himmel gerichtet. »In eurem Blut.«

Die Skal'ten betrachteten die drei Männer. Ein beunruhigtes Raunen bewegte ihre Flügel, und ihr Lachen verebbte. Die schwarzen Lippen zogen sich zurück und entblößten weiße Fangzähne. Wütende Augen wogen den Grad der Bedrohung ab, welche von dieser kleinen Gestalt ausgehen mochte, die da so frech ihre Allgewalt herausforderte.

Bol sprach in die gespannte Stille hinein, die sich auf die Lichtung herabsenkte. Selbst der Donner, der die Zuckungen des Blitzes begleitete, hielt sein Dröhnen zurück. Er'ril wusste: Wenn der Donner das nächste Mal spräche, geschähe dies zusammen mit dem Schlachtgeheul. Bol zupfte Er'ril am Ärmel. »Die Elementarkräfte!«, flüsterte er. »›Drei werden kommen.‹ So stand es geschrieben.« Er umschrieb mit ausgestrecktem Finger den Kreis der Lichtung. »Kral, Merik und Ni'lahn. Stein, Wind und das Feuer des Lebens. Drei werden kommen! Nicht zu meiner Kate, wie ich dachte – *sondern hierher*.«

»Drei, die sterben werden«, entgegnete Er'ril. »Sie können die dunkle Magik der Herren des Schreckens nicht durchbrechen.« Er zog sein Schwert, doch sein Arm zitterte, als er versuchte, es zu heben. Gift schrie in seinen Muskeln.

»Du und deine Bruderschaft, ihr habt die Elementarkräfte stets leichtfertig unterschätzt. Das Ergebnis steht noch nicht fest.« Bol benutzte einen einzigen Finger, um Er'rils Waffe zu senken; der Schwertkämpfer war zu schwach, um ihn daran zu hindern. »Dies ist nicht unser Kampf«, wiederholte der Alte.

Er'ril bemühte sich, die Eisenfaust in seiner Tasche mittels Willenskraft wieder zum Leben zu erwecken. Vielleicht besaß sein Phantomarm die Kraft, die seinem anderen Arm fehlte. Doch die Faust rührte sich nicht. Entweder war ihre Magik verbraucht, oder sie war der Meinung des alten Mannes.

Er'ril hörte, wie Tol'chuk hinter ihm gegen das Gewirr von Wurzeln ankämpfte. Der Og'er brüllte seine Wut laut heraus.

Er'ril umklammerte sein Schwert mit geballter Faust. In seinem Herzen hallten die Gefühle des Og'ers wider.

Auf der Lichtung begann der Kampf ohne ihn.

Ni'lahn sah, wie eines der geflügelten Ungeheuer die riesige Klaue zu der Stelle ausfuhr, wo der Elv'e stand. Oder vielmehr, wo er *zuvor* gestanden hatte. Die Klaue griff ins Leere, während Merik nach hinten auswich. Ni'lahn hätte schwören können, dass sich seine Füße nicht bewegt hatten. Dann verschränkte Merik die Arme vor der Brust und senkte das Kinn. Der Lichtschein, der von seinem Körper ausging, strahlte noch heller auf; aus den schweren Wolken hervorschießend, durchbohrte ein schlanker Blitzspeer die ausgreifende Klaue des Ungeheuers.

Donner spaltete die Luft.

Das Skal'tum schrie laut auf und riss den Arm zurück. Trotz der offensichtlichen Qualen des Monsters blieb die Klaue lebendiges Fleisch und verkohlte nicht. Dunkle Magik hatte es vor ernstem Schaden bewahrt. Das zweite Skal'tum behielt seine Stellung bei dem verängstigten Mädchen bei.

Ni'lahn wusste, dass sie eines der Skal'ten ablenken und Elena die Möglichkeit zum Weglaufen verschaffen musste. Die Hexe durfte auf keinen Fall sterben! Die Wiedergeburt von Lok'ai'hera hing von diesem Kind ab. Ni'lahn erinnerte sich an die Prophezeiung ihrer sterbenden Stammesältesten: *Grünes Leben sprießt aus rotem Feuer – einem aus Magik gebo-*

renen Feuer. Ni'lahn betrachtete das zitternde Mädchen. Nein, es durfte nicht sterben!

Ni'lahns nackte Zehen gruben sich in die Erde bis zu den Wurzeln der Ulme. Sie hatte den Geist des Baumes schon vorher zu sich gerufen. Alles war vorbereitet. Sie senkte die Augenlider ein wenig, sang den alten Wald an und zog seine Kraft zu sich heran.

Während ihre Seele sang, vereinte sich ihr Lied mit anderen Seelen, und ihr Geist ging darin auf.

Sie wurde die Ulme. Sie wurde der Wald.

Die Hexe musste frei sein.

Sie streckte die Arme zu dem verletzten Skal'tum aus. Die Ulme über ihr ahmte diese Bewegung nach und packte das Skal'tum mit dicken Baumarmen, die seit Jahrhunderten von Schnee und Wind gehärtet worden waren.

Das Skal'tum zappelte, und Ni'lahn hielt die Luft an, als sie seine Kraft erkannte. Sie schlug auf das Monster ein und versuchte, es von Elena wegzuziehen, doch seine Klauen gruben sich tief in den Schlamm und das Gestein. Es wich nicht eine Handbreit von der Stelle.

Ni'lahn ihrerseits bohrte die Zehen tiefer in die Erde. Schweiß perlte auf ihrer Stirn; in ihrer Kehle brannte ein lautloses Lied. Sie hatte nicht damit gerechnet, dass dies alles so anstrengend würde, aber sie hatte auch noch nie versucht, so viel Macht heraufzubeschwören. Die Elementarmagik, die in ihrem Blut floss, war ein Teil von ihr. Sie jetzt zu benutzen bedeutete, einen Teil von sich selbst zu verbrennen, vergleichbar mit einem Holzstamm, der Brennstoff für ein Feuer wird. Sie atmete heftig, während sie sich bemühte, das üble Geschöpf festzuhalten.

Sie wusste, dass sie es nicht allein schaffen würde. Ihr Blick fiel auf Merik. Der Lichtschein um seinen Körper war wiedergekehrt, nachdem die Blitze herabgeschossen waren. Ein Verbündeter stand bereit. Seine Blitze allein konnten dem Ungeheuer nicht viel anhaben, und ihre ausgreifenden Zweige schreckten es ebenfalls nicht. Aber vielleicht konnten beide gemeinsam etwas bewirken! Bei dem Gedanken biss sie sich auf die Unterlippe. Elv'en und Nyphai hatten noch nie ihren

Geist vereint, seit das Land jung war. Würde es ihnen nun gelingen, den Spalt zwischen ihnen zu überbrücken?

Merik schwankte, als er sich dem Skal'tum näherte. Der Elv'e war anscheinend entschlossen, sein Leben für das Kind hinzugeben. Ni'lahn hatte Mühe, den Edelmut, der hier an den Tag gelegt wurde, mit dem schwelenden Scheit des Hasses in ihrem Herzen in Einklang zu bringen. Konnte sie ihm vertrauen?

Das Skal'tum wand sich in ihrem Griff, und sie spürte das Brechen der Ulmenzweige. Ein Schmerz durchschoss sie. Sie rutschte auf ein Knie. Meriks Blick wandte sich ihr zu; sein Gesicht wirkte verzerrt vor Anstrengung.

Er kniff die Augen zusammen, und sie wusste, dass in seiner Seele dieselbe Furcht tobte wie in der ihren.

Doch es wurde Zeit, eine Erblast über Bord zu werfen und eine neue Allianz zu bilden.

Sie gab Merik mit den Augen ein Zeichen; er nickte kaum merklich.

Ein weiterer Blitz von oben traf das Ungeheuer. Es krümmte sich, blieb jedoch weiterhin unversehrt, während es voller Qual um sich schlug und sich teilweise aus dem Griff der Ulme befreite.

Doch Meriks Schlag verschaffte Ni'lahn die Zeit, die sie brauchte, um ihr Lied zu ändern. Sie griff mit den Fingern zum Himmel. Wurzeln hoben sich aus der Erde und umschlangen die Beine des Ungeheuers, wickelten sich fest darum und gruben sich in das schauerliche Fleisch. Ni'lahn versuchte mit aller Kraft, das Skal'tum vom Boden loszureißen. Wenn sie den Griff seiner Klauen zu lösen vermochte, wären die Zweige fähig, es von Elena wegzuzerren.

Merik schlug erneut zu, doch diesmal traf der Blitz nicht den Boden, sondern die Luft über dem Skal'tum. Merik schwankte. Das Haar hing ihm schlaff auf die Schultern; der gespenstische Wind hatte aufgehört.

Er ermüdete ebenso schnell wie sie. Ihre Gesichter waren blass geworden; ihr Atem ging stoßweise. Die Entfesselung solcher Kräfte setzte ihnen beiden schwer zu.

Ni'lahn lag jetzt auf beiden Knien. Ihre Muskeln zitterten

vor Anstrengung. Einige der größeren Zweige neigten sich wieder dem Baum zu – schlugen nicht mehr in Richtung des Skal'tums. Meriks nächster Angriff bestand lediglich aus einem aufzuckenden Blitz ohne den flüchtigsten Donnerschlag.

Das zweite Skal'tum bemerkte das Nachlassen der Angriffskraft und kam seinem Gefährten zu Hilfe, indem es eine Wurzel aus dem Boden riss. Ni'lahn keuchte vor Schmerz auf und fiel auf eine Hand.

Die Niederlage stand ihnen unweigerlich bevor.

Während das Skal'tum sich bemühte, seinen Artgenossen freizubekommen, entdeckte Kral eine offene Flanke und stürmte mit erhobener Axt vorwärts. Er wusste, dass er das Geschöpf nicht töten konnte, doch er hoffte, dessen Aufmerksamkeit auf sich zu lenken und es davon abzuhalten, dem in den Wurzeln verfangenen Artgenossen zu Hilfe zu kommen.

Er holte mit der Axt über die Schulter hinweg aus und hieb sie kraftvoll in das Fleisch des Ungeheuers.

Als seine Klinge den zarten Bauch des Skal'tums aufschlitzte und die Eingeweide herausquollen, hielt er die Luft an. Schwarze Innereien drangen aus der Wunde wie eine faulige Zunge aus dem Mund eines Sterbenden.

Mann und Untier standen bei diesem Anblick erstarrt da. An dem Hartholzgriff der Axt rann Blut hinab. Das Skal'tum starrte mit aufgerissenen Augen seinen aufgeschlitzten Bauch an.

Dann senkte es den Blick zu Kral und stürzte sich mit einem schrillen Schrei auf ihn.

Ihm blieb kaum Zeit, die Axt zu heben und einen Angriff rasiermesserscharfer Krallen auf seine Kehle abzuwehren, und er war viel zu langsam, um die andere Klaue daran zu hindern, sich in seine Wade zu schlagen. Das Skal'tum brach ihm den Knochen.

Der Schmerz musste erst noch in sein Bewusstsein vordringen, da schleuderte das Ungeheuer ihn bereits in die Luft. Bevor die Pein des zerschmetterten Beins ihn in die Ohnmacht treiben konnte, verhärtete Kral sein Herz gegen jeglichen Schmerz.

Er war ein Fels. Felsen empfanden keinen Schmerz.

Im Griff des Ungeheuers hängend, bückte sich Kral und schwang die Axt blindlings in Richtung des Handgelenks, das ihn festhielt. Die Eisenklinge bebte leicht, als sie durch den Armknochen des Ungeheuers fuhr. Ein kurzer Augenblick der Genugtuung war ihm vergönnt, bevor er stürzte und mit dem Kopf auf dem Boden aufschlug.

Benommen rollte er sich von der Stelle weg, wo seiner Vermutung nach das Skal'tum stand, wobei er die Axt an die Brust drückte. Blut floss aus einer Wunde an seiner Stirn und trübte ihm die Sicht. Er rollte sich auf sein unversehrtes Knie, unfähig, sich aufzurichten, und schwang die Axt vor sich. Sie traf nichts. Er rieb sich das Blut aus den Augen und sah, wie das Skal'tum seinen Armstumpf umklammerte und den schwarzen Fluss aufzuhalten versuchte, der aus der Wunde sprudelte.

Kral starrte den verletzten Arm und Bauch des Geschöpfs an. Hatte seine Waffe wahrhaftig dessen dunkle Magik durchbrochen? Aber warum? Und wie? Im Stillen dankte er den Göttern seines Volkes. Welcher höheren Macht auch immer er es zu verdanken hatte, jetzt erhielt er die Gelegenheit, die Schande von seinem Herzen abzuwaschen. Wie ein Feigling war er früher vor diesen Ungeheuern geflüchtet. Dieses Mal würde er seinen Mut beweisen!

Das Ungeheuer erkannte schließlich die Nutzlosigkeit seiner Bemühung, die Blutung zu stillen, und senkte den verletzten Arm. Blut hing in dicken Klumpen von dem durchtrennten Handgelenk herab. Wieder stelzte es auf ihn zu, diesmal vorsichtiger, die Flügel kampfbereit erhoben.

Hinter ihm entdeckte Kral Elenas Gesicht, das in den zuckenden Blitzen aufleuchtete. Sie war in den Krallen des zweiten Ungeheuers gefangen. Ihr Häscher zappelte immer noch, um seine Beine aus den krallenden Wurzeln und seine Flügel von den anhaftenden Zweigen zu befreien.

Um ihr helfen zu können, musste Kral das Ungeheuer unschädlich machen, das sich ihm jetzt wachsam näherte.

Kral beäugte es und suchte nach einer Schwachstelle. Es hatte immer noch so viele Waffen: eine krallenbewehrte Hand, zwei dolchscharfe Füße sowie einen Mund voller Reißzähne.

Und es war jetzt auf der Hut, überlegte, was es tat, statt unbedacht zu handeln. Es würde nicht noch einmal seine Beute unterschätzen.

Kral wusste, was er zu tun hatte: Er musste das Ungeheuer näher zu sich heranlocken.

Er holte tief Luft und wappnete sich für das Feuer, das ihn erwartete. Nachdem er sich auf diese Weise vorbereitet hatte, entließ er die Magik aus seinem Herzen. Er war nun kein Fels mehr. Stein schmolz wieder zu Fleisch. Der Schmerz, den sein gebrochenes Bein verursachte, pochte und brannte in seinem Blut wie Flammen in trockenem Buschwerk und drohte ihn zu zerreißen. Ihm wurde schwarz vor Augen, und er fiel in den Schlamm.

Er bemühte sich, bei Bewusstsein zu bleiben, aber der Schmerz war gegen ihn.

Durch den Nebel der Todesqual hörte er das Keckern des Skal'tums, das mit einem Satz auf seine verletzte Beute zusprang. »Deine Eingeweide werden mir schmecken, Wurm auss den Bergen«, zischte es.

Kral zwang sich, die Augen zu öffnen. Er lag auf der Seite und sah, wie das Ungeheuer nur einen Atemhauch von seiner Nase entfernt die Krallen in den Schlamm grub. Er drehte den Kopf gerade noch rechtzeitig, um zu sehen, wie es ihm die Zähne in die Kehle schlagen wollte. Kral schenkte dem bohrenden Schmerz im Bein keine Beachtung und rollte sich herum, wobei er mit der Axt weit ausholte.

Er wusste, es gab nur eine einzige Gelegenheit. Er spürte den Biss seiner Axt – aber was war geschehen?

Als er innehielt, sah er, dass das Skal'tum eine Armlänge von ihm entfernt am Boden lag. *Sein Kopf lag noch weiter entfernt.*

Den Göttern sei Dank!

Kral rollte sich wieder auf ein Knie, doch jetzt bedurfte es seiner ganzen Kraft, die Dunkelheit zu vertreiben, die von ihm Besitz ergreifen wollte. Er sah, dass es Ni'lahn und Merik nicht besser ging. Die Nymphe lag zusammengekrümmt am Fuß eines Baumes, eine Hand zum Stamm der Ulme ausgestreckt. Die Äste des Baumes bewegten sich noch, doch sie boten wenig Sicherheit. Merik war auf die Knie gesunken, offensichtlich völlig am Ende seiner Kräfte. Kein Lichtschimmer umgab seine Gestalt.

Vor Krals Augen zupfte sich das überlebende Skal'tum die letzten Wurzeln von den Gliedmaßen und wischte die kleineren Äste beiseite. Es war frei. Und Elena befand sich immer noch in seiner Umklammerung. Sie kämpfte schwach dagegen an; Kral sah ihre Tränen.

Der trübe Blick, der ihr in die Augen trat, verriet Kral, dass sie von der gleichen Dunkelheit heimgesucht wurde, die ihn beinahe überwältigt hätte. Doch während Krals Dunkelheit wie Feuer brannte, würde ihr die Kühle des Entkommens zuteil werden.

Verliere dein Herz nicht!, übermittelte er ihr lautlos mittels Willenskraft.

Kral hob die Axthand ein letztes Mal. Er konnte die Lichtung nicht überqueren und zu dem zweiten Skal'tum gelangen. Aber seine Axt konnte es!

Er hatte nur einen einzigen Wurf.

Während er mit dem Arm weit nach hinten ausholte, betete er, dass die Götter ihm diesen einen einzigen Wunsch erfüllen mochten. Er schloss die Augen, alle Muskeln im Rücken und in der Schulter strafften sich, und die Axt schoss nach vorn. Er öffnete die Augen; die Axt flog ihm aus der Hand.

Die Klinge trudelte in trägen Kreisen durch die Luft.

Das Schicksal des Mädchens lag jetzt außerhalb seines Einflussbereichs. Sein Herz wusste, dass seine Pflicht erfüllt war, und erlaubte der Schwärze, sich auszubreiten. Kral stöhnte laut auf, seine Sicht verschwamm, und er fiel ohnmächtig in den Schlamm.

Elena sah die Axt, die auf sie zuflog. Sie bemühte sich nicht, der Flugbahn auszuweichen. Sie schloss einfach nur die Augen. Sollte die Waffe doch treffen. Dann hätten die Schrecknisse wenigstens ein Ende.

Ein scharfer Windstoß wehte über sie hinweg. Die Klauen, die ihre Schultern umklammert hielten, strafften sich für einen Herzschlag, dann ließen sie von ihr ab. Erstaunt über die plötzliche Freiheit, brach sie in die Knie.

»Lauf, Elena!«, rief Er'ril von der anderen Seite der Lichtung.

Es dauerte einige Herzschläge lang, bis ihr seine Worte ins Bewusstsein drangen. Sie drehte den Kopf, um zu sehen, was von ihrem Häscher übrig geblieben war: Er stand immer noch über ihr, doch der lange Hartholzschaft von Krals Axt ragte ihm wie ein dritter Arm aus der Brust. Die Klinge hatte sich tief in den Körper des Skal'tums eingegraben. Schwarzes Blut tropfte von schlaffen Lippen.

Es stand immer noch auf den Beinen; eine Klaue betastete behutsam den lederumwickelten Griff der Axt. Ein Husten blubberte aus der Brust herauf und weiteres Blut aus der Wunde. Es sank auf die Knie, als wolle es Elenas Haltung auf unverschämte Weise nachahmen. Gebannt starrte sie auf die schwarzen Rinnsale, die dem Skal'tum von den Lippen flossen.

»Lauf weg!«, schrie Er'ril.

»Elena, mein Schatz – lauf!« Die Stimme ihres Onkels durchbrach den sonderbaren Bann, den das Skal'tum ihr auferlegt hatte. Sie stellte fest, dass ihre Beine sich aufrichteten und ihre Füße sich bewegten, und sie stolperte über die aufgeweichten Blätter. Dennoch konnte sie den Blick nicht von dem Tod der Schreckensgestalt abwenden.

Die Flügel des Ungeheuers sanken in den Schlamm. Seine Augen suchten die Lichtung ab und hielten inne, als sie Rockenheim entdeckten. Eine Kralle hob sich und deutete auf den Mann. Es sprach und schwarzer Schaum untermalte die Worte: »Blut spricht zum Geburtsrecht. *Nai'goru tum skal mor!*«

Elena spürte, wie ein Strom von Macht von dem Ungeheuer in sie herüberfloss. Ihre Nackenhaare stellten sich auf.

Das Ungeheuer kippte nach hinten, und der Schaft der Axt deutete hinauf zum wolkenverhangenen Himmel. Seine Brust hob sich ein letztes Mal, und eine Blutfontäne schoss ihm aus Nase und Mund. Dann lag es reglos da.

Alle Augen waren auf das tote Skal'tum gerichtet, während Rockenheim nach Luft rang und sich an den Hals fasste. Der Mann achtete nicht auf den knurrenden Wolf und stolperte auf die Lichtung. Sein Gesicht hatte sich zu einem tiefen Purpur gerötet, und seine Augen traten aus den Höhlen. Er hob die Hand zu der Stelle, wo Elena stand. »H-h-hilf m-mir!«

Plötzlich schnellte sein Körper zurück, straff gespannt. Mit widernatürlich durchgebogenem Rückgrat balancierte Rockenheim auf den Zehen und schrie ein einziges Wort zum Himmel hinauf – einen Namen: »Linora!« Dann schallte ein lautes Krachen über die Lichtung, und Rockenheim fiel wie eine Marionette, deren Fäden durchgeschnitten wurden, tot in den Schlamm.

Benommen starrte Elena den Mann an, der ihre Familie umgebracht hatte. Sie hatte erwartet, bei diesem Anblick eine gewisse Befriedigung zu empfinden, doch in ihrer Brust war nichts als Leere.

Stille senkte sich über das Tal. Der Wind stöhnte im nassen Wald. Der Wolf tappte zu Rockenheim und beschnüffelte ihn. Seine Nackenhaare waren immer noch aufgestellt.

Hinter ihr sprach Onkel Bol. »Sieh nur, ich glaube, Kral atmet noch.«

»Er lebt?«, fragte der Schwertkämpfer mit belegter Stimme.

Elena riss den Blick von Rockenheims Leichnam los und richtete ihn auf die Stelle, wo Kral lag.

Onkel Bol kniete neben dem Mann aus den Bergen und hob seinen Kopf aus dem Schlamm. Feuchte Blätter klebten an einer Seite des zerfurchten Gesichts. Krals Lider hoben sich flatternd, er stieß einen bebenden Atemzug aus und hustete. »Habe ich … habe ich es getötet?«, fragte er mit schwerer Zunge.

»Ja«, sagte Onkel Bol. »So, und jetzt beweg dich nicht, bis wir dein Bein versorgt haben.«

»Lass … lass mich das Mädchen sehen.«

Bol winkte Elena heran. Sie eilte zu dem Mann aus den Bergen, froh darüber, dass sich in dieser Nacht wenigstens ein Todesfall weniger ereignet hatte als angenommen.

Als Kral sie zu Gesicht bekam, leuchteten seine Augen vor Erleichterung auf.

Er'ril begleitete sie. Der Schwertkämpfer kniete neben Kral nieder. »Du hast uns alle gerettet.« Er deutete mit einer Handbewegung auf Merik und Ni'lahn, die sich erst allmählich mit zitternden Beinen erhoben.

»Wir haben es gemeinsam getan«, murmelte Kral. »Mit Hilfe der Götter.« Er richtete sich weit genug auf, um zu sehen, dass seine Axt aus dem Rumpf des toten Ungeheuers herausragte. Er seufzte und senkte die Stirn zum Boden. Elena hörte ihn ein Dankgebet murmeln.

Er'ril berührte ihn an der Schulter. »Deine Axt war gekonnt gezielt. Die Kraft deiner Arme war der rettende Segen in dieser schrecklichen Nacht.«

»Aber sie hat mein zagendes Herz nicht gerettet«, murmelte Kral in den Boden.

»Was sagst du da?«, fragte Er'ril. »Du hast tapfer gekämpft und sie erschlagen.«

»Nein, das haben die Götter getan. Meine Klinge hätte die dunkle Magik der Ungeheuer niemals durchbrochen. Es war das Werk der Götter, nicht meines Arms.«

»Nein, Kral, es war keines Gottes Hand, die diesen schwarzen Schutzwall durchbrach. Deine Klinge war vom Blut des Geschöpfs gesalbt, das du in Winterberg getötet hast. Deine Axt wurde in seinen schwarzen Geist getaucht. Eine auf diese Weise behandelte Waffe vermag ihre Magik zu zerstören.«

Während Er'ril sprach, zuckte Krals Kopf hoch; seine Augen waren plötzlich klar und nüchtern. Er streckte die Hand aus und umklammerte das Knie des Schwertkämpfers. »Was sagst du da?«

Er'ril wirkte verdutzt, als er die Inbrunst in Krals Augen sah.

Die Hand des Gebirglers rutschte von Er'rils Knie, und seine Augen verengten sich vor Schmerzen, die nicht nur körperlicher Natur waren. »Ich habe dies für eine List gehalten, für eine Lüge.«

»Welche Lüge?«, fragte Er'ril.

Kral ließ den Kopf wieder sinken. »Meine Zunge hat falsch gesprochen, um den Ungeheuern in der Kate zu entkommen. Ich habe ihnen erzählt, ich wisse eine Methode, um den Schutzschild ihrer Haut zu durchbohren – ich könne sie mit meiner Axt töten.«

Schmerz lähmte die Zunge des Schwertkämpfers.

Onkel Bol ergriff das Wort, um das schwerwiegende Schweigen zu brechen, wobei er dem Mann aus den Bergen die Hand auf die Brust legte. »Aber letztendlich hat sich deine Behauptung als Wahrheit erwiesen. Du hast nicht gelogen.«

Krals Augen schimmerten immer noch vor Pein. »Im Herzen habe ich sehr wohl gelogen.«

Onkel Bol sah Er'ril Hilfe suchend an. Doch der schüttelte lediglich den Kopf, da er nicht wusste, was er noch sagen sollte. Krals Augen fielen langsam wieder zu, sein Atem ging rasselnd.

Elena merkte, dass sie je eine Hand auf Onkel Bol und Er'ril gelegt hatte. Sie führte sie beiseite, dann kniete sie neben Kral nieder. Er hatte sie gerettet. Sie würde nicht zulassen, dass er diesen Schmerz in seinem Herzen mit sich herumtrug. Zu viele andere hatten bereits zu viel für ihre Sicherheit geopfert. Sie würde diese eine Schuld tilgen.

Als sie niederkniete, öffnete Kral die Augen im Bewusstsein ihrer Anwesenheit ein wenig weiter; doch tiefer Kummer lag immer noch hinter seinen Pupillen.

Sie hob sein Kinn mit einem Finger an und fuhr ihm über die Lippen. »Keine Lüge ist dir von der Zunge gekommen, Mann aus den Bergen. Dein Herz hat dich beschützt, so wie du mich beschützt hast. Erlaube nicht, dass Schuldgefühle dein tapferes Handeln beschmutzen. Dein Herz ist rein.« Sie beugte sich vor und drückte ihm einen sanften Kuss auf die Lippen, dann wiederholte sie flüsternd: »Keine Lüge ist über diese Lippen gekommen.«

Ihre Berührung und ihre Worte milderten die Furchen, die tief in Krals Stirn und um seine Augen eingegraben waren. Sein Körper entspannte sich sichtbar. »Danke«, murmelte er, und die Augen fielen ihm zu. Sein Atem ging jetzt gleichmäßiger, friedlicher.

Er'ril drückte ihre Schulter. »Vielleicht hast du ihm soeben das Leben gerettet. Seine Schuldgefühle hätten seine Willenskraft unterhöhlt, und Krals Herz muss kräftig und frei von jedem Zweifel sein, damit seine Wunden heilen.«

Elena sank zurück an Er'rils Brust. Die Worte des Schwertkämpfers waren auch Balsam für ihre Seele. Ein tiefes Seufzen stieg aus ihrer müden Brust auf. Er'ril legte den Arm um sie und half ihr beim Aufstehen.

Onkel Bol kam herbei und kniete neben Rockenheim nieder. Der Mörder lag auf dem Rücken im Schlamm, seine Gliedmaßen waren seltsam verdreht. Bol legte dem Mann eine Hand auf den Hals.

Elena wartete. Plötzlich verspürte sie den starken Drang, ihren Onkel wegzuziehen. Rockenheim hatte ihre Eltern umgebracht. Sie wollte nicht, dass irgendjemand in seine Nähe kam. Sie öffnete den Mund, dann schloss sie ihn wieder, da sie wusste, wie töricht ihre Worte geklungen hätten.

»Ich fühle keinen Herzschlag. Er atmet nicht mehr«, sagte Bol. Er stand stöhnend auf, wobei er mit einer Hand den unteren Teil seines Rückens stützte, wandte sich um und rieb die Hände aneinander, als wolle er alle Spuren der widerwärtigen Berührung mit dem Mann entfernen. »Er ist tot.«

Elena entspannte sich. Es war vorbei. Die Morgendämmerung war nahe. Sie hatte plötzlich das innige Verlangen, die Sonne wiederzusehen.

Ihr Onkel lächelte sie an.

Sie erwiderte sein Lächeln, zuerst zaghaft, dann inniger. Diese lange Nacht näherte sich ihrem Ende.

Während sie lächelte, warnte ihre Nase sie, noch bevor ihre Augen dies taten. Der Gestank von offenen Gräbern verbreitete sich über die Lichtung. Sie hielt sich die Nase zu, um den abscheulichen Geruch nicht einzuatmen.

Als Elena sah, was sich hinter ihrem Onkel erhob, schrie sie laut auf.

38

Mogwied hörte den Schreckensschrei des Mädchens und wich tiefer in den Tunnel zurück. Was immer ein solches Entsetzen auslösen mochte, musste entschieden schlimmer sein als irgendwelche Kobolde. Vielleicht fände er doch einen anderen Weg, um zu entkommen. Doch die Angst vor den dunklen Gängen und versteckten Höhlenwesen ließ ihn zaudern.

In der Nähe der Tunnelmündung stand Tol'chuk bei dem Wurzelvorhang, immer noch unfähig, ins Freie zu gelangen. Die Laute des Kampfes hatten das Blut des Og'ers aufgewühlt. Er zerrte wütend an den eisenharten Eichenwurzeln. Mehrere von Tol'chuks Krallen waren aufgerissen und bluteten.

Mogwied sah, wie der Og'er vom Blutrausch geschüttelt wurde. Plötzlich ließ Tol'chuk von seinem Angriff auf die Wurzeln ab und wandte sich Mogwied zu. Die Augen des Og'ers funkelten, nicht in dem Bernsteinton seines Si'lura-Erbes, sondern in dem roten Feuer eines Og'ers. Er deutete mit einer verletzten Klaue auf Mogwied.

»Du!«, fauchte Tol'chuk und schüttete seinen Zorn über ihm aus. »Du hast es gewusst!«

Mogwied spürte, wie die Luft dicker wurde, während der Zorn des Og'ers ihn einhüllte. Seine Augen wurden groß bei der Erinnerung daran, wie der Og'er bei ihrer ersten Begegnung den Schnüffler in blutige Fetzen zerrissen hatte. Seine Zunge war wie gelähmt.

»Du hast genau gewusst, was jenseits des Tunnels wartet, doch du hast geschwiegen.«

Mogwied bemühte sich, Kehle und Lippen zum Sprechen zu bringen, Worte zu finden, um diese Anschuldigung abzuwehren. Er schaffte es nicht.

Tol'chuks Stimme dröhnte durch den Gang, füllte den ganzen Tunnel. Mogwied hielt sich beide Arme vor den Kopf. Er spürte den heißen Atemhauch des Og'ers und duckte sich in Erwartung reißender Zähne.

»Warum?«, zischte Tol'chuk mit dünner, tödlicher Stimme, die noch viel erschreckender war als sein lodernder Zorn. »Warum hast du uns betrogen?«

Mogwied wusste, dass er etwas sagen musste. In seiner gegenwärtigen Raserei würde Tol'chuk ihn bestimmt töten. Aber was sollte er sagen? Er hatte tatsächlich alle betrogen. Nur Rockenheim wären die richtigen Worte eingefallen, um diesem Schicksal zu entrinnen. Mogwied stellte sich das verlogene Auftreten des Mannes vor. Ja, Rockenheim wäre etwas eingefallen, und während Mogwied an ihn dachte, fiel auch ihm plötzlich etwas ein. Rockenheim hatte ihm etwas beigebracht. *Warum leugnen?*

Mogwied konzentrierte sich darauf, langsamer zu atmen, und schluckte ein paar Mal. Er versuchte, den beißenden Geruch des aufgebrachten Og'ers nicht zu beachten. »Ich wusste von den geflügelten Ungeheuern«, gab er schließlich mit bebender Stimme zu.

Tol'chuks Atem streifte ihn. »Du gestehst?«

»Ja.« Mogwied schloss die Augen. Er stellte sich vor, Rockenheim zu sein. »Aber ich konnte nicht anders handeln. Ni'lahn wurde als Geisel benutzt, um mein Schweigen zu erzwingen. Ihr Leben stand auf dem Spiel.«

»Du hast uns alle für dieses eine Geschöpf geopfert?«

»Nein, sie wollten lediglich das Mädchen. Sie haben für alle anderen einen ungehinderten Abzug versprochen.«

Tol'chuk schwieg nach diesen Worten.

Mogwied nutzte seinen Vorteil, so wie es Rockenheim bei dem Skal'tum getan hatte. »Ich wusste nichts von diesem Mädchen, aber die Nyphai sind Freunde meines Volkes – auch deines Volkes. Si'lura und Nyphai sind seit längst vergangenen Zeiten Verbündete des Waldes. Ich konnte Ni'lahn um eines weiblichen Menschenkindes willen nicht sterben lassen. Die Menschen haben uns gejagt und abgeschlachtet wie Tiere. Warum sollte ich das Leben einer Freundin für einen unbekannten Feind eintauschen? Deshalb habe ich eingewilligt.«

»Du hättest uns warnen können«, murrte Tol'chuk, doch Zweifel und Zögern milderten seinen Zorn.

Mogwied setzte nach. »Meine Zunge hat keine falschen Versprechungen gemacht. Obwohl es sich um einen üblen Pakt handelte, bin ich darauf eingegangen, um unschuldiges Leben zu retten. Nachdem ich mein Wort einmal gegeben hatte, wollte ich nicht davon abweichen. Hättest du das getan? Ist dies Brauch bei dem Volk der Og'er?«

Tol'chuk ließ sich auf den Boden sinken. »Nein. Es war ebenfalls Betrug, begangen von einem meiner Vorfahren, der meine Reise eingeleitet und mein Volk verflucht hat.«

Mogwied hatte das Gefühl, dass er jetzt besser schweigen sollte.

»Ich entschuldige mich«, sagte der Og'er nach einem ausgedehnten Schweigen. »Die Straße der Ehre ist oftmals recht steinig.«

»Deine Worte wurden mit Hochachtung geäußert«, sagte Mogwied feierlich und neigte dabei den Kopf, obwohl sein Herz von stillem Lachen erfüllt war. »Ich nehme deine Entschuldigung an.«

Außerhalb des Tunnels schrie das Mädchen erneut auf.

Er'ril drückte das schreiende Kind an die Brust. Ein graues Tentakel, dick wie ein Männerschenkel und mit roten Flecken gezeichnet, peitschte hinter Bol durch die Luft und wickelte sich um seine Hüften und seine Brust.

O Götter! Er'ril taumelte rückwärts, wobei er das Mädchen mit sich zog.

Große Saugnäpfe hafteten wie Münder an der Kleidung und der Haut des alten Mannes. Bevor er eine Hand heben konnte, um sich gegen den Griff des widerwärtigen Geschöpfs zu wehren, zuckte er plötzlich krampfhaft. Sein Mund öffnete sich zu einem lautlosen Schrei. Dann sank er schlaff zusammen.

Das Tentakel verdickte sich, hob die dürre Gestalt des Alten hoch und schleuderte sie wie eine Lumpenpuppe an den Waldrand. Als sich das Tentakel entrollte, erkannte Er'ril, was Bol getötet hatte. Stachelgespickte Dolche, die aus jedem der Saugmünder herausragten wie hunderte speerförmiger Zungen, zogen sich aus Bols Körper. Dampfendes rotes Öl tropfte von der Spitze eines jeden Stachels: *Gift*.

Elena jammerte, während Er'ril sie zum Waldrand zurückführte. Sie sank zu Boden, ihre Augen waren starr auf die zusammengebrochene Gestalt ihres Onkels gerichtet.

Er'ril versuchte, sie mit seinem einen Arm aufrecht zu halten, aber seine schwachen Muskeln waren der Anstrengung nicht gewachsen. Sie entglitt seinem Griff. Er bemühte sich, sie von dem Ungeheuer wegzuziehen; die Absätze seiner Stiefel rutschten im Schlamm und auf den toten Blättern aus.

Er'ril starrte voller Entsetzen das Ungeheuer an, das sie erwartete, wenn es ihnen nicht gelänge, die Bäume zu erreichen.

Rockenheims Brust war gespalten; schwarze Energie brodelte daraus hervor. Aus diesem Hohlraum hatte sich das Tentakel in die Welt geschlängelt. Es pochte und wogte immer noch, während es immer höher aus der wabernden Masse aufstieg.

Jetzt begriff Er'ril, wie der Herr der Dunklen Mächte sie aufgespürt hatte. Rockenheim war kein Mensch, zumindest jetzt nicht mehr, sondern ein Gebilde aus schwarzer Magik. Er'ril hatte Gerüchte über solche Wesen gehört. Er war ein *Golem*, eine hohle Schale, geschaffen aus dem toten Herzen eines Selbstmörders.

Er zog das Kind noch weiter weg von dem hervorkriechenden Geschöpf und vergrößerte die Entfernung zu ihm um ein paar Schritte.

Wie bei einer bösartigen Geburt schoben sich Teile des Ungeheuers durch die schwarze Magik, die aus der Brust des Toten wogte. Was dem Tentakel folgte, war eher das Geschöpf eines Albtraums. Er'ril hätte sich in seinen wildesten Fantasien niemals ein Wesen von so abscheulicher Gestalt vorstellen können. Sein Geist wehrte sich gegen den Anblick.

Das Tentakel war nicht etwa ein Arm des Ungeheuers, sondern eine Zunge. Während es sich in die Welt zwängte, erschien sein blubbernder Mund, der sich um die giftige Zunge herum runzelte und wieder anschwoll. Als sich die Lippen zurückzogen, erschien ein Ring aus zerklüfteten Zähnen, die wie zerbrochenes Glas funkelten. Weitere Reihen solcher Zähne setzten sich bis tief in die Kehle fort.

Über dem Mund wogten hunderte winziger Stiele, jeder Stiel länger als Er'rils Arm, mit schwarzen Kugeln in der Größe von Hühnereiern an der Spitze. Er'ril ahnte, dass diese Kugeln keine Augen waren, sondern andere Sinnesorgane, die das Begriffsvermögen seiner Welt überstiegen.

Ein durchdringendes Wehklagen, wie die Schreie von Kaninchen bei der Schlachtung, entströmte dem Geschöpf. Es schlingerte und rollte auf die Lichtung.

Elena glitt aus Er'rils immer schwächer werdendem Arm und fiel vollends in den Schlamm. Er versuchte, sie aufzuheben, war jedoch zu kraftlos dazu und hielt nach Hilfe Ausschau. Auf der anderen Seite der Lichtung sah er Merik, der Ni'lahn am Waldrand entlangschleppte. Der Elv'e bemühte sich nach Kräften, in einem weiten Bogen um das Ungeheuer herum zu ihnen zu gelangen.

Plötzlich zuckte Elena unter Er'rils Berührung zusammen. Das Entsetzen über den Tod ihres Onkels war so weit verblasst, dass ihr bewusst wurde, was da auf sie zukroch. Er'ril half ihr beim Aufstehen. »Schnell!«, schrie er ihr ins Ohr. Sie gehorchte.

Nun, da er keine Hilfe mehr brauchte, winkte Er'ril Merik von sich und dem Mädchen weg, da er wusste, dass der Elv'e genug Last mit der Nyphai trug. Meriks Blicke richteten sich auf das Mädchen, das sich jetzt aus eigener Kraft bewegte. Er nickte Er'ril zu und humpelte mit Ni'lahn in den Schutz dicker Baumstämme und verflochtener Äste. Er'ril und Elena suchten ebenfalls den Schutz des Waldes.

Inzwischen hatte das Ungeheuer, hoch wie zwei und länger als vier Männer, vollends diese Welt betreten. Sein Körper ähnelte einer großen Schnecke; graue Haut glänzte von Schleim bedeckt, der in der kalten Nacht heiß dampfte. Schwarze und rote Streifen, wie Rillen im Fleisch, bedeckten die Seiten. Der bauchige Rumpf war versehen mit Saugnäpfen, dicht an dicht und größer als angeschwollene Kürbisse.

Plötzlich bebte der Körper und zuckte in einem heftigen Krampf. Elena schrie laut auf.

Aus den Saugnäpfen des Torsos brachen zehn Beine hervor, gegliedert mit beweglichen Gelenken und mit einem Schuppenpanzer überzogen wie die Beine eines riesenhaften Insekts. Diese Beine hoben den Koloss aus dem Schlamm. Nur die Zunge schleifte noch am Boden, sich windend und drehend wie eine Schlange.

Plötzlich ergriff das Wissen um die Natur dieses Ungeheuers Er'rils Herz. Er hatte ein solches Geschöpf noch nie gesehen, aber vor langer Zeit hatte er eine Beschreibung davon gehört. Obwohl inzwischen eine Ewigkeit vergangen war, hatte er es nicht vergessen. Hier stand ein Geschöpf aus dem vulkanischen Gebiet von Gul'gotha. In den brennenden Schwefelgruben ihrer Heimat gruben sich diese Geschöpfe in den Boden, um ihre Eier zwischen Gift und Feuer zu legen.

Er'rils Geist wehrte sich gegen diese Erkenntnis. Er betete, dass er sich täuschte. Doch was als Nächstes geschah, bestätigte seine Befürchtung. Der Rücken des Ungeheuers bäumte sich auf, und es zuckte erneut krampfhaft. Die Haut an den Seiten platzte auf, und nasse Flügel schüttelten sich frei. Knochen und Gewebe breiteten sich von einer Seite der Lichtung zur anderen aus.

Er'ril drängte Elena rasch weiter.

Jetzt konnte er den Namen dieses Ungeheuers nicht mehr leugnen. Selbst die Struktur der Flügel war ähnlich wie die seiner kleineren Abkömmlinge.

»Eine Mul'gothra«, murmelte er schwach, während er das Mädchen weiterschob.

Es war eine gebärende Königin der Skal'ten.

39

Elena rannte mit Er'ril in den Schutz des Waldes, während der Schmerz über Onkel Bols Tod noch immer ihr Herz umklammerte. Sie hielt den Blick weit von seinem Leichnam entfernt, da sie wusste, sie durfte sich der lähmenden Trauer nicht hingeben – wenn schon nicht um ihrer selbst willen, dann zumindest um des Schwertkämpfers willen, der sie nicht im Stich ließe, sondern eher an ihrer Seite stürbe.

Während sie rannte, prasselte ein heftiger Regen vom feindseligen Himmel herab. Blitze zuckten zwischen den Wolken, während Donnerschläge von den Gipfeln der Zahnberge herunterkrachten.

Elenas Blicke schossen immer wieder nach hinten, in der Erwartung, das Ungeheuer bereits an ihren Fersen zu entdecken. *Mul'gothra*. Obwohl der Schwertkämpfer das Wort nur gemurmelt hatte, war es in ihrem Gedächtnis haften geblieben. Irgendwie passte es zu dem Geschöpf.

Von der anderen Seite der Lichtung stelzte das Ungeheuer auf sie zu, ein wenig schwach auf den Beinen, wie ein frisch geschlüpftes Küken. Es schüttelte die Flügel, ganz Knochen und Leder. Kalter Regen lief ihm in dampfenden Rinnsalen über die heiße Haut.

Es spürte ihren Blick. Seine Stiele neigten sich in ihre Richtung, und ein dumpfer Schrei des Erkennens zischte aus seinem Mund. Worte drangen durch das Zischen wie ein leises Kratzen aus dem Grab. »Es hat keinen Sinn wegzulaufen, Kind.« Die Worte entströmten der Tiefe eines dunklen Schlundes.

Elena wusste, dass es nicht die Mul'gothra war, die sprach, ja nicht einmal ein Geschöpf in seinem Bauch. Was da sprach, kauerte in einem Netz weit entfernt von dieser regenüberfluteten Lichtung: etwas viel Schlimmeres als dieses knarrende Horrorgebilde, das auf sie zukroch, etwas aus verfluchten Gefilden und sonnenlosen Gruben.

Tief in ihrem Innern wusste sie, wer da sprach.

Es war das Schwarze Herz, der Herr der Dunklen Mächte, der Große Gul'gotha.

Seine üblen Worte entströmten erneut der Kehle der Mul'gothra. »Die Welt wird schreien, wenn du dich nicht unterwirfst. Ich werde alles zerstören, was dir lieb und teuer ist. Dein Name wird als Fluch in allen Ohren klingen. Das verspreche ich dir – wenn du nicht zu mir kommst. Schließ dich uns an, jetzt sofort!«

Elena schenkte den Worten keine Beachtung, sondern rannte weiter und versuchte, nicht zuzuhören. Doch es gelang ihr nicht, und die Worte bohrten sich ihr ins Gehirn.

»Komm und hör, wie laut du schreien wirst, wenn du dich widersetzt. Danke, dass du mir ein so hervorragendes Werkzeug an die Hand gegeben hast, mit dem ich arbeiten kann.«

Elenas Füße strauchelten auf der Flucht zum Waldrand. Was meinte die Verkörperung des Bösen damit? Sie blieb stehen, dem Geschöpf halb zugewandt.

Er'ril versuchte, sie zum Weiterlaufen zu drängen, doch sie wehrte seinen Griff ab. Anscheinend hörte der Schwertkämpfer die Worte des Ungeheuers nicht.

Die Mul'gothra drehte sich zur Seite, wobei ihre vielen Füße den Schlamm aufwühlten. Ihr neues Ziel war klar, denn einer der Gefährten lag immer noch auf der Lichtung wie zurückgelassener Abfall: *Kral*. Der Mann aus den Bergen lag mit dem Gesicht nach unten auf den nassen Blättern. Nicht einmal der Regen hatte ihn aufgeweckt und vor dem hoch aufragenden Ungeheuer gewarnt.

Die Mul'gothra kroch in seine Richtung. Ihre graue Zunge näherte sich schlängelnd dem besinnungslosen Mann.

Elena drehte den Kopf weg, um nicht hinsehen zu müssen,

und ihr Blick fiel stattdessen unversehens auf die gekrümmte Gestalt Onkel Bols. Sein Gesicht war zum Himmel gewandt, Regen fiel ihm in die offenen Augen.

Ihr Herz erstarrte. Ihrer ganzen Familie beraubt – so als ob ihr das Fleisch von den Knochen gerissen worden wäre –, war von der kleinen Elena nichts anderes mehr übrig geblieben als ein verhärteter, brüchiger Kern. So viele waren gestorben – und das in ihrem Namen!

Sie zwang sich, den Blick wieder zu Kral zu wenden, und tat einen Schritt auf das Ungeheuer zu. Sie konnte es nicht ertragen, dass noch weitere Opfer dargebracht wurden. Sie wollte keinen Widerstand mehr leisten. Bitte, lass die Schrecken enden! Bitte, nicht noch mehr!, schluchzte ihr Herz.

Bevor sie einen zweiten Schritt tun konnte, flitzte ein dunkler Streifen an ihren Knien vorbei und rannte weiter. Der Wolf preschte vor, stellte sich zwischen Kral und die Mul'gothra und heulte das Ungeheuer an – ein Heulen, das durch Donner und Regen schnitt. Die Schnelligkeit, mit der der Wolf erschienen war, verwirrte das geflügelte Schreckenswesen offenbar, denn es schlingerte von dem knurrenden Tier zurück. Die Stiele wogten heftig. Dann schnalzte die Zunge hervor und schlug den Wolf zur Seite. Die Wucht des Schlags schleuderte ihn durch den Regen, bis er gegen den Stamm einer Eiche prallte. Elena sah, wie er sich bemühte, den Kopf zu heben, und sich mit den Beinen in die aufgehäuften toten Blätter stemmte. Dann brach er zusammen – ob bewusstlos oder tot, wusste Elena nicht. Die rosafarbene Zunge hing zwischen den schlaffen Lefzen hervor.

Die Mul'gothra stelzte wieder in Krals Richtung.

Nein! Elena taumelte weiter.

»Elena! Halt! Du kannst ihm nicht helfen!« Er'ril versuchte, sie zu packen, doch sein vergiftetes Blut hemmte seine Bewegungen immer noch. Sie entschlüpfte seinem Griff. »Halt!«

Sie überhörte den Ruf des Schwertkämpfers. Das Ungeheuer würde mit Kral und allen ihren Freunden kurzen Prozess machen. Und so rannte sie weiter. Es blieb nur eine Möglichkeit, ihren Freunden die Qualen der zermalmenden Zähne zu ersparen: Sie musste dem Herrn der Dunklen Mächte geben, was er wollte. Mit ihrem eigenen Opfer wollte sie die anderen retten.

Keiner sollte mehr in ihrem Namen sterben.

Ihr Blick war tränenverhangen, doch mit einem Satz war sie neben dem Mann aus den Bergen, genau in dem Augenblick, als die Zungenspitze der Mul'gothra ihm über den Kopf fuhr. Schlitternd blieb Elena im Schlamm stehen und stieß die Tentakel mit Fußtritten zur Seite. Sie stand in einer Pfütze aus Regenwasser, und das Ungeheuer ragte hoch über ihr auf. Sie hob die Arme und warf den Kopf zurück. Regen peitschte ihr ins Gesicht und lief ihr kalt durchs Haar. »Schluss damit!«, rief sie mit erstickter Stimme. »Ich bin dein.«

Als sich das Ungeheuer über sie beugte, blickte sie in seinen gerunzelten Mund. Bei dem Gestank, der ihm entströmte, krampfte sich ihr Magen zusammen, und sie kämpfte die bittere Galle nieder, die in ihr hochstieg. Tief im Innern des Schlunds war ein Nest von weiteren Zungen zu sehen, die sich schlängelten und um sich schlugen. Doch die Zunge, die sprach, war eine andere. »Kluges Kind. Es hat keinen Sinn, wenn du dich widersetzt. Dein Herz kennt seinen Meister.«

Die Mul'gothra kauerte sich auf alle Beine nieder wie eine Spinne vor dem Zubeißen. Elena wollte sich tapfer zeigen, doch die Knie zitterten ihr. Eine der Zungen glitt aus dem klaffenden Maul und stieß auf sie zu. Die Spitze berührte ihren Stiefel und glitt an ihrem Körper aufwärts. Wie die Liebkosung eines ekelhaften Liebhabers fuhr sie unter ihr feuchtes Hemd und wickelte sich um ihre Brust. Die Berührung brannte. Sie spürte, wie die Saugnäpfe an ihrer Haut zerrten.

»Wir werden Dinge schaffen, welche die Welt erschüttern«, sagte die Stimme, doch Elena wusste, dass diese Worte nicht so sehr an sie gerichtet waren, sondern vielmehr zum eigenen Ergötzen des Schwarzen Herzens geflüstert wurden.

Schließlich gaben ihre Knie vollends nach, doch bevor sie in den Schlamm sank, festigte die Zunge ihren Griff und hob sie hoch. Die Küsse der Saugnäpfe waren jetzt Bisse, die sie festhielten.

Elena schloss die Augen. Sollte er seine Hexe haben. Sollte er seinen Preis bekommen. Ihre Seele würde er niemals besitzen. Der Tod verschonte niemanden. Vielleicht würde er auch Gul'gotha eines Tages holen.

»Es wird ein langer Flug«, hörte sie das Ungeheuer sagen.

Sie verschloss ihren Geist, zog sich aus der Welt zurück und suchte einen Platz in ihrem Innern, wo sie das Schlagen der Flügel und das wilde Pochen des eigenen Herzens nicht hörte – einen Ort, wo sie sich verstecken konnte. Sie floh von dieser finsteren Lichtung in eine weite Ferne.

Die nächsten Worte des Herrn der Dunklen Mächte unterbrachen ihre Flucht. »Aber die Mul'gothra ist schwach. Sie muss sich zuerst stärken.«

Elenas Augenlider flatterten, und sie sah, wie eine weitere Zunge aus dem langen Schlund des Ungeheuers hervorpeitschte und sich um Krals Hals schlang.

Ihr Körper schrie. Eis lief ihr frostig durch die Adern. Nein! Ihr lautloser Schrei hallte in allen Winkeln ihres Seins wider und weckte das, was da schlief. Das Eis erreichte ihr Herz – und ein Feuer barst in ihrem Innern.

»Ich habe gesagt: Schluss damit!«, brüllte sie. Ihre Stimme trug bis zu den Wolken am Himmel. Ein Donnergrollen antwortete. *»Schluss damit!«*, wiederholte sie.

Ihr wütendes Schreien führte dazu, dass sich der Griff um ihre Brust straffte, ein Versuch, sie durch noch festeres Umklammern zum Schweigen zu bringen. Ihre Worte wurden immer noch missachtet. Wie aus einem engen Tunnel heraus sah sie, wie das Tentakel Krals schlaffe Gestalt zum Mund und zu den Zähnen zog. Ihr Sichtfeld verengte sich zur Ausdehnung einer Nadelspitze. Kaltes Feuer tobte in ihr.

Während der vergangenen beiden Nächte hatte sie immer nur auf irgendwelche Dinge reagiert, hatte abwehrend um sich geschlagen, war hierhin und dorthin geweht worden wie ein totes Blatt in einem Wirbelwind.

Schluss damit!

Sie würde sich Beachtung verschaffen.

Wenn der Herr der Dunklen Mächte eine Hexe wollte, dann sollte er eine Hexe haben, die vor Magik überfloss!

Sie berührte das Feuer in ihrem Innern, öffnete sich ihrer Kraft und ließ die kalten Flammen durch die Haut glühen. Die

Energie raste in der Hülle ihres Körpers und suchte einen Riss, um wild in die Nacht hinauszuströmen. Sie schrie nach Blut.

Sollte es geschehen!

Sie griff zum Maul der Mul'gothra und ritzte sich die Hand an einem rasiermesserscharfen Zahn. Als ihr Blut herausquoll, strömte auch ihre Magik hervor.

Sie schlug mit einer Hand zu, die von rotem Feuer umwirbelt war.

Das Ungeheuer stieß einen schrillen Schrei aus und ließ sie in den Schlamm fallen.

Sie landete auf den Füßen und sah, dass die Mul'gothra auch Kral losgelassen hatte. Das Ungeheuer wich von ihr zurück und trottete zurück zur anderen Seite der Lichtung. Zu Elenas Füßen zuckte und wand sich das abgetrennte Ende der Zunge wie eine von einer Axt durchschlagene Schlange.

Sie schlug es mit dem Absatz weg.

Wieder stand sie in einer Pfütze aus Regenwasser, den Kopf zum Himmel erhoben, die Augen kalt auf die Mul'gothra und das Böse in deren Innern gerichtet. Vor Elenas Zehen gefror das Wasser zu Eis und breitete sich aus. Die Pfütze wurde zu einem gefrorenen Teich. Der Schlamm an seinen Rändern riss auf, während sich ihr kaltes Feuer immer weiter ausbreitete. Der Regen um sie herum wurde zu Eis und stach ihr scharf in die Wangen. Sie achtete nicht auf die beißenden Küsse des Schneeregens und schritt auf das Ungeheuer zu.

»Ich habe dir gesagt: *Schluss damit!*« Sie tat noch einen Schritt. Kral lag hinter ihr. Entschlossenheit loderte in ihr auf: Niemand würde ihn berühren.

»Ich bekomme dich noch, Kind, heil oder nicht.« Herausfordernd breitete die Mul'gothra die Flügel aus.

Sie hörte eine andere Stimme hinter sich – Er'rils Stimme. Er schien weit weg zu sein. »Nein, Elena! Du bist noch nicht so weit! Komm zurück. Lauf weg, schnell!«

Sie hörte nicht auf ihn. Sie würde nie mehr auf irgendjemanden hören.

In dieser Nacht würde sie *kein* Bauer mehr sein in einem Spiel der Zeitalter und verlorenen Blutlinien.

Kein Blatt im Wind.

Kein Kind.

Elena streckte die Hand zu dem Ungeheuer aus. Blut tropfte ihr von der verletzten Hand, dampfend und zischend, als seine Hitze mit gefrorenem Schlamm in Berührung kam.

In dieser Nacht würde sie eine *Hexe* sein.

»Du hättest zuhören sollen«, warnte sie, und Eis knisterte in ihrer Stimme.

Das Ungeheuer zuckte für einen Augenblick zurück. Dann tat es einen Satz nach vorn wie eine aufgerollte Giftschlange. Während es auf sie zuraste, brachen hunderte von Tentakeln aus seinem Schlund hervor und peitschten durch die Luft.

Elena stand reglos da. Sie schloss die Augen und ballte die rechte Hand zur Faust. Das Feuer in ihren blutigen Fingern baute sich auf. Die Macht drehte sich in immer engeren Kreisen um sich selbst. Ihr Arm zitterte vor Energieströmen, die in ihrer Faust gegeneinander kämpften. Sie wurden zu einer kalten Sonne in ihrer Hand.

Der Boden bebte, als ihr die Mul'gothra entgegenstürzte. Sie spürte die ekelhafte Hitze des stinkenden Atems im Gesicht. Ihre Hand öffnete sich wie eine Rose in der Morgendämmerung. Die Kraft eines berstenden Sterns brach aus ihrer Hand hervor.

Er'ril wurde von der Wucht der Magikexplosion zurückgeworfen und prallte mit dem Rücken gegen einen Baum. Es gelang ihm, wenn auch zitternd, auf den Beinen zu bleiben.

Die Tränen in seinen Augen waren gefroren. Er blinzelte, um sie wieder aufzutauen, und es bot sich ihm ein Anblick, bei dem ihm der Atem stockte.

Die Mul'gothra war von Elenas Kehle zurückgeworfen worden. Sie lag auf dem Rücken. Elena hatte sie getötet!

Nein!

Er sah, dass ein Flügel zuckte. Dann rollte sich das Ungeheuer mit einem wilden Dreschen der Flügel und Gliedmaßen wieder auf die Beine und drehte sich erneut zu dem Mädchen um. Ein schriller Schrei drang aus der schwarzen Kehle.

Elena stand immer noch da, den Arm über den Kopf erhoben, die Finger weit gespreizt.

Er'ril fluchte bei diesem Anblick.

Ihre Hand war nicht mehr rot! Nun, da ihre Magik verbraucht war, war sie völlig ungeschützt.

Er stolperte auf sie zu. Während er sich ihr mit unsicheren Schritten näherte, sauste Elenas Arm herunter, und ihre Finger deuteten auf die Mul'gothra.

Ein Blitz krachte mit solcher Wut von oben herab, dass Er'ril auf den schlammigen Boden stürzte. Er hob den Blick rechtzeitig genug, um eine Gewitterwolke zu entdecken, die von ihrem Platz am Himmel herabtauchte. Sie verschluckte das Ungeheuer mit ihrer Schwärze.

Sie hatte den Himmel auf das Geschöpf herabbeschworen! Er'ril hätte es niemals für möglich gehalten, dass sie über so viel Macht verfügte.

Ihre Magik war nicht verbraucht, stellte er fest. Sie war nur hinausgeworfen worden in die Welt – und jetzt kehrte sie zurück. In der eingefangenen Gewitterwolke sah er ihre Magik mit dem Feuer von blauem Eis schimmern.

Plötzlich schoss ein graues Tentakel aus dem aufgewühlten Dunst der schwarzen Wolke hervor und segelte zu Elenas ausgestrecktem Arm.

Elena rührte sich nicht. Ein Lächeln voll boshaften Entzückens spannte ihre Lippen. Ihre Macht sang zu ihrem Herzen. Sie spürte die Bande, die ihr Blut mit der Magik verknüpften, und sie wusste, was sie zu tun hatte.

Ihr Blick, den sie auf die schnappende Zunge gerichtet hielt, verhärtete sich.

Ihre Magik flüsterte ihr ins Ohr. Sie sagte ihr, dass die Wolke, die die Mul'gothra einhüllte, ihr ebenfalls zu Gebote stand. Sie ballte die Hand zu einer festen Faust.

Die Wolke schrie, vom Wind gepeinigt, und schrumpfte um die Mul'gothra herum zusammen. Noch während sie sich um das Ungeheuer schloss, verwandelte sich die gesamte gespeicherte Feuchtigkeit in Wasser. Als die Tropfen den Blick wieder freigaben, sah Elena eine große Wasserblase um die wild zappelnde Mul'gothra herum. Das Ungeheuer war im Begriff zu ertrinken.

Aus irgendeinem Grund wusste Elena, dass der Herr der Dunklen Mächte in sein Loch unter Schwarzhall zurückgeflohen war. Er hatte seine Hülle zurückgelassen.

Die Mul'gothra kämpfte noch immer gegen den Tod an, während die Magik in Elena sang. Ihre Macht wollte mehr. *Mehr!*

Ein Teil von ihr erkannte das ertrinkende Geschöpf als ein bloßes Werkzeug des Herrn der Dunklen Mächte, wusste, dass sein Tod nicht bedeutend genug war, um ihr solche Freude zu bereiten, aber ein anderer Teil von ihr sang vor Magik, die in blauen Funken auf der Oberfläche des Wassers schwamm.

Die Macht wartete immer noch darauf, benutzt zu werden; sie schrie ihr dieses Verlangen ins Ohr.

Elena folgte dem Ruf.

Sie betrachtete das Ungeheuer und ballte die Faust noch fester. Vor ihr gefror die riesige Blase aus Regenwasser zu Eis, schloss das Ungeheuer in seinem frostigen Herzen ein wie eine in Bernstein gefangene Fliege. Blaues Feuer glitt über die Oberfläche des hoch aufragenden Eiskristalls, eine Spur der Macht.

Die Macht sang so süß. Sie flehte. *Mehr!* Ihr Lied erregte Elenas Blut.

Wie konnte sie sich diesem Flehen verweigern? Eher hätte sie ihr eigenes Herz verleugnet.

Sie spannte die Muskeln des Unterarms, bis sie hervortraten. Ihre Faust war jetzt so fest zusammengedrückt, dass sich die Nägel in den Handballen bohrten. Sie spürte keinen Schmerz und drückte noch fester.

Ihr Lächeln wurde ekstatisch.

Die Wand aus Eis barst. So wie es mit Er'rils Schwert in der Höhle geschehen war, zerbrach das gefrorene Ungeheuer in seinem Innern in tausend Stücke. Eis und Ungeheuer stoben von ihr weg, wurden weggeblasen, ohne mit ihr in Berührung zu kommen. Der Wald hinter dem Ungeheuer kam nicht so glimpflich davon. Bäume wurden entwurzelt und meilenweit in den Wald geschleudert. Ein Geröllhaufen aus Eisbrocken und Teilen der Mul'gothra breitete sich fächerartig um sie herum aus.

Beim Anblick dieser so weit greifenden Zerstörung öffnete

sich Elenas Faust. Sie fiel auf die Knie, dann auf die Hände. Was hatte sie getan? Vor ihrem geistigen Auge erschien das Bild der zappelnden, japsenden Mul'gothra; sie redete sich ein, dass das Geschöpf gefährlich war und getötet werden musste. Doch sie wusste auch, wie sie sich gefühlt hatte, als sie es gepeinigt hatte – voller Freude über sein Sterben, innerlich jubelnd über seinen Tod.

Als sie ihre Hand betrachtete, die sich so weiß gegen die schwarze Erde abhob, sehnte sich ein Teil von ihr verzweifelt nach dem Licht der Morgendämmerung – nicht wegen der Wärme, sondern ausschließlich wegen der Fähigkeit der Sonne, ihre Macht erneut zu entzünden.

Hier erkannte sie die Hexe in sich, die nach ihr rief. Diese Regung konnte sie nicht als die Stimme ihrer Magik abtun. Nein. Es war ihr Herz, das der Macht wegen sang.

Doch was war mit der jungen Frau, die nicht verhindern konnte, dass ihr beim Tod eines Lebewesens Tränen über die Wangen rannen? Eines missbrauchten Werkzeugs, das so kaltherzig von ihrer Hand getötet worden war? Auch das war sie.

Wer war sie?

Was war aus ihr geworden?

Stiefel erschienen im Schlamm vor ihren Augen. Er'ril kniete neben ihr nieder und hob ihr Kinn. Seine Berührung fühlte sich warm an auf der Haut. Die Magik hatte sie so kalt gemacht.

Er zog sie an seine Brust und sagte kein einziges Wort.

Es gab keine Worte, um ihr Herz zu heilen.

40

Elena zog sich den Kapuzenmantel aus Rehleder fester um die Schultern und versuchte zu verhindern, dass die eisige Luft die wärmende Umhüllung durchdrang. Der erste klare Morgen seit ihrer Ankunft vor drei Monaten zog sie hinaus aus den heimatlichen Höhlen von Krals Sippe. Schneebedeckte Gipfel, von der Morgendämmerung in sanftes Rosa getaucht, griffen nach dem blauen Himmel. Der Anblick raubte ihr den Atem, der ihr in weißen Streifen vor dem Mund schwebte, während die Kälte ihr in die Nase biss. Sie vergrub das Kinn im Pelzkragen des Mantels.

Ein so klarer Morgen erweckte in ihr die Frage, ob alles, was geschehen war, in Wirklichkeit doch nur ein schlechter Traum gewesen war. Hier war ihr Aufwachen begleitet vom Kichern fröhlicher Kinder und vom Klappern der Töpfe in der Küche, wo Frauen das morgendliche Mahl zubereiteten, das aus Hafergrütze und Rosinen bestand. Zimt aromatisierte die Luft. Löffel klapperten auf dem Geschirr. Stimmen wurden laut und riefen Grußworte, keine Warnungen.

Doch Elena brauchte nur ein paar Schritte zu gehen, um daran erinnert zu werden, dass diese friedliche Welt eine Illusion war. In einer Seitenhöhle lag Er'ril auf einem Bett, eingewickelt in Daunendecken. Die Knochen seines Gesichts zeichneten sich scharf unter der Haut ab. Er war jetzt nur noch ein Skelett, seine Kraft wurde von dem rasenden Fieber dahingerafft. Das Gift war bis zu seinem Herzen gelangt, und zwar unmittelbar bevor die Gefährten Krals Zuhause erreicht hatten. Der

Schwertkämpfer war auf der Höhe des Passes zusammengebrochen.

Wäre nicht der Og'er Tol'chuk mit seinem breiten Rücken und den kräftigen Beinen bei ihnen gewesen, hätte es Er'ril nicht bis hierher geschafft. Selbst die beiden überlebenden Pferde – Krals Rorschaff und ihre geliebte Nebelbraut – waren zu erschöpft gewesen, um den Kranken sicher über die letzte tückische Strecke des Bergpfads zu tragen. Doch mit Tol'chuks Hilfe gelangte der geschwächte Mann aus der Prärie schließlich zu Krals heimatlichen Höhlen.

Es musste erst ein ganzer Mond vergehen, bis sein Fieber endlich sank. Nur den dampfenden Blättern, die in Töpfen kochten, sorgsam zubereitet von Ni'lahn, sowie Er'rils kräftiger Natur war es zu verdanken, dass sich der Tod so lange von dieser Höhle fern gehalten hatte. Elena hatte viele Nächte lang an seinem Bett gesessen, ihm die Stirn mit kühlem Mineralwasser aus den Tiefen der Höhlen abgewischt, hatte seinem Stöhnen gelauscht und sein zerwühltes Bett glatt gezogen. Einmal hatte er die Augen geöffnet, Elena geradewegs ins Gesicht geblickt und dann geschrien: »Die Hexe wird uns alle töten!« Sie hatte geweint und war aus dem Zimmer gerannt, obwohl seine glasigen Augen ihr verrieten, dass das Gift in seinen Adern ihn verwirrt hatte. Es hatte mehrere Tage gedauert, bis sie es über sich gebracht hatte, in seine Höhlenkammer zurückzukehren.

An diesem Morgen hatte Elena, nachdem sie Nebelbraut ein Stück getrockneten Apfel zugesteckt hatte, Er'ril besucht und ihn im Bett sitzend angetroffen, in ein Gespräch mit Kral vertieft. Dessen Bein war immer noch geschient, doch mit Hilfe einer Krücke aus Hartholz unter dem Arm konnte er durch die Höhlen humpeln. Der Wolf hatte mit aufgestellten Ohren neben Er'rils Bett gesessen, während die beiden Männer sich unterhielten. Elena hatte immer noch Mühe, in dem Tier einen Gestaltwandler zu sehen, und sie konnte es sich nicht verkneifen, ihn hinterm Ohr zu kraulen und ihm den Kopf zu tätscheln. Das hatte sie auch getan, als sie die kleine Höhlenkammer betreten hatte. Der Wolf hatte mit dem Schwanz gewedelt, und Er'ril hatte sie mit einem Lächeln bedacht. Sein

Gesicht war zwar noch blass, aber es zeigte ein Leuchten von Lebenswärme statt der aschfahlen Tönung des Todes. Wiederkehrende Kraft hatte aus seinen Augen gestrahlt.

Elena hatte sein Lächeln schüchtern erwidert, doch nun, in der frischen Luft, war ihr Lächeln befreiter. Er würde am Leben bleiben.

Schnee knirschte unter ihren Stiefeln, als sie den eisüberkrusteten Pfad hinaufwanderte, der von den geschützten Höhlen zum windgepeitschten Pass der Geister führte. Über den Zahnbergen stiegen die Rauchsäulen der Feuerstellen anderer Bergsippen auf, um den Morgen zu begrüßen. Insgesamt zwölf Feuer zählte sie während ihres Aufstiegs.

Diese Leute hatten ihnen Schutz und ein Versteck angeboten. Der Winter hatte den Pass mit einem heftigen Schneesturm genau zu jenem Zeitpunkt unpassierbar gemacht, als sich die Gruppe in die Sicherheit der Zahnberge geschleppt hatte. Die Gefährten hatten die Absicht, dem Biss des Winters durch einen längeren Aufenthalt bei Krals Sippe zu entgehen: damit ihre Spur für die Hunde von Gul'gotha erkaltete, damit ihre Wunden heilten, damit im Lauf der Zeit die schlimmen Erinnerungen verblassten, die Geist und Körper schwächten, damit sie für eine Weile vergessen und ausruhen konnten.

Sie hatten noch eine lange Reise vor sich, doch niemand sprach darüber. Dies war für eine andere Zeit vorgesehen – eine Zeit, in der die Erinnerungen an jene blutige Nacht endlich ihren Griff um ihre Herzen und Zungen gelockert hätten. Jetzt lebten sie einfach, erfreuten sich an dem wohligen Feuerschein und an der warmherzigen Gesellschaft.

Nur eine einzige Entscheidung war gefällt worden. Wenn das winterliche Eis tauen würde, würden sie alle zusammen mit Elena und Er'ril die Reise nach A'loatal antreten.

Jeder hatte dafür seinen eigenen Grund: Merik wollte die Blutlinie seines Königs bewahren, Ni'lahn die Worte eines sterbenden Propheten ehren, Kral Rache üben, Mogwied und Ferndal wollten einen Fluch durchbrechen, und Tol'chuk wollte das Begehren eines leuchtenden Steins befriedigen.

Doch es gab einen gemeinsamen, unausgesprochenen Grund im Herzen aller – sie waren nun durch Blutbande verbunden.

Elena erlaubte der Sonne, dieses Wissen von ihr wegzuschmelzen, während sie ihren Weg zum Pass der Geister fortsetzte. Obwohl ihr die Kälte in der Brust brannte, wusste sie, dass sie diese Wanderung unternehmen musste – für all jene, die in ihrem Namen gestorben waren, um ihnen zu zeigen, wer sie geworden war.

Sie würde es für ihre Mutter und ihren Vater tun, für ihre Tante und ihren Onkel sowie für ihren Bruder, der in den Straßen von Winterberg verschwunden war.

Sie wischte sich eine Träne aus dem Auge, bevor sie gefrieren konnte, und stieg den steilen Pfad weiter hinauf; in Gedanken fragte sie sich, was wohl aus ihrem Bruder Joach geworden war.

»Komm her, Junge«, brummte Greschym über die Schulter, während er den Schrank schwungvoll öffnete und das weiße Gewand vom Haken nahm.

Der Bruder der Hexe stolperte auf ihn zu. Joachs Augen blinzelten nicht, und Speichel schäumte in seinem Mundwinkel. Er sah Greschym in Erwartung seines Befehls an, doch aus seinen Pupillen leuchtete kein Bewusstsein. Der Bann der Einflussnahme hielt den Jungen noch immer fest im Griff.

Greschym betrachtete missmutig das eingesunkene Gesicht und die jämmerliche Gestalt des Jungen. Er vergaß immer wieder, ihn ans Essen zu erinnern. Jetzt runzelte er die Stirn: Er würde es nicht zulassen, dass er starb, denn er mochte sich noch immer als nützlich erweisen.

Greschym streifte sich das weiße Gewand über den Kopf und zog die Kapuze tiefer ins Gesicht. Er warf sich eine blaue Schärpe über die Schulter als Zeichen dafür, dass er einem Schweigegelübde unterlag und auf seinem Weg zur Kammer des Prätors nicht gestört werden wollte. Er zupfte das Gewand ein letztes Mal zurecht, prüfte den Sitz des Kleidungsstücks in einem Spiegel und senkte den Kopf, um das Gesicht noch besser im Schatten der Kapuze zu verbergen.

Zufrieden wandte er sich der Tür seiner Schlafzelle zu. »Folge mir!«, befahl er dem Jungen und stieß die Tür auf.

Joach schlurfte zwei Schritte hinter ihm in den Flur hinaus.

Der Gang war leer; trotzdem war Greschym sorgsam bemüht, das Gesicht versteckt zu halten. Zu viele Augen lauerten in diesen Gängen. Das unbedeckte Gesicht des Jungen zog keine forschenden Blicke auf sich. Er wirkte wie irgendein Diener; allenfalls die schlafferen Züge hätten auffallen können. Ein Griesgram, nähme jedermann an und sähe höflich davon ab, den Jungen anzusprechen.

Greschym schritt auf einem Weg dahin, der ihm wohl bekannt war. Er brauchte den Kopf nicht zu heben, um sich zu orientieren. Er stieg die Treppe in der Nähe der Küche hinauf und folgte einem staubigen Gang in den anderen Flügel. Nach mehrerem Abbiegen durch die verschiedenen gewundenen Gänge betrat er den ältesten Teil des Gebäudes. Nun erschwerten bröckelndes Gestein und brüchiger Mörtel das Vorwärtskommen und hüllten sie in den alten Staub des Verfalls. Als sie die Treppe zum Westtor erreichten – nach seinem einsamen Bewohner Speer des Prätors genannt –, blieb Greschym stehen, um sich den Staub von der Nase zu wischen.

Beim Anhalten trat ihm der Junge in die Fersen. Rotz tropfte ihm aus der Nase.

»Bleib, wo du bist!«, befahl Greschym ihm. Nachdem er zufrieden feststellte, dass der Junge gehorchte, mühte sich Greschym allein die endlosen Stufen der Treppe hinauf, die sich an der Innenseite des Turms nach oben wanden.

Unterwegs kam er an zwei Wächtern vorbei. Sie waren von ihrem Herrn auf sein Kommen vorbereitet worden. Greschym winkte zum Zeichen des Erkennens nicht einmal mit der Hand, als er an ihnen vorbeitrottete und die totengleiche Ausdruckslosigkeit in ihren Augen sah. Beide Wächter standen unter einem Bann, ähnlich dem des Jungen, der hier jedoch von einer Feinheit und Raffinesse zeugte, die Greschyms Fähigkeiten überstieg. Höchst ausgeklügelt war dieses Machwerk, und den Wachen und auch den Ordensbrüdern war nicht einmal bewusst, dass einige von ihnen unter dem Bann des Meisters standen.

Greschym gelangte zum letzten Treppenabsatz und näherte sich der eisenbeschlagenen Tür. Dort standen zwei weitere Wachtposten; ihre Schwerter steckten in den Scheiden, und ihre

Augen bewegten sich nicht, als er näher kam. Greschym hob die Hand, um zu klopfen, doch bevor seine Fingerknöchel das Eichenholz berührten, schwang die Tür wie von selbst nach innen auf.

»Komm herein!«, befahl eine Stimme aus dem Innern. Greschym zuckte beim Klang der Stimme zusammen – nicht aus Angst, sondern aufgrund der Erkenntnis, dass dieser Tonfall seiner eigenen Stimme glich, wenn er Joach Befehle erteilte. *Er hält mich lediglich für einen Diener.*

Greschym betrat den Raum des geschätzten Oberhaupts der Bruderschaft und sah den Prätor, der am westlichen Fenster stand. Durch das Glas hindurch sah er den schwarzen Finger des Turmschattens zur fernen Küste deuten. Der Prätor starrte über die versunkenen Reste der einst so stolzen Stadt A'loatal hinweg hinaus aufs Meer, vorbei an den Inseln des Archipels, die das Wasser fleckten wie die Rücken von riesigen Meeresgeschöpfen. Greschym wusste, wohin er blickte.

Er wartete. Die Tür fiel hinter ihm ins Schloss. Nun, da er den spähenden Augen seiner Brüder entkommen war, schob er die Kapuze zurück.

Hier gab es keine Geheimnisse.

Greschym verharrte schweigend. Der Prätor würde sprechen, wenn er dazu bereit war; also betrachtete Greschym lediglich seinen steifen Rücken. Nur wenige kannten die Identität des Prätors. Als Oberhaupt der Stadt und der Bruderschaft hatte er seinen Namen abgelegt, um den Mantel der Verantwortung anzulegen. Dies war vor langer Zeit geschehen. Außer Greschym lebte niemand mehr, der sich an diesen Tag erinnerte.

Endlich wandte sich der Prätor vom Fenster ab. Seine Augen waren von demselben Grau wie die seines Bruders Er'ril. »Ich spüre ihren Blick«, sagte Schorkan. »Die Hexe sieht zu dem Buch hin.«

»Sie wird hierher kommen«, sagte Greschym. »Das Buch ruft sie.«

Während Prätor Schorkan seinen Ausguck am Fenster wieder einnahm, liebkosten Gespenster schwarzer Energie seine Haut und verhöhnten das weiße Gewand seines Amtes. »Wir müssen auf sie vorbereitet sein. Das Schwarze Herz muss diese Hexe haben.«

Elena bog um die letzte Kurve des gewundenen Pfads und freute sich, den weiten Pass vor sich zu sehen. Sie betrat den Pass der Geister mit einem Dankgebet auf den Lippen. Eine einzelne Bö versuchte, ihr die Kapuze vom Gesicht zu zerren, doch bald darauf erstarb der Wind. Aber sie wusste, dass er am Abend wieder über die Zahnberge heulen würde, als beklage er den Verlust der Sonne.

Sie erkundete den Pass. In der vergangenen Nacht war Schnee gefallen, und keine einzige Spur befleckte die Fläche aus jungfräulichem Weiß. Elena bedauerte, diese Schönheit mit ihren plumpen Stiefelabdrücken zu zerstören, aber ihr Ziel rief sie an diesem Morgen zu sich. Mit einem Seufzer machte sie sich auf zur Höhe des Passes. Eine dünne Eisschicht überzog den Boden unter dem Schnee und knackte bei jedem Schritt. Das Knirschen war der einzige Laut weit und breit.

Als sie sich der Höhe des Passes näherte, kämpfte sie sich durch inzwischen kniehohen Schnee. Unter der dicken Kleidung war ihr warm geworden, doch sie wusste, dass sie rasch wieder fröre, wenn sie jetzt innehielte. Sie schritt weiter, bis sie die Passhöhe erreicht hatte.

Dort blieb sie stehen und spähte nach Osten. Außer Atem, erhitzt und überzeugt davon, dass ihr gleich wieder kalt würde, bereute sie den Aufstieg dennoch nicht. Die Gebirgslandschaft breitete sich vor ihr aus, und der volle Glanz der Sonne tauchte sie in seine Strahlung. Der Morgen war so hell und klar, dass Elena hätte schwören mögen, das Glitzern am Horizont sei der Große Ozean. Die Landschaft lag in sanften Wellen vor ihr. Sie sah, dass der Winter seinen eisigen Griff weit über die Berge und in die Täler hinein ausgebreitet hatte. Doch dahinter, in den fernen Ebenen, leuchtete ein Hauch von Grün in der Morgensonne wie die Verheißung des Frühlings.

Elena zog ihre mit Kaninchenfell gefütterten Fäustlinge aus und hob die Hände dem Licht der Sonne entgegen. Sie leuchteten im Morgenlicht – die eine weiß wie Schnee, die andere von Wirbeln gezeichnet, die so rot waren wie der Sonnenuntergang.

Nach jener furchtbaren Nacht hatte es lange gedauert, bis schließlich eine Erneuerung eintrat. Obwohl sie keine Verletzungen erlitten hatte wie die anderen, hatte Elena in jenem finsteren Gebiet doch eine tiefe innere Wunde davongetragen. Sie hatte diese Zeit der Ruhe und Besinnung gebraucht, um geheilt zu werden.

Denn seit jener dunklen Nacht, als sie in Er'rils Armen im Schlamm gekniet hatte, hatte eine Frage ihr Denken beherrscht: *Wer bin ich?*

Elena betrachtete ihre beiden Hände und hob sie der Welt entgegen.

War sie das *Rot* der Hexe oder das *Weiß* der Frau?

Jetzt wusste sie es, und auf dem Pass der Geister zeigte sie es der Welt.

Sie legte die Handflächen gegeneinander und verflocht die Finger.

Das bin ich.

Und während Elena zu dem fernen Meer jenseits des Horizonts blickt, während ihre Legion auf sie wartet, muss ich diese Geschichte beenden.

Meine Tintenfässer sind ausgetrocknet, meine Handgelenke schmerzen, und ich muss einen Händler finden, der mit seinen Preisen für Tinte und Schreibrollen nicht zu unverschämt ist. Also lasst mich meine Geschichte hier beenden. Lasst mich ausruhen. Was ich als Nächstes niederschreiben werde – die Reise zur verlorenen Stadt –, die Erinnerung daran erschreckt sogar mich.

Also beende ich die Geschichte hier.

Die Legion ist gebildet, und der Weg ist vorgegeben.

Die dunkle Reise beginnt morgen.

Danksagung

An erster und wichtigster Stelle möchte ich Terry Brooks, John Saul und Don McQuinn für ihre freundlichen Worte und ihre Unterstützung bei der Maui Writers Conference sowie dafür danken, dass sie mich mit der Familie Del Rey bekannt gemacht haben. Und natürlich muss ich John und Shannon Tullius, den Geschäftsführern von MWC, dafür danken, dass sie uns überhaupt erst in den Gärten und an den Gewässern von Wailea zusammengebracht haben.

Ich schulde Kuo-Yu Liang, Mitverleger von Del Rey, großen Dank dafür, dass er es mit einem neuen Autor versucht hat – und ich finde nicht annähernd die angemessenen Worte, um Veronica Chapman, der Lektorin Ersten Ranges (ich finde, das sollte ihr neuer Titel sein), dafür zu danken, dass sie diesen Roman bis zu seiner gegenwärtigen Form zurechtgeschliffen hat. Dank gebührt auch meiner Agentin, Pesha Rubinstein, für ihre Bereitschaft, meine Fahne hochzuhalten.

Überdies wäre es ein Versäumnis, wenn ich nicht einer Gruppe von Leuten danken würde, die sich durch jede Seite jedes Entwurfes zu diesem Roman hindurcharbeiten mussten und ohne deren Anmerkungen, Kritiken und ermutigende Worte dieses Buch niemals fertig geworden wäre: Judy und Stephen Prey, Caroline Williams, Dennis Grayson, Chris Crowe, Ron Ball, Nancy Laughlin, Jeffrey Moss und Dave Meek – auch unter dem liebevollen Kollektivnamen ›Die schrägen Weltraumler‹ bekannt.

Und schließlich waren zwei Menschen während der gesamten Entstehung dieser Welt und ihrer Figuren meine rechte und linke Hand. Sie haben meine Träume und Gefühle mit mir geteilt. Ich verdanke alle meine Welten ihnen – die Welt der Fantasie und die Welt der Wirklichkeit. Meine ewige Liebe und Dankbarkeit gilt Carolyn McCray und John Clemens.

Inhalt